LEOPARDO NEGRO, LOBO VERMELHO

MARLON JAMES

LEOPARDO NEGRO, LOBO VERMELHO

Tradução de André Czarnobai

intrínseca

Copyright © 2019 by Marlon James
Publicado originalmente por Riverhead Books, um selo Penguin Random House LLC.

TÍTULO ORIGINAL
Black leopard, red wolf

PREPARAÇÃO
Luiz Felipe Fonseca

REVISÃO
Wendell Setubal
Fernanda Machtyngier

DIAGRAMAÇÃO
Ilustrarte Design e Produção Editorial

CIP-BRASIL. CATALOGAÇÃO NA PUBLICAÇÃO
SINDICATO NACIONAL DOS EDITORES DE LIVROS, RJ

J29L

    James, Marlon, 1970-

        Leopardo negro, lobo vermelho / Marlon James ; tradução André Czarnobai. - 1. ed. - Rio de Janeiro : Intrínseca, 2021.
    784 p. ; 23 cm.

    Tradução de: Black leopard, red wolf
    ISBN 978-65-5560-127-5

    1. Ficção jamaicana. I. Czarnobai, André. II. Título.

20-67170
                                          CDD: 819.823
                                          CDU: 82-3(729.2)

Leandra Felix da Cruz Candido - Bibliotecária - CRB-7/6135

[2021]
Todos os direitos desta edição reservados à
Editora Intrínseca Ltda.
Rua Marquês de São Vicente, 99, 3º andar
22451-041 – Gávea
Rio de Janeiro – RJ
Tel./Fax: (21) 3206-7400
www.intrinseca.com.br

Para Jeff, pelo quarto de lua e um milhão de outras coisas.

SUMÁRIO

AQUELES QUE APARECEM NESTE RELATO   11

1. UM CÃO, UM GATO, UM LOBO E UMA RAPOSA   15

2. MALAKIN   127

3. SEIS CRIANÇAS E MAIS UMA   313

4. CIÊNCIA BRANCA E MATEMÁTICA NEGRA   495

5. EIS UM ORIKI   657

6. O LOBO DA MORTE   671

AQUELES QUE APARECEM NESTE RELATO

EM JUBA, KU e GANGATOM

KWASH DARA, filho de Kwash Netu. Rei do Reino do Norte, vulgo Rei Aranha
RASTREADOR, caçador conhecido apenas por este nome
SEU PAI
SUA MÃE
TITIO AMADO, um dos grandes líderes da tribo Ku
KU, território que também dá nome a uma tribo ribeirinha
GANGATOM, território também que dá nome a uma tribo ribeirinha, inimiga dos Ku
LUALA LUALA, território também que dá nome a uma tribo ribeirinha ao norte de Ku
ABOYAMI, um pai
AYODELE, seu filho
FEITICEIRO, o necromante da tribo Ku
ITAKI, uma bruxa do rio
KAVA/ASANI, um menino da tribo Ku
LEOPARDO, caçador metamórfico conhecido por alguns nomes
YUMBOES, gnomos dos campos, protetores das crianças
SANGOMA, uma antibruxa
OS MINGI, que são:
    Garoto Girafa
    Menina Fumaça
    Albino

Garoto Bola
Irmãos Siameses
ASANBOSAN, monstruoso devorador de carne humana
O CHEFE DE GANGATOM

EM MALAKAL

O AESI, chanceler de Kwash Dara
BUNSHI/POPELE, jengu do rio, sereia, metamórfica
SOGOLON, a Bruxa da Lua
SADOGO, da tribo dos Ogos, homens altos e poderosos que não são gigantes
AMADU KASAWURA, traficante de escravos
BIBI, seu servo
NSAKA NE VAMPI, uma mercenária
NYKA, um mercenário
FUMELI, arqueiro do Leopardo
BELEKUN O GRANDE, um ancião obeso
ADAGAGI O SÁBIO, um ancião sábio
AMAKI O ESCORREGADIO, um ancião que ninguém conhece
NOOYA, uma mulher possuída pelo Pássaro Trovão
OS BULTUNGI, justiceiros
ZOGBANU, trolls oriundos do Pântano de Sangue
VENIN, uma menina criada para ser oferecida como alimento aos Zogbanu
CHIPFALAMBULA, um grande peixe
GHOMMIDS, criaturas das florestas eventualmente dóceis
EWELE, um ghommid brutal
EGBERE, seu primo, violento quando está com fome
ANJONU, entidade do Reino das Trevas capaz de ler corações
MACACO MALUCO, um primata ensandecido

EM KONGOR

BASU FUMANGURU, ancião do Reino do Norte, assassinado
SUA ESPOSA, assassinada
SEUS FILHOS, assassinados

OS SETE ALADOS, mercenários
KAFUTA, senhor de uma casa
DONA WADADA, dona de um bordel
EKOIYE, prostituta apaixonada por almíscar de civeta
O BÚFALO, um búfalo muito esperto
BRIGADA DO CLÃ DE KONGORI, a polícia local
MOSSI DE AZAR, terceiro comissário da Brigada do Clã de Kongori
MAZAMBEZI, um comissário
OGO VERMELHO, outro Ogo
OGO AZUL, outro Ogo
O MESTRE DA DIVERSÃO, o melhor lutador de Ogo
LALA, seu escravo
AS BRUXAS DE MAWANA, sereias do barro, também conhecidas como jengu da lama
TOKOLOSHE, um duende capaz de ficar invisível

EM DOLINGO E NO MWERU

VELHO, senhor de uma cabana e *griot* do Sul
A RAINHA DE DOLINGO, autoexplicativo
SEU CHANCELER
MENINO ESCRAVO DOLINGO
CIENTISTAS BRANCOS, os necromantes e alquimistas mais sombrios
IBEJI RUIM, um gêmeo com má-formação
JAKWU, guarda branco do Rei Batuta
IPUNDULU, Pássaro do Trovão vampiro
SASABONSAM, irmão alado de Asanbosam
ADZE, vampiro e nuvem de insetos
ELOKO, troll do mato, canibal
LISSISOLO DE AKUM, irmã de Kwash Dara, freira da Irmandade Divina
SOMBRAS ALADAS, demônios da noite que servem a Aesi

EM MITU

IKEDE, um griot do Sul

KAMANGU, um filho
NIGULI, um filho
KOSU, um filho
LOEMBE, um filho
NKANGA, um filho
KHAMSEEN, uma filha

NO MALANGIKA E NO REINO DO SUL

UMA JOVEM BRUXA
UM COMERCIANTE
SUA ESPOSA
SEU FILHO
KAMIKWAYO, um cientista branco que se transformou em monstro

1

UM CÃO, UM GATO, UM LOBO E UMA RAPOSA

Bi oju ri enu a pamo.

UM

A criança está morta. Não há mais o que saber.
    Dizem que uma rainha no Sul mata o homem que lhe traz más notícias. Então, se anuncio a morte do menino, também escrevo a minha sentença? A verdade engole mentiras como o crocodilo engole a lua, mas meu testemunho é hoje o mesmo de amanhã. Não, eu não o matei. Contudo, eu quis, talvez, sua morte, desejando tal qual um esganado deseja carne de carneiro. Ah, puxar a corda do arco, disparar através de seu coração negro e vê-lo explodir sangue negro, vigiar seus olhos até o momento em que param de piscar e olham sem nada enxergar, escutar o rangido de sua voz e ouvir seu peito ofegar os suspiros da morte, dizendo "Veja, minha alma miserável está deixando meu corpo ainda mais miserável", e sorrir com essas notícias, e dançar sobre essa perda. Sim, eu me regozijo só de pensar nisso. Mas não, eu não o matei.
    Bi oju ri enu a pamo.
    Nem tudo o que o olho vê deve ser dito pela boca.
    Esta cela é maior do que a anterior. Sinto o cheiro do sangue seco de homens executados; ouço seus fantasmas, que ainda gritam. Seu pão tem carunchos, e sua água tem a urina de dez mais dois guardas e da cabra que eles foderam só por diversão. Devo lhe contar uma história?
    Eu sou apenas um homem que alguns chamam de lobo. A criança está morta. Eu sei que a velhota traz notícias diferentes a você. "Chame-o de assassino", diz ela. Ainda assim, meu único arrependimento é não

tê-la matado. Aquela ruiva disse que a cabeça da criança estava infestada de demônios. Isso se você acredita em demônios. Eu acredito em mau-olhado. Você parece ser um homem que jamais derramou sangue. Contudo, o sangue gruda entre os seus dedos. Um menino que você circuncidou, uma menina pequena demais para o seu grande... Olha só como isso te excita. Olha só pra você.

Eu vou te contar uma história.

Ela começa com um Leopardo.

E uma bruxa.

Inquisidor-geral.

Necromante.

Não, você não vai chamar os guardas.

Minha boca pode dizer coisas demais antes de ser calada pelos murros deles.

Olhe para você. Um homem com duzentas cabeças de gado que se deleita com um pedaço de pele de um menino e com a koo de uma garotinha que ainda não serve pra ser mulher de homem nenhum. É isso que você procura, não é? Uma coisinha obscura que não pode ser encontrada em trinta sacas de ouro, em duzentas cabeças de gado ou duzentas esposas. Algo que você perdeu — não, que foi tirado de você. Essa luz, você a vê e você a quer — não a luz do sol, nem a do deus trovão no céu da noite, mas uma luz sem máculas, a luz de um menino que não conhece mulheres, uma menina que você comprou como noiva, não porque você precisa de uma esposa, pois você tem duzentas cabeças de gado, mas uma esposa que você possa arregaçar, porque você procura por essa luz nos buracos, nos buracos escuros, nos buracos úmidos, nos buracos imaturos em que os vampiros também procuram, e você vai encontrá-la, você vai arrumá-la para a cerimônia, circuncisão para o menino e consumação para a menina, na qual eles derramam sangue, e saliva, e esperma, e urina na sua pele, e você leva tudo isso até a árvore iroko e usa qualquer buraco que encontrar.

A criança está morta, assim como todo mundo.

Eu andei durante dias, através dos enxames de moscas no Pântano de Sangue e das rochas cortantes nos desertos de sal, através do dia e da noite. Caminhei rumo ao Sul até Omororo e não sabia, nem me importava. Fui detido como mendigo, visto como ladrão, torturado como traidor e, quando as notícias sobre a morte da criança chegaram ao seu reino, preso como assassino. Sabia que havia cinco homens na minha cela? Quatro noites atrás. O lenço em meu pescoço pertence ao único homem que saiu daqui andando com as próprias pernas. Algum dia, o olho direito dele pode até voltar a enxergar.

Os outros quatro. Grave bem o que lhe digo.

Os mais velhos dizem que a noite é tola. Ela não julga, mas não anuncia o que está por vir. O primeiro veio até mim pela minha cama. Acordei em meio ao meu próprio estertor, e era um homem, apertando minha garganta. Mais baixo que um Ogo, porém, mais alto que um cavalo. Com cheiro de quem tinha destrinchado bode. Me pegou pelo pescoço e me ergueu no ar, e os outros homens ficaram quietos. Eu tentei soltar seus dedos, mas era a garra de um demônio. Chutar seu peito era como chutar uma rocha. Ele me deixou suspenso, como quem admira uma pedra preciosa. Dei uma joelhada em sua mandíbula, tão forte que os dentes cortaram sua língua. Ele me soltou, e eu avancei contra suas bolas como um touro. Ele caiu, eu peguei sua faca, bem afiada, e cortei sua garganta. O segundo segurou meus braços, mas eu estava nu e escorregadio. A faca — minha faca — eu cravei entre suas costelas e ouvi seu coração estourar. O terceiro homem gingava com pés e punhos, feito um inseto noturno, zunindo como um mosquito. Já eu fechei meu punho e estiquei dois dedos, como orelhas de coelho. Ferroei a polpa do seu olho esquerdo e arranquei a coisa toda lá de dentro. Ele gritou. Assistindo a seus berros no chão à procura pelo olho, esqueci dos outros dois homens. O gordo atrás de mim atacou, eu desviei, ele tropeçou, ele caiu, eu pulei, eu peguei a pedra que usava como travesseiro e esmurrei sua cabeça até sair um cheiro de carne do seu rosto.

O último homem era um garoto. Ele chorava. Estava atordoado demais para implorar por sua vida. Eu disse a ele que fosse homem em sua próxima vida, pois era menos que um verme nesta, e lancei a faca em seu pescoço. Seu sangue chegou ao chão antes de seus joelhos. Deixei o caolho viver, porque nós precisamos de histórias para nos sentirmos vivos, não é verdade... padre? Inquisidor. Não sei do que chamar você.

Mas esses não eram seus homens. Bom. Assim você não precisa cantar nenhum lamento para suas viúvas.

Você veio atrás de uma história e eu estou inclinado a contar, então os deuses devem ter sorrido para nós dois.

Havia um comerciante na Cidade Púrpura que disse ter perdido sua esposa. Ela havia desaparecido com cinco anéis de ouro, dez mais dois pares de brincos, vinte mais dois braceletes e dez mais nove tornozeleiras. "Dizem que você tem um bom faro para encontrar coisas que preferem ficar perdidas", ele disse. Em anos, eu estava perto dos vinte, há muito tempo expulso da casa de meu pai. O homem pensava que eu era algum tipo de cão de caça, mas eu disse sim, dizem que eu tenho um bom faro. Ele me jogou a roupa íntima de sua esposa. Seu cheiro estava tão fraco que mal se sentia. Talvez ela soubesse que, algum dia, homens viriam à caça, pois mantinha uma cabana em três aldeias diferentes, e ninguém era capaz de dizer em qual delas ela vivia. Em cada casa havia uma garota exatamente igual a ela e que atendia ao ser chamada pelo seu nome. A garota da terceira casa me convidou para entrar e me indicou um banco para que eu me sentasse. Ela perguntou se eu estava com sede e foi buscar um jarro de cerveja de masuku antes de eu dizer sim. Deixe-me lembrá-lo de que minha visão é ordinária, mas dizem que eu tenho um bom faro. Então, quando ela trouxe a caneca com a cerveja, eu já tinha farejado o veneno que ela havia colocado ali dentro, um veneno de esposa chamado baba-de-cobra, que perde o sabor quando misturado com água. Ela me entregou a caneca e eu a peguei, segurei sua mão e a torci para trás de suas costas. Encostei a caneca em seus lábios e a enfiei entre seus dentes. Suas lágrimas escorreram, e afastei a caneca.

Ela me levou até sua patroa, que morava numa cabana perto do rio. "Meu marido me bateu com tanta força que meu filho rebentou", disse a patroa. "Eu tenho cinco anéis de ouro e dez mais dois pares de brincos, vinte mais dois braceletes e dez mais nove tornozeleiras, que eu darei a você, bem como uma noite em minha cama." Eu peguei quatro tornozeleiras e a levei de volta ao seu marido, porque eu queria mais o dinheiro dele do que as joias dela. Depois, eu disse a ela para mandar a mulher da terceira cabana fazer cerveja de masuku para ele.

Segunda história.

Meu pai voltou pra casa uma noite trazendo o cheiro de uma pescadora. Ela estava no corpo dele, bem como a madeira de um tabuleiro de Bawo. E o sangue de um homem que não meu pai. Ele havia jogado uma partida com um binga, um mestre de Bawo, e perdido. O binga quis coletar seus ganhos, e meu pai pegou o tabuleiro de Bawo e o quebrou na testa do mestre. Ele disse que estava numa estalagem distante, para que pudesse beber, bolinar mulheres e jogar Bawo. Meu pai bateu no homem até ele parar de se mexer, e depois deixou o bar. Mas não havia nenhum traço de suor nele, nem muita poeira, nem cerveja em seu hálito, nada. Ele não esteve em um bar, e sim na alcova de ópio de um monge.

Então, Papai entrou em casa e gritou para que eu saísse do celeiro onde eu morava, pois ele havia me expulsado de casa.

— Venha, meu filho. Sente-se e jogue Bawo comigo — disse ele.

O tabuleiro estava no chão, mas faltavam várias peças. Peças demais para tornar possível um bom jogo. Mas meu pai estava interessado em vencer, não em jogar.

Claro que você conhece Bawo, necromante; não preciso explicar para você. Quatro fileiras de oito buracos no tabuleiro, cada jogador fica com duas. Trinta mais duas sementes para cada jogador, mas nós tínhamos menos que isso, não lembro quantas. Cada jogador coloca seis sementes no buraco nyumba, mas meu pai pôs oito. Eu teria dito: "Papai, você está jogando ao estilo sulista, com oito em vez de seis?" Mas meu pai prefere bater do que falar, e ele já havia me batido por menos. Toda vez que eu colocava uma semente ele dizia "Capturei" e tomava ela de mim. Mas ele estava ávido por bebida e pediu vinho de palma. Minha mãe trouxe água para ele, e ele a puxou pelos cabelos, deu dois tapas nela e disse:

— Sua pele esquecerá estas marcas quando o sol cair.

Minha mãe não lhe daria a satisfação de vê-la chorar, então saiu dali e voltou com o vinho. Procurei o cheiro de veneno e teria ficado quieto se sentisse. Mas enquanto ele estava espancando minha mãe por ela usar feitiçaria para retardar o envelhecimento dela ou para acelerar o dele, acabou perdendo o jogo. Plantei minhas sementes, duas num buraco bem no final do tabuleiro, e capturei as dele. Isso não agradou meu pai.

— Você levou o jogo para a fase mtaji — afirmou ele.

— Não, nós estamos bem no começo — disse eu.

— Como você se atreve a falar comigo com esse tom de desrespeito? Me chame de Papai quando falar comigo — ordenou ele.

Eu não disse nada e o encurralei no tabuleiro.

Ele não tinha mais nenhuma semente em sua fileira interna e não podia mais fazer nenhum movimento.

— Você roubou — disse ele. —Tem mais que trinta mais duas sementes no seu tabuleiro.

— Ou você está cego pelo vinho ou não sabe contar. Você pôs suas sementes, e eu as capturei. Então espalhei minhas sementes por toda minha fileira e construí uma barreira, mas você não tem semente para quebrá-la.

Ele me deu um soco na boca antes que eu pudesse dizer outra palavra. Eu caí do banco, e ele pegou o tabuleiro de Bawo para bater em mim do jeito que ele havia batido no binga. Mas meu pai estava bêbado e lento, e eu andava observando os mestres Ngolo praticando sua arte marcial perto do rio. Ele desferiu um golpe com o tabuleiro, e as sementes se espalharam voando pelo ar. Eu virei três cambalhotas para trás, como tinha visto eles fazendo, e me agachei como um guepardo preparado para o bote. Ele ficou me procurando como se eu tivesse desaparecido.

— Apareça, seu covarde — vociferou ele. — Você é covarde como sua mãe. É por isso que me dá prazer humilhá-la. Primeiro eu vou te dar uma surra, depois vou dar uma surra nela por ter criado você, e depois vou deixar uma marca para que vocês dois se lembrem de que ela criou um menino para ser a mulher de outros homens.

A fúria é uma nuvem que esvazia minha mente e faz meu coração escurecer. Eu pulava e chutava o ar, cada vez mais alto.

— Agora ele salta como um animal — caçoou ele.

Ele partiu pra cima de mim, mas eu não era mais um menino. Avancei contra ele dentro do casebre, mergulhei no chão com os braços à frente, usei minhas mãos à guisa de pés, girei meu corpo para cima como uma roda, joguei as pernas girando para cima, voltei meus pés erguidos na sua direção e prendi seu pescoço com eles, puxando-o para baixo com força. Sua cabeça bateu no chão com tanta força que minha mãe, do lado de fora, ouviu o estrondo. Ela entrou correndo e gritou.

— Afaste-se dele, criança. Você arruinou tudo para nós dois.

Eu olhei para ela e cuspi. Depois, fui embora.

Há dois finais para essa história. No primeiro, minhas pernas prendem-se ao pescoço dele e o quebram quando eu o jogo no chão. Ele morre ali mesmo, e minha mãe me dá cinco búzios e um pouco de sorgo enrolado numa folha de palmeira e me manda embora. Digo a ela que não levarei nada que era dele, nem mesmo roupas.

No segundo final, eu não quebro o pescoço dele, mas ele ainda bate com a cabeça, que se abre e sangra. Ele acorda retardado. Minha mãe me dá cinco búzios e um pouco de sorgo enrolado numa folha de bananeira e diz: "Vá embora deste lugar, seus tios são todos piores do que ele."

Meu nome era posse de meu pai, então o deixei para trás ao cruzar seu portão. Ele vestia-se com as melhores túnicas, sedas de terras que jamais conhecera, sandálias de homens que lhe deviam dinheiro, qualquer coisa que o fizesse esquecer de que vinha de uma tribo ribeirinha. Eu deixei a casa de meu pai sem querer levar nada que me lembrasse dele. O chamado do instinto havia me alcançado mesmo antes de eu sair de lá, e quis tirar cada peça de roupa. Para ter cheiro de homem, de azedume e fedor, não a fragrância de mulheres da cidade e eunucos. As pessoas me olhariam com o mesmo desprezo que reservam para o povo do pântano. Antes que eu pise numa cidade ou em algum aposento, entra primeiro minha audácia, como uma fera orgulhosa. O leão não precisa de roupas, tampouco a cobra. Eu iria até Ku, de onde veio meu pai, mesmo sem saber como chegar lá.

Me chamo Rastreador. Já tive um nome algum dia, mas o esqueci há muito tempo.

Terceira história.

Uma rainha de um reino do Oeste disse que me pagaria muito bem se eu encontrasse o seu Rei. Sua corte achou que ela estava louca, pois o Rei estava morto, afogado fazia cinco anos, mas eu não tenho nenhum problema em encontrar mortos. Peguei o adiantamento e fui até o lugar em que viviam aqueles que morriam afogados.

Segui andando e encontrei uma velha senhora com um grande cajado sentada às margens de um rio. Cabelos brancos nas laterais da cabeça, careca no topo. Seu rosto tinha rugas feito trilhas em uma floresta, e seus dentes amarelos indicavam que seu hálito era podre. Dizem as lendas que ela acorda todas as manhãs jovem e bonita, amadurece linda e graciosamente até o meio-dia, vira uma velha decrépita quando anoitece e morre à meia-noite, para renascer na hora seguinte. A corcunda em suas costas ficava mais alta que sua cabeça, mas os olhos cintilavam, sinal de que a mente era aguçada. Peixes nadavam exatamente até a ponta do cajado, mas nunca além.

— Por que você veio a este lugar? — perguntou ela.

— Este é o caminho para Monono — respondi.

— Por que você veio até este lugar? Um homem vivo?

— Vida é amor, e não me resta mais amor nenhum. O amor escorreu de mim e desaguou num rio como este.

— Não foi amor que escorreu de você, foi sangue. Vou deixar você passar. Mas quando me deito com um homem, vivo sem morrer por setenta luas.

Então eu fodi com a velha decrépita. Ela deitou suas costas na margem, seus pés dentro do rio. Ela era só pele e ossos, mas me deixou duro e cheio de vigor. Algo nadava entre as minhas pernas, pareciam ser peixes. Sua mão tocou meu peito, e minhas listras de argila branca se transformaram em ondas no entorno do meu coração. Eu entrava e saía de dentro dela, desconcertado pelo seu silêncio. No escuro ela parecia estar ficando mais jovem, muito embora estivesse ficando mais velha. Chamas se espalharam pelo meu interior, chegando às pontas dos meus dedos e à ponta do meu corpo que estava no interior dela. O ar se reuniu ao redor da água, a água se reuniu ao redor do ar, e eu gritei, tirei de dentro, e chovi em sua barriga, seus braços e seus seios. Um arrepio percorreu cinco vezes meu corpo. Ela ainda era uma velha decrépita, mas eu não estava bravo. Ela limpou minha chuva do seu peito e a jogou dentro do rio. Imediatamente, os peixes começaram a saltar para fora da água e mergulhar, saltando de novo. Era uma daquelas noites em que a escuridão devora a lua, mas os peixes tinham uma luz dentro de si. Os peixes tinham cabeça, braços e seios de mulheres.

— Siga-os — orientou ela.

Eu os segui pelo dia e pela noite, e novamente pelo dia. Às vezes o rio era tão raso que batia no meu tornozelo. Às vezes era tão fundo que batia no meu pescoço. A água lavou todo o branco do meu corpo, livrando apenas meu rosto. Os peixes-mulher, as mulheres-peixe, me guiaram pelo rio por dias e dias e mais dias até chegarmos a um lugar que não consigo descrever. Ou aquilo era uma parede feita de água do rio, que permanecia sólida embora eu pudesse fazer minha mão atravessá-la, ou o rio havia se dobrado para baixo e eu ainda conseguia andar, meus pés tocando o chão, meu corpo erguido, sem cair.

Às vezes, a única maneira de prosseguir é atravessando. Então, eu atravessei. Eu não senti medo.

Não sei dizer se parei de respirar ou se estava respirando debaixo d'água. Mas segui andando. Peixes do rio me cercaram como se perguntando minhas intenções. Eu segui andando, a água ao meu redor ondulando meus cabelos, enxaguando meus braços. Então me deparei com uma coisa que jamais havia visto em reino nenhum. Um castelo feito de pedra numa planície coberta de grama, com dois, três, quatro, cinco, seis andares. Em cada canto, uma torre com uma cúpula, também feita de pedra. Em cada andar, janelas cortadas na pedra, e abaixo de cada janela, um espaço cercado por grades douradas denominado terraço. Da construção partia um corredor que a conectava a outra construção e a outro corredor que a conectava a outra construção, e assim havia quatro castelos ligados uns aos outros, dispostos num quadrado.

Nenhum dos castelos era tão grande quanto o primeiro, e o último estava em ruínas. O momento em que a água desapareceu, deixando pedras, grama e céu, não sei dizer. Havia árvores numa linha reta até onde a visão alcançava, jardins quadrangulares e flores em círculos. Nem mesmo os deuses tinham um jardim como aquele. Passava do meio-dia, e o reino estava vazio. Ao fim da tarde, que chegou rápido, brisas sopravam para cima e para baixo, e ventos impiedosos me atropelavam como homens gordos com pressa. Enquanto o sol se punha, homens, mulheres e feras surgiam no campo de visão e sumiam, aparecendo nas sombras, desaparecendo por entre os últimos raios de sol, aparecendo de novo. Sentei nos degraus do castelo maior e fiquei observando enquanto o sol mergulhava no escuro. Homens, andando ao lado de mulheres, e crianças que pareciam homens, e mulheres que pareciam crianças. E os homens eram azuis, e as mulheres eram verdes, e as crianças eram amarelas, com os olhos vermelhos e guelras no pescoço. E criaturas com cabelos de grama, e cavalos com seis pernas, e manadas de abadas com pernas de zebra, lombos de burro e chifres de rinoceronte na fronte correndo ao lado de outras crianças.

Uma criança amarela veio até mim e disse:

— Como você chegou aqui?

— Eu vim pelo rio.

— E a Itaki deixou você passar?

— Não sei dessa Itaki, só encontrei uma velha com cheiro de musgo.

A criança amarela ficou vermelha, e seus olhos ficaram brancos. Seus pais vieram buscá-la. Eu fiquei de pé, subi os vinte degraus e entrei no castelo, onde mais homens, mulheres, crianças e feras riam e conversavam e falavam e fofocavam. No fim do corredor havia uma parede pintada com cenas de guerra e guerreiros esculpidos em bronze, uma das quais reconheci como sendo a batalha das terras do meio, onde quatro mil homens foram mortos, e outra como a batalha do Príncipe Caolho, que conduziu seu exército inteiro a um precipício que confundiu com um monte. Encostado nessa parede havia um trono de bronze, que fazia o homem sentado nele parecer pequeno como um bebê.

— Estes não são os olhos de um homem temente a Deus — disse ele.

Eu sabia que aquele era o Rei, pois quem mais seria?

— Eu vim para levá-lo de volta ao mundo dos vivos — expliquei.

— Até mesmo na terra dos mortos ouviram falar de você, Rastreador. Mas você desperdiçou seu tempo e arriscou sua vida por nada. Eu não vejo nenhum motivo para retornar, nenhum motivo para mim, nenhum motivo para você.

— Eu não tenho motivo para coisa alguma. Eu encontro o que as pessoas perderam, e a sua Rainha perdeu você.

O Rei riu.

— Estamos aqui em Monono, onde você é a única alma viva e, ao mesmo tempo, o homem mais morto de toda esta corte — disse ele.

Inquisidor, eu queria que as pessoas entendessem que eu não tenho tempo para discussões desse tipo. Eu não disputo por ninguém e nada me fará disputar, então, não me faça perder tempo com discussões. Erga seus punhos e eu irei quebrá-los. Mostre sua língua e eu irei arrancá-la de sua boca.

O Rei não tinha guardas na sala do trono, então fui em sua direção, observando a multidão me observar. Ele não se empolgou nem ficou assustado, trazia em seu semblante apenas uma inexpressividade que dizia: "Estas são as coisas que devem acontecer a você." Quatro degraus me conduziam à plataforma sobre a qual assentava seu trono. Dois leões estavam a seus pés, tão imóveis que eu não era capaz de distinguir se eram feitos de carne, espírito ou pedra. Ele tinha um rosto redondo com uma papada que era como um segundo queixo, grandes olhos negros, um nariz achatado com duas argolas, e uma boca fina, como se tivesse sangue oriental. Usava uma coroa dourada sobre um lenço branco que escondia seu cabelo, um manto azul com pássaros prateados, e um peitilho púrpura por cima do manto, com uma borda de ouro. Eu poderia tê-lo dominado usando apenas um dedo.

Fui andando direto até o trono. Os leões nem se mexeram. Toquei o apoio para braço, esculpido em bronze na forma de uma pata de leão virada para cima, e se ouviram trovões sobre a minha cabeça, pesados, lentos, soando sombrios e lançando um cheiro pútrido ao vento. No teto, lá em cima, nada. Eu ainda estava olhando pra cima quando o Rei enfiou um punhal na palma da minha mão com tanta força que atravessou o braço do trono e ficou preso nele.

Eu gritei; ele riu e se acomodou em seu trono.

— Você pode achar que o submundo cumpre a promessa, ser uma terra livre de dor e sofrimento, mas essa é uma promessa que é feita aos mortos — disse ele.

Ninguém riu mais com ele, mas ficaram assistindo.

Ele ficou olhando para mim com olhos desconfiados, coçando seu queixo enquanto eu arrancava o punhal cravado em minha mão, o puxão me fazendo urrar. O Rei tomou um susto quando eu o segurei, mas apenas cortei o rabo do seu manto, arrancando um pedaço fora. Ele ria enquanto eu enfaixava a mão ferida. Dei um soco bem no meio da sua cara, e só então ouviu-se um murmúrio na multidão. Ouvi os passos mortíferos vindo em minha direção, então me virei. A multidão parou.

Não, foi contida. Não havia nada no rosto daquelas pessoas, nem raiva nem medo. Então, a multidão recuou como um todo, olhando para o Rei às minhas costas, de pé, segurando a pata ensanguentada do leão. O Rei jogou a pata para cima, em direção ao teto, e a multidão se admirou. A pata não caiu de volta. Alguns no fundo começaram a correr. Alguns gritaram, outros berraram. Homens pisotearam mulheres, que pisotearam crianças. O Rei continuava rindo. Então, ouviu-se um rangido, depois um rasgo, depois uma fratura, como se os deuses do céu estivessem arrebentando o telhado. Omoluzu, disse alguém.

Omoluzu. Andarilhos de telhado, demônios noturnos de uma era anterior a essa.

— Eles sentiram o gosto do seu sangue, Rastreador. Os Omoluzu nunca mais vão parar de te seguir.

Segurei sua mão e fiz um corte nela. Ele urrou como uma ribeirinha enquanto o telhado começou a se deformar, parecendo rachar e se quebrar e estalar, embora permanecesse intacto. Segurei sua mão sobre a minha e coletei seu sangue enquanto ele me estapeava e socava, como um garotinho tentando se soltar. A primeira forma emergiu do teto quando joguei o sangue do Rei para cima.

— Agora, nossos destinos estão entrelaçados — afirmei.

Seu sorriso desapareceu, ele ficou boquiaberto e arregalou os olhos. Arrastei-o pelos degraus enquanto o teto rugia e se partia. Homens negros de corpo, negros de rosto, negros onde os olhos deveriam estar, impulsionavam-se para fora do teto como se saíssem de dentro de buracos. Quando enfim emergiam, ficavam de pé no teto como nós ficamos no chão. Dos Omoluzu saíam lâminas de luz, afiadas como espadas e quentes como carvão em brasa. O Rei fugiu gritando, deixando sua espada para trás.

Eles atacaram. Comecei a correr, ouvindo-os saltar do teto. Eles pulavam e não caíam no chão, mas aterrissavam novamente no teto, como se estivessem de cabeça para baixo. Fui em direção ao pátio externo, mas dois deles foram mais rápidos do que eu, saltando para o chão e erguendo as espadas. Minha lança defendeu os dois golpes, mas sua força me derrubou. Um avançou sobre mim brandindo a arma. Esquivei para a esquerda, desviei da lâmina e enterrei minha lança em seu peito. Ela entrou devagar, como se estivesse perfurando piche. Ele deu um pulo para trás, levando minha lança com ele. Peguei a espada do Rei. Dois às minhas costas me pegaram pelos tornozelos e me levaram até o teto, lá para cima, onde as trevas serpenteavam como o mar noturno. Brandi a espada na escuridão, decepei os braços de ambos e caí no chão como um gato. Outro tentou pegar minha mão, mas fui mais rápido e o puxei para o chão, onde ele se dissolveu como fumaça. Um veio pelo meu lado, e eu me esquivei, mas sua lâmina atingiu minha orelha, fazendo arder. Virei-me e as lâminas de nossas espadas se chocaram, fazendo faíscas estalarem no escuro. Ele recuou. Minhas mãos e pés se moviam como as de um mestre Ngolo. Rolei no chão e saí correndo, mão, depois pé, depois mão, até encontrar minha lança, perto da área externa. Havia muitas tochas acesas. Corri até a primeira e mergulhei minha lança no óleo e nas chamas. Dois Omoluzu estavam bem acima de mim. Eu os ouvi empunharem as lâminas para me cortar em dois, mas dei um salto com minha lança incandescente e os transpassei. Ambos foram consumidos pelas chamas, que se espalharam pelo teto. E então se dispersaram.

Corri pela área externa, atravessei o corredor e saí porta afora. Na rua, a lua brilhava fraca, como luz atravessando um vidro embaçado. O pequeno Rei gordo nem sequer havia fugido.

— Os Omoluzu só aparecem onde há um teto. Eles não conseguem andar no céu aberto — explicou ele.

— A sua esposa vai amar essa história.

— O que você sabe do amor que alguém sente por outro alguém?

— Vamos agora.

Comecei a empurrá-lo, mas havia outra passagem, com cerca de quarenta metros. Após cinco passos, o teto começou a rachar. Com dez passos, eles já corriam pelo teto tão rápido quanto corríamos pelo chão, e o pequeno Rei gordo estava ficando para trás. Dez mais cinco passos, e me abaixei para desviar de uma espada brandida na direção da minha cabeça e que derrubou a coroa do Rei. Perdi as contas depois de dez mais cinco. Na metade do caminho, peguei uma tocha e a joguei no teto. Um dos Omoluzu irrompeu em chamas e caiu, mas se esvaiu em fumaça antes de tocar o chão. Disparamos para fora mais uma vez. Ao longe se via o portão, com um arco de pedras que provavelmente era extenso o bastante para os Omoluzu aparecerem. Mas quando passamos correndo por baixo dele, dois saltaram de lá e um conseguiu desferir um golpe em minhas costas. Em algum ponto entre a corrida em direção ao rio e a saída pela parede de água, desapareceram tanto meus ferimentos quanto a lembrança de onde eles estavam. Procurei por eles, mas minha pele não tinha marca nenhuma.

Grave o seguinte: a jornada até o reino dele foi muito mais longa do que a jornada em direção à terra dos mortos. Dias se passaram até encontrarmos a Itaki na margem do rio, mas ela não era mais uma velha, e, sim, uma garotinha brincando na água, embora tenha olhado para mim da mesma maneira furtiva que uma mulher com quatro vezes a sua idade. Quando a Rainha encontrou seu Rei, ela ralhou e praguejou e bateu nele com tanta força que eu soube ser uma questão de dias até que ele se afogasse novamente.

Conheço bem esse pensamento que acaba de passar pela sua cabeça. E todas as histórias são verdadeiras.

Há um teto sobre as nossas cabeças.

DOIS

Quando deixei a casa do meu pai, uma voz, talvez de um demônio, me disse para correr. Ao longo de casas, pousadas e estalagens para viajantes cansados, protegidas com o barro e as pedras de muros com a altura de três homens. Ruas conduziam a becos, e becos conduziam a música e bebida e briga, o que conduzia a briga e bebida e música. Vendedoras estavam fechando suas lojas e desmontando suas barracas. Homens andavam de braços dados com outros homens, mulheres passavam com cestos equilibrados em cima da cabeça, idosos ficavam sentados nos umbrais das portas, passando as noites como os dias. Eu esbarrei em um outro homem, e ele não xingou, mas deu um sorriso largo com seus dentes de ouro. "Você é bonito como uma menina", disse ele. Eu me esgueirei pelo aqueduto, tentando encontrar o portão leste, a saída para a floresta.

Cavaleiros da manhã, portando lanças e trajados em túnicas vermelhas esvoaçantes, armaduras negras e coroas douradas decoradas com penas, montavam cavalos vestidos do mesmo vermelho. No portão, sete cavaleiros se aproximavam, e o vento era selvagem. As contendas do dia concluídas, seus cavalos passaram a galope por mim, deixando uma nuvem de poeira. Então os sentinelas começaram a fechar o portão, e eu saí correndo pela Ponte Que Tem Um Nome Que Nem Sequer Os Anciãos Sabem. Ninguém percebeu.

Andei por descampados que se estendiam como mar de areia. Naquela noite eu passei por uma cidade morta com muralhas em ruínas.

A casa vazia na qual dormi não tinha porta alguma, uma janela apenas. Nos fundos havia um monte formado pelos destroços de muitas casas. Não havia comida, e a água dos jarros tinha um gosto rançoso. O sono me alcançou no chão, enquanto eu ouvia o som das paredes de barro ruindo por toda a aldeia.

E o meu olho? O que tem ele?

Ah, se fosse boca, as histórias que contaria a você, inquisidor. Bastava piscar uma vez para deixar o ouvinte boquiaberto. Escreva o que você vê; seja feitiçaria, seja ciência branca, meu olho é o que você achar que ele é. Eu não tenho disfarces. Eu não tenho aparência. Meu rosto é uma testa longa e larga, como o resto da minha cabeça. Sobrancelhas tão abundantes que chegam a fazer sombra em meus olhos. A inclinação do nariz como a de uma montanha. Lábios que parecem tão grossos quanto meu dedo quando eu esfrego pó vermelho ou amarelo neles. Um olho que é meu e outro que não é. Furei minhas orelhas eu mesmo, pensando em como meu pai usava um turbante para esconder as suas. Mas eu não tenho disfarces. Isso é o que as pessoas veem.

Dez dias após deixar a casa de meu pai, cheguei a um vale, ainda úmido da chuva caída uma lua atrás. Árvores com folhas mais escuras que minha pele. Solo que suporta dez passos só para engoli-lo no próximo. Tocas de rastejadores, cobras e víboras. Eu era um tolo. Pensei se aprendia os velhos costumes esquecendo dos novos. Andando pelo meio do mato, eu dizia a mim mesmo que, ainda que cada som fosse novo, nenhum era assustador. Que a árvore não denunciava o local em que eu tentava me esconder. Que o calor em minha garganta não era febre. Que as videiras não queriam se enroscar no meu pescoço e me estrangular até a morte. E a fome, e o que se fazia passar por fome. A dor golpeando dentro da barriga até cansar de golpear. À procura por bagas, à procura por casca de árvore fresca, à procura por macacos, à procura por comida de macacos. Mais loucura. Tentei comer terra. Tentei seguir as cobras que seguiam os ratos pela mata. Senti algo grande me seguindo. Escalei uma pedra, folhas úmidas me acertaram no rosto.

Acordei numa cabana, fresca como o rio. Fogo queimava do lado de fora, mas o calor estava dentro de mim.

— O hipopótamo é invisível dentro da água — disse uma voz.

Ou a cabana estava escura ou eu estava cego; não consegui distinguir.

— *Ye waren wupsi yeng ve.* Por que você não prestou atenção no aviso? — perguntou.

A cabana ainda era escuridão, mas meu olho viu um pouco mais.

— A víbora não tem discórdia com ninguém, nem mesmo meninos tolos. Oba Olushere, uma cobra tranquila ou gentil é a mais perigosa.

Meu nariz me guiou até a floresta. Não encontrei víbora. Duas noites atrás, quando ele me achara tremendo debaixo da árvore que chora, teve tanta certeza de que eu estava à beira da morte que cavou uma cova. Mas então eu tossi suco verde ao longo da noite. E ali estava eu, deitado numa esteira dentro de uma cabana que cheirava à violeta, folha seca e merda queimada.

— Responda do fundo do coração. O que você está fazendo na mata profunda?

Quis dizer a ele que eu vim em busca de mim, mas tais palavras eram as de um tolo. Ou algo que meu pai diria, mas naquela época eu ainda achava que havia um eu para ser perdido, sem saber que ninguém jamais é dono do eu. Mas eu já havia dito aquilo outras vezes. Então fiquei em silêncio, na esperança de que meus olhos pudessem falar. Mesmo no escuro eu percebia que ele olhava para mim. Para mim e para as minhas ideias malucas sobre a selva, onde homens corriam com os leões, e comiam o que vinha da terra, e cagavam no meio das árvores, sem qualquer fabrico entre eles. Ele saiu do canto escuro e me deu um tapa.

— A única maneira de saber o que tem na sua cabeça é abrindo e olhando, ou você pode falar.

— Eu achei que...

— Você acha que os homens do mato e do rio rosnam e latem como cães. Que nós não limpamos a bunda quando cagamos. Que talvez a gente esfregue a merda em nossa pele. Eu falo com você de homem pra homem.

Você, inquisidor, é um homem que colhe palavras. Colha as minhas. Você tem verso para uma manhã fresca, verso para a aurora dos mortos, verso para a guerra. Mas o sol que se põe não precisa dos seus versos, o guepardo que corre também não.

Esse homem sábio não morava na aldeia, mas perto do rio. Seu cabelo era branco de cinzas e creme de leite. A única vez que vi meu pai nu, notei pontos escarificados nas suas costas, como um círculo de estrelas. Esse homem tinha um círculo de estrelas em seu peito. Ele morava sozinho na cabana construída com galhos de árvores para as paredes e mato para o telhado. Ele havia esfregado pó de pedra preta nas paredes até ficarem lustrosas, depois gravou padrões e pinturas, uma de certa criatura branca com braços e pernas grandes como árvores. Nunca vi nada do tipo.

— O que é uma coisa boa, pois não estaria vivo para me contar — disse ele.

Eu adormeci, acordei, adormeci, acordei e vi uma grande píton branca enrolada num tronco, acordei e vi a cobra esmaecer contra a parede. A luz do sol entrou e iluminou as paredes, e vi que estávamos numa caverna. As paredes feitas de cera de vela derretida sobre cera de vela derretida. Na penumbra, partes dela se pareciam com um rosto gritando, ou com pernas de elefante, ou com a racha de uma garota.

A parede, quando esfreguei a mão nela, parecia casca de inhame. Perto da abertura era macio, com arbustos despontando feito tufos de cabelo. Eu levantei e, dessa vez, não caí. Cambaleei por certo, como um homem encharcado de vinho de palma, mas consegui sair de lá. Eu tropeçava e fazia força contra a rocha para me equilibrar, mas aquilo não era rocha. Nem um pouco rocha. Casca de árvore. Mas muito comprida, muito grande. Eu olhei tão para cima quanto fui capaz de olhar e andei o mais que pude andar. Não só ainda estava o sol por trás dos galhos e folhas, como o tronco não tinha fim. Ao terminar de dar a volta nele, eu já havia me esquecido onde era o começo. Só no topo havia galhos, atarracados como dedos de bebê e estendidos numa teia de ramos e folhas. Folhas pequenas, grossas como pele, e frutas do tamanho da cabeça de um homem. Ouvi pezinhos correndo para cima e para baixo, um babuíno e seu filhote.

— A árvore baobá era a mais vistosa da savana — disse o feiticeiro atrás de mim. — Isso foi antes da segunda alvorada dos deuses. Mas que coisa... a árvore baobá sabia que era linda. Ela exigiu que todos os criadores de música cantassem sua beleza. Ela e sua irmã, mais bela que os deuses, mais bela que as Bikili-Lilis, cujos cabelos se tornaram os cem ventos. O que aconteceu foi o seguinte. Os deuses pariram a fúria. Eles desceram até a Terra, arrancaram cada árvore baobá e as enfiaram de volta no chão de cabeça para baixo. Levou quinhentas eras para que as raízes produzissem folhas e mais outras quinhentas para que brotassem flores e frutos.

Em certa lua, todos os habitantes da aldeia vieram até a árvore. Eu vi como olhavam para ele enquanto se escondiam atrás dos galhos e das folhas. Uma vez, vieram três homens fortes da aldeia. Eram todos altos, de ombros largos, vincados nos lugares onde homens gordos carregam barriga, pernas fortes como as de um touro. O primeiro homem se revestiu da cabeça aos pés com cinzas, branco como a lua. O segundo marcou o corpo com listras brancas como as de uma zebra. O terceiro não brandia outra cor senão a de sua pele negra e opulenta. Eles usavam colares e correntes em volta da cintura que dispensavam mais adornos. Eu não sabia o que eles vieram buscar, mas sabia que, para eles, eu entregaria.

— Nós o observamos muitas vezes no mato — disse o listrado. — Você sobe nas árvores e caça. Sem habilidade, sem talento, mas talvez os deuses o estejam instigando. Qual é a sua idade em luas?

— Meu pai nunca contou luas.

— Esta árvore devorou seis virgens. Engoliu-as por inteiro. Você pode ouvi-las gritando à noite, mas é mais como um suspiro. Você acha que é o vento.

Ele me encarou por um tempo, depois todos riram.

— Você vem conosco para realizar o ritual Zareba de virilidade — afirmou o listrado.

Ele apontou para o enluarado.

— Uma cobra matou o parceiro dele pouco antes das chuvas. Você vai com ele.

Eu não disse que havia sido salvo de uma picada de cobra.

— Vamos nos encontrar no próximo sol. Você vai aprender os modos de um guerreiro, não os de uma puta — falou o enluarado.

Eu fiz que sim. Ele olhou pra mim por mais tempo que os outros. Alguém gravara uma estrela em seu peito. Havia uma argola em cada orelha, que eu sabia que ele mesmo tinha furado. Ele era mais alto que os outros, por uma cabeça pelo menos, mas eu só havia percebido agora. Além disso, aqueles homens não seriam mais meninos em Juba.

— Você vem comigo — ouvi ele dizer, muito embora eu não tenha visto.

Os rituais de virilidade Zareba não têm mulheres. Mas, mesmo assim, você precisa aprender que usos o homem pode fazer delas. O Zareba está em sua cabeça; o Zareba é sair no mato em jornada do nascer do sol até o meio-dia. Você chega no salão dos heróis, com paredes de argila e telhado de palha. E bastões, e espaços para lutar. Os meninos entram para aprender com os guerreiros mais poderosos de todas as aldeias e todas as montanhas. Você se cobre de cinzas para que, à noite, você pareça ter vindo da lua. Você come mingau de sorgo. Você mata o menino que você é para se tornar o homem que você é, mas tudo precisa ser aprendido. Perguntei ao menino enluarado como eu aprenderia sobre mulheres sem mulheres para me ensinar.

Quer ouvir mais, inquisidor?

Uma manhã eu senti o cheiro de um afim me seguindo até o rio. Um menino que achava que eu era o filho de seu tio. Eu estava pescando. Ele veio até a margem e acenou para mim como se me conhecesse, até que viu que não me conhecia. Eu não disse nada. Sua mãe deve ter lhe falado sobre o Abarra, o demônio que aparece disfarçado de algum conhecido, com todos os pedaços do corpo, menos a língua. Ele não correu, mas se afastou lentamente da margem do rio e sentou-se numa pedra. Ficou me observando. Ele não devia ter mais do que oito ou nove anos, com uma faixa de argila branca de orelha a orelha, passando por cima do nariz, e pintas brancas como as de um leopardo por todo o peito. Eu era um menino da cidade e não teria sorte pescando. Mergulhei minhas mãos dentro d'água e esperei. Eu sentia os peixes nadando, mas eles escorregavam sempre que eu tentava agarrá-los. Eu esperava, ele assistia. Então peguei um bem grande, mas ele se debateu e me assustou, e eu tropecei e caí dentro do rio. O garotinho riu. Eu olhei para ele e ri também, mas então um cheiro começou a vir de dentro da floresta, e foi ficando cada vez mais forte. Eu senti do que era — ocra, manteiga de karité, fedor de sovaco, leite de peito —, e ele sentiu também. Nós dois sabíamos que o vento estava trazendo alguém, mas ele sabia quem era.

Ela apareceu por entre as árvores como se tivesse brotado delas. Uma mulher mais alta, uma mulher mais velha, seu rosto já vincado e carrancudo, seu seio direito ainda sem murchidão. O esquerdo ela havia prendido com um pano atado ao ombro. Em volta da cabeça, uma faixa vermelha, verde e amarela. Colares de todas as cores, exceto azul, empilhados como uma montanha até a altura dos lóbulos das orelhas. Uma saia de pele de cabra com búzios sobre uma barriga embuchada por um bebê. Ela olhou para o menino e apontou para trás dela. Então olhou para mim e apontou para a mesma direção.

Numa manhã de sol preguiçoso, o feiticeiro me acordou com um tapa, depois saiu andando da cabana, dizendo nada. Ele deixou ao meu lado uma lança, sandálias e um pano para eu enrolar nos quadris. Levantei rapidamente e fui atrás dele. Margeando o rio, a aldeia se exibia com cabanas espalhadas por um campo. A primeira era de montes de palha seca e com um bico parecido com um mamilo. Depois, passamos por cabanas redondas de argila, vermelhas e marrons, com telhados de palha e folhagem. No centro, as cabanas eram maiores. Redondas e construídas em grupos de cinco ou seis para parecerem castelos, com muros em volta delas dizendo que isso tudo é de um homem só. Quanto maiores as cabanas, mais lustrosas suas paredes, daqueles que podiam arcar com pó de pedra preta para esfregar nelas. Mas a maioria delas não era grande. Só um homem que tivesse muitas cabeças de gado poderia ter uma cabana para armazenar grãos e outra para cozinhar.

O homem que possuía as maiores cabanas tinha seis esposas e vinte filhas, nem um menino sequer. Estava à procura de uma sétima esposa que pudesse lhe dar, finalmente, um filho. Foi um dos poucos que saíram de sua cabana para me ver. Dois meninos e uma menina, nus e sem pintura, seguiram o feiticeiro e a mim, até que uma mulher gritou alguma coisa num linguajar agressivo, e eles voltaram correndo para uma cabana que havíamos deixado para trás. Estávamos agora no meio da aldeia, do lado de fora do conglomerado desse homem. Duas mulheres espalhavam uma camada fresca de argila na parede de um celeiro. Três meninos mais ou menos da minha idade voltavam de uma caçada com um antílope morto. Eu não vi o enluarado.

O retorno dos caçadores acordou a aldeia. Homens e mulheres, meninas e meninos, todos saíram de suas cabanas para ver os frutos da caçada, mas pararam ao me ver. O feiticeiro disse um nome que eu não conhecia. O homem com seis esposas saiu de casa e veio na minha direção. Era alto, com uma pança enorme. Uma tiara de argila cinza e amarela na parte de trás da cabeça, com cinco penas de avestruz no topo. A tiara por ser um homem, e cada pena representava uma morte importante. Argila amarela contornava as maçãs do rosto, e cicatrizes de vitória cobriam seu peito e seus ombros. Aquele homem havia matado muitos homens, e leões, e um elefante. Talvez até mesmo um hipopótamo. Duas de suas esposas saíram da casa; uma era a mulher do rio.

O feiticeiro disse a ele:

— Pai que conversa com o crocodilo para que ele não nos coma durante a estação das chuvas, me escute.

Então ele falou para o homem alguma coisa que não entendi.

O homem olhou para mim dos pés à cabeça, da cabeça aos pés. Então se aproximou e disse:

— Filho de Aboyami, irmão de Ayodele, este caminho é o seu caminho, estas árvores são as suas árvores, esta casa é a sua casa, e eu sou seu amado tio.

Eu não conhecia aqueles nomes. Ou talvez fossem simplesmente nomes de pessoas que não tinham nada a ver comigo. Na mata, família nem sempre é família, e amigos nem sempre são amigos. Nem mesmo esposas são sempre esposas.

Ele me conduziu pela entrada e pátio adentro, onde crianças corriam atrás de galinhas. Elas tinham cheiro de argila, pólen e merda de galinha na sola dos pés. A casa tinha seis cômodos. Do outro lado da janela, duas esposas moíam farinha. Ao lado do celeiro, a cozinha exalava o cheiro doce do mingau; ao lado da cozinha, uma esposa se lavava em um fio de água que escorria por um buraco na parede. Ao lado dela, uma parede, comprida e escura, pontuada de mamilos feitos de argila. Depois, sob um telhado de palha, uma área sem cercas com bancos e tapetes, e, atrás disso, a maior das paredes. O quarto de dormir do meu tio, que tinha uma borboleta enorme sobre as esteiras de dormir. Ele reparou que eu estava olhando e disse que os círculos no centro eram piscinas de água em movimento, que prometiam renovação a cada nova estação das chuvas, ou quando ele mergulhava na umidade do wiwi de sua nova esposa. Ao lado dessa parede ficava o cômodo que era despensa e quarto das crianças.

— Esta casa é a sua casa, estas esteiras são suas esteiras. Mas estas esposas são minhas — avisou ele com uma pequena risada, e eu sorri.

Sentamos na área sem cercas, eu numa esteira, ele numa cadeira tão inclinada que o deitava em vez de sentar. Talhado em curva para encaixar suas nádegas, firme no encosto de três ripas de madeira esculpidas como três fileiras de ovos. Lembro do meu pai suspirando quando roçava suas próprias costas numa cadeira como aquela. Uma cabeceira em curva como um enorme adorno de chifres. O grande encosto e as pernas grossas faziam com que ela parecesse um búfalo selvagem. Deitado ali, meu tio se transformara num animal poderoso.

— Sua cadeira. Eu já vi uma parecida, amado tio — comentei.

Ele se ajeitou na cadeira. Parecia incomodado por haver duas.

— O seu povo as produz? — perguntei.

— Os Lobi, marceneiros da cidade, alegam ter produzido a única que há. Mas o povo da cidade mente; é a sua natureza.

— Você conhece as ruas da cidade?

— Percorri muitas.

— Por que você voltou?

— Como você sabe que eu deixei a aldeia para ir para a cidade, e não a cidade para vir para aldeia?

Não soube responder.

— Onde você já viu essa cadeira? — perguntou ele.

— Na minha casa.

Ele balançou a cabeça e riu.

— Sangue do mesmo sangue sempre se comporta do mesmo jeito, mesmo se for separado pela areia — disse ele, dando um tapa no meu ombro. — Traga o meu vinho de seiva de palma e tabaco — gritou para uma de suas esposas.

O povo chamava a si mesmo e à sua aldeia de Ku. Um dia, eles já controlaram as duas margens do rio. Então, seus inimigos, os Gangatom, tornaram-se mais numerosos e mais fortes e muitos outros juntaram-se a eles, empurrando os Ku para o lado onde o sol se põe. Os homens de Ku têm talento para manusear arco e flecha, encontrar pasto fresco para o gado, beber leite e dormir. As mulheres têm talento para colher palha para os telhados, cobrir paredes de argila ou esterco de vaca, construir cercas para manter as cabras e as crianças que correm atrás das cabras, buscar água, remover a nata do leite, ordenhar as vacas, alimentar as crianças, preparar a sopa, lavar as cabaças, bater a manteiga. Os homens iam até os campos ali perto para semear e colher seus cultivos. Eles escavavam poços de água. Eu quase caí num buraco tão profundo que dele se ouvia o ronco de demônios ancestrais, tão grandes quanto árvores, ressoando em seu sono lá no fundo. O menino enluarado me disse que logo chegaria a época da colheita do sorgo, e as mulheres iriam até os campos com seus cestos para carregar os resultados da safra.

Um dia eu vi nove homens retornando à aldeia, altivos e pomposos da nova pintura que alguns traziam no corpo, ocra vermelha e manteiga de karité em outros, homens que pareciam ter nascido já guerreiros.

Quando a noite caiu, eles cantaram e dançaram e lutaram, e cantaram de novo, e puseram máscaras Hemba que pareciam chimpanzés, mas o menino enluarado disse que aquela era a imagem de todos os anciãos pregressos, para falar com eles nas árvores-espírito. Eles cantaram vestindo as máscaras Hemba para quebrar o feitiço de muitas luas de caçadas ruins. O tambor fazia um *kekeke. Bambambam, lakalakalakaka* contra o vento.

A aldeia despertou em um novo aroma, e ele estava por toda parte. Novos homens e mulheres a desabrochavam, maduros. Eu os observei da casa do homem que seria meu tio, enquanto ele observava suas esposas e coçava a barriga.

— Um menino disse que me levaria para fazer os rituais de virilidade — comentei.

— Um menino lhe prometeu a Zareba? Sob o comando de quem? — perguntou meu tio.

— Por ele mesmo.

— Foi isso que ele lhe disse?

— Sim. Que eu seria seu novo parceiro, porque o anterior havia morrido picado por uma cobra. Eu falo sua língua agora. Eu conheço seus hábitos, amado tio. Sou sangue do seu sangue. Estou pronto.

— Quem é esse menino?

Mas eu não sabia onde vivia esse menino. Meu tio coçou o queixo e olhou para mim.

— Você nasceu quando você foi encontrado, e isso não completou nem uma lua. Não se apresse para morrer tão cedo — disse ele.

Não falei a ele que eu já era um homem.

— Você os viu. Uns rapazes correndo por aí, menores do que os homens que voltaram para a aldeia.

— Que rapazes?

— Rapazes com as pontas vermelhas, o feminino arrancado do masculino.

Eu não entendi sobre o que ele estava falando, então ele me levou para fora. O céu estava cinza e pesado com a chuva que esperava para cair. Dois rapazes passaram correndo, e ele chamou o mais alto, seu rosto vermelho, branco e amarelo; o amarelo, uma linha no meio da sua cabeça até embaixo. Lembre-se, meu tio é um homem muito importante, com mais cabeças de gado do que o chefe, e até um pouco de ouro. O rapaz se aproximou, lustroso de suor.

— Eu estava perseguindo uma raposa — disse ele ao meu tio.

Meu tio fez um gesto para ele chegar mais perto. Ele riu, dizendo que o menino sabe ter a marca do fim da infância, e quer que toda a aldeia saiba. O menino se contorceu quando meu tio lhe agarrou as bolas e o pau como se estivesse querendo sentir seu peso.

— Olha — ordenou ele.

A tinta quase escondia a pele que não estava mais lá, cortada, revelando o viço da ponta arreganhada.

— No começo, todos nós nascemos dois — explicou meu tio. — Você é homem e é mulher, assim como uma menina é mulher e é homem. Esse menino será um homem, agora que o necromante arrancou a mulher dele.

Todo teso ficou o menino, mas ele tentava manter sua dignidade. Meu tio seguiu falando:

— E a menina deve ter o homem que vive em suas profundezas arrancado de sua neha para que se torne mulher. Porque o ser primordial é dois.

Ele afagou a cabeça do menino, o liberou e voltou para dentro.

No topo de uma rocha, homens se reuniam. Altos, fortes, negros e reluzindo com suas lanças. Observei-os parados de pé ali até o sol se pôr, transformando-os em sombras. Meu tio se voltou para mim, quase sussurrando, como se me desse uma notícia terrível em meio a estranhos.

— A cada sessenta vezes que a Terra voa ao redor do Sol, nós celebramos a morte e o renascimento. Os primogênitos eram gêmeos, mas só quando o homem divino jogou sua semente sobre a Terra fez-se a vida. É por isso que o homem que também é mulher e a mulher que também é homem são perigosos. Mas é tarde demais. Você já está muito velho, e agora será tanto homem quanto mulher.

Ele ficou me olhando até que suas palavras falaram com minha mente.

— Eu nunca serei um homem?

— Você será um homem. Mas este outro está dentro de você e fará de você um outro. Como os homens que perambulam por aí ensinando segredos de mulher às nossas esposas. Você saberá o que eles sabem. Por todos os deuses, você se deitará como eles se deitam.

— Amado tio, você me traz imensa tristeza.

Eu não disse a ele que a mulher já se debatia dentro de mim e que eu desejava os seus desejos, mas, fora isso, eu não me sentia como mulher, pois eu queria caçar antílopes e correr e me divertir.

— Eu quero ser cortado agora — disse eu.

— Seu pai deveria ter feito isso. Agora é tarde. Tarde demais. Você estará sempre no limite entre os dois. Sempre percorrerá duas estradas ao mesmo tempo. Sempre sentirá a força de um e a dor do outro.

Naquela noite a lua não veio, mas, quando apareceu do lado de fora da cabana, o menino ainda brilhava.

— Venha ver o que os novos homens e mulheres fazem — chamou ele.

— Você precisa me dizer seu nome — pedi.

Ele não disse nada.

Fomos andando pela mata até o lugar onde tocadores de tambor enviavam mensagens para os deuses do céu e os ancestrais da Terra. O menino enluarado andava rápido e não esperava. Eu ainda tinha medo de pisar numa víbora. Ele desapareceu numa parede de folhas grossas e eu parei, sem saber para onde ir até que uma mão branca surgiu no meio das folhas, pegou a minha e me puxou para dentro.

Alcançamos uma clareira onde alguns tocavam tambores, outros batiam gravetos e outros assobiavam. Dois homens se aproximaram para começar a cerimônia, e nós nos escondemos no mato.

— Aquele é o bumbangi, autoridade e provedor de alimento. E também é ladrão. Ele é aquele usando a máscara mweelu cheia de penas e um bico gigante de calau. E ao seu lado está o makala, o mestre dos encantamentos e dos feitiços — disse o menino enluarado.

Os novos homens estavam enfileirados ombro a ombro. Todos vestiam saiotes de tecidos nobres, que eu só tinha visto meu tio vestindo, e todos agora usavam tiaras de argila decoradas com penas de avestruz e flores. Então começaram a pular, cada vez mais alto, tão alto que pairavam no ar antes de voltar a pisar no chão. Aterrissavam com tanta força que a terra tremia. Seguiam pulando ao som daquele *bodom, bodom, bodom, bodom*. Não havia crianças. Talvez estivessem como o menino enluarado e eu, escondidas no mato. Então, as novas mulheres entraram na clareira. Duas delas foram andando até os homens e começaram a pular com eles, *bodom, bodom, bodom*. Homens e mulheres iam então pulando cada vez mais perto, aproximando-se até que pele tocasse pele, peito tocasse peito, nariz tocasse nariz. O menino enluarado ainda estava segurando minha mão. Eu o deixei que fizesse. O povo se juntou a eles, e a clareira virou uma nuvem de poeira dos pulos e das pisadas, e as mulheres mais velhas agora entravam e saíam do grupo em sua dança, possuídas pela fumaça divina.

O bumbangi cantava sem parar:

Homens com pênis
Mulheres com vagina
Vocês não conhecem um ao outro
Então não construam uma casa ainda

O menino me puxou para dentro do mato mais denso e gelado. Eu senti o cheiro deles assim que ele os escutou. Um futum adocicado se levantou e o vento o espalhava. A mulher estava de cócoras em cima do homem, subia e descia, subia e descia. Fiquei piscando até meus olhos se adaptarem ao escuro. Os peitos dela balançavam. Os dois produziam sons. No quarto do meu pai, só ele produzia sons. O homem não se mexia. No quarto do meu pai, só ele se mexia. Eu vi essa mulher fazer dez coisas pra cada uma que o homem fazia. A mulher pulava pra cima e pra baixo, balançava, murmurava, arfava, gritava, rosnava, urrava, apertava seu próprio peito, se abria e se fechava. O menino enluarado tinha colocado sua mão entre as minhas pernas e puxava minha pele para frente e para trás em sincronia com as subidas e descidas da mulher. O espírito me atingiu, me fazendo jorrar e me fazendo berrar. A mulher gritou e o homem deu um pulo, empurrando-a para longe. Nós fugimos.

Meu pai me disse que deixou o lugar em que nasceu porque um sábio mostrou pra ele que ele estava entre pessoas atrasadas, que nunca criavam nada, não sabiam como colocar suas palavras no papel, e que trepavam apenas para procriar. Mas meu amado tio me disse o contrário. "Escute a árvore de onde você vive agora, porque o seu sangue está lá." Eu escutei, galho após galho e folha após folha, e não ouvi nada dos pais ancestrais. Certa noite ouvi lá fora a voz do meu avô, dirigindo-se a mim como se fosse seu filho. Eu saí e olhei para os galhos lá em cima e não vi nada além da escuridão.

— Quando você vingará a morte do seu pai? Um sono desassossegado me rege, enquanto aguardo por justiça — disse ele. — Com o assassinato de Ayodele, você é o filho e o irmão mais velho. Isso vai contra o plano dos deuses e deve ser vingado. Meu calor não esfriou, meu filho fraco.

— Eu não sou seu filho — disse eu.

— Seu irmão Ayodele, que é o mais velho, está aqui comigo, também com o sono inquieto. Ele espera pelo doce aroma do sangue inimigo — falou o espírito do meu avô, ainda me confundindo por seu filho.

— Seu filho não sou eu.

Eu era assim tão parecido com meu pai? Antes mesmo de eu ter cabelo, o dele era cinza, e nunca me enxerguei na imagem dele. Exceto pela teimosia.

— A rixa segue viva.

— Não tenho rixa com crocodilo, não tenho rixa com hipopótamo, não tenho rixa com homem.

— O homem que matou seu irmão também matou suas cabras — afirmou meu avô.

— Meu pai foi embora porque matar era parte dos costumes ancestrais, uma coisa de gente pequena, com deuses pequenos.

— O homem que matou seu irmão ainda vive — disse meu avô. — Ai, que baita vergonha quando aquele homem na sua casa deixou a aldeia. Eu não falarei seu nome. Ai, que coisa vergonhosa, mais fraco que um passarinho, mais covarde que um suricato. Quem me contou primeiro foram as vacas. No dia em que ele viu que eu não ia descansar até que ele se vingasse, ele deixou as vacas no meio do mato e fugiu. Elas voltaram sozinhas até a cabana. Ele esqueceu o próprio nome, ele esqueceu a própria vida, seu povo, como caçar com arco e flecha, proteger o campo de sorgo dos pássaros, cuidar dos rebanhos, ficar longe da lama deixada pelas inundações, porque é ali que o crocodilo dorme para se refrescar. E de você. Entre cem luas, seria você o único menino que o crocodilo odeia?

— Eu não sou seu filho — insisti.

— Quando você vingará seu irmão?

Eu fui até os fundos da casa e encontrei meu tio cheirando rapé com o chifre de um antílope, como os ricos da cidade. Eu queria saber por que ele tinha deixado a aldeia para ir para a cidade, como meu pai, e por que havia retornado, ao contrário do meu pai. Ele estava voltando de um encontro com o necromante, que tinha acabado de ver o futuro na boca do rio. Eu não consegui ler em seu rosto se o necromante havia previsto mais vacas, uma nova esposa, ou fome e doença enviadas por alguma divindade mesquinha. Senti nele o cheiro da dagga que ele mastigava para ter uma segunda visão, o que significava que ele não confiava no que o necromante havia dito e queria ver com seus próprios olhos. Parecia uma coisa que meu tio faria. Meu pai era um homem inteligente, mas ele nunca havia sido tão inteligente quanto Titio. Ele apontou para a linha branca em sua testa.

— Pó de coração de leão. O necromante mistura com sangue de lua feminino e casca de mogno, depois mastiga pra ver o futuro.

— E você está usando?

— O que você escolheria, comer o coração do leão ou usá-lo?

Eu não respondi.

— O espírito do vovô é um espírito louco — falei. — Ele me pergunta, sem parar, quando eu matarei o assassino do meu irmão. Eu não tenho irmão. Ele também pensa que sou meu pai.

Titio riu.

— Seu pai não é seu pai — disse ele.

— Quê?

— Você é filho de um homem corajoso, mas neto de um covarde.

— Meu pai era tão velho e frágil quanto os anciãos.

— Seu pai é seu avô.

Ele nem reparou no quanto aquilo mexeu comigo. O silêncio ficou tão denso que eu podia ouvir o vento balançando as folhas.

— Quando você tinha só alguns poucos anos, apesar de nós não contarmos em anos, a tribo de Gangatom, do outro lado do rio, matou seu irmão logo depois de ele ter voltado do ritual de virilidade Zareba. Numa caçada pelas terras livres, que não pertencia a nenhuma tribo, ele deparou com um grupo de Gangatom. Havia um acordo entre todas as tribos de que não deveria haver mortes nas terras livres, mas eles o esquartejaram usando machados e tacapes. Seu verdadeiro pai, meu irmão, era o arqueiro mais habilidoso da aldeia. Um homem deve saber o nome do homem contra o qual ele busca sua vingança, ou corre o risco de atacar um deus. Seu pai não escutava homem algum, nem mesmo seu próprio pai. Dizia que o sangue que corria dentro dele, sangue de leão, devia ter vindo de sua mãe, que sempre bradou por vingança. Sua sede de vingança a fez deixar a casa de seu marido. Ela parou de pintar o rosto e nunca mais arrumou o cabelo. Há quem pense ser tolice vingar a morte de um filho com o assassinato de outro filho, mas aquela era uma época de tolices. Ele vingou a morte, mas eles também o mataram. Seu pai pegou seu arco e seis flechas. Mirou do outro lado do rio e prometeu matar as primeiras seis almas que avistasse. Antes do meio-dia havia matado duas mulheres, três homens e uma criança, cada um de uma família diferente. Então seis famílias estavam contra nós. Seis novas famílias haviam agora nos jurado de morte. Mataram seu pai nas terras livres, quando um homem que vivia lá disse que as peles que comprou dele se desmancharam após duas luas apenas. Seu pai foi averiguar a reclamação e defender seu bom nome, mas o homem o traíra, informando seu nome para três guerreiros Gangatom duas luas atrás. Um menino apontou seu arco e o acertou nas costas, atravessando o coração. A história das peles ruins tinha sido inventada pelos Gangatom, já que aquele homem não tinha a capacidade de produzir uma mentira tão inteligente. Isso foi o que ele me contou antes de eu cortar sua garganta.

 Meu tio também me disse o seguinte: meu avô ficou cansado de matar e nos levou — minha mãe e eu — embora da aldeia. Foi ele que deixou as vacas para trás. É por isso que, quando eu era jovem, meu pai era tão, tão velho quanto os anciãos com duas corcundas em suas costas. De tanto correr ele ficou magro, só pele e osso. Parecia sempre pronto para fugir. Eu quis fugir do meu tio e ir pro meu pai. Meu avô. O chão, agora, não era mais o chão, e o céu não era mais o céu, e a mentira era a verdade, e a verdade era uma coisa escorregadia e movediça. A verdade estava me deixando enjoado.

Eu sabia que meu tio tinha mais palavras para me dizer; palavras que dariam sentido aos meus pensamentos, porque minha cabeça estava cheia de besteiras, e eu não conseguia mais acreditar nos meus próprios ancestrais. Ou talvez eu acreditasse em tudo. Eu acreditei em um velho que não era meu pai e em uma mulher mais jovem que era minha mãe. Mas talvez ela não fosse minha mãe. Eles dormiam no mesmo quarto, na mesma cama, e ele subia em cima dela do mesmo jeito que fazem os maridos; eu os havia visto. Talvez minha casa não fosse minha casa, e talvez meu mundo não fosse o mundo.

O espírito nos galhos mais altos dessa árvore era de fato meu pai falando comigo. Me dizendo para matar meu próprio irmão. E a aldeia sabia. Eles foram até a casa do meu tio perguntar. As velhas mandavam mensagens pelas crianças: "Quando você vingará seu irmão?" Os outros meninos me perguntavam enquanto me ensinavam a pescar: "Quando você vingará seu irmão?" Toda vez que alguém fazia a pergunta, ela ganhava vida nova. Após anos rejeitando ser parecido com meu pai, agora eu queria ser como ele. Exceto que ele era o meu avô; eu queria ser como meu avô. Minha avó tinha ficado louca por causa de sua sede por vingança.

— Onde ela mora? — perguntei ao meu tio.

— Numa casa construída por grandes aves e depois abandonada — respondeu ele. — Meio dia de caminhada a partir desta aldeia, se você for acompanhando a margem do rio.

Fui me sentar nos fundos do celeiro.
Fiquei lá por três dias.
Não falei com ninguém.
Meu tio sabia que o melhor a fazer era me deixar sozinho. Fiquei pensando no meu avô e no meu tio, e tentando recriar em minha cabeça a aparência de meu pai. Mas esse pensamento sempre morria e me deixava com meu avô e minha mãe, ambos nus, mas sem se tocar. O que o

portador faz com as notícias que não é capaz de suportar, livra-se delas? Deixa que aquilo o destrua por dentro? Eu era um tolo aos olhos deles. Eu era um animal capaz de matar o primeiro que falasse sobre pais ou avós. Eu odiava meu pai ainda mais. Meu avô. Tantas luas dizendo a mim mesmo que eu não precisava de um pai. Nós trocamos socos, eu e ele. E agora que eu não o tenho, eu o quero. Agora que eu sei que ele teria feito uma irmã também de tia, eu queria matá-lo. E a minha mãe. Raiva, talvez a raiva pudesse me levantar, me fazer ficar de pé, caminhar, mas lá estava eu, parado, encostado no celeiro. Ainda sem me mexer. As lágrimas vieram e se foram sem eu nem perceber, e quando eu percebia, eu me recusava a crer que estava chorando.

— Fodam-se os deuses, pois agora me sinto como se pudesse andar pelos céus — disse eu em voz alta.

O sangue era uma fronteira; a família, uma corda. Eu estava livre, disse a mim mesmo. E repetiria isso a mim mesmo noite e dia, durante três dias.

Eu nunca fui à procura de minha avó. O que ela teria feito além de me contar mais coisas que eu não queria saber? Coisas que me fariam entender o passado, mas me trariam mais lágrimas e sofrimento. E o sofrimento estava me deixando enjoado. Fui até aquele que estava fazendo uma fogueira do lado de fora de sua cabana. Por que sua cabana, seu celeiro e sua fogueira careciam da companhia de mulheres, eu não perguntei. Para um menino que ainda não era um homem, ele estava cuidando de si.

— Eu te levarei ao Zareba, e você vai ganhar a virilidade. Mas você deve matar o inimigo antes da próxima lua, ou eu o matarei — disse ele.

— Eu chamo você de menino enluarado em minha cabeça — contei-lhe.

— Por quê?

— Porque sua pele era de um branco sombrio como o da lua na primeira vez que te vi.

— Minha mãe me chama de Kava.

— Onde ela está? Onde estão seu pai, irmã, irmãos?
— Doença da noite, todos morreram. Minha irmã foi a última.
— Quando?
— O sol deu quatro voltas neste mundo desde então.
— Eu fico enjoado de ouvir falar em pais. E mães. E avós. Todos os parentes de sangue.
— Acalme sua raiva como eu fiz.
— Eu queria que todos eles queimassem.
— Acalme essa raiva.
— Eu tinha família e perdi, e o que eu tenho agora é uma mentira, mas a verdade é pior. Eles deixaram minha cabeça em chamas.
— Você vai ao Zareba comigo.
— Meu tio me disse que o Zareba não é para mim.
— Você ainda acredita nas palavras dos seus parentes, então.
— Meu tio disse que eu não sou homem. Que a mulher na ponta disso aqui não foi arrancada.
— Então puxa a pele para trás.

Os fundos de sua cabana não ficavam longe do rio. Nós fomos até a margem. Ele segurava uma cabaça. Ele usou sua mão em concha para coletar água, colocou dentro da cabaça e fez um sinal para eu me aproximar. Eu fiquei parado, e ele pegou um pouco de argila branca molhada e pintou meu rosto. Ele marcou meu pescoço, meu peito, minhas pernas, minhas panturrilhas e minhas nádegas. Depois ele mergulhou sua mão na água e desenhou linhas em minha pele como uma cobra, fazendo cócegas. Eu ri, mas ele ficou impassível como uma pedra. Ele desenhou linhas nas minhas costas, descendo pelas minhas pernas. Então, pegou meu prepúcio, puxou com força e disse, o que fazer com esse *foro* enrugado? Palavras foram ditas no alto das árvores, mas eu as ignorei. Kava disse:

— Eu queria ter um inimigo para vingar minha mãe e meu pai. Mas que homem já existiu capaz de matar o ar?

TRÊS

Eis as coisas que eu vi.

Três dias e quatro noites na casa de Kava. Meu tio não reclamou. Ele era o homem daquela casa sob o sol e sob a lua, e achava que eu olhava para suas esposas do mesmo jeito que elas olhavam para mim: com a boca aberta e a língua para fora. Verdade seja dita, a casa do meu tio era grande o bastante para que pudéssemos passar um quarto de lua inteiro sem nos ver. Mas eu sentia o cheiro das coisas que ele escondia de suas esposas: tapetes caros da cidade debaixo dos tapetes vagabundos, peles preciosas de grandes felinos debaixo das peles vagabundas de zebra, moedas de ouro e amuletos em bolsinhas com o fedor do animal de cujas peles foram feitas. Sua ganância levou-o a se contrair para esconder tudo o que podia, o que o fazia parecer pequeno apesar de sua enorme pança.

Mas sobre a cabana de Kava.

Ele tinha panos e peles no chão que se revelaram roupas quando eu as ergui para observá-las. Pó preto dentro de uma cabaça para lustrar as paredes. Jarras d'água, jarras para manteiga batida, uma cabaça e uma faca para extrair sangue de vaca. Aquela era uma casa que ainda era comandada por uma mãe. Eu nunca perguntei se seus pais estavam enterrados ali embaixo, ou se talvez seu pai o tivesse deixado com sua mãe para que ele aprendesse trabalhos de mulher, já que ele nunca saía para caçar.

Eu não queria voltar para a casa do meu tio e não iria conversar com as vozes nas árvores, que nunca haviam me dado coisa alguma, mas agora exigiam algo de mim. Então fiquei na cabana de Kava.

— Como você mora sozinho?

— Garoto, pergunte o que quer me perguntar.

— Fodam-se os deuses, então me diga o que eu quero saber.

— Você quer saber como eu vivo tão bem sem uma mãe e um pai. Por que os deuses sorriem para a minha cabana?

— Não.

— O mesmo alento que traz notícias sobre o seu pai conta a morte dele. Eu não posso...

— Então não faça — disse eu.

— E o seu avô é o pai das mentiras.

— E daí?

— Como qualquer outro pai — falou ele, e riu. Também disse o seguinte: — Esses ancestrais, eles falam e cantam com suas bocas sujas que um homem não é nada além de seu sangue. Os ancestrais são tolos, suas crenças são antigas. Tente uma crença nova. Eu experimento uma crença nova todo dia.

— Como assim?

— Fique com sua família, e o sangue do seu sangue irá traí-lo. Gangatom nenhum corre atrás de mim. Mas eu invejo você.

— Fodam-se os deuses, o que eu tenho para você invejar?

— Descobrir familiares só depois que já partiram é melhor do que vê-los partir.

Ele se virou para o canto escuro de sua cabana.

— Como você aprendeu os modos de mulher e de homem? — perguntei.

Ele riu.

— Espiando os homens e mulheres novos no mato. Luala Luala, o povo depois dos Gangatom, tem homem que mora com homem como se fosse esposa, e mulher que mora com mulher como se fosse marido, e homem e mulher sem homem e sem mulher, que vivem como eles querem, e em todas essas coisas não há estranheza — explicou.

Não entendi como ele podia saber, já que ainda não era homem, mas não perguntei. De manhã nós íamos até as pedras do rio e pintávamos o que o suor havia apagado durante a noite. À noite eu o conhecia tanto quanto ele me conhecia. Quando o sono lhe vinha, sua barriga tocava as minhas costas quando ele respirava. Ou nossos rostos colados, sua mão entre as minhas pernas, envolvendo minhas bolas. Nós nos enroscávamos e pegávamos e caíamos e estimulávamos um ao outro até relâmpagos se acenderem dentro de nós.

Você é um homem que conhece os prazeres, inquisidor, embora pareça ser egoísta com os seus. Você conhece a sensação, não no corpo, mas no coração, de fazer um relâmpago se acender num homem? Ou numa mulher, já que eu fiz isso com muitas. Uma menina cujo menino interior não tenha sido extirpado das pregas de sua carne é duas vezes abençoada pelo deus do prazer e da fartura.

Eis no que eu acredito. O primeiro homem tinha inveja da primeira mulher. O relâmpago dela era muito poderoso, seus gritos e gemidos altos o bastante para acordar os mortos. Aquele homem jamais aceitaria que os deuses abençoassem a mulher, que era mais fraca, com tamanhas benesses, então, antes que cada menina pudesse se transformar em mulher, o homem se dedicava a roubá-las, cortá-las e jogá-las no mato. Mas os deuses haviam colocado aquilo lá, escondido tão fundo que nenhum homem seria capaz de encontrar. Os homens pagariam por isso.

Eu tenho visto mais do que isso.

Era pleno dia, mas o sol se escondia. Kava disse para entrarmos na mata, sem retornar antes de mais de uma lua. Eu gostei daquilo, pois tudo dentro de mim ficava cada vez mais enjoado com a ideia de família. Diante de qualquer assunto da aldeia Ku. Achava que, se ficasse muito mais tempo ali, eu me transformaria num Gangatom e começaria a matar até que houvesse um buraco na aldeia tão grande quanto o buraco que eu vejo quando fecho os olhos. Uma coisa morta nunca mente, trapaceia ou atraiçoa, e o que era uma família além de um lugar onde os três vicejam como musgo?

— O quanto for necessário para que meu tio sinta a minha falta, então — disse eu.

Fiquei torcendo para ser uma caçada. Eu queria matar. Mas eu ainda tinha medo da víbora, e Kava passava pelas árvores se curvando e pelas plantas se ajoelhando e pelas flores gingando, como se soubesse para onde ia. Duas vezes me perdi, duas vezes sua mão branca saltou por entre a folhagem densa e me puxou.

— Continue andando e dispa-se de seu fardo — disse Kava.

— Quê?

— Seu fardo. Não deixe nada deter você, assim vai se despir dele como uma cobra descamando.

— O dia em que descobri meu irmão foi o dia em que perdi meu irmão. O dia em que descobri meu pai foi o dia em que perdi meu pai. O dia em que descobri meu avô foi o dia em que descobri que ele era o covarde comendo minha mãe. E dela eu não soube nada. Como é que troco uma pele dessas?

— Continue andando — insistiu ele.

Nós atravessamos moital, pântano, floresta e o calor poeirento na brancura rachada de um deserto de sal, até que a luz do dia fugiu de nós. Cada momento no mato me avivou, e eu passei a noite inteira caindo no sono e acordando de repente. No dia seguinte, após uma longa caminhada e minhas reclamações sobre a longa caminhada, ouvi passos nas árvores acima de mim e olhei para o alto. Kava disse que ele vinha nos seguindo desde que desviamos para o Sul. Eu não sabia que estávamos indo rumo ao Sul. Lá em cima na árvore havia um leopardo negro. Nós andávamos e ele andava. Nós parávamos e ele parava. Eu agarrei minha lança com força, mas Kava olhou para cima e assobiou. O Leopardo saltou à nossa frente, nos encarou feio por muito tempo, rosnou e depois saiu correndo. Eu não disse nada, pois o que é possível dizer a alguém que tinha acabado de falar com um leopardo? Avançamos mais para o Sul. O sol havia se movido para o meio do céu cinzento, mas a selva era uma mata fechada por folhas e moitas, e fria. E por pássaros com seus *uacacacaca* e seus *caucaucaucau*. Deparamo-nos com um rio cinza como o céu e correndo devagar. Novas plantas brotavam de uma árvore tombada que conectava uma margem à outra. Na metade da travessia emergiram da água duas orelhas, olhos, narinas, e uma cabeça tão larga quanto uma canoa. O hipopótamo nos acompanhava com seus olhos. Suas mandíbulas se arreganharam, a cabeça dividiu-se em duas partes, e ele rugiu. Kava virou para trás e sibilou para ele. O animal mergulhou de volta rio adentro. Às vezes nós alcançávamos o Leopardo, e ele corria mais para dentro da floresta. Ele nos esperava sempre que ficávamos muito para trás. Apesar de a mata ter esfriado, eu suava mais.

— Vamos escalar — disse eu.

— Vamos escalar de onde o sol se pôs no Oeste.

Nós estávamos numa montanha.

Só é preciso ser dito que embaixo fica em cima para o embaixo mudar. Eu não estava mais andando para o Sul, eu estava andando para cima. A neblina desceu até o chão e ficou pairando no ar. Duas vezes eu pensei que eram espíritos. Água pingava das folhas, o chão estava úmido.

— Não estamos longe — disse ele, bem quando eu ia perguntar.

Pensei que estávamos procurando por uma clareira, mas entramos mais fundo na mata. Galhos balançavam e acertavam meu rosto, videiras se enrolavam nas minhas pernas e me puxavam para baixo, árvores se curvavam para olhar para mim, e cada linha em suas cascas era um cenho franzido. Kava começou a conversar com as folhas. E a xingar. O menino enluarado tinha enlouquecido. Mas ele não estava conversando com as folhas, e sim com as criaturas que se escondiam sobre elas. Um homem e uma mulher, sua pele como as cinzas na pele de Kava, o cabelo da cor de prata da terra, menores do que a distância do seu cotovelo até o seu dedo médio. Yumboes, é claro. Fadas bondosas das folhas, mas eu não sabia disso. Caminhavam sobre ramos até que Kava segurou um dos galhos, e as criaturas escalaram do seu braço até os seus ombros. Ambos possuíam pelos nas costas e olhos que brilhavam. O macho sentou no ombro direito de Kava; a fêmea, no esquerdo. O homem enfiou a mão dentro de um saco e puxou um cachimbo. Eu fiquei para trás até fazer meu queixo caído voltar para o rosto, observando o grande Kava e aqueles dois homúnculos, um deles deixando um rastro grosso de fumaça de cachimbo.

— Um menino?

— Sim — disse o homem.

— Ele está com fome?

— Nós o alimentamos com bagas e leite de javali. Um pouco de sangue — disse a mulher.

Ambos soavam como crianças.

Durante muito tempo de caminhada, tudo que eu via eram as costas de Kava. Senti o cheiro do vômito seco do bebê antes de Kava chegar até ele, sentado num formigueiro morto, com uma flor em sua boca, os lábios e bochechas vermelhos. Kava ajoelhou-se diante do bebê, e o homenzinho e a mulherzinha saltaram de seus ombros. Kava pegou o bebê em seus braços e pediu água. Água, disse ele mais uma vez, e olhou para mim. Eu lembrei que estava carregando seus odres. Ele despejou um pouco de água na palma da mão e deu de beber à criança. Tanto o homenzinho quanto a mulherzinha carregavam cabaças com um pouco de leite de javali. Eu estava observando por cima do ombro de Kava quando o bebê sorriu, dois dentes em cima, como os de um rato, gengivas por todo o resto.

— Mingi — disse ele.

— O que isso quer dizer?

Ele começou a andar, levando o bebê, sem me responder. Até que parou.

— Os deuses não olham por ele... Nós não poderíamos... — explicou o homenzinho, sem concluir.

Eu não vi até termos atravessado a morrinha adocicada no ar. Dois pezinhos saindo de dentro do mato, a parte debaixo deles azul. Moscas produzindo uma sinfonia tenebrosa. Minha última refeição ameaçou sair pela boca. A morrinha adocicada nos acompanhou mesmo quando já estávamos muito longe dali. Um cheiro ruim, assim como um bom, pode perseguir você até o dia seguinte. Então choveu um pouco, e as árvores exalaram seu aroma de frutas sobre nós. Kava escondeu o rosto do bebê com a mão. Ele falou antes de eu perguntar.

— Você não está vendo sua boca?

— Sua boca é a boca de um bebê, igual a qualquer outra boca de bebê.

— Você já é muito velho pra ser tão bobo desse jeito — disse Kava.

— Você não sabe a minha idade nem...

— Quieto. O menino é mingi, assim como a menina morta. Em sua boca, você enxergou dois dentes. Mas estavam em cima, não embaixo; é por isso que ele é mingi. Uma criança cujos dentes de cima saem antes dos dentes de baixo é uma maldição e deve ser destruída. Senão a maldição se espalha para a mãe, o pai e a família, traz seca, fome e praga à aldeia. Assim decretaram nossos ancestrais.

— A outra. Os seus dentes também...

— Há muitos mingi.

— Isso é conversa de mulher velha. Não de gente da cidade.

— O que é uma cidade?

— O que são os outros mingi?

— Vamos andar agora. Vamos andar mais.

— Para onde?

O Leopardo saltou do meio do mato, e as pessoinhas correram para trás de Kava. Ele rosnou, olhou para trás e rugiu. Pensei que ele queria que Kava lhe entregasse o bebê.

O Leopardo se agachou, depois rolou no chão e se espreguiçou, tremendo como se tivesse um mal-estar. Ele rosnou mais uma vez, como um cão atingido por uma pedra. Suas patas dianteiras se espicharam, mas suas patas traseiras se espicharam ainda mais. Suas costas se alargaram, tragando sua cauda. Sua pele desaparecera, mas ele ainda era peludo. Ele continuou rolando até surgir um rosto de homem, porém com os olhos ainda amarelos e translúcidos, como areia atingida por um raio. Cabelo negro e selvagem pendia da cabeça pelas têmporas e pelo rosto. Kava olhava para ele como se fosse comum ver uma coisa daquelas no mundo.

— Isso é o que acontece quando chegamos atrasados — comentou o Leopardo negro.

— Aquele bebê teria morrido do mesmo jeito, mesmo se tivéssemos corrido — disse Kava.

— Atrasado em dias, é o que digo; estamos dois dias atrasados. Essa morte suja as nossas mãos.

— Mais um motivo para salvar este aqui. Vamos adiante. As cobras verdes já sentiram seu cheiro. As hienas já sentiram o cheiro da outra.

— Cobras. Hienas. — O Leopardo negro riu. — Vou enterrar aquela criança. Não vou acompanhar vocês até fazer isso.

— Enterrá-la com o quê? — perguntou Kava.

— Vou encontrar alguma coisa.

— Então vamos esperar — determinou Kava.

— Não esperem por minha causa.

— Eu não espero por você.

— Cinco dias, Asani.

— Eu vou quando eu for, bichano.

— Eu esperei cinco dias.

— Você deveria ter esperado mais.

O Leopardo negro rugiu tão alto que eu achei que ele fosse retomar a forma animal.

— Vá enterrar a menina — disse Kava.

O Leopardo negro olhou para mim. Acho que aquela foi a primeira vez que ele notou que eu estava ali. Ele deu uma fungada, virou a cabeça e voltou para o meio do mato.

Kava respondeu a pergunta antes que eu a fizesse.

— Ele é como qualquer outro no mato. Os deuses o fizeram, mas eles se esquecem de quem os deuses fizeram primeiro.

Mas essa não era a pergunta que eu queria fazer.

— Como foi que vocês se conheceram?

Kava ainda estava olhando para onde o leopardo havia se embrenhado pelo meio do mato.

— Antes do Zareba. Eu tive de provar que o menino sem mãe era digno de se tornar um homem, ou morrer menino. *Ele deve ir além da mata, se esgueirar pelos guerreiros Gangatom no campo aberto. Ele não deve retornar sem a pele de um grande felino.* Escute só o que se passou. Eu estava na mata amarela. Eu ouvi um galho se quebrar e o choro de um bebê, e vi aquele Leopardo carregando um bebê pela nuca. Com os dentes segurando ele. Eu brandi minha lança, e ele rosnou e soltou o bebê. Estava crente que salvaria esse bebê, quando o bebê começa a berrar sem dar sossego, até que o Leopardo o pega mais uma vez com seus dentes. Eu arremessei minha lança, errei, ele saltou sobre mim e, num piscar de olhos, vi um homem prestes a me socar. Ele disse: "Você é apenas um menino. Você carregará o bebê." Então eu o carreguei. Ele trouxe uma pele de leão para mim, e eu a levei para o chefe.

— A fera simplesmente diz pra carregar o bebê mingi e você o carrega? — perguntei.

— Quem era mingi? Eu não sabia até encontrarmos ela — explicou Kava.

— Isso não é... Quem é ela?

— Ela é quem viemos encontrar.

— E desde então você sai escondido perto do final de toda lua e traz crianças mingi para essa mulher? Sua resposta traz mais perguntas.

— Então pergunte o que você quer saber.

Fiquei quieto.

Esperamos até o Leopardo voltar, na forma de um homem, o cenho não mais franzido. Agora ele andava atrás de nós, às vezes tão longe que eu achava que tinha nos abandonado, às vezes tão perto que eu o sentia me farejar. Em seu corpo eu sentia o cheiro das folhas nas quais ele esbarrava, e a umidade fresca do orvalho, e o aroma de morte da menina, e o olor almiscarado da cova na sujeira embaixo das unhas. O sol estava quase prestes a partir.

Kava é como a maioria dos homens; ele carrega dois cheiros. Um do suor que escorre por suas costas e seca, o suor do trabalho duro. Outro que se esconde debaixo dos braços, por entre as pernas, no meio das nádegas, aquilo que você respira quando está perto o suficiente para tocar com os lábios. O Leopardo negro tinha apenas aquele segundo cheiro. Eu nunca tinha visto aquilo, um homem cujo cabelo era algodão negro. Em suas costas e pernas, ao me ultrapassar para tomar o bebê de Kava. Seu peitoral, duas pequenas montanhas, suas nádegas grandes, grossas as pernas. Ele parecia que ia esmagar o bebê em seus braços, mas lambeu poeira da testa da criança. Só pássaros falavam. Aqui estávamos nós, um homem branco como a lua, um Leopardo que andava como homem, um homem e uma mulher da altura de um arbusto, e um bebê maior que os dois. A escuridão se espalhava. A pequena mulher saltou dos ombros de Kava para os do Leopardo e sentou em seu braço, rindo com o bebê.

Uma voz dentro de mim prenunciava um tipo de laço de sangue entre eles, e que eu era o estranho ali. Kava não disse a ninguém quem eu era.

Chegamos a um pequeno córrego selvagem. Grandes rochas e pedras delimitavam as margens, e musgo verde as revestia como um tapete. O córrego estalava e esguichava uma névoa que atingia os galhos, as samambaias e os talos de bambu pendentes. O Leopardo pôs o bebê em cima de uma rocha, agachou-se na margem e começou a beber água. Kava encheu seus odres. O pequeno homem ficou brincando com o bebê. Fiquei surpreso por ele estar acordado. Permaneci parado ao lado do Leopardo, mas, mesmo assim, ele não deu atenção. Kava foi mais longe, procurando por peixes.

— Para onde estamos indo? — perguntei.

— Eu te disse.

— Aqui não é a montanha. Nós a contornamos e nos afastamos dela há muitos passos.

— Vamos chegar lá em mais dois dias.
— Onde?
Ele se agachou, pegou um pouco de água com a mão e bebeu.
— Eu quero voltar — pedi.
— Não existe volta — respondeu ele.
— Eu quero voltar.
— Então vá.
— Quem é o Leopardo para você?

Kava olhou para mim e riu. Uma risada que dizia: "Eu ainda nem sou um homem, mas você está me criando os problemas de um." Talvez fosse a mulher aflorando dentro de mim. Talvez eu devesse ter esmagado a pele do meu pau com uma pedra até aquilo sair. Isso é o que eu deveria ter dito. Eu não gostava do homem-Leopardo. Eu nem o conhecia para não gostar dele, mas não gostava mesmo assim. Ele tinha um cheiro de cu de velho. Isso é o que eu teria dito. Vocês conversam sem falar? Vocês se conhecem como irmãos? Você dorme com suas mãos entre as pernas dele? Para ver se ele vem até você, eu deveria me manter acordado até a lua ficar gorda e até as feras noturnas dormirem — ou você vai até o Leopardo e se deita sobre ele, ou ele em cima de você, ou talvez ele seja como um daqueles de quem meu pai gostava na cidade, que colocavam homens dentro de suas bocas?

O bebê, sentado, ria para o homenzinho e para a mulherzinha fazendo caretas e pulando pra cima e para baixo como macacos.

— Diga o nome dele.

Eu me virei. O Leopardo.

— Ele precisa de um nome — disse ele.
— Eu nem sequer sei o seu.
— Eu não preciso de um nome. Do que o seu pai o chamava?
— Eu não conheço meu pai.
— Até mesmo eu conheço o meu pai. Ele enfrentou um crocodilo e uma cobra e uma hiena só para enlouquecer com inveja humana. Mas ele perseguia com mais rapidez o antílope do que faz o guepardo. Você

já fez isso? Mordeu fundo com seus dentes mais afiados até o sangue quente jorrar em sua boca, a carne ainda pulsando, cheia de vida?

— Não.

— Então você é como Asani.

— Meu tio o chama de Kava, e todos na aldeia.

— Você queima comida, depois come. Você come cinzas.

— Você irá embora esta noite?

— Eu vou embora só quando quiser. Vamos dormir aqui esta noite. Pela manhã, levamos o bebê por novas terras. Vou encontrar comida, mas não muita, já que todas as feras ouviram nossa aproximação.

Eu sabia que ficaria acordado aquela noite. Vi Kava e o Leopardo se afastando, as chamas crescendo, bloqueando minha visão. Disse a mim mesmo que ficaria acordado e os vigiaria. E fiz isso. Cheguei tão perto que as chamas quase chamuscaram minhas sobrancelhas. Fui até o rio, agora gelado o suficiente para fazer os ossos tremerem, e joguei água no meu rosto. Fiquei olhando pelo escuro, acompanhando as pintas brancas na pele de Kava. Fechei meu punho com tanta força que cravei as unhas na palma da mão. Seja lá o que aqueles dois fossem fazer, eu veria, e eu gritaria, ou chiaria, ou xingaria. Então, quando o Leopardo me sacudiu para me acordar, eu dei um pulo, perplexo por ter caído no sono. Kava jogou água na fogueira bem quando me levantei.

— Vamos — ordenou o Leopardo.

— Por quê?

— Vamos — disse ele, e me deu as costas.

Ele se transformou em felino. Kava enrolou o bebê num pano e o pendurou nas costas do Leopardo. Ele não esperou. Esfreguei meus olhos e os abri novamente. O homenzinho e a mulherzinha estavam de volta aos ombros de Kava.

— Uma coruja falou comigo — comentou a mulherzinha. — Um dia atrás no mato. Dizem que você lê o vento. Não, então? Diz que você tem um bom faro.

— Não estou entendendo.

— Alguém segue a gente — disse ela.
— Quem?
— Asani, dizendo que você tem bom faro.
— Quem?
— Asani.
— Não, quem está nos seguindo?
— Avançando de noite, não de dia — disse Kava.
— Ele disse que eu tenho um bom faro?
— Dizendo que você foi rastreador.

Kava já estava andando quando disse:
— Vamos.

Mais adiante, dentro da escuridão, Leopardo saltava de galho em galho com um bebê preso às suas costas. Kava me chamou.
— Nós temos que avançar — disse ele.

Tudo ao redor era preto, azul noturno, verde e cinza; até mesmo o céu tinha poucas estrelas. Então o mato começou a fazer sentido. Árvores eram mãos despontando da terra e esticando dedos tortuosos. A cobra que serpenteia era um caminho. As tremulantes asas noturnas pertenciam a corujas, não a demônios.

— Siga o Leopardo — disse Kava.
— Eu não sei pra onde ele foi — repliquei.
— Sim, você sabe.

Ele esfregou a mão direita no meu nariz. O Leopardo ganhou vida bem na minha frente. Eu podia vê-lo e também o seu rastro, polpudo como sua pele em meio à mata. Eu apontei.

O Leopardo tinha virado à direita, depois dado cinquenta passos, cruzando o córrego pulando de árvore em árvore, então rumou ao Sul. Parou para mijar em quatro árvores para confundir qualquer um que estivesse nos seguindo. Eu sabia que tinha o faro, como disse Kava, mas não sabia que poderia rastrear. Mesmo com o Leopardo distante, ele ainda estava bem debaixo do meu nariz. E Kava, e seus cheiros, e a pequena mulher, e a rosa que ela havia esfregado em suas dobras, e o homem, e o néctar que ele bebeu, e os insetos que ele comeu, muito do amargo quando ele precisava do doce, e os odres, e a água dentro deles que ainda cheirava a búfalo, e o córrego. E mais, e mais que isso, mais ainda, o suficiente para me deixar um pouco louco.

— Expire tudo — disse Kava. — Expire tudo. Expire tudo.

Eu exalei longa e lentamente.

— Agora inspire o Leopardo.

Ele tocou meu peito e esfregou a região do coração. Queria ver seus olhos no escuro.

— Inspire o Leopardo.

E então eu o vi, novamente, com o meu nariz. Eu sabia para onde ele estava indo. E quem quer que houvesse assustado o Leopardo estava começando a me assustar também. Eu apontei para a direita.

— Vamos nessa direção.

Corremos a noite inteira. Depois do córrego e dos galhos debruçados sobre ele, corremos por entre árvores com raízes enormes, raízes que se erguiam para fora da terra e serpenteavam pelo chão em curvas e tramas. Um pouco antes de amanhecer, tomei uma delas por uma píton adormecida. Árvores mais altas que cinquenta homens uns sobre os ombros dos outros, e assim que o céu mudou, as folhas se transformaram em pássaros que saíram voando. Chegamos à campina, com seus arbustos e ervas daninhas mais altos que nossos joelhos, mas nenhuma árvore. Deparamos com desertos de sal em um vale profundo com poeira branca que nos cegava com sua claridade e se quebrava sobre nossos pés, sem qualquer animal até onde a visão alcançava, o que significava que aqueles que estavam nos seguindo conseguiam nos enxergar. Eu não disse nada. A campina se prolongou do término da noite ao preâmbulo do dia, onde tudo era cinza. O aroma do Leopardo à minha frente como uma linha reta, uma estrada. Duas vezes chegamos quase a vê-lo, correndo sobre as quatro patas, com o bebê amarrado às suas costas. Num dado momento, três leopardos correram ao seu lado, ignorando a nossa presença. Passamos por elefantes e leões, assustamos algumas zebras. Passamos por um trecho de mata fechada com árvores de poucas folhas, como esqueletos de árvores, e seus sussurros eram muito altos. E continuamos correndo.

A manhã se insinuou como se prestes a mudar de ideia. O quarto dia desde que Kava e eu saímos de casa. A mulher pequena disse que aqueles em nosso encalço dormiam de dia e caçavam à noite. Então, nós andamos. Passamos por uma floresta de árvores mortas, e o ar ficou úmido mais uma vez, denso ao descer do nariz ao peito. As árvores tinham folhas mais uma vez, e as folhas estavam cada vez maiores e mais escuras. Encontramos um bosque com árvores mais altas do que qualquer outra coisa que já vi no mundo. Eu não teria homens suficientes para medi-las. Elas nem sequer eram árvores, e sim os dedos retorcidos de gigantes enterrados emergindo da terra e cobertos de grama, galhos e musgo verde. Caules enormes brotando do chão na direção do céu, caules enormes se desdobrando sobre si mesmos no solo, como um punho aberto. Passei por um e, ao seu lado, havia um camundongo. O terreno era composto de morros e pequenas colinas; nada era plano. Tudo dava a impressão de que outro dedo gigante poderia se erguer do chão, seguido por uma mão e um braço e um homem verde maior do que quinhentas casas. Verde e verde amarronzado e verde-escuro, e um verde que era azul, e um verde que era amarelo. Uma floresta delas.

— As árvores enlouqueceram — comentei.

— Estamos perto — disse Kava.

A neblina dividiu a luz em azul, verde, amarelo, laranja, vermelho e uma cor que eu não sabia que era o roxo. Cem ou cem mais um passos depois, todas as árvores se curvavam numa direção, quase se entrelaçando. Caules cresciam para o Norte e para o Sul, Leste e Oeste, aprumando, mergulhando, se enroscando e se afastando umas das outras e depois voltando para o chão, como uma grade selvagem para prender algo dentro dela ou evitar que algo entrasse. Kava pulou em cima de um dos caules, inclinado tão perto do chão que estava quase encostado nele. O galho era tão largo quanto uma passagem, e o orvalho sobre o musgo o deixava escorregadio. Percorremos todo aquele caule e saltamos para um outro abaixo dele, e depois para um mais acima, e fomos pulando de galho em galho, subindo às alturas, descendo às profundezas, depois dando tantas voltas que só na terceira vez percebi que estávamos de ponta-cabeça, mas não caíamos.

— Então essa floresta é encantada — disse eu.

— Essa floresta é mal-humorada, se você não calar a boca.

Passamos por três corujas empoleiradas num galho, que inclinaram a cabeça em aceno para a pequena mulher. Minhas pernas queimavam ao finalmente irromper ao céu. As nuvens estavam ralas como uma respiração gelada, e o sol, amarelo e faminto. À nossa frente, ela pairava em meio à névoa. Na verdade ela estava suspensa por galhos, mas suas paredes haviam sido erguidas contra o caule, e compartilhava de suas mesmas flores e musgo. Uma casa construída na árvore, com as cores da montanha. Eu não sabia dizer se eles haviam construído a árvore às voltas dos galhos, ou se os galhos haviam crescido para protegê-la. Na verdade havia três casas, todas feitas de madeira e argila, com telhados de palha. A primeira era pequena como uma cabana, da altura de seis cabeças humanas. Crianças corriam às suas voltas, engatinhando para entrar pela pequena abertura na sua frente. Degraus contornavam a casa levando para a outra, que ficava em cima dela. Degraus não. Galhos horizontais a formar degraus, como se as árvores estivessem fazendo a sua parte.

— Essa floresta é encantada — comentei.

Os degraus feitos de galhos conduziam a uma segunda casa, maior, com uma abertura enorme no lugar de uma porta e um telhado de palha. Degraus saíam de seu telhado e levavam a uma casa menor, sem aberturas, sem portas. Entrando e saindo da segunda casa, crianças rindo, gritando, chorando, berrando, fazendo uhs e ahs. Nuas e sujas, cobertas de argila, ou vestindo túnicas grandes demais para elas. Na abertura da segunda casa, o Leopardo espreitava. Um menininho pelado pegou seu rabo e o balançou, e ele rosnou, e depois lambeu a cabeça da criança.

Mais crianças correram para saudar Kava. Elas o atacaram todas de uma vez, agarrando uma perna ou um braço, uma delas até mesmo escalou suas costas escorregadias. Ele riu e se curvou para que todas pudessem subir em cima dele. Um bebê ficou engatinhando pelo seu rosto, borrando toda a argila branca. Acho que aquela era a primeira vez que eu via seu rosto.

— Era num lugar assim que o Rei do Norte mantinha suas esposas que não eram capazes de gerar filhos homens. Todas as crianças daqui são mingi — explicou ele.

— E você também seria, se sua mãe acreditasse nas tradições antigas — disse ela antes que eu pudesse vê-la.

Sua voz, alta e rouca, como se em sua garganta houvesse areia. Algumas crianças saíram correndo junto com o Leopardo. Vi sua túnica depois, de um tipo que não via desde que deixei a cidade, amarela com uma estampa de cobras verdes, esvoaçante, de modo que as cobras pareciam vivas. Ela veio descendo pelos degraus e entrou na sala, que era mais como um salão, um espaço aberto com uma parede na frente e outra nos fundos, e as laterais abertas para os galhos, para as folhas e para a neblina do céu. Suas vestes iam até debaixo de seus seios roliços, e um menino de colo mamava no esquerdo. O turbante vermelho e amarelo dava a impressão de que sua cabeça estava em chamas. Ela parecia mais velha, mas, quando se aproximou, vi um olhar que eu não veria apenas uma vez, não de uma mulher envelhecida, mas sim devastada. O menino mamava com força, de olhos fechados. Ela segurou meu queixo e ficou olhando para o meu rosto, inclinou sua cabeça e mergulhou nos meus olhos. Eu tentei fixar meu olhar no dela, mas acabei desviando. Ela riu e me soltou, mas continuou olhando pra mim. Conta após conta, um vale de colares lhe escorria até os mamilos. Uma argola pendurada no lábio inferior. Um padrão duplo de pontos escarificados subindo pela bochecha esquerda até a testa e descendo pela direita. Eu conhecia aquela marca.

— Você é Gangatom — falei.

— E você não sabe quem você é — disse ela.

O olhar dela foi para baixo, para os meus pés, e depois se ergueu até a minha cabeça, cuja aparência estava começando a ficar selvagem, mas não tanto quanto o Leopardo. Ela olhou para mim como se eu estivesse respondendo perguntas sem abrir a boca.

— Mas o que você pode saber, andando por aí com estes dois meninos?

Ela sorriu. Ambos ainda estavam brincando com as crianças. Um bebê estava nas costas do Leopardo, e Kava estava fazendo barulhos e ficando vesgo para uma garotinha mais branca do que a argila do rio.

— Você nunca viu nada assim — disse ela.

— Um albino? Nunca.

— Mas você sabe o nome. Conhecimento de cidade — bufou ela.

— Eu trago algum cheiro da cidade?

— Você vem de um lugar no qual uma criança que nasce sem cor é uma maldição dos deuses. Traz doenças para a família e infertilidade para a mulher. Melhor jogá-la às hienas e rezar por um outro filho.

— Eu não venho de lugar algum. Um crocodilo caçando tem um coração mais nobre do que vocês, povo do mato.

— E onde ficam os corações nobres, menino, na cidade?

— Menino é como meu pai me chama.

— Mãe do céu, temos um homem entre nós.

— Ninguém joga seus filhos às hienas ou aos abutres. Você chama o coletor de crianças.

— E o que o coletor faz com elas na sua preciosa cidade? Que uso eles dão a uma menina como ela? — perguntou, apontando para a menina, que ria. — Primeiro, eles enviam mensagens pelos pássaros no céu e pelos tambores no chão, talvez até um bilhete escrito numa folha ou num papel para aqueles que o leriam. Dizendo que haviam pegado uma criança albina. Essas pessoas, quem? Diga para mim, garotinho. Você sabe quem são essas pessoas?

Eu fiz que sim com a cabeça.

— Feiticeiros e mercadores que vendem para feiticeiros. Pela criança inteira, seu coletor pode cobrar um bom preço. Mas para acumular uma verdadeira fortuna, ele leiloa cada pedaço pela maior oferta. A cabeça para a bruxa do pântano. A perna esquerda para a mulher infértil. Os ossos moídos até virarem pó, para que o pau do seu avô permaneça duro para diversas mulheres. Os dedos como amuletos, o cabelo para qualquer coisa que o feiticeiro lhe disser. Um bom coletor de bebês pode ganhar cinquenta vezes mais vendendo-os aos pedaços do que ganharia vendendo a criança inteira. O dobro por uma albina. O coletor corta ele mesmo o bebê em pedaços. As bruxas pagam mais caro se souberem que o bebê ainda estava vivo durante parte do processo. Sangue encharcado de medo tempera suas poções. Para que as nobres mulheres de sua cidade possam manter seus nobres maridos, e para que suas concubinas nunca deem filhos aos seus mestres. É isso que eles fazem com garotinhas como ela na cidade de onde você vem.

— Como você sabe que eu venho da cidade?

— Seu cheiro. Viver na aldeia Ku não é capaz de disfarçar isso.

Ela não riu, embora eu achasse que riria. Aquela cidade não era minha para que eu a defendesse. Suas ruas e passagens não me despertavam nada além de aversão. Mas eu não gostei do seu discurso, como se ela estivesse esperando havia anos por um homem do qual pudesse rir. Aquilo estava ficando cansativo, homens e mulheres olhando pra mim uma vez e achando que sabiam que tipo de pessoa eu era, e não havia muito a saber sobre o tipo de pessoa que eu era.

— Por que Kava me trouxe até aqui?

— Você acha que eu pedi para que ele trouxesse você?

— Jogos são para crianças.

— Então vá embora, garotinho.

— Só que você pediu para ele me trazer aqui. O que você quer, bruxa?

— Você me chamou de bruxa?

— Bruxa, velhota, puta mutilada de Gangatom, pode escolher o que você mais gosta.

Ela sorriu bem rápido para esconder sua carranca, mas eu a vi.

— Você não tem respeito por nada.

— E não é uma velhota com um menino mamando numa teta sem leite que vai mudar isso.

O sorriso em seu rosto se desmanchou. Sua expressão severa me encheu de coragem; eu cruzei os braços. De gostar, eu gosto. Desgostar, eu amo. Nojo, eu posso sentir. Aversão, eu posso pegar com a minha mão e esmagar. E ódio, ódio me alimenta por dias. Mas o sorriso presunçoso da indiferença no rosto de alguém me faz querer arrancá-lo de lá. Tanto Kava quanto o Leopardo pararam de brincar e olharam para nós. Achei que ela fosse soltar o bebê e, talvez, me dar um tapa. Mas ela seguiu abraçada a ele, que ainda estava de olhos fechados e ainda sugava o mamilo entre seus lábios. Ela sorriu e virou-se de costas. Mas não antes que meus olhos pudessem dizer: "Melhor deixar as coisas desse jeito, com um entendimento entre nós dois. Você sabe quem eu sou, mas eu também sei quem você é. Eu senti o cheiro de tudo a seu respeito antes mesmo de você descer por aqueles degraus."

— Talvez você tenha me trazido até aqui para me matar. Talvez você tenha mandado me buscar porque eu sou Ku e você é Gangatom.

— Você não é nada — disse ela, e subiu de volta os degraus.

O Leopardo correu até a beirada do piso e saltou para a árvore. Kava ficou sentado no chão, suas pernas cruzadas.

Durante sete dias eu fiquei longe da mulher e ela ficou longe de mim. Mas crianças são crianças, e elas não conseguem ser outra coisa. Achei uns panos soltos feitos para as crianças se vestirem e enrolei em minha cintura. Verdade, eu me senti como se a cidade tivesse renascido em mim e eu houvesse fracassado em ser um homem do mato. Outras vezes eu amaldiçoei meu incômodo e fiquei me perguntando se algum outro homem ou menino já foi tão incomodado assim pelas roupas. Na quinta noite eu disse a mim mesmo que se eu estava vestido ou despido não importava, mas sim o que eu sentia ou não sentia vontade de fazer. Na sétima noite, Kava me falou sobre os mingi. Ele apontou para cada criança e me disse por que seus pais decidiram matá-las ou deixá-las para morrer. Aquelas tinham tido a sorte de ser abandonadas e encontradas. Às vezes os ancestrais exigiam que você se certificasse de que a criança estava morta, então a mãe ou o pai a afogavam no rio. Ele disse isso sentado no chão da casa do meio, enquanto as crianças dormiam em cima de tapetes e peles. Ele apontou para a menina de pele branca.

— Ela tem a cor dos demônios. Mingi.

Um menino com uma cabeça enorme tentava capturar uma libélula.

— Seus dentes de cima cresceram antes dos de baixo. Mingi.

Outro menino já estava dormindo, mas continuava esticando sua mão direita, tentando capturar o ar.

— Seu gêmeo morreu de fome antes que pudéssemos salvar os dois. Mingi.

Uma menina aleijada pulava no mesmo lugar, seu pé esquerdo dobrado para o lado errado.

— Mingi.

Kava gesticulou com a mão sem apontar para ninguém.

— E algumas nasceram de mulheres que não estavam em um matrimônio. Você desaparece com a mingi, e a vergonha desaparece com ela. E você pode acabar se casando com um homem que tenha sete cabeças de gado.

Eu olhei para as crianças, a maioria dormindo. O vento diminuiu, e as folhas farfalhavam. Eu não sabia dizer quanto da lua a escuridão havia devorado, mas sua luz era suficiente para que eu enxergasse os olhos de Kava.

— Para onde vão as maldições? — perguntei.

— O quê?

— Todas essas crianças são amaldiçoadas. Se você as mantém aqui, você está empilhando maldições. Aquela mulher é uma bruxa? Ela tem o dom de remover maldições, dessas que vêm de dentro de um útero? Ou ela está apenas reunindo todas elas aqui?

Eu não consigo descrever a expressão em seu rosto. Mas meu avô me olhava daquele jeito o tempo todo, e me olhou assim o dia inteiro no dia em que fui embora.

— Ser tolo também é uma maldição — disse ele.

QUATRO

Kava e o Leopardo vinham salvando crianças mingi há dez mais nove luas.

O Leopardo não dormia no chão da casa, nem mesmo quando era um homem. A cada noite ele escalava mais acima na árvore e adormecia entre dois galhos. Ele se transformava em homem no meio do sono — eu tinha visto — e não caía. Mas havia noites em que ele iria bem longe atrás de comida. Era lua cheia uma noite — vinte mais oito dias desde que eu havia deixado Ku. Esperei muito tempo depois da saída do Leopardo e segui seu cheiro. Rastejei sobre galhos curvados para o Norte, rolei por baixo de galhos curvados para o Sul, e corri ao longo de galhos estendidos rente ao chão, Leste a Oeste, como uma estrada.

Ele havia acabado de arrastá-lo nos dentes quando eu o encontrei entre galhos, sua cabeça parecia mais poderosa do que nunca. O antílope ele havia matado com aquela mordida ainda agarrada ao pescoço da presa. O ar impregnado pelo novo abate. Ele abocanhou a base da pata traseira e a esgarçou em proveito da carne mais macia perto da barriga. Sangue borrifou seu nariz. O Leopardo abocanhou mais carne, mastigou e engoliu bem rápido, como um crocodilo. A carcaça quase lhe escapou das presas quando ele me viu, e nos encaramos por tanto tempo que até cogitei se aquele não era um outro leopardo. Seus dentes retalhavam carne vermelha, mas seu olhar permaneceu em mim.

A bruxa subia até a cabana superior à noite, a casa sem portas. Eu tinha certeza de que ela entrava por um alçapão no teto e quis ver com meus próprios olhos. A alvorada estava próxima. Kava se encontrava em algum ponto debaixo de uma pilha de crianças dormindo, também adormecido. O Leopardo se dedicava a terminar o que restava do antílope. A neblina se adensou, e eu não conseguia mais ver os degraus sob meus pés.

— Essas são as coisas que devem acontecer a você — disse uma voz que eu nunca havia ouvido antes, uma garotinha.

Tomei um susto, mas ninguém se prostrava à minha frente ou às minhas costas.

— É melhor você subir aqui — falou outra voz, a mulher.

— Você não tem uma porta — respondi.

— Você não tem olhos — disse ela.

Eu fechei meus olhos e os abri, mas a parede ainda era a parede.

— Caminhe — ordenou ela.

— Mas não há como…

— Caminhe.

Eu sabia que iria bater na parede, e amaldiçoaria ela e o bebê que provavelmente ainda chupava seu peito, talvez porque não fosse um bebê coisa nenhuma, e sim um obayifo sanguessuga, com luz escapando pelo sovaco e pelo cu. De olhos fechados, caminhei. Dois passos, três passos, quatro e parede nenhuma encontrou minha testa. Quando abri meus olhos, meus pés já estavam dentro da sala. Era muito maior do que eu imaginava, porém menor do que a cabana debaixo dela. No piso de madeira, todo entalhado, havia marcações, encantamentos, feitiços, maldições; agora eu sabia.

— Uma bruxa — disse eu.

— Eu sou uma Sangoma.

— Parece nome de bruxa.

— Você conhece muitas bruxas? — perguntou ela.

— Eu sei que você cheira como uma bruxa.

— Kuyi re nize sasayi.

— Não sou um órfão largado no mundo.

— Mas você vive a vida difícil de um menino que homem nenhum quer chamar de seu. Ouvi dizer que seu pai está morto e que sua mãe está morta para você. O que isso faz de você? E do seu avô?

— Eu juro por deus.

— Qual deles?

— Me cansa essa exibição com as palavras.

— Você se exibe como uma criança. Você já está aqui há mais do que uma lua. O que aprendeu?

Criei silêncio entre nós. Ela ainda não havia se mostrado. Ela estava na minha cabeça, eu sabia. Esse tempo todo a bruxa estava distante, projetando sua voz até mim. Talvez o Leopardo tivesse finalmente mastigado o caminho até o coração do antílope e o prometido a ela. Talvez o fígado também.

Algo leve acertou minha cabeça, e alguém deu uma risadinha. Uma pelota acertou minha cabeça e ricocheteou, mas não a ouvi bater no chão. Outra acertou meu braço e também ricocheteou, com muita força, sem produzir som. Muita força. O chão parecia limpo. Eu peguei a terceira bem quando ela ia acertar meu braço direito. A criança riu mais uma vez. Abri minha mão, e uma pequena pelota de cocô de cabra saltou de dentro dela, saiu voando e subiu bem alto, sem voltar para baixo. Olhei para cima.

Alguém havia lustrado aquele teto de argila com grafite. A mulher agora estava pendurada no teto. Não, estava de pé nele. Não, estava grudada nele, olhando para baixo, para mim. Mas sua túnica seguia no lugar, mesmo com a brisa. Seu vestido cobria seus seios. Na verdade, ela estava de pé no teto do mesmo jeito que eu estava de pé no chão. E as crianças, todas as crianças, estavam deitadas no teto. De pé no teto. Correndo umas atrás das outras, por cima e por baixo, de um lado para o outro, chiando e gritando, pulando e sempre caindo de volta no teto.

E que crianças? Meninos gêmeos, cada um com sua própria cabeça, suas próprias mãos e pernas, mas unidos pela lateral e compartilhando da mesma barriga. Uma garotinha feita de fumaça azul fugindo de um menino com um corpo tão grande e redondo quanto uma bola, porém sem pernas. Outro menino, a cabecinha lustrosa e tufos de cabelo enrolado que pareciam pintas, um corpo pequeno, mas pernas compridas como as de uma girafa. E outro menino, branco como a garota de ontem, mas com olhos grandes e azuis como bagas. E uma menina com o rosto de um menino atrás de sua orelha esquerda. E três ou quatro crianças que se pareciam com a criança de qualquer mãe, porém, estavam de pé, de cabeça para baixo, no teto, olhando para mim.

A bruxa se moveu na minha direção. Eu podia tocar no topo de sua cabeça.

— Quem sabe a gente esteja no chão e você esteja no teto — disse ela.

Assim que ela disse aquilo, eu me soltei do chão e estiquei meus braços bem rápido, antes de bater a cabeça no teto. Minha cabeça deu um nó. A criança de fumaça apareceu na minha frente, mas eu não fiquei assustado nem surpreso. Não havia tempo para pensar, mas por certo pensei, que mesmo uma criança fantasma é antes uma criança. Minha mão a atravessou e espalhou um pouco de sua fumaça. Ela fechou a cara e fugiu pelo ar. Os irmãos siameses se ergueram do chão e correram na minha direção. Brinque conosco, eles disseram, mas eu não disse nada. Eles ficaram ali parados olhando para mim, apenas uma tanga listrada cobrindo os dois. A criança da direita usava um colar azul; a da esquerda, verde. O menino de pernas compridas inclinou-se em minha direção, usando calças folgadas e esvoaçantes como as que meu pai usava, naquela cor que eu não conhecia. Como um vermelho na noite profunda. Roxo, ela disse. O menino pernalta conversava com os siameses numa língua que eu não conhecia. Todos os três ficaram rindo até a bruxa os espantar dali. Eu sabia quem eram aquelas crianças, e foi isso que eu disse a ela. Elas eram mingi no auge de suas maldições.

— Você já foi ao palácio da sabedoria? — perguntou ela, um braço ao seu lado, o outro em volta de uma criança que não desejava seu mamilo.

Eu passava por aquele palácio todos os dias, e entrei nele mais de uma vez. Suas portas estavam sempre abertas, para dizer que a sabedoria está sempre à disposição de todos, mas eu era jovem demais para suas lições. Porém, eu disse:

— Onde fica esse palácio?

— Onde fica esse palácio? Na cidade da qual você fugiu, menino. Seus pupilos contemplam a real natureza do mundo, não as tolices de homens velhos. O palácio onde construíram escadas para chegar às estrelas e produzem arte que nada tem a ver com a virtude nem com o pecado.

— Esse lugar não existe.

— Até mesmo mulheres vão até lá para absorver o conhecimento dos mestres.

— É tão certo que os deuses existem quanto não há esse lugar.

— Triste. Um só dia de aprendizado lhe ensinaria que uma criança não traz consigo nenhuma maldição, nem mesmo uma que nasce com o espírito destinado a morrer e nascer de novo. Maldições saem da boca das bruxas.

— Bruxa você?

— Medo de bruxa, você?

— Não.

— Tema suas piores mentiras. Com uma língua tão venenosa, você, que tipo de mulher vai despir?

Ela ficou me encarando por muito tempo.

— Como é que eu não percebi isso antes? Meus olhos estão ficando cegos pela visão de meninos shoga.

— Meus ouvidos vão cansados com palavras das bruxas.

— Deveriam estar cansados de você ser tão tolo.

Dei um passo em sua direção, as crianças pararam e olharam para mim. Todos os sorrisos sumiram.

— Crianças não têm controle sobre como vão nascer, elas não têm escolha. Escolher ser um tolo, porém...

As crianças voltaram a ser crianças, e eu a escutava acima dos ruídos das brincadeiras.

— Se eu fosse uma bruxa, teria lhe aparecido como um menino bonito, já que são os modos do seu íntimo, minto? Se eu fosse uma bruxa, eu invocaria um tokoloshe e o enganaria para que ele pensasse que você é uma menina, então ele ficaria invisível para o estuprar todas as noites. Se eu fosse uma bruxa, todas essas crianças teriam sido mortas, esquartejadas e vendidas no mercado de bruxas de Malangika. Eu não sou uma bruxa, seu tolo. Eu mato bruxas.

Três noites após a primeira lua, eu acordei com uma tempestade dentro da cabana. Mas não havia chuva, e o vento corria de um lado do cômodo para o outro, derrubando jarras e tigelas de água, sacudindo prateleiras, varrendo o chão de sorgo e perturbando o sono de algumas crianças. No tapete, Menina Fumaça estava trocando de forma. Gemendo, com o rosto firme como pele, e depois se transformando em fumaça, prestes a se dissipar. De dentro de seu rosto saltava um outro rosto todo feito de fumaça, com olhos de terror e uma boca de grito, retorcendo-se e debatendo como se ela estivesse tentando sair de dentro de si própria.

— Demônios perturbam seu sono — disse a Sangoma, correndo na direção da Menina Fumaça.

Duas vezes a Sangoma a pegou pela face, só para que sua pele se convertesse em fumaça. Ela gritou de novo, mas dessa vez nós a escutamos. Mais crianças acordaram. Sangoma ainda estava tentando segurá-la pelas bochechas, gritando para que ela acordasse. Ela resolveu dar um tapa na menina, torcendo para que a fumaça permanecesse pele pelo tempo suficiente. Sua mão atingiu sua bochecha esquerda, e a menina acordou e deu um grito. Ela correu na minha direção e saltou contra o meu peito, o que teria me derrubado se ela não fosse mais leve do que o ar. Tentei afagar suas costas e minha mão a atravessou. Afaguei de novo, devagar. Às vezes ela ficava sólida o suficiente para senti-la.

Às vezes eu conseguia perceber o toque de suas mãozinhas em volta do meu pescoço.

Sangoma acenou com a cabeça para o Garoto Girafa, que também estava acordado, e ele passou sobre crianças adormecidas para chegar à parede, onde ela havia coberto alguma coisa com um lençol branco. Ele o pegou, ela me alcançou uma tocha, e nós todos saímos da cabana. A menina estava dormindo, ainda pendurada ao meu pescoço. O lado de fora ainda estava profundamente escuro. O Garoto Girafa pôs a coisa no chão e tirou o lençol.

Ficou prostrada ali como uma criança olhando para nós. Esculpida na madeira mais dura e envolta em vestes de bronze, com um búzio em seu terceiro olho, penas saindo de suas costas, e dezenas e mais dezenas de pregos martelados em seu pescoço, ombros e peito.

— Nkisi? — perguntei.

— Quem te mostrou um desses — disse Sangoma, não como uma pergunta.

— Na árvore dos feiticeiros. Ele me disse o que eles eram.

— Este é nkisi nkondi. Ele persegue e castiga o mal. As forças do além se voltam a ele, em vez de a mim; senão eu ia enlouquecer e conspirar com demônios, como uma bruxa. Há remédios na cabeça e na barriga.

— A menina? Ela acabou de ter um sono difícil — disse eu.

— Sim. E eu tenho uma mensagem para o provocador.

Com um aceno de cabeça para o Garoto Girafa, ele puxou um prego que havia sido martelado no chão. Ele pegou um porrete e o martelou no peito do nkisi.

— Mimi waomba nguvu. Mimi waomba nguvu. Mimi waomba nguvu. Mimi waomba nguvu. Kurudi zawadi mari kumi.

— O que você fez? — perguntei.

O Garoto Girafa cobriu o nkisi, mas nós o deixamos lá fora. Eu peguei a menina para colocá-la no chão, e ela estava sólida ao toque. Sangoma olhou para mim.

— Você sabe por que ninguém ataca este lugar? Porque ninguém consegue vê-lo. É como fumaça venenosa. As pessoas que estudam o mal sabem que existe um lugar para os mingi. Mas elas não sabem onde fica. Mas isso não impede que elas mandem feitiços no ar.

— E o que você fez?

— Eu devolvi o presente ao emissário. Dez vezes mais forte.

A partir de então, comecei a acordar envolto em fumaça azul, a menina deitada sobre o meu peito, deslizando até meus joelhos e os dedos dos meus pés, sentada na minha cabeça. Ela adorava sentar na minha cabeça enquanto eu tentava andar.

— Você está me cegando — dizia eu.

Mas ela só ria, e soava como brisa entre folhas. Eu ficava incomodado, depois não ficava mais, então aceitei as coisas como eram, que quase sempre haveria uma nuvem azulada sobre minha cabeça, ou sentada em meus ombros.

Uma vez, eu e a Menina Fumaça entramos na floresta com o Garoto Girafa. Caminhamos por tanto tempo que eu nem percebi que já não estávamos mais em cima da árvore. Na verdade, eu estava seguindo o garoto.

— Aonde você vai? — perguntei.

— Encontrar a flor — respondeu.

— Há flores por toda a parte.

— Eu vou encontrar a flor — replicou, e começou a trotar.

— Um trote para você é como um salto para nós. Devagar, criança.

O menino diminuiu o passo, mas, mesmo assim, eu precisei andar rápido.

— Há quanto tempo vocês moram com a Sangoma? — perguntei.

— Acho que não muito. Eu costumava contar os dias, mas eles são muitos — respondeu ele.

— É claro. A maior parte dos mingi é morta poucos dias após nascer, ou assim que o primeiro dente aparece.

— Você vai querer saber — disse ela.

— Quem, a Sangoma?

— Ele vai querer saber como é que eu sou um mingi tão velho — disse ela.

— E qual é a sua resposta?

Ele sentou na grama. Eu me inclinei, e a Menina Fumaça chispou da minha cabeça como um rato.

— Aí está. Aí está a minha flor.

Ele pegou uma coisinha amarela mais ou menos do tamanho de seu olho.

— A Sangoma me salvou de uma bruxa.

— Uma bruxa? Por que uma bruxa não o mataria quando você era um bebê?

— A Sangoma diz que muita gente quer comprar minhas pernas pra feitiçaria do mal. E perna de menino é maior que perna de bebê.

— É claro.

— O seu pai vendeu você? — perguntou ele.

— Vendeu? O quê? Não. Ele não me vendeu. Ele está morto.

Eu olhei para ele. Senti a necessidade de sorrir para ele, mas também me senti falso por fazer aquilo.

— Todos os pais deveriam morrer assim que nascemos — falei.

Ele me olhou estranho, com olhos de crianças quando escutam palavras que seus pais não deveriam ter dito.

— Vamos batizar uma pedra com o nome dele, amaldiçoá-la e enterrá-la — disse eu.

O Garoto Girafa sorriu.

Que seja dito isso sobre uma criança. Em você, elas sempre encontram uma utilidade. E que seja dito também: elas não conseguem imaginar um mundo onde você não as ama, pois o que mais alguém deveria fazer senão amá-las? O Garoto Bola descobriu que eu tinha um bom faro. Ficava rolando por cima de mim, quase me derrubando, gritando "Me acha!" e rolando em seguida.

— Fica de olho fech...— gritou ele, rolando por cima de sua boca antes de terminar de dizer *fechado*.

Eu não usei meu faro. Ele deixou um rastro de poeira em meio ao barro seco e de grama amassada pelo mato. Ele também se escondeu atrás de uma árvore fina demais para o seu corpo largo de bola. Quando pulei para seu lado e disse "Achei!", ele olhou para o meu olho aberto e começou a chorar, a urrar e berrar. E se lamentar, ele se lamentava pra valer. Eu achei que Sangoma viria correndo com uma praga e que o Leopardo viria pronto para me estraçalhar. Eu toquei sua cabeça e acariciei sua testa.

— Não, não, não... eu vou... você pode se esconder de novo... eu te dou... uma fruta, não, um pássaro... para de chorar... para de chorar... ou eu...

Ele ouviu algo em minha voz, como uma ameaça, e chorou ainda mais alto. Tão alto que ele me assustou mais do que um demônio. Pensei em tirar o choro de sua boca na base do tapa, mas aquilo me transformaria no meu avô.

— Por favor — pedi. — Por favor. Eu te dou todo o meu mingau.

Ele parou de chorar imediatamente.

— Todo?

— Não vou nem dar uma provinha com meu dedo.

— Todo? — perguntou ele mais uma vez.

— Vá se esconder de novo. Eu juro que dessa vez vou usar apenas o meu nariz.

Ele começou a rir tão rápido quanto tinha começado a chorar. Esfregou sua testa na minha barriga, e depois saiu rolando tão rápido quanto lagarto em argila quente. Eu fechei meus olhos e o farejei, mas passei cinco vezes por ele, gritando "Onde está esse garoto?", e ele riu quando eu gritei "Estou sentindo seu cheiro".

Em sete dias, completaria duas luas de morada com a Sangoma. Eu perguntei a Kava:

— Ninguém de Ku virá atrás de nós?

Ele olhou para mim como se o seu olhar fosse uma resposta.

Ouça agora, padre. Três histórias sobre o Leopardo.

Uma. Uma noite prenha de calor. Às vezes eu acordo quando o cheiro de homens fica mais forte no lugar em que estou, e sei que eles estão se aproximando, a cavalo, a pé, ou numa quadrilha de patifes. Às vezes eu acordo com o cheiro enfraquecendo, e sei que eles estão indo embora, fugindo, se afastando, ou procurando esconderijo. O cheiro de Kava estava ficando mais fraco, e o do Leopardo também. Não havia lua aquela noite, mas algumas ervas daninhas brilhavam, criando um caminho iluminado no escuro. Eu corri por entre as árvores e meu pé se prendeu num galho. Bati a bunda, bati a cabeça, rolando, tropeçando como um pedregulho que despenca morro abaixo. Vinte passos mato adentro e lá estavam eles, debaixo de uma jovem árvore iroko. O Leopardo, de barriga na grama. Ele não era um homem; sua pele era negra como cabelo e sua cauda chicoteava o ar. Ele não era o Leopardo; suas mãos seguravam um galho e suas nádegas firmes batiam contra Kava, que metia nele com fúria.

Como eu odiava Kava, e não importava se era o buraco de mulher na ponta do meu membro viril que me fazia odiá-lo, eu o odiaria mesmo que entre minhas pernas houvesse o galho de uma árvore, pois todo o meu ódio nada tinha a ver com a mulher, porque não havia mulher nenhuma na ponta do meu membro, isso era costume dos antigos, pura tolice, até o feiticeiro havia dito.

Queria ferir o Leopardo e ser o Leopardo. Quão forte eu sentia o cheiro daquele animal, e quanto aquele cheiro tinha ficado mais intenso, e quanto muita gente muda de cheiro quando odeia, e fode, e sua, e corre de medo, e como eu sinto todos esses cheiros mesmo quando eles tentam disfarçá-lo.

Qual feitiçaria você quer desvendar hoje, inquisidor? O que você ficará sabendo?

Shoga? Eu sabia, é claro. Um homem desse tipo sempre sabe, não sabe? Essa já é a terceira vez que eu digo o nome e você ainda não sabe? Dentro de nós, homens shoga, encontra-se uma outra mulher que não pode ser extirpada. Não, não uma mulher; uma coisa que os deuses esqueceram que fizeram, ou se esqueceram de contar aos homens, e talvez seja melhor desse jeito. Escute quando eu falo, inquisidor, que sempre que ele o tocar, esfregar bem forte ou devagar, ou mexer ele dentro de mim, eu ficarei parado aqui, e esguicharei minha semente naquela parede. Acertarei o teto com ela. Acertarei o topo da árvore, atravessarei o rio até a outra margem e acertarei um Gangatom em seu olho.

Então você ri, inquisidor.

Não é a primeira vez que você ouve falar dos homens shoga. Use poesia para referir-se a eles, como fazemos no Norte; são homens de desejo primal. Como os guerreiros Uzundu, ferozes porque só têm olhos uns para os outros. Ou chame-os de vulgar como vocês fazem no Sul, como os homens Mugawe, que usam roupas de mulher para que você não veja o buraco que está fodendo. Você parece um basha, um comprador de meninos. E por que não? Meninos são belos animais; os deuses nos deram mamilos e buracos, e não importa seu pau ou sua *koo*, mas o ouro em sua bolsa.

Os shoga lutam em suas guerras. Os shoga orientam noivas antes do casamento. Nós ensinamos a elas a arte de ser uma esposa e dona de casa, e também como se embelezar e satisfazer o homem. Nós ensinamos até mesmo o homem a satisfazer sua esposa para que ela lhe dê filhos, para que ele verta seu leite nela todas as noites. Ela arranhará suas costas e retorcerá os dedos de seus pés. Às vezes nós tocamos música tarabu usando kora, djembe e tambor falante, e um de nós se deita como uma mulher, e outro se deita como homem, e nós mostramos as 109 posições para satisfazer seu amante. Vocês não têm uma tradição como essa? Talvez seja por isso que você prefere esposas jovens, pois, dessa forma, como elas ficariam sabendo que você é um amante patético? Eu e Kava usamos apenas nossas mãos. Eu não achava aquilo estranho, talvez porque ainda carregasse a mulher na minha ponta. Uma vez pedi para o feiticeiro cortar ela fora, depois que meu tio me proibiu. Ele me olhou, e não havia mais nenhuma sabedoria em seu olhar, apenas perplexidade lhe restara, um vinco em sua testa, e seus olhos semicerrados como os de um homem que está perdendo sua visão. Ele disse:

— Você também quer ficar só com um olho, talvez só perna?

— Não é a mesma coisa — repliquei.

— Se o deus Oma, que criou o homem, quisesse você cortado para revelar aquela carne, ele mesmo a teria revelado. Talvez o que você precise cortar fora sejam os ensinamentos tolos de homens que ainda constroem suas paredes usando esterco de vaca.

Dois. No dia seguinte, o Leopardo me acordou chutando a cara. Abri meus olhos e olhei para o seu rosto, seu cabelo e seus olhos, selvagens e robustos, brancos com um minúsculo ponto preto no meio. Eu tinha mais medo do homem do que do Leopardo. Sua cabeça e ombros enormes eram um lembrete de que ele ainda era capaz de puxar árvore acima de feras que tinham três vezes o seu peso. Ele pisou no meu peito com um arco pendurado em seu ombro direito e uma aljava cheia de flechas em sua mão esquerda.

— Acorde. Hoje você vai aprender a usar um arco — disse ele.

Ele me tirou de casa e me conduziu por entre os caules retorcidos até um outro campo que parecia muito distante. Passamos a pequena árvore iroko onde ele havia deixado que Kava o fodesse. Além dali, e além do som do riacho, passamos por outro bosque de árvores, tão altas que elas arranhavam o céu, com galhos que se pareciam com patas de aranha entrelaçadas. Às suas costas, seu cabelo descia pela cabeça, passava pelo pescoço, atravessava seu dorso até chegar num ponto em que desaparecia, acima de suas nádegas. O cabelo brotava de novo em suas coxas e descia até os dedos de seus pés.

— Kava disse que da primeira vez que o viu, ele tentou matá-lo com uma lança.

— Que bom contador de histórias ele é — disse o Leopardo, e continuou andando.

Paramos numa clareira, com uma árvore a cerca de cinquenta passos de onde estávamos. O Leopardo apanhou seu arco.

— Você é dele e ele é seu? — perguntei.

— O que a Sangoma diz sobre você é verdade.

— Aquela mulher tem mais é que lamber cu de leproso.

Ele riu.

— Agora você vai me perguntar sobre o amor — falou ele.

— Bom, você sente amor por aquele homem, e aquele homem te ama?

Ele olhou nos meus olhos. Ou seus bigodes tinham acabado de crescer, ou eu tinha acabado de vê-los.

— Ninguém ama ninguém — disse ele.

Ele se virou e cumprimentou a árvore com a cabeça. A árvore espichou braços para recebê-lo e expôs um buraco bem perto de onde ficaria um coração, um buraco através do qual eu podia ver tudo. O Leopardo já estava com o arco em sua mão esquerda, a corda na direita, uma flecha entre os dedos. Antes mesmo que eu pudesse vê-lo erguer o arco, esticar a corda e soltar sem barulho a flecha que acertou o buraco na árvore, ele já tinha disparado uma segunda. Ele puxou a corda e disparou mais uma, e depois me entregou o arco. Eu achei que ele seria leve, mas era quase tão pesado quanto o bebê na floresta.

— Siga minhas instruções — orientou ele, segurando o arco na frente do meu nariz.

Ele se moveu para a esquerda e meus olhos o acompanharam. Seu braço se esticou muito, e eu girei o pescoço para ver se ele estava prestes a me dar um tapa, ou fazer alguma outra maldade desse tipo. Então ele mexeu sua mão direita, e eu o acompanhei com os olhos até não mais poder.

— Segure com sua mão esquerda — disse ele.

— Sua flecha — falei.

— O que tem ela?

— Brilha como o ferro.

— É de ferro.

— As flechas dos Ku são feitas de ossos e quartzo.

— Os Ku ainda matam as crianças cujos dentes de cima nascem primeiro.

Foi assim que o Leopardo me ensinou a matar com arco e flecha. Segure o arco no lado do olho que você usa menos. Puxe a corda pelo lado do olho que você usa mais. Afaste suas pernas até que elas fiquem alinhadas aos seus ombros. Use três dedos para segurar a flecha na corda. Erga o arco e arme-o, puxe a corda até o queixo, tudo muito rápido. Aponte para o alvo e solte a flecha. A primeira flecha subiu bem alto no céu e acertou uma coruja. A segunda acertou um galho acima do buraco. A terceira eu não sei o que acertou, mas alguma coisa deu um grito. A quarta acertou o tronco da árvore, perto do chão.

— Ela está ficando irritada com você — disse ele.

E apontou para a árvore. Ele quis que eu fosse buscar as flechas. Eu arranquei a primeira do galho, e o buraco se fechou. Fiquei com muito medo de arrancar a segunda, mas o Leopardo rosnou, então tirei-a com um puxão rápido. Virei para correr, mas um galho me acertou bem na cara. Aquele galho não estava ali antes. O Leopardo gargalhou.

— Não consigo mirar — falei.

— Você não consegue enxergar.

Eu não conseguia enxergar sem piscar, não conseguia puxar a corda sem tremer. Não conseguia mirar sem colocar a perna errada na frente. Eu conseguia soltar a flecha, mas nunca quando ele me mandava soltar, e as flechas nunca acertavam onde eu havia mirado. Pensei em apontar para o céu, para que a flecha atingisse o chão. A verdade é que eu não sabia que o Leopardo era capaz de rir tanto assim. Mas ele não iria embora até que eu atirasse uma flecha através do buraco na árvore, e toda vez que eu acertava a árvore, ela me dava um tapa com um galho que sempre ou nunca esteve ali. O céu noturno já estava pesado quando atravessei o buraco com uma flechada. Ele recolheu flechas e começou a andar, sua maneira de dizer que tínhamos acabado ali. Ele seguiu uma trilha que eu não conhecia, feita de rochas e areia e pedras cobertas de musgo úmido.

— Isso aqui era um rio — comentou ele.

— O que aconteceu com ele?

— Ele odeia o cheiro dos homens e corre por dentro da terra sempre que nos aproximamos.

— Sério?

— Não. Estamos no fim da estação das chuvas.

Eu estava prestes a dizer que ele estava morando com Sangoma há tempo demais, mas não disse. Em vez disso, perguntei:

—Você é um leopardo que se transforma em homem ou um homem que se transforma em leopardo?

Ele seguiu andando, caminhando pelo meio da lama, galgando as pedras do que costumava ser um rio. Galhos e folhas encobriam as estrelas.

— Às vezes eu esqueço de me transformar de volta.

— Em homem.

— Em leopardo.

— O que acontece quando você esquece?

Ele se virou e me encarou, depois comprimiu os lábios e soltou um suspiro.

— Não há futuro em sua forma. Menor. Mais lenta, mais fraca.

Eu não consegui pensar em outra coisa para dizer além de:

— Você me parece mais rápido, mais forte e mais sábio.

— Comparado a quem? Você sabe o que um leopardo de verdade teria feito? Já teria devorado você a essa altura. Devorado todos.

Ele não me assustou, e nem era essa sua intenção. Tudo que ele havia provocado em mim ficava abaixo da cintura.

— A bruxa conta piadas melhores — disse eu.

— Ela disse a você que era uma bruxa?

— Não.

— Você sabe como uma bruxa se comporta?

— Não.

— Então você está falando pela bunda ou peidando pela boca. Fica esperto, garoto. Você seria uma refeição terrível. Meu pai se transformou e esqueceu como se transformar de volta. Passou o resto de sua vida preso nessa forma miserável.

— Onde ele está agora?

— Eles o trancafiaram numa cela de loucos quando um caçador o flagrou trepando com um guepardo. Ele fugiu, embarcou num navio e navegou para o Leste. Ou foi o que eu ouvi.

— Você ouviu?

— Leopardos são ardilosos demais, garoto. Nós só conseguimos viver sós; se deixar por nossa conta, roubaremos a presa um do outro. Eu não vejo a minha mãe desde que consegui matar um antílope por conta própria.

— E você não matou as crianças. Isso é uma surpresa.

— Isso me tornaria um de vocês. Eu sei onde fica o território da minha mãe. Eu já vi meus irmãos, mas o território deles é coisa deles, e o meu território é coisa minha.

— Eu não tenho irmãos. Mas na aldeia descobri que eu tive, mas os Gangatom o mataram.

— E o seu pai se tornou seu avô, Asani me contou. E sua mãe?

— Minha mãe cozinhava sorgo e ficava de pernas abertas.

— Você poderia estar numa família de uma só pessoa e mesmo assim você iria separá-la.

— Eu não a odeio. Eu não sinto nada por ela. Quando ela morrer, eu não vou lamentar, mas também não vou rir.

— Minha mãe me amamentou por três luas e depois me deu carne vermelha para comer. Foi só o que bastou. Mas, enfim, eu sou uma fera.

— Meu avô era um covarde.

— Seu avô é o motivo pelo qual você está vivo.

— Melhor me dizer alguma coisa que me deixe orgulhoso em vez disso.

Ele veio para cima de mim, chegou perto o bastante para que eu sentisse o seu hálito no meu rosto.

— Que cara mais azeda — comentou.

Ele me encarou profundamente, como se estivesse tentando encontrar meu rosto perdido.

— Você foi embora porque o seu avô é um covarde.

— Eu fui embora por outros motivos.

Ele virou as costas e abria os braços enquanto andava, como se estivesse conversando com as árvores, não comigo.

— É claro — disse o Leopardo. — Você foi embora para encontrar o seu propósito. Porque caminhar, comer, cagar e trepar são todas coisas boas, mas nenhuma delas é um propósito. Então você está em busca disso, e essa busca o levou à aldeia Ku. Mas o propósito daquele seu povo é matar pessoas que nem sequer conhece. Segue de pé o que eu disse. Não há futuro em sua forma. E aqui estamos nós. Aqui está você, e as mulheres Gangatom banham seus filhos do outro lado do rio. Você poderia ir até lá e matar alguns deles. Corrigir um erro do passado. Até mesmo agradar os deuses e o seu vil senso de equilíbrio.

— Você está blasfemando os deuses?

— Blasfemar significaria acreditar.

— Você não acredita nos deuses?

— Eu não acredito em crenças. Não, isso é mentira. Eu acredito que haverá antílopes nas florestas e peixes nos rios, e que homens sempre vão querer foder, que é o único de seus propósitos que me agrada. Mas nós estávamos falando dos seus. Seu propósito é matar os Gangatom. Mas, em vez disso, você foi até a casa de uma mulher Gangatom e brincou com crianças mingi. Asani eu decifrei em um dia, mas você? Você é um mistério para mim.

— O que você decifrou de Asani?

— Você pode deixar tudo isso para trás.

— Eu já deixei.

— Mas ainda está em seu coração. Homens mataram seu pai e seu irmão, e, mesmo assim, é a sua própria família que o deixa com raiva.

— Eu estou muito cansado das pessoas tentando me ler.

— Então pare de se abrir feito um pergaminho.

— Eu sou só.

— Graças aos deuses, ou seu irmão seria o seu tio.

— Não foi isso que eu quis dizer.

— Eu sei o que você quis dizer. Você é só. Mas lhe dói o coração ficar só. Nós dois não temos isso em comum. Aprenda a não precisar das pessoas.

Eu conseguia sentir o cheiro das cabanas acima de nós.

— Você prefere foder quando é homem ou fera? — perguntei, e ele sorriu.

— Há ardor nessa pergunta!

Meneei a cabeça.

— Eu gosto de sentir o peito dele contra o meu, seus lábios no meu pescoço, ficar olhando pra ele enquanto desfruta de mim. Ele gosta quando a minha cauda bate em seu rosto.

— Foi isso que você leu nele?

— Eu li os pés que o levaram até onde ele conseguiu ir.

— Ele tem amor por você e você por ele?

— Amor? Eu conheço fome, medo e calor. Eu conheço o sangue quente que espirra em sua boca quando você morde a carne de uma presa fresca. Asani, ele é apenas um homem que invadiu meu território, e que eu poderia muito bem ter matado também. Mas ele me encontrou numa noite de lua vermelha.

— Eu não entendo.

— Não, você não entende. Aliás, falando em território…

Ele foi andando de uma árvore até outra, e depois outra, marcando a área com urina. Ele foi até a árvore em que ficavam as cabanas e urinou na base.

— Hienas — explicou.

Eu levei um susto.

— Há hienas vindo?

— As hienas já estão aqui. Observando de longe. Você não… não, você não reconheceria o seu cheiro. Mas elas sabem quem mora nessa árvore. Então, é assim que funciona com você? Depois que você sente o cheiro você é capaz de encontrar aquela coisa onde ela estiver?

— Sim.

— O meu?

— Sim.

— Por quanto tempo?

— Eu poderia encontrar meu avô agora, de olhos fechados, mesmo a sete ou oito dias de distância. E qualquer uma de suas concubinas, incluindo a que se mudou para uma outra cidade. Às vezes os cheiros são muitos e minha mente se perde, e fica em branco, e volta trazendo tudo ao mesmo tempo, como se eu acordasse na praça central e todo mundo estivesse gritando comigo numa língua que eu não conheço. Quando era jovem, eu tinha que tapar o nariz, quase me matando, quando ficava muito intenso. Eu ainda fico louco com isso às vezes.

Ele ficou me olhando por um longo tempo. Desviei o olhar para as plantas que brilhavam no escuro e tentei enxergar formas nelas. Quando voltei os olhos para ele, ele ainda estava me encarando.

— E os cheiros que você não conhece? — perguntou.

— Um peido pode muito bem ter sido de uma flor.

Terceira história.

Levei a noite inteira para descobrir que estávamos morando com Sangoma há duas luas.

— Dez mais sete anos, eu estudei o ithwasa, a iniciação para se tornar Sangoma — disse ela.

Fui até a cabana do topo naquela manhã e em todas as outras, sempre que sentia que ela estava me chamando. Menina Fumaça rapidamente escalou minhas pernas e meu peito e sentou na minha cabeça. Garoto Bola quicava às minhas voltas. Sangoma estava manipulando as contas de um colar que ela havia enterrado há três noites, e sussurrando um cântico. O menino que ela amamentava estava se batendo contra a parede, andando para trás e batendo de novo, repetidamente, e ela não o impedia. No dia anterior, ela havia pedido ao Leopardo para me levar para fora e ensinar a atirar de arco e flecha. Tudo que eu aprendi foi que eu deveria tentar alguma outra coisa. Agora, eu arremesso a machadinha. Às vezes duas ao mesmo tempo.

— Dez mais sete anos de pureza, me curvando aos ancestrais, aprendendo adivinhação e os ensinamentos do mestre que eu chamava de Iyanga. Aprendi a fechar o meu olho e encontrar coisas escondidas. Antídotos para desfazer feitiços. Esta é uma cabana sagrada. Os ancestrais viveram aqui, ancestrais e crianças, algumas delas ancestrais reencarnados. Algumas delas, apenas crianças com dons. Assim como você é uma criança com um dom.

— Eu não sou...

— Modesto, você. Isso está claro, menino. Você também não é nem paciente, nem sábio, nem mesmo muito forte.

— Ainda assim, você mandou Kava e o Leopardo trazerem esse menino sem qualidades até aqui. É melhor eu ir embora?

Eu me virei para sair.

— Não!

Foi mais alto do que ela pretendia, e ambos sabíamos.

— Faça como quiser. Volte para o seu avô, que se faz passar por seu pai — disse ela.

— O que você quer, bru... Sangoma?

Ela acenou com a cabeça para o menino de pernas compridas. Ele foi até o fundo da sala e voltou trazendo uma bandeja de bambu trançado.

— Durante a minha ithwasa, meu mestre me disse que eu seria capaz de ver longe. Muito longe — contou Sangoma.

— Feche seus olhos, então.

— Você precisa respeitar os anciãos.

— Eu respeitarei quando conhecer anciãos que eu possa respeitar.

Ela riu.

— Com tanta coisa saindo pelo seu buraco da frente não é de se estranhar que você deseje alguma coisa entrando pelo dos fundos.

Eu não lhe daria o prazer de me ver ofendido. Ou de me ouvir, ou me cheirar. Ou de levar recados para o menino enluarado ou para o Leopardo. Nem por um piscar de olhos.

— O que você quer?

— Veja os ossos. E os joguei todas as noites durante uma lua e vinte noites, e eles sempre caíram do mesmo jeito. O osso da hiena era o primeiro a cair, o que significava que eu deveria esperar por um caçador. E um ladrão. Depois da primeira noite, você apareceu.

— Não entendi essa visão.

— De que lhe serve ser abençoado com olhos? Conheço duas pessoas que poderiam usá-los melhor do que você.

— Mulher...

— Eu nunca termino. Use o nariz que os deuses lhe deram, ou você não perceberá a víbora da próxima vez.

— Você deseja meu nariz?

— Eu desejo um menino. Hoje faz sete noites que ele se foi. Os ossos me falaram, mas eu pensei que menino nenhum iria muito longe de boa comida.

— Boa não é exatamente...

— Não me provoque, menino. Ele parou de acreditar como uma criança, parou de acreditar no que eu disse a ele por todas aquelas luas. Ele me chamou de ladra de crianças! Mas é assim que as coisas são... que filho quer saber que sua própria mãe o deixou à mercê de cães selvagens? Ele me chamou de ladra de crianças e depois saiu à procura de sua mãe. Ele chegou a me empurrar quando eu não saí de sua frente. Minhas crianças ficaram chocadas demais com aquilo, ou teriam o matado, com certeza. Ele desceu da árvore e correu para o Sul.

Olhei ao meu redor. Sabia que algumas daquelas crianças seriam capazes de me matar rapidamente.

— Você terá o menino de volta.

— Por mim, aquele menino pode muito bem se enfiar dentro da *koo* enrugada da mãe dele e costurar o cordão umbilical de volta em sua barriga. Mas ele roubou algo que é precioso para mim.

— Uma joia? A prova de que você é uma mulher?

— Maldito será o dia em que sua mente alcançar a sua boca. A vesícula do bode que eles sacrificaram na minha cerimônia de iniciação. Ela estava no meu cabelo desde então. Ele foi embora de manhã, mas a havia roubado na noite anterior, enquanto eu dormia.

— Tirou da sua própria cabeça.

— Eu estava dormindo, eu digo.

— Eu pensava que as criaturas encantadas tinham o sono leve.

— O que você sabe sobre criaturas encantadas?

— Que qualquer coisinha as acorda.

— Deve ser por isso que você fica perambulando por aí à noite.

— Eu não...

— Espero que você encontre o que procura. Mas agora já chega. Traga a vesícula de volta. Você falou de bruxas. Sem ela, bruxas descobrirão este lugar. Talvez você não se importe com as crianças, mas sei que se importa com um bom dinheiro.

— Não preciso de ouro na alde...

— Você nunca mais voltará àquela aldeia.

Ela olhava para mim, as cicatrizes ao redor de seus olhos os faziam parecer ferozes.

— Pegue estas moedas e encontre o menino — disse ela.

— Por que eu não pego simplesmen...

Ela me bateu no rosto com uma tanga. O fedor correu para dentro de minhas narinas antes que eu pudesse respirar.

— Eu sei como esse seu nariz funciona, menino. Você não é capaz de parar de procurar por aquele que lhe deixa seu cheiro, porque isso o deixaria louco.

Ela tinha razão. Eu não sabia que podia odiá-la ainda mais.

— Pegue as moedas e encontre o menino.

Ela nos enviou — Leopardo e eu. "Ele também tem um bom faro", ela disse. Pensei que ela me mandaria junto com Kava. O Leopardo não pareceu nem contente nem descontente. Mas pouco antes de partirmos, eu os vi no telhado da terceira cabana, Kava agitando um braço para cima, como um maluco, o Leopardo olhando, como ele sempre faz. Kava jogou um graveto, e o Leopardo deu um salto, rápido como um raio, e envolveu a garganta de Kava com uma de suas mãos. O Leopardo o soltou e se afastou. Kava riu.

— Cuidado onde aquele gato de merda vai te levar — disse Kava quando eu o vi não muito tempo depois.

Eu estava enchendo odres de vinho com água na margem do rio. O que aconteceu foi o seguinte. Depois de enchê-los, fui procurar por barro vermelho e argila branca. Quando encontrei a argila, tracei uma linha branca e dividi meu rosto. Depois, fiz outra percorrendo minha testa. Depois, linhas vermelhas em minhas bochechas e contornando minhas costelas, mais visíveis, mas aquilo não me preocupava do jeito que teria preocupado minha mãe.

— Ele não vai me levar pra lugar algum. Eu vou encontrar o menino — afirmei.

— Cuidado para onde aquele gato de merda vai te levar — ele repetiu.

Eu não disse nada. Eu tentava pintar atrás dos meus joelhos. Kava veio por trás de mim e pegou um pouco de argila branca em suas mãos. Ele a esfregou nas minhas nádegas, e depois desceu pelos joelhos até minhas panturrilhas.

— Leopardos são ardilosos. Você sabe como eles se comportam? Você sabe por que eles andam sós? Porque eles traem até mesmo a própria raça, e por presas que nem as hienas tocariam.

— Ele traiu você?

Kava ergueu o olhar para mim, mas não disse nada. Ele estava pintando minhas coxas. Eu queria que ele parasse.

— Depois que vocês encontrarem o menino, ele seguirá na direção de terras ainda mais ao Sul. A campina está secando, e há uma escassez de presas.

— Se ele quiser.

— Ele já é homem há muito tempo. Caçadores o matarão em duas noites. As presas de lá são mais selvagens, feras que o partiriam ao meio. Lá fora, os caçadores têm flechas envenenadas, e eles matam crianças. Existem feras maiores do que essa árvore, folhas de grama sedentas de sangue, feras que o...

— Partiriam ao meio. O que você quer que ele faça?

Kava lavou a argila de suas mãos e começou a desenhar um motivo nas minhas pernas.

— Ele partirá comigo, e esquecerá dessa mulher e de suas crianças amaldiçoadas. Salvá-las e trazê-las até aqui foi ideia dele, não minha. Se eles deveriam viver ou morrer, isso dizia respeito aos deuses. Quem mora lá no topo? — perguntou.

— Eu não...

— Ela leva comida lá pra cima todo dia. E agora ela leva você.

— Ciúmes.

— De você? Corre em meu sangue o sangue de chefes!

— Não era uma pergunta.

Ele riu.

— Se você quer brincar com as artes ocultas dela, faça o que quiser. Mas o Leopardo vem comigo. Nós voltaremos à aldeia. E chegando lá, nós dois mataremos as pessoas responsáveis pela morte da minha mãe.

— Você disse que o vento havia matado os seus. Você disse...

— Eu sei o que eu disse, eu estava lá quando eu disse. O Leopardo disse que iremos embora assim que vocês dois encontrarem esse menino. Diga a ele que você não vai.

— E depois?

— Eu o farei enxergar.

— Não há futuro em sua forma.

— Quê?

— Alguém me disse isso há alguns dias — expliquei.

— Quem? Ninguém passa por aqui. Você está ficando tão louco quanto aquela vadia. Eu vi você, no telhado daquela cabana, segurando o ar no colo e brincando com ele como se fosse uma criança. Ela contamina este lugar. O que você ouviu sobre o menino? Que ele fugiu daqui porque era ingrato? Ela disse que ele era um ladrão? Talvez um assassino?

Ele ficou de pé e olhou para mim.

— Então ela disse. Você pensa como um homem, ou ela controla todos os seus pensamentos? O menino escapou — afirmou ele.

— Isto aqui não é uma prisão.

— Então por que ele fugiu?

— Ele acha que sua mãe chora por ele à noite. Que ele não é mingi.

— E quem diz que ele está mentindo? Sangoma? Nenhuma criança aqui conhece outra coisa além do que ela diz. Sangoma está morando nessas árvores há anos e anos, então onde estão as crianças que cresceram? Você e o animal vão rastreá-lo e tentar trazê-lo de volta. O que vocês farão quando ele disser não, eu não vou voltar?

— Agora eu entendi. Você acha que o Leopardo também fica todo bobo por ela.

— O Leopardo não é nada bobo. Ele não se importa. Se ela o enviar para o Leste, ele irá para o Leste, desde que tenha peixes e que os javalis sejam gordos. Não há nada em seu coração.

— Que arde no seu.

— Vocês dois treparam na floresta — disse ele.

Eu olhei para ele.

— Ele que te ensinou a atirar com o arco e flecha. Aquele filho da puta tentou me contar essa lorota.

Pensei em deixar aquele mistério no ar, ou em contar pra ele que não fizemos nada, e jamais faríamos, para aliviá-lo, mas à merda sua necessidade de conforto.

— Ele nunca te amará — disse Kava.

— Ninguém ama ninguém — retruquei.

Ele me deu um soco na cara, bem na bochecha, que me derrubou no barro. Ele pulou em cima de mim antes que eu pudesse me levantar. Com seus joelhos pregando meus braços no chão, ele me socou na cara mais uma vez. Eu dei uma joelhada em suas costas. Ele gritou e caiu em cima de mim. Mas eu estava tossindo, me engasgando e chorando como um menino, e ele saltou em cima de mim mais uma vez. Nós rolamos, e minha cabeça bateu numa pedra e o céu ficou cinza e preto e eu afundei no barro e sua saliva me acertava o olho, mas eu não o ouvia, apenas via o fundo de sua garganta. Nós rolamos para dentro do rio e suas mãos envolveram meu pescoço, me empurrando para dentro d'água, me puxando para fora, me empurrando para dentro, a água escorrendo por dentro do meu nariz. O Leopardo pulou em suas costas e o mordeu na nuca. A força derrubou os dois dentro do rio. Eu fiquei de pé para ver o Leopardo ainda no pescoço de Kava, prestes a sacudi-lo como se fosse um brinquedo, e soltei um grito. O Leopardo o largou, mas rosnou. Kava se afastou, cambaleando rio adentro, tocando seu pescoço. Sua mão voltou com sangue. Ele olhou para mim, depois para o Leopardo, que ainda estava andando em círculos dentro do rio, mostrando que daquele limite ninguém poderia passar. Kava se virou, correu pela margem e entrou no mato. A agitação atraiu Sangoma, que veio junto com o Garoto Girafa e a Menina Fumaça, que apareceu diante dos meus olhos e desapareceu novamente. O Leopardo havia se transformado em homem, e deixou Sangoma para trás, em seu caminho de volta à cabana.

— Não se esqueça por que eu mandei trazê-lo — disse ela para mim.

Ela me jogou um pano grosso quando eu saí de dentro do rio. Achei que fosse para me secar, mas ele estava impregnado do cheiro do menino.

— Esse menino poderia passar luas no meu nariz.

— Então é melhor você se apressar em encontrá-lo — disse ela.

Pegamos um arco, muitas flechas, dois punhais, duas machadinhas, amarrei uma cabaça em minha cintura com um pedaço de pano dentro, e partimos antes da primeira luz do dia.

— Nós vamos encontrar esse menino ou matá-lo? — perguntei ao Leopardo.

— Ele está sete dias à nossa frente. Isso se alguém não o encontrou primeiro — explicou às minhas costas, confiando no meu faro, muito embora eu mesmo não confiasse.

O rastro do menino era muito forte em certo ponto, muito fraco em outro, confuso mesmo que estivesse percorrendo aquele caminho bem na minha frente. Duas noites depois, ele ainda estava à nossa frente.

— Por que ele não foi para o Norte, de volta para a aldeia? Por que foi para o Oeste? — perguntei.

Parei, e o Leopardo passou andando por mim, virou para o Sul e parou após dez passos. Ele se inclinou para cheirar a grama.

— Quem disse que ele era da sua aldeia? — redarguiu ele.

— Ele não foi para o Sul, se você está tentando farejar o menino.

— Ele é sua responsabilidade, não minha. Eu estou farejando o jantar.

Antes que eu pudesse dizer qualquer coisa, ele já estava sobre as quatro patas, sumindo mato adentro. Aquela era uma região seca, as árvores compridas como varas, como se estivessem sedentas por chuva. O chão era vermelho e duro, de barro seco. A maioria das árvores não possuía folhas, e dos galhos brotavam galhos, dos quais brotavam galhos tão finos que eu primeiro pensei que fossem espinhos. Parecia que a água tinha feito daquele lugar um inimigo, mas uma fonte d'água exalava suas fragrâncias não muito longe dali. Próximo o bastante para que eu pudesse ouvir a água espirrando, o som do rosnado e de uma centena de cascos batendo em retirada.

Ainda sobre as quatro patas, o Leopardo chegou em mim antes que eu chegasse ao rio, um antílope morto em sua boca. Naquela noite, enojado, ele me assistiu cozinhar a minha porção. Ele tinha novamente duas pernas, porém devorava a coxa do antílope crua, rasgando a pele com seus dentes, mergulhando na carne e lambendo o sangue de seus lábios. Eu queria desfrutar da carne do mesmo jeito que ele. Também fiquei enojado com a minha coxa preta e queimada. Ele me lançou um olhar que dizia que jamais entenderia por que um animal daquelas terras queimaria primeiro a carne antes de comê-la. Ele não tinha gosto por temperos, e eu não tinha nenhum para usar na carne. Parte do antílope não estava cozida, e eu a comi, mastigando devagar, me perguntando se era isso que sentia quando comia carne, morna e fácil de despedaçar, como se o gosto do ferro se espalhando em sua boca fosse bom. Eu jamais tomaria gosto por aquilo. Ele estava com o rosto enfiado naquela coxa.

— As árvores são diferentes — observei.

— Este é um tipo diferente de floresta. As árvores daqui são egoístas. Elas não compartilham nada debaixo da terra; suas raízes não enviam nada para as outras raízes, nem alimento, nem informações. Elas jamais viverão juntas, porém, a menos que chova, juntas elas morrerão. E o menino?

— O cheiro dele está vindo do Norte. Não está ficando nem mais forte nem mais fraco.

— Não está se mexendo. Dormindo?

— Talvez. Mas, se ele continuar parado, nós o encontraremos amanhã.

— Mais cedo do que eu esperava. Essa pode ser a sua vida se você quiser.

— Você quer seguir em frente depois que o encontrarmos?

Ele largou o osso e olhou para mim.

— O que mais Asani lhe disse antes de tentar afogá-la? — perguntou.

— Que você vai me mandar de volta com o menino, mas que não retornará.

— Eu disse talvez, não por certo.

— E qual dos dois vai ser?

— Isso vai depender do que eu encontrar. Ou do que me encontrar. O que faria isso com você?

— Nada, coisa nenhuma.

Ele abriu um sorriso, ficou de pé e se aproximou de mim. O fogo projetava sombras angulosas em seu rosto e iluminava seus olhos.

— Por que você quer voltar?

— Ela quer a vesícula.

— Não para a maldita Sangoma, para a aldeia. Por que você quer voltar para a aldeia?

— Minha família está lá.

— Você não tem ninguém lá. Asani me contou que tudo que lhe espera é uma vendeta.

— Isso ainda é alguma coisa, não é?

— Não.

Ele olhou para a fogueira. Ele ficava nauseado ao ver alguém cozinhar, mas, mesmo assim, tinha feito o fogo. Tirei de dentro da cabaça o pedaço de pano impregnado com o cheiro do menino. Aquelas não eram árvores onde eu poderia dormir, apesar de eu preferir dormir no chão.

— Venha comigo — disse ele.

— Para onde?

— Não. Eu quis dizer venha comigo depois disso. Depois que encontrarmos o menino. Ela não tem interesse algum nele; ela só quer aquela vesícula podre para enfeitar o seu cabelo podre. Nós o encontramos, o assustamos, o botamos no caminho de volta. E então vamos para o Oeste.

— Kava queria...

— Asani é o dono de alguém aqui?

— Aconteceu algo entre vocês dois.

— Nada aconteceu. Essas são as regras entre nós. Ele a ultrapassa em anos, mas, nos demais aspectos, ele é o homem mais novo. Brinca com a vida de pessoas e mata por esporte. Traços repugnantes típicos de sua forma.

— Então pare de se transformar nela. Você não levanta sua voz para falar dos atos repugnantes dos quais você gosta.

— Cite esses atos. Você acha que pode me julgar sob uma lua como essa, garotinho? Existem terras em que homens que amam outros homens têm seus paus cortados fora e são deixados para sangrar até a morte. Além disso, eu ajo da mesma forma que os deuses. De todas as características terríveis de sua forma, a vergonha é a pior.

Eu sabia que ele estava me encarando. Eu olhava para as chamas, mas conseguia sentir que ele estava girando sua cabeça. O vento da noite trazia um aroma que eu não conhecia. Talvez alguma fruta madura, mas não havia nada de frutífero naquele mato. Isso me fez lembrar de uma coisa, e eu fiquei surpreso por só haver lembrado daquilo agora.

— O que aconteceu com aqueles que estavam nos seguindo?

— Quem?

— Na noite em que chegamos a Sangoma. A mulherzinha disse que alguém estava nos seguindo.

— Ela está sempre com medo de que alguém ou alguma coisa esteja vindo atrás dela.

— Você também acreditou.

— Eu não acredito em medo, mas eu acredito na crença dela. Além do mais, existem, pelo menos, dez mais seis encantamentos para despistar caçadores e andarilhos.

— Como víboras?

— Não, essas são sempre reais — disse ele, com um sorriso perverso.

Ele se inclinou para frente e me segurou pelo ombro.

— Vá ter bons sonhos. Amanhã encontraremos o menino.

Saltei do meu sono e caí de pé, desesperado por ar. Não era ar. Saí correndo para esquerda e para direita como se tivesse perdido alguma coisa, como se alguém tivesse me roubado. Aquilo acordou o Leopardo. Andei para a esquerda, direita, Norte e Sul, tapei meu nariz e respirei fundo, mas nada. Eu estava quase pisando nas cinzas da fogueira quando o Leopardo segurou minha mão.

— Meu faro está cego — disse eu.

— Quê?

— O cheiro dele, eu o perdi.

— Você quer dizer que ele...

— Sim.

Ele sentou no chão.

— Mesmo assim nós deveríamos pegar a vesícula para ela — disse ele. —Vamos seguir para o Norte.

Levamos até o anoitecer para sair daquela floresta. O mato, seduzido pelos nossos aromas frescos, não nos deixava ir embora, golpeando e chicoteando nossos peitos e nossas pernas, esticando seus galhos para puxar nossos cabelos, espalhando espinhos pela terra para furar nossos pés e chamando os abutres que voavam lá em cima para circularem mais baixo. Nós, dois animais, carne fresca, não os interessávamos. Atravessamos a savana e nem os antílopes, as garças, ou os javalis nos notaram. Mas estávamos indo na direção de outro matagal que parecia vazio. Ninguém entrava por ele, nem mesmo os dois leões que olharam para o Leopardo e acenaram com a cabeça.

O novo matagal já estava escuro. Árvores altas com galhos finos que apontavam para cima, e que se partiriam com o peso do Leopardo. Seus troncos descascavam, revelando sua idade. Nós andávamos sobre ossos espalhados pelo chão. Levei um susto quando senti o odor.

— Ele está aqui — indicou o Leopardo.

— Eu não conheço o seu cheiro de morte.

— Existem outras formas de saber — explicou ele, e apontou para o chão.

Pegadas. Algumas, pequenas como as de um rapazinho. Outras grandes, porém semelhantes a marcas de mãos deixadas na grama e no barro. Mas algumas estavam bem selvagens, como se alguém estivesse andando, depois tivesse começado a correr, depois tivesse ficado louco.

Ele me ultrapassou, deu alguns passos e parou. Achei que ele ia mudar de forma, mas, em vez disso, abriu a sacola e jogou as machadinhas para mim. Depois, pegou uma flecha e armou seu arco.

— Tudo isso por uma merda de vesícula?

O Leopardo riu. Na verdade, ele era mais agradável do que Kava.

— Estou começando a achar que Kava dizia a verdade sobre você — disse eu.

— Quem disse que sua fala era mentirosa?

Para falar a verdade, eu calei minha boca e fiquei só observando ele, torcendo para que retirasse o que tinha acabado de dizer.

— O menino foi sequestrado. A própria Sangoma o levou. Ela o roubou de sua própria irmã. Sim, existe uma história, garotinho. Você sabe por que ela tem tanto rancor das bruxas? Sua irmã era uma delas. É uma delas. Não sei. A versão da irmã é que Sangoma é uma ladra de crianças que toma os bebês de suas mães e os educa nas artes ocultas. A história de Sangoma é que a irmã é uma bruxa maldita e que aquele não é o filho dela, já que todas as bruxas malditas são inférteis por conta de todas as poções que tomam para adquirir seus poderes. Ela roubou a criança e estava prestes a vendê-la em pedaços no Malangika, o mercado secreto das bruxas. Muitos feiticeiros pagariam muitas moedas pelo coração de um bebê arrancado naquele mesmo dia.

— Em qual história você acredita?

— Aquela em que uma criança morta não é uma das minhas opções. Não importa. Vou dar a volta no bosque. Ele não vai escapar.

Ele saiu correndo antes que eu pudesse dizer que tinha detestado seu plano. Eu tenho um bom faro, como as pessoas dizem. Mas ele era inútil quando não conhecia o cheiro que precisava captar.

Passei por cima de um arbusto grosso e segui em frente. Após alguns passos, o solo ficou mais seco, como areia, e a terra grudava em meus pés. Escalei um esqueleto gigantesco, as presas me dizendo que pertencia a um jovem elefante, com quatro de suas costelas quebradas. "Volte e deixe ele espantar o garoto pra fora daí", minha mente me alertou, mas segui andando. Passei por uma pilha de ossos que lembrava um altar, um montinho com degraus, e afastei duas arvorezinhas para passar por entre elas. Lá em cima, nada se mexia. Nada de galinha, nem de cobra, nem de macaco. O silêncio é o oposto do som, não a ausência dele. Aquilo era a ausência dele.

Olhei para trás e não consegui me lembrar de onde eu tinha vindo. Contornei a árvore, pisando em arbustos e plantas silvestres, quando alguma coisa se quebrou às minhas costas. Nada além de odores, pungentes e pútridos. Uma podridão que vinha da decomposição. Da decomposição de um homem. Mas não tinha nada na minha frente, nem nada às minhas costas. Mesmo assim, eu sentia que o menino estava ali. Eu queria chamar seu nome.

Outro estalo, e eu me virei, mas não parei de caminhar. Uma coisa molhada tocou minha têmpora e meu rosto. Um cheiro, aquele cheiro — decomposição. Toquei meu rosto e algo saiu de lá, sangue e lodo, talvez saliva. Entranhas penduradas como cordas, outra enroscada debaixo das costelas, cheirando a homem em decomposição e fezes. A pele rasgada, retalhada como se tudo debaixo dela tivesse sido arrancado com uma faca de serra. Um pouco de pele havia sido removida na lateral de seu corpo, e suas costelas escapavam pelo buraco. Videiras debaixo de seus braços e envoltas em seu pescoço o mantinham em pé. Sangoma disse para procurar por um círculo de pequenas cicatrizes contornando seu mamilo direito. O menino. Pendurado na árvore onde outros homens, e mulheres, e crianças, todos mortos, a maioria sem a metade de seus corpos, alguns sem cabeça, alguns sem mãos, sem dedos, e suas entranhas penduradas por toda parte.

— Sasabonsam, irmão da parte de mãe, ele gosta do sangue. Asanbosan, este sou eu, eu gosto da carne. É, da carne.

Eu tomei um susto. Uma voz que soava como um mau cheiro. Dei um passo para trás. Aquele era o lar de um dos deuses antigos e esquecidos, da época em que os deuses eram bestiais e obscenos. Ou de um demônio. Mas os arredores eram só pessoas mortas. Meu coração, o tambor dentro de mim, batia tão alto que eu podia ouvi-lo. Meu tambor batia dentro do meu peito, e meu corpo todo tremia. A voz putrefata disse:

— Os deuses nos enviaram um gordinho, olha só. Um gordinho eles mandaram para nós.

Eu gosto da carne
E dos ossos
Sasa gosta do sangue
E da semente. Ele mandou pra nós você.
Ukwau tsu nambu ka takumi ba

Eu me virei. Ninguém. Olhei para frente, o menino. Os olhos do menino estavam abertos, eu não tinha percebido antes. Bem abertos, gritando para o nada, gritando conosco por termos chegado tarde demais. *Ukwau tsu nambu ka takumi ba.* Eu conhecia aquela língua. *Coisa morta não falta quem coma.* O vento mudou de direção nas minhas costas. Eu me virei. Ele estava pendurado de cabeça para baixo. Uma mão cinzenta enorme segurou meu pescoço, e garras atravessaram minha pele. Ele me apertou até me deixar sem ar e me puxou para cima da árvore.

Não sei por quanto tempo minha mente ficou apagada. Um galho de uma videira serpenteava pelo meu peito, contornando meu tronco, enrolando minhas pernas e minha testa, deixando meu pescoço livre e minha barriga, exposta. O menino estava pendurado bem à minha frente, olhando para mim, seus olhos arregalados, procurando. Sua boca ainda estava aberta. Eu achei que aquela tinha sido a pose de sua morte, o último grito que não conseguiu sair, até que vi uma coisa em sua boca, negra, mas também verde. A vesícula.

— Quebra dente dói nós, quando a gente quer era um gostinho. Só um gostinho.

Eu conhecia o seu cheiro e sabia que ele estava acima de mim, mas o cheiro não ficou parado. Olhei para cima para vê-lo caindo, com os braços colados ao corpo, como se estivesse mergulhando rápido, com a cabeça apontada para o chão. Cinza e roxo e preto e fedor e enorme.

Ele passou ao lado de um galho, mas seus pés o seguraram, fazendo o galho balançar. Seus pés, compridos, com escamas nos tornozelos, uma garra saindo do calcanhar e outra, saliente, no lugar dos dedos, encurvadas sobre o galho como um gancho. Ele o soltou, despencou, e segurou um outro galho, baixo o suficiente para que seu rosto ficasse na mesma altura do meu. Seu cabelo roxo percorria uma listra no centro de sua cabeça. Pescoço e ombros, músculos empilhados sobre músculos, como um búfalo. Peito como a barriga de um crocodilo. E seu rosto. Escamas sobre os olhos, nariz achatado, mas narinas largas, com pelos roxos saindo de dentro delas. Maçãs do rosto protuberantes como se ele estivesse sempre com fome, pele cinza coberta de verrugas, dois dentes afiados e brilhantes escapando pelos cantos de sua boca mesmo quando ele não estava falando, como um javali.

— A gente ouve nas terras onde não chove, mães falam de susto nas crianças. Você ouve já? Nos diz verdade, delícia, delícia.

E ainda isso, o seu hálito, mais fétido do que um cadáver em decomposição, mais fétido que as fezes dos enfermos. Meus olhos percorreram seu peito e as marcas dos ossos saltados por debaixo da pele, três à esquerda, três à direita. Suas coxas duras de músculo, como troncos de árvores em cima de joelhos ossudos. Ele tinha me amarrado com força. Ouvi meu avô falar sobre como ele daria as boas-vindas à morte quando ele soubesse que ela estava chegando, mas naquele momento eu soube que ele era um tolo. Aquele era o tipo de conversa de quem esperava que a morte fosse encontrá-lo em seu sono. E eu gritaria contra o quanto aquilo era errado, o quanto era injusto ver a morte chegando, e o quanto eu lamentaria numa tristeza eterna o fato de ele ter escolhido me matar lentamente, me perfurar enquanto me diz o quanto lhe apraz fazer aquilo. Mastigando minha pele e arrancando meus dedos, e cada rasgo na pele será um novo rasgo, e cada dor será uma nova dor, e cada pavor um novo pavor, e eu testemunharei todo o seu deleite. E vou querer morrer rápido, porque estou sofrendo muito, mas não quero morrer. Eu não quero morrer. Eu não quero morrer.

— Morte não quer? Garotinho, nunca ouviu de nós? Logo, logo, logo, logo, logo você implora a morte — disse ele.

Ele pegou sua mão, verrugas por toda parte, pelos nas juntas, garras nas pontas dos dedos, e segurou meu queixo. Ele esgarçou minha mandíbula e disse:

— Bonito dente. Bonita boca, menino.

Um corpo pendurado pingava alguma coisa em mim. Aquela foi a primeira vez que pensei no Leopardo. O Leopardo, que tinha dito que daria a volta na mata, mas ninguém sabia que a mata tinha sete luas de largura. Aquele transmorfo choramingão filho de uma gata no cio foi embora daqui. Asanbosan se puxou para cima e saiu pulando.

— Ele vai bravejar conosco, ele vai. Brabo, brabo, muito, muito brabo. Não toque na carne até que eu beba meu sangue, ele diz. Eu sou o mais velho, ele diz. E ele nos bate de chicote, e é terrível. Terrível. Terrível. Mas ele não tá aqui e eu tô com fome. E você sabe o que é o pior? O que é o pior do pior? Ele também come as melhores carnes, tipo as da cabeça. Isso é justo? Eu te pergunto, é justo?

Quando ele se pendurou novamente para me encarar, uma mão, a pele preta apodrecida até ficar verde, estava em sua boca. Ele tinha comido os dedos. Ele esticou a mão esquerda na minha direção, uma garra entrou na minha testa e derramou sangue.

— Não tem carne fresca faz dias — disse ele.

Seu olho preto abriu bem aberto, como se estivesse me suplicando.

— Muitos, muitos dias.

Ele pôs o braço em sua boca, foi mastigando pedaço por pedaço, até ficar com a carne do ombro pendurada em seus lábios.

— Precisa do sangue dele, ele precisa mesmo, ele diz ele precisa. Deixe-os vivos, ele diz.

Ele olhou para mim, com seus olhos arregalados mais uma vez.

— Mas nunca diz deixa você inteiro.

Ele sugou o último pedaço de carne morta.

— Cortar um pedacinho de car...

A primeira flecha atravessou seu olho direito. A segunda o atingiu bem no meio de um grito e saiu pela sua nuca. A terceira ricocheteou em seu peito. A quarta flechada acertou o olho esquerdo em cheio. A quinta atravessou sua mão quando ele a pôs sobre o seu olho. A sexta perfurou a pele macia na lateral do seu corpo.

A garra de seu pé escorregou do galho. Eu o ouvi caindo no chão. O Leopardo saltou de galho em galho, pulando de um frágil antes de quebrar e aterrissando em um mais forte. Ele sentou onde o caule se bifurcava em duas direções e ficou olhando para os cadáveres, sua cauda se enrolando num monte de folhas murchas. Ele se transformou em homem antes que eu pudesse começar a gritar com ele por ter demorado tanto. Em vez disso, eu chorei. Eu odiava ser um menino, a minha própria voz me dizendo: "Uma criança, é isso o que você é." Ele se abaixou na direção da sacola e levantou trazendo uma machadinha. Eu caí em seus braços e fiquei lá, chorando. Ele acariciou minhas costas e afagou minha cabeça.

— Nós temos que ir. Eles viajam aos pares, criaturas desse tipo — explicou o Leopardo.

— Com o irmão?

— Eles moram nas árvores e atacam de cima, mas eu nunca tinha ouvido falar de um tão longe da costa. Ele é um Asanbosan, o comedor de carne. Seu irmão, Sasabonsam, é o bebedor de sangue. Ele também é mais o inteligente dos dois. Nós temos que ir agora.

— A vesícula.

— Eu peguei.

— Onde ela está?

— Nós temos que ir.

— Eu nunca vi você...

Ele me empurrou.

— Sasabonsam voltará logo. Ele tem asas.

CINCO

O Leopardo arrancou a cabeça do Asanbosan, envolveu-a em folhas de sukusuku e enfiou-a dentro da sacola. Saímos de lá do jeito que eu cheguei, armas em punho, prontos para enfrentar qualquer fera que resolvesse se revelar aquela noite.

— O que você vai fazer com a cabeça? — perguntei.

— Pregar numa parede pra esfregar meu rabo nela sempre que coçar.

— Quê?

Nada mais ele disse. Por quatro noites fomos a pé, contornando florestas as quais seria mais rápido atravessar e animais de duas caras, que devem ter sentido o cheiro da carne do Asanbosan e avisado seu irmão. A apenas uma manhã de distância das cabanas da Sangoma, um cheiro chegou até mim e, então, ao Leopardo também. Fumaça, cinzas, gordura, pele. Ele rosnou, eu gritei:

— Vai!

Apanhei o arco, as armas, a sacola e corri. Quando eu cheguei ao riacho, um garotinho estava boiando nele, virado de bruços. O Leopardo pulou na água e o pescou de lá, mas uma flecha havia atingido seu coração. Nós conhecíamos o menino. Não era um da cabana superior, mas também era mingi. Não havia tempo para enterrá-lo, então o Leopardo o colocou de volta no rio, virado para cima, fechou seus olhos e deixou que ele se fosse.

Dois corpos bloqueavam o caminho, a menina albina e um menino, cada um com uma lança cravada nas costas. Tudo estava vermelho do sangue de crianças, e as cabanas estavam em chamas. A cabana inferior havia se degradado a uma enorme montanha de cinzas e fumaça, e a do meio, fragilizada pelas vigas queimadas, partiu-se em duas. Uma metade havia caído sobre os escombros da cabana inferior. A árvore balançava, preta e despida, todas suas folhas queimando. O fogo se apoderava da cabana superior. Metade do telhado estava em chamas; metade da parede, preta e fumegante. Saltei sobre o primeiro degrau, e ele se partiu sob meus pés. Despencando, tombando, ainda rolava quando o Leopardo saltou sobre degraus mais firmes e correu para dentro da cabana. Com um chute, abriu um buraco na parede dos fundos, que ainda não tinha sido atingida pelas chamas, e seguiu chutando até alargá-lo o bastante. Saiu como felino, carregando um menino pela gola da camisa, mas o menino não estava se mexendo. Com um gesto de cabeça, o Leopardo apontou a cabana, me indicando que havia mais crianças lá dentro.

No interior, as chamas gritavam, riam, pulavam de folha em folha, madeira em madeira, pano em pano. No chão, o menino sem pernas, se agarrando ao menino com pernas de girafa, berrando para que ele se mexesse. Eu apontei para a abertura e peguei o Garoto Girafa. O menino sem pernas rolou por ela, e eu fiquei vasculhando, para o caso de não ter visto alguém.

Sangoma estava no teto, parada, os olhos arregalados, a boca num grito silencioso. Uma lança havia atravessado seu peito, mas alguma coisa a mantinha cravada ao teto como se ela estivesse estatelada no chão, e não era a lança. Feitiçaria. Só conseguia pensar em uma pessoa capaz de feitiçaria. Alguém havia quebrado todos os seus encantamentos e chegado até aquele patamar das cabanas. O fogo galgou seu vestido, e ela foi consumida em chamas.

Eu corri com o menino.

Os gêmeos saíram do meio do mato, boquiabertos e de olhos arregalados. Uma expressão que, seja lá quantas luas passassem, eu sabia que jamais os abandonaria. O Leopardo afastou um menino morto só para encontrar outro, albino e vivo, debaixo dele. Ele gritou e tentou fugir, mas tropeçou, e o Leopardo o pegou. Quando coloquei o Garoto Girafa sobre a grama, a Menina Fumaça apareceu azulada, tremendo tanto que se partia em duas, três, quatro meninas. Então saiu correndo, se dissipou, reapareceu perto da floresta. Ela sumiu e ressurgiu na minha frente mais uma vez, gritando em silêncio. Ela correu de novo, parou, correu, sumiu, apareceu, parou e ficou me olhando, até que entendi que ela queria que eu a seguisse.

Eu as ouvi antes de vê-las. Hienas.

Detrás do tronco de uma árvore tombada, três delas brigavam por um pedaço de carne, carranqueando, rasgando, mordendo umas às outras por um bocado, engolindo nacos inteiros. Bloqueei o pensamento, qualquer consideração sobre o que elas estariam comendo. Outras quatro acuaram um garotinho até o topo de uma árvore, rosnando e rindo, debochando antes do abate. Menina Fumaça surgiu bem na frente do menino e espantou a alcateia. As hienas se afastaram, mas não o suficiente para que o menino pudesse correr. Subi numa árvore a cinquenta passos de distância e fui pulando de galho em galho, de árvore em árvore, do jeito que eu tinha visto o Leopardo fazer. De um galho mais alto eu saltava para um mais baixo, depois me balançava a um mais alto de novo. Esgueirei-me por baixo de um galho, pulei por cima de outro, escorreguei pelo tronco repartido em dois feito estilingue, passei por folhas que açoitavam meu rosto, saltei e me pendurei num outro galho que se retesou com meu peso e, depois, me arremessou.

As hienas estavam rindo, se organizando, decidindo quem deveria matá-lo. E aquela árvore, alta e com galhos finos, não dialogava com as outras ao seu redor. Pulei de um galho elevado, agarrei outro, balancei dali e caí sobre a árvore, quebrando todos os galhos à minha volta, engolindo folhas e arranhando as pernas e o lado esquerdo do meu rosto. As quatro hienas se aproximaram, e a Menina Fumaça tentou pegar o menino. Hienas grandes, as maiores da alcateia. Fêmeas. Arremessei um punhal numa pata e errei. Uma deu um pulo para trás, bem no meu segundo arremesso, que atingiu sua cabeça. Uma saiu correndo, duas ficaram, rosnaram e riram.

Uma machadinha em cada mão, uma faca em minha boca, saltei das alturas, bem para a frente de uma das hienas remanescentes, desfechando com rapidez dois cortes na sua cara, desfechando e cortando, e desfechando e cortando, até que o sangue e a carne atingiram meu rosto, me cegando. Ela me derrubou e mordeu minha mão esquerda, rasgando-a, quebrando-a, me fazendo cerrar os dentes e assustando o menino. A segunda tentou morder meus pés. Esfaqueei a primeira hiena no pescoço. Puxei a faca e esfaqueei de novo. Esfaqueei de novo. Esfaqueei de novo. Ela caiu. A hiena tentando abocanhar meus pés se aproximou para me morder. Golpeei com a minha mão boa, e a faca rasgou sua cara, rebentando um olho. Ela soltou um ganido e saiu correndo. Duas outras hienas abocanharam o pouco de carne que havia sido deixada pelas outras e foram embora.

Minha mão esquerda, ensanguentada com retalhos de carne pendurados, desfaleceu. O menino ficou tão assustado que se afastou de mim. A Menina Fumaça correu até mim e fez um gesto para que ele se aproximasse. Bem quando ele começou a correr, uma hiena saltou sobre ele. Ela caiu bem em cima do menino, morta por duas flechas atravessadas no pescoço. O menino gritava enquanto eu o puxava debaixo dela. O Leopardo disparou mais duas flechas, e o restante da alcateia fugiu.

O garotinho que o Leopardo resgatou da cabana jamais despertou. Nós enterramos seis e depois paramos, pois eram muitos, e cada morte também nos matava um pouco. Os outros quatro que encontramos, enrolamos com quaisquer panos e peles à mão e colocamos na água, para que o rio os conduzisse ao além. Pareciam voar em direção ao chamado da deusa. Depois de achar algumas bagas e cozinhar carne para as crianças, adormecidas por tempo suficiente para parar de chorar e gritar em seus sonhos, o Leopardo me levou por entre as árvores da floresta.

— Aponte um culpado — disse ele.

— Por quê? Você sabe quem fez isso.

— Você consegue sentir o cheiro dele?

— Eu consigo sentir o cheiro de todos eles.

— Mais virão.

— Eu sei.

A Menina Fumaça não queria me deixar partir. Ela me seguiu até a beirada da clareira, além do ponto que um dia esteve protegido por feitiços, até que gritei para que ela voltasse. O Leopardo estava com aqueles que haviam sobrevivido — o menino que salvamos das hienas, o Menino Albino, o Garoto Bola, os gêmeos, o Garoto Girafa e ela. Havia muitos corpos a serem enterrados, e a maioria estava carbonizada. O telhado da cabana do topo desabou quando eu estava indo embora, e o Menino Abino começou a chorar. O Leopardo não sabia o que fazer. Ele ficou acariciando o rosto do menino com sua pata até que ele galgou ao seu colo e aninhou a cabeça em seu ombro.

— Nós temos que ir — disse ele.

— Você não é capaz de rastreá-los.

— Você não é capaz de matá-los.

— Vou levar as machadinhas e a faca. E uma lança.

— Eu posso ir atrás deles agora.

— Eles atravessaram pelo meio do rio para encobrir os rastros. Você não vai encontrá-los.

— Você só tem um braço.

— Eu só preciso de um.

Ele enrolou meu braço com um tecido aso oke que, eu sabia, foi do turbante da Sangoma. O cheiro dos homens havia esmaecido mais cedo, mas tinha ficado mais forte desde o anoitecer. Descanso da noite. Passo a passo, eles tinham chegado às cabanas percorrendo a mesma trilha que nós. Eu os teria encontrado mesmo sem o meu faro. Berloques espalhados por todo o caminho, pois os homens perceberam que os amuletos da Sangoma não valiam nada. Encontrei eles e meu tio antes da noite profunda, assando carne num espeto. A fumaça da carne queimada tinha afugentado todos os felinos. A meia-lua emitia uma luz suave. Titio deve ter vindo com eles para provar que ainda era capaz de usar uma faca. Contra crianças. Eles estavam entre duas árvores de marula, tirando sarro uns dos outros e contando piadas, um deles com os braços abertos, arregalando os olhos, com a língua pra fora, falando no dialeto dos aldeões alguma coisa sobre uma bruxa. Outro estava comendo frutas catadas do chão, andando como bêbado e dizendo que era um rinoceronte. Outro disse que a bruxa tinha enfeitiçado sua barriga e teria que dar uma cagada. Eu o segui para além das árvores, onde o capim-elefante ultrapassava a altura do seu pescoço. Longe o bastante para que ele pudesse ouvir as risadas, mas sem que eles pudessem ouvi-lo fazendo força. O homem suspendeu a tanga e se agachou. Pisei num galho podre para que ele olhasse para cima. Minha lança o atingiu bem no coração. Seus olhos ficaram brancos, suas pernas fraquejaram, e ele caiu no mato sem fazer barulho. Eu puxei a lança de volta e roguei uma praga. Os outros homens se agitaram.

Em mais uma árvore, subi e projetei minha voz novamente. Um dos homens se aproximou, tateando seu caminho ao redor do tronco, sem conseguir ver nada com a luz difusa. Seu cheiro eu conhecia. Com a machadinha em minhas mãos, enrosquei as pernas em um galho logo acima dele e me pendurei de ponta-cabeça enquanto ele chamava por Anikuyo. Movi meu braço rapidamente e o atingi na têmpora. Seu cheiro eu conhecia, mas não me lembrava de seu nome, e fiquei pensando naquilo por tempo demais.

Um porrete me acertou no peito, e eu caí. Suas mãos no meu pescoço, ele apertava. Ele ia mesmo fazer aquilo, ia tirar a minha vida, e se gabar por ter feito aquilo sozinho.

Kava.

Eu percebi o seu cheiro, e ele percebia que era eu. O brilho da meia-lua iluminou seu sorriso. Ele não disse nada, só pressionou meu braço esquerdo e riu quando eu cerrei um grito com os dentes. Alguém gritou para saber se ele tinha me encontrado, e minha mão direita escapou de seu joelho sem que ele percebesse. Apertou meu pescoço com mais força; minha cabeça ficou pesada, depois leve, e vermelho era tudo que eu conseguia enxergar. Eu nem sabia que eu tinha encontrado a faca no chão até segurar o seu cabo, vê-lo rir ao dizer "Você trepou com o Leopardo?" e enfiar a faca bem no seu pescoço, de onde o sangue jorrou como água quente brotando do solo. Seus olhos esbugalharam. Ele não caiu, apenas foi se inclinando docilmente sobre o meu peito, seu sangue morno se espalhando pela minha pele.

Isso era o que eu queria dizer ao feiticeiro.

Queria dizer o motivo pelo qual ele não conseguia me ver no escuro, ouvir meus movimentos pelo mato nem me farejar em seu encalço, acossando-o enquanto ele fugia da tempestade que havia se abatido sobre seus homens; o motivo pelo qual ele tropeçou e caiu; o motivo pelo qual nenhuma das pedras que ele achou e arremessou me atingiram, nem os excrementos de chacal que ele confundiu com pedras; o motivo pelo qual, mesmo após ter paralisado Sangoma no teto com um encantamento e a matado, o feitiço dela ainda me proteger. Eu queria dizer que o motivo de tudo era porque aquilo nunca teve a ver com feitiçaria. Em vez disso, desferi de oeste uma facada em seu pescoço e fui abrindo sua garganta até o Leste.

Meu tio gritou para que não fossem embora os últimos dois que estavam perto dele. Ele dobraria seus búzios, triplicaria, para que pudessem arcar com mais homens para lutar em suas disputas sangrentas ou arrumar uma outra esposa numa aldeia mais agradável. Ele sentou na terra, achando que estavam vigiando o mato, mas eles estavam vigiando a carne no espeto. O da direita caiu primeiro, minha machadinha cortando seu nariz em dois e abrindo seu crânio ao meio. O segundo correu pra cima da minha lança. Ele caiu, e não foi rápido. Enfiei minha lança em sua barriga e a finquei no chão, e parti em direção do seu pescoço. Tempo o bastante para meu tio pensar que havia esperança. De fugir.

Minha faca o atingiu na parte de trás de sua coxa direita. Ele caiu com força, gritando e clamando aos deuses.

— Qual das crianças você matou primeiro, Titio? — perguntei, de pé, sobre ele.

Ele suplicou, mas não para mim.

— Deus cego da noite, escute minhas preces.

— Qual delas? Você mesmo empunhou a faca, ou pagou homens para fazê-lo?

— Deuses da terra e dos céus, eu sempre lhes rendi homenagens.

— Alguma gritou?

— Deus da terra e...

— Alguma delas gritou?

Ele parou de rastejar e sentou no chão.

— Todas gritaram. Quando as trancamos dentro da cabana e tacamos fogo. Depois disso, não teve mais grito.

Ele disse aquilo pra mexer comigo, e funcionou. Eu não queria me tornar o tipo de homem que não se perturba com esse tipo de notícia.

— E você. Eu sabia que você era uma maldição, mas eu nunca imaginei que você estaria escondendo os mingi.

— Nunca chame eles...

— Mingi! Você já viu chuva, menino? Já a sentiu em sua pele? Já viu flores abrindo em apenas uma noite porque a terra está impregnada de água? E se você nunca mais visse esse tipo de coisa? Vacas e gatos tão magros que suas costelas imprensam a pele? Tudo isso você teria visto. Passaria luas questionando por que os deuses se esqueceram dessa terra. Secaram os rios e permitiram que as mulheres parissem crianças mortas. É isso que você quer trazer para nós? Uma criança mingi é o suficiente para amaldiçoar uma casa inteira. Mas dez mais quatro? Você não nos ouviu dizendo que a caça andava difícil e estava piorando? Bumbangi pode usar qualquer máscara tola e dançar para qualquer deus tolo; nenhum deles vai dar ouvidos na presença de um mingi. Mais duas luas e estaríamos morrendo de fome. Não é de se estranhar que os elefantes e rinocerontes fugiram e só sobraram as víboras. E você, o tolo...

— Era Kava quem os protegia, não eu.

— Olha só como ele mente! Foi isso que Kava disse que você faria. Ele seguiu você e um Leopardo com quem você anda se deitando. Quantas abominações podem existir em um só menino?

— Eu diria para Kava dar prova de suas palavras, mas ele não tem mais uma garganta.

Ele engoliu em seco. Eu me aproximei. Ele se afastou, mancando.

— Eu sou seu Titio amado. Eu sou o único lar que você tem.

— Então viverei em cima das árvores e cagarei perto dos rios.

— Você acha que os tambores não vão ouvir? As pessoas sentirão o cheiro de todo esse sangue e culparão você. Quem é ele, aquele que não tem família? Quem é ele, aquele que não tem filhos? Quem era aquele que Kava levou para a aldeia, sobre quem ele falou, dizendo que estava fazendo bruxaria contra o seu próprio povo? Todos esses homens que você matou, o que suas mulheres cantarão? Você, que preferiu crianças malignas e amaldiçoou a terra, agora tirou a vida de seus pais, filhos e irmãos. Você é um homem morto; é melhor você pegar essa faca e cortar a própria garganta.

Eu bocejei.

— Tem mais coisa? Ou você fará sua oferta agora?

— O necromante...

— Agora você acredita no que dizem os necromantes?

— O necromante me revelou que algo se abateria como uma tempestade sobre nós.

— E você pensou num relâmpago. Se chegou a pensar.

— Você não é um relâmpago. É uma praga. Olha bem como você chegou para nós à noite, como um vento agourento, e deu curso a desgraças. Você deveria matar os Gangatom. Em vez disso, você fez o trabalho deles. E nem mesmo eles se voltariam contra seus pares. Ninguém será seu par, e você não será par de ninguém.

— Você é um adivinho agora? O amanhã está diante de seus olhos? Titio amado, eu tenho uma pergunta — declarei, e ele me encarou. — Os Gangatom vieram atrás do meu pai e do meu irmão e fizeram meu avô fugir. Como é, Titio amado, que eles nunca vieram atrás de você?

— Eu sou o seu Titio amado.

— E quando eu perguntei como é que eu o conheço, os modos da cidade, você disse que veio com seu irmão, meu pai...

— Eu sou seu Titio amado.

— Mas meu pai estava morto. Você fugiu para a cidade com o meu avô, não foi? Vocês compraram cadeiras, como duas putinhas. Havia dois covardes em minha casa, não um.

— Eu sou seu Titio amado.

— Amado por quem?

Eu me agachei antes de ele arremessar a minha própria faca. Ela acertou a árvore atrás de mim e caiu. Ele ficou de pé num pulo e começou a gritar, arremetendo contra mim feito um búfalo. A primeira flecha atravessou da bochecha esquerda até a direita. A segunda fincou em seu pescoço. A terceira, suas costelas. Ele ficou me encarando enquanto suas pernas falhavam, caindo os joelhos. A quarta também atravessou seu pescoço. Titio amado caiu de cara no chão. Atrás de mim, o Leopardo abaixava seu arco. Atrás dele vinham o Albino, o Garoto Bola, os gêmeos, o Garoto Girafa e a Menina Fumaça.

— Isso não era para os olhos deles — lamentei.

— Era sim.

Quando o sol nasceu, levamos as crianças até as únicas pessoas que as receberiam, pessoas para quem uma criança jamais seria uma maldição. Os aldeãos de Gangatom puxaram suas lanças quando viram nossa aproximação, mas nos deixaram passar quando o Leopardo anunciou aos brados que trazíamos presentes para o chefe. Aquele homem alto, magro, mais guerreiro que soberano, saiu de sua cabana para nos examinar, protegido por uma parede de guerreiros. Ele voltou o rosto para o Leopardo, mas seus olhos nas sombras, fundos sobre as sobrancelhas, ficaram fixados em mim. Ele usava uma argola em cada orelha e dois colares de contas em volta do pescoço. Seu peito, uma parede de cicatrizes de dezenas e mais dezenas de mortes. O Leopardo abriu sua sacola e deixou cair a cabeça do Asanbosan. Até mesmo os guerreiros saltaram para trás.

O chefe fitou aquilo por tempo o bastante para que moscas se acumulassem. Ele passou pelo meio dos guerreiros, catou-a do chão e riu.

— O comedor de carne e o irmão bebedor de sangue pegam minha irmã, sugam seu sangue até o limite da vida e a alimentam com imundice para fazer dela sua escrava de sangue. Ela passa a viver debaixo da árvore deles, comendo os restos dos homens mortos. Ela os segue por toda parte, até que se cansem dela. Segue eles por dentro de rios, por cima de paredes, sobre um formigueiro de formigas-de-fogo. Um dia o Sasabonsam pega seu irmão e voa de um precipício, sabendo que ela os segue.

Ele ergueu a cabeça e riu mais uma vez. As pessoas comemoraram. Depois, ele olhou para mim e parou de rir.

— Então, Leopardo, é coragem ou tolice isso que você tem? Trazer alguém de Ku aqui?

— Ele também lhe traz presentes — disse o Leopardo.

Eu puxei o manto de pele de cabra do meu tio, e sua cabeça rolou no chão. Seus guerreiros se aproximaram. O chefe não disse nada.

— Mas ele não é sangue do seu sangue?

— Eu não sou do sangue de ninguém.

— Eu posso ver em você, sentir o cheiro, negue ou não. Nós matamos muitos homens e diversas mulheres, a maioria de sua tribo. Mas nós não matamos os nossos. Que tipo de honra você acha que isso vai lhe trazer?

— Você acaba de dizer que matou diversas mulheres e vem querer falar de honra?

O chefe me encarou de novo.

— Eu ia dizer que você não pode ficar aqui, mas você não veio para ficar.

Ele olhou para trás de nós.

— Mais presentes?

Nós deixamos as crianças com ele. Duas mulheres pegaram o Garoto Girafa, uma pela sua nádega, e o levaram para sua cabana. Um rapaz disse que seu pai era cego e solitário e que não se importaria com o fato de os gêmeos serem siameses. Dessa forma, ele nunca precisaria se preocupar em perder um deles. Um homem com penas nobres em seu chapéu levou o Garoto Bola numa caçada aquele dia. Vários meninos e meninas cercaram o Albino, tocando-o e cutucando-o, até que um deles lhe trouxe uma cumbuca com água.

O Leopardo e eu partimos antes de o sol se pôr. Fomos margeando o rio porque eu queria ter ao menos o vislumbre de alguém de Ku, alguém que eu nunca mais veria novamente. Mas ninguém de Ku vinha ao encontro das lanças de Gangatom às margens do rio. O Leopardo se virou para retornar à mata profunda, quando folhas farfalharam às minhas costas. Na maioria das vezes, ela se parece com um espírito, mas se estiver assustada o suficiente, ou feliz, ou furiosa, ela agita as folhas e derruba tigelas. Menina Fumaça.

— Diga a ela que ela não pode nos seguir — avisei Leopardo.

— Não é a mim que ela segue — respondeu ele.

— Volte — ordenei ao me virar. —Vá ser filha para alguma mãe, ou irmã para algum irmão.

Seu rosto apareceu em meio à fumaça, franzindo o cenho, como se ela não estivesse me entendendo. Apontei para a aldeia, mas ela não fez nada. Espantei-a com um gesto de mão e me virei, mas ela me seguiu. Pensei que, se a ignorasse e ignorasse o que ela fazia com as batidas do meu coração, ela iria embora, mas a Menina Fumaça me seguiu até os limites da aldeia e além.

— Vá embora! — exclamei. — Vá, eu não quero você.

Comecei a andar, e ela apareceu novamente na minha frente. Eu estava prestes a gritar, mas ela chorava. Eu me virei, e ela apareceu de novo. O Leopardo começou a mudar de forma e a rosnar, e ela se assustou.

— Vá embora antes que eu te amaldiçoe! — berrei.

Nós estávamos na fronteira do território dos Gangatom, rumando para o Norte, pelas terras livres, para chegar a Luala Luala. Eu sabia que ela estava atrás de mim. Peguei duas pedras e joguei uma nela. Atravessou-a, a pedra, mas eu sabia que o gesto a deixaria horrorizada.

— Volta, seu fantasma de merda! — gritei, e joguei a segunda pedra.

Ela desapareceu, e eu não a vi mais. O Leopardo já tinha se afastado bastante quando me dei conta de que estava parado no mesmo lugar, sem ir adiante. E não me moveria, até que ele rosnou.

Fui com o Leopardo até Fasisi, a capital do Norte, onde conheci muitos homens e mulheres com objetos e pessoas perdidas, que fariam bom uso do meu faro. O Leopardo ficou cansado das paredes e foi embora após duas luas; eu fiquei, por longas luas, sozinho.

Passaram-se anos até rever o Leopardo, e eu já era um homem. Muitos homens ressentidos me conheciam em Fasisi, então me mudei para Malakal. Ele já estava lá havia quatro noites antes de deixar com a minha estalajadeira o recado de que se encontraria comigo, o que me pareceu óbvio, já que ele não teria outro motivo para ir até aquela cidade. O Leopardo ainda era belo, com maxilares possantes, e veio em sua forma de homem, de túnica e manto, uma vez que os homens da cidade teriam matado uma fera. Suas pernas, mais grossas; os pelos em seu rosto, mais selvagens. Ele estava de bigode, mas aquela era uma cidade em que homens amavam homens, padres se casavam com escravos, e mágoas eram afogadas com vinho de palma e cerveja de masuku. Farejei sua chegada na noite em que ele pisou na cidade. Uma noite na qual nem mesmo a chuva, que despertava fragrâncias antigas, foi capaz de enfraquecer seu odor. Ele ainda recendia a um homem que só se banhava se um riacho cruzasse, por acaso, seu caminho. Nós nos encontramos na Estalagem Kulikulo, um lugar onde eu conduzia meus negócios, um lugar onde a robusta estalajadeira servia sopa e vinho, onde ninguém se interessava por quem ou pelo que entrava pela porta. Ele ergueu um caneco de cerveja e me ofereceu um vinho de palma que ele próprio não beberia.

— Você parece bem, tão diferente, um homem agora — disse ele.

— Você parece igual.

— Como está o seu nariz?

— Este nariz pagará por este vinho, já que não estou vendo você portar nenhuma bolsa.

Ele riu e disse que trazia uma proposta.

— Preciso que você me ajude a encontrar uma mosca.

2
MALAKIN

Gaba kura baya siyaki.

MALAKAL

PARA A CORDILHEIRA DA FEITIÇARIA

GRANDE PORTÃO DO NORTE

PRECIPÍCIOS

ROTA DOS ESCRAVOS

QUARTA MURALHA

TORRE DE SENTINELA NORTE

TERCEIRA MURALHA

MIRANTE

SEGUNDA MURALHA

PRIMEIRA MURALHA

ROTA DO SAL

MIRANTE

TORRE DE SENTINELA SUL

MIRANTE

PORTÃO SUL

ANTIGAS RUÍNAS DE MALAKAL

N

PARA O VALE DE UWOMOWOMOWOMOWO

LEGENDA

1. FORTALEZA DO NORTE
2. A CASA SEM PORTAS
3. LAR DE BELEKUN, O GRANDE
4. ACAMPAMENTO DO LESTE
5. FORTALEZA DO OESTE
6. ESTALAGEM DO RASTREADOR
7. A TORRE TOMBADA
8. CAPELA DO VICE-REI
9. FORTALEZA DO SUL

SEIS

Isto.

Você quer que eu leia isto.

Confira o relato, você diz. Aponte onde ele está diferente daquilo que aconteceu. Eu não preciso ler; você escreve de acordo com a vontade de Ashe. Ashe é o tudo, vida e morte, manhã e noite, boa sorte e más notícias. O que vocês no Sul acreditam que é deus, mas, na verdade, é de onde os deuses vêm.

Se eu acredito nisso?

Pergunta inteligente. Tudo bem, eu vou ler.

Depoimento do Rastreador neste que é o nono dia. Mil reverências em agrado aos anciãos. Este depoimento é o testemunho por escrito, uma súplica aos deuses do céu que julgam com seus raios e com o veneno de víboras. E, como é de agrado dos anciãos, o Rastreador fará um relato extenso e copioso, já que muitos anos e luas se passaram desde a perda da criança até a morte da referida. Chega-se à metade das muitas histórias do Rastreador, cujo escrutínio entre falsas e verdadeiras reservo ao julgamento dos anciãos, apartados junto ao conselho dos deuses. Os relatos do Rastreador seguem estarrecendo até mesmo aqueles com as mentes mais excêntricas. Ele faz viagens profundas a terras desconhecidas, como se estivesse contando histórias para crianças à noite, ou recitando pesadelos para o necromante durante uma divinação de Ifá. Mas assim é de agrado dos anciãos, que um homem fale livremente, e um homem deve falar até que os ouvidos dos deuses estejam abarrotados de verdades.

Ele explora as visões, cheiros e sabores de uma memória, evocando com perfeição o odor da fenda entre as nádegas de um homem, ou o perfume das virgens de Malakal que captava pela janela de seus quartos de dormir quando passava embaixo delas, ou a visão da gloriosa luz solar que marca as lentas mudanças de estação. No entanto, sobre períodos de longas luas, um ano, três anos, ele nada diz.

Isto sabemos: o Rastreador, na companhia de outros nove, incluindo um que ainda vive e outro que não é citado, saiu em busca de um menino. Sequestrado havia sido, alegava-se. O menino, na época, supostamente era o filho ou protegido de um traficante de escravos de Malakal.

Isto sabemos: eles partiram de Malakal no começo da estação da seca. A busca pelo menino levou sete luas. Um sucesso, a criança foi encontrada e devolvida, mas, quatro anos depois, ela se perdeu mais uma vez, e a segunda busca, em menor companhia, levou um ano e culminou na morte do menino.

A pedido dos anciãos, o Rastreador falou em detalhes sobre a sua criação e, com uma fala clara e um semblante tranquilo, recontou alguns detalhes da primeira busca. Mas ele falará apenas sobre o final da segunda busca e se recusa a prestar depoimento sobre os quatro anos entre uma coisa e outra, onde se sabe que ele estabeleceu residência na terra de Mitu.

Foi nesse ponto que eu, seu inquisidor, montei uma armadilha diferente. Ele viera, naquela nona manhã, para falar sobre o ano em que se reencontrou com o mercenário chamado Leopardo. De fato, ele havia dito anteriormente que o Leopardo fora ao seu encontro com a proposta de procurar pela criança. Mas uma mentira é como uma casa cuidadosamente construída sobre estacas podres. Um mentiroso costuma esquecer do começo de sua história antes de chegar ao seu fim, e é dessa maneira que você o pega. Uma mentira é um relato cuidadosamente narrado se você deixar que seja narrado, e eu procurei interromper suas inverdades ao requisitar que contasse uma parte diferente da narrativa. Assim, não perguntei sobre a primeira ou sobre a segunda busca, mas sim sobre os quatro anos entre uma e outra.

INQUISIÇÃO: *Fale-me sobre o ano da morte do nosso Rei.*

RASTREADOR: *Seu Rei louco.*

INQUISIÇÃO: *Nosso Rei.*

RASTREADOR: *Mas é do louco que você está falando? Perdão, todos eles são loucos.*

INQUISIÇÃO: *Fale-me sobre o ano da morte do nosso Rei.*

RASTREADOR: *Ele é o seu Rei. Me fale você.*

INQUISIÇÃO: *Fale-me sobre…*

RASTREADOR: *Foi um ano qualquer, como passa qualquer ano. Com dias, com noites, sendo as noites o final dos dias. Luas, estações, tempestades, secas. Você não era um necromante, desses que fazem esse tipo de anúncio, inquisidor? Suas perguntas estão ficando mais estranhas a cada dia; e eu estou falando sério.*

INQUISIÇÃO: *Você se lembra desse ano?*

RASTREADOR: *O povo Ku não dá nome aos anos.*

INQUISIÇÃO: *Você se lembra desse ano?*

RASTREADOR: *Foi o ano em que a sua Excelentíssima Majestade cagou sua excelentíssima vida numa excelentíssima vala.*

INQUISIÇÃO: *Blasfêmia ao Rei é punida com morte no Reino do Sul.*

RASTREADOR: *Ele é um cadáver, não um rei.*

INQUISIÇÃO: *Já chega. Fale-me sobre o seu ano.*

RASTREADOR: *O ano? Meu ano. Eu o vivi por inteiro e o abandonei por completo quando ele terminou. O que mais há para se saber?*

INQUISIÇÃO: *Você não tem mais nada a dizer?*

RASTREADOR: *Temo que você encontrará histórias melhores entre aqueles que estão mortos, inquisidor. Desses anos, não tenho nada a relatar, salvo a mesmice, o tédio e os infindáveis pedidos de esposas furiosas para que eu encontrasse seus maridos insatisfeitos…*

INQUISIÇÃO: *Você não estava aposentado nesses anos?*

RASTREADOR: *Acho que sou o melhor para lembrar como foram meus próprios anos.*

INQUISIÇÃO: *Fale-me sobre os seus quatro anos em Mitu.*

RASTREADOR: *Eu não passei quatro anos em Mitu.*

INQUISIÇÃO: *Seu depoimento no quarto dia diz que, após a primeira busca, você partiu em direção à aldeia de Gangatom e, de lá, para Mitu. Seu depoimento no quinto dia começa: "Quando ele me encontrou em Mitu, eu estava prestes a partir." Quatro anos permanecem sem qualquer relato. Você não morou em Mitu?*

[Nota: A ampulheta estava a um terço de se esvair quando lhe fiz essa pergunta. Ele me encarou do jeito que os homens fazem quando contemplam a petulância. Um arco em sua sobrancelha, uma carranca em seu rosto, e depois uma impassibilidade, uma contração no canto dos lábios, e olhos úmidos, como se tivesse passado da irritação com a minha pergunta para alguma outra coisa enquanto pensava na resposta. A ampulheta estava vazia quando retomou a palavra.]

RASTREADOR: *Não tenho conhecimento de lugar nenhum chamado Mitu.*

INQUISIÇÃO: *Você? O Rastreador, que alega ter estado em tantos reinos, nas terras de feras voadoras e de macacos falantes, em territórios que nem sequer estão nos mapas dos homens, mas você não tem o conhecimento de uma região inteira?*

RASTREADOR: *Tire o seu dedo da minha ferida.*

INQUISIÇÃO: *Você esqueceu qual de nós dois dá as ordens aqui.*

RASTREADOR: *Eu nunca pus meus pés em Mitu.*

INQUISIÇÃO: *Uma resposta diferente de "Não tenho conhecimento de lugar nenhum chamado Mitu".*

RASTREADOR: *Me diga como você quer que essa história seja contada. Do seu crepúsculo ao seu alvorecer? Ou talvez como uma lição, ou como uma canção de louvor? Ou seria melhor que minha história andasse como os caranguejos, de um lado para o outro?*

INQUISIÇÃO: *Conte para os anciãos, que tomarão estes escritos como a sua própria fala. Os quatro anos que você passou em Mitu, o que aconteceu?*

Não usarei de quaisquer impressões ou julgamentos para descrever seu semblante. Suas sobrancelhas ergueram-se mais do que nunca, ele abriu a boca sem nada falar. Tive a impressão de que ele troou ou xingou em algum dos dialetos do norte do rio. Então ele saltou de sua cadeira, derrubando-a e empurrando-a para longe. Ele avançou para cima de mim, gritando e berrando. Quase não consegui alertar o guarda antes que sua mão envolvesse minha garganta. Na verdade, tenho a convicção de que ele teria me estrangulado até a morte. Ele seguiu apertando com cada vez mais força, me empurrando para trás em minha cadeira, até que ambos caímos no chão. Ouso dizer que seu hálito era nauseabundo. Pois que, com o cálamo, varei sua mão e o topo do seu ombro, mas posso atestar, sob juramento, que eu realmente estava deixando este mundo, e com rapidez. Dois guardas vieram por trás e o golpearam na cabeça com porretes, até que ele caiu em cima de mim, e nem assim relaxou o aperto em minha garganta, só o fazendo quando o acertaram uma terceira vez.

Devo dizer que esse é um relato justo, embora eu lembre das minhas costelas sofrendo diversos chutes dos seus homens, mesmo depois de eles já terem me dominado. Das minhas costas sendo golpeadas com um saco cheio de inhame. E também disto: meus pés recebendo tanto açoite que estou surpreso de ter caminhado até este aposento. Minha memória me trai: eles me arrastaram até aqui. E isso nem foi o pior, pois sua ordem para me vestirem em trajes destinados a escravos foi o pior — de que forma eu o ofendi para provocar uma reação dessas?

Agora, olhe para nós. Eu, no escuro, mesmo em plena luz do dia; você sentado aí, num banquinho. Equilibrando papel e cálamo no colo, com o cuidado de não derrubar a tinta a seu pé. E essas barras de ferro entre nós. Meu vizinho de cela clama pela deusa do amor toda noite, e eu não ouvia esse tipo de ruídos desde que fui procurar pelo meu pai — meu avô — num prostíbulo. Aqui entre nós, eu gostaria que a deusa respondesse, porque os gritos dele ficam mais altos a cada noite.

Então. Assassinados meu pai e meu irmão; meu tio, pelas minhas próprias mãos. Voltar para o meu avô? Para lhe levar que notícias? Saudações, Papai, que eu agora sei que é meu avô, embora se deite com minha mãe. Eu matei seu outro filho. Não há honra nenhuma nisso, mas você já era um homem desonrado. Você é muito ardiloso. Alguém tão ardiloso, inquisidor, que me deixa irritado a ponto de falar com eles, mas não com você. Que tipo de depoimento é esse?

Você se banhou desde a última vez que o vi. Água de fonte, com sais preciosos, especiarias e flores. Tantas especiarias assim me levam a suspeitar que a sua esposa de dez anos de idade estava tentando cozinhá-lo. Todavia, necromante, também sinto o cheiro das bolhas no lado direito de suas costas, bem onde ela derramou água fervente e o escaldou. Por todos os deuses, ela tentou mesmo cozinhá-lo. Você bateu forte nela, é claro, na boca. Você já carregou o sangue dela outras vezes.

Cadê a parte que aconteceu em seguida? Depois das porretadas que seus guardas deram na minha cabeça, mas antes de me arriarem até aqui. Quando eu estrangulei você quase até a sua morte. A parte em que os guardas tiveram de estapeá-lo como a um viciado em ópio dentro da alcova de um mercador de espíritos. Não pergunte mais sobre Mitu.

Mais uma coisa. Quando foi que você me transferiu pra Nigiki? Eu pergunto porque estas são vestes de escravos Nigiki. Além disso, de qualquer direção a que me viro, vem o cheiro das minas de sal. Você me transferiu à noite? Que poções nefastas me mantiveram desacordado? As pessoas dizem que uma cela em Nigiki é mais suntuosa que um palácio em Kongor, mas essas pessoas nunca estiveram numa cela como esta. Você também a transferiu ou somente o seu querido e complicado Rastreador?

Na minha última vez nesta cidade, eu também estava acorrentado. Vou te contar a história.

Me deixei ser vendido para um membro da nobreza em Nigiki, porque mesmo um escravo tinha quatro refeições por dia, nenhuma comprada de bolso próprio, e morava em palácios. Então, por que não ser escravo? Quando eu sentisse falta de liberdade, só precisaria matar o meu senhor. Mas o rei louco dava ouvidos a esse membro da nobreza. Eu sei disso porque ele contava para quem quisesse ouvir. E, já que eu estava participando de um novo jogo — subserviência total a outrem —, era pra mim que ele dizia. Escravos não costumam ser revendidos no Reino do Sul, principalmente em Nigiki, mas ele fez isso, e foi assim que conquistou sua fortuna. Às vezes o escravo, nascido livre, era raptado.

Meu senhor era um covarde e um ladrão. Ele açoitava sua mulher à noite e a espancava durante o dia para que os escravos soubessem que nenhum homem ou mulher estava acima dele. Certo dia em que meu senhor não estava presente, eu disse a ela:

— Se for do agrado da dama, eu tenho cinco membros, dez dedos, uma língua e dois buracos, todos a seu bel-prazer.

— Você fede como um porco, mas talvez seja o único homem em Nigiki que não recende a sal — disse ela. — Ouvi sobre vocês, homens do Norte, que usam seus lábios e suas línguas para fazer coisas com as mulheres.

Eu vasculhei por ela entre suas cinco vestes, achei sua koo, abri seus lábios a Leste e Oeste e então remexi minha língua sobre aquela pequena alma imersa que os Ku acreditam ser um menino oculto que precisa ser extirpado da mulher, mas que está além de ser menino ou menina. Ela estava fazendo barulhos mais altos do que ao ser açoitada, mas, como eu estava escondido debaixo de suas vestes, seus escravos pensaram que eram as lembranças de um castigo, ou que o deus da colheita lhe abençoava em êxtase.

Ela nunca me permitiu colocar nada dentro dela além da língua, pois tais ainda são os modos de uma dama.

— Como pode alguém se deitar com um porco? — dizia ela.

Você está esperando pra ver onde isso vai dar. Você está esperando para ver se alguma vez me desfiz daquele mar de vestes e a possuí mesmo sem ela jamais ter pedido, porque isso é o que vocês, senhores do Sul, costumam fazer. Ou será que você está esperando pelo momento em que eu mato o marido, pois minhas histórias, afinal, não terminam sempre com sangue?

Pouco depois eu disse ao membro da nobreza:

— Sequer uma lua passou, e já estou entediado em ser seu escravo. Nem mesmo sua crueldade é interessante.

Eu disse adeus, fiz um gesto obsceno com a minha língua e meus lábios para a dama e dei meia-volta para partir.

Sim, dessa maneira, eu parti.

Muito bem, se você faz questão de saber, eu bati na cabeça do membro da nobreza com a lateral de uma espada longa, mandei um escravo cagar na sua boca e, para mantê-la fechada, amarrei uma corda em sua cabeça. Então eu parti.

As crianças?

O que isso importa?

Eu tentei visitar as crianças. Mais do que apenas uma ou duas vezes. Um quarto de lua após as deixarmos com os Gangatom, percorri sorrateiramente as margens do rio Duas Irmãs. Àquela altura, a aldeia já sentira no vento o cheiro dos corpos de Kava, do feiticeiro e do meu titio amado. E mais adiante, no lado Gangatom do rio, uma lança poderia atravessar meu peito a qualquer momento, e meu assassino não estaria mentindo quando dissesse "Aqui eu matei um Ku". Fui me esgueirando de árvore em árvore, de arbusto em arbusto, ciente de que nunca deveria ter ido embora. Foi só por um quarto de lua. Porém, talvez o Albino tivesse deparado com um menino que o furaria para ver se o seu sangue era branco, e talvez as mulheres da aldeia estivessem com medo do sono agitado da Menina Fumaça e precisassem saber que ninguém tinha razões para temê-la — afinal, como elas saberiam? E deixá-la sentar em sua cabeça se ela quiser sentar em sua cabeça, e talvez meu menino que pensa que é uma bola role de encontro a um homem, pois é a única maneira que ele consegue dizer "Estou aqui, brinque comigo, eu já sou mesmo um brinquedo". E pra nunca chamar o Garoto Girafa de girafa. Nem sequer uma vez. E os gêmeos, mentes tão astutas e corações tão puros, um pode falar com você pela direita dizendo "Pra que lado fica o Leste?" enquanto o outro rouba uns goles do seu mingau.

E não havia mais Leopardo nenhum de salvaguarda; ele tinha arrumado trabalho e diversão em Fasisi. Mas o rio passava pelos dois territórios, e as árvores ficavam muito distantes umas das outras. Eu parei numa árvore e estava prestes a correr até a outra, a dez mais sete passos à frente, quando as flechadas cruzaram meu caminho. Pulei pra trás, e a árvore escorou as três flechas que a atingiram. Vozes da aldeia Ku, homens do outro lado do rio, achando que haviam me matado. Me joguei de bruços e debandei feito lagarto.

Dois anos depois, voltei para ver minhas crianças mingi. Vim de Malakal, por uma rota diferente da que era usada pelos Ku. Garoto Girafa era agora tão alto quanto uma girafa, suas pernas chegando ao nível de minha cabeça; seu rosto, um pouco mais velho, porém ainda jovem. Ele me avistou assim que atravessei os limites da aldeia de Gangatom. O Albino, eu só descobri que era o mais velho ao ver que os outros se desenvolveram menos que ele, já encorpado por músculos e com mais altura, e muito bonito. Eu não sabia dizer se ele espichou rápido ou se só agora eu tinha reparado. E com ele correndo em minha direção, os olhos das mulheres o acompanharam. Os gêmeos estavam caçando no mato. O menino sem pernas tinha ficado ainda mais gordo e redondo, e rolava para lá e para cá.

— Você vai ser útil na guerra — disse eu ao Albino. — Vocês já são todos guerreiros agora?

O Albino assentiu com a cabeça enquanto o menino sem pernas riu e veio rolando pra cima de mim, me derrubando no chão. Não vi a Menina Fumaça.

Então, uma lua depois, saí para caminhar com o Garoto Girafa e perguntei:

— A Menina Fumaça, ela ainda me odeia?

Ele não sabia o que me responder, pois nunca havia conhecido o ódio.

— Todo homem que entra na vida dela vai embora — comentou, enquanto caminhávamos de volta para sua casa.

Em sua porta, a mulher que o estava criando avisou:

— O chefe está morrendo, e o homem sucessor do chefe tem maus sentimentos por todos os Ku, até mesmo por um que viva com outras pessoas em casas de pedra.

Você não precisa de nomes.

Quanto ao Leopardo, cinco anos se passaram até encontrá-lo na Estalagem Kulikulo. Ele estava numa mesa, esperando por mim.

— Preciso que você me ajude a encontrar uma mosca — disse ele.

— Então vá se consultar com uma aranha.

Ele riu. O tempo o transformara, embora ele parecesse igual. Seu maxilar ainda era possante; seus olhos, espelhos d'água onde você enxergava a si mesmo. Bigodes e cabeleira selvagem que o tornavam mais similar a leão do que a leopardo. Fiquei me perguntando se ainda seria tão rápido. Fiquei me perguntando por muito tempo se ele havia envelhecido como leopardo ou como homem. Malakal era uma terra de carnificina civilizada, não era cidade para metamorfose. Mas a Estalagem Kulikulo nunca julgava um homem por seu feitio ou por suas roupas, mesmo se não estivesse usando nada além de barro ou argila vermelha misturados a esterco de vaca, desde que suas moedas tivessem valor e fluíssem como um rio. Mesmo assim, ele havia tirado peles de dentro de uma sacola e amarrado uma áspera e peluda ao redor da cintura, e depois drapeado pedaços de couro lustroso em suas costas. Aquilo era novidade. O animal tinha aprendido as vergonhas do homem, o mesmo homem que um dia havia dito que o Leopardo teria nascido de saias se fosse para que ele as usasse. Ele pediu vinho e uma bebida forte, capaz de matar uma fera.

— Não vai dar um abraço no homem que salvou sua vida mais vezes do que uma mosca pisca?

— Mosca pisca?

Ele riu mais uma vez e saltou de seu banco. Fui segurar suas mãos, mas ele as puxou e me agarrou, me abraçando com força. Eu estava prestes a dizer que aquilo parecia coisa de gente do Leste que se deita com meninos, mas acabei amolecendo em seus braços, fraco, tão fraco que mal consegui retribuir seu abraço. Senti vontade de chorar, como um menino, mas espantei aquela ideia da minha cabeça. Eu soltei do abraço primeiro.

— Você mudou, Leopardo — disse eu.

— Desde que me sentei aqui?

— Desde a última vez que o vi.

— Pois é, Rastreador, tempos cruéis deixam marcas. Seus dias não têm sido cruéis?

— Meus dias estão cada vez mais fartos.

Ele riu.

— Mas olhe pra você, falando com o felino das mudanças.

Sua boca tremia, como se fosse dizer mais coisas.

— O quê? — perguntei.

Ele apontou.

— Tonto, é seu olho. Que bruxaria é essa? Você não vai falar sobre isso?

— Eu esqueci — falei.

— Você esqueceu que tem um olho de chacal na sua cara.

— De lobo.

Ele se aproximou, e eu senti o cheiro da cerveja. Agora eu olhava em seus olhos tão intensamente quanto ele olhava nos meus.

— Mal posso esperar pelo dia em que você finalmente vai me contar a respeito; me deixou ávido, isso. Ou com medo.

Senti falta de sua risada.

— Bem, Rastreador. Não vi nessa cidade nenhum rapaz para diversão. Como você faz para saciar suas fomes noturnas?

— Mato minha sede em vez disso — respondi, e ele riu.

Por certo eu tinha vivido todos aqueles anos como vivem os monges. Exceto quando alguma viagem me levava para longe, e havia jovens graciosos por lá, ou eunucos não tão graciosos que, apesar de não serem belos, executavam com maior maestria as artes do amor. Até mesmo mulheres às vezes serviam.

— O que você andou fazendo nesses últimos anos, Rastreador?

— Muito e muito pouco.

— Me conta.

Enquanto eu bebia vinho e Leopardo bebia cerveja de masuku na Estalagem Kulikulo, estas foram as histórias que eu lhe contei.

Um ano eu vivi em Malakal, antes de me mudar para Kalindar, o disputado reinado que fica na fronteira com o Sul. Terra de grandes senhores de cavalaria. Na verdade, o lugar era mais um conjunto de estábulos com alojamentos para os homens foderem, dormirem e conspirarem. Não importava de que lado você vinha, a cidade só podia ser acessada após uma travessia por uma trilha hostil. Amantes da guerra, pessoas amargas e vingativas em seu ódio, apaixonadas e vigorosas em seu amor, que desprezavam os deuses e os desafiavam com frequência. Então, é claro que eu chamei aquilo de lar.

Havia em Kalindar um Príncipe sem principado, que dizia que sua filha havia sido raptada por bandidos na trilha do Norte. Eis o que eles pediam em resgate: prata, com peso de dez mais sete cavalos. Escute só esta: o Príncipe mandou um servo vir me buscar, e ele até tentou, de uma maneira que refletia os péssimos modos do Príncipe. Eu o mandei de volta com dois dedos a menos.

O segundo servo do Príncipe curvou-se e me pediu para que eu agraciasse o Príncipe com uma visita. Então eu fui até o seu palácio, que era composto de apenas cinco cômodos, um grudado no outro, em meio a um pátio dominado por galinhas. Mas ele tinha ouro. Ele o usava em seus dentes e encadeado através das sobrancelhas, e quando o limpador de latrinas passou, ele trazia consigo um penico de ouro puro.

— Você, homem que tirou os dedos do meu guarda, seus serviços serão úteis para mim — disse ele.

— Não encontrará reino em que não sejam — retruquei.

Os Kalindar não são de meias palavras, então aquele comentário simplesmente bateu e voltou para o mar.

— Reino? Eu não preciso que você encontre um reino. Bandidos sequestraram minha filha, a Princesa, há cinco dias. Eles exigem um resgate, o peso de dez mais sete cavalos em prata.

— Você pagará?

O Príncipe coçou seu lábio inferior, ainda olhando no espelho.

— Primeiro eu preciso de uma prova confiável de que Vossa Alteza ainda está viva. Dizem que você tem um bom faro.

— De fato. Você quer que eu a encontre e a traga de volta?

— Veja lá o jeito que você fala com os príncipes! Não. Eu desejo apenas que você a encontre e me dê a boa notícia. Então eu decidirei.

Ele acenou com a cabeça para uma velha, que jogou uma boneca para mim. Eu a peguei e a cheirei.

— O pagamento é sete vezes dez peças de ouro — avisei.

— O pagamento é poupar sua vida frente à sua insolência — disse ele.

Aquele Príncipe sem principado era tão amedrontador quanto um bebê chorando por ter se cagado, mas fui atrás da princesa porque, às vezes, o trabalho em si é a própria recompensa. Especialmente porque seu cheiro não me levou para as estradas do Norte nem para os vilarejos dos bandidos, ou mesmo para alguma cova rasa, mas para um lugar a menos de uma manhã de caminhada a partir do palacete de seu pai. A uma cabana perto da antiga localização de um movimentado mercado de frutas e carnes, mas que então era mata fechada. Eu a encontrei à noite. Ela e os seus sequestradores, um dos quais cambaleava após levar um tapa na lateral de sua cabeça.

— Dez mais sete cavalos? Isso é tudo que eu valho para você, dez mais sete? E em prata? Você vem tão de baixo que acha que só eu valho isso?

Ela xingou e bufou por tanto tempo que comecei a me cansar daquilo, e seguiu xingando. Percebi que o sequestrador estava chegando a cogitar quiçá pagar o Príncipe para ele vir buscá-la. Farejei o dom da metamorfose nele, um felino, como o Leopardo. Um leão, talvez. Os outros homens, jogados pelos cantos, seriam o seu bando; a mulher perto do fogo, de cara fechada para eles, foi sua companheira até essa Princesa aparecer. Estavam todos amontoados num cômodo com aquela Princesa cacarejando feito uma cacatua. O plano era o seguinte: o Leão e seu bando raptam a Princesa e exigem uma quantia. Uma quantia que seu pai pagaria com gosto, uma vez que sua filha vale mais do que prata e ouro. O resgate, a Princesa o usaria na contratação de mercenários para usurpar o trono do Príncipe, que não tinha principado algum a ser usurpado. Primeiro eu pensei que ela fosse como um daqueles meninos e meninas sequestrados muito jovens que, no meio do cativeiro, começam a demonstrar lealdade aos seus sequestradores, até mesmo amor. Mas então ela disse:

— Eu deveria ter escolhido leopardos; pelo menos eles são ardilosos.

O Leão líder rugiu tão alto que assustou as pessoas que estavam na rua.

— Acho que eu sei como essa história termina — comentou o Leopardo. — Ou talvez eu apenas conheça você. Você contou ao Príncipe o plano de sua filha e depois foi embora, tão discreto quanto em sua chegada.

— Meu bom, Leopardo, onde estaria a diversão em fazer isso? Além do mais, meus dias eram longos, e os negócios andavam devagar.

— Você estava entediado.

— Como um deus esperando que um homem o surpreendesse.

Ele sorriu.

— Eu voltei para o Príncipe e lhe dei a boa notícia. Eu disse: "Meu bom Príncipe, eu ainda preciso encontrar os bandidos, estou chegando muito perto, mas passei por uma casa perto do antigo mercado e ouvi homens conspirando para tomar sua coroa." No que ele perguntou: "O quê? Você tem certeza? Que homens?" Respondi: "Não olhei. Em vez disso, vim correndo contar para você. Agora eu irei atrás de sua filha." E nisso ele pediu conselhos: "O que eu devo fazer quanto a tais homens?" Foi então que eu sugeri: "Envie homens para se aproximarem sorrateiramente da casa à noite, como se fossem ladrões, e incendiarem-na."

O Leopardo me encarou, louco pra arrancar a história de dentro da minha boca.

— Ele fez isso?

— Quem sabe? Mas na lua seguinte eu vi a filha em sua janela, um toco preto na cabeça. Depois disso eu praguejei contra Kalindar e voltei para Malakal.

— Essa é a sua história? Me conte outra.

— Não. Me conte você sobre as suas viagens. O que faz um Leopardo em novas terras quando não pode caçar?

— Um Leopardo encontra carne onde ele procurar. E quando ele encontra, ele come! Mas você sabe como eu sou. Feras como nós não foram feitas para ficar num só lugar. Mas ninguém foi tão longe quanto eu. Embarquei num navio, até, e bem-disposto eu estava. Fui para o mar, embarquei num outro navio e fui ainda mais longe mar adentro, por luas e mais luas.

Ele subiu na cadeira e nela se empoleirou. Eu sabia que ele faria aquilo.

— Eu vi grandes monstros marinhos, incluindo um que parecia um peixe, mas seria capaz de engolir um navio inteiro. Eu encontrei meu pai.

— Leopardo! Mas você achava que ele estava morto.

— Ele também! O homem era um ferreiro vivendo numa ilha no meio do mar. Esqueci o nome.

— Não, você não esqueceu.

— À merda os deuses, talvez eu não queira lembrar. Ele não era mais um ferreiro, só um velho esperando pela morte. Eu fiquei lá com ele.

Eu o vi esquecer de lembrar, e depois o vi esquecer que ele se esquecia. Escute, não havia mais nada de Leopardo nele... Ele havia esquecido de tudo, vivendo com sua jovem esposa e família debaixo de um teto, que não é da natureza do leopardo. Maldito seja você e os seus bigodes, ele me disse muitas vezes. Mas alguns dias ele me olhava e rosnava, e você tinha que ver como ele ficava assustado, se perguntando de onde aquilo tinha saído. Eu mudei de forma em sua frente uma vez, e ele gritou como grita um velho, sem fazer barulho. Ninguém acreditou quando ele berrou: "Olha, um felino, ele vai me comer!"

— Essa é uma história muito triste.

— E ela fica mais triste ainda. Seus filhos naquela casa, meus irmãos e irmãs, todos têm alguma característica de felino neles. Os mais jovens tinham pintas em suas costas. E nenhum deles gostava de usar roupas, mesmo que homens e mulheres cobrissem tudo, exceto seus olhos, nessa ilha fluvial. Quando ele estava morrendo, ficou se transformando de homem em leopardo em homem no seu leito de morte. Assustou seus filhos e entristeceu a mãe deles. No final, ficamos no quarto apenas eu, meu irmão caçula e ele, já que todos os outros, exceto o mais jovem, achavam que aquilo era bruxaria. O caçula olhou para o seu pai e finalmente viu a si mesmo. Nós dois viramos leopardos, e eu lambi o rosto do meu pai para acalmá-lo. Quando ele mergulhou no sono eterno, eu o deixei.

— Essa é uma história triste. Mesmo assim, há beleza nela.

— Você é amante da beleza agora?

— Se você tivesse visto quem saiu de minha cama nessa manhã, não me faria essa pergunta.

Sua risada me fazia falta. A estalagem inteira ouvia quando o Leopardo ria.

— Um andarilho eu me tornei, Rastreador. Como eu me mudei de terra para terra, de reino para reino. Reinos onde a pele das pessoas era mais clara do que a areia e onde, a cada sete dias, eles comiam seu próprio deus. Eu fui fazendeiro, assassino, até mesmo adotei um nome, Kwesi.

— O que ele significa?

— À merda os deuses, sei lá. Eu me tornei até mesmo um anfitrião das artes obscenas.

— O quê?

— Já chega, homem. O motivo pelo qual eu vim atrás de você...

— À merda os deuses e os seus motivos. Eu quero que você me fale mais sobre essas artes obscenas.

— Rastreador, nós não temos muito tempo.

— Então seja rápido. Mas não economize nos detalhes.

— Rastreador.

— Ou me levantarei e o deixarei com a conta, Kwesi.

Ele se contorceu um pouco quando eu disse isso.

— Muito bem. Já chega. Bom, eu fui um soldado.

— Isso não está parecendo o começo de uma história obscena.

— À merda os deuses, Rastreador. Talvez a história comece quando um homem encontrou um exército...

— Do Norte ou do Sul?

— À merda os dois lados. O que estou dizendo é que esse homem encontrou um exército desprovido de guerreiros com habilidades excepcionais no arco e flecha. Esse homem se encontrava em terras sem alimento e sem diversão. Esse homem talvez fosse muito bom em matar seus inimigos, mas não tão bom assim em manter a paz entre seus companheiros soldados. Muito embora um e outro mais aprazíveis tenham servido ao propósito.

— Uma vez Leopardo...

— O que se passou foi o seguinte. Atacamos uma aldeia que só tinha pedras de cortar carne para usar como armas, e queimamos suas cabanas com mulheres e crianças ainda dentro. Foi assim que aconteceu. Eu disse que não mato mulheres e crianças, nem mesmo quando estou com fome. A putinha do comandante disse: "Então mate-os com o seu arco e flecha." Eu disse que eles não são combatentes nessa guerra, e ele disse isso é uma ordem. Eu fui embora porque não sou um soldado, e aquela era uma briga que não valia a pena comprar.

"E digo que o seguinte também aconteceu. Aquela putinha gritou traidor e seus homens rapidamente vieram atrás de mim; enquanto isso, os soldados ainda incendiavam as crianças encurraladas dentro das cabanas. Quatro soldados vieram pra cima de mim, e eu disparei quatro flechas no meio de quatro pares de olhos. A putinha tentou gritar de novo, mas minha quinta flecha atravessou seu pescoço. Então, eu nem preciso dizer a você, Rastreador, que eu tive de ir embora, acobertado pela fumaça das chamas. Depois disso, eu vaguei por dias e dias até descobrir que eu estava no mar de areia, onde nada vive. Quatro dias sem água ou comida, e comecei a ver uma mulher gorda andando sobre as nuvens, e leões andando sobre duas patas, e uma caravana que nunca tocava a areia. Homens dessa caravana me recolheram e me colocaram dentro de uma carroça.

"Eu acordei quando a mãe de um menino o fez jogar água em meu rosto. A caravana me deixou na porta da casa de alguém em Wakadishu."

— Ir do mar de areia até Wakadishu leva luas, Leopardo.

— Deveras rápida a caravana.

— Então agora você é um mercenário.

— Olha só esse leproso acusando um outro leproso de ter lepra.

— Mas eu encontro as pessoas, não as mato.

— É claro. É sangue de vaca o que você vive limpando do seu elmo. Por que temos sempre que brigar por causa de palavras? Você está feliz, Rastreador?

— Eu estou satisfeito com o que tenho. Este mundo nunca me deu nada e, ainda assim, eu tenho tudo que quero.

— Seu tolo, não foi isso que eu perguntei.

— Agora as feras procuram a felicidade? Seja menos homem e mais Leopardo, se é esse tipo de homem que você será.

— À merda os deuses, Rastreador, fiz uma pergunta simples. A resposta mais longa não passa de uma palavra.

— Isso interfere na sua proposta?

— Não.

— Então eis sua resposta: eu estou muito ocupado, e melhor ocupado que entediado, não é verdade?

— Estou esperando…

— Pelo quê?

— Que você me diga que a tristeza não é a ausência de felicidade, mas o seu oposto.

— Alguma vez eu já disse isso?

— Você disse algo parecido. E a quem pertence o seu coração?

— Você me disse uma vez que ninguém ama ninguém.

— Talvez porque eu fosse jovem e estivesse apaixonado pelo meu próprio pau.

— Jakrari mada kairiwoni yoloba mada.

— De que adianta falar nessa língua com um felino?

— Seu pau é como um camelo pra você.

Eu comecei a dizer coisas só para ouvir sua risada felina.

— Eu não confio em ninguém que faz viagens sem volta; isso lhes priva de todo o risco. Eu já fiquei, digamos, decepcionado por homens que não tinham nada a perder — disse ele.

— E *você*, está feliz? — perguntei.

— Você responde uma pergunta com outra pergunta?

— É porque aqui estamos nós, choramingando como primeiras esposas de maridos que não nos querem mais. Só que eu sou um menino sem criação, e você finge ser um homem quando lhe convém, mas muitas criaturas encantadas são capazes de falar. Qualquer que seja essa sua proposta, eu estou gostando cada vez menos dela.

— Minha proposta ainda nem saiu de meus lábios, Rastreador.

— Não saiu, mas você está fazendo algum tipo de teste.

— Me perdoe, Rastreador, mas eu não o vejo há muitas e muitas luas.

— Foi você quem veio atrás de mim, felino. E agora está desperdiçando meu tempo. Aqui tem umas moedas pelo seu porco cru. E um extra pelo sangue que deixaram para você.

— Me faz bem te ver.

— Eu estava quase dizendo o mesmo, mas aí você começou a me perguntar sobre o meu coração.

— Ah, meu irmão, eu me pergunto sobre o seu coração o tempo todo. E me preocupo também.

— Isso também faz parte.

— Do quê?

— Da porra do teu teste.

— Rastreador, nós nascemos livres. Estamos comendo e bebendo um com o outro. Pelo menos sente-se se você não vai comer.

Eu me levantei para ir embora. Estava há uns bons passos dele quando disse:

— Mande me avisar quando eu tiver passado nesse teste aí ao qual você está tentando me submeter.

— Você acha que passou?

— Eu passei quando entrei por aquela porta. Ou você não teria esperado quatro dias para me chamar. Você já viu um homem que não sabe que está infeliz, Leopardo? Procure nas cicatrizes do rosto de sua mulher. Ou na excelência de sua marcenaria ou de sua forjaria, ou na máscara que ele mesmo se obriga a usar, porque impede que o mundo lhe veja o rosto. Eu não estou feliz, Leopardo. Mas eu não estou infeliz, que eu sabia.

— Eu trago notícias sobre as crianças.

Ele sabia que aquilo me impediria de ir embora.

— O quê? Como?

— Eu ainda faço negócios com os Gangatom, Rastreador.

— Dê-me essa notícia. Agora.

— Ainda não. Confie em mim, sua menina está bem, apesar de ainda bufar, resmungar e se transformar em fumaça azul quando perde a cabeça, o que acontece com frequência. Você as visitou?

— Nunca, jamais.

— Ah.

— Que foi esse ah?

— Você fez uma cara estranha.

— Eu não tenho nenhuma cara estranha.

— Rastreador, todas as suas caras são estranhas. Você não consegue esconder nada em seu rosto, não importa o quanto você se esforce para disfarçar. É assim que eu consigo julgar onde está o seu coração em relação às pessoas. Você é o pior mentiroso do mundo, e o único rosto em que acredito.

— Você vai me falar sobre as crianças.

— É claro. Elas…

— Nenhuma delas disse que eu fui visitá-las? Nenhuma?

— Você acabou de dizer que você nunca as visitou. Jamais, foi isso que você disse.

— Pode ser que eu jamais volte a visitá-las, se elas disseram que não viram meu rosto por lá.

— Mais estranheza, Rastreador. As crianças estão gordas e sorridentes. O Albino deve em breve se tornar seu melhor guerreiro.

— E a menina?

— Eu acabei de te falar da menina.

— Coma.

— Temos outros assuntos para discutir, Rastreador. Chega de nostalgia por ora.

Ele pôs o último pedaço de carne em sua boca e mastigou. Havia sangue no prato. Ele olhou para ele, depois para mim.

— Ah, comporte-se como a porra de uma fera, Leopardo. Você pedindo a aprovação de um homem me incomoda.

Ele abriu seu enorme sorriso, levou o prato até o seu rosto e o limpou com a língua.

— Não é como uma presa recém-abatida.

— Mas quebra um galho. Agora, enfim, o motivo pelo qual vim até você.

— Alguma coisa sobre uma mosca?

— Isso era só uma gracinha.

— Por que você perguntou se eu estava feliz?

— Esse caminho que eu estou pedindo para você percorrer. Ah, Rastreador, as coisas que ele vai tomar de você. Seria melhor se você não tivesse nada quando começasse.

— Você acabou de dizer que seria melhor se eu tivesse algo a perder.

— Eu disse que me decepcionei com homens que não tinham nada. Alguns. Mas o Rastreador que eu conhecia não possuía nem cultivava nada. Isso mudou?

— E se tiver?

— Eu lhe faria perguntas diferentes.

— Como você sabe que eu...

O Leopardo se virou para trás, tentando ver o que havia me roubado as palavras.

— Nada — disse eu. — Achei que eu tinha visto... algo sair e depois voltar... Algo...

— O quê?

— Nada. Um pensamento solto. Nada. Vamos lá, felino, eu estou perdendo a paciência.

O Leopardo levantou da cadeira e esticou suas pernas. Ele tornou a sentar e se voltou para mim.

— Ele o chama de mosquinha. Eu acho estranho que ele faça isso, especialmente naquela vozinha dele, que mais parece uma velha do que um homem falando, mas acho que essa mosca é preciosa para ele.

— Me fala de novo. E dessa vez, alguma coisa que faça sentido.

— Eu só posso te falar o que o homem me disse. Ele foi muito claro. "Deixe as instruções comigo", ele disse. À merda os deuses, esses homens que não são diretos. À merda você também, eu vi sua expressão. Amigo, isso é o que eu sei. Há uma criança desaparecida. O magistrado diz que provavelmente ela foi levada pelo rio ou que, talvez, os crocodilos a pegaram, ou os povos ribeirinhos, uma vez que você é capaz de comer qualquer coisa se estiver com fome.

— À merda mil vezes a sua mãe.

— Mil vezes e uma se estamos falando da minha mãe — disse ele, e riu. — Isso é o que eu sei. O magistrado acha que essa criança ou se afogou ou foi morta e comida por uma fera. Mas este homem, Amadu Kasawura é o nome que ele usa, é um homem de posses e de bom gosto. Ele está convencido de que essa criança, sua mosquinha, pode estar viva, quiçá se movendo para o Oeste. Existem provas convincentes, Rastreador, na casa dele, coisas que te farão acreditar na história. Além disso, ele é um homem rico, um homem muito rico, levando em conta o fato de que nenhum de nós dois se vende barato.

— Nós dois?

— Ele contratou nove pessoas, Rastreador. Cinco homens, três mulheres e, se tudo der certo, você.

— Então o bolso deve ser a coisa mais gorda que ele possui. E a criança... filho dele?

— Ele não diz nem que sim nem que não. Ele é um traficante de escravos, que vende servos negros e vermelhos para os navios dos povos que seguem a estrela oriental.

— Inimigos são tudo que os traficantes de escravos possuem. Talvez alguém tenha matado a criança.

— Talvez, mas ele está com essa ideia fixa, Rastreador. Ele está ciente da possibilidade de encontrarmos só uma ossada. Mas ele ao menos saberia, e ter a certeza de algo é melhor do que passar anos de tormento. Mas eu estou pulando muita coisa e fazendo essa missão...

— Ah, então é uma missão? Nós somos o que agora, padres?

— Eu sou um felino, Rastreador. Quantas palavras você acha que eu conheço, porra?

Dessa vez quem riu fui eu.

— Eu te contei o que eu sei. Um traficante de escravos está pagando nove pessoas para encontrarem seu filho ou as evidências de sua morte, e ele não se importa com o que faremos para encontrar. Talvez ele esteja há duas aldeias daqui, talvez esteja no Reino do Sul, talvez seja uma ossada enterrada em Mweru. Você tem o seu faro, Rastreador. Você é capaz de encontrá-lo em poucos dias.

— Se é uma busca tão simples, por que precisamos de nove pessoas?

— Você é inteligente, Rastreador. Não ficou claro pra você? A criança não fugiu. Ela foi levada.

— Por quem?

— É melhor que ele lhe diga. Se eu explicar, talvez você não venha.

Eu o encarei.

— Eu conheço esse olhar — disse ele.

— Que olhar?

— Esse olhar. Você está mais do que interessado. Você está se deliciando com a ideia.

— Você interpreta coisas demais com minhas expressões.

— Não é só no seu rosto. Venha comigo pois, na pior das hipóteses, alguma coisa vai te interessar, e não é o dinheiro. Agora, por falar em desejos...

Eu olhei para o homem que, pouco antes do sol se pôr, convenceu um estalajadeiro a lhe servir carne crua encharcada de sangue para o jantar. Então, farejei alguma coisa, o mesmo que antes, no Leopardo, embora não exatamente nele. Quando botamos os pés para fora da estalagem, o cheiro ficou mais forte, mas depois ficou mais fraco. Ficou mais forte novamente, depois enfraqueceu. Aquela fragrância ficava mais fraca toda vez que o Leopardo se virava.

— Quem é o menino nos seguindo? — perguntei.

Eu falei alto o bastante para que o menino ouvisse. Ele se movia de escuridão em escuridão, das sombras negras dos mourões à luz vermelha emitida por tochas. Ele se esgueirou pela entrada de uma casa abandonada, menos de vinte passos de onde estávamos.

— O que eu gostaria de saber, Leopardo, é se você vai me deixar arremessar uma machadinha e partir a cabeça dele ao meio, ou se você vai me contar que ele é seu?

— Ele não é meu, e, por todos os deuses, não sou dele também.

— E, mesmo assim, eu senti o cheiro dele em você todo esse tempo em que estivemos na estalagem.

— Um estorvo, é isso o que ele é — declarou Leopardo, vendo o menino sair mansamente pela porta, tímido demais para olhar de volta.

Não era alto, mas magro o bastante para parecer que fosse. Pele negra como as sombras, uma túnica vermelha que pendia do pescoço até as coxas, faixas vermelhas acima dos cotovelos, braceletes de ouro em seus pulsos, um saiote listrado na cintura. Ele carregava o arco e as flechas do Leopardo.

— Salvei-o de piratas na minha terceira ou quarta viagem. Agora ele se recusa a me deixar em paz. Juro que são os ventos que o empurram de volta a mim.

— Na verdade, Leopardo, quando eu disse que sentia o cheiro dele, eu disse que sentia o cheiro dele em você.

O Leopardo riu, mas foi uma risada contida, como a de uma criança flagrada pronta para fazer uma travessura.

— Ele é o meu arco quando eu fico sem braço e sempre me encontra, não importa onde eu vá. Só os deuses sabem como. Talvez um dia ele vá contar minhas aventuras quando eu me for. Mijei nele para saberem que ele é meu.

— O quê?

— Foi uma piada, Rastreador.

— Uma piada não quer dizer que seja mentira.

— Eu não sou um animal.

— Desde quando?

Eu me segurei pra não perguntar se aquele era o quinto ou sexto menino que você está desvirtuando, o qual espera desiludido por algo que você jamais dará, porque é isso que você dá, não é, seus olhos nos olhos deles, seus ouvidos para qualquer coisa que ele lhe diga, seus lábios nos lábios dele, todas as coisas que você pode dar e tomar de volta, e nada que ele queira. Ou será que já é o seu décimo? Em vez disso, eu disse:

— Onde mora esse traficante de escravos?

O traficante de escravos era do Norte e fazia negócios ilegais com os Nigiki, mas ele e suas caravanas, sempre repletas de novos escravos, tinham montado acampamento no vale de Uwomowomowomowo, distante de Malakal menos de um quarto de dia, num percurso ainda mais rápido por ser morro abaixo. Perguntei ao Leopardo se o homem não temia bandidos.

— Uma vez um bando de ladrões tentou roubá-lo perto do Reino das Trevas. Eles puseram uma faca em seu pescoço e riram por ele possuir apenas três guardas, que eles mataram facilmente, e como assim ele não tinha nenhuma arma, com um carregamento daqueles? Os ladrões fugiram montados em seus cavalos, mas o traficante de escravos enviou uma mensagem por tambor falante que chegou antes dos ladrões à entrada do lugar a que eles se dirigiam. Quando o traficante de escravos chegou aos portões da cidade, os três ladrões estavam pregados neles, as barrigas estripadas, as entranhas pendendo para todos verem. Agora ele só viaja com quatro homens para alimentar os escravos quando parte em direção à costa.

— Eu já o amo muito — disse eu.

Quando chegamos à minha estalagem, passei na ponta dos pés pela estalajadeira, que havia me dito há dois dias que eu estava uma lua atrasado no aluguel e, segurando seus peitos enormes com suas mãos, insinuado que havia outras maneiras de pagar. No meu quarto eu peguei um manto de pele de cabra, dois odres, algumas castanhas dentro de uma bolsa e duas facas. Saí pela janela.

Fomos andando, o Leopardo e eu. Após deixar minha estalagem, saímos por baixo da vigia da terceira muralha, atravessamos a quarta muralha e a exterior, que contornava toda a montanha e com uma espessura correspondente à extensão de um homem deitado. Pelo portão fortificado do Sul, caímos nas colinas rochosas rumo ao coração do vale. O Leopardo jamais viajaria nas costas de outro animal, e eu nunca havia tido um cavalo, apesar de haver roubado alguns. Nos portões, percebi o menino nos seguindo, ainda se esgueirando de sombra de árvore em sombra de árvore, e por entre os escombros de antigas colunas que estavam de pé desde muito antes de Malakal ser Malakal. Dormi lá uma vez. Os espíritos foram receptivos, ou talvez eles não se importassem. As ruínas eram de um povo que havia descoberto os segredos dos metais e conseguia cortar pedra negra. Muros sem argamassa, apenas tijolos sobre tijolos, às vezes se curvando para formar um domo. Um homem do mar de areia que já acumulava estações dizia que Malakal tinha nascido seis eras atrás, talvez mais. Certamente uma época em que os homens precisavam de muros para manter coisas tanto do lado de dentro quanto do lado de fora. Defesa, riqueza, poder. Naquela única noite, pude desvendar a cidade antiga; a madeira podre das entradas, degraus, ruelas, passagens, dutos para água suja e limpa, tudo protegido por muralhas de setenta passos de altura e vinte de espessura. E então, um dia, todas as pessoas de Malakal desapareceram. Morreram, fugiram, nenhum griô lembra ou sabe. Agora, seus bairros haviam sido reduzidos a destroços que embaralhavam o caminho para cá, para lá, dando-lhe a volta e regressando ao que costumava ser uma ruela interrompida por um beco sem saída, então não havia escolha a não ser retornar, mas para onde? Um labirinto. O menino havia ficado tão para trás de nós que, a essa altura, estava perdido.

— A verdade é que você é capaz de arrancar a cabeça de um homem com os dentes, mas, mesmo assim, é a mim que ele mais teme. Qual o seu nome?

O Leopardo, como sempre, seguiu andando para a frente.

— Nunca me dei o trabalho de perguntar — disse ele, e riu.

— À merda os deuses se você não é o pior dos felinos.

Voltei alguns passos, até eu também me perder em meio às sombras. Vi o menino tentando ir de escombro em escombro, ruína em ruína, parede destroçada em parede destroçada. Na verdade, eu poderia continuar a vigiá-lo mesmo enquanto estivesse escuro. Ele havia mergulhado fundo nas ruínas que não eram assim tão profundas e estava tentando sair de dentro delas. Quando ele começou a correr, seu cheiro mudou um pouco — é o que sempre acontece quando o medo ou o êxtase tomam conta. Ele tropeçou no meu pé e aterrissou no chão. Talvez meu pé estivesse esperando por ele.

— Qual é o seu nome? — perguntei.

— Não é da sua conta uma coisa dessas — disse ele, e se levantou.

Estufou o peito e ficou olhando para a frente. Ele parecia mais velho do que antes, uma dessas pessoas que podia ter dez mais cinco anos, mas ainda tinha dez em sua cabeça. Eu olhei para o menino e fiquei me perguntando o que restaria dele quando deixasse de ser usado pelo Leopardo.

— Eu poderia abandoná-lo nessas ruínas, e você ficaria perdido até o amanhecer. E, me diga, onde estaria, então, seu precioso Leopardo?

— É um monte de tijolo e merda que ninguém quer.

— Cuidado. Os ancestrais podem te ouvir, e nunca mais te deixar sair daqui.

— Todos os amigos dele são tolos como você?

Joguei nele a primeira coisa que vi. Ele a pegou de imediato. Bom. Mas ele soltou assim que percebeu que era uma caveira.

— Ele não precisa de você — disse o rapaz.

Eu me virei ao lugar em que sabia estar o portão.

— Você está indo para onde?

— De volta para tomar uma boa sopa feita por uma mulher má. Avise ao seu... seja lá como você o chama... que você disse que ele não precisava de mim, então eu fui embora. Isso é, se você for capaz de encontrar a saída das ruínas.

— Espera!

Eu me virei.

— Como eu saio deste lugar?

Passei por ele sem aguardar que me seguisse. Pisei em cinzas frias, uma fogueira há muito extinta. Despontavam do chão peças de roupa branca, cera de velas, frutas podres e contas verdes que podem ter pertencido a um colar. Alguém tentara fazer contato com algum ancestral ou com os deuses havia mais de uma lua. Nós conseguimos sair das ruínas e deixar para trás a última das árvores nos limites do vale. Mais uma noite sem lua.

— Como o chamam? — perguntei.

— Fumeli — disse ele, olhando o chão.

— Proteja seu coração, Fumeli.

— O que isso significa?

Eu me sentei numa pedra. Seria uma tolice tentar mergulhar nesse vale naquela escuridão, embora eu sentisse o cheiro do Leopardo já na metade do caminho.

— Vamos dormir até o raiar da manhã.

— Mas ele...

— Vai estar lá embaixo dormindo até a hora em que o acordarmos amanhã.

Duas coisas que eu pensei antes de dormir aquela noite.

Muitas coisas que o Leopardo fala se esgueiram dele como a água se esgueira do óleo, mas grudam em mim feito mancha. Na verdade, teve vezes em que pensei que eu deveria lavar essas manchas. Eu sempre fico feliz quando o encontro, mas nunca fico triste quando ele se vai. Ele me perguntou se eu estava feliz, e eu ainda não tinha entendido a pergunta, nem que informação a resposta lhe transmitiria. Ninguém sorri mais do que o Leopardo, mas ele diz a mesma coisa quando está feliz e quando está triste. Eu acho que é a máscara que ele veste antes que os assuntos que pegam fundo acertem o coração. Felicidade? Quem precisa ser feliz quando existe cerveja de masuku? E carne bem temperada, um bom dinheiro, e corpos quentes com os quais se deitar? Além do mais, ser um homem na minha família é abandonar a felicidade, que depende de muitas coisas que não se pode controlar.

Um motivo para lutar ou não ter nada a perder, qual dos dois te torna um guerreiro melhor? Não tenho resposta.

Eu pensava nas crianças mais do que havia previsto. Logo se tornou a sensação de uma leve pancada na cabeça ou do coração batendo mais forte, e mesmo quando eu dizia a mim mesmo que tinha passado, que não havia com o que me preocupar e que eu havia feito algo de bom por aquelas crianças, ou, pelo menos, o melhor que eu podia, um sentimento me dizia que não. Uma noite sombria se tornava ainda mais sombria. Eu me perguntava se aquilo era mais uma das coisas com que Sangoma havia me maculado, ou talvez fosse alguma forma de demência.

Acordei com o menino debruçado sobre mim.

— Seu outro olho brilha no escuro, como os de um cão — disse ele.

Eu ia dar um tapa nele, mas havia um corte recente, acima do seu olho direito, brilhando de sangue.

— Como as pedras são escorregadias de manhã. Especialmente se você não sabe o caminho.

O menino chiou. Ele pegou o arco e a aljava do Leopardo. Fiquei me perguntando se alguma pessoa já tinha mexido comigo da forma como o Leopardo tinha mexido com aquele menino.

— E eu não ronco — disse eu, mas ele já estava correndo pelo vale, até que se deteve.

Ele andava, sentava numa pedra e ficava pensando, esperando até que eu estivesse há poucos passos de distância dele, para sair andando novamente. Mas não para muito longe, pois ele não sabia para onde ir.

— Afague a barriga dele. Ele gosta. Muito gostoso — disse eu.

— Como você sabe disso? Você deve afagar homens de todos os tipos.

— Ele é um gato. Os gatos adoram afagos na barriga. Assim como os cães. Não tem coisa nenhuma aí nessa sua cabeça?

O chão se tornou vermelho e úmido, e arbustos verdes começaram a brotar como obstáculos. Quanto mais nós descíamos, maior o vale parecia. Ele ia até o final do céu e além. Os sábios dizem que o vale havia sido, um dia, apenas um riacho, uma deusa que havia se esquecido de que era um deus. O riacho foi singrando o vale, carregando cada pedaço de terra, de barro, de pedra, cada vez mais fundo, até que, quando chegou esta era dos homens, ele havia deixado vales tão profundos que os homens começaram a enxergar o oposto — não era uma ravina muito profunda, as montanhas que eram muito altas. Olhando para cima enquanto descíamos, e olhando ao céu por entre a neblina, avistamos montanhas prensadas entre montanhas, cada uma maior que uma cidade inteira. Tão altas que elas tinham a cor do céu, e não das matas, o bastante para manter seu olhar no céu, e não no chão. O barro cada vez mais vermelho, os arbustos dando lugar a árvores, o rio transparente como vidro, e, dentro dele, ninfas gordas, com suas cabeças grandes e bocas largas, sem se esconder, em plena luz do dia, sabendo que não eram a presa que aquela caravana procurava.

O menino, cujo nome eu já esqueci, disparou em direção ao Leopardo assim que terminamos de descer as montanhas. Verdade, eu sabia que aquele não era o Leopardo dele, e eu sabia que o menino deixaria aquele felino injuriado. Ele pegou a cauda do leopardo, que se virou e rosnou, agachou-se e deu o bote no menino. Outro rugido veio das proximidades da primeira caravana, e o leopardo, que estava prendendo o menino no chão, partiu em disparada. O menino ficou de pé, se limpou antes que alguém percebesse e saiu correndo atrás do seu Leopardo, que estava sentado como um homem na grama, olhando para o rio. Ele se virou para mim e sorriu, mas não disse nada para o menino.

— Seu arco e sua aljava. Eu trouxe — disse o menino.

O Leopardo acenou com a cabeça, olhou para mim e disse:

— Vamos nos encontrar com o traficante de escravos?

O traficante de escravos tinha uma barraca na frente de sua caravana. E a caravana, tão longa quanto uma rua de Malakal. Quatro carroças que eu tinha visto apenas na fronteira dos reinos ao norte do mar de areia, usadas pelos povos andarilhos, que jamais criam raízes. Cavalos puxavam as duas primeiras; bois, as duas últimas. Roxo e rosa e verde e azul, como se a mais infantil das deusas as houvesse pintado. Atrás das carroças, carretas abertas unidas por estrados de madeira. Dentro das carretas, mulheres, das gordas às magras, algumas vermelhas de barro, algumas lustrosas de manteiga de karité e gordura. Algumas usavam apenas bijuterias, outras usavam colares e odres vermelhos e amarelos, algumas em trajes completos, mas a maioria estava nua. Todas capturadas e vendidas, ou sequestradas de povoados ribeirinhos. Nenhuma carregava na pele as marcas dos Ku ou dos Gangatom. Ou os dentes esculpidos. Homens do Leste não consideravam essas coisas bonitas. Depois dessas carretas, homens e meninos, altos e magros, como mensageiros, sem nenhuma papa embaixo do queixo, só pele e músculo, compridos nos braços, compridos nas pernas, muitos deles bonitos, e com a pele mais escura que a aurora dos mortos. Fortes como guerreiros, pois a maioria era de guerreiros que haviam sido derrotados em guerras insignificantes e que agora fariam o que fazem os soldados derrotados em guerra. Todos tinham grilhões de ferro em seu pescoço e nos pés, cada homem acorrentado ao homem à sua frente e às suas costas. Havia menos homens armados do que eu esperava ver. Sete, talvez oito com espadas e facas, apenas dois carregando arcos, e quatro mulheres com cutelos e machados.

— Bem na hora. Ele reuniu todo mundo para sentenciar os maus — explicou Leopardo, com um sorriso que me fez pensar que aquilo era uma piada.

Mas para além das caravanas agitava-se ao vento a estrutura de uma enorme tenda branca com uma cúpula no topo, e em frente estava sentado o traficante de escravos. À sua direita havia um homem ajoelhado no chão, segurando um cachimbo longilíneo, com um tapete dobrado em seu colo. À sua direita, um outro homem, sem camisa, assim como o homem ajoelhado, com uma vasilha de ouro em sua mão e um pano, como se estivesse pronto para lavar o rosto do traficante. Ao seu lado havia um outro homem, de pé, escurecido debaixo da penumbra do guarda-sol que estava segurando para que seu senhor ficasse na sombra. Outro tinha uma tigela cheia de tâmaras e estava à disposição para alimentá-lo. Ele não olhou para nós. Mas eu olhei para ele sentado ali, como o príncipe que ele provavelmente era. Era algo bem conhecido sobre Kalindar, mas príncipes sem reinos também infestavam Malakal, dizia-se, porque Kwash Dara era mesquinho em seus favores. Esse homem tinha uma longa túnica pendurada em seu ombro esquerdo, deixando o ombro direito nu, como era o costume entre os príncipes. Uma túnica branca, interna, que escondia seu orbe e seu cajado real, aparecia por baixo dela. Braceletes de ouro davam voltas em seus braços como duas serpentes em um abraço mortal. Sandálias de couro em pés imundos, um gorro de lã com línguas de seda cobrindo suas orelhas em cima de uma cabeça larga, e bochechas tão gordas que escondiam seus olhos quando ele ria. Ele não olhou para nós.

Um homem e uma mulher se ajoelharam à sua frente, ambos à base dos chutes das duas mulheres que faziam a guarda atrás deles. O homem chorava, a mulher, quieta feito pedra. A mulher era uma escrava vermelha, não negra como os homens atrás dela, uma escrava branca nos dentes e nos olhos, e sem marcas. Linda. Ela seria a concubina de um outro senhor, quem sabe até de um senhor do Leste, onde uma concubina poderia possuir seu próprio palácio. Uma mulher capturada em Luala Luala, ou até mesmo mais ao Norte, reta no nariz e fina nos lábios. O homem era mais escuro, reluzente de suor, não dos óleos corporais que se costumava passar na pele dos escravos para conseguir um preço mais alto. O homem nu; a mulher, numa túnica.

— Me diga a verdade, me diga rápido, me diga agora — disse o traficante.

Sua voz era mais aguda do que eu esperava. Como a de uma criança pequena, ou de uma bruxa maltrapilha.

— Homens existem para saquear, convidado ataca anfitrião, mas você era um homem acorrentado. Um homem *ira wewe*. Acorrentado a um e mais outros vinte homens com ferro grosso, que pode quebrar o osso da perna. Você não pode ir se eles não vão, você não pode vir se eles não vêm, você não pode sentar se eles não sentarem, então, como é que você conseguiu se enfiar no pupu dessa futura princesa?

O homem não disse nada. Acho que ele não conhecia os dialetos das terras do meio. Ele se parecia com os homens que viviam às margens do Rio Duas Irmãs, vigorosos e sem reis, mas com um vigor de quem cultiva o solo, não de quem caça ou trava batalhas em meio a exércitos e guerreiros.

O guarda atrás da mulher disse que foi a mulher quem o procurara, ou era isso que diziam aos sussurros às suas costas. Que ela se deitava com ele enquanto os outros homens permaneciam em silêncio, esperando que ela se deitasse com eles também. E ela o fazia, com um ou dois deles, mas principalmente com aquele homem.

A mulher riu.

— Me diga a verdade, me diga rápido, me diga agora. O que eu farei com uma escrava vermelha que carrega o filho de um escravo negro? Nenhum mercador vai querer você, ninguém fará de você um dia sua esposa e rainha. Você vale menos do que as roupas que está vestindo. Tirem-nas.

Os guardas a seguraram por trás e arrancaram suas vestes. A escrava vermelha olhou para o traficante, deu uma cusparada e riu.

— As vestes eu posso lavar e colocar em outra pessoa. Mas você...

O homem que estava dando tâmaras a ele aproximou-se de seu ouvido e sussurrou alguma coisa.

—Você vale menos que meu boi mais doente. Faça as pazes com a deusa do rio, pois logo você estará com ela.

— É melhor você cortar a minha cabeça ou me incinerar numa fogueira.

— Você está escolhendo como quer morrer?

— Eu estou escolhendo não ser sua escrava.

Eu enxerguei a verdade nela antes do traficante. Ela teve um filho com o escravo negro porque ela quis. O sorriso em seu rosto dizia tudo. Ela sabia que ele a mataria. Melhor estar com seus ancestrais do que viver presa a alguém que, talvez seja gentil, talvez seja cruel, talvez até mesmo te faça senhor de muitos outros escravos, mas ainda seria seu senhor.

— Homens que seguem a estrela oriental teriam sido generosos com você. Você nunca ouviu falar da escrava vermelha que se tornou imperatriz?

— Não, mas eu ouvi falar do traficante de escravos gordo que cheira a esterco de vaca e que um dia vai se engasgar com seu próprio hálito. Pelo deus da justiça e da vingança, eu o amaldiçoo!

O negociante perdeu a cabeça.

— Matem essa cadela agora — disse ele.

O guarda a arrastou enquanto ela ria. Mesmo ela não estando mais ali, eu ainda a ouvia. O traficante olhou para o homem e disse:

— Vou te dizer a verdade, vou te dizer rápido e vou te dizer agora. Só tem uma coisa que os senhores do Norte apreciam mais do que uma mulher sem máculas. Um eunuco sem máculas. Levem-no daqui e façam isso.

Dois guardas levaram o homem. Ele estava fraco e choroso, então cada um o pegou por uma corrente e o arrastou para longe.

O traficante olhou para mim como se eu fosse o seu primeiro cliente do dia. Ele fixou o olhar no meu olho, assim como todos os outros, e havia muito eu já tinha deixado de falar sobre ele.

— Você deve ser aquele de bom faro — indicou ele.

SETE

Eles levaram a mulher embora para afogá-la, e o homem, para extirpar sua masculinidade.

— Foi pra ver isso que você me trouxe até aqui? — questionei o Leopardo.

— O mundo nem sempre é noite e dia, Rastreador. Você ainda não aprendeu.

— Eu sei tudo que é preciso saber sobre traficantes de escravos. Já contei a você sobre a vez em que enganei um traficante e fiz com que ele vendesse a si mesmo como escravo? Levou três anos pra ele convencer seu senhor de que ele também era um senhor, depois que o senhor já havia arrancado sua língua.

— Você fala alto demais.

— Alto o suficiente.

O homem tinha muitos tapetes estendidos no chão, tapetes em cima de tapetes, tapetes claramente oriundos do Leste, e outros com cores para as quais não existem nomes, tantos tapetes que você poderia pensar que ele era um negociante de tapetes, e não de homens. Ele construiu muros com tapetes, tapetes pretos com flores vermelhas e coisas escritas em línguas estranhas. Estava tão escuro que havia duas lamparinas queimando sem apagar. O traficante ficou sentado num banquinho enquanto um homem tirou suas sandálias e outro lhe trouxe uma tigela de tâmaras. Talvez ele fosse um príncipe ou, no mínimo, um homem muito rico, porém, seus pés fediam. O homem que segurava o guarda-sol tentou tirar seu chapéu, mas o traficante lhe deu um tapa, não muito forte, mas fazendo graça, graça demais. Eu tinha decidido muitas luas atrás que pararia de ler cada pequeno gesto dos homens. O homem com o guarda-sol virou-se para nós e disse:

— O Excelentíssimo Amadu Kasawura, leão da baixa montanha e senhor de homens, os receberá antes de o sol se pôr.

O Leopardo virou-se para ir embora, mas eu disse:

— Ele nos receberá agora.

O portador do guarda-sol precisou segurar seu queixo para não cair. O portador de tâmaras virou-se para nós como se estivesse dizendo "Agora teremos uma conversa". Tive a impressão de que ele sorriu. Foi então que o traficante olhou para nós.

— Acho que você não entende a nossa língua.

— Acho que eu entendo muito bem.

— Vossa Excelência...

— O Excelentíssimo deve ter se esquecido de como se fala com homens que nasceram livres.

— Rastreador.

— Não, Leopardo.

O Leopardo revirou seus olhos. Kasawura começou a rir.

— Eu estarei na Estalagem Kulikulo.

— Ninguém sai daqui sem autorização — disse o traficante.

Eu me virei para ir embora. Estava quase chegando na entrada quando três guardas apareceram, mãos sobre as armas embainhadas.

— Os guardas o considerarão um fugitivo. Darão um jeito em você primeiro, depois farão perguntas — disse Kasawura.

Os guardas empunharam suas armas, e eu puxei as duas machadinhas que trazia amarradas às minhas costas.

— Quem vem primeiro? — perguntei.

Kasawura riu mais alto.

— Este é o homem que você me disse que havia se acalmado com o tempo?

O Leopardo suspirou alto. Eu sabia que aquilo era um teste, mas eu não gostava de ser testado.

— Meu nome fala por si, então tome logo sua decisão e não me faça perder meu tempo.

Além do mais, eu odeio traficantes de escravos.

— Providenciem comida e bebida para ele. Um pernil de cabra cru para Kwesi. Certifique-se de que ela seja abatida agora, ou você prefere uma viva, para que você mesmo mate? Sentem-se, cavalheiros — ordenou ele.

Então, o portador do guarda-sol ergueu o cenho e contraiu os lábios. Ele entregou ao traficante um cálice de ouro, que ele entregou para mim.

— Isso é...

— Cerveja de masuku — disse eu.

— Dizem que você tem mesmo um bom faro.

Eu tomei um gole. Aquela era a melhor cerveja que eu já havia provado.

— Você é um homem de posses e de bom gosto — comentei.

O traficante dispensou meu comentário com um gesto de mão. Ele ficou de pé, mas acenou com a cabeça para que permanecêssemos sentados. Até mesmo ele estava ficando incomodado com os servos se abalando a qualquer mínimo movimento. Ele bateu palmas duas vezes e todos desapareceram.

— Você não perde tempo, então eu não o farei perdê-lo. São três anos, agora, uma criança foi levada, um menino. Ele estava começando a andar e a falar nana. Alguém o levou uma noite. Eles não deixaram nada, e ninguém jamais pediu resgate, nem por carta, nem por tambor, nem mesmo por bruxaria. Eu sei o que pensam, e é no que você está pensando agora. Talvez eles o tenham vendido no Malangika, uma criança pequena renderia muito dinheiro às bruxas. Mas a minha caravana é protegida por uma Sangoma, da mesma forma que uma ainda o protege depois de morta. Mas disso você sabia, não sabia, Rastreador? O Leopardo acha que as flechas de ferro desviam do seu corpo porque elas o temem.

"Ainda há coisas que precisam ser ditas", disse eu ao Leopardo, só com um olhar.

— Essa criança confiamos a uma dona de casa em Kongor. Então, uma noite, alguém cortou as gargantas de todos que estavam dentro da casa, mas levou a criança. Onze dentro da casa, todos assassinados.

— Três anos atrás? Não apenas eles estão com uma enorme vantagem nesse jogo como provavelmente já o venceram.

— Não é um jogo — replicou ele.

— O rato nunca pensa dessa forma, mas o gato, sim. Você ainda nem terminou sua história, e já soa impossível. Mas termine.

— Obrigado. Nós ouvimos relatos de que vários homens e possivelmente uma mulher e uma criança tenham se hospedado numa estalagem perto da Cordilheira da Feitiçaria. Todos ficaram no mesmo quarto, e é por isso que uma das pessoas lembrou daquilo. Ficamos sabendo disso porque eles encontraram o estalajadeiro no dia seguinte à sua partida. Escute só... morto, duro como pedra, pálido por terem lhe tirado todo o seu sangue.

— Eles o mataram?

— Quem sabe? Mas então nós recebemos notícias de outras duas pessoas, dez dias depois. Duas casas lá longe, em Lish, foi onde ouvimos falar deles em seguida, quatro homens, e a criança. Tudo morto depois que eles foram embora.

— Mas daquelas montanhas até essa sangria são pelo menos duas luas, talvez duas e meia, andando a pé.

— Como se isso nunca tivesse nos ocorrido. Mas de matança igual, todo mundo duro feito pedra. Quase uma lua depois, pessoas em Luala Luala fogem de suas cabanas para nunca mais voltar, falando sobre demônios noturnos.

— Ele viaja com um bando de assassinos, mas eles não o assassinaram? O que ele tem de especial? Um traficante de escravos com um menino nascido livre? Ele era sua prole?

— Ele é precioso para mim.

— Isso não é resposta. — Eu me levantei. — Neste momento, essa sua história está suculenta na parte de que você não fala, mas puro osso na de que você fala. Por que ele é precioso para você?

— Você precisa saber para trabalhar para mim? Fale a verdade.

— Não, ele não precisa — disse o Leopardo.

— Não, eu não preciso. Mas você está procurando uma criança desaparecida há três anos. Até onde nós sabemos, ela pode estar além do mar de areia ou já ter sido cagada há muito tempo pelo cu de um crocodilo no Pântano de Sangue, ou estar perdida no Mweru. Mesmo se ela ainda estiver viva, não se parecerá em nada com a criança desaparecida. Talvez ela esteja em um outro lar, chamando de pai um outro homem. Ou quatro.

— Eu não sou seu pai.

— Isso é o que você diz. Talvez ela seja um escravo agora.

Ele sentou-se à minha frente.

— Você quer que a gente fale tudo logo. Diga a verdade. Você quer é causar discórdia contra mim.

— Como assim?

— Nenhum dos homens aqui teve sorte na guerra. Todas as mulheres aqui serão vendidas para uma vida melhor. Até porque, se suas vidas fossem tão boas, eles não estariam na carroça dos servos.

— Ele não disse nada, excelentíssimo Amadu, esse é apenas o seu jeito — apaziguou Leopardo.

— Não fale por ele, Leopardo.

— É, Leopardo, não fale por mim.

— Você já foi um escravo, não foi? — perguntou o excelentíssimo Amadu.

— Eu não preciso enfiar meu nariz na merda pra saber que ela fede.

— Certo. Mas, mesmo assim, quem você pensa que é para me obrigar a provar minha integridade? Você, que procuraria, encontraria e traria de volta uma esposa que teve os olhos arrancados pelo seu marido. Cada homem neste lugar tem um preço, meu bom Rastreador. E o seu talvez seja bem baixo.

— O que você tem que pertenceu ao menino desaparecido?

— Não, não tão rápido. Eu só precisava saber da proposta te eriçando. Nós já conversamos, nós já bebemos cerveja, nós vamos tomar decisões. Isto você precisa saber. Eu propus pra mais também. Oito, talvez nove o total. Alguns trabalharão com você, outros não. Alguns tentarão encontrá-lo primeiro. Você ainda não perguntou quanto eu vou pagar.

— Eu não preciso. Levando em conta o quanto ele é precioso para você.

O Leopardo deu um chilique. Ele não sabia que algumas pessoas estariam procurando a criança por conta própria. Foi a minha vez de acalmá-lo.

— Rastreador, isso não o ofende? — disse ele.

— Me ofender? Eu nem sequer estou surpreso.

— Nosso bom amigo, o Leopardo, ainda não sabe que não existe preto e branco no ser humano, apenas tons e mais tons de cinza. Minha mãe não era uma mulher carinhosa, e ela não era uma mulher bondosa. Mas ela me disse: "Amadu, reze para os deuses, mas tranque sua porta." O menino está desaparecido há três anos.

— Leopardo, pense. Quando nós o encontrarmos, vamos dividir a recompensa em dois, não em nove.

O traficante bateu palmas, e três homens se apressaram a entrar novamente para fazer exatamente o mesmo de antes — massagear seus pés, alimentá-lo com tâmaras e olhar para mim como se eu também pudesse me transformar em um Leopardo.

— Vou lhes dar quatro noites para decidir. Não vai ter nada de jornada fácil. Existem forças, Rastreador. Existem forças, Leopardo. Vêm no vento pela manhã ou às vezes no sol a pino, na hora da ofuscante luz das bruxas. Assim como eu o quero encontrado, certamente há aqueles que o querem desaparecido. Ninguém jamais exigiu um resgate, e, mesmo assim, eu sei que ele está vivo, já sabia mesmo antes do necromante consultar os deuses antigos, que lhe confirmaram. Mas existem forças, vocês vejam. Um vento malévolo percorrendo as cidades na estação quente e tomando o que não lhe pertence. Ladrão do dia, larápio noturno, não sei dizer qual dos dois vocês encontrarão. Mas já falei demais. Vou lhes dar quatro noites. Se sim for sua resposta, me encontrem na torre caída no final da rua dos bandidos. Vocês conhecem esse lugar?

— Sim.

— Me encontrem lá depois do pôr do sol, e que isso seja o seu sim.

Ele nos deu as costas. Não tínhamos mais o que discutir com ele naquele momento. Então, imediatamente, lembrei daqueles dois, a mulher que ele matou e o homem que ele transformou em eunuco.

— Rastreador, seu tolo, você certamente sabe como os eunucos são feitos, não? Aquele homem certamente morrerá — disse o Leopardo.

Eu pedi à estalajadeira que permitisse ao Leopardo ficar num quarto que eu sabia que estava desocupado. Eu não estava vestindo nada quando conversei com ela, de modo que ela disse sim, é claro, mas agora o aluguel será em dobro ou, quando você retornar de uma de suas viagens, o quarto vai ter sido esvaziado. Mas não tenho nada, disse eu. O Leopardo aceitou ficar no quarto depois que eu lhe disse que, se ele fosse como fera à procura de alguma árvore para dormir em cima, alguém lhe daria uma flechada precisa que atravessaria as suas costas. E que todas as presas disponíveis na cidade pertenciam ou a um homem ou a outro, então ninguém podia sair por aí caçando. E caso, mesmo assim, ele matasse a cabra ou a galinha de alguém, ele nunca poderia trazê-las até o seu quarto. E caso, mesmo assim, ele as trouxesse para o seu quarto, ele nunca deveria derramar sequer uma gota de sangue.

Aquilo incomodou o Leopardo, mas ele percebeu que havia sabedoria no que era dito. Eu sabia que ele ficaria lá dentro, andando em círculos, sabendo que não podia rosnar. Tentando dormir na janela, mas sabendo que não poderia, e sentindo o cheiro do sangue latejando por dentro da carne das presas logo ali nos cercados dos animais. Então, ele levou o menino para o seu quarto. No terceiro dia, Leopardo veio até o meu, sorrindo e coçando sua barriga.

— Você está com cara de quem escondeu um impala no seu quarto.

— Da maneira mais silenciosa possível. Talvez eu tenha andado um tanto quanto glutão ultimamente.

— A estalagem inteira conhece os seus apetites.

— E você deve ser a única freira no prostíbulo. Feras fantásticas têm necessidades fantásticas, Rastreador. Onde você vai hoje? Eu quero ver sua cidade.

— Você já a viu.

— Eu quero vê-la através dos seus olhos, ou melhor, do seu nariz. Eu sei que há alguma coisa nessa cidade esperando por nós.

Eu o encarei com firmeza.

— Vá vadiar no seu tempo livre, felino.

— Rastreador, e o que nos impede de fazermos isso juntos?

— Como quiser. Vá se lavar.

Ele pôs sua língua para fora, comprida como uma jovem serpente, e lambeu seus dois braços.

— Pronto — disse ele, e sorriu. — Quem nós vamos encontrar? Um homem que lhe deve dinheiro, cujas pernas quebraremos? Uma perna para cada!

Dizem que Malakal é uma cidade construída por ladrões. Malakal são as montanhas, e as montanhas são Malakal. O único lugar que jamais foi conquistado, porque era a única cidade que ninguém jamais ousou sequer tentar. Só a jornada montanha acima já esgotaria homens e cavalos. Quase todos os homens que nascem aqui já nascem guerreiros, e a maioria das mulheres também. Aquela era a última base do Rei contra o povo Massykin do Sul, e foi ali que nós viramos a guerra e demos uma surra em vocês, sulistas, como as cadelas que vocês são. A trégua foi ideia de vocês, não nossa. Quase todas as cidades crescem para os lados, mas, em vez disso, Malakal se estende para os céus, casa sobre casa, torre sobre torre, algumas torres tão finas e tão altas que se esqueceram de pôr degraus, de modo que para chegar ao topo você precisa usar uma corda. As torres tinham se amontoado tanto que parecia que elas haviam tombado umas por cima das outras, e ao sul da primeira muralha havia uma realmente tombada, mas que ainda era usada. Quatro muralhas protegiam a cidade, uma construída dentro da outra, quatro círculos construídos ao redor das montanhas que se erguiam um de dentro do outro. Homens haviam construído a primeira muralha há mais de quatrocentos anos, depois que a antiga Malakal foi transformada em ruínas. A quarta e última muralha ainda estava sendo construída. Olhando do chão, Malakal parece um grupo de quatro fortalezas, uma construída em cima da outra, e torres erigidas em cima de torres. Mas, se você pudesse vê-la como os pássaros, você enxergaria suas muralhas como espirais e, dentro delas, estradas se espalhando como patas de aranha, indo dos picos das montanhas até as planícies, com vigias para guerreiros, e seteiras para arqueiros, e casas e estalagens, e oficinas, e lojas, e asilos, e vielas sombrias para os necromantes e ladrões, e para os homens que buscam prazeres e os meninos e mulheres que os fornecem. De nossas janelas, via-se a Cordilheira da Feitiçaria, onde viviam muitas Sangomas, mas elas estavam longe demais. Seus cidadãos desenvolveram rapidamente uma maneira de usar o espaço para construir quintais para engordar galinhas, e cercas para manter os cães e as feras das montanhas afastadas. O caminho mais rápido para as rotas de escravos no vale e as do ouro e do sal até o mar era descendo pela montanha. Malakal não produzia nada além de ouro, negociava tudo que pudesse ser escravizado e cobrava um pedágio de todos que passavam por lá, uma vez que, se você está no Norte, esse é o único caminho para se chegar ao mar.

É claro que estou falando de nove anos atrás. Malakal, agora, não é nada disso.

— Não sei dizer se esse é um bom ou mau momento para estar na cidade, pois o Rei está vindo — disse eu ao Leopardo quando saímos.

Sua caravana foi avistada há dois dias de distância, e Malakal inteira estava ansiosa para celebrar seu décimo jubileu como Kwash Dara, o Rei do Norte, o filho de Kwash Netu, o grande conquistador de Wakadishu e Kalindar. E é claro que ele vem comemorar na cidade que foi a maior responsável em preservar traseiro régio, para que ele ainda possa ser limpo pelos seus servos após uma cagada. Mas os griôs já estavam cantando, Louvado seja o Rei por salvar a cidade das montanhas. Os homens de Malakal nem sequer faziam parte do seu exército; eles eram mercenários, que teriam lutado pelos Massykin se eles tivessem oferecido um bom dinheiro primeiro. Mas, à merda os deuses, a cidade estava decorada com seus melhores tecidos e folguedos. A bandeira preta e dourada de Kwash Dara estava por toda a parte. Até as crianças estavam com seus rostos pintados de preto e dourado. As mulheres pintavam seu seio esquerdo de dourado e seu seio direito de preto, ambos com o sinal do rinoceronte. Tecelões faziam roupas, e homens usavam túnicas, e mulheres decoravam suas cabeças com grandes arranjos florais, tudo preto e dourado.

— Sua cidade está ficando toda enfeitada — disse ele.

— Um ancião me disse que a paz é apenas um boato e que entraremos em guerra com o Sul novamente em menos de um ano.

— Tanto na guerra quanto na paz, esposas sempre vão querer saber quem trepa com seus maridos.

— Esse foi um dos seus melhores argumentos, Leopardo.

Eu estava morando numa cidade, o que era novidade para mim. Sempre fui um homem das periferias, sempre na margem, sempre nos limites. Desse modo, ninguém sabia se eu tinha acabado de chegar ou estava prestes a ir embora. Eu possuía apenas o bastante para enfiar numa sacola e partir em menos de uma virada de ampulheta. Mas num lugar como este, onde as pessoas estão sempre chegando e partindo, você pode ficar no centro que jamais se move e, mesmo assim, desaparecer. O que é conveniente para um homem odiado por outros homens. Minha estalagem ficava no extremo Oeste, nas cercanias da terceira muralha. As pessoas achavam que as pessoas que viviam dentro da terceira muralha eram ricas, mas isso não era verdade. A maioria dessas pessoas vivia dentro da segunda muralha. Guerreiros e soldados e comerciantes que passavam apenas a noite ficavam dentro da quarta, nas quatro fortalezas distribuídas pelos quatro pontos que mantinham os inimigos afastados da cidade. Estou lhe dizendo tudo isso, inquisidor, porque você nunca esteve lá, e um homem de sua estirpe jamais estará.

Eu levei o Leopardo por ruas que subiam e desciam, serpenteavam e retorciam, se estendendo até a última torre no pico da cadeia de montanhas. Olhei ao meu redor e o encontrei olhando para mim quando virei.

— Ele não está nos seguindo — disse ele.

— Quem, o seu pequeno amante?

— Chame-o de qualquer coisa, menos disso.

— Ele o seguiria para dentro da boca de um crocodilo.

— Só depois que o inchaço passar — disse ele.

— Inchaço?

— Ele tentou afagar minha barriga noite passada. À merda os deuses, dá pra acreditar? Quem afagaria a barriga de um gato?

— Ele te confundiu com um cão.

— Mas eu lato? Cheiro as bolas dos homens?

— Bom...

— Cale a sua boca agora mesmo.

Eu não pude mais segurar a gargalhada.

O Leopardo fez uma cara feia, então riu. Fomos descendo as ruas. Não havia muitas pessoas perambulando por elas, e quem saía de casa voltava voando para dentro assim que nos via. Eu poderia achar que eles estavam com medo, mas ninguém tem medo em Malakal. Eles sabiam que algo estava em curso e não queriam fazer parte daquilo.

— A escuridão chega rápido por essa rua — disse o Leopardo.

Fomos até a porta de um homem que me devia dinheiro, mas que tentava me pagar com histórias. Ele nos deixou entrar, nos ofereceu suco de ameixa e vinho de palma, mas eu disse não, o Leopardo disse sim, e eu disse que ele queria dizer não, ignorando o olhar que ele me lançou. O homem estava no meio de mais uma ladainha sobre como o dinheiro estava a caminho, vindo de uma cidade próxima ao Reino das Trevas, e quem sabe o que poderia ter acontecido, talvez bandidos, mas era o seu próprio irmão quem trazia o dinheiro, junto com doces feitos pela sua mãe, os quais eu poderia comer até não aguentar mais. Os doces de sua mãe eram a única parte nova daquela história.

— É impressão minha ou as rotas de comércio agora estão menos seguras do que elas costumavam ser durante a guerra? — comentou comigo.

Fiquei decidindo qual dedo de sua mão eu quebraria. Eu havia feito essa ameaça da última vez, e, se eu não a cumprisse, aquilo me tornaria um homem que não cumpre suas promessas, e você não pode permitir que uma reputação dessas se espalhe pelas cidades. Mas ele olhou para mim, e seus olhos se arregalaram tanto que eu pensei que eu tinha dito aquilo tudo em voz alta. O homem correu para o seu quarto e voltou com uma bolsa cheia de prata. Eu prefiro ouro, eu sempre digo aos meus clientes antes de sair numa busca, mas aquela bolsa pesava o dobro do que ele me devia.

— Pode levar tudo — disse ele.

— Aqui tem, com certeza, muito mais do que me deve.

— Pode levar tudo.

— Seu irmão chegou pela porta dos fundos?

— Minha casa não é da sua conta. Pegue tudo e vá embora.

— Se isso não for o suficiente eu...

— É mais do que o suficiente. Vá embora agora, para que minha esposa nunca descubra que dois homens imundos estiveram em sua casa.

Peguei seu dinheiro e fui embora, confuso pelo seu comportamento. Enquanto isso, o Leopardo não conseguia parar de rir.

— Isso é uma piada entre você e os deuses, ou você planeja me contar?

— Seu devedor. Aquele cara. Ele se cagou no outro cômodo, com certeza.

— Muito estranho. Eu ia quebrar um de seus dedos, como disse que faria. Mas ele me olhou como se tivesse visto o deus da vingança em pessoa.

— Ele não estava olhando para você.

Quando a pergunta estava quase saindo da minha boca, a resposta surgiu em minha cabeça.

— Você...

— Eu comecei a me transformar atrás de você. Molhou as calças com mijo, de tão assustado que ficou. Você não sentiu o cheiro?

— Talvez ele estivesse marcando seu território.

— Vamos agradecer ao homem que acaba de engordar seus bolsos.

— Obrigado.

— Diga com ternura.

— Você está testando a minha paciência, felino.

Ele foi comigo até uma mulher que queria enviar uma mensagem para sua filha no mundo do além. Eu disse a ela que encontrei a desaparecida, e que ela não estava desaparecida. Outro queria que eu descobrisse onde um homem amigo dele, que havia roubado seu dinheiro, tinha morrido, pois, onde quer que o cadáver estivesse, debaixo dele haveria sacos e mais sacos cheios de ouro. "Rastreador, eu te darei dez moedas de ouro do primeiro saco", ele disse, e eu respondi: "Você me dá os primeiros dois sacos e eu te deixo ficar com o que sobrar, porque o seu amigo está vivo." Daí ele falou: "Mas e se só tiver três sacos?" Eu disse: "Você deveria ter dito isso antes de me deixar sentir o cheiro do seu suor, mijo e sêmen em seus pijamas." O Leopardo riu: "Você é mais divertido do que dois atores Kampara simulando sexo com paus de madeira." Eu não havia percebido que o sol tinha ido embora até que Leopardo se afastou alguns passos de mim e desapareceu na penumbra. Seus olhos brilhavam como luzes verdes em meio à escuridão.

— Não há diversão em sua cidade? — perguntou o felino.

— Até que demorou pra você perceber. Tome cuidado, as mulheres que fornecem prazer nesta cidade desistiram de ser meninos há muito tempo. Não há nada lá além das cicatrizes de um eunuco.

— Ugh, eunucos. Uma abuka sem buracos, sem olhos e sem boca é melhor que um eunuco. Eu achava que alguém se tornava um eunuco para se abster de trepar, mas, à merda os deuses, eles estão por aí, infestando todos os bordéis, fazendo ferver o sangue de todo homem que só quer deitar de costas pra variar. Eu queria que nós pudéssemos encontrar a criança neste exato momento.

— Eu sei quem nós podemos encontrar neste exato momento.

— O quê? Quem?

— O traficante de escravos.

— Foi para a costa vender seus novos escravos.

— Ele não está nem a quatrocentos passos daqui, e apenas um de seus homens está com ele.

— À merda os deuses. Bom, dizem mesmo que você tem um...

— Não diga.

Mergulhamos numa viela e pegamos duas pequenas tochas.

Ele me seguiu enquanto eu passava por uma torre com sete andares e um telhado de palha, uma com três andares e outra com quatro andares de altura. Passamos por um casebre onde vivia uma bruxa, porque ninguém queria morar acima ou abaixo de uma bruxa; três casas pintadas com o padrão quadriculado dos ricos; e outra construção de uso misterioso. Abandonamos as estradas e rumamos para o noroeste, até os limites da quarta muralha, não muito distante da Fortaleza do Norte. Eu era como um cão da savana, detectando muita carne viva e morta, e queimado por raios.

— Aqui.

Paramos na frente de uma casa de quatro andares, sob as sombras dos prédios mais altos aos fundos que lhe escondiam a luz da lua. Não havia uma porta na sua frente, e a janela mais baixa ficava a uma altura de três homens em pé sobre os ombros uns dos outros. Uma janela centralizada perto do topo, soturna com o que parecia ser uma luz tremulante. Apontei para a casa e depois para a janela.

— Ele está aqui.

— Rastreador, é um problema pra você — disse ele, apontando para cima. — Você é corvo que nem eu sou Leopardo?

— Tantos pássaros nos dez mais três reinos, e é de corvo que você me chama?

— Tudo bem, uma pomba, um falcão... que tal uma coruja? É melhor começar logo a voar, porque não há portas neste lugar.

— Há uma porta, sim.

O Leopardo ficou me olhando intensamente e depois deu uma bela volta na casa.

— Não, você não tem uma porta.

— Não, você não tem olhos.

— Ha, "você não tem olhos". Eu te ouço falando e escuto ela.

— Quem?

— A Sangoma. Suas palavras soam como as dela. Você também está pensando como ela, se achando esperto. Seus feitiços ainda o estão protegendo.

— Se fossem feitiços, eles não estariam me protegendo. Ela jogou alguma coisa em mim que restringe o efeito dos feitiços; isso me foi dito por um feiticeiro que tentou me matar com metais. Não é uma coisa que você possa sentir em sua pele ou em seus ossos. Uma coisa que permanece mesmo após a morte dela, o que, mais uma vez, confirma que não é um feitiço, uma vez que todos os feitiços de uma bruxa morrem junto com ela.

Fui andando até a parede como se fosse beijá-la e depois sussurrei um encantamento baixo o suficiente para que nem mesmo os ouvidos do Leopardo pudessem escutá-lo.

— Se fossem feitiços — disse eu.

Dei de ombros e me afastei. Aquilo sempre me dava a mesma sensação de quando eu bebia o suco do grão de café — como se pequenos espinhos estivessem debaixo da minha pele, querendo sair, e forças noturnas querendo me pegar. Sussurrei para a parede: "Essa casa tem uma porta, e eu, com meu olho de lobo, vou abri-la." Dei um passo para trás e, sem usar minha tocha, a parede pegou fogo. Chamas brancas correram por quatro direções, desenhando uma porta; consumiram toda a forma, estalando e queimando, e depois se apagaram, deixando em seu lugar uma porta de madeira intocada pelo fogo.

— Quem quer que esteja aqui está lidando com sabedoria bruxa — disse eu.

Degraus feitos com argamassa e argila nos levaram até o primeiro andar. Uma peça desprovida do cheiro de homens, com uma passagem em forma de arco que desaparecia no escuro. A luz azulada do luar entrava pelas janelas. Eu sei ser furtivo, mas o felino estava tão quieto que precisei olhar duas vezes para trás.

Havia pessoas conversando rispidamente acima de nós. O andar seguinte tinha um quarto com sua porta fechada, mas não farejei pessoas atrás dela. Subindo os degraus, na metade do caminho, os cheiros desceram para nos encontrar: carne queimada, urina seca, fezes, carcaças pútridas de feras e de pássaros. Perto do topo da escada, os sons desceram para nos encontrar — sussurros, rosnados, um homem, uma mulher, duas mulheres, dois homens, um animal —, e eu queria que os meus ouvidos fossem tão bons quanto o meu nariz. Uma luz azul piscou dentro da sala, e depois foi enfraquecendo até tudo ficar escuro. Não havia como subirmos os últimos degraus sem sermos vistos ou ouvidos, então ficamos na metade do caminho. Dava pra ver dentro do quarto, de qualquer forma. E nós vimos o que havia produzido aquela luz azul.

Uma mulher, com uma coleira de ferro em seu pescoço presa a uma corrente, seu cabelo quase branco ficando azul quando a luz oscilava dentro da sala. Ela gritava, puxava a corrente em seu pescoço, e uma luz azul emanava de dentro dela, percorrendo sob a pele a árvore que você vê quando abre os pedaços de um homem com um corte. Em vez de sangue, era uma luz azul que corria por dentro dela. Então ela ficou escura novamente. A luz era a única maneira de enxergarmos o traficante de escravos em trajes escuros, o homem que o alimentava com tâmaras e mais alguém, cujo cheiro eu, ao mesmo tempo, lembrava e não era capaz de reconhecer.

Então uma outra pessoa tocou um graveto e entrou em chamas, como uma tocha. A mulher acorrentada deu um pulo para trás e tentou subir pela parede.

Uma mulher segurava a tocha. Eu nunca a havia visto, mesmo no escuro eu tinha certeza, mas o seu cheiro era familiar, muito familiar. Mais alta do que qualquer outro naquela sala, com o cabelo volumoso e selvagem, como o de algumas mulheres que vivem acima do mar de areia. Ela apontou a tocha para o chão, para a carcaça fedorenta de um cão pela metade.

— Me diga a verdade — disse o traficante. — Como você trouxe um cão para esta sala?

A mulher acorrentada chiou. Ela estava nua e tão imunda que parecia branca.

— Chegue mais perto que eu te digo a verdade — disse ela.

O traficante chegou mais perto, ela abriu as pernas, com os dedos abrindo sua *kehkeh*, e disparou um jato de urina que molhou suas sandálias antes que ele pudesse desviar. Ela começou a rir, mas ele estalou seus punhos e tirou o riso de sua boca com um soco. O Leopardo saltou e eu o segurei pelo braço. Pelo som parecia que ela estava rindo, até que a tocha da mulher alta a iluminou mais uma vez, enquanto lágrimas se acumulavam em seus olhos. Ela disse:

—Você você você você você, vocês vão embora. Todos vocês têm que ir. Vão agora, corram corram corram corram corram, porque o Pai está chegando, ele está vindo no vento, vocês não estão ouvindo os cavalos vão vão vão, ele não vai beijar a cabeça dos meninos sujos, vão se lavar lavar lavar lavar lavar lavar lavar...

O traficante acenou com a cabeça, e a mulher alta enfiou a tocha no rosto dela. Ela deu mais um pulo para trás e rosnou.

— Ninguém está vindo! Ninguém está vindo! Ninguém está vindo! Quem é você? — perguntou a mulher.

O traficante se aproximou para bater nela. A mulher acorrentada se encolheu e escondeu seu rosto, implorando para que ele não batesse mais. Muitos homens já a haviam agredido, e eles faziam isso o tempo todo, e tudo que ela queria era abraçar seus meninos, o primeiro e o terceiro e o quarto, mas não o segundo, porque ele não gosta quando as pessoas o abraçam, nem mesmo sua mãe. Eu ainda estava segurando o braço do Leopardo e conseguia sentir seus músculos se transformando e seu pelo crescendo debaixo dos meus dedos.

— Já chega disso — interpelou a mulher alta.

— É assim que você faz ela falar — disse o traficante.

— Você deve estar achando que ela é uma de suas esposas — replicou ela.

O braço do Leopardo parou de se contrair. O vestido negro que ela usava era das terras do Norte e tocava o chão, mas era bem justo, mostrando que ela era magra. Ela se inclinou para perto da mulher acorrentada, que ainda protegia seu rosto. Eu não conseguia ver, mas sabia que a mulher acorrentada estava tremendo. As correntes faziam barulho quando ela tremia.

— Estes dias jamais deveriam ter acontecido a você. Me fale sobre ela — disse a mulher alta.

O traficante acenou com a cabeça para o homem das tâmaras, e o homem das tâmaras limpou sua garganta e começou.

— Esta mulher, sua história é muito estranha e triste. Quem fala isso sou eu, e eu irei...

— Não é pra fazer uma performance, sua mula. Apenas conte a história.

Queria poder ver a carranca que ele fez, mas seu rosto estava imerso na escuridão.

— Nós não sabemos seu nome, e seus vizinhos, ela espantou a todos.

— Não, ela não fez isso. Foi o seu senhor aqui quem pagou para eles irem embora. Pare de desperdiçar meu tempo.

— Como se eu desse a menor importância para o seu tempo.

Ela hesitou. Dava pra ver que ninguém esperava que aquilo fosse sair da boca dele.

— O comportamento dele é sempre assim? — perguntou ela ao traficante. —Talvez seja melhor que você me conte a história, mercador de escravos, e que eu arranque a língua dele.

O homem das tâmaras puxou uma faca da manga de suas vestes e apontou o cabo para ela.

— Que tal esse jogo? Eu te dou a faca e aí você tenta — sugeriu ele.

Ela não pegou. A mulher acorrentada ainda estava escondendo seu rosto no canto. O Leopardo estava parado. A mulher alta olhava para o homem das tâmaras com um sorriso curioso.

— Tem uma língua afiada, esse aí. Muito bem, prossiga com a sua história. Eu a escutarei.

— Sua vizinha, a lavadeira, diz que o nome dela é Nooya. E ninguém a conhece ou a clama para si, de modo que Nooya é seu nome, mas ela não responde. Ela responde a ele. Não tem ninguém vivo pra contar a história além dela, mas ela não quer contar. Mas o que sabemos é o seguinte. Ela mora em Nigiki com seu marido e seus cinco filhos. Saduk, Makhang, Fula...

— A versão curta, homem das tâmaras.

A mulher alta apontou para ele. Ela não tirou seus olhos da mulher acorrentada.

— Um dia, quando o sol já havia atravessado o meio do dia e vinha descendo, uma criança bateu à sua porta. Era um menino, que parecia ter cinco mais quatro anos de idade.

— Nós temos uma palavra para isso no Norte. Nós chamamos de nove — ironizou a mulher alta, e sorriu.

O homem das tâmaras fez uma careta e disse:

— Um menino batia à sua porta raprapraprapraprap, como se fosse derrubá-la. "Eles estão atrás de mim, eles querem me pegar, salve este menino!", ele dizia. "Salve este menino, salve-o", ele dizia. "Salve-me!"

A mulher acorrentada lançou um olhar penetrante.

— Ssssssssssssssalve a criannnnnnnnnnnn — disse ela.

— O menininho gritava e gritava, o que uma mãe poderia fazer? Uma mãe que tinha quatro filhos seus. Ela abriu a porta, e o menino entrou correndo. Ele correu até uma parede, bateu nela, caiu de costas no chão e não parou de se mexer até que ela fechasse a porta. "Quem está atrás de você?", Nooya perguntou. "É do seu pai que você está fugindo?", Nooya perguntou. "De sua mãe?" Sim, mães podem ser severas e pais podem ser cruéis, mas o seu olhar, o medo em seus olhos não era nem de palavras duras nem da chibata. Ela esticou o braço para tocá-lo, e ele saiu cambaleando para trás tão rápido que bateu com a cabeça num armário e caiu.

"O menino não falava, o menino nem mexia a cabeça para dizer que sim ou que não, só chorava e comia e ficava vigiando a porta. Seus quatro filhos, incluindo Makhang e Saduk, diziam: 'Quem é esse menino estranho, Mamãe, e onde você o encontrou?' O menino não brincava com eles, então eles o deixavam em paz. Tudo que ele fazia era chorar e comer. O marido de Nooya estava trabalhando nas minas de sal e só voltaria pela manhã. Ela finalmente fez com que ele parasse de chorar ao prometer que lhe serviria seu mingau de painço com uma dose extra de mel pela manhã. Naquela noite, Makhang estava dormindo, Saduk estava dormindo, os outros dois meninos estavam dormindo, até mesmo Nooya estava dormindo, e ela nunca dormia até que todos os seus meninos estivessem todos dormindo debaixo do mesmo teto. Agora escute só. Um deles não estava dormindo. Um deles levantou de sua esteira e abriu a porta, apesar de ninguém haver batido. O menino. O menino foi até a porta na qual ninguém batia. O menino abriu a porta, e ele entrou. Ele era um homem lindo, com o pescoço comprido e o cabelo preto e branco. A noite escondia seus olhos. Lábios grossos, um maxilar quadrado e a pele branca como caulim. Alto demais para aquela sala. Ele estava envolto num manto preto-e-branco. O menino apontou para os quartos nas profundezas da casa. O homem lindo foi primeiro até o quarto dos meninos e matou do primeiro ao terceiro filho, e o chão ficou molhado de sangue. O menininho ficou assistindo. O homem lindo acordou a mulher ao estrangular sua garganta. Ele a ergueu acima de sua cabeça. O menino ficou assistindo. Ele a jogou no chão, e ela não conseguia se mexer, de dor, e ela soluçava e gritava e tossia e ninguém lhe ouvia. Ela ficou assistindo quando ele trouxe o quarto filho, o menor dos meninos, um ratinho, com sua cabecinha dormente virada para cima. A mãe tentou gritar não, não, não, não, mas o homem lindo riu e cortou sua garganta. Ela gritou e gritou e ele largou o quarto filho e partiu em sua direção. O menino ficou assistindo."

"O pai voltou para casa quando o sol já alteava muito no céu. Ele voltou para casa exausto e faminto e sabendo que teria de sair novamente antes de o sol se pôr. Ele largou sua enxada e sua lança, tirou sua túnica e ficou de tanga. 'Onde está minha comida, mulher?', ele perguntou. O jantar deveria estar ali, e seu café da manhã também. A mãe saiu do seu quarto. Nua, a mãe. Seu cabelo selvagem. A atmosfera da sala parecia úmida, e o pai disse 'Está com cheiro de que logo vai chover.' Ele a ouviu vindo em sua direção e queria saber onde estava o café da manhã e onde estavam as crianças. Ela, logo atrás dele. A sala escurece, luzes tremeluzindo, e ele diz: 'Vem uma tempestade?' Havia apenas a luz do sol. Ele se vira, e sua esposa, aquela cuja luz brilha através dela, como se vê faz agora. Ele olhou para baixo e viu seu quarto filho morto no chão. Seu marido dá um pulo para trás e olha para cima, ela segura sua cabeça com as duas mãos e quebra seu pescoço. Quando a tempestade elétrica amaina dentro dela, sua cabeça volta ao lugar, e ela sai andando por sua casa e vê todos mortos, seus quatro filhos e seu marido, e ela se esquece do menino e do homem lindo, porque eles tinham ido embora. Apenas os cadáveres e ela; fica achando que os havia matado, e não a convence do contrário. Os raios voltam a estalar em sua cabeça, e ela enlouquece. Ela mata dois homens e quebra as pernas de outro antes de ser capturada. Eles a prendem numa masmorra por sete assassinatos, muito embora ninguém acredite que ela seria capaz de quebrar sozinha o pescoço de um homem grande que trabalha na lavoura. Em sua cela, ela tenta se matar toda vez que lembra do que realmente havia acontecido, porque ela prefere acreditar que é ela a assassina do que o menininho que permitiu que entrassem em sua casa. Mas, na maior parte do tempo, ela não lembra de nada e apenas rosna como um guepardo preso numa armadilha."

— Que história comprida — disse a mulher alta. — Quem era esse homem?

— Quem?

— O homem branco alto. Quem era ele?

— Um nome não lembrado por nenhum griô.

— Que tipo de feitiço ele pôs nela para que isso acontecesse?

Luz começava a se acender novamente dentro da mulher. Ela tremia toda vez que aquilo acontecia, como se estivesse tendo um ataque.

— Ninguém sabe — disse o homem das tâmaras.

— Alguém sabe, porém não você.

Ela olhou para o traficante.

— Como você a tirou da prisão? — perguntou ela.

— Não foi difícil — disse o traficante. — Eles estavam querendo se livrar dela há muito tempo. Ela assustava até mesmo os homens. Todos os dias, assim que acordava, ela dizia que o mestre estava indo para o Leste ou para o Oeste ou para o Sul e saía correndo naquela direção, batendo-se contra a parede ou contra as grades de ferro — duas vezes ela quebrou um dente. Depois ela se lembrava de sua família e ficava louca de novo. Eles me venderam ela por apenas uma moeda quando eu disse que a venderia como concubina. Eu a mantenho aqui até que se possa dar um uso a ela.

— Uso? Você está pisando na merda dela e nos vermes do cão morto que ela está comendo.

— Você não entendeu coisa alguma. O homem branco. Ele não a matou, e o que ele faz, ele faz a outras pessoas. Há muitas mulheres como ela perambulando por essas terras, e muitos homens também. Até mesmo algumas crianças e, pelo que ouvi dizer, um eunuco. Das mulheres ele toma tudo, para que elas fiquem com nada, mas o nada é grande demais para qualquer mulher suportar, então ela procura e ela corre e ela busca. Olhe para ela. Mesmo agora ela quer estar com ele, ela vai chegar perto dele e não vai querer mais nada, ela vai deixar que ele a devore, ela nunca vai deixar que ele se vá. Ela nunca vai parar de segui-lo. É ópio pra ela agora. Olhe para ela.

— Estou olhando.

— Se ele mudar de direção e for para o Sul, ela sai correndo nessa direção, para aquela janela. Se ele mudar para o Oeste, ela muda também e corre até que a corrente a puxa de volta pelo pescoço.

— Ele quem?

— Ele.

— Essa sua história está ficando velha. E o menino?

— O que tem o menino?

— Você sabe o que eu estou perguntando, Sua Excelência.

O traficante de escravos não disse nada. A mulher alta olhou para a mulher acorrentada mais uma vez enquanto ela erguia sua cabeça por entre seus braços imundos. Parecia que a mulher alta estava sorrindo para ela. A mulher acorrentada cuspiu na sua cara. A mulher alta bateu no seu rosto tão rápido e com tanta força que a cabeça da mulher acorrentada bateu na parede. Os elos da corrente tiniram e tilintaram ao serem puxados com força e depois soltos.

— Se essa história tivesse asas, teria voado até o Leste a essa altura — comentou ela. — Você quer seguir os rastros de um menino desaparecido? Comece pelos anciãos que estupram crianças em Fasisi.

— Eu quero que você encontre esse menino, o menino que esta mulher vê na companhia de um homem branco. É ele.

— Essa é uma história antiga, que as mães usam para assustar seus filhos — disse a mulher alta.

— Me diga a verdade: por que você duvida? Não conhece outras mulheres como ela?

— Eu até mesmo já matei algumas.

— De Nigiki até a Cidade Púrpura, as pessoas relatam a visão de homem branco como caulim, e um menino. E outros também. Há muitos relatos deles entrando pelos portões das cidades, mas ninguém testemunha sua partida — disse o homem das tâmaras. — Nós temos...

— Nada. Temos uma maluca com saudades do seu ratinho. Já está tarde — afirma a mulher alta.

Eu segurei a mão do Leopardo, ainda peluda, ainda prestes a se transformar, e apontei para o piso inferior com a cabeça. Nós descemos furtivamente e nos escondemos no quarto vazio, para ficar de vigília, no escuro. Vimos quando a mulher alta desceu pelos degraus. Na metade do caminho, ela parou e olhou na nossa direção, mas a escuridão era tão densa que dava pra senti-la na pele.

— Nós o avisaremos da nossa decisão amanhã — disse ela aos outros.

A porta fechou atrás dela. O traficante de escravos e seu homem das tâmaras foram embora logo depois.

— Nós temos que ir embora — disse eu.

O Leopardo se virou para subir as escadas.

— Felino!

Eu segurei sua mão.

— Eu vou libertar aquela pobre mulher.

— A mesma mulher que tem eletricidade correndo pelo corpo? A mulher que se alimenta de carcaças de cães?

— Ela não é um animal.

— À merda os deuses, felino, você quer brigar agora? Tire essa ideia da cabeça. Pergunte ao traficante sobre essa mulher quando nos encontrarmos com ele. Além do mais, você não tinha nenhum problema com mulheres acorrentadas há apenas uma noite.

— Aquilo era diferente. Elas eram escravas. Ela é uma prisioneira.

— Todos os escravos são prisioneiros. Nós vamos embora.

— Eu vou libertá-la, e você não poderá me impedir.

— Eu não vou te impedir.

— Quem está aí? — perguntou ela.

A mulher tinha nos escutado.

— Será que são os meus meninos? O barulho dos meus meninos? Faz tanto tempo que vocês foram embora e mesmo assim não preparei nenhum mingau de painço.

O Leopardo deu um passo, e eu segurei sua mão mais uma vez. Ele me afastou com um empurrão. Ela o viu e correu de volta para o seu canto.

— Paz. Fique em paz. Paz — disse o Leopardo, repetidamente.

Ela correu para cima dele, depois para cima de mim, depois de novo para cima dele, sempre enforcando-se na ponta de sua corrente. Eu fiquei para trás, pois não queria que ela achasse que estávamos nos aproximando. Ela escondeu seu rosto e começou a chorar mais uma vez.

O Leopardo se virou e olhou para mim. Seu rosto estava quase todo mergulhado na penumbra, mas eu vi suas sobrancelhas erguidas, suplicantes. Ele era muito sentimental. Sempre foi. Mas era tudo uma sensação, para ele. Batimentos cardíacos acelerados, um inchaço lascivo, suor escorrendo pelo pescoço. Nós pisamos em algumas pedras enquanto subíamos os últimos degraus.

— Leopardo, ela não pode tomar conta de si mesma. Le...

— Eles querem os meus meninos. Todo mundo levou meus meninos — disse ela.

O Leopardo desceu a escada e retornou com um tijolo solto. Na parede, longe dela, ele começou a golpear o final da corrente, que estava preso à argamassa. Primeiro ela tentou correr, mas ele a silenciou com um *shh*. Ela ficou olhando para o outro lado enquanto o Leopardo golpeava a corrente. A corrente tilintava e tilintava, mas não se quebrava, porém a parede sim, abrindo uma rachadura cada vez maior, até que a trava se soltou.

A corrente caiu no chão. No escuro, eu a vi ficar de pé e ouvi seus pés se arrastando. O Leopardo estava bem na sua frente quando ela parou de tremer e olhou para cima. A luz difusa que entrava no quarto atingiu seus olhos molhados. O Leopardo tocou o grilhão em volta do seu pescoço, e ela se encolheu, mas ele apontou para a rachadura na parede e acenou com sua cabeça. Ela não acenou com a sua, apenas a abaixou. Eu vi os olhos do Leopardo, embora o quarto estivesse escuro demais para vê-los poucos segundos atrás. A luz que brilhava em seus olhos vinha dela.

Raios chispavam de sua cabeça e desciam pelos membros de seu corpo. O Leopardo deu um pulo, mas ela o pegou pelo pescoço, o ergueu do chão e o arremessou contra a parede. Seus olhos azuis, seus olhos brancos, seus olhos relampejando como uma tempestade. Eu corri pra cima dela como um búfalo arremetendo. Ela me deu um chute no meio do peito, e eu caí para trás e bati a cabeça; o Leopardo estava rolando ao meu lado. Ela o pegou pelo braço e o jogou contra a parede que ficava do outro lado da sala. Ela era um relâmpago, queimando o ar. Ela pegou sua perna esquerda e o puxou de volta, apertando seu tornozelo, fazendo-o gemer. Ele tentou se transformar, mas não conseguiu. Raios corriam pelo seu corpo e saíam de seus buracos, fazendo-a gritar e gargalhar. Ela o chutou e chutou e chutou. De um pulo, fiquei de pé, e ela olhou para mim. Depois ela desviou rapidamente seu olhar, como se alguém a tivesse chamado. Depois ela voltou a olhar pra mim, e depois voltou a desviar. O Leopardo, eu o conhecia, eu sabia que ele estava furioso, avançou contra ela, acertando-a pelas costas e derrubando-a, mas ela se virou e o afastou com um chute. A mulher deu um pulo para trás, uma tempestade de raios azuis se formando dentro dela. Ela tentou correr para cima de mim, mas o Leopardo pegou a corrente e puxou-a de volta com tanta força que ela caiu mais uma vez. Mas ela rolou, ficou de pé num pulo e investiu contra o Leopardo. A mulher começou a gritar novamente e levantou seus braços, mas então uma flecha atravessou seu ombro. Eu pensei que ela fosse gritar mais alto, mas ela não disse nada. O menino do Leopardo, Fumeli, estava atrás de mim. Ele atirou nela mais uma vez, a segunda flecha quase paralela à que já estava em seu ombro, e ela soltou um gemido. Raios percorreram seu corpo, e o quarto inteiro brilhou azul. Ela rosnou para ele, mas o menino colocou uma nova flecha no arco e apontou para ela. Ele podia mirar no seu coração e atingi-la. Ela deu um passo para trás, como se soubesse. A mulher relâmpago saltou em direção à janela, errou, pendurou-se no peitoril, cravando suas unhas na parede, puxou-se para cima, quebrou as barras com um soco e pulou.

O Leopardo passou correndo por mim e por Fumeli e começou a descer as escadas.

— Ele te ensinou a...

— Não — disse ele, e desceu atrás dele.

Do lado de fora, o Leopardo e Fumeli já estavam muitos passos à minha frente, descendo uma ruela estreita sem a luz de nenhuma lamparina saindo pelas janelas. Eles haviam diminuído o passo e caminhavam quando os alcancei.

— Você está com ela? No seu nariz? Está com ela? — perguntou o Leopardo.

— Por aqui não — disse eu, e me virei para uma viela que descia para o Sul.

Aquela rua transbordava de mendigos, e eram tantos deitados que chegamos a pisar em alguns deles, que responderam com gritos e resmungos. Ela corria feito uma maluca, dava pra dizer pela trilha que ela ia deixando. Viramos à direita, descemos outra ruela, essa repleta de buracos, todos cheios de uma água putrefata, e com um guarda caído no chão, tremendo e espumando pela boca. Nós sabíamos que aquilo era coisa dela, então nenhum de nós disse nada. Seguimos o seu cheiro. Ela corria à nossa frente, virando carroças de cabeça para baixo e derrubando as mulas que tentavam dormir.

— Por aqui — indiquei.

Nós a encontramos numa bifurcação, o caminho à direita levando de volta para a cidade, o da esquerda conduzindo ao portão do Norte. Nenhuma sentinela naquele portão tinha porretes ou lanças capazes de detê-la. As únicas almas que eu já havia visto correr tão rápido estavam possuídas pelo demônio. Duas sentinelas com escudos e lanças a viram e se postaram à sua frente, erguendo suas lanças acima de suas cabeças. Antes que qualquer um deles pudesse arremessá-las, ela pulou bem alto, como se estivesse subindo os degraus de uma escada no céu, e se atirou contra a muralha da cidade. Ela se grudou na argamassa antes de cair, foi escalando até o topo da muralha e saltou dela antes que mais guardas pudessem alcançá-la. As sentinelas ainda estavam preparadas para arremessar suas lanças quando nos avistaram.

— Meus bons homens, não somos inimigos de Malakal — disse eu.

— Amigos também não são. Quem mais viria nos importunar perto da aurora dos mortos? — questionou o primeiro guarda, maior e mais gordo, com uma armadura de ferro que não brilhava mais.

— Vocês também a viram, não neguem — disse o Leopardo.

— Nós não vimos nada. Não vimos nada além de três feiticeiros lançando encantamentos noturnos.

— Vocês precisam nos deixar passar — disse eu.

— Nós não precisamos fazer merda nenhuma pra vocês. Desapareçam antes que nós os mandemos para um lugar do qual vocês não vão gostar — disse o outro guarda, menor e mais magro.

— Nós não somos feiticeiros — afirmei.

— Toda a caça já foi se deitar. Então, passem fome. Ou vão procurar alguma outra maneira de se divertir como homens.

— Vocês negarão o que acabaram de ver?

— Eu não vi nada.

— Você não viu nada. À merda os...

Eu interrompi o Leopardo.

— Por nós, tudo bem, guarda. Você não viu nada.

Eu tirei um bracelete do meu braço e joguei para ele. Eram três cobras, uma comendo a cauda da outra, o símbolo do Chefe de Malakal, e um presente por encontrar uma coisa que até os deuses haviam dito a ele que estava perdida.

— E eu sirvo ao seu chefe, mas isso não é nada. E eu possuo duas machadinhas, e ele tem um arco e flecha, mas isso não é nada. E aquele nada passou correndo por dois homens como se eles fossem meninos e saltou por cima da muralha de uma cidade como se fosse uma pedrinha dentro de um rio. Abram essas trancas e nos deixem passar, e nós lhe garantimos que aquele nada que vocês viram nunca mais retornará.

Aquele era o portão do Norte. Do lado de fora havia apenas rochas e cerca de duzentos passos até o precipício, onde a queda era mais aguda. Ela estava uns cem passos à nossa frente, disparando para a esquerda, depois para a direita, depois para a esquerda mais uma vez. Parecia que estava farejando alguma coisa. Depois ela se jogou no chão e começou a cheirar as pedras.

— Nooya! — exclamou o Leopardo.

Ela virou-se como alguém que tinha ouvido um barulho, não algo que sabia ser seu, e pôs-se a correr novamente. Enquanto ela corria, os raios percorriam seu corpo por dentro e ela gritava. Fumeli, ainda correndo, puxou o arco e flecha, mas o Leopardo rosnou para ele. Nós corremos pela borda do precipício até a sua beirada. Nós estávamos nos aproximando da mulher, pois, apesar de ela ser mais rápida do que nós, ela não corria em linha reta. Ela disparou na direção do precipício e, sem hesitar, saltou.

OITO

O menino tinha virado fumaça três anos antes. A caminho da torre tombada, fiquei me perguntando o quanto alguém poderia mudar em três anos. Um menino com dez mais seis é tão diferente de um menino com dez mais três que talvez eles nem sejam mais a mesma pessoa. Muitas vezes testemunhei isso. Uma mãe que não parava de chorar nem de procurar, me dando dinheiro para encontrar um filho sequestrado. Esse nunca é o problema; isso é a coisa mais fácil, encontrar uma criança sequestrada. O problema é que a criança nunca está como era quando foi levada. Por seu captor, é frequente um grande amor. Pela sua mãe, nem sequer curiosidade. A mãe recebe o filho de volta, mas sua cama permanece vazia. O sequestrador perde a criança, mas segue vivendo na saudade que a criança sente dele. Essa é a verdade sobre uma criança perdida e depois reencontrada: "Ninguém consegue dar fim, o amor que eu sinto pela mãe que me escolheu, e nada é capaz de levar amor para a mulher de cuja kehkeh eu saí." O mundo é estranho e as pessoas insistem em deixá-lo mais estranho ainda.

Nem eu nem o Leopardo falamos sobre a mulher. Tudo que eu disse aquela noite foi:

— Mostre alguma gratidão ao menino.

— O quê?

— Agradeça. Agradeça ao menino por ter salvado sua vida.

Andei de volta até os portões. Sabendo que ele não o faria, agradeci o menino quando passei por ele.

— Eu não fiz isso por você — disse ele.

Bem.

Agora nós estávamos a caminho da torre tombada. Juntos, mas não conversávamos. O Leopardo na frente, eu atrás e o menino entre nós dois, carregando seu arco e sua aljava. Como não havíamos conversado, também não havíamos chegando a um acordo, e parte de mim ainda estava inclinada a dizer não. Porque o Leopardo tinha falado a verdade sobre aquilo, uma coisa é você não ter sorte na guerra, ou ter vindo de uma classe inferior, ou nascido escravo, mas acorrentar uma mulher como uma prisioneira é outra coisa, mesmo se ela estiver claramente possuída por algum tipo de demônio elétrico. Mas nós não falamos sobre a mulher; não falamos sobre nada. E eu queria dar um tapa no menino por ele andar na minha frente.

A torre tombada localizava-se ao sul da primeira muralha. Ninguém naquelas ruas, passagens ou vielas parecia saber que o Rei estava a caminho. Em todos os meus anos em Malakal, eu nunca tinha andado por aquela rua. Nunca tivera motivo algum para ir até as antigas torres, passar pelos seus picos e descer até onde o sol não alcançava. Nem subir, porque, no começo, aquela rua de argila era tão íngreme que se transformava numa viela estreita e, em seguida, em degraus. A descida, do outro lado, também era íngreme, e nós fomos deixando para trás as janelas de casas abandonadas há muito tempo. Outras duas, uma de cada lado da rua, pareciam ter sido usadas para atividades sinistras, já que estavam cobertas de marcações e pinturas exibindo todo tipo de sexo com todo tipo de fera. Mesmo descendo, nós estávamos altos o bastante para ver toda a cidade e a planície que se estendia à sua frente. Uma vez ouvi que os primeiros homens que ergueram essa cidade, quando isso ainda não era uma cidade, e eles ainda não eram inteiramente homens, estavam tentando construir torres altas o suficiente para chegar até o reino dos céus e começar uma guerra nos domínios dos deuses.

— Aqui estamos — disse o Leopardo.

A torre tombada.

Esse nome, por si só, não era muito preciso. A torre não havia tombado, ela vinha tombando nos últimos quatrocentos anos. O que dizem os mais velhos é que no passado os homens construíram duas torres afastadas do resto de Malakal. Os construtores começaram a errar no dia em que construíram uma estrada que descia em vez de subir as montanhas. Duas torres, uma grossa e uma fina, construídas para abrigar os escravos antes que os navios chegassem do Oriente para levá-los embora. E a torre fina seria a mais alta de todas as terras, alta o bastante, dizem alguns, para ver o horizonte do Sul. Ambas com oito andares, mas a mais alta subiria ainda mais, como se fosse um farol para gigantes. Alguns dizem que o construtor era um homem de visão, outros dizem que ele era um maluco que trepava com galinhas e depois arrancava suas cabeças.

Mas o que todo mundo viu foi o seguinte. O dia em que eles puseram a última pedra — após quatro anos de escravos mortos por acidentes, ferro e fogo — foi um dia de comemoração. O comandante da fortaleza, pois Malakal era apenas uma fortaleza, veio com suas esposas. Também estava lá o Príncipe Moki, o filho mais velho do Rei Kwash Liongo. O construtor comedor de galinhas estava prestes a jogar sangue de galinha na base da torre e invocar a bênção dos deuses quando, simplesmente, a torre mais alta e mais fina chacoalhou e se rachou, espirrando poeira e balançando. Ela balançou para frente e para trás, para Leste e para Oeste, sacudindo tanto que dois escravos que estavam no telhado inacabado caíram de lá. A torre fina inclinou-se, curvou e até mesmo arqueou um pouco até cair por cima da torre grossa, como dois amantes ansiosos para se beijarem. O beijo fez o chão tremer e provocou o estrondo de um trovão. A torre parecia que ia desmoronar, mas isso nunca aconteceu. As duas torres agora haviam se fundido em uma única torre, mas nenhuma das duas cedeu, nenhuma das duas caiu. E dez anos depois, quando se viu que nenhuma das torres cederia, as pessoas começaram a morar ali. Depois virou uma estalagem para viajantes cansados, depois uma fortaleza para traficantes de escravos e seus escravos, e depois, quando três andares da torre fina despencaram, não foi mais nada. Nada disso explicava por que o traficante queria nos encontrar lá. Nos três andares mais altos, muitos degraus estavam faltando. O menino ficou do lado de fora. Um ruído veio dos andares inferiores, como se as fundações estivessem prestes a ceder.

— Esta torre finalmente virá abaixo com todos nós aqui dentro — disse eu.

O piso da sala que adentramos não se parecia com nada que eu já tivesse visto, com uma padronagem que lembrava um tecido kente, porém, com círculos e setas em preto e branco, e que parecia girar embora tudo estivesse parado. À nossa frente, um corredor sem porta.

— Três olhos, olhe como eles brilham no escuro. O Leopardo e um homem lobo. Foi assim que você desenvolveu seu faro? Você também se deleita com sangue, assim como o felino? — perguntou o traficante.

— Não.

— Entrem e falem — disse o traficante.

Eu estava prestes a dizer alguma coisa ao Leopardo, mas ele mudou de forma e saiu trotando sobre as quatro patas. Do lado de dentro, tochas jogavam luz no teto branco e nas paredes azul-escuras. Parecia o rio à noite. Havia almofadas no chão, mas ninguém estava sentado nelas. Em vez disso, uma velha estava sentada no chão, com as pernas cruzadas, seu vestido de couro marrom recendendo ao bezerro de onde ele veio. Ela havia raspado as laterais de sua cabeça, mas deixado o cabelo em seu topo disposto em tranças longas e brancas. Brincos de argola prateados do tamanho de discos labiais pendurados nas suas orelhas e repousando em seus ombros. Em volta do pescoço, diversos colares vermelhos, amarelos e brancos, e contas negras. Sua boca se mexia, mas ela não dizia nada; ela não olhou nem para mim nem para o felino, que estava andando pela sala como se estivesse à procura de comida.

— Minha fera pintada — disse o traficante. — Na sala interna.

O Leopardo saiu correndo.

Eu reconheci o homem das tâmaras. Bem ao lado do seu senhor e pronto para encher sua boca. Havia um outro homem tão alto que até ele jogar o peso do corpo para sua perna esquerda eu pensei que ele fosse uma coluna que sustentava o teto, esculpida para se parecer com um homem. Ele parecia ser capaz de pisar no chão e fazer com que aquela torre finalmente desabasse. Sua pele era escura, mas não tanto quanto a minha, mais como a cor do barro antes de secar. E ela brilhava, mesmo naquela luz difusa. Eu podia ver as lindas cicatrizes pontilhadas em sua testa, uma linha descendo pelo seu nariz e se espalhando pelas bochechas. Sem túnicas ou vestes, porém com muitos colares sobre seu peito nu. Um saiote na cintura que parecia roxo e duas presas de javali em suas orelhas. Sem sandálias, sapatos ou botas, mas ninguém fabricaria qualquer calçado para um homem com pés como os seus.

— Nunca tinha visto um Ogo tão a Oeste — disse eu.

Ele concordou com a cabeça, então pelo menos eu soube que ele era um Ogo, um gigante das terras montanhosas. Mas ele não disse nada.

— Nós o chamamos de Tristogo — informou o traficante.

O Ogo não disse nada. Ele estava mais interessado nas mariposas voando para dentro da lamparina no centro do salão. O chão tremia toda vez que ele dava um passo.

Sentada em um banco no canto próximo a uma janela fechada estava a mulher alta e magra daquela noite. Seu cabelo, ainda volumoso e selvagem, como se nenhuma mãe ou homem tivesse pedido a ela para domá-lo. Seu vestido, ainda negro, mas com um branco contornando o pescoço e descendo por entre seus seios. Uma tigela de ameixas repousava em sua mão. Ela parecia estar prestes a bocejar. Ela olhou para mim e disse para o traficante:

— Você não me disse que ele era um ribeirinho.

— Eu fui criado na cidade de Juba, não em um rio — corrigi.

— Você carrega os modos do povo Ku.

— Eu sou de Juba.

— Você se veste como o povo Ku.

— Este tecido eu encontrei aqui.

— Você rouba como o povo Ku. Você carrega até mesmo o cheiro deles. Tenho até a sensação de estar atravessando um pântano agora.

— Do jeito que você nos conhece, talvez seja o pântano que tenha atravessado você — repliquei.

Nesse momento o traficante riu. Ela mordeu uma ameixa.

— Você é um Ku ou está se fazendo passar por um? Nos diga alguma pérola de sabedoria do rio, algo como aquele que segue a trilha do elefante nunca se molha com o orvalho. Para que possamos dizer que até cagando o menino do rio é sábio.

— Nossa sabedoria é tolice para quem é tolo.

— De fato. Eu não ficaria tão orgulhoso disso se eu fosse você — disse ela, e mordeu outra ameixa.

— Do meu senso de humor? — perguntei.

— Do seu cheiro.

Ela se levantou e veio andando até mim.

Ela era alta, mais alta do que a maioria dos homens, mais alta até mesmo do que os nômades da savana com peles de leão que saltavam para o céu. Seu vestido descia até o chão e se espalhava por ele de tal maneira que ela parecia flutuar. E tinha o seguinte – ela era linda. Pele negra, sem nenhuma marca, e cheirando à manteiga de karité. Lábios mais escuros, como se tivesse sido alimentada com tabaco quando era jovem, olhos pretos de tão profundos, um rosto forte, como se tivesse sido esculpido numa rocha, mas também suave, como se tivesse sido esculpido por um mestre. E seus cabelos, selvagens, apontando em todas as direções, como se quisessem fugir de sua cabeça. Manteiga de karité, como eu já disse, mas alguma outra coisa, alguma coisa que eu tinha sentido aquela noite, alguma coisa que havia se escondido de mim. Alguma coisa que eu conhecia. Fiquei me perguntando aonde o Leopardo tinha ido.

O homem das tâmaras entregou um cetro ao traficante de escravos. Ele golpeou o chão e nós olhamos para cima. Bem, não o Ogo; não havia como ele olhar mais para cima. O Leopardo voltou recendendo a carne fresca de bode.

O traficante anunciou:

— Vou lhes dizer a verdade e vou lhes dizer com cuidado. Três anos faz que uma criança foi levada, um menino. Ele mal estava começando a andar e conseguia falar, talvez, nana. Ele foi levado de sua casa bem aqui, no meio da noite. Ninguém deixou nada, e ninguém pediu um resgate, nem por bilhete, nem por tambor, nem mesmo por bruxaria. Talvez ele tenha sido vendido no mercado secreto das bruxas, uma criança pequena pode trazer muito dinheiro a elas. Essa criança estava morando com sua tia na cidade de Kongor. Então, uma noite, a criança foi levada e o marido da tia teve a garganta cortada. Sua família de onze crianças, todas assassinadas. Nós podemos partir em direção a casa na primeira luz do dia. Teremos cavalos para quem cavalga, mas vocês devem contornar o Lago Branco e o Reino das Trevas e atravessar Mitu. E quando vocês chegarem a Kongor...

— O que é essa casa para você? — perguntou o Leopardo.

Eu não o vi se transformar e sentar no chão perto da velha, que ainda não tinha falado, muito embora tivesse aberto seus olhos, olhado para a esquerda, direita, e depois fechado de novo. Ela movia suas mãos pelo ar, como o velho desenhando formas perto do rio.

— É a casa onde o menino foi visto pela última vez. Você não planeja começar a jornada a partir do primeiro passo? — indagou o traficante.

— Isso seria a casa de onde o menino foi levado da primeira vez — disse eu.

— Quem são esses que viram o menino pela última vez? Você está no ramo de escravizar meninos perdidos, não de encontrá-los — comentou o Leopardo.

Engraçado como ele ficava disposto a questionar seu patrão quando estava de barriga cheia.

O traficante riu. Eu o encarei, torcendo para que meu olhar dissesse "Que jogo é esse que você está jogando?".

— Quem é ele e o que ele é para você? — perguntou o Leopardo.

— O menino? Ele é o filho de um amigo que está morto — revelou o traficante.

— Assim como o menino, provavelmente. Por que você precisa encontrá-lo?

— Meus motivos só interessam a mim, Leopardo. Eu estou te pagando para encontrá-lo, não para me investigar.

O Leopardo se levantou. Eu conhecia aquele olhar.

— Quem é essa tia? Por que o menino estava com ela e não com sua mãe?

— Eu ia contar para você. Sua mãe e seu pai morreram, de doenças do rio. Os anciãos disseram que o pai havia pescado no rio errado, pegou peixes que eram para os senhores das águas, e as ninfas Bisimbi, que nadam debaixo d'água e fazem a guarda dos rios, fizeram-no ficar doente. Ele passou a doença para a mãe do menino. O pai era meu velho amigo, além de sócio neste negócio. Seus lucros pertencem ao menino.

— Um traficante rico como você pescando seu próprio peixe? — questionei. O traficante hesitou, e eu completei: — Você sabe como se conta uma boa mentira, mestre Amadu? Eu sei como se conta uma mentira ruim. Quando as pessoas dizem falsidades, suas palavras são turvas quando deveriam ser claras, e claras quando deveriam ser turvas. Algo que soa como se pudesse ser verdade. Mas está sempre tudo errado. Tudo que você disse agora, você tinha dito de outra forma antes.

— A verdade nunca muda — disse ele.

— A verdade muda quando um homem diz a mesma coisa duas vezes. Eu acredito que exista um menino. E eu acredito que o menino tenha desaparecido e que, se está desaparecido há muitos anos, esteja morto. Mas quatro dias atrás, o menino estava morando com uma dona de casa. Hoje você disse que era sua tia. Quando chegarmos a Kongor, será um macaco eunuco.

— Rastreador — advertiu o Leopardo.

— Não.

— Deixe ele terminar.

— Bom, muito bom, ótimo, maravilhoso — elogiou o traficante de escravos, e ergueu sua mão.

— Mas pare de mentir — disse o Leopardo. — Ele consegue sentir o cheiro quando você mente.

— Faz três anos que a criança foi levada. Um menino, e ele mal estava começando a andar, talvez já conseguisse falar papa.

— Meio tarde para uma criança, mesmo sendo um menino — falei.

— Vou lhes dizer a verdade e vou lhes dizer com cuidado. Foi dessa casa, bem aqui, no meio da noite. Ninguém deixou nada, e ninguém pediu um resgate. Talvez...

Eu puxei as duas machadinhas de minhas costas. Os olhos do Leopardo estavam ficando brancos, e seus bigodes, cada vez mais compridos. A mulher alta ficou de pé e se aproximou do traficante.

— Você o ouviu? — perguntei ao Leopardo.

— Sim. A mesma história, quase com as mesmas palavras. Quase. Mas ele se esqueceu. À merda os deuses, traficante, você ensaiou isso e, mesmo assim, você esqueceu. Você deve ser o pior mentiroso que existe, ou, pelo menos, o eco de um mau mentiroso. Se isso for uma emboscada, vou rasgar sua garganta antes que ele consiga partir sua cabeça ao meio — disse o Leopardo.

O Leopardo e eu ficamos lado a lado. O Ogo viu a mim e ao Leopardo em um dos lados da sala, e o traficante de escravos e a mulher alta no outro, e ficou parado, seus olhos escondidos pela pelagem espessa de suas sobrancelhas. A velha abriu seus olhos.

— Esta sala é pequena demais para tantos tolos — disse ela, mas não se moveu da esteira.

Ela deve ter sido uma bruxa algum dia. Ela tinha o jeito e o cheiro das bruxas — capim-limão e peixe, sangue do koo de uma menina, e o mau cheiro de não lavar seus braços e pés.

— Um mensageiro é o que ele é, tudo que ele é — explicou ela.

— Da primeira vez, sua mensagem foi um porco. Dessa vez, é uma ovelha — repliquei.

— Sangoma — disse a velha.

— O quê?

— Você fala por meio de enigmas, como uma Sangoma. Você viveu com uma? Quem te ensinou?

— Eu não sei o seu nome, e ela não me ensinou nada. A Sangoma da Cordilheira da Feitiçaria. Aquela que salvava as crianças mingi.

— Esse olho também é presente dela — disse ela.

— Meu olho não é da sua conta. Isso é algum plano contra nós? — perguntei.

— Mas vocês não são ninguém. Quem faria um plano contra vocês? — questionou a velha. — Vocês querem encontrar a criança ou não? Responda essa pergunta direito, ou talvez...

— Talvez o quê?

— Talvez a mulher ainda seja parte do homem. Nenhum homem o cortou. Não é de se estranhar que você seja tão volúvel.

— Então eu deveria ser como você, e honrar a sua estirpe?

Ela sorriu. Ela estava gostando daquilo. E eis ali novamente aquele cheiro, dessa vez mais forte, mais forte talvez por causa da discórdia naquela sala, mas também do lado de fora dela. Eu não consigo descrevê-lo, mas eu o conhecia. Não, o cheiro é que me conhecia.

— O que você sabe sobre os homens que levaram o menino? — perguntei.

— O que faz você pensar que foram homens? — interpelou a mulher alta.

— Qual é o seu nome?

— Nsaka Ne Vampi.

— Nsaka — repeti.

— Nsaka Ne Vampi.

— Como preferir.

— Eu te digo a verdade, nós não sabemos nada — disse ela. — À noite é quando eles vieram. Poucos, talvez quatro, talvez cinco, talvez seis, mas homens de aspecto estranho e terrível. Eu consigo ler o...

— Eu também consigo ler.

— Então vá até o Grande Salão de Registros de Kongor e procure você mesmo. Ninguém os viu entrar. Ninguém os viu sair.

— Ninguém gritou? — perguntou o Leopardo. — Eles não tinham janelas nem portas?

— Os vizinhos não viram nada. As mulheres cobraram o dobro pelo seu mingau de painço e pelo seu pão ázimo, então por que alguém ouviria duas vezes os barulhos que vinham de sua casa?

— Por que esse menino, entre todos os meninos de Kongor? — perguntei. — É verdade que Kongor é tão eficiente em produzir guerreiros que encontrar uma menina seria um mistério muito maior. Um menino de Kongor é igual a todos os outros. Por que ele?

— Isso é tudo que diremos até chegarmos em Kongor — declarou o traficante.

— Não é o bastante. Nem perto disso.

— O traficante contou sua história — disse Nsaka Ne Vampi. — Você tem que escolher, sim ou não, então escolha depressa. Nós partiremos pela manhã. Mesmo com cavalos velozes, levaremos dez mais dois dias para chegar a Kongor.

— Rastreador, vamos embora — disse o Leopardo.

Ele se virou para sair. Eu fiquei olhando para o Ogo, que ficou olhando para o Leopardo quando ele passou.

— Espere — disse eu.

— Por quê?

— Você não terminou de fazer suas marcações?

— O quê? Isso não fez sentido, Rastreador.

— Não você. Ela.

Eu apontei para velha ainda agachada no chão. Ela olhou para mim, seu rosto impassível.

— Você está desenhando runas desde que chegamos a esta sala. Escrevendo no ar, para que ninguém aqui veja. Mas elas estão aqui. Ao seu redor.

A velha sorriu.

— Rastreador? — sussurrou o Leopardo.

Eu já conhecia o jeito dele quando não estava entendendo nada. Ele se transformaria, pronto para lutar.

— A velhota é uma bruxa — disse eu.

O cabelo do Leopardo se eriçou nas suas costas. Eu toquei na sua nuca, e ele parou.

— Você está escrevendo runas para manter alguém do lado de dentro, ou para manter alguém do lado de fora — afirmei.

Dei um passo à frente e fiquei olhando ao meu redor.

— Revele-se — ordenei. — Estou sentindo seu mau cheiro nesta sala desde o momento em que entrei nela.

No corredor, um líquido escorreu pela parede e formou uma poça no chão. Escuro e brilhoso, como óleo, e se esparramando lentamente, como sangue. Mas seu cheiro, algo como o de enxofre, preencheu toda a sala.

— Olhe. — Mostrei ao Leopardo.

Puxei um punhal da cintura. Segurei-o pela lâmina, arremessei-o contra a poça, e ela o sugou de um trago. Num piscar de olhos, a faca foi arremessada de volta pela poça. O Leopardo a interceptou a poucos centímetros de atingir meu olho esquerdo.

— Obra de demônios — afirmou ele.

— Eu já vi esse demônio antes — disse eu.

O Leopardo ficou olhando a poça se mover. Eu queria ver como os outros reagiriam. O Ogo se inclinou para baixo, mas, ainda assim, ele era mais alto do que todos os outros. Ele se abaixou um pouco mais. Ele nunca tinha visto nada parecido. A velha parou de escrever runas no ar. Ela estava esperando por aquilo. Nsaka Ne Vampi se levantou com rapidez, mas foi andando para trás, um passo bem lento, depois outro. Então ela parou, mas alguma outra coisa a fez dar mais um passo para trás. Ela estava aqui por isso, mas talvez não fosse o que ela estava esperando. Alguns monstros podem entrar por uma porta. Outros podem ser invocados do chão, e alguns podem ser evocados do céu, como espíritos. O traficante de escravos desviou seu olhar.

E aquela poça. Ela parou de se espalhar e inverteu o movimento, concentrando-se em si mesma e começando a se levantar, como massa de pão sendo amassada por mãos invisíveis. A massa negra brilhosa se ergueu e se retorceu e se apertou e se abriu, enquanto ia ficando cada vez mais alta e mais larga. Ela girou sobre si mesma e ficou tão fina no meio que parecia que ia se quebrar em dois. E seguia crescendo. Pequenas porções se desprendiam da massa como gotículas, e depois voavam de volta para se juntar a ela. O Leopardo rosnava, mas não se mexia. O traficante seguia sem olhar para ela. A massa negra estava sussurrando alguma coisa que eu não entendia, não para mim, mas para o ar. No topo da massa, um rosto emergiu e foi sugado de volta. O rosto reapareceu no meio dela e desapareceu novamente. Dois ramos brotaram no topo da massa e se transformaram em membros. A parte de baixo se dividiu ao meio e se retorceu e rodopiou até formar pernas e pés. A forma delineou a si mesma, esculpiu a si mesma, arqueou-se para formar quadris largos, seios fartos, as pernas de um corredor e os ombros de um arremessador, e uma cabeça sem cabelos com olhos brancos luminosos e, quando ela sorriu, dentes brancos também luminosos. Ela pareceu sibilar. À medida que ela andava, vertia gotículas de pretume, mas as gotículas a seguiam. Algumas apartaram-se de sua cabeça, mas elas também a seguiam. Na verdade, ela se movia como se estivesse debaixo d'água, como se o ar fosse água, como se cada movimento fosse uma dança. Ela pegou um manto perto do traficante e se cobriu. O traficante ainda não olhava para ela.

— Leopardo, a tocha — falei. — A tocha, bem ali.

Apontei para a parede. A mulher negra viu o Leopardo e sorriu.

— Eu não sou quem você pensa — disse ela.

Sua voz era límpida, mas se dissipava no ar. Ela não precisava aumentar o tom para se fazer ouvir.

— Acho que você é exatamente quem eu acho que é — disse eu. Peguei a tocha do Leopardo. — E aposto que há tanto ódio entre você e o fogo quanto havia entre eles.

— Quem é ela, Rastreador? — perguntou o Leopardo.

— Quem sou eu, Olho de Lobo? Diga a ele.

Ela se virou para mim, mas dirigiu-se para o Leopardo:

— O lobo teme que, ao dizer seu nome, ele os invocará. Diga que minto se eu minto, Rastreador.

— Quem? — questionou o Leopardo.

— Não temo coisa alguma, Omoluzu — afirmei.

— Eu emergi do chão, enquanto eles despencam do teto. Eu falo, enquanto eles não dizem nada. Mesmo assim você me chama de Omoluzu?

— Todo monstro tem sua versão mais palatável.

— No Norte eu sou Bunshi. Os povos do Oriente me chamam de Popele.

— Você deve ser uma dessas divindades menores. Um semideus. Um espírito da mata. Talvez até mesmo um diabrete — suspeitei.

— Menções ao seu faro eu tinha ouvido, mas ninguém me disse nada sobre a sua boca.

— Como sai tanta merda por ela? — perguntou Nsaka Ne Vampi.

— Você sabe sobre mim?

— Todos sabem sobre você. Um grande amigo das mulheres traídas e inimigo dos maridos que as traem. Sua mãe deve morrer de orgulho de você — disse Bunshi.

— E você, o que é, rejeito dos deuses? Escarro dos deuses, ou, quem sabe, sêmen dos deuses?

O ar ao meu redor foi ficando cada vez mais denso. Todos os animais sabem que existe água no ar mesmo quando não chove. Mas alguma coisa coagulava às voltas do meu nariz, dificultando a respiração. O ar ficou mais pesado e úmido em torno da minha cabeça. Pensei que era na sala inteira, mas era só na minha cabeça, uma bola de água se formando e tentando invadir minhas narinas mesmo sem eu respirar. Tentando me afogar. Eu caí no chão. O Leopardo se transformou e avançou na mulher. Ela se espalhou no chão como uma poça e se ergueu do outro lado da peça, apenas para sentir a mão do Ogo apertando com força o seu pescoço. Ela tentou escapar, mas não conseguia mudar de forma. Alguma coisa no toque do Ogo a impedia. Ele acenou com a cabeça na minha direção, segurando-a como uma boneca, e a água se transformou em ar. Eu tossi. O Ogo soltou a mulher.

— Leopardo, fique se quiser. Eu vou embora — avisei.

A velha falou.

— Rastreador. Eu sou Sogolon, filha de Kiluya do império da terceira irmã de Nigiki, e, sim, você fala a verdade. Há mais coisas nessa história. Você quer ouvi-las? — indagou a velha.

— Rastreador? — chamou o Leopardo.

— Muito bem, eu ouvirei — respondi a ela, e fiquei parado onde estava.

— Então fale, entidade — disse Sogolon a Bunshi.

Bunshi se virou para o traficante e ordenou:

— Deixe-nos.

— Se a sua história for igual a dele, ou ainda mais tola, vou me sentar com essa faca e gravar umas coisas hediondas nesse chão — disse eu.

— O que você sabe sobre o seu Rei? — perguntou.

— Eu sei que ele não é meu Rei — respondeu o Leopardo.

— Nem meu — disse eu. — Mas, para cada moeda que eu ganho, o chefe de Malakal fica com a metade, para então dar um quarto ao Rei, portanto, sim, ele é meu Rei.

Bunshi sentou-se na poltrona do traficante como sentam os homens, inclinada para a esquerda, com uma das pernas por cima de um dos apoios de braço. Nsaka estava no corredor, observando. O Ogo estava parado, e a velha Sogolon tinha parado de escrever runas no ar. Parecia que eu estava cercado por crianças esperando que o seu avô lhes contasse uma nova história sobre o velho Nan-si, o demônio aranha que havia sido um homem um dia. Aquilo me lembrou de nunca tomar uma história contada por qualquer divindade ou espírito ou criatura sobrenatural como totalmente verdadeira. Se os deuses haviam criado tudo, a verdade não seria apenas mais uma criação?

— Isso ocorreu há tanto tempo que Kwash Dara, quando ainda era um príncipe, tinha muitos amigos para se divertir, e sair com prostitutas, e beber, e brigar, como qualquer garoto de sua idade. Qualquer um de seus amigos poderia facilmente divertir-se mais que ele, sair com mais prostitutas, beber mais que ele ou derrotá-lo numa briga que, mesmo assim, eles seguiriam juntos, como irmãos. Amigos até que o velho Rei adoeceu e foi encontrar-se com seus ancestrais.

"Basu Fumanguru ficou conhecido como o homem que sussurrava para o Príncipe. Na época, o conselho dos anciãos também sofrera uma baixa. Kwash Dara odiava o conselho desde criança."

"'Por que eles sempre levam as meninas mais jovens?', ele perguntou à sua mamãe. 'E me contaram que eles trepam com suas mãos e jogam suas sementes nas ilhas do rio, como oferendas para alguma divindade', ele disse."

"O Rei, quando era príncipe, estudou no palácio da sabedoria e se empanturrou de conhecimento, e de ciência, e de coisas que haviam sido pesadas e medidas, não meras crenças. Basu Fumanguru fez o mesmo. Kwash Dara reconhecia Basu como seu igual em todos os sentidos e o amava por isso. Ele disse:

'Basu, você é igual a mim em todos os sentidos. E, assim como eu passei a ocupar este trono, quero que você ocupe um assento entre os anciãos.'"

Basu disse que não queria ocupar aquele assento, porque os anciãos se reuniam em Malakal, que ficava a cinco ou seis dias de Fasisi, onde ele havia nascido, que era tudo que ele conhecia. Além do mais, ele ainda era jovem, e se tornar um ancião implicava renunciar muitas coisas. O Príncipe se tornou Rei e disse:

"'Você está muito velho para amantes, e nós estamos muito velhos para a diversão. Está na hora de deixar tudo isso de lado pelo bem do reino.'"

"Basu contestou e contestou, até que o Rei jogou seu cetro real no chão e disse:

'Por todos os deuses, eu sou Kwash Dara e este é o meu decreto.'"

"Então, Baru Fumanguru ocupou seu assento entre os anciãos de Malakal, para servir como os ouvidos do Rei.

"Mas então a mais estranha das reviravoltas aconteceu. Basu se apaixonou pela sua posição. Ele se tornou um devoto, um pio, e arrumou uma esposa, linda e pura. Eles tiveram muitos filhos. O Rei o havia colocado lá para garantir que a sabedoria dos anciãos estaria alinhada aos desejos da casa real. Mas, em vez disso, Basu exigiu que os desejos da casa real se alinhassem à sabedoria dos anciãos. Tudo era briga, briga e briga. Ele questionou o rei em divergências enviadas por tambores, ele o questionou em muitas cartas e escrituras, entregues por homens a pé e a cavalo. Ele o questionou em suas visitas à corte e até mesmo na privacidade dos aposentos reais. Quando o Rei dizia 'Isso é assim porque eu sou o Rei', Basu Fumanguru levava o caso para as ruas de Malakal, e ele se espalhava mais depressa que uma infecção pelas ruas de Juba, pelas vielas de Luala Luala, e até mesmo pelas grandes estradas de Fasisi. 'Você é Rei, mas não será um deus até que se junte aos ancestrais, como seu pai', dizia Basu."

"Então, um dia, Kwash Dara passou a cobrar impostos sobre grãos das terras dos anciãos, coisa que nenhum rei havia feito até então. Os anciãos se recusaram a pagar. O Rei emitiu um decreto para encarcerá-los até que os impostos fossem pagos. Mas, duas noites depois que eles os prenderam, uma chuva começou sobre o Reino do Norte e não parou até que todos os rios transbordassem e matassem muitos, e não apenas os Ku e os Gangatom, que viviam perto das grandes águas. Em alguns lugares, a água subiu tanto que aldeias inteiras desapareceram, e corpos inchados flutuavam por toda a parte. A chuva só parou quando o Rei libertou Basu Fumanguru. E mesmo assim as coisas pioraram."

"Escute só. Nos primeiros anos, quando os anciãos entravam numa contenda com o Rei, a vontade do povo se alinhava com a dos anciãos porque o Rei era arrogante. Isso não enfraquecia o Rei, pois ele seguiu conquistando muitas nações na guerra. Mas em seu próprio país, as pessoas começaram a perguntar: 'Nós temos um rei ou dois?' Estou falando a verdade. Algumas pessoas tinham mais medo de Fumanguru do que do Rei, e ele era temível em todos os seus atos. E justo neles também. Mas tudo muda. Os anciãos, que já eram gordos, engordaram ainda mais. Eles ficaram tão acostumados a ter suas vontades atendidas que, quando as pessoas começaram a questioná-los, a atrasar o aluguel ou não lhes prestar o tributo adequado, começaram a fazer justiça com suas próprias mãos, em vez de deixar essas tarefas para os magistrados do Rei. Eles capturavam ladrões nas estradas e cortavam suas mãos fora. Eles enforcavam qualquer um que invadisse suas terras e comesse seus frutos. Eles pararam de buscar os deuses e começaram a se reunir com bruxas para preparar maldições e feitiços. Eles se empanturraram com o dinheiro de impostos que nunca chegaram às mãos do Rei."

"Agora preste atenção. Algumas pessoas odiavam o Rei, mas logo passaram a odiar todos os anciãos, exceto Basu. Um homem diria 'Os anciãos tomaram meu gado dizendo que era um imposto para o Rei, mas o cobrador de impostos havia passado há sete dias.' Um ancião diria: 'Me dê agora a quantia que você lucrará com a sua lavoura, e nós faremos com que os deuses dobrem a sua colheita quando chegar a hora.' Mas, em vez de ter uma colheita, o homem tinha pragas arruinando sua lavoura. Outro homem diria: 'Quando eles vão parar de vir atrás de nossas meninas? Eles as estão levando cada vez mais jovens, e nenhum homem se casará com elas.' Eles eram a lei em Malakal e em todas as terras abaixo de Fasisi, e quando eles não estavam reunidos no conselho, espalhavam-se por suas cidades e infectavam cada uma delas com sua corrupção. Mas um decreto escrito pelo próprio Rei dizia que os anciãos só poderiam ser julgados por deuses, jamais por homens."

"Basu não estava de acordo com nada daquilo. Ele nunca havia sido o líder dos anciãos — o Rei jamais honrou sua promessa —, mas eles o respeitavam por ter sido, um dia, um guerreiro, e ele começou a confrontar seus próprios irmãos, que haviam se corrompido. As pessoas diziam: 'Fale com Basu se aquele ancião tomar sua lavoura'; 'Fale com Basu se uma bruxa lançar uma praga'; 'Fale com Basu porque ele é a voz da razão.' As pessoas diziam isso. Uma vez um ancião viu uma menina na quarta muralha e decidiu que a teria. Ela tinha dez mais um em anos. Ele disse ao pai dela:

'Envie-me sua filha para servir como empregada para a deusa das águas ou nenhum sol nem vento evitará que os seus campos de sorgo sejam consumidos por pragas. Você, a sua esposa, e os seus muitos filhos morrerão de fome.'"

"O ancião não esperou até que a menina fosse enviada; ele foi até lá e a pegou ele mesmo. O que aconteceu foi o seguinte. Basu estava separando itens para fazer um retiro num local sagrado no meio do mato para buscar a palavra dos deuses quando ouviu os gritos que a menina deu quando o ancião se deitou sobre ela. Uma raiva lhe subiu à cabeça, e Basu não era mais Basu. Ele pegou uma tigela Ifá de ouro, usada para consagrar a vontade dos espíritos, e golpeou o ancião na cabeça. E golpeou, e golpeou, e golpeou até que ele estivesse morto. Basu adentrou novas águas depois disso. Seus irmãos agora o odiavam, e ele também era odiado pelo Rei e por todos em sua corte. Ele devia saber que seus dias estavam contados. Fumanguru e sua família fugiram para Kongor."

"Então, uma noite, eles vieram. Rastreador, você sabe de quem eu falo. Foi a Noite das Caveiras, um presságio poderoso."

— Seus irmãos?

— Nosso sangue não é o mesmo.

— Você não tem sangue.

Ela desviou o olhar de mim. O Leopardo, com seus olhos esbugalhados, estava prestando atenção como uma criança abandonada numa floresta cheia de fantasmas. Ela continuou:

— Há muitas maneiras de invocá-los. Se você tiver o sangue de alguém, recite uma maldição e jogue-o no teto. Mas primeiro você precisa estar sob a proteção do encantamento de uma bruxa, senão eles aparecerão e o matarão. Ou você pode chamar uma bruxa pra fazer isso por você. Eles aparecem no teto, as pessoas os chamam de andarilhos de telhado, e não importa se é uma bruxa quem os invoca ou se eles são atraídos pelo seu sangue, a fome neles é tão grande que eles vão te perseguir como cães famintos. E o feitiço jamais o abandonará. Ninguém consegue escapar deles, e, mesmo que consiga, eles vão aparecer toda vez que você estiver debaixo de um teto, mesmo que seja por um segundo. Muitos homens, muitas mulheres, muitos meninos e meninas dormem sob as estrelas porque nunca se livrarão dos Omoluzu.

"Você estava se perguntando, Rastreador, como é que eles não te seguiram até aqui? Quanto tempo faz que você não dorme debaixo de um teto?"

— Quase um ano — respondi.

— Os Omoluzu não podem te perseguir fora do além, porque foi lá que eles o encontraram. E se eles tivessem encontrado você aqui, eles não poderiam te seguir lá. Mas, se eu fosse você, eu não sairia jogando sangue por aí.

— O que os Omoluzu fazem? — perguntou Leopardo.

Bunshi se levantou. Suas vestes tremulavam, embora não houvesse nenhum vento soprando. Do lado de fora um estrondo, alguns berros e alguns gritos. Pessoas embriagadas de bebida e festejos, pessoas embriagadas pela emoção com a chegada do Rei. Kwash Dara, o mesmo rei de sua história.

— Como eu disse anteriormente. Eles vieram na Noite das Caveiras. Os sete filhos de Fumanguru estavam dormindo há muito, e o tempo adentrava a noite profunda, em direção à aurora dos mortos. Todos dormindo, até mesmo o mais novo, que se chamava Basu. Adormecidos estavam os escravos da lavoura e dos jardins, e Basu, no seu escritório, lendo volumes do *Palácio da Sabedoria*. O que aconteceu foi o seguinte. Um ancião que tinha amigos na corte enviou uma bruxa para fazer magia negra contra a casa, e depois pagou uma escrava para coletar um pouco do sangue menstrual da esposa mais jovem. A fome dos Omoluzu é monstruosa... é o cheiro do sangue que os fascina, não seu gosto. Essa escrava encontrou seus panos menstruais, fez uma bola com eles e, no escuro, enquanto os outros escravos dormiam, arremessou as roupas ensanguentadas da senhorita no teto. A bruxa nunca disse que ela deveria fugir, então ela foi se deitar para dormir. No escuro, o barulho que vinha do teto deve ter soado como um trovão distante. Um trovão que não acordaria nem mesmo alguém de sono leve.

"O Rastreador pode lhes dizer quem eles são. Eles despencam do teto do mesmo jeito que eu me ergui do chão. Eles correm no teto como se estivessem presos ao céu. Quando eles pulam, quase tocam o chão, mas caem de volta no teto com tanta força que você se pergunta se não são eles quem estão no chão e você quem está no teto. E eles têm lâminas feitas de um material que não se encontra neste mundo. Eles surgiram e se formaram e retalharam quase todos os escravos, exceto uma. Ela saiu correndo gritando que a escuridão tinha vindo matá-los. O Rastreador está certo ao dizer que eu sou como eles. Mas eu não sou eles. E, mesmo assim, eu senti a sua presença, senti que eles estavam vindo, e que estavam perto, mas não sabia em que casa eles apareceriam até que ouvi o próprio Basu gritar. Os Omoluzu perseguiram a escrava, que correu para a esposa de Basu. A esposa pegou uma tocha, pensando nas grandes lendas em que a luz vencia a escuridão, mas eles as cercaram e cortaram a cabeça de ambas."

"Os Omoluzu apareceram no celeiro e mataram os escravos da cozinha. Eles apareceram no quarto das crianças e as retalharam antes mesmo que elas pudessem acordar. Eles não tiveram piedade de ninguém. Quando eu subi até a casa já era tarde demais, e eles ainda estavam matando. Eu pisei num corredor banhado em sangue. Um homem correu na minha direção segurando um bebê, Basu segurando o jovem Basu. Ele parecia um homem que sabia que a morte o estava perseguindo. Eu podia ouvir a morte percorrendo o teto como o estrondo de um trovão, como se a argamassa estivesse se despedaçando. A escuridão corria pelo teto como se a noite estivesse vindo atrás dele."

"'Me dê seu filho se você quer que ele viva', eu disse.

"'Eu sou o pai dele', foi sua resposta.

"'Eu não posso salvar vocês dois e lutar contra eles.'

"'Você é igual a eles', ele insistiu.

"'Mas nós não temos a mesma mãe nem pai.'

"Eu não tinha tempo de convencê-lo se eu era bom ou ruim. Eu vi a escuridão atrás deles tomando a forma de três, depois quatro, depois seis Omoluzu."

"'Me dê o menino', eu pedi."

"Ele olhou para o seu filho por um longo tempo e então o entregou para mim. Fazia apenas um ano que o bebê havia nascido, dava pra ver. Nós dois estávamos segurando o menino, e ele não conseguia soltá-lo."

"'Eles estão vindo', disse ele."

"'Eles estão aqui', avisei, e ele olhou para mim."

"'Isto é obra do Rei. Kwash Dara. Isso é obra da corte, isso é obra dos anciãos, e meu filho será testemunha de que isso ocorreu.'"

"'Seu filho não lembrará.'"

"'Mas o Rei sim', afirmou ele."

"Eu estiquei meu indicador, e ele se transformou numa lâmina. Eu o enfiei abaixo de minhas costelas, bem aqui, e abri um corte. O pai ficou assustado, mas eu disse que ele não precisava ter medo, que eu tinha feito um ventre para o menino. Cortei meu ventre da forma que as parteiras às vezes fazem quando o bebê ainda não nasceu, mas sua mãe já morreu. Enfiei o bebê pelo buraco e minha pele o selou lá dentro. O pai estava aterrorizado, mas a visão de minha barriga enorme, como se eu estivesse grávida, lhe trouxe alguma paz."

"'Ele morrerá dentro de você?', ele perguntou, e eu disse que não. 'Você foi mãe?', perguntou esse tal Basu, mas eu não respondi."

"Vou lhes dizer a verdade, eu senti um grande peso em mim. Eu nunca havia carregado uma criança. Mas talvez toda mulher seja uma mãe."

— Você não é uma mulher — disse eu.

— Silêncio — ralhou o Leopardo.

— A Sangoma disse que você tinha essa boca — comentou ela.

Eu não perguntei como ela sabia.

— Os Omoluzu possuem lâminas. Possuo lâminas também.

— É claro que sim.

— Rastreador, já chega — disse o Leopardo.

— Um deles veio pra cima de mim brandindo sua única lâmina, mas eu tinha duas.

— Essa é uma cena e tanto para os griôs, a figura de uma mulher grávida combatendo sombras demoníacas com duas lâminas.

— Uma cena e tanto, de fato — admitiu o Leopardo.

Eu estava começando a estranhar o seu comportamento. Ele estava se deleitando com aquela história como se fosse um esfaimado, ou um glutão, eu não sabia dizer ao certo.

— Ele tentou me atingir com a lâmina e eu me abaixei. Saltei para o teto, o chão deles, e cortei sua cabeça com as minhas duas lâminas. Mas eu não conseguiria combatê-los todos. Basu Fumanguru foi muito valente. Ele puxou sua faca, mas uma lâmina veio por trás dele e atravessou sua barriga. Mas seu desejo por sangue ainda não estava satisfeito. Eles sentiam o cheiro do sangue da família no menino mesmo com ele dentro de mim. Um deles desferiu um golpe e cortou meu ombro, mas eu o golpeei de volta e abri um corte em seu peito. Corri e saltei pela mesma janela que havia entrado.

— Nunca, em lugar algum, eu havia ouvido uma história como essa. Não do falcão, nem mesmo do rinoceronte — comentou o Leopardo.

— É uma história muito boa. Tem até monstros nela. Mas não tem nada nela que me faça querer te ajudar — disse eu.

Ela riu.

— Se eu estivesse procurando por homens nobres, com um coração disposto a ajudar uma criança, jamais teria chamado você. Eu realmente não me importo com o que você quer. Esta é uma tarefa pela qual você será pago quatro vezes o valor mais alto que você já cobrou. Em ouro. Seja lá o que você queira ou goste, seja lá o que se passa em sua cabeça, não significa coisa alguma para mim.

— Eu...

Eu não tinha nada a dizer.

— O que aconteceu com a criança... depois, eu quero dizer? — perguntou o Leopardo.

— Eu não o levei para sua tia. Os Omoluzu sentem o cheiro de sangue em cima de sangue, e eles teriam, caso qualquer um os tivesse invocado, ido atrás de qualquer membro da família. Eu o levei até uma cega em Mitu que costumava ser leal aos deuses antigos. Sem visão, ela não saberia quem a criança era, nem tentaria descobrir. Ela estava com uma criança, então também poderia amamentá-la e ficar com ela durante um ano.

— Costumava ser leal?

— Ela o vendeu no mercado de escravos na Cidade Púrpura, perto do Lago Abbar. Um bebê rende muito dinheiro fora de Kongor, especialmente um menino. Ela me disse isso quando eu começava a cortar sua garganta com este dedo.

— Que escolhas inteligentes seu povo faz.

Eu sabia que, do outro lado da sala, Nsaka Ne Vampi revirava seus olhos. Não olhei, mas eu sabia.

— Rastreei o menino até um comerciante de perfume e prata que iria levá-lo para o Oriente. Levei uma lua para chegar, e foi tarde demais. Ele estava atrasado com sua prata, e comerciantes de Mitu tinham mandado mercenários atrás dele. Sabe onde o encontraram? Na fronteira de Mitu. Eles encontraram moscas, mas não o cheiro da morte. Alguém havia saqueado a caravana e matado a todos. Ninguém tocou na civeta, na prata ou na mirra. Nunca encontraram o menino; eles o levaram.

— O Rei? — perguntei.

— O Rei o teria matado.

— Então ele desapareceu? Por que não o deixar desaparecido?

— Você deixaria uma criança andar por aí com assassinos? — interpelou a velha.

— Porque uma criança estaria muito melhor na companhia de bruxas — retruquei eu. — Que uso os assassinos teriam para uma criança?

— Eles encontraram algum — disse Bunshi.

Eu lembrei do que o homem das tâmaras tinha contado ao traficante de escravos na torre da mulher relâmpago. Sobre o menininho que bateu à porta da mulher, chorando, alegando ser perseguido por monstros, só para deixá-los entrar assim que sua família caiu no sono. Acenei com a cabeça para o Leopardo, torcendo para que ele estivesse percebendo o que eles não estavam dizendo.

Eu não conseguia me decidir se deveria sentar, ficar de pé ou ir embora.

— Um menininho sobreviveu aos andarilhos de teto apenas para ser vendido como escravo, quando foi raptado por quem, feiticeiros? Demônios? Uma sociedade de amantes de meninos que queriam iniciar o garoto bem jovem? O que vai acontecer depois, talvez Ninki Nanka, o dragão do pântano, os farejará quando eles passarem pela floresta e devorará a todos?

— Você não acredita nesse tipo de criatura? — indagou Bunshi. — Apesar de tudo que você viu e ouviu, e contra quem você lutou? Apesar do animal que está ao seu lado?

— Você não precisa acreditar em criaturas malévolas quando homens esfolam suas próprias consortes — respondi.

Eu me virei e olhei para o Leopardo, que ainda estava se refestelando com aquela história.

— Mas você acredita que falar complicado é sabedoria. Muito bem. Não estou pagando pelas suas crenças. Estou pagando pelo seu faro. Traga-me o menino de volta.

— Ou prova do seu cadáver?

— Ele está vivo.

— E quando nós o encontrarmos, o que faremos? Você está nos pedindo para enfrentar o Rei?

— Estou lhes pagando para expor o Rei.

— Provar que o Rei está por trás de um assassinato.

— Há mais coisas além do que você sabe na história do Rei. E, se você soubesse, não seria capaz de suportar.

— É claro.

— Ela não está lhe pagando pra que você faça perguntas ou pense. Ela está pagando para que você fareje — disse Nsaka Ne Vampi.

— Como você sabe que eles não mataram a criança?

— Nós sabemos — disse Bunshi.

Eu quase disse que eu também sabia, mas olhei para o Leopardo. Ele me olhou fixamente e acenou com a cabeça.

Uma porta se abriu e fechou. Pensei que fosse Fumeli, mas aquele não era o seu cheiro. Nsaka Ne Vampi foi andando até o corredor e olhou por ele. Ela disse:

— Em dois dias, partiremos para Kongor. Se você vier ou não, não fará diferença para mim. É ela quem quer você.

Ela apontou para Bunshi, mas eu continuei olhando além dela. Eu nem sequer ouvi o que ela disse depois, por causa do cheiro que subia as escadas. Um odor que eu havia sentido mais cedo, que achei que pertencia a Bunshi, mas eu nunca a havia visto, e ela tinha razão, ela não cheirava como os Omoluzu. Aquele cheiro estava se aproximando, alguém o estava trazendo, e eu sabia que o odiava, mais do que havia odiado qualquer coisa em anos, mais do que havia odiado homens que eu conhecia, e que havia matado mesmo assim. Ele estava subindo as escadas, se aproximando, eu conseguia ouvir o barulho do seu caminhar, e, a cada novo passo, cresciam as chamas de minha fúria.

— Você está atrasado — disse abruptamente Nsaka Ne Vampi. — Todo mundo está...

Eu cortei suas palavras com o arremesso de uma machadinha que passou do lado do seu rosto para se alojar na porta.

— À merda os deuses! Você me errou por pouco, hein, colega — disse ele, entrando pelo corredor.

— A ideia não era errar — disse eu, e joguei a segunda no meio da sua cara.

Ele se abaixou, mas ela ainda raspou em sua orelha.

— Rastreador, que porra...

Eu corri e pulei em cima dele; nós caímos pelas escadas e rolamos pelos degraus. Minhas mãos em volta do seu pescoço, apertando, até que seu pescoço estalasse ou seu fôlego morresse. Rolando escada abaixo, ralando a pele, vertendo sangue, dele, meu, dos degraus, a argamassa se soltando. Eu perdendo o chão, ele perdendo a voz, rolando e rolando e atingindo o chão lá embaixo, a força da queda e dele me chutando o peito. Eu caí de costas, e ele estava em cima de mim. Eu o afastei com um chute e puxei uma faca, mas ele a derrubou da minha mão e me socou na barriga, depois no meio do rosto, depois na lateral, depois no meu peito, mas eu bloqueei sua mão, empurrei seu punho fechado, o soquei debaixo do queixo, e mais uma vez no olho esquerdo. O Leopardo desceu correndo como Leopardo e talvez tenha se transformado, eu não vi, eu estava com os olhos fixos nele. Ele correu, e pulou, e chutou, eu me abaixei e girei o cotovelo para cima e o acertei bem no meio da cara e ele caiu, a cabeça chegando primeiro ao chão. Eu pulei em cima dele e soquei o lado esquerdo do seu rosto, depois o direito, depois o esquerdo, e ele me acertou duas vezes nas costelas e eu caí, mas rolei para longe de sua faca enquanto ele acertava o chão. Eu chutei seu chute, e chutei seu chute mais uma vez, e depois me ataquei nele quando ele se atracou em mim, e o Leopardo sabia que era melhor nem tentar me segurar ou me impedir e, olhando para o Leopardo, eu não o vi quando ele veio por trás e me atingiu na parte de trás da minha cabeça, e ela ficou molhada, e eu caí de joelhos, e ele girou o braço para me acertar de novo e eu chutei suas pernas e ele caiu. Fui para cima dele novamente e girei o braço para acertá-lo mais uma vez, sangue escorrendo pelo seu rosto, parecendo uma fruta negra suculenta machucada, e então uma lâmina se encostou em minha garganta.

— Vou arrancar a sua cabeça e dar de comer aos corvos — disse Nsaka Ne Vampi.

— Estou sentindo o cheiro dele por todo o seu corpo — afirmei.

— Tire sua mãos do pescoço dele. Agora — ordenou ela.

— Não...

A flecha passou por entre os seus cabelos. O menino do Leopardo estava no andar de baixo, com outra flecha no arco, a corda esticada e preparada. Nsaka Ne Vampi levantou suas mãos. Uma rajada descontrolada de vento azul atingiu o chão, nos jogando para os lados com grande velocidade. O Leopardo e eu batemos na parede com força, e Nsaka Ne Vampi saiu rolando.

Nyka ficou rindo de tudo aquilo, enquanto tentava se levantar. Ele cuspiu no vento, que uivou com mais força, me grudando na parede. Sua voz, a voz da velha, ouviu-se por cima de tudo isso. Um feitiço solto pelo chão. O vento morreu tão rápido quanto surgiu, e nós nos afastamos uns dos outros dentro daquela sala. Bunshi desceu as escadas, mas a velha ficou lá em cima.

— São eles que você espera que encontrem o menino? — disse Sogolon.

— Vocês dois se conhecem — disse Bunshi.

— Senhorita negra, você não ouviu? Nós somos velhos amigos. Mais do que amantes, pois dividimos a mesma cama por seis luas. E, mesmo assim, não aconteceu nada, hein, Rastreador? Eu já te disse alguma vez que fiquei decepcionado?

— Quem é este homem? — o Leopardo me perguntou.

— Mas ele me falou tanto sobre você, Leopardo. Ele nunca disse nada sobre mim?

— Esse filho de um chacal leproso não é ninguém, mas alguns o chamam de Nyka. Puta que pariu, eu jurei para todos os deuses que quisessem me ouvir que, da próxima vez que o visse, se esse dia chegasse, eu o mataria — disse eu.

— Hoje não é esse dia — disse Nsaka Ne Vampi, após ter sacado dois punhais.

— Espero, pelo seu próprio bem, que você o faça gozar fora de você quando ele está te comendo. Até a semente dele é venenosa — falei.

— Essa reunião não está indo muito bem, eu acho. Há uma tempestade em seus olhos — ironizou Nyka.

— Rastreador, vamos...

— Vamos o quê, felino?

— O que quer que você esteja procurando, hoje não é o dia de encontrar — disse ele.

Fiquei tão furioso que tudo que eu sentia era calor, e tudo que eu enxergava era vermelho.

— Você não fez aquilo por ouro. Nem sequer por prata — disse eu.

— Tão tolo, ainda. Alguns trabalhos são sua própria recompensa. Nada significa nada e ninguém ama ninguém, não é isso que você adora dizer? E, mesmo assim, é você quem está demonstrando todos esses sentimentos, e você confia mais neles do que em qualquer outra coisa, até mesmo que em seu faro. Um tolo para o amor, um tolo para o ódio. Ainda acha que eu fiz aquilo por dinheiro?

— Vá embora agora, ou eu juro que não me importo com quem eu tenha de matar para chegar até você — ameacei.

— Vá embora você — disse a velha. — Mas fique, Leopardo.

— Para onde ele for, eu vou — disse o Leopardo.

— Então vão embora vocês dois — retrucou a velha.

Nsaka Ne Vampi conduziu Nyka pelas escadas, seus olhos fixos em mim o tempo todo.

— Caiam fora — disse Bunshi.

— Eu nunca estive dentro — respondi.

Nas profundezas da noite, acordei com meu quarto ainda escuro. Achei que estava despertando de um sono difícil, mas ela tinha entrado em meus sonhos para me acordar.

— Você sabia que me seguiria — disse ela.

Sua forma corpulenta escorreu pelo parapeito. Ela se amontou, esticou-se até o teto e depois se moldou em mulher mais uma vez. Bunshi ficou de pé ao lado da janela, sentada na moldura.

— Então você é uma divindade — disse eu.

— Diga-me por que você deseja a morte dele.

— Você me concederá esse desejo?

Ela ficou olhando para mim.

— Eu não desejo a morte dele — afirmei.

— Mesmo?

— Eu desejo matá-lo.

— Ouvirei a sua história.

— Ah, você vai ouvi-la, é? Pois bem. O que se passou entre mim e Nyka foi o seguinte.

Nyka era um homem que retornava de experiências que eu ainda não tinha vivido. Fazia dois anos desde a última vez que eu tinha visto o Leopardo, e eu estava morando em Fasisi, pegando qualquer trabalho que pudesse encontrar, até mesmo o de encontrar cães para crianças idiotas que achavam que eram capazes de manter um cachorro, e que choravam quando eu trazia a carcaça recém-enterrada do animal de volta para o seu pai, que o havia matado. De fato, um teto sobre a minha cabeça era o único motivo pelo qual me deitava com mulheres, já que elas estavam muito mais dispostas a me deixar passar a noite do que os homens, especialmente quando eu estava procurando por seus maridos.

Uma mulher da nobreza cuja vida era voltada para o dia em que finalmente fosse chamada para fazer parte da corte, mas que, enquanto isso, trepava com um homem para cada sete mulheres cujo cheiro ela sentia no hálito do seu marido, disse o seguinte para mim enquanto eu gozava nela, por trás, na cama do seu matrimônio, pensando nos meninos de pele macia do vale de Uwomowomowomowo:

— Dizem que você tem um bom faro.

Tanto o homem quanto a mulher borrifavam perfume nas cobertas para esconder o cheiro dos outros que eles levavam para a cama.

— Não se preocupe, eu vou dar prazer a mim mesma — disse ela, olhando para mim.

— O que você deseja do meu faro? — perguntei.

— Meu marido possui sete amantes. Eu não reclamo, porque ele é um amante sofrível, tenebroso. Mas ultimamente ele anda estranho, e ele já era muito estranho. Tenho a impressão de que ele arranjou uma oitava amante, e que ela é ou um homem ou uma fera. Duas vezes ele voltou para casa com um cheiro que eu não reconheci. Um aroma rico, como o de flores queimadas.

Eu não perguntei como ela tinha ouvido falar de mim, ou o que ela desejava que eu fizesse quando o encontrasse, apenas quanto ela me pagaria.

— O peso de um menino em prata — disse ela.

— Essa parece uma oferta muito boa — comentei, mas o que eu sabia sobre uma oferta ser boa ou ruim? Eu era jovem. — Dê-me alguma coisa dele, pois nunca vi seu marido.

Ela pegou o que parecia ser uma manta branca e disse:

— Isto é o que ele usa debaixo de suas vestes.

— Você é casada com um homem ou uma montanha? — ironizei.

O pano tinha duas vezes o comprimento do meu braço e ainda carregava traços do seu suor, merda e mijo. Eu não disse a ela que havia dois tipos diferentes de merda naquele pano: um dele; e outro por ele haver concedido prazer ao ânus de alguém. Assim que senti o seu cheiro, soube onde ele estava. Porém, eu já sabia onde ele estava assim que ela falou sobre flores queimadas.

— Tenha cuidado. Muitos o confundem com um Ogo — alertou ela.

Só havia uma coisa que cheirava a flores queimadas. Só havia uma coisa que cheirava como algo rico sendo incinerado.

Ópio.

Ele foi trazido pelos mercadores do Oriente. Agora havia covis secretos em todas as cidades. Ninguém que eu conhecia que o havia provado tinha um amanhã. Ou um ontem. Apenas um agora, num covil enfumaçado, o que me fez pensar se aquele homem era um vendedor de ópio ou um escravo dele, ou ainda alguém que roubava de viciados.

Os odores de seu marido e do ópio me conduziram até a rua dos artistas e artesãos. As ruas de Fasisi não eram planejadas. Uma rua larga se retorcia até virar uma viela estreita, desembocava num rio como uma mera ponte de cordas, e depois se transformava numa rua novamente. A maioria das casas tinha telhados de palha e paredes feitas de argila. No morro mais alto do delta ficava o complexo real, protegido por grossas muralhas vigiadas por sentinelas. Vou te dizer o seguinte: era um mistério a cidade menos magnífica de todas as cidades do Norte ser a capital do império. Nyka dizia que aquela era a cidade que lembrava o Rei de onde ele havia saído para nunca mais voltar, mas ainda não é sua hora de entrar nessa história. Os ferreiros de Fasisi são os mestres do ferro, porém, não das boas maneiras. E foi o ferro que fez aquela modesta aldeia conquistar o Norte, há duzentos anos.

Parei numa estalagem cujo nome significava "Luz das Nádegas de uma Mulher" na minha língua. Eles haviam trancado as janelas, mas deixado a porta aberta. Do lado de dentro, havia homens deitados de costas em todos os espaços do chão, seus olhos ali, mas de olhar longe, suas bocas derramando saliva, sem se preocupar com os restolhos das brasas caídas de seus cachimbos que queimavam suas roupas. No canto havia uma mulher parada na frente de uma grande panela que cheirava à sopa sem pimenta nem especiarias. Na verdade, cheirava mais como a água fervente que se usa para tirar a pele de um animal. Alguns dos homens gemiam, mas a maioria estava em silêncio, como se estivessem dormindo.

Passei por um homem que fumava tabaco sob a luz de uma tocha. Ele estava sentado num banco, com as costas na parede. Um rosto fino, dois grandes brincos, um queixo forte, embora talvez fosse por conta da luz. A metade da frente da sua cabeça estava raspada, deixando os cabelos compridos na parte de trás. Um manto de pele de cabra. Ele não olhou para mim. De uma outra sala vinha música, o que era estranho, já que ninguém naquele lugar perceberia. Fui andando por entre homens que não se mexiam, homens que podiam me ver, mas só tinham olhos para os seus cachimbos. O aroma de flores queimadas do ópio era tão denso que eu segurei a respiração. Você nunca sabe. No andar de cima, um menino gritou e um homem xingou. Subi correndo as escadas.

Embora não fosse um Ogo, aquele marido era tão grande quanto um. Ele estava ali parado, de pé, mais alto que o batente da porta, mais alto que o mais alto animal de cavalaria. Nu, e violando um menino. Eu podia ver apenas suas pernas balançando, sem vida. Mas ele estava gritando. Suas duas mãos gigantescas seguravam as nádegas do menino enquanto forçava sua entrada. Sua esposa não o queria morto, eu pensei, mas não disse nada sobre querê-lo inteiro.

Puxei dois punhais pequenos e arremessei-os em suas costas. Um abriu um corte em seu ombro. O marido deu um berro, soltou o menino no chão e se virou. O menino caiu de costas e não se mexeu. Eu fiquei olhando para ele, por tempo demais. O marido veio pra cima de mim, só pele e músculos, seus ombros gigantescos como os de um gorila, sua mão segurando minha cabeça inteira. Ele me pegou como se eu fosse uma boneca e me arremessou pelo quarto. Ele rosnou da mesma maneira que estava rosnando enquanto estuprava o menino. O menino rolou e pegou uma coberta. O homem, como um búfalo, partiu em disparada na minha direção. Eu me esquivei, e ele colidiu a cabeça na parede, abrindo uma rachadura, quase atravessando-a. Peguei uma machadinha para cortar seu calcanhar, mas ele esticou a perna para trás e me chutou até a parede do outro lado da sala. O impacto me tirou o fôlego, e eu caí. O menino saiu correndo desesperado, pisando nas minhas pernas ao passar. O homem tirou sua cabeça da parede. Sua pele negra, molhada de suor, coberta de pelos, como a de uma fera. Ele derrubou uma fileira de lanças encostadas na parede. Eu conhecia homens que eram grandes e homens que eram ágeis, mas nenhum que fosse as duas coisas. Levantei-me e tentei correr, mas sua mão agarrava meu pescoço mais uma vez. Ele cortou a minha respiração, mas aquilo não era o bastante. Ele queria quebrar meu pescoço. Eu não conseguia alcançar minha faca ou minha machadinha. Eu soquei, esmurrei e arranhei seus braços, mas ele riu como se eu fosse o menino que ele estava violentando. Ele me olhou fixamente, e eu vi seus olhos negros. Minha visão estava ficando turva, e minha saliva escorria pela sua mão. Ele já havia até mesmo me suspendido do chão. Sangue estava prestes a jorrar de meus olhos. Mal vi o homem que veio subindo as escadas quebrar um jarro de argila em suas costas. O marido virou-se, e o homem jogou alguma coisa amarela e fétida em seus olhos. O não Ogo me soltou e caiu de joelhos, gritando e esfregando seus olhos como se quisesse arrancá-los. Ar entrou nos meus pulmões, me fazendo cair de joelhos também. O homem segurou meu braço.

— Ele está cego? — perguntei.

— Talvez por alguns instantes, talvez por um quarto de lua, talvez para sempre, nunca dá pra saber ao certo com urina de morcego.

— Urina de morcego? Você...

— Um gigante continua perigoso quando cego, menino.

— Eu não sou um menino, sou um homem.

— Morra como homem, então — disse ele, e saiu correndo.

Eu corri atrás dele. Ele foi rindo o tempo todo, até sairmos pela porta.

Ele disse que seu nome era Nyka. Não tinha um sobrenome de família, não tinha uma casa de origem, nenhum lugar para chamar de lar, e nenhum lar de onde fugir. Apenas Nyka.

Caçamos juntos durante um ano. Eu era bom em encontrar qualquer coisa, menos trabalho. Ele era bom em encontrar qualquer coisa, menos pessoas. Eu já devia saber, mas ele tinha razão, eu era um menino. Ele me fez usar roupas, algo que eu não gostava, porque era difícil lutar com elas, mas as pessoas em algumas cidades me tomavam por escravo quando eu usava apenas um manto. Na maioria das aldeias por onde passamos ninguém conhecia esse tal de Nyka. Mas sempre que passávamos por algum lugar onde alguém o conhecia, eles queriam matá-lo. Num bar no vale de Uwomowomowomowo eu testemunhei uma mulher vir em sua direção e dar-lhe dois tapas. Ela teria lhe dado um terceiro, mas ele segurou sua mão. Ela puxou uma faca com a outra e cortou seu peito. Mais tarde, naquela noite, minha mão estava entre as minhas pernas enquanto eu os ouvia trepando do outro lado do quarto.

Um dia nós saímos à procura de uma menina morta que não estava morta. Seu sequestrador a mantinha num caixão enterrado atrás de sua casa, e a tirava de lá sempre que queria se divertir. Ele havia amordaçado sua boca e amarrado suas mãos e seus pés. Quando nós o encontramos, ele tinha acabado de pôr seus filhos para dormir e deixado sua esposa antes de ir até os fundos da casa fazer coisas com essa menina. Ele tirou algumas plantas soltas do caminho, escavou um pouco de terra e tirou o canudo que havia colocado no topo da urna para que ela pudesse respirar. Só que essa noite não era ela quem estava dentro da urna, e sim Nyka. Ele deu uma facada no flanco do homem, que se afastou, cambaleando e gritando. Eu o chutei nas costas, e ele caiu. Peguei um porrete e o nocauteei. Ele acordou amarrado a uma árvore que ficava perto de onde ele havia enterrado a menina. Ela estava fraca e não conseguia ficar de pé. Eu cobri sua boca com a minha mão, dizendo a ela para ficar quieta, e lhe dei uma faca. Nós ajudamos a segurar sua mão enquanto ela enfiava a faca em sua barriga, depois no peito, depois barriga de novo, repetidamente. Ele gritou na mordaça até não poder mais. Eu queria que a menina ficasse satisfeita. A faca caiu de sua mão e ela se deitou ao lado do homem morto, chorando. Alguma coisa mudou em Nyka depois daquilo. Nós éramos ladrões e mentirosos, mas não assassinos.

Estou te contando tudo isso porque quero que você o veja como eu o via. Antes.

O trabalho estava escasso em Fasisi. Fiquei cansado daquele lugar e das esposas perdendo seus maridos a cada sete dias. Nós estávamos na mesma estalagem à qual sempre íamos para dividir os lucros. E beber vinho de palma ou cerveja de masuku ou licores de cor âmbar que incendiavam o peito e deixavam o chão escorregadio. A estalajadeira gorda, que tinha uma linha de expressão logo acima da verruga que havia em sua testa, se aproximou.

— Sirva fogo engarrafado para nós dois — disse Nyka.

Ela trouxe duas canecas e as encheu até a metade. Ela não disse nada, nem mesmo quando Nyka lhe deu um tapa na bunda quando ela voltava para trás do balcão.

— Grandes riquezas estão à nossa espera na cidade de Malakal, ou no vale de Uwomowomowomowo, logo abaixo — comentou eu.

— Você está pensando em grandes riquezas? E se eu estiver sedento por aventuras?

— Norte?

— Acho que eu deveria visitar a minha mãe — disse ele.

— Você me disse que a segunda melhor coisa que vocês tinham dado um ao outro era distância. Você também me disse que não tinha mãe.

Ele riu.

— Isso ainda é verdade.

— Qual das duas coisas?

— Quanto fogo engarrafado você bebeu?

— Qual é a sua caneca?

— Você bebeu dela? — perguntou ele. — Bom. Da última vez que conversamos sobre nossos pais, você disse que tinha lutado com o seu. Certa vez meu pai voltou pra casa após um dia não de trabalho, só de trapaças e tramoias, sem ir a lugar algum. Nos bater era a sua diversão. Um dia ele bateu na cabeça do meu irmão com uma bengala e, depois disso, ele se tornou um parvo. Minha mãe fazia pão de sorgo. Ele batia nela também. Um dia ele deu uma surra de bengala nela, e ela passou duas luas andando num pé só, e passou a mancar depois disso. Então, sim, vamos dizer que aquela foi uma noite em que ele voltou pra casa depois de beber e girou sua bengala e me acertou na cabeça. Depois ele me chutou e me bateu no chão, arrancando outro dente e gritando comigo para que eu me levantasse para apanhar mais. Um dia nós deveríamos falar apenas sobre nossos pais, Rastreador. Então, sim, vamos dizer que ele tentou bater com a bengala na minha cabeça, mas ele foi muito lento, e eu muito rápido, e a peguei. Depois eu tomei a bengala dele e bati com ela em sua cabeça. Ele simplesmente caiu no chão. Eu peguei a bengala e comecei a bater e bater nele, e ele levantou sua mão, e eu quebrei todos os seus dedos, e ele levantou seus braços, e eu quebrei seus braços, e ele levantou sua cabeça e eu quebrei sua cabeça até ouvir craque, craque, craque, e eu continuei batendo, e então ouvi um creck e depois um slosh, slosh, e minha mãe gritou: "Você matou meu marido, você matou o pai dos seus irmãos. Como comeremos?" Eu queimei seu corpo nos fundos de nossa cabana. Ninguém perguntou por ele, porque ninguém gostava dele, e todos se regozijaram com o cheiro de sua carne queimando.

— E a sua mãe?

— Eu conheço a minha mãe. Ela está lá, bem onde eu a deixei. E mesmo assim eu a visitarei, Rastreador. Partirei em dois dias. Depois disso, podemos embarcar em qualquer aventura que você desejar.

— É você quem está sempre atrás de aventuras. Me encontre em Malakal.

— Me encontre onde você sentir meu cheiro. Essa é uma noite preguiçosa, e nós fodemos o quarteirão inteiro. Beba um pouco mais.

Eu bebi e ele bebeu até domarmos aquele fogo em nosso peito, e depois bebemos mais. E ele disse:

— Vamos esquecer essa conversa sobre pais, meu amigo.

Então me beijou na boca. O que não queria dizer nada; Nyka beijava tudo e todos, ao cumprimentar e ao se despedir.

— Eu o encontrarei em dez dias — disse eu a ele.

— Oito é um número melhor — respondeu ele. — Mais do que sete dias com a minha mãe e o máximo que poderei fazer é me esforçar para não matá-la. Beba um pouco mais.

Um calor, começando na minha testa, desceu pelo meu pescoço. Abri os olhos, e o mijo atingiu meu rosto, me cegando. Esfreguei meus olhos sem pensar, e minha mão direita puxou minha esquerda. Um grilhão na minha mão direita, uma corrente, um grilhão na esquerda. À minha frente, uma perna levantada e urina sendo despejada sobre mim. No escuro, risada alta. Parti para o ataque, mas a corrente me impediu. Tentei ficar de pé, tentei gritar, as mulheres no escuro riram mais alto. O animal, a fera, o cão mijava em mim como se eu fosse o tronco de uma árvore. Primeiro eu pensei que Nyka tivesse me largado bêbado numa viela para ser mijado por cães. Ou alguém, um maluco ou um traficante de escravos — eles infestavam aquelas vielas —, ou um marido que não queria que eu o encontrasse e que agora havia me encontrado. Minha mente começou a divagar, pensando que três, quatro ou cinco homens tinham me encontrado naquela viela e dito "Eis o homem que tirou o conforto de nossas vidas". Mas homens não riem como mulheres. O cão abaixou sua pata e saiu trotando. O chão era feito de terra, e eu consegui identificar as paredes. Minha mente voltou a divagar. Eu ia perguntar "Quem são vocês, homens que, em breve, eu matarei?", mas alguma coisa amordaçava minha boca.

Da escuridão emergiram primeiro dois olhos vermelhos. Depois dentes, compridos, brancos e preparados. Havia uma luz sobre a minha cabeça quando olhei para cima, luz se infiltrando por entre os galhos que escondiam esse buraco. Eu havia caído numa armadilha. Uma armadilha esquecida há muito tempo, de modo que talvez nem a pessoa que a montou soubesse que eu morreria aqui. Mas quem havia amordaçado minha boca? Era para que eu não gritasse enquanto ele estivesse me mordendo e arrancando pedaços? E mesmo antes que eu pudesse ver seu rosto, quando eram apenas olhos e dentes, o mijo já havia me dito tudo. A hiena armou seu bote no escuro e depois avançou em mim.

Outra saltou do escuro pela lateral, atingindo-a nas costelas, e as duas saíram rolando pelo escuro, rosnando, rugindo, latindo. Então, elas pararam e começaram a rir novamente.

— No Ocidente, os homens nos chamam de Bultungi. Você tem assuntos a tratar conosco — disse ela, no escuro.

Eu teria dito que não tenho assunto nenhum com demônios pintados, ou que nada de bom pode vir de carniceiras traiçoeiras, mas eu tinha uma mordaça na minha boca. E hienas, até onde eu sabia, não tinham problema nenhum com carne fresca.

As três saíram do escuro: uma menina; uma mulher mais velha, talvez sua mãe; e uma mulher ainda mais velha, magra, com a postura ereta. A menina e a velha estavam nuas. A menina tinha seios que pareciam grandes ameixas e quadris largos; sua mãe, um matagal de pelos negros. A velha tinha o rosto encaveirado, braços magros, silhueta esguia e peitos caídos. A mulher do meio tinha o cabelo trançado e vestia uma túnica bubu vermelha toda rasgada e manchada. Vinho, ou terra, ou sangue, ou merda, eu não sabia; eu conseguia sentir o cheiro de todas essas coisas. E tinha também o seguinte. Procurei na escuridão pelo macho que urinou em mim, mas não apareceu nenhum homem. Mas as duas mulheres nuas se deixaram iluminar pela pouca luz, e eu vi, nas duas. Pênis enormes, ou o que pareciam ser pênis no meio de suas pernas, grossos, e balançando rápido.

— Olhem só, ele está olhando para nós — disse a do meio.

— Olhe para a feminilidade da hiena, maior e mais dura do que a sua — disse a mais jovem.

— Vamos comê-lo agora? Devorá-lo? Membro a membro? — perguntou a mais velha.

— Você vai nos dar problemas, homem? Carne morta ou viva não faz diferença para nós — afirmou a do meio.

— Vamos lá, não vamos ter problemas, vamos rasgar a pele, beber o sangue, comer tudo — sugeriu a mais velha.

— Eu digo que devemos matá-lo agora — recomendou a mais jovem.

— Não, não, vamos comê-lo devagar, começar pelos pés, que carne preciosa — disse a mais velha.

— Agora.

— Depois.

— Agora!

— Depois!

— Quietas! — gritou a do meio, e depois girou seus braços e acertou as outras duas.

A mais jovem se transformou primeiro, num piscar de olhos. Seu nariz, sua boca e queixo emergiram de sua face, e seus olhos ficaram brancos. Os músculos nos ombros intumesceram e se realçaram, e os músculos do braço foram se inchando do cotovelo às pontas dos dedos como se cobras estivessem correndo por dentro de sua pele. Na mais velha, o peito se abriu como se uma carne nova estivesse rasgando a antiga, vindo debaixo de sua pele áspera. Em seu rosto acontecia o mesmo. Seus dedos, agora garras negras, as pontas como ferro. Tudo isso aconteceu muito mais rápido do que eu descrevi. A mais velha rosnou, e a mais jovem deu aquela gargalhada he-he-he que não era bem uma gargalhada. A mais velha avançou na do meio, mas ela a espantou como se ela fosse uma mosca. A mais velha ficou esfregando uma pata no chão, ameaçando arremeter novamente.

— Suas costelas levaram cinco luas para sarar da última vez — falou a do meio.

— Tire a mordaça de sua boca para que ele nos divirta — disse a mais velha.

A mais jovem se transformou de volta em menina. Ela veio na minha direção, e seu cheiro era realmente terrível. O que quer que ela tivesse comido, ela havia comido há dias, e os detritos ainda apodreciam em alguma parte de seu corpo. Ela passou suas mãos pela parte de trás da minha cabeça, e eu cogitei bater com ela contra a parede, qualquer coisa, por mais insignificante que fosse, só para resistir. Ela riu, e seu mau hálito penetrou minhas narinas. Ela arrancou a mordaça, e eu tossi vômito. Todas riram. Ela se aproximou do meu rosto como se estivesse prestes a lamber o vômito dele ou a me dar um beijo.

— Que cadelinha mais bonitinha, essa — ironizou ela.

— Não é dos piores homens que já passaram pelo meu estômago — comentou a mais velha. — Pernas compridas, poucos músculos, pouca gordura, não será uma grande refeição.

— Tempere-o com seu cérebro e misture sua carne com um pouco de porco — recomendou a mais jovem.

— Vou dizer o seguinte — declarou a do meio. — Na única coisa que importa entre os homens, ele me impressionou. Como você consegue correr com esse troço tão grande balançando?

Eu tossi até minha garganta ficar em carne viva.

— Talvez ele precise de água — disse a mais velha.

— Eu tenho uma água bem forte em mim — afirmou a mais jovem, e riu.

Ela levantou sua perna esquerda e pegou seu pau, que balançava, e depois riu em vez de mijar. A mais velha riu também.

A do meio deu um passo à frente e disse:

— Nós somos as Bultungi, e você tem assuntos a tratar conosco.

— Assuntos que eu vou tratar com a minha machadinha — falei, tossindo, e todas riram.

— Pode cortar em pedacinhos, jogar numa outra sala e bum! Mesmo assim os homens agem como se estivessem por cima da carne seca — disse a mais velha.

— Sua cadela velha, nem eu entendi isso — retrucou a mais jovem.

A do meio ficou parada bem na minha frente.

— Você não se lembra de nós? — perguntou ela.

— A hiena nunca foi uma fera muito memorável.

— Deixa eu dar pra ele uma coisa pra refrescar a memória — disse a mais jovem.

— Sério, quem é que vai lembra de uma hiena? Vocês parecem a cabeça de um cachorro saindo pelo cu de um gato andando de ré.

A mais velha e a do meio riram, mas a mais jovem ficou furiosa. Ela se transformou. Ainda sobre duas patas, ela veio correndo pra cima de mim. A do meio chutou suas pernas, fazendo-a tropeçar, bater o queixo com força no chão e deslizar um pouco. Ela se agachou e rosnou para a do meio, e depois começou a circundá-la como se estivesse prestes a disputar um abate recente. Ela rosnou mais uma vez, mas a do meio, ainda na forma de mulher, soltou um rosnado mais alto que um rugido. Talvez a sala tenha tremido, ou talvez tenha sido apenas a mais jovem, mas até eu senti alguma coisa balançando. Ela abafou os he-he-hes que saíam de sua boca.

— Quanto tempo faz que você se encontrou com nossas irmãs?

Eu tossi mais uma vez.

— Eu procuro ficar longe de cães meio mortos e antílopes em decomposição, então nunca me encontrei com suas irmãs.

Eu só percebi agora, com ela perto, que seus olhos também eram brancos. A mais velha sumiu na penumbra, mas seus olhos se destacavam em meio à escuridão.

— E que irmãs? Quem são vocês, uns monstros que se transformam em mulher?

Todas riram.

— É claro que você nos conhece. Nós somos animais entre os quais as mulheres dão as ordens e os homens as executam. Já que os homens inventaram que quem tem o maior pau é quem governa a terra e os céus, faz sentido que as mulheres tenham os maiores paus, não faz? — perguntou a do meio.

— Este é um mundo governado pelos homens.

— E o que de bom trouxe o seu governo? — interpelou a mais velha.

— Há presas, há mata, há rios sem veneno e nenhuma criança morre de fome por causa da glutonice de seu pai, porque nós colocamos os homens no seu lugar, e os deuses aprovaram — explicou a do meio.

— Ele não se lembra de nenhuma delas. Talvez a gente devesse chorar. Talvez a gente devesse fazer ele chorar — disse a mais jovem.

— Eu te diria quantas luas se passaram, mas nós não tememos o cinza nos cabelos, nem o arqueado nas costas, então não contamos luas. Você não lembra da Cordilheira da Feitiçaria? Um menino com dois machados atacou uma matilha nossa, matando três e deixando uma ferida. Que não conseguiu mais caçar, virou presa.

As outras duas rosnaram.

— Mulheres fazendo o que elas fazem. Protegendo os mais jovens. Educando, alimentando...

— Dando para eles comerem qualquer criança que vocês estivessem empanturradas demais para comer sozinhas.

— Essa é a lei da selva.

— E se você me visse com metade de um dos seus filhotes na boca, você diria a si mesma que isso também é a lei da selva? À merda os deuses, você é a mais ladina de todas as criaturas. Se você está na selva e veio da selva, por que eu sinto seu cheiro fétido na cidade? Você rola na rua e abaixa sua cabeça como uma cadela sarnenta para as mesmas mulheres cujos filhos você rapta à noite.

— Você não tem honra.

— Suas cadelas me jogaram num buraco cheio de ossos humanos, com o odor das crianças que vocês mataram. Um grupo das suas matou dez mais sete mulheres e bebês ao longo de vinte noites em Lajani, até que caçadores as mataram. Antes de eu passar por lá e perguntar por que todo mundo fedia à urina de hiena, eles achavam que estavam caçando cães selvagens. Eu sei como vocês agem. Vocês trocam de forma para se misturar às crianças, não é? Depois as atraem para longe, para matá-las. Nem mesmo o mais baixo dos metamórficos desceria tanto assim. Honra. Vermes têm mais honra.

— Ele insiste em nos chamar de cachorro — apontou a mais jovem.

— Nós o seguimos durante um ano — afirmou a do meio.

— Por que me pegaram agora?

— Eu te disse que o tempo não quer dizer nada para nós, e nem a pressa. Foi o seu amigo quem demorou um ano.

— Uau! Mana, olha a cara dele. Olha só como ela se desmanchou quando você falou do amigo. Você não viu no olho da sua mente que ele te traiu?

— Nyka. Esse é o nome dele. Havia um sentimento forte entre vocês dois? Se você achou que ele jamais o venderia por prata ou ouro, como é que nós sabemos o seu nome?

— Ele é meu amigo.

— Ninguém jamais é traído pelos seus inimigos.

— Nada. Agora ele não fala nada. Olha pra cara dele. Está desmanchando ainda mais. Nada machuca mais que a traição. Olha pra cara dele... — disse a mais jovem.

— Ela se transformou numa.... Numa... carranca? Isso é uma carranca, manas? — perguntou a mais velha.

— Saia do escuro que você vai ver melhor.

— Acho que o menino vai chorar.

— Anime-se, menino. Ele o vendeu para nós há um ano. Nesse tempo, acho que ele pode até mesmo ter se afeiçoado a você.

— Só que ele gosta mais de ouro.

— Você quer que o matemos? — perguntou a do meio, inclinando-se na minha direção.

Eu investi contra ela o máximo que as correntes permitiram, mas ela nem piscou.

— Eu posso fazer isso por você. Um último desejo — disse ela.

— Eu tenho um desejo — falei.

— Manas, o homem tem um desejo. Uma de nós deverá realizá-lo, ou todas as três?

— Todas vocês três.

— Diga-nos o seu desejo, nós o escutaremos — disse a mais velha.

Eu olhei para elas. A do meio, sorrindo como se fosse uma curandeira, veio tocar a minha testa, a mais velha fazendo uma concha com as mãos e encostando na orelha enquanto olhava pra mim, a mais jovem cuspindo e desviando seu olhar.

— Eu queria que vocês permanecessem na forma de hiena, porque apesar da hiena ser um animal hediondo e o seu bafo sempre feder a cadáveres em decomposição, pelo menos eu não preciso aguentá-las nessa caricatura que é a sua forma de mulher. Mulheres que me fazem questionar que tipo de mulher cheira como se cagasse pela boca.

A mais velha e a mais jovem uivaram e mudaram de forma mais uma vez, mas eu sabia que a do meio não permitiria que elas encostassem em mim. Por enquanto.

— Eu queria ter a visão dos deuses quando eu matar cada uma de vocês.

A do meio veio pra cima de mim como se fosse me beijar. E, de fato, ela segurou minha cabeça como se fosse me beijar e abriu seus lábios.

— Manas — disse ela, e ambas correram até mim como mulheres e pegaram meus braços.

Mulheres fortes, muito fortes, elas conseguiam me imobilizar não importava o quanto eu lutasse. Ela se aproximou para beijar minha boca, mas levou seus lábios mais pra cima, tocando meu nariz, roçando meu rosto e parando no meu olho esquerdo. Eu o fechei antes dela lambê-lo. Ela pegou seus dedos e o abriu à força. Ela o cobriu com sua boca e lambeu o olho. Eu gritei e me debati, empinei o peito para frente e tentei livrar minha cabeça de suas mãos. Dei um berro antes de entender o que ela estava fazendo. Então ela parou de lamber. E começou a chupar. Ela envolveu meu olho com os lábios e começou a sugar e sugar, e eu conseguia sentir a mim mesmo saindo de dentro de minha cabeça para dentro de sua boca. Eu urrava e berrava, mas isso só fazia as outras duas rirem cada vez mais. Ela chupou e chupou até que tudo ao redor do meu olho estivesse escuro e quente. Ele estava saindo de mim. Ele estava saindo de mim. Ele estava se esquecendo de onde ele deveria estar, e me trocando pela sua boca. Meu olho, ela chupou até que a coisa toda saltou pelas minhas pálpebras e desceu pela sua boca. Ela foi puxando devagar. Lambeu às suas voltas uma, duas, três vezes, e eu acho que eu disse não. Por favor. Não. Então ela o arrancou com uma mordida.

Acordei na escuridão total. Elas haviam me deixado com os braços para cima, minha cabeça repousando sobre o direito. Eu não conseguia tocar o meu rosto, muito embora tivesse certeza de que tudo tinha sido um sonho. Eu não queria tocá-lo. Eu não conseguia tocar o meu olho esquerdo, então fechei o direito. Tudo ficou escuro. Eu o abri de novo e vi a luz sobre o chão. Fechei de novo e tudo ficou preto. As lágrimas escorreram pelo meu rosto antes mesmo de eu pensar em chorar. Eu tentei levantar meus joelhos, e meus pés pisaram em algo mole e escorregadio. Elas o haviam deixado lá para que eu o visse. A deusa que ouve os lamentos dos homens e responde com os mesmos lamentos estava zombando de mim.

Eu acordei sentindo um pano no meu rosto, enrolado em volta do meu olho.

— Você dirá agora que matará a nós, caricaturas de mulher? — perguntou a do meio. — Tenho desejo de ouvir a sua fúria, a sua conversa selvagem. Ela me diverte.

Eu não tinha nada a dizer. Eu não queria dizer nada. Não para aborrecê-la, isso eu também não queria. Eu não queria nada. Esse foi o primeiro dia.

No segundo dia, a mais velha me acordou com um tapa.

— Olha o pouquinho de comida que te damos e, mesmo assim, você se caga e se mija todo — disse ela.

Ela jogou para mim um pedaço de carne ainda com pelos.

— Se dê por satisfeito por essa carne ser fresca — disse ela.

Mas, mesmo assim, eu não conseguia comer carne crua.

— Coma e pense nele — continuou ela, e depois retornou para o escuro.

Ela mudou de forma lentamente, e o som produzido parecia com o de ossos se quebrando e juntas se deslocando. Ela jogou outro pedaço de carne para mim. A lateral da cabeça de um javali.

No terceiro dia, a mais jovem apareceu correndo como se alguém a estivesse perseguindo. Ela, das três, era quem menos gostava de se transformar em mulher. Ela veio direto em cima de mim e lambeu meu ombro, e eu me encolhi. Eu sabia que o he-he-he não era uma gargalhada, mas eu senti como se ela estivesse zombando de mim. Ela produziu um som que eu nunca tinha ouvido, como uma lamúria, como uma criança dizendo EEEEEEEE. Ela abriu sua boca, abaixou suas orelhas e inclinou sua cabeça para o lado. Ela arreganhou seus dentes. Do escuro saiu uma outra hiena, menor, com as pintas em sua pele maiores. Ela fez EEEEEEEEE mais uma vez, e a outra se aproximou dela. A hiena cheirou os dedos do meu pé e depois saiu trotando. A mais jovem se transformou em mulher e urrou no escuro. Eu ri, mas ela saiu como a risada de um homem doente. Ela me deu um soco bem rápido no lado esquerdo do rosto, e de novo, e de novo, até que a minha cabeça ficou escura mais uma vez.

No quarto dia, duas delas discutiam no escuro.

— Entregue-o ao clã — foi a mais velha que disse, pois agora eu reconhecia sua voz. — Entregue-o ao clã e deixe que elas o julguem. Toda mulher deste clã merece uma mordida de sua carne.

— Toda mulher não é minha irmã — disse a do meio. — Toda mulher não criou seus filhotes como os meus.

— O sentimento de vingança é real, mas não é exclusivo para você — argumentou a mais velha.

— Mas eu me vingarei — proclamou a do meio. — Nenhuma outra mulher ficou esperando por esse dia, nenhuma.

A mais velha então disse:

— Então por que não matá-lo agora? Você deve entregá-lo ao clã, lhe digo isso mais uma vez.

De noite, quando o buraco era só escuridão, senti o cheiro da do meio.

— Você sente saudades do seu olho? — perguntou ela.

Eu não disse nada.

— Você sente saudades de casa?

Eu não disse nada.

— Eu sinto saudades da minha irmã. Nós éramos andarilhas. Minha irmã era tudo que eu conhecia como um lar. O único lar. Você sabia que ela podia se transformar, mas não quis? Apenas duas vezes, a primeira quando ainda éramos filhotes. Nós duas, filhas dos líderes do nosso clã. As outras mulheres que tinham apenas uma forma nos odiavam e brigavam conosco o tempo todo, muito embora fôssemos mais fortes e habilidosas que elas. Mas minha irmã não queria ser mais inteligente ou mais esperta, ela só queria ser um animal qualquer, deslocando-se do Leste para o Oeste. Ela queria desaparecer no meio da matilha. Ela teria andado sobre quatro patas para sempre se tivesse que escolher. Você acha isso estranho, Rastreador? Nós, mulheres do clã, somos criadas para ser especiais, e, mesmo assim, tudo que ela queria era ser como todas as outras. Não superior, nem inferior. Eles existem entre os seus, pessoas que se esforçam para não ser nada, para desaparecer num grupo de iguais? Aqueles que tinham apenas um sangue nos odiavam, odiavam ela, mas ela queria que eles a amassem. Eu nunca desejei seu amor, mas lembro de ansiar por isso. Ela queria que elas lambessem sua pele, que dissessem para ela para qual macho ela deveria rosnar e que a chamassem de irmã. E ainda assim ela não queria ser chamada de nada, nem sequer de irmã. Eu a chamava por um nome pelo qual ela não respondia, então comecei a chamá-la por aquele nome, sem parar, até que ela se transformasse apenas para me dizer para parar de chamá-la daquilo ou nós nunca mais seríamos irmãs. Ela nunca mais se transformou em mulher. Eu esqueci qual era o nome.

"Ela morreu como queria, lutando junto com a matilha. Lutando pela matilha. Não lutando comigo. Você a tirou de mim."

No quinto dia, elas jogaram carne crua para mim. Eu a peguei com as duas mãos e a comi. Depois disso eu gritei a noite inteira. Eu nunca tinha usado meu nome de nascimento, mas, até aquele momento, eu ainda me lembrava dele.

No sexto dia, elas me acordaram novamente com urina. A mais jovem e a mais velha, ambas nuas, e mijaram em mim mais uma vez. Eu achei que elas tinham feito aquilo pra ver se conseguiriam me fazer gritar, berrar ou xingar, porque, de fato, eu tinha ouvido a mais jovem na noite anterior dizendo "Ele não fala mais, e isso está me incomodando mais do que quando ele ficava naquele blá-blá-blá". Elas mijaram em mim, mas não no meu rosto. Elas mijaram na minha barriga e nas minhas pernas, e eu não me importei. Eu nem sequer estava me importando em morrer mais cedo. O que quer que elas fizessem para se divertir às minhas custas naquele dia, e no próximo, e no seguinte, eu não me importaria. Mas a hiena de três dias atrás saiu do escuro. E começou a recuar lentamente.

— Seja breve, seu tolo. Você é apenas o primeiro — afirmou a mais jovem.

— Talvez nós os ajudemos — disse a mais velha, abrindo um sorriso.

A mais jovem gargalhou. Ela pegou meu pé esquerdo e a mais velha pegou o direito, e elas os levantaram e abriram bem minhas pernas. Eu estava muito fraco. Eu gritei, e gritei de novo, mas elas uivavam todas as vezes, para abafar meus gritos. A hiena saiu do escuro. Era um macho. Ele veio até mim e farejou a urina das outras. A hiena pulou no meio das minhas pernas e tentou me penetrar. Elas riram.

— Não resista, e eles serão breves — disse a mais velha.

A hiena ficou se mexendo até que seu membro úmido e fedorento estivesse dentro de mim. O menino que o não Ogo estuprou tinha me dito que a pior coisa era quando os deuses lhe davam uma nova visão, de modo que você conseguia ver a si mesmo e dizer "Essa é a pior coisa que já me aconteceu". A hiena continuava se balançando e se enfiando e se metendo apesar dos meus gritos, se deleitando com tudo que saía de minha boca, e penetrando com mais força. Então, ela saltou de cima de mim.

A mais jovem riu, e a mais velha disse:

— Não resista e eles serão breves.

Outra apareceu quando a primeira terminou. E mais uma depois dessa. E mais uma.

No sétimo dia, eu vi que ainda era um menino. Havia homens mais fortes, e mulheres também. Havia homens mais sábios, e mulheres também. Havia homens mais rápidos, e mulheres também. Sempre haveria uma ou duas ou três pessoas capazes de me pegar como um graveto e me partir no meio, me pegar como um pano molhado e torcer toda a água de mim. Simplesmente, o mundo era assim. O mundo era dessa maneira para todos. Eu, que achava que estaria bem com as minhas machadinhas e a minha astúcia, seria um dia capturado e sacudido e jogado na merda, e seria espancado e destruído. Eu sou alguém que sempre precisará ser salvo, e isso não quer dizer que alguém virá me salvar, ou que ninguém virá, mas eu sempre precisarei ser salvo, e caminhar por este mundo, na forma de um homem, dando os passos de um homem, não significa nada. O cheiro forte da urina das fêmeas fez com que todos pensassem que eu era uma fêmea. O cheiro já havia enfraquecido quando o último macho ainda estava dentro de mim. Ele avançou na minha garganta, mas elas o espantaram.

Tinha alguém no buraco. Vindo na minha direção no escuro. Eu podia me ver da forma que os deuses me viam, me encolhendo e retraindo, e incapaz de interromper aquilo. Alguém arrastava alguma coisa pelo chão. Ainda era dia, e uma luz vinha de cima. A do meio entrou na luz puxando a pata traseira de alguma coisa morta. Na luz, a pele molhada reluzia. Metade ainda fera, uma pata na esquerda, um pé de mulher na direita. Uma barriga coberta de tufos de pelo, braços mortos estendidos, o direito ainda uma pata, o esquerdo com garras, não unhas. O nariz e a boca ainda salientes no rosto da mais jovem. Sem soltar a pata, a do meio arrastou a mais jovem de volta para o escuro.

No nono ou décimo dia, eu perdi a conta dos dias e das formas de contá-los, elas me soltaram na savana. Eu não me lembrava delas terem me soltado, só de estar solto. A grama da savana estava alta, mas já marrom por conta da estação seca. Então eu vi a mais velha e a do meio ao longe, mas sabia que eram elas. Eu ouvi o resto, um estrondo se alastrando pela mata, um som de disparada. O clã inteiro. Eu corri. A cada passo, minha mente dizia: "Pare. Este é o seu fim. Qualquer fim é um bom fim. Até mesmo este." Elas estrangulavam a presa antes de destroçá-la. Elas se divertiam destrinchando a carne enquanto o animal ainda estava vivo. Eu não sabia qual das duas era falsa ou verdadeira, e talvez fosse por isso que eu ainda corria. O barulho delas correndo enquanto iam chegando cada vez mais perto ao mesmo tempo que minhas pernas queimavam e sangravam, e minhas pernas começaram a se esquecer de como se corria. Três delas, machos, saltaram do meio do mato e me derrubaram. Seus rosnados em meus ouvidos, sua baba queimando meus olhos, suas mordidas rasgando minhas pernas. Muitas outras começaram a pular também, bloqueando o céu com a escuridão, e então eu acordei.

Eu acordei na areia. O sol já estava na metade do seu caminho pelo céu e tudo estava branco. Sem buraco, sem mato, sem ossos pelo chão e sem cheiro de qualquer hiena por perto. Areia por todos os lados. Eu não sabia o que fazer, então comecei a fugir do sol. Como eu tinha chegado aqui, e por que elas haviam me deixado partir? Eu nunca soube o porquê. Pensei que estivesse num sonho ou talvez que os últimos dias tivessem sido um sonho, até eu tocar no meu olho esquerdo e sentir o pano. Então fiquei achando que a intenção delas nunca foi me matar, apenas me aleijar, porque havia dignidade na morte, mas desonra em sequer merecê-la. O sol queimava as minhas costas. Será que ele estava bravo por eu ter virado minhas costas a ele? Então me mata de uma vez. Eu estava cansado de tudo aquilo, homens e feras ameaçando me matar, roubando a minha vontade de viver, mas nunca me matando. Eu caminhei até que não houvesse mais nada a fazer além de andar. Caminhei durante o dia e a noite. O frio varreu as areias, e eu adormeci. Acordei dentro de uma carroça cheia de porcos e galinhas. Estamos indo a Fasisi, disse um velho enquanto chicoteava seus dois burros. Talvez o homem fosse bom, talvez ele estivesse planejando me vender como escravo. Qualquer que fosse o motivo para a sua generosidade, eu saltei da carroça assim que entramos numa estrada íngreme e irregular, e fiquei observando enquanto ele seguia em frente, sem perceber que eu não estava mais lá.

Eu sabia que Nyka não estava em Fasisi. Seu cheiro já havia deixado a cidade e estava há muitos dias de distância, talvez em Malakal. Mas ele deixou meu quarto como estava, o que me surpreendeu. Nem sequer levou meu dinheiro. Eu peguei o que precisava e deixei todo o resto.

Quanto mais eu me aproximava de Malakal, mais forte seu cheiro ficava, embora eu tivesse dito para mim mesmo que não estava atrás dele e que não o mataria quando o encontrasse. Eu faria muito pior. Eu procuraria sua mãe, que ele alega odiar, embora esteja sempre falando nela, e a mataria, e trocaria a sua cabeça pela de um antílope, e costuraria a dela no corpo do animal. Ou faria algo tão perverso e vingativo que eu não tinha sequer a capacidade de imaginar. Ou eu o deixaria em paz, e me afastaria por anos, deixando que ele se locupletasse com a ideia de que eu havia morrido há muito tempo, e então o atacaria. Porém, assim que comecei a andar pelas ruas por onde ele andou e parar nos lugares em que ele parou, soube que ele estava em Malakal. Em apenas um dia eu já havia descoberto em que rua. Antes de o sol se pôr, em que casa. Antes que a noite chegasse, em qual quarto.

Esperei até me sentir mais forte. O resto veio do ódio. Ele pagou seu estalajadeiro para mentir por ele e o ensinou a fazer poções. Então, quando eu entrei na cozinha da estalagem, ele tentou fazer de conta que não se assustou. Eu não perguntei por Nyka.

— Eu vou subir as escadas para matá-lo — avisei. — E vou te matar antes que você consiga pegar o veneno no seu armário.

Ele riu e falou:

— Faça o que quiser, eu não me importo com ele.

Mas ele tirou um dardo do seu cabelo e o arremessou contra mim. Eu me esquivei; ele acertou a parede às minhas costas e começou a soltar fumaça. Ele correu, mas eu o peguei pelos mesmos cabelos e o puxei de volta.

— É por isso que você não vai conseguir pegar o veneno — disse eu, e pus sua mão direita sobre o balcão e a decepei.

Ele deu um berro e saiu correndo. O estalajadeiro tinha conseguido chegar até a porta, conseguido até mesmo abri-la até a metade, quando minha machadinha acertou a parte de trás de sua cabeça. Eu o deixei lá, na entrada, e subi as escadas. Seu cheiro estava por toda parte, mas ele se recusava a se mostrar. Nyka podia ser um ladrão e um mentiroso e um traidor de homens, mas ele não era covarde. O cheiro estava mais forte no armário, e não era um cheiro de morte. Eu abri o armário e Nyka estava inteiro pendurado num gancho. Sua pele. Mas apenas sua pele, apenas o que havia sobrado dela. Nyka havia arrancado sua pele. Eu tinha visto homens, mulheres e monstros com poderes estranhos, mas nunca alguém que fosse capaz de trocar de pele como uma cobra. E, sem a sua pele, ele havia deixado o seu cheiro para trás, também. De certa forma, ele era um novo homem agora.

— Então como você sabe que era ele quem estava subindo os degraus? — perguntou Bunshi.

— Ele sempre mascou *khat*. É o que o mantém vivo, como ele costuma dizer. Talvez você pergunte se eu já imaginei por que as hienas me deixaram ir embora. Nunca imaginei. Porque isso seria o mesmo que pensar nelas, e eu não tinha pensado nelas até você entrar pela minha janela. Ele sequer percebeu meu olho. O meu olho, ele sequer percebeu.

— Pela frente, uma hiena, por trás, uma raposa — disse Bunshi.

— Hienas são mais amistosas.

— E, mesmo assim, foi ele quem disse: "Somente o Rastreador poderá achar esse menino. Para encontrar o menino, você precisa primeiro encontrar o Rastreador." Eu não vou insultá-lo jogando moedas aos seus pés. Mas preciso que você encontre esse menino; agentes do Rei já estão à sua caça porque alguém disse a ele que o menino pode estar vivo. E eles precisam apenas da prova de sua morte.

— Três anos é tempo demais. Quem quer que o tenha levado, ele o obedece agora.

— Faça o seu preço. Eu sei que não é em dinheiro.

— Ah, é em dinheiro, sim. Quatro vezes as quatro vezes que você se ofereceu a pagar.

— Seu tom me obriga a perguntar: o que mais?

— A cabeça dele. Decepada e enfiada com tanta força numa estaca que sua ponta saia pelo topo.

Ela olhou para mim no escuro e concordou com um único gesto de cabeça.

NOVE

Mas todo mundo sabe sobre o seu Rei louco, inquisidor. Eu digo que é melhor ter um rei louco do que um rei fraco, e melhor um rei fraco do que um rei ruim. O que é o mal, afinal de contas, uma pobre alma infestada por demônios que regem as suas vontades, ou um homem que pensa que, entre todos os filhos de sua mãe, ele é quem ela mais ama? Você quer saber como é que eu encontrei dois olhos quando eu acabo de dizer que perdi apenas um. Eu imaginei que você levantaria suas orelhas quando o nosso glorioso Kwash Dara entrasse na história.

Você conhece a Bunshi? Ela não mente jamais, mas sua verdade é tão escorregadia quanto sua pele, e ela a distorce, lhe dá a forma que quiser, e depois se alinha perfeitamente ao seu lado, exatamente como uma serpente quando ela decide que você será a próxima coisa que ela comerá. Pra falar a verdade, eu não acredito que o Rei mandou matar a família de um ancião. Eu queria voltar ao meu quarto e perguntar à estalajadeira se alguma vez ela ouviu falar sobre a Noite das Caveiras, e o que aconteceu a Basu Fumanguru, mas eu ainda lhe devo o aluguel e, como eu disse, ela tinha ideias demais de como eu poderia pagá-las de outra forma que não em dinheiro.

E, mesmo assim, o que Bunshi disse sobre o Rei batia com o pouco que eu sabia e tinha ouvido. Que ele havia aumentado os impostos tanto sobre os locais quanto sobre os estrangeiros, sobre o sorgo e o painço e sobre o transporte do ouro, triplicado os impostos sobre o marfim, mas também sobre a importação de algodão, seda, vidro e dos instrumentos de ciência e matemática. Sobretaxou até mesmo um em cada sete cavalos dos senhores de cavalaria, e elevou o custo do feno. Mas foi o aieyori, o imposto sobre a terra, que fez os homens torcerem o nariz e deixou as mulheres preocupadas. Não porque ele o aumentaria, pois ele sempre foi alto. Mas porque esses reis do Norte têm um estilo que nunca muda, em que cada decisão diz a um observador atento qual será a próxima. Um rei só usa um aieyori por um motivo, e esse motivo é financiar uma guerra. Coisas que parecem com água e óleo são, na verdade, uma mistura das duas. O Rei estava cobrando um imposto de guerra que, na verdade, era uma taxa para pagar aos mercenários, e o seu principal oponente, talvez até mesmo um inimigo, o único que poderia botar a vontade do povo contra a sua, agora estava morto. Morto há três anos, e talvez até mesmo apagado dos livros dos homens. Com certeza nenhum griô cantou sobre a Noite das Caveiras.

Você olha para mim como se eu soubesse a resposta para a pergunta que você ainda fará. Por que nosso Rei desejaria uma guerra, especialmente quando foi o seu monarca, o Rei do Sul comedor de merda, quem a começou da última vez? Um homem mais inteligente do que eu seria capaz de responder essa pergunta. Agora me escute.

Naquela manhã, depois que Bunshi foi embora, fui sozinho até a zona noroeste da terceira muralha. Não disse nada ao Leopardo. Quando me pus a andar, o sol estava começando a nascer, e eu vi Fumeli sentado na janela. Eu não sabia se ele tinha me visto e nem me importava com isso. Muitos anciãos dormiam no noroeste, e eu estava procurando por um que eu conhecia. Belekun, o Grande. Esses anciãos gostavam de descrever a si mesmos como se tivessem sido trancados para fora de sua própria piada. Havia Adagagi, o Sábio, cuja estupidez era profunda, e Amaki, o Escorregadio, mas quem sabia o que aquilo queria dizer? Belekun, o Grande, era tão alto que precisava abaixar sua cabeça para passar em qualquer porta, muito embora, pra falar a verdade, as portas já fossem altas o bastante. Seu cabelo era branco e raiado, duro como um capacete e cheio de florezinhas que ele gostava de usar. Ele me procurou três anos atrás.

— Rastreador, tem uma menina que você precisa encontrar pra mim. Ela roubou muito dinheiro do tesouro dos anciãos, depois que nós lhe fizemos a gentileza de acolhê-las numa noite chuvosa.

Eu sabia que ele estava mentindo, não só por não chover em Malakal há quase um ano. Eu sabia o que os anciãos costumavam fazer com mulheres bem jovens antes mesmo de Bunshi me contar. Eu encontrei a menina numa cabana perto do Lago Vermelho e disse a ela para que se mudasse para alguma das cidades das terras do meio, que não deviam lealdade nem ao Norte nem ao Sul, como talvez Mitu ou Dolingo, onde a ordem dos anciãos não tem olhos pelas ruas. Depois eu voltei até Belekun, o Grande, e disse a ele que hienas haviam pegado a menina, e abutres tinham deixado somente aquele osso, um fêmur de um gorila que eu joguei para ele. Ele saltou para desviar do osso como uma dançarina.

Então. Eu lembrava onde ele morava. Ele tentou disfarçar o desgosto em me ver, mas eu vi a mudança em seu rosto, rápida como um piscar de olhos, antes do seu sorriso.

— O dia ainda não decidiu que tipo de dia pretende ser, mas eis aqui o Rastreador, que decidiu vir até a minha casa. É assim que é, é assim que deveria ser, é assim que...

— Guarde as saudações para uma visita que as mereça, Belekun.

— Tenha modos, sua cadelinha. Ainda não decidi se devo deixá-lo passar por essa porta.

— O lado bom é que eu não vou me dar o trabalho de esperar — disse eu, e passei por ele.

— Seu nariz o trouxe à minha casa esta manhã, que coisa. Mais uma prova de que você sempre foi mais cachorro do que homem. Não sente esse seu rabo fedorento nos meus tapetes bons pra não esfregar essa sua pele imunda neles e... mamilo do céu, que bruxaria é essa no seu olho?

— Você fala demais, Belekun, o Grande.

Belekun, o Grande, era, de fato, enorme, com sua cintura gigantesca e suas coxas flácidas, porém, canelas muito finas. Também era sabido a seu respeito o seguinte: violência, fosse ela verbal, fosse apenas uma insinuação, até o mais insignificante lampejo de hostilidade o paralisava. Ele quase se recusou a me pagar quando voltei sem a menina viva, mas o fez assim que agarrei suas bolas minúsculas por cima de suas vestes e encostei minha lâmina nelas até que ele me prometesse o triplo. Isso fazia dele um mestre do discurso de duplo sentido; minha teoria é que isso o levava a acreditar que estava isento das coisas terríveis que pagava as pessoas para fazer. O Rei, diziam, não tinha grande interesse por riquezas, algo em que os anciãos o substituíam amplamente. Em sua sala de estar, Belekun tinha três cadeiras, cujos encostos eram iguais aos de tronos, almofadas com todo tipo de padronagem e listras, e tapetes em todas as cores da serpente da chuva, com paredes verdes cobertas de padrões e símbolos e colunas que subiam até o teto. Belekun estava vestido como suas paredes, num brilhoso *agbada* verde-escuro com uma estampa branca em seu peito que se parecia com um leão. Ele não estava usando nada por baixo, uma vez que senti o cheiro de sua bunda suada na parte de trás de suas vestes. Em seus pés, usava sandálias decoradas com contas. Belekun se jogou sobre algumas almofadas e tapetes, fazendo subir uma poeira cor-de-rosa. Ele ainda não havia me convidado a sentar. Repousando num prato ao seu lado, queijo de cabra, fruta-milagrosa e um cálice de bronze.

— Agora você é mesmo um cão de caça.

Ele deu uma risadinha, depois começou a rir, depois gargalhou até tossir de forma brutal.

— Você já comeu fruta-milagrosa antes de tomar vinho de limão? Deixa a coisa toda tão doce que é como se uma flor virgem tivesse brotado em sua boca — disse Belekun.

— Me fale sobre esse seu cálice de bronze. Não é de Malakal?

Ele lambeu os lábios. Belekun, o Grande, era um artista, e ele se apresentaria para mim.

— É claro que não, meu pequeno Rastreador. Malakal foi da pedra para o ferro. Não teve tempo para a sofisticação do bronze. As cadeiras são de terras que ficam acima do mar de areia. E aquelas cortinas, feitas exclusivamente de sedas preciosas compradas de mercadores orientais. Não estou me confessando a você, mas elas me custaram o mesmo que valeriam dois lindos meninos escravos.

— Seus lindos meninos que não sabiam que eram escravos até você vendê-los.

Ele fechou a cara. Alguém um dia me alertou para ter cuidado com as frutas que são apanhadas muito perto do chão. Ele limpou a mão em seu traje. Era brilhoso, mas não feito de seda, pois, se fosse de seda, ele teria me falado.

— Busco notícias de um dos seus, Basu Fumanguru — anunciei.

— Notícias sobre os anciãos destinam-se apenas aos deuses. Quem você pensa que é para recebê-las? Fumanguru é...

— Fumanguru *é*? Ouvi dizer que ele *era*.

— Notícias sobre os anciãos destinam-se apenas aos deuses.

— Bom, você precisa dizer aos deuses que ele está morto, já que as notícias dos tambores não chegaram ao céu. Já você, Belekun...

— Quem quer saber sobre Fumanguru? Não é você, pois lembro que você é apenas um mensageiro.

— Eu acho que você se lembra de mais do que isso, Belekun, o Grande — disse eu, e passei a mão sobre o volume no meio das minhas pernas a caminho de pegar meu bracelete.

— Quem quer saber sobre Fumanguru?

— Uns parentes que moram perto da cidade. Parece que ele tinha alguns. Eles querem saber que fim ele levou.

— Ah. Família? Gente do campo?

— Sim, é gente do campo.

Ele olhou para mim, sua sobrancelha esquerda muito levantada, queijo de cabra alojado no canto de sua boca.

— Onde está essa família?

— Eles estão onde deveriam estar. Onde eles sempre estiveram.

— Que é?

— Certamente você sabe, Belekun.

— As lavouras ficam a Oeste, não em Uwomowomowomowo, pois lá há muitos bandidos. Suas fazendas ficam na encosta?

— Por que o meio de sustento deles o interessa, ancião?

— Eu só pergunto para que possamos lhe cobrar os impostos.

— Então ele está morto.

— Eu nunca disse que ele estava vivo. Eu disse que ele é. Todos nós somos, no plano dos deuses, Rastreador. A morte não é nem o fim e nem o começo, e essa nem sequer é sua primeira morte. Eu esqueci em que deuses você acredita.

— Porque eu não acredito em nenhum, ancião. Mas eu transmitirei seus cumprimentos a eles. Enquanto isso, eles desejam respostas. Ele foi enterrado? Cremado? Onde estão ele e sua família?

— Com os ancestrais. Todos teremos esse mesmo bom destino. Não é o que você gostaria de ouvir. Mas, sim, eles estão mortos. Sim, todos.

Ele comeu um pouco mais de queijo e de fruta-milagrosa.

— Esse queijo com essa fruta-milagrosa, Rastreador, é como chupar a teta de uma cabra e especiarias adocicadas saíssem por ela.

— Todos eles estão mortos? Como foi que isso aconteceu, e por que as pessoas não sabem?

— Praga de sangue, mas as pessoas sabem, sim. Afinal de contas, foi Fumanguru quem importunou as Bisimbi de alguma maneira... Ele deve ter importunado, com certeza, é claro que sim. E elas o amaldiçoaram com doenças infecciosas. Ah, e nós encontramos a fonte, que também já estava morta, mas ninguém passa perto daquela casa por medo dos espíritos da doença. Eles andam no ar, você sabe. Sim, eles andam, claro que andam. Como é que nós iríamos contar pra cidade inteira que um de seus amados anciãos, ou qualquer outra pessoa, tinha morrido de praga de sangue? Seria um pânico nas ruas! Mulheres derrubando no chão e pisoteando seus próprios bebês só para sair da cidade. Não, não, não, isso foi a sabedoria dos deuses. Além do mais, mais ninguém contraiu a praga.

— Ou morreu, aparentemente.

— Aparentemente. Mas o que é isso? Os anciãos não têm a obrigação de falar sobre a sina dos anciãos. Nem mesmo para a sua família, nem mesmo para o Rei. Nós os informamos sobre a sua morte por pura cortesia. Uma família deve considerar um ancião morto assim que ele se junta à nossa gloriosa irmandade.

— Talvez você, Grande Belekun, mas ele tinha uma esposa e filhos. Todos vieram para Kongor com ele. Fugindo, pelo que ouvi.

— Nenhuma história é tão simples, Rastreador.

— Sim, toda história é. Nenhuma história resiste a ser resumida a uma linha ou até mesmo uma palavra.

— Estou perdido. Do que estamos falando agora?

— Basu Fumanguru. Ele costumava ser um dos preferidos do Rei.

— Disso eu não sabia.

— Até que ele o enfureceu.

— Disso eu não sabia. Mas é uma tolice enfurecer o Rei.

— Eu achei que era isso que os anciãos faziam. Enfurecer o Rei... quer dizer, defender o povo. Há marcas na rua, em ouro, setas que apontam os lugares onde o Rei deve parar. Uma fica bem na frente da sua porta.

— O vento pode desviar o curso de um rio.

— O vento pode soprar a merda de volta à sua fonte. Você e o Rei são amigos agora.

— Todos são amigos do Rei. Ninguém é amigo do Rei. Você pode muito bem dizer que é amigo de um deus.

— Muito bem, então você tem uma relação amistosa com o Rei.

— Por que alguém deveria ser inimigo do Rei?

— Eu já te contei alguma vez sobre a minha maldição, Grande Belekun?

— Nós não temos uma amizade, você e eu. Nós nunca fomos...

— Sua raiz é o sangue, assim como em muitas outras coisas, e nós estamos falando sobre família.

— Está na hora da minha ceia.

— Sim, está. Claro que está. Coma um pouco de queijo.

— Meus servos...

— Sangue. Meu sangue. Não me pergunte como ele chegaria lá, mas se eu pegar a minha mão — eu puxei meu punhal — e cortar meu pulso aqui, não o bastante para que minha vida se esvaia, apenas o suficiente para encher a minha palma, e...

Ele olhou para o teto antes mesmo que eu pudesse apontar naquela direção.

— E o seu teto é muito alto. Mas essa é a minha maldição. Isso é, se eu jogar meu próprio sangue no teto, ele brota preto.

— O que significa isso, brotar preto?

— Homens da mais profunda escuridão.... pelo menos eles se parecem com homens. O teto fica turbulento, e eles surgem. Eles ficam de pé no teto como se fosse o chão. Você sabe que eles estão vindo quando o telhado faz barulhos como se estivesse quebrando.

— Andarilhos...

— Quê?

— Nada. Eu não disse nada.

Belekun se engasgou com uma fruta. Ele deu um gole no vinho de limão e limpou sua garganta.

— Essa história de Omoluzu parece uma coisa que sua mãe contou pra você. Às vezes os monstros em sua mente saem de dentro da sua cabeça à noite. Mas eles ainda estão apenas na sua mente. Sim.

— Então você nunca viu um deles?

— Não existe Omoluzu para ser visto.

— Estranho. Estranho, Belekun, o Grande. Essa coisa toda está muito estranha.

Eu fui andando até ele; a faca eu pus de volta na bainha. Ele tentou rolar para uma cadeira, mas caiu para trás, com força, sobre o seu cotovelo. Ele fez uma careta, tentando convertê-la em um sorriso.

— Você olhou para cima antes de eu dizer teto. Eu nunca falei Omoluzu, mas você sim.

— Uma conversa interessante sempre me faz esquecer da minha fome. Acabo de me lembrar que estou faminto.

Belekun esticou sua mão gorda para pegar um sino de bronze em cima de uma almofada e o fez soar três vezes.

— Bisimbi, você disse?

— Sim, aquelas cadelinhas endemoniadas das águas correntes. Talvez ele tenha ido até o rio fazer uma divinação na noite errada e enfureceu uma, ou duas, ou três delas. Elas devem tê-lo seguido até sua casa. E o resto, como dizem, é o resto.

— Bisimbi. Você tem certeza?

— Eu tenho tanta certeza disso quanto de que você está me incomodando mais do que um arranhão no meu cu.

— Porque as Bisimbi são espíritos dos lagos. Elas odeiam rios; a água corrente as confunde, as leva para muito longe quando elas adormecem. E não existem lagos em Malakal ou em Kongor. E também tem o seguinte. Os Omoluzu atacaram a casa dele. Seu filho mais novo...

— Sim, pobre criança. Estava na idade de dar seu estirão para tornar-se um homem.

— Ele era muito jovem para um estirão, não era?

— Uma criança de dez mais cinco já tem idade suficiente.

— A criança era recém-nascida.

— Fumanguru não tinha nenhum filho recém-nascido. Seu último tinha dez mais cinco anos.

— Quantos corpos foram encontrados?

— Dez mais um...

— Quantos eram da família?
— Foram encontrados tantos corpos quantos haveriam naquela casa.
— Como você tem tanta certeza disso?
— Porque eu os contei.
— Nove do mesmo sangue?
— Oito.
— É claro. Oito.
— E os servos foram todos contados?
— Nós não gostaríamos de ainda estar pagando por um cadáver.

Ele tocou o sino com força. Cinco vezes.

— Você parece agitado, Belekun, o Grande. Aqui, deixa eu te ajudar a...

Quando eu me curvei para pegar seu braço, o vento passou assobiando atrás do meu pescoço duas vezes. Eu me joguei no chão e olhei para cima. A terceira lança passou voando, tão rápido quanto as outras duas, e acertou a parede ao lado delas. Belekun tentou sair correndo, tropeçando em seus próprios pés, e eu peguei seu pé direito. Ele chutou meu rosto e saiu rastejando pelo chão. Dei um pulo e fiquei de cócoras assim que o primeiro guarda veio correndo em minha direção de algum cômodo interno da casa. Com o cabelo dividido em três tranças e tão vermelho quanto o seu saiote, ele investiu contra mim com um punhal. Eu puxei minha machadinha antes que ele pudesse percorrer vinte passos e a arremessei bem no meio de seus olhos. Dois punhais passaram voando por ele, e me joguei no chão mais uma vez enquanto outro guarda vinha para cima de mim. Belekun estava tentando se arrastar até a porta, mas a violência tinha endurecido até mesmo os seus dedos, e ele mal podia se mover, como um peixe cansado, há muito tempo fora d'água. Com meus olhos em Belekun, deixei o outro guarda se aproximar demais de mim, e quando ele me golpeou com um enorme machado, eu rolei para me esquivar e ele acertou o chão, provocando pequenas faíscas. Ele ergueu o machado sobre a cabeça e golpeou para baixo novamente, quase decepando meu pé. Parecia um demônio, esse homem. Usei os braços para me levantar e dei um pulo para trás bem quando ele desceu o machado para acertar meu rosto. Ele o girou sobre a minha cabeça mais uma vez, mas eu puxei minha segunda machadinha, me abaixei para desviar do seu golpe e cortei sua canela esquerda. Ele deu um grito, e o machado caiu no chão. Eu peguei seu machado e o atingi na altura da sua têmpora. Pisquei para impedir que o sangue espirrasse em meus olhos.

Belekun, o Grande, levantou-se. De alguma maneira, ele arrumou uma espada. Só de segurá-la ele já tremia.

— Vou fazer o seguinte, Belekun, uma vez que costumo ser caridoso com os anciãos. Você pode dar o primeiro golpe. O primeiro movimento. Me ataque. Me corte, se é isso que os deuses estão lhe dizendo para fazer — disse eu.

Ele balbuciou alguma coisa. Eu senti cheiro de urina.

Belekun tremia tanto que todos os seus colares e braceletes chacoalhavam.

— Erga sua espada — falei.

Suor escorria de sua testa até o seu queixo. Ele ergueu a espada e a apontou para mim. Ela começou a apontar para baixo, e eu a segurei com o meu pé, levantei-a e a apontei para mim.

— Vou lhe fazer mais uma caridade, Belekun, o Grande. Vou me jogar em cima dela para você.

Eu me joguei em cima da espada. Belekun gritou. Então, ele olhou para mim, ainda no ar, sua espada logo abaixo, ambos suspensos como se fôssemos os polos opostos de um ímã.

— Espadas não podem matá-lo? — perguntou ele.

— Espadas não podem me tocar — respondi.

A espada saiu voando de suas mãos, e eu caí. Belekun rolou para ficar de pé e saiu correndo em direção à porta, gritando.

— Aesi, senhor dos hospedeiros! Aesi, senhor dos hospedeiros!

Arranquei uma lança da parede, dei três passos e a arremessei. A ponta de ferro atravessou seu pescoço, saiu pela boca e se alojou na porta.

Seis dias depois de nos encontrarmos na Estalagem Kulikulo, Leopardo e eu estávamos no vale de Uwomowomowomowo. Sem a Bunshi, mas o traficante de escravos estava lá tentando ensinar o menino Fumeli a montar num cavalo. Ele puxou as rédeas com muita força e enviou mensagens conflitantes ao cavalo, então é claro que ele empinou e o derrubou. Três outros cavalos estavam parados perto de uma árvore, pastando, todos equipados com as celas florais acolchoadas do senhor dos cavalos do Norte. Dois cavalos, presos a uma carruagem vermelha com os acabamentos dourados, estavam parados, esperando, ao longe, suas caudas espantando moscas. Eu não via uma carruagem desde que havia rastreado um bando de cavalos muito ao Norte do mar de areia. O cavalo derrubou Fumeli novamente. Eu ri alto, torcendo para que ele ouvisse. O Leopardo me viu e se transformou, e foi se afastando sobre as quatro patas enquanto eu acenava para ele. Eu achei que não fosse sentir nada quando Nyka saiu do mato, Nsaka Ne Vampi ao seu lado, ambos vestindo longas jelabas azuis, escuras como a pele negra da noite. Seu cabelo estava firme em uma trança, curvada para cima como se fosse um chifre. Um turbante cobrindo o cabelo de Nsaka. O lábio inferior dele, vermelho e inchado, e uma faixa suja de linho branco acima das sobrancelhas. O traficante de escravos manteve uma carruagem, deixando a mais bonita para trás, e, de dentro dela, saiu Sogolon, a bruxa. Ela parecia furiosa com o sol que batia em seus olhos, mas talvez o rosto dela sempre tivesse sido daquele jeito.

— Olho de Lobo, você parece mais novo na luz do dia — disse Nyka sorrindo, e se contraiu ao tocar o lábio inferior.

Eu não disse nada. Nsaka Ne Vampi olhou para mim. Eu pensei que ela fosse acenar com a cabeça, mas ela apenas me olhou.

— Onde está o Ogo? — perguntei ao traficante de escravos.

— Lá no rio.

— Ah. Ogos não são conhecidos por se banhar.

— Quem disse que ele se banha?

O escravo correu até Fumeli, que estava tentando montar de novo no cavalo.

— Seu tolo, pare. Um coice desse cavalo e você cairá no chão e no chão permanecerá. É verdade o que eu digo — disse ele.

O traficante nos chamou com um gesto de mão. O homem que lhe dava tâmaras saiu da carruagem com uma sacola sobre o seu ombro e uma bandeja de prata com várias bolsas de couro sobre ela. O traficante foi pegando-as uma por uma e jogando para nós. Eu senti a textura das moedas de prata, as ouvi tilintar.

— Isso não é sua recompensa. Isso é o que os meus guarda-livros separaram para as suas despesas, de acordo com suas habilidades, o que significa que todos receberam a mesma coisa. Nada é barato em Kongor, especialmente informação.

Seu homem das tâmaras abriu uma sacola, tirou pergaminhos e nos entregou. Nyka se recusou a pegá-lo, e Nsaka Ne Vampi fez o mesmo. Eu fiquei me perguntando se ela tinha se recusado por causa dele. Ela estava muito falante muitas noites atrás, mas, agora, não dizia nada. Fumeli pegou um para o Leopardo, ainda um Leopardo, embora estivesse escutando.

— Este é um mapa da cidade desenhado da melhor forma que me lembro dela, já que há anos não vou lá — disse o traficante. — Tenham cuidado em Kongor. As ruas são estreitas, e as vielas prometem conduzi-lo para certos lugares, mas elas serpenteiam e embaralham você, curvam em lugares aonde você não quer ir, lugares sem volta. Prestem bem atenção, estou falando a verdade. Há duas maneiras de se chegar a Kongor. Rastreador, você sabe do que eu falo. Alguns de vocês, não. Quando você segue na direção Oeste e chega ao Lago Branco, você pode contorná-lo, o que vai adicionar dois dias à sua jornada, ou atravessá-lo, o que vai tomar um dia, porque o Lago é estreito. Essa escolha é sua, não minha. Depois vocês podem escolher entre contornar o Reino das

Trevas, que vai adicionar três dias à sua jornada, ou atravessá-lo, mas é o Reino das Trevas.

— O que é o Reino das Trevas? — perguntou o menino Fumeli.

O traficante abriu um sorriso sarcástico, que se desmanchou em seguida.

— Não é algo que sua cabeça consiga imaginar. Quem aqui já esteve no Reino das Trevas?

Tanto Nyka quanto eu confirmamos. Nós o atravessamos juntos há muitos anos, e nenhum de nós queria falar sobre isso aqui. Eu já sabia que iria contorná-lo, não importava o que os outros pensassem. Então Sogolon fez um aceno de cabeça.

— Mais uma vez. Sua escolha, não minha. É uma jornada de três dias para contornar o Reino das Trevas, mas de apenas um para atravessá-lo. E, de qualquer maneira, ainda levaria mais três dias até chegar em Kongor. Se vocês derem a volta, passarão por terras sem nome que nunca foram reclamadas por nenhum rei. Se vocês o atravessarem, também passarão por Mitu, onde os homens largaram suas armas para refletir sobre as grandes questões da terra e dos céus. Uma terra enfadonha e um povo enfadonho, talvez vocês achem que são piores do que qualquer coisa que os espera no Reino das Trevas. Porém vai levar um dia para sair de lá. De todo modo, novamente, a escolha é sua. Bibi viajará com vocês.

— Ele? O que ele fará? Nos dar de comer coisas que poderíamos pegar com nossas próprias mãos? — ironizou Nyka.

— Eu vou por proteção — disse ele.

Fiquei surpreso com sua voz, mais dominante, como a de um guerreiro, não como a de alguém que estivesse tentando cantar como um griô. Aquela era a primeira vez que eu realmente olhava para ele. Franzino como Fumeli e vestindo uma jelaba branca que lhe cobria os joelhos, com um cinto amarrado na cintura. No cinto ele trazia pendurada uma espada, que não estava ali nas últimas duas vezes que eu o havia encontrado. Ele viu que eu estava olhando para ela e se aproximou de mim.

— Nunca tinha visto uma takoba tão longe do Oriente — disse eu.

— Seu dono nunca devia ter vindo para o Ocidente, então — respondeu ele, e sorriu. — Meu nome é Bibi.

— Esse foi o nome que ele te deu? — perguntei.

— Se esse "ele" se refere ao meu pai, então sim.

— Todo escravo que eu conheço, o senhor o obriga a usar um novo nome.

— Se eu fosse um escravo, eu teria um novo nome. Você acha que eu sou um escravo porque eu dou tâmaras para ele comer? Sou eu quem faço o seu trabalho sujo. As pessoas dizem muitas coisas a um homem que é inferior a uma parede.

Eu dei as costas a ele, mas isso implicou dar de cara com Nyka. Ele deu alguns passos, esperando que eu o seguisse.

— Rastreador, você e eu, nós dois deixamos alguma coisa no Reino das Trevas, não é mesmo? — questionou ele.

Eu o encarei.

— Ele devia ter deixado sua ponta de mulher — disse Nsaka Ne Vampi.

Fiquei furioso por ele ter contado a ela coisas a meu respeito. Seguia me traindo. Os dois saíram andando, embora o traficante estivesse abrindo a boca para falar mais.

— É claro que, pra falar a verdade, rumores existem. O último lugar em que ele foi visto não foi nem Kongor, mas olhos não são a única coisa que vê. Eu já disse isso antes. Você é capaz de seguir o rastro dos mortos, de quem foi encontrado morto e rapidamente enterrado, sugado como o sumo de uma fruta. Ouviu-se falar sobre o menino e quatro outros estarem em Nigiki, uma vez, há muito tempo, em Kongor. Mas encontre-o e o traga de volta para mim em Malakal, onde...

— Você não está mais pedindo uma prova de sua morte? — perguntei.

— Eu estarei na torre tombada. Isso é tudo que tenho a dizer. Sogolon, quero falar com você a sós — disse ele.

Sogolon, que não havia dito uma palavra até então, entrou com ele na carruagem.

— Eu sei que você não precisa de ajuda para chegar a Kongor — disse Nyka.

Eu já estava olhando para o Oeste, mas me virei para encarar seu rosto. Sempre foi um homem bonito. Mesmo agora, com pelos brancos despontando em seu queixo e colorindo as pontas de sua trança. E aquele lábio inchado.

— Aqui vai uma pergunta que apenas você será capaz de responder. Se bem que você nunca foi muito bom com as palavras, que era o motivo pelo qual você costumava precisar de mim. Se você pegar o caminho que atravessa o Reino das Trevas, quantos de vocês chegarão ao outro lado, hein? O Leopardo? Ardiloso como felino, mas muito esquentado como homem, seu temperamento faz dele um tolo. Como você quando era jovem, não? E quanto à velhota que está conversando com o senhor de escravos? Ela vai cair morta antes de vocês chegarem ao lago. Então, e aquele menininho ali, quem é que trepa com ele, você ou o felino? Ele não consegue nem montar num cavalo, quanto mais cavalgá-lo. Com isso te sobra o escravo...

— Ele não é um escravo.

— Não?

— Disse ele que não.

— Eu não ouvi.

— Você não escutou.

— Então o homem que não é um escravo e o Ogo, e você sabe até que ponto você pode confiar num Ogo.

— Mais do que eu posso confiar em você.

— Hum...

Ele riu. Nsaka Ne Vampi ficou para trás. Ela percebeu que eu também percebi. Eu observei que ele disse "você", não "nós".

— Você fez outros planos — afirmei.

— Você me conhece melhor do que eu mesmo.

— Deve ser algum tipo de maldição conhecer você.

— Nenhum outro homem me conhece melhor.

— Então nenhum outro homem o conheceu.

— Então você quer ajustar as contas agora, hein? Que tal? Bem aqui. Ou, quem sabe, perto do lago. Ou talvez eu deva esperar que, em breve, você me apareça, no meio da noite, como um amante? Às vezes eu realmente queria que você me amasse, Rastreador. Como posso lhe dar paz?

— Não quero nada de você. Nem mesmo paz.

Ele riu mais uma vez e se afastou. Então ele parou, riu ainda mais uma vez, e foi andando até uma enorme peça de tapeçaria imunda que estava escondendo alguma coisa. Nsaka Ne Vampi subiu na carruagem e pegou as rédeas. Nyka puxou a tapeçaria, revelando uma jaula, dentro da qual estava a mulher relâmpago. O Leopardo também a viu. Ele foi trotando até a jaula e rosnou. A mulher se arrastou para o mais longe possível, apesar de não ter aonde ir. Ela se parecia com uma mulher agora. Seus olhos estavam arregalados como se o medo em pessoa os tivesse colocado em seu rosto, como os de crianças que nascem em meio a uma guerra. Nyka abriu a tranca. A mulher se encolheu ainda mais contra as grades, e a jaula tombou com o seu peso. O Leopardo se afastou alguns passos e se deitou no chão, mas ficou prestando atenção. Ela farejava, olhava ao redor e depois deu um pulo para fora da jaula. Ela girou para um lado e depois para o outro, olhando para a carruagem, as árvores, o Leopardo, o homem e a mulher no mesmo azul, e depois rodou sua cabeça para o Norte, como se alguém tivesse acabado de lhe chamar. Então ela saiu correndo sobre apenas duas pernas, saltou por cima de um monte, dando um pulo da altura de uma árvore, e desapareceu. Nyka subiu na carruagem bem quando Nsaka Ne Vampi estalava as rédeas, e os cavalos começaram a galopar. Para o Norte.

— O lago não fica para o Oeste? — perguntou Bibi, o homem das tâmaras.

Eu não respondi.

Aquele menino ainda ia assustar o seu cavalo, que sairia galopando, arremessando-o no chão e quebrando seu pescoço. Eu é que não ia ensiná-lo. O Leopardo não servia para coisa alguma, pois permanecia um felino, não falava com ninguém e se afastava de nós o máximo que o raio de sua audição permitia sem que perdesse nossas conversas. Sogolon precisaria de ajuda para montar num cavalo, eu pensei. Ou talvez ela fosse juntar uma carroça à caravana para transportá-la junto com seja lá o que uma bruxa carrega, talvez a perna de um bebê, excrementos de uma virgem, o couro de um búfalo inteiro conservado em sal, ou qualquer coisa que ela precisasse para suas conjurações. Mas ela pendurou uma bolsa de couro de cervo em seu ombro, segurou o chifre da sela com a mão esquerda e puxou-se para cima, caindo sentada na sela. Até o Ogo percebeu. Ele, é claro, esmagaria dez cavalos só de sentar-se neles, então ele corria. Para um homem daquela altura e peso, ele quase não fazia barulho, e nem fazia o chão tremer. Eu fiquei me perguntando se ele havia comprado o dom da furtividade de uma Sangoma, de um feiticeiro, de uma bruxa ou de um demônio. Nossos cavalos eram fortes, mas só conseguiam andar um dia por vez, então levaríamos dois dias até o Lago Branco. Amarrei o cavalo dos suprimentos de reserva ao meu. Sogolon tinha partido na nossa frente, mas o Ogo esperava. Acho que ele tinha medo dela. Bibi saltou do seu cavalo e amarrou uma corda de sisal na sua sela e no arreio de um dos cavalos que transportava suprimentos, e disse a Fumeli para montar nele.

Partimos. Bunshi não viajava conosco. Sogolon trazia pendurado em seu pescoço um frasco da cor da pele de Bunshi. Eu notei quando ela passou por mim. Quando ficamos tão próximos que nossos cavalos quase se tocaram, ela se inclinou e disse:

— E aquele menino? Qual a sua utilidade?

— Pergunte a quem o usa — respondi.

Ela riu e saiu galopando savana adentro, deixando um rastro de cheiro que eu não consegui identificar. Eu não estava com pressa de chegar a Kongor, uma vez que o menino desaparecido, sem dúvida, estaria morto, e não corria o menor risco de morrer ainda mais. E todos estavam me aborrecendo: o Leopardo com o seu silêncio; Fumeli com sua petulância, que eu queria arrancar daquela sua cara a tapa; esse Bibi das tâmaras, que tentava se passar por algo além de um homem que enfiava comida na boca de um outro homem; e Sogolon, que estava convencida de que não havia nenhum homem mais esperto que ela. Minha única outra opção era pensar em Belekun, o Grande, que tinha tentado me matar quando perguntei sobre o pai do menino desaparecido. Ele sabia sobre os Omoluzu e sabia que eles haviam matado o pai do menino, muito embora ele talvez não soubesse que alguém tenha precisado evocá-los muito a contragosto. Ele chamou por um senhor dos hospedeiros. Eles nunca ficam menos estúpidos, os homens que creem em alguma crença. Nós mal havíamos partido, e já havia pessoas que eu não queria ver mais.

Assim, me sobrou o Ogo. Quanto maior a criatura, menor sua necessidade de usar palavras, ou o repertório que tinham delas, sempre me pareceu. Desacelerei meu cavalo, esperando que ele me alcançasse. Ele realmente cheirava bem, como se tivesse se banhado no rio mais cedo, mesmo debaixo dos braços, algo que, dependendo do gigante, é capaz de nocautear uma vaca.

— Acredito que chegaremos no Lago Branco em dois dias — disse eu, e ele continuou andando. — Chegaremos em dois dias — gritei.

Ele se virou e deu um grunhido. Ah, essa viagem será absolutamente maravilhosa!

Não que eu precisasse de companhia. Certamente não dessas pessoas. Eu passei a maior parte dos meus dias sozinho, e as noites com pessoas que eu nunca queria ver pela manhã. Vou admitir, pelo menos para o lado mais sombrio de minha alma, que não há nada pior do que estar entre muitas almas, até mesmo almas que talvez você conheça, e mesmo assim se sentir só. Eu já falei disso antes. Homens que eu conheci, e mulheres também, cercados pelo que eles acham que é o amor e, mesmo assim, são as pessoas mais sozinhas dos dez mais três mundos.

— Ogo. Você é Ogo, não é?

Ele reduziu seu passo, e meu cavalo começou a trotar ao seu lado. Ele deu mais um grunhido e assentiu com a cabeça.

— Eu vi você lá atrás depois do seu banho, você se ajoelhou na frente de umas pedras. Aquilo era um altar?

— Um altar para quem?

— Para os deuses, para algum deus.

— Eu não conheço nenhum deus — disse ele.

— Então por que você construiu um altar?

Ele me olhou com uma expressão vazia, como se não tivesse resposta.

— Você está aqui pelo traficante de escravos, pela semideusa ou pela bruxa? — perguntei.

Ele continuou andando, mas olhou para mim e disse:

— Traficante de escravos, semideusa ou bruxa? Quem é quem, eu pergunto a você, quem é quem? Você tem certeza de que a preta é uma semideusa, e não uma deusa? Eu já vi outros iguais a ela; um era um homem, ou, pelo menos, tinha a forma de um homem, porém feito pelos deuses. O povo do Sul diz que um semideus é um homem transformado pelos deuses, mas não através da morte, porque essa coisa de morte... a coisa é a morte, a coisa que se deve temer. Eu não gosto dos mortos, eu não gosto da aurora dos mortos, eu não gosto daqueles que se alimentam dos mortos, e eu já os vi, homens velhos com mantos negros que varrem o chão e têm pelos brancos ao redor do pescoço, como se vestissem a pele do abutre. Mas ela é de um tipo estranho, não sei como você chama o animal que é metade elefante metade peixe, ou metade homem e metade cavalo, que é como você deve classificá-la, mas o traficante é o motivo de eu estar aqui, ele veio até mim e disse "Tristogo, eu tenho um trabalho aqui para você", e ele sabia que eu não tinha trabalho, pois que tipo de trabalho há no Oeste para um Ogo? Sim, eu estava sem trabalho, e em minha casa, que eu deixava aberta noite e dia pra qualquer um que fosse idiota o suficiente para tentar roubar de um Ogo, será que ele não tinha ouvido falar que nós somos feras terríveis? Mas na minha casa, ou melhor, minha cabana, estava o traficante de escravos, que disse "tenho um trabalho para você, grande gigante", e eu disse que não sou um gigante, gigantes têm duas vezes a minha altura, nada entre as duas orelhas além de carne, e estupram cavalos, porque confundem animais de cabelos compridos com mulheres humanas, e o coice de um cavalo significa que haverá muita diversão na trepada, então ele disse mais uma vez "tenho trabalho, eu preciso que você encontre alguns homens que personificam o mal para mim", e eu perguntei o que eu deveria fazer com esses homens quando os encontrasse, e ele disse "mate-os todos exceto aquele que não é um homem, e sim um menino, e não encoste em um fio de seu cabelo, a menos que ele não seja mais um menino". Ele disse para mim "Ogo, a coisa na qual ele pode ter se transformado não é um homem, mas outra coisa, algo em que até mesmo os deuses cuspiriam por ser uma abominação e mais umas coisas", mas não entendi nada depois que ele falou abominação, então perguntei "onde está esse menino que você quer que eu encontre", e ele disse "vou mandar os meus homens com você, e mulheres também, porque isso não vai ser tão fácil quanto parece falando", e eu disse que parecia simples o bastante para que eu estivesse de volta antes mesmo de sentir saudades da minha casa e que minhas plantações começassem a morrer, mas então lembrei do último homem que matei e em como sua família logo sentiria falta de suas crueldades e começaria a procurá-lo, e quando eles viessem trazendo uma multidão eu teria de deixar muitas mulheres viúvas e muitos meninos órfãos, então pensei: que essa missão nos ocupe pelo tempo que for necessário, pois não tenho nenhum motivo para retornar, e ele disse "então você tem isso em comum com os outros, o fato de que nenhum de vocês tem nenhum motivo para retornar, mas eu não sei se isso é verdade, eu não conheço nenhum de vocês, mas ouvi falar de Sogolon, a bruxa da lua, você a conhecia?" Como você sabia que ela estava escrevendo runas? Ela tem trezentos, dez mais cinco anos de idade, ela contou isso pra mim e outras coisas também, porque as pessoas sempre acham que os Ogos são simples na cabeça, então ninguém nos conta nada, mas isso ela fez; eis o que ela me disse: "Eles me chamam de Sogolon, e eu jamais respondi a nenhum outro nome. Costumavam me chamar de Sogolon, a feia, até que todos que me chamavam assim morreram com o mesmo engasgo em suas gargantas." Sogolon, a Bruxa da Lua, que sempre faz seus feitiços na escuridão, outros dizem. Ela diz que vem do Oeste, mas eu venho do Oeste e, para mim, ela cheira às pessoas que vêm do Sudeste, que têm um cheiro azedo, mas um azedo bom, misturado com doce, um aroma que traz vida, que é uma coisa que você também sabe porque eu ouvi dizer que você tem um bom faro. Ela está sempre escrevendo runas? Suas mãos nunca estão paradas, nunca. Uma mulher velha como ela é perita em guardar segredos, então eu imaginei que tinha algum outro motivo que ela jamais revelaria, uma vez que dinheiro não deve significar muita coisa pra ela. Então ela falou por meio de enigmas e rimas, mas não havia arte nelas. Durante todo esse tempo não vi nenhum ódio nela, mas também nenhum júbilo ou gentileza. Imagino que ela desaparece e retorna, pois esse é o seu jeito. E isso é o que eu sei. Você precisa perdoar o Ogo. Tão pouca gente fala conosco que, quando falamos, sempre falamos demais. E...

E desse jeito, Tristogo, o Ogo, falou a noite inteira. Enquanto amarrávamos nossos cavalos a uma árvore, enquanto fazíamos uma fogueira e preparávamos o mingau, enquanto nos perdíamos da estrela que nos guiava para o Oeste, enquanto tentávamos dormir, e sem conseguir dormir, enquanto escutávamos os leões se movendo dentro da noite, esperando que o fogo se apagasse, e, finalmente, enquanto ele caiu num tipo de sono em que ainda seguia falando durante os sonhos. Eu não sei dizer se foi o sol ou sua voz que me acordou. Fumeli dormia. Bibi, deitado ao meu lado, estava acordado, franzindo a testa. A voz do Ogo ficou mais baixa, com o silêncio comendo o final de suas frases.

— De agora em diante, ficarei em silêncio — disse ele.

Eu fiquei olhando para ele por um bom tempo. Bibi riu e se embrenhou no mato para mijar. Eu rolei para me sentar e dei um bocejo.

— Não, por favor, continue, meu bom Ogo. Tristogo. Eu ouvirei suas palavras. Você tornou curta uma viagem longa. Você conhece Nyka?

O olhar que ele lançou fez aquilo valer a pena.

—Eu o conheci uma lua antes de conhecer você — disse ele.

— E ele já lhe contou fofocas de outras pessoas.

— Quando o traficante de escravos veio até mim, tanto Nyka quando Nsaka Ne Vampi estavam com ele.

— Isso é mesmo uma novidade. O que ele disse sobre mim?

— O traficante?

— Não, Nyka.

— Que você pode confiar sua vida ao Rastreador, se ele julgar que você é honrado.

— Isso foi o que ele disse?

— Isso é falso?

— Eu não sou a pessoa certa para responder isso.

— Por que não? Eu nunca menti, mas entendo que mentir possa ter algum propósito.

— E traição? A traição tem um propósito além do que é evidente?

— Não entendo o que você quer dizer.

— Não se preocupe. Já morreu, o pensamento.

— Aquele também estava na carruagem — disse ele, apontando para Bibi, que retornava.

Nós selamos nossos cavalos e partimos. Eu me virei para Bibi.

— Me diga o seguinte. Seu senhor mentiu para nós a respeito do menino. A verdade é que ele não tem nenhum interesse nele. Mas ele tem muito interesse em agradar Bunshi.

— Ele está preocupado com o silêncio dos deuses — disse Bibi. — Ele acha que está desagradando os deuses quando o seu silêncio cai sobre todas as casas.

— Ele deveria se preocupar mais com o silêncio dos escravos tramando contra ele — disse eu.

— Ah, Rastreador, eu vi no seu rosto. Há alguns dias. Achei muita graça no seu desgosto. Acho que você está sendo muito severo com um ramo tão nobre do comércio.

— O quê?

— Rastreador, ou seja lá qual for seu nome. Se não fosse pelos escravos, todos os homens do Oriente chegariam virgens aos seus casamentos. Eu conheci um uma vez, e isso que vou dizer é verdade. Ele achava que as mulheres geravam filhos colocando seus seios dentro da boca de um homem. Se não fosse pelos escravos, a boa Malakal não teria nada além de ouro falso e sal barato. Não é que eu justifique isso. Mas entendo por que acontece.

— Então você aprova a conduta do seu senhor — afirmei.

— Eu aprovo o dinheiro que ele me dá para alimentar meus filhos. Pelo seu jeito, sei que você não tem nenhum. Mas sim, eu o empanturro, porque todos os outros trabalhos ele delega aos seus escravos.

— É ele que você deseja se tornar? Quando você for um homem?

— Ao contrário da cadelinha que eu sou agora? Vou te falar mais umas verdades. Se meu senhor, como você o chama, fosse só um pouquinho mais burro, eu teria de podá-lo e regá-lo três vezes a cada quarto de lua — disse Bibi, e deu uma risadinha.

— Então vá embora.

— Embora? Simples assim? Me conte mais sobre esse Leopardo. Que tipo de homem, e com tanta desenvoltura, vai embora quando ele bem entende?

— Um homem que não pertence a ninguém.

— Ou que não tem ninguém.

— Ninguém ama ninguém — disse eu.

— O filho da puta que te ensinou isso te odeia. Então, como meu senhor diria, me diga a verdade, me diga rápido e me diga agora. É você que está se deitando com o menino atrás de mim ou é o pintado?

— Por que é que toda alma mal parida me pergunta desse moleque mal parido?

— Porque o felino não está falando nada. Eles são escravos, aliás, os outros servos do Rei, e estão fazendo suas apostas. Quem é a vara, quem é o cajado, e no cu de quem vão meter as duas coisas.

Eu ri.

— Qual foi o seu palpite? — perguntei.

— Bem, já que é você quem os outros dois odeiam, eles dizem que você está sendo comido por ambos.

Ri novamente.

— E você?

— Você não caminha como alguém que toma no rabo com frequência — disse ele.

— Talvez você não me conheça.

— Eu não disse que você não toma no rabo. Disse que não toma com frequência.

Eu me virei e o encarei. Ele me encarou de volta. Eu ri primeiro. Depois não conseguimos mais parar de rir. Então Fumeli disse alguma coisa sobre não bater a vara com força suficiente nos cavalos, e nós dois quase despencamos de nossas selas.

Fora Sogolon, Bibi parecia ser o mais velho entre nós. Com certeza o único a mencionar filhos até o momento. Aquilo me fez pensar nas crianças mingi da Sangoma que deixamos com os Gangatom para que eles as criassem. O Leopardo disse que ia me contar o que tinha acontecido com elas desde então, mas não o fez.

— Como foi que você encontrou essa espada? — perguntei.

— Isso? — Bibi a desembainhou. — Eu te falei, era de um homem das montanhas do Leste que fez a besteira de vir para o Oeste.

— Homens das montanhas nunca vão para o Oeste. Vamos falar a verdade, homem das tâmaras.

Ele riu.

— Quantos anos você tem? Vinte, sete mais um?

— Vinte mais cinco. Eu pareço tão velho assim?

— Eu acho que você parece até mais velho, mas não queria ser grosseiro com um amigo tão recente. — Ele sorriu. — Eu já tive vinte duas vezes. E mais cinco anos.

— À merda os deuses. Eu nunca havia conhecido um homem que tenha vivido tanto e não fosse rico ou poderoso, ou, no mínimo, gordo. Isso significa que você é velho o bastante para ter testemunhado a última guerra.

— Eu sou velho o bastante para ter lutado nela.

Ele olhou atrás da minha cabeça, para a vegetação da savana, mais baixa do que antes, e o céu, mais carregado do que antes, muito embora pudéssemos sentir o sol. Também estava mais fresco. Fazia tempo que havíamos saído do vale e entrado em terras em que nenhum homem havia tentado viver.

— Não conheço nenhum homem que tenha testemunhado a guerra disposto a falar sobre ela — disse Bibi.

— Você era um soldado?

Ele deu uma risada curta.

— Soldados são trouxas que não recebem o bastante para fazer papel de trouxa. Eu era um mercenário.

— Me fale sobre a guerra.

— Sobre todos os seus cem anos? De que guerra estamos falando?

— Em qual você lutou?

— Na guerra de Areri Dulla. Quem sabe como aqueles estupradores de búfalo do Sul a chamam, apesar de eu ter ouvido que eles a chamam de Guerra da Beligerância Nortista, o que é hilário, levando-se em conta que eles atiraram suas lanças primeiro. Você nasceu três anos após a última trégua. Essa foi a guerra que a causou. Uma família muito curiosa. Com a endogamia produzindo todos aqueles reis loucos, era de se esperar que, algum dia, um rei diria "Vamos atrás de sangue novo para salvar nossa linhagem", mas não. Então tivemos guerra em cima de guerra. Essa é a verdade. Eu não posso dizer se Kwash Netu era um raro rei bom ou se o novo e louco Rei Massykin era apenas mais louco que o anterior, mas ele era brilhante na guerra. Ele dominava a arte da guerra do mesmo jeito que alguns dominam a arte da cerâmica ou da poesia.

Bibi parou seu cavalo, e eu parei o meu. Eu tinha certeza de que Fumeli estava olhando para cima, aborrecido. O ar estava úmido da chuva que não viria.

— Nós temos que continuar andando — sugeriu Fumeli.

— Relaxe, criança. O Leopardo ainda estará duro quando você finalmente puder sentar nele — disse Bibi.

Eu me virei para ver aquilo. O rosto de Fumeli estava tão horrorizado quanto eu sabia que estaria. Eu me virei de volta para Bibi.

— Meu pai nunca falou sobre a guerra. Ele nunca lutou em nenhuma — comentei.

— Muito velho?

— Talvez. Ele também era meu avô. Mas você estava falando sobre a guerra.

— O quê? Você… Sim, a guerra. Eu tinha dez mais sete anos e estava morando em Luala Luala com a minha mãe e meu pai. O louco Rei Massykin invadiu Kalindar, que ficava a uma lua e meia de Malakal, mas, ainda assim, ficava perto demais. Perto demais de Kwash Netu. Minha mãe disse: "Um dia, homens virão à nossa casa e dirão que você foi convocado para a guerra." Eu disse: "Quem sabe se eu lutar na guerra finalmente possa trazer de volta para nossa casa a glória que Papai desperdiçou em vinho e mulheres." Ela retrucou: "Como você trará glória se você não tem honra?" Tinha razão, é claro. Eu estava entre um assassinato e outro, e as pessoas têm menos necessidade de travar batalhas pessoais quando estão ocupadas com a guerra. Então, exatamente como ela havia dito, grandes guerreiros vieram até a minha casa e disseram: "Você, você é jovem e forte, ou, ao menos, é o que parece. Está na hora de mandar Omororo, aquela cadela de rei, de volta para sua terra inóspita com o rabo entre as pernas." Perguntei: "E por que eu deveria lutar?", e eles ficaram ofendidos. "Você deveria lutar pelo glorioso Kwash Netu e pelo seu império." Eu cuspi e abri minhas vestes para revelar meu colar. "Eu sou um dos Sete Alados", eu disse. "Um guerreiro da moeda."

— Quem são os Sete Alados?

— Mercenários, meninos levados de pais bêbados que não pagaram suas dívidas. Habilidosos com armas e mestres do ferro. Nos movemos rápido e desaparecemos como um pensamento. Nossos mestres nos treinam com escorpiões, então não conhecemos o medo — disse Bibi.

— Como?

— Eles nos picam para ver quem sobrevive. Na batalha, nós seguimos a formação do touro. Nós somos os chifres, os mais ferozes; nós atacamos primeiro. E custamos mais do que a maioria dos reis pode pagar. Mas nosso Kwash Netu era bem sagaz na arte da guerra. Eu ouvi do Rei louco o seguinte: "Um comandante não pode estar em dois ou três lugares ao mesmo tempo, pois é apenas um. Ele está em Fasisi, então vamos atacar Mitu." Então Massykin atacou Mitu, e Mitu então era sua. Ele acreditou ter sido vitorioso, e que não estava errado pensar que, já que o Rei não poderia estar em dois lugares ao mesmo tempo, ele havia nos deixado atacar um lugar em que não poderia estar. Esse foi o seu erro, Rastreador. Ouça bem, aquilo não era uma fraqueza. Os exércitos sulistas atuaram comandados pela grandeza de Kwash Netu, que estava em muitos lugares ao mesmo tempo.

— Bruxaria?

— Nem tudo vem do útero de bruxas, Rastreador. O pai do seu Rei sabia como mover exércitos mais rápido do que qualquer rei que veio antes ou depois dele. Deslocamentos que até mesmo os Kongori levariam sete dias para fazer, seus exércitos cobriam em apenas dois. Ele escolhia com sabedoria onde lutar. Onde não podia, ele contratou os melhores e cobrou os impostos mais brutais de seu povo para pagar por eles. E os melhores eram os Sete Alados. Tome isso como verdade também. O Rei louco era um tolo fujão que gritava ao menor sinal de sangue, e não sabia o nome de seus próprios generais, enquanto Kwash Netu tinha seus próprios homens para liderar em cada território, homens fortes, capazes de governar uma cidade, até mesmo um estado, quando ele precisava se ausentar para guerrear em outro. Você já ouviu falar da guerra das mulheres?

— Não. Me conte.

— Quando seus generais disseram ao Rei louco "Vossa Alteza, precisamos bater em retirada de Kalindar, nossas quatro irmãs estão correndo risco", o Rei concordou. Mas então, naquela noite, no acampamento, pois ele exigiu ficar junto de seus homens na guerra, ele ouviu dois felinos trepando e achou que um demônio noturno o estava chamando de covarde por estar batendo em retirada. Então ele ordenou que as tropas avançassem novamente para dentro de Kalindar, apenas para serem derrotadas por mulheres e crianças arremessando pedras e fezes de suas torres de tijolos de barro. Enquanto isso, Kwash Netu tomou Wakadishu. As últimas defesas em Malakal nem chegavam a ser exatamente uma defesa. Era o restolho de um exército que tinha fugido de mulheres com pedras. A guerra já estava vencida.

— Hmm. Não é o que eles pregam em Malakal.

— Eu escutei as canções e li as páginas vermelhas encapadas em couro sobre como Malakal foi a última batalha entre a luz do Império de Kwash Netu e as trevas dos Massykin. Essas canções são tolas. Somente aqueles que não lutaram na guerra não percebem que os dois lados representavam o mal. Lamentavelmente, um mercenário sem uma guerra é um mercenário sem trabalho.

— Você sabe muito sobre guerras e generais e cortes. Como você acabou aqui, tendo que alimentar um porco gordo com tâmaras para sobreviver?

— Trabalho é trabalho, Rastreador.

— E papo furado é papo furado.

— Não demora muito para que o lado sombrio da guerra cobre o seu preço a todo homem que lutou nela. Minhas necessidades são simples. Alimentar meus filhos enquanto eles se transformam em homens é uma delas. Orgulho não é.

— Não acredito em você. E depois de tudo que você acabou de dizer, acredito ainda menos. Seu comportamento tem um propósito. Você planeja matá-lo? Já sei, um rival o contratou para que você se aproximasse mais dele do que um amante.

— Se eu quisesse matá-lo, o teria feito quatro anos atrás. Ele sabe do que sou capaz. Acho que ele gosta que as pessoas pensem que sou um idiota afeminado que gosta de brincar com a sua boca. Ele acha que isso significa que posso me infiltrar entre seus inimigos e lidar com eles.

— Então você é seu espião. Você está nos espionando?

— Seu tolo, ele tem Sogolon para isso. Eu estou aqui para quaisquer surpresas que os deuses tenham guardadas para vocês.

— Eu gostaria de ouvir mais sobre o que essas grandes guerras fizeram com você.

— E eu não direi mais nada sobre elas. Guerra é guerra. Pense na pior coisa que você já viu. Agora pense em ver isso a cada três passos numa caminhada que dure um quarto de lua.

Estávamos agora nas planícies profundas, uma grama mais verde e úmida que o mato seco do vale, com os cascos dos cavalos afundando mais na terra. À nossa frente, talvez a meio dia de caminhada, árvores de pé e dispersas. Montanhas jaziam ao nosso redor. Num dos lados, indo para o Oeste a partir de Malakal, tanto as montanhas quanto a floresta pareciam azuis. Em meio à grama e à umidade, hastes gigantescas brotavam como bambus, uma, depois duas, depois muitas, depois uma floresta deles, bloqueando o sol do fim da tarde. Outras árvores se estendiam até bem alto no céu, e samambaias escondiam o chão. Senti o cheiro de um córrego antes de ouvi-lo ou vê-lo. Samambaias e bulbos brotavam das árvores tombadas. Nós seguimos o que parecia ser uma trilha até eu descobrir pelo cheiro que tanto o Leopardo quanto Sogolon tinham passado por aquele caminho. Em minha mão direita, por entre a folhagem alta, uma cachoeira escorria pelas pedras.

— Para onde eles foram? — perguntou Fumeli.

— À merda os deuses, moleque — disse eu. — Seu felino é tudo menos...

— Não ele. Onde estão as feras? Não há pangolins, mandris, nem mesmo borboletas. O seu nariz só consegue farejar o que está aqui, mas não o que já esteve?

Eu não queria conversar com Fumeli. Eu rebateria com um soco qualquer grosseria que lhe escapasse pela boca.

— "Eu vou chamá-lo de Lobo Vermelho de agora em diante", isso foi o que ele me disse — disse Bibi.

— Quem?

— Nyka.

— Ele zomba da argila vermelha que costumo passar em minha pele, dizendo que apenas as mulheres de Ku usam vermelho — expliquei.

— Quer ouvir uma verdade? Jamais vi um homem usando essa cor — disse Bibi.

Bibi parou, franziu o cenho, olhou para mim como se estivesse tentando entender algo que lhe havia passado despercebido, e depois sacudiu a cabeça.

— Mas lobo? — perguntou.

— Você não viu meu olho?

Eu conhecia esse olhar. Ele dizia: "Tem alguma coisinha que você não está me dizendo, mas não estou tão interessado a ponto de insistir."

— Que cheiro é esse que a bruxa tem? Eu não consigo identificar — disse eu.

Ele deu de ombros.

— Fale alguma coisa, Tristogo — pedi ao Ogo.

A verdade é a seguinte: o Ogo não parou de falar até que a noite caiu sobre nós. E então ele falou sobre a noite ter caído sobre nós. Eu tinha me esquecido de Fumeli até que ele começou a chiar, e não prestei atenção nele até o seu terceiro chiado. Chegamos a uma bifurcação na trilha, um caminho levando à esquerda e um levando à direita.

— Vamos pela esquerda — decidi.

— Por que esquerda? Esse é o caminho que Kwesi seguiu?

— Esse é o caminho que eu faço — respondi. — Vá por sua conta se quiser, mas desamarre seu cavalo do de Bibi.

Ouvi o baque surdo dos cascos sobre a terra e os galhos se quebrando.

Não esperei que ele dissesse nada. A trilha era estreita, mas havia um caminho, e o sol estava quase indo embora.

— Sem morcegos, sem corujas, nenhuma fera assobiando — comentou Fumeli.

— Que galho é esse enfiado no seu rabo agora?

— O menino tem razão, Rastreador. Não há nenhum ser vivo perambulando por essa floresta — disse Bibi, com uma das mãos no arreio, a outra no cabo da espada.

— Onde está o seu maravilhoso faro agora? — retrucou Fumeli.

Meti isso na minha cabeça bem ali: aquele menino nunca mais estaria certo em coisa nenhuma. Mas naquela vez ambos estavam. Eu conhecia muitos dos cheiros dos animais das planícies montanhosas, e nenhum deles havia passado pelo meu nariz. E os odores da floresta que eu sentia — gorila, martim-pescador, pele de víbora — estavam muito distantes. Não havia nenhuma criatura viva além das árvores, tramadas em círculos, e a água dos rios correndo em meio às pedras. O Ogo ainda estava falando.

— Tristogo, silêncio.

— Hã?

— Shh. O movimento da mata.

— Quem?

— Ninguém. Isso é o que estou dizendo, não tem movimento na mata.

— Quem disse isso primeiro fui eu — reclamou Fumeli.

Ele era digno de que eu me virasse para que ele pudesse ver minha expressão de desprezo? Não.

— Muita gente diz que você tem um bom faro, não eu. O que o seu precioso nariz está farejando agora?

Um pescoço tão fino como o dele, fino como o de uma menina, eu poderia quebrar sem esforço. Ou poderia deixar que o Ogo o partisse em pedacinhos. Mas, quando respirei fundo, alguns odores chegaram a mim. Dois que eu conhecia, um com o qual não deparava há muitos anos.

— Pegue seu arco e prepare uma flecha, menino — ordenou Bibi.

— Por quê?

— Agora — insistiu ele, tentando sussurrar de forma severa. — E desça do cavalo.

Deixamos os cavalos perto de um riacho. O Ogo enfiou a mão em sua sacola e tirou de lá duas manoplas reluzentes, que eu só tinha visto sendo usada pelos cavaleiros do Rei. Seus dedos agora pareciam cobertos de escamas negras, e nos nós havia cinco pregos. Bibi puxou sua espada.

— Sinto o cheiro de uma fogueira, de madeira e de gordura — disse eu.

Bibi cobriu sua boca, apontou para nós, e depois para sua boca.

Eu não disse mais nada, agora que sabia o que encontraríamos, a julgar pelo cheiro. O azedo dos pelos, o salgado da pele. Logo veríamos o fogo e a luz se infiltrando por entre a vegetação. E ali estava ela, cravada num espeto, cozinhando sobre o fogo enquanto a gordura pingava nas chamas e explodia. A perna de um menino. Mais ao longe, pendurado numa árvore, estava o menino, olhando para sua perna, com uma corda amarrada em volta do cotoco. Eles haviam cortado sua perna direita até a altura da coxa, e a esquerda até o joelho. Seu braço esquerdo estava cortado na altura do ombro. Eles o penduraram na árvore com uma corda. Eles também haviam pendurado uma menina, que parecia ter os quatro membros intactos. Três dos algozes estavam sentados a uma boa distância do fogo, um quarto embrenhado no mato, mas não muito longe, agachado para cagar.

Avançamos contra eles antes que pudéssemos vê-los, antes que eles pudessem nos ver. Saquei as machadinhas e mirei na testa do primeiro, mas ela foi desviada. Fumeli atirou quatro flechas; três foram desviadas, uma acertou a bochecha do segundo. O Ogo socou o terceiro até ele atravessar uma árvore. Então, ele abriu um buraco no seu peito e na árvore com um golpe. Bibi manejava sua espada e acertou o terceiro no pescoço, mas ela ficou presa nele. Ele o empurrou com o pé para fazê-lo soltar da lâmina e depois cravou a espada em sua barriga. O primeiro investiu contra mim, trazendo nada em suas mãos. Dei um salto para me esquivar dele, e algo o nocauteou. No chão, pulei em cima dele e comecei a retalhar a carne macia de seu rosto. O nariz. Eu o cortei e cortei até que sua carne espirrasse em mim. A coisa que o havia derrubado rosnou antes de se transformar de volta em homem.

— Kwesi! — gritou Fumeli, e partiu correndo em sua direção, e depois parou.

Fumeli o tocou no ombro. Eu queria dizer: "Vão pra trás de uma árvore e se comam se vocês quiserem." Ninguém lembrava do último que estava cagando no mato até que a menina amarrada na árvore gritou. Ele veio para cima de nós mexendo os braços, suas garras reluzindo a luz da fogueira. Ele rugiu mais alto que um leão, mas alguma coisa o interrompeu. Até mesmo ele ficou confuso com sua boca o abandonando daquela maneira, até olhar para o seu peito e ver a lança que o havia atravessado. Ele deu seu último suspiro e caiu de cara no chão.

Sogolon pisou em cima do seu corpo e se aproximou de nós. Eu pus fogo em um graveto seco e o agitei para a fera que estava mais perto do fogo. Um estalo. O Ogo havia quebrado o pescoço do menino de um só membro. Para ele foi melhor uma morte rápida, e ninguém disse nada diferente. A menina, assim que a pusemos no chão, começou a gritar e a gritar até que Sogolon lhe deu dois tapas. Ela estava coberta de listras brancas, mas eu conhecia todos os símbolos das tribos ribeirinhas, e aquelas não pertenciam a nenhuma delas.

— Nós somos oferendas. Vocês não deveriam ter vindo — disse ela.

— Vocês são o quê? — perguntou o Leopardo.

Eu fiquei feliz de vê-lo como homem novamente, mas não sabia bem o porquê. Ainda me irritava conversar com ele.

— Nós somos as gloriosas oferendas para os Zogbanu. Eles não importunam nossas aldeias que estão em seus territórios, e nos deixam plantar nossas lavouras. Eu fui criada para isso...

— Nenhuma mulher é criada para ser usada por um homem — disse Sogolon.

Eu arranquei a lança das costas do último e rolei seu corpo com o meu pé. Chifres grandes, encurvados e afunilando até terminarem em pontas afiadas, como os de um rinoceronte, brotavam por toda sua cabeça e pescoço, com chifres menores saltando em seus ombros. Eles apontavam em todas as direções, esses chifres, como os cabelos de um mendigo, endurecidos pela sujeira. Chifres da largura da cabeça de uma criança, compridos como a presa de um elefante, e também curtos e grossos, como um cabelo, cinzentos e brancos, como sua pele. As duas sobrancelhas estavam cobertas de chifres, e seus olhos não tinham pupilas. O nariz, largo e achatado, com pelos saindo pelas narinas, como mato. Lábios grossos, tão largos quanto seu rosto, e dentes como os de um cão. Cicatrizes por todo seu peito, talvez por todos os seus abates. Um cinto sustentando uma tanga na qual estavam pendurados crânios de crianças.

— Que tipo de demônio é este? — perguntei.

Bibi se agachou e virou sua cabeça.

— Zogbanu. Ogros do Pântano de Sangue. Vi muitos durante a guerra. Seu último Rei até os usou como bárbaros. Um pior que o outro.

— Aqui não é um pântano.

— Eles estão em movimento. A menina também não é daqui. Menina, pra onde eles estão indo?

— Eu sou a gloriosa oferenda aos Yeh...

Sogolon lhe deu um tapa.

— Bingoyi yi kase nan — falou a menina.

— Eles comem a carne de homens — disse Sogolon.

Nesse momento, todos olhamos para a perna assando no espeto. Tristogo a derrubou com um chute.

— Eles estão viajando? — perguntei.

— Sim — disse Bibi.

— Mas ela acabou de dizer que era um sacrifício para que eles pudessem compartilhar de suas terras — apontei.

— Eles não são nômades — comentou o Leopardo.

Ele veio na minha direção, mas estava olhando para Bibi.

— E eles não estão viajando, eles estão caçando. Alguém disse a eles que uma porção generosa de carne fresca passaria por essa floresta. Nós.

A menina gritou. Não, aquilo não era um grito, não havia medo nele. Era um chamado.

— Peguem os cavalos! — gritou o Leopardo para nós. — E fechem a boca dessa menina!

Dava pra ouvir o movimento pelo meio do mato mesmo enquanto corríamos. O farfalhar da vegetação vinha de todos os lados, e estava cada vez mais perto. Dei um tapa no cavalo de Fumeli, e ele partiu em disparada. Sogolon apareceu em seu cavalo e desapareceu galopando. Eu fui atrás dela, dando uma joelhada aguda nas costelas de meu cavalo. Bibi, cavalgando ao meu lado, estava dizendo alguma coisa ou rindo, quando um Zogbanu saltou do mato escuro com um porrete e o nocauteou. Eu não parei, e nem o seu cavalo. Olhei para trás apenas uma vez, para ver Zogbanus, muitos, se empilharem em cima dele, até que a pilha se transformasse numa montanha. Ele não parou de gritar até que eles o obrigaram. Eu alcancei Sogolon, mas eles também nos alcançaram. Um saltou para me pegar e errou, seus chifres arranhando as ancas do meu cavalo. Ele empinou, quase me derrubando. Dois saíram do meio do mato e começaram a cobri-lo de patadas. Flechas atravessaram as costas do primeiro, e mais flechas acertaram o peito e o rosto do segundo. O Leopardo, agora montando o mesmo cavalo de Fumeli, gritou para que nós o seguíssemos. Atrás de nós havia mais Zogbanus do que os olhos eram capazes de contar, rosnando e rugindo, alguns entrecruzando seus próprios chifres e caindo uns por cima dos outros. Eles corriam quase tão depressa quanto os cavalos em meio à mata fechada. Um saiu do meio do mato, e seu rosto deu de cara com a minha machadinha. Eu queria ter uma espada. Sogolon tinha uma, e ela vinha balançando-a e golpeando como se estivesse limpando a vegetação selvagem à sua frente. Sem um cavaleiro para lhe tocar, o cavalo de Bibi foi ficando para trás. Os Zogbanus o atacaram, todos juntos de uma vez, da mesma forma que eu tinha visto leões atacarem um búfalo jovem. Eu chutava meu pobre cavalo com mais força; muitos ainda nos perseguiam. Então eu ouvi o *zip-zip-zip-zip* passando por nós. Punhais sendo arremessados.

Aqueles monstros tinham armas. Uma acertou Sogolon em seu ombro esquerdo. Ela resmungou, mas continuou usando sua espada com a mão direita. À minha frente eu podia ver o Leopardo e, à sua frente, uma clareira e o reflexo da luz na água. Nós estávamos chegando nela quando, rapidamente, um Zogbanu saltou sobre a traseira do meu cavalo e me derrubou. Rolamos na grama. Ele me segurou pela garganta e veio morder meu pescoço. Eles gostavam de carne fresca, então ele não iria me matar. Mas ele ia tentar me fazer dormir rapidamente. Seu hálito medonho deixou uma nuvem branca no ar. Chifres menores que os dos outros, era um jovem querendo se afirmar. Fui me apalpando até encontrar meus punhais, enfiei um nas suas costelas, pela direita, e o outro pela esquerda, e repeti e repeti, até que ele desabasse por cima de mim, me deixando sem respirar. O Leopardo o tirou de cima de mim e gritou para que eu corresse. Ele mudou de forma e rosnou. Eu não sei se aquilo os havia assustado. Mas quando cheguei ao lago, todos já estavam embarcados numa balsa bem larga, incluindo a menina e o meu cavalo. Subi meio desequilibrado na embarcação enquanto o Leopardo passava voando ao meu lado. Os Zogbanus irromperam na margem, talvez dez mais cinco deles, talvez vinte, tão perto uns dos outros que pareciam uma única fera enorme, coberta de chifres e espinhos.

Sem ninguém a empurrar, a balsa zarpou. Na parte da frente, sentada como se estivesse rezando em seu quartinho tranquilo, alheia ao mundo enquanto ele pegava fogo, estava Bunshi.

— Sua cadela da noite, você estava nos testando — disse eu.

— Ela não fez nada disso — disse Sogolon.

— Não foi uma pergunta!

Sogolon não disse nada, mas sentou lá como se estivesse fazendo suas orações, quando eu sabia que ela não estava.

— Nós deveríamos voltar para buscar Bibi.

— Ele está morto — disse Bunshi.

— Não está. Eles capturam suas vítimas vivas para que possam comer sua carne sempre fresca.

Ela levantou e se virou para me encarar.

— Não estou dizendo nada que você não saiba. A questão é que você não se importa — disse eu.

— Ele é um escravo. Nasceu para morrer servin...

— E você poderia ser a irmã da sua própria mãe. O nascimento dele foi mais nobre que o seu.

— Você está falando para o vento...

Bunshi fez um gesto com a mão, e Sogolon ficou quieta.

— Existem coisas maiores do que...

— Do que o quê? Um escravo? Um homem? Uma mulher? Todo mundo neste bote está pensando "Pelo menos eu sou melhor que aquele escravo". Eles vão levar dias para matá-lo, você sabe disso. Eles o cortarão, cauterizando as feridas para que ele não morra por nenhuma doença. Você sabe como agem os canibais. E, mesmo assim, existem coisas maiores.

— Rastreador.

— Ele não é um escravo.

Eu pulei na água.

Na manhã seguinte, acordei num mato ralo e seco com a mão de alguém sobre o meu peito. A menina da noite anterior, com parte de sua argila borrada, tocava-o com a mão em concha como se estivesse medindo o peso do ferro, porque só conhecia o do bronze. Afastei-a com um empurrão. Ela foi cambaleando até o outro lado da balsa, aos pés de Sogolon, que estava ali parada como se fosse o capitão, segurando sua lança como se fosse um cajado. O sol já havia se levantado há algum tempo, aparentemente, porque minha pele estava quente. Então, levei um susto.

— Onde está Bibi?

— Você não se lembra? — perguntou Sogolon.

E quando ela disse aquilo, eu me lembrei. De nadar de volta na água que parecia um óleo negro, a costa ficando cada vez mais distante, mas eu usando toda a minha fúria para chegar até lá. Os Zogbanus tinham desaparecido, voltado para a mata. Eu estava sem as minhas machadinhas e tinha apenas uma faca. A pele dos Zogbanus se parecia com a casca de uma árvore, mas perto das costelas era macia e, assim como as das demais feras, você podia atravessá-la com uma lança. Alguém segurou minha mão com dedos velhos. Dedos negros como a noite.

— Bunshi — disse eu.

— Seu amigo está morto — contou-me ela.

— Ele não está morto só porque você diz que ele está.

— Rastreador, eles estavam caçando para comer e nós tomamos sua última refeição. Eles não comerão o menino cujo pescoço quebramos.

— Mesmo assim eu irei.

— Mesmo se isso implique a sua morte?

— O que ela significaria para você?

— Você ainda é um homem de grande utilidade. Aquelas feras certamente o matarão, e de que me servirão dois cadáveres?

— Eu preciso ir.

— Pelo menos não seja visto.

— Você consegue lançar um feitiço de disfarce?

— E eu lá sou uma bruxa?

Olhei à minha volta e achei que ela havia desaparecido até sentir a umidade passando por entre os dedos do meu pé. O lago sendo puxado para suas margens pela lua. Eu tinha certeza disso. Então, a água subiu até meus tornozelos, mas não retornou para o lago. Não havia água de lago nenhum, apenas algo preto, gelado e úmido subindo pelas minhas pernas. Fiquei apavorado, porém apenas por um instante, então deixei que ela me cobrisse. Bunshi esticou sua pele por cima das minhas panturrilhas, subiu pelos meus joelhos, envolveu minhas coxas e barriga, se espalhando por toda minha pele. A verdade é que eu não estava gostando nem um pouco daquilo. Ela era gelada, mais fria que o lago, e, mesmo assim, eu queria ir até o lago só para me ver parecido com ela em seu reflexo. Ela chegou ao meu pescoço e o apertou com tanta força que lhe dei um tapa.

— Pare de tentar me matar — disse eu.

Ela soltou meu pescoço, cobriu meus lábios e meu rosto, e depois a cabeça.

— Os Zogbanus não enxergam bem no escuro. Mas eles podem te ouvir, e sentir o seu cheiro e o seu calor.

Achei que ela fosse me conduzir, mas ela ficou parada. Não chegamos muito longe.

As chamas da fogueira já lambiam os céus. Um dos Zogbanus pegou Bibi pela cabeça e o levantou. Ele estava segurando metade de Bibi no ar. Seu peito já tinha sido aberto para remover as entranhas, e suas costelas estavam escancaradas como as de uma vaca morta para um banquete. Eles o colocaram num espeto, e as chamas subiam para alcançá-lo.

Acordei daquele sonho e vomitei. Fiquei de pé. Não era o sonho que tinha me feito vomitar, era a balsa. E que balsa era aquela? Um aglomerado de farinha de ossos e grama que parecia uma pequena ilha, não uma coisa feita pelo homem. O Leopardo estava sentado do outro lado, com os pés para cima. Ele olhou para mim e eu olhei para ele. Nenhum dos dois acenou com a cabeça. Fumeli estava sentado ao seu lado, mas não olhou para mim. Apenas um dos cavalos com os suprimentos havia sobrevivido, o que reduzia nossos mantimentos pela metade. A menina pintada estava ajoelhada ao lado de Sogolon, que estava de pé. A balsa-ilha afundava um pouco debaixo do Ogo. O que é isso, essa coisa na qual estamos navegando? Eu queria perguntar, mas sabia que sua resposta atravessaria a noite inteira. Sogolon, parada ali como se estivesse enxergando terras que nós não éramos capazes, estava certamente conduzindo a embarcação com sua magia. A menina pintada olhou para mim, enrolando-se num pedaço de couro.

— Você é uma fera, como ele? — perguntou ela, apontando para o Leopardo.

— Você está falando disso? — questionei, apontando para o meu olho. — Isso pertence a um cão, não a um gato. E eu não sou um animal, sou um homem.

— O que é um homem e o que é uma mulher? — indagou a menina.

— Bingoyi yi kase nan — falei.

— Ela disse isso para mim três vezes durante a noite, mesmo dormindo — comentou a menina, apontando para Sogolon.

— Uma menina é um animal que se caça — expliquei.

— Eu sou a gloriosa oferenda de...

— É claro que é.

Todo mundo estava tão quieto que dava pra ouvir a água passando debaixo da balsa. O Ogo se virou. Ele disse:

— O que é um homem e o que é uma mulher? Bem, essa é uma pergunta simples, com uma resposta simples, exceto quando...

— Tristogo, agora não — disse eu.

— Qual é o seu nome? Como eles te chamam? — perguntei.

— Os elevados me chamam de Venin. Eles chamam todos os escolhidos de Venin. Venin é ele e ela. As grandes mães e os grandes pais me escolheram, antes de eu ter nascido, como um sacrifício para os Zogbanus. Desde que eu nasci, faço minhas preces, e continuo fazendo.

— Por que eles estão tão ao Norte?

— Eu fui a escolhida para ser oferecida em sacrifício para os deuses chifrudos. Foi assim com a minha mãe e com a mãe da minha mãe.

— Mãe e mãe da sua... Então como você está aqui? Alguém me lembre por que trouxemos essa aqui conosco? — falei.

— Talvez seja melhor você parar de fazer perguntas cujas respostas você conhece — disse o Leopardo.

— É mesmo? Onde eu estaria se não fosse o sábio Leopardo? Que resposta é essa que eu já conheço?

— Eles já teriam comido até os ossos dessa menina e do menino a essa altura. Estavam esperando por nós.

— Seu senhor disse a eles que estávamos vindo — disse eu ao Leopardo.

— Ele não é meu senhor — redarguiu ele.

— Vocês são dois tolos. Por que ele nos enviaria numa missão e depois nos impediria de cumpri-la? — questionou Sogolon.

— Porque mudou de ideia — respondi.

Ela franziu o cenho. Eu não ia dizer "Sogolon, o que você disse está certo". O Leopardo balançou a cabeça.

— Nada aponta para uma traição do traficante — retomou ela.

— Claro. Os Zogbanus nos encontraram por acaso. Talvez tenha sido alguém nessa balsa. Ou alguém que não está nela.

O sol estava bem sobre nossas cabeças, e o azul do lago tinha ficado mais escuro. Bunshi estava na água, eu a vi mergulhando no azul; sua pele, que parecia preta à noite, agora estava índigo. Ela saiu em disparada pela água, primeiro por cima, depois por baixo, o mais longe que pôde ao Leste, o mais longe que pôde a Oeste, e depois voltou e ficou nadando bem ao lado da balsa. Ela era como as criaturas das águas que eu já tinha visto nos rios. Uma barbatana no final da parte de trás de sua cabeça e pescoço, ombros e peitos como os de uma mulher, mas, da cintura para baixo, uma longa e serpenteante cauda de um peixe enorme.

— O que ela está fazendo? — perguntei a Sogolon, que até agora não tinha nem se dado o trabalho de olhar para mim.

A vista à nossa frente não era nada além de uma linha que separava o mar do céu, mas ela estava com seus olhos fixos nela.

— Você nunca viu um peixe?

— Ela não é um peixe.

— Ela está conversando com Chipfalambula. Implorando a ela mais um favor, pedindo para nos levar até o outro lado. Não temos permissão para estar aqui, afinal de contas.

— Onde?

— Seu tolo — disse ela, e olhou para baixo.

— Nisso? — perguntei, e chutei o chão.

Ela de pé ali, bancando a líder, estava me incomodando. Passei andando por ela, fui até a parte da frente da balsa e me sentei. Naquele ponto, a balsa-ilha declinava para o rio. Eu podia ver o resto da balsa dentro d'água. Aquilo não era uma balsa, era uma ilha flutuante controlada ou pelo vento ou por magia. Dois peixes, que tinham talvez o meu tamanho, nadavam à sua frente.

Depois disso, não acreditei no que eu vi. O pedaço de ilha que estava dentro do mar abriu uma fenda bem à frente de onde eu estava sentado e engoliu o primeiro peixe. Metade do segundo ficou para fora, mas a abertura a mastigou. Debaixo do meu calcanhar direito, eu vi os olhos de Chipfalambula olhando para mim. Levei um susto. Suas guelras se abriram e se fecharam. Bem mais para o fundo, suas enormes barbatanas, cada uma maior que um barco, moviam-se lentamente dentro do lago, a metade dentro d'água num azul matinal, a metade para fora da cor da areia e da terra.

— Popele está pedindo a permissão de Chipfalambula, a cobradora, para nos levar até o outro lado. Ela ainda não deu sua resposta — avisou Sogolon.

— Já faz muito tempo que deixamos terra firme. Não é essa sua resposta?

Sogolon riu. Bunshi saltou com todo seu corpo para fora d'água e depois mergulhou bem na frente dela, seja lá o que ela fosse.

— Chipfalambula não te leva para águas profundas para te levar até o outro lado. Ela te leva até lá para devorá-lo.

Sogolon estava séria. Ninguém sentia aquela coisa se mexendo, mas todos nós sentimos quando ela parou. Bunshi nadou direto até sua boca, e eu achei que ela fosse ser engolida. Ela mergulhou por baixo dela e saiu ao lado de sua barbatana direita. Ela a espantou como se fosse uma vespa, e Bunshi saiu voando pelo ar e caiu distante em um ponto da água. Ela voltou nadando num piscar de olhos e subiu de volta nas costas do grande peixe. Ela passou por nós e ficou de pé ao lado de Sogolon. O grande peixe começou a se mover novamente.

— Essa vaca obesa está ficando rabugenta com a idade — disse ela.

Fui até o Leopardo. Ele ainda estava sentado com Fumeli, ambos com os joelhos recolhidos contra seus peitos.

— Quero conversar com você — disse eu.

Ele ficou de pé, bem como Fumeli. Ambos usavam saiotes de couro, mas o Leopardo não parecia tão incomodado com ele como estava na Estalagem Kulikulo.

— Somente com você — disse eu.

Fumeli recusou-se a sentar, até que o Leopardo se virou e acenou com a cabeça.

— Depois disso vai usar sandálias?

— Do que você quer falar? — perguntou o Leopardo.

— Tem mais alguma coisa pressionando você? Uma outra reunião na parte traseira desse peixe?

— Do que você está falando?

— Eu fui conversar com um ancião sobre Basu Fumanguru. Só para ver se aquelas histórias se mostrariam verdadeiras. Ele me disse que a casa dos Fumanguru foi acometida por doenças, espalhadas por um demônio de rio. Mas quando eu falei sobre cortar minha mão e jogar o meu sangue, ele olhou para cima antes de eu dizer isso. Ele sabe. E ele mentiu. As Bisimbi não são demônios de rio. Elas não gostam de rios.

— Então, foi nesse lugar que você foi?

— Sim, foi nesse lugar que eu fui.

— Onde está esse ancião agora?

— Com seus ancestrais. Ele tentou me matar quando eu disse que ele estava mentindo. O que acontece é o seguinte: acho que ele não sabia sobre a criança.

— E daí?

— O chefe dos anciãos não vai conhecer os seus? Ele disse que seu filho caçula tinha dez mais cinco.

— Pra mim é tudo enigma o que você diz — disse o Leopardo.

— Estou dizendo o seguinte. Esse menino não é filho de Fumanguru, não importa o que diga Bunshi, ou o traficante, ou qualquer um. Tenho certeza de que o ancião sabia que Fumanguru seria assassinado, talvez ele próprio tenha mandado. Mas ele contou oito corpos, que era o que ele esperava contar.

— Ele sabe sobre os assassinatos, mas não sobre o menino?

— Porque o menino não era filho de Fumanguru. Nem seu pupilo, nem parente, nem mesmo seu hóspede. O ancião tentou me matar porque ele percebeu que eu sabia que ele sabia sobre os assassinatos. Mas ele não sabia que havia um outro menino. Seja lá quem estiver por trás da matança, não disse nada a ele — expliquei eu.

— Então o menino não é filho de Fumanguru?

— Por que ele teria um filho secreto?

— Por que Busnhi diria que ele era seu filho?

— Não sei.

— Esqueça dinheiro e bens. As pessoas negociam apenas mentiras nessas terras — disse ele, olhando bem nos meus olhos.

— Ou as pessoas só lhe contam o que elas acham que você precisa saber — redargui.

Ele ficou olhando ao redor por um tempo, para todos que estavam em cima do peixe, depois olhou mais um bom tempo para o Ogo, que tinha voltado a dormir, e depois de novo para mim.

— Isso é tudo?

— Não é o bastante?

— Se você acha que é.

— À merda os deuses, felino. Alguma coisa azedou entre nós.

— Isso é o que você acha.

— Isso é o que eu sei. E aconteceu rápido. Mas eu acho que é o seu Fumeli. Ele era apenas uma piada para você há apenas alguns dias. Agora, vocês dois estão mais próximos, e eu sou seu inimigo.

— Eu me aproximar dele, como você diz, transforma você em meu inimigo.

— Não foi isso que eu disse.

— Mas foi o que você quis dizer.

— Não foi isso também. Isso não soa como palavras suas.

— Eu estou parecendo...

— Com ele.

Ele riu e voltou a se sentar ao lado de Fumeli, puxando os joelhos para perto do peito do mesmo jeito que o menino.

A luz do dia fugia de nós. Eu fiquei assistindo sua partida. Venin estava ao lado de Sogolon, olhando para ela, às vezes olhando para o rio, às vezes encostando seus pés nos dela quando via que a bruxa havia sentado na pele, não no chão. Todos os outros dormiam, olhavam para o rio, para o céu, ou cuidavam de suas próprias vidas.

Nós chegamos a terra firme no final do dia. Quanto tempo de sol ainda tínhamos, eu não sabia. O Ogo despertou. Sogolon foi a primeira a sair do peixe, levando junto seu cavalo. A menina, bem ao seu lado, agarrava com força as roupas dela, com medo de se afastar nem que fosse um braço de distância, talvez por conta da escuridão que nos esperava. O Ogo saiu cambaleando, ainda sonolento. O Leopardo disse alguma coisa que fez Fumeli rir. Ele virou sua cabeça para a esquerda e para a direita, depois afagou o rosto do menino com sua testa. Ele pegou as rédeas do cavalo do menino e passou andando na minha frente. Indo atrás dele, Fumeli disse:

— Procurando pelo homem das tâmaras?

Apertei meu punho e o deixei passar. A menina Venin caminhava ao lado de Sogolon assim como Bunshi, as barbatanas na parte de trás de sua cabeça já sumidas. Mais ou menos a cem passos de distância, lá estava ele, despontando em meio a uma névoa tão densa que ela precisava se apoiar no chão, com árvores altas como montanhas, galhos compridos, esticados, parecendo dedos quebrados. Emaranhados uns nos outros, trocando segredos. Num verde tão escuro que chegava a ser azul.

O Reino das Trevas.

Eu já tinha estado aqui.

Ficamos parados, olhando para a floresta. O Reino das Trevas era uma coisa sobre a qual as mães falavam para os seus filhos; uma mata cheia de fantasmas e monstros, o que era tanto mentira quanto verdade.

Um dia nos separava de Mitu. Contornar o Reino das Trevas levaria três ou quatro dias, e tinha os seus próprios perigos. A floresta tinha alguma coisa que eu não conseguia descrever, não para eles, prestes a entrar nela. Pica-paus batucavam um ritmo, avisando os outros pássaros distantes sobre a nossa chegada. Uma árvore tinha se enfiado na frente das outras, como se quisesse pegar mais sol. Ela parecia cercada. Menos folhas do que as outras, com os galhos dispostos em leque, embora seu tronco fosse fino. O Reino das Trevas já começava a me afetar.

— Árvore de cheiro — disse Sogolon. — Árvore de cheiro, árvore amarela, árvore de ferro, pica-pau, árvore de cheiro, árvore amarela, árvore de ferro, pica-pau, árvore de cheiro, árvore amarela...

Sogolon caiu para trás. Sua cabeça virou para a esquerda como se alguém tivesse lhe dado um tapa, depois para a direita. Eu ouvi o tapa. Todos ouviram o tapa. Sogolon caiu e tremeu, depois parou, depois tremeu, depois tremeu de novo, depois pôs a mão em sua barriga e resmungou alguma coisa numa língua que eu já tinha ouvido no Reino das Trevas. A menina, agarrada a suas roupas, caiu junto com ela. Ela olhou pra mim, com os olhos esbugalhados, prestes a gritar. Sogolon levantou, mas o ar a derrubou com mais um tapa. Saquei minhas machadinhas, o Ogo fechou seus punhos, o Leopardo se transformou e Fumeli puxou seu arco. O arco do Leopardo. O encantamento da Sangoma ainda fazia efeito em mim, e eu o senti da mesma maneira que alguém sente no ar o vento gelado e agudo de uma tempestade que se aproxima. Sogolon saiu cambaleando, quase caindo duas vezes. Bunshi foi atrás dela.

— A loucura tomou conta dela — afirmou o Leopardo.

— Não posso amarrar isso e cobrir aquilo — disse Sogolon, sussurrando, mas nós a ouvimos.

— Ela é velha. A loucura tomou conta dela de vez — constatou Fumeli.

— Se ela é uma maluca, então você é estúpido e jovem — falei.

Bunshi tentou segurá-la, mas ela a afastou com um empurrão. Sogolon caiu de joelhos. Ela pegou um graveto e começou a desenhar runas na areia. Ela as escreveu no chão enquanto parecia que alguém a estava socando e estapeando. O Ogo não aguentou mais. Ele pegou suas luvas de ferro e começou a correr em sua direção, mas Bunshi o deteve, dizendo que seus punhos não poderiam nos ajudar ali. Sogolon marcou e arranhou e escavou e riscou a terra com seus dedos, desenhando runas no chão e caindo para trás e xingando, até que finalmente conseguiu fazer um círculo ao redor. Ela ficou de pé e largou o graveto. Algo veio pelo ar e investiu contra ela. Nós não conseguíamos vê-lo, apenas ouvir o barulho do vento. E também o seguinte, o som de alguma coisa batendo, como sacos jogados contra um muro, um, depois três, depois dez, depois uma chuva de pancadas. Acertando uma parede etérea que protegia Sogolon. Depois disso, parou.

— Reino das Trevas — disse Sogolon. — É o Reino das Trevas. Eles todos se sentem mais fortes por aqui. Tomam liberdades como se tivessem a permissão do além.

— Quem? — perguntei.

Sogolon estava prestes a falar, mas Bunshi ergueu sua mão.

— Espíritos desencarnados que nunca gostaram da morte. Espíritos que acham que Sogolon pode ajudá-los. Eles a cercaram fazendo pedidos e ficaram furiosos quando ela disse não. Os mortos devem permanecer mortos.

— E eles estavam todos aqui nos esperando na entrada do Reino das Trevas? — perguntei.

— Muitas coisas estão aqui nos esperando — disse Sogolon.

Muitas pessoas não conseguiam encará-la, mas eu não era uma delas.

— Você está mentindo — falei.

— Eles estão mortos, isso não é mentira.

— Eu já estive com gente desesperada por ajuda, vivos e mortos. Pode ser que eles te agarrem, te segurem e te obriguem a olhar, pode até ser que eles te arrastem até o local em que morreram, mas ninguém te espanca como se fosse o seu marido.

— Eles estão mortos, e isso não é mentira.

— Mas a bruxa é a responsável, e isso também não é mentira.

— Os Zogbanus estão à sua caça. Há mais deles por aí.

— Mas os espíritos que estavam nessa praia estão à caça dela.

— Você acha que me conhece. Você não sabe de nada — redarguiu Sogolon.

— Eu sei que, da próxima vez que você esquecer de escrever runas no ar ou na terra, eles vão te derrubar do cavalo ou te jogar de um precipício. Eu sei que você as escreve toda noite. Me pergunto como você dorme. *Tana kasa tano dabo.*

Tanto Bunshi quanto Sogolon olharam para mim. Eu olhei para os outros e disse:

— Se está no chão, é magia.

— Chega. Isso não está nos levando a lugar algum. Vocês precisam chegar a Mitu e, depois, a Kongor — disse Bunshi.

Sogolon segurou o arreio do seu cavalo, montou e depois puxou a menina para cima.

— Nós vamos contornar a floresta — declarou ela.

— Isso vai levar três dias, quatro se o vento estiver contra você — avisou o Leopardo.

— Mesmo assim, nós vamos.

— Ninguém está te impedindo — disse Fumeli.

Não havia nada no mundo que eu quisesse mais do que dar um tapa naquele menino. Mas eu também não queria atravessar o Reino das Trevas.

— Ela tem razão — disse eu. — Tem coisas no Reino das Trevas que irão nos encontrar mesmo se não estivermos procurando por elas. Elas estarão procurando por...

— É menos de um dia pelo meio desse mato idiota — disse o Leopardo.

— Nada é menos aí dentro. Você nunca esteve lá.

— Lá vem você de novo, Rastreador, achando que algo que o derrubou também irá me derrubar — retrucou o Leopardo.

— Vamos dar a volta — determinei, e me virei para o meu cavalo.

O Leopardo murmurou alguma coisa.

— Quê?

— Eu disse: "Certos homens acham que agora mandam em mim."

— Por que eu ia querer mandar em você? Por que qualquer pessoa ia querer isso, felino?

— Nós vamos atravessar a floresta. São apenas árvores e mato.

— Que espírito é esse em você, de repente? Eu disse que já estive no Reino das Trevas. É uma terra de feitiços malignos. Você deixou de ser quem era. E você nem sabe quem você era.

— Ser é algo que os humanos pensam de si mesmos. Eu sou apenas um felino.

Aquela grosseria não fazia sentido, e eu já havia presenciado alguns de seus piores momentos. Tudo estava acontecendo muito rápido, como se algo que estivesse fervendo há anos tivesse simplesmente transbordado. E então a fervura o fez abrir a boca.

— Atravessar o Reino das Trevas leva um dia. Contornar suas terras leva três dias. Qualquer homem de bom senso faria essa escolha — declarou Fumeli.

— Bem, homem e menino, escolham o que quiserem. Nós daremos a volta — disse eu.

— A única maneira de prosseguir é atravessando, Rastreador.

Ele pegou o seu cavalo e começou a caminhar. Fumeli o seguiu.

— Todo mundo encontra o que procura no Reino das Trevas. A menos que você seja o que eles estão procurando — avisei.

Mas eles não estavam mais olhando para mim. Então, o Ogo começou a segui-los.

— Tristogo, por quê? — perguntei.

— Talvez ele esteja cansado dessas suas tiradas espirituosas — respondeu Fumeli. — *Todo mundo encontra o que procura no Reino das Trevas.* Você parece um desses homens de cabelo branco e com a pele enrugada que acham que existe sabedoria em suas palavras, quando na verdade a única coisa que existe nelas é velhice.

O Ogo se virou para responder, mas eu o interrompi, muito embora talvez eu devesse ter deixado que ele se explicasse por dias. Pelo menos isso o impediria de ir junto com eles.

— Esqueça. Faça o que tiver de fazer — disse eu.

— Parece que o menino encontrou uma utilidade para si — comentou Sogolon, e depois saiu cavalgando com a menina.

Eu montei no meu cavalo e a segui. A menina pintada estava abraçada às laterais de Sogolon, com o lado direito do rosto repousando em suas costas. A noite corria atrás de nós, e o fazia depressa. Sogolon parou.

— Seus homens, algum deles já havia atravessado o Reino das Trevas?

— O Leopardo disse que era apenas mato.

— Nenhum deles passou por lá antes, nem mesmo o gigante?

— O Ogo. Ogos não gostam de ser chamados de gigantes.

— Seu cérebro pequeno é a única coisa que o salva.

— Seja mais clara, mulher.

— Estou sendo mais clara que as águas de um rio. Eles não chegarão do outro lado.

— Eles chegarão se seguirem o caminho.

— Você já se esqueceu. Isso é o que a floresta espera que você faça.

— Eles vão ter muito para nos contar do outro lado.

— Eles não chegarão do outro lado.

— O que é essa mata? — perguntou a menina pintada.

— Você não tem um nome?

— Venin, eu disse a você.

— Você vai voltar para buscar seus amigos? — perguntou Sogolon.

— Eles não são meus amigos.

Eu olhei para ela e para Venin, e depois para o céu.

— Onde está Bunshi?

Sogolon riu.

— Quanto tempo você vai levar para encontrar os desaparecidos, se você está demorando tanto assim para perceber quem desapareceu?

— Eu não presto atenção nas idas e vindas das bruxas.

— Você irá atrás deles?

— Ninguém demonstraria gratidão por isso.

— Gratidão é o que você procura? Você se vende barato.

Ela pegou as rédeas.

— Se quiser salvá-los, vá salvá-los. Ou não. Que clube de amigos virou isso aqui. Bunshi e suas amizades com os homens. É por isso que ela fracassa antes de começar. Não dá pra fazer amizade com homens. Um homem vivo é apenas um homem atrapalhando o caminho. Talvez nos encontremos novamente em Mitu, se não, em Kongor.

— Você está dizendo isso como se eu fosse voltar.

— Vejo você depois, ou talvez não. Confie nos deuses.

Sogolon foi embora galopando. Eu não a segui.

DEZ

A bruxa tinha razão. Entrei pelo meio do mato antes de chegar no caminho. O cavalo refugou. Afaguei seu pescoço. Fomos andando pelo meio da mata. Pensei que estaria envolto numa névoa gelada, mas um calor úmido varria a vegetação, arrancando suor da minha pele. Flores brancas se abriam e se fechavam. Árvores cresciam até os céus com plantas estranhas brotando em seus troncos. Algumas videiras penduradas no ar, outras enroladas nas árvores, onde as folhas bloqueavam a maior parte do céu, e o pouco de céu que podia se ver já se mostrava como noite. Nada se pendurava ou balançava, mas ruídos ricocheteavam pela mata. Uma água fina caía sobre a minha pele, mas era quente demais para ser chuva. Ao longe, três elefantes bramiram, assustando o cavalo. Nunca se pode confiar em animais dentro do Reino das Trevas.

Lá em cima, um pica-pau picava lentamente, enviando uma mensagem nas entrelinhas do ritmo. *Homens andando pela mata. Homens andando pela mata. Homens, eles estão andando agora pela mata.*

Lá em cima, dez mais nove macacos saltitavam, discretos, sem representar um risco, talvez apenas curiosos. Mas eles estavam nos seguindo. Os elefantes bramiram mais uma vez. Eu não percebi que estávamos no caminho até eles aparecerem bem na nossa frente. Um exército. Eles bramiram, depois agitaram suas trombas, depois empinaram e pisaram o chão com força, e depois investiram contra nós. Suas pisadas faziam mais barulho do que um trovão, mas o chão não tremia. Eu me deitei sobre o pescoço do cavalo e cobri suas orelhas. Aquilo o assustou novamente, fez com que ele corcoveasse, mas seria pior deixá-lo ouvindo os elefantes. Eles passaram pelos lados e também nos atravessaram. Fantasmas de elefantes — ou a lembrança de elefantes, ou um deus, em algum lugar, sonhando com elefantes. No Reino das Trevas, nunca dá pra distinguir o que é de carne e osso e o que é espírito. Sobre nossas cabeças, a noite era total, mas luz se enfiava por entre as folhas como se viesse de pequenas luas. Mais longe, à esquerda, no que parecia ser uma clareira no meio da mata, mas não era, havia macacos, de pé, três ou quatro na frente, empurrando as folhas maiores. Cinco estavam dentro da clareira, banhados de luz. Outros estavam mais para trás, alguns descendo das árvores. Um dos macacos abriu sua boca, mostrando seus dentes de cortar carne, compridos e afiados, dois em cima e dois embaixo. Nunca aprendi o idioma dos macacos, mas sabia que se eu parasse eles viriam para cima de nós e depois fugiriam, e depois viriam para cima novamente, chegando cada vez mais perto, até conseguirem chegar a mim e ao cavalo, e nos espancar até a morte. Não eram fantasmas de macacos ou sonhos de macacos, e sim macacos reais, que gostavam de viver entre os mortos. Minha cabeça roçou algumas folhas, e elas se abriram revelando várias bagas, graúdas e da cor do sangue. Se eu comesse apenas uma, dormiria por um quarto de lua inteiro. Se comesse outras três, nunca mais acordaria. Uma floresta esquecida pelos deuses, onde até mesmo os seres vivos brincavam com a morte e o sono. Lá em cima, mais pássaros crocitavam e grasnavam e piavam e cantavam, e imitavam, guinchavam e gritavam. Duas girafas do tamanho de gatos domésticos passaram correndo por nós, fugindo de um javali do tamanho de um rinoceronte.

    Eu não deveria ter vindo até aqui. *Não, você não deveria*, uma voz disse por dentro e por fora da minha cabeça. Eu não olhei ao redor. *O que quer que você esteja procurando no Reino das Trevas, você sempre encontrará*. Pendurados à minha frente, fios de delicada seda, centenas de milhares, descendo até o chão.

Cheguei um pouco mais perto e vi que não era seda. Lá em cima, dormindo de cabeça para baixo, como morcegos, estavam criaturas que eu nunca havia visto, pequenas como ghommids, e também pretas, como eles, mas penduradas de ponta-cabeça, as garras de seus pés presas aos galhos. A seda despencava de suas bocas abertas. Baba. Grossa o suficiente para que minha faca fosse cortando os fios enquanto eu passava. Havia um verdadeiro enxame delas, penduradas em todas as árvores. Quando passei por uma pendurada mais perto do chão, seus olhos se abriram. Brancos, depois amarelos, depois vermelhos, depois pretos.

De todo modo, estava na hora de sair do caminho, e meu cavalo estava com sede. *Vá embora agora ou fique*, disse uma voz suave, dentro da minha cabeça. O charco, enquanto ele ia bebendo, foi ficando claro como o dia. Quando olhei para o céu, ainda era noite. Eu o afastei da água. Seu azul não espelhava o céu. Aquele ar vinha de algum outro lugar, e não de um reino submerso, pois eu teria sentido o seu cheiro. Aquilo era o espelho de um sonho, um lugar onde eu era o sonho. Me agachei e me inclinei tanto sobre a água que quase caí dentro dela. Um piso preto e branco, com desenhos que se pareciam com estrelas e pedras verdes brilhantes, pilares se erguendo tão alto a partir do chão que chegavam a sair do charco. Era um salão, os aposentos de um homem de grandes riquezas, mais riquezas do que um chefe de uma aldeia ou um príncipe. Vi algo que brilhava como se fossem estrelas. Rejuntes de ouro no piso, ouro subindo pelos pilares, folhas de ouro nas cortinas que balançavam com o vento.

Um homem entrou na sala, seus cabelos curtos e vermelhos como uma baga. O homem vestia um *agbada* preto que se arrastava pelo chão e um manto que se agitava com o vento. Elas desapareceram antes que eu pudesse vê-las por inteiro, asas negras que surgiram em suas costas e depois sumiram. Ele olhou para cima, como se tivesse visto alguma coisa atrás de mim, e começou a andar na minha direção. Então, ele me encarou, olho no olho. Suas vestes se abriram, como as asas de antes, e seu olhar se transformou numa encarada. Ele gritou alguma coisa que eu não consegui ouvir, pegou a lança de um guarda e deu alguns passos para trás, prestes a arremessá-la. Eu saltei para me afastar do charco, caindo de costas no chão.

E agora as palavras do Leopardo andavam dentro da minha cabeça: *A única maneira de prosseguir é atravessando.* Mas aquela não era a voz do Leopardo. Eu me virei para o Leste. Pelo menos meu coração me dizia que aquele era o Leste; não havia como eu saber. O Leste estava ficando cada vez mais escuro, mas eu ainda conseguia enxergar. Da última vez que eu havia estado no Reino das Trevas, aquele espírito se anunciou com clareza, da mesma forma que um assassino para sua vítima, que diz o que fará enquanto o faz. A floresta era muito densa, com os galhos muito baixos para que eu continuasse montado no cavalo, então eu desci dele e fui andando ao seu lado. Senti seu cheiro de queimado antes de ouvi-los, e sabia que eles estavam me seguindo.

— Nem ele e nem o grandão cabem — eu digo.

— Nem um pedaço do grandão? Um pedaço cabe.

— Ele vai correr, o outro vai correr, todo mundo vai correr — eu digo.

— Não se a gente fizer eles irem pelo riacho morto. Ar ruim trazido pelo vento da noite. Ar ruim direto pra dentro do nariz.

— He he he he. Mas o que a gente faz com o que sobrar? Se a gente comer até se empanturrar e deixar o que sobrar lá, eles vão apodrecer e estragar, e os abutres vão se refestelar de ficar gordo, e aí a gente vai ficar com fome de novo, porque a carne vai ter acabado.

Aqueles dois tinham se esquecido que eu já os conhecia. Ewele, vermelho e peludo, cujos olhos negros eram pequenos como sementes, e que saltava como um sapo. Ele era o barulhento, furioso e perverso, sempre fazendo planos que não davam em nada, mostrando que ele não era mais inteligente do que uma cabra atordoada. Egbere, o silencioso, no máximo choramingava, derramando lágrimas por cima dos coitados que ele comia, porque ele lamentava muito, ele diria isso a qualquer deus disposto a ouvi-lo, até que estivesse com fome novamente. Então ele se tornava mais impiedoso que seu primo. Egbere era azul quando a luz o atingia, mas negro o resto do tempo. Careca e lustroso onde seu primo era peludo. Ambos soavam como chacais no meio de uma transa violenta. E eles discutiam e brigavam tanto que, quando se lembraram de me comer, eu já tinha escapado de sua armadilha, uma rede feita com a teia de uma aranha gigante.

A Sangoma nunca me ensinou aquele feitiço, mas eu tinha prestado atenção quando ela o lançou, e memorizei cada palavra. Era uma perda de tempo usar aquele feitiço neles, mas eu perderia muito mais se ficasse esperando eles terminarem de planejar. Sussurrei seu feitiço para o vento. Os dois pequenos ghommids ainda discutiam, saltando de galho em galho acima de mim. Então:

— Onde ele foi? Onde ele tá? Onde ele é?

— Quem quem quem?

— Ele ele ele! Olha olha olha!

— Onde ele foi?

— Eu já disso isso, palerma.

— Ele se foi.

— E merda fede e mijo cheira e burro é burro, que nem tu.

— Ele se foi, ele foi. Mas o cavalo. Ele ainda tá ali.

— Ele é ela.

— Ela quem?

— O cavalo.

— O cavalo, o cavalo, vamos pegar o cavalo.

Eles desceram da árvore. Nenhum carregava armas, mas ambos abriram suas bocas, como se tivessem tido seus rostos rasgados de uma orelha a outra, cheias de dentes compridos, pontudos e numerosos. Egbere avançou no cavalo, deu um salto para cair sobre suas ancas, mas acabou se encontrando com os meus pés, que o chutaram, meu calcanhar acertando seu nariz. Ele caiu para trás e deu um grito.

— Por que tu me chutou, filho de uma cadela miserável?

— Eu tô atrás de ti, seu palerma. Como é que vou te chutar na...

Dei um golpe com a machadinha na direção da testa de Egbere e a enterrei bem fundo, arranquei-a de lá e enfiei no seu pescoço. Golpeei de novo e de novo, até decepar sua cabeça. Ewele gritou e gritou que o vento estava matando seu irmão, o vento está matando meu irmão.

— Pensei que ele fosse o seu primo — disse eu.

— Quem está aí? Quem é o demônio do céu que matou meu irmão?

Eu conheço os ghommids. Uma vez irritados, eles perdem o controle. Ele nunca mais pararia de chorar.

— Você matou meu irmão!

— Cale a boca. Sua cabeça crescerá de volta em sete dias. A menos que aquilo ali infeccione, daí o que vai crescer de volta é só uma bola gigante de pus.

— Revele-se! Estou louco para matá-lo!

— Você está matando meu tempo, seu trol.

Você não tem tempo, alguém disse na minha cabeça. Dessa vez, eu lhe dei ouvidos. Era homem, e falava comigo como se eu o conhecesse, caloroso como um velho amigo, mas apenas no som, pois na verdade a sensação que me trazia era mais gélida do que as regiões mais profundas das terras dos mortos, onde eu havia estado em um sonho. A voz quebrou o feitiço, e Ewele me atacou. Ele gritava, com a boca bem aberta, seus dentes afiados crescendo, ele todo transformado em boca e dentes, como os grandes peixes que eu tinha visto em águas profundas. E ele foi ficando mais forte conforme ia ficando mais irritado. Minha mão o afastou do meu rosto, mas seu pelo era escorregadio, ele mordia e mordia e mordia e, de repente, saiu voando para cima e desapareceu. Meu cavalo havia lhe dado um coice. Eu montei nele e saí cavalgando.

Por que você voltou?, disse ele.

— Eu não voltei. Eu estou passando por aqui.

Passando. Mas você está no caminho.

— O cavalo não consegue andar muito tempo pelo meio do mato.

Eu sabia que você o faria.

— À merda os deuses e tudo que você sabe.

Eu sabia que você voltaria.

— À merda os deuses.

Que tipo de história os griôs contarão sobre você? Você não tem história. Um homem sem uso para ninguém. Um homem do qual ninguém depende, no qual ninguém confia. Você flana como os espíritos e os demônios, mas mesmo o flanar deles tem algum propósito.

— É isso que todas as pessoas são? Seu propósito? Seu uso?

Você não tem propósito. Você é um homem que não é amado por ninguém. Quando você morrer, quem chorará por você? Seu pai o esqueceu antes mesmo de você nascer. Eles o criaram numa casa onde as pessoas matam as memórias. Que tipo de herói é você?

— É isso que você quer? Um herói?

Eu trago notícias do seu pai e do seu irmão.

Parei o cavalo.

— Eles estão decepcionados de novo? Estão andando cabisbaixos e envergonhados no além? Pelo jeito nunca vão mudar, meu pai e meu irmão.

Trago notícias de sua irmã.

— Eu não tenho uma irmã.

Muito se passou desde que você saiu da casa de sua mãe.

— Eu não tenho uma irmã.

E ela não tem um irmão. Mas ela tem um pai, que também é seu avô. E uma mãe, que também é uma irmã.

— E você vem me dizer que sou eu quem está trazendo vergonha para essa família?

O que você quer?

— Eu quero que ou você me mate, ou cale a sua boca.

Que tipo de homem não tem nenhuma qualidade?

— Para um espírito, fico impressionado com o quanto você se importa com o que um homem comum pensa. Você fala sobre propósito como se os deuses o cagassem de seus cus divinos, e depois o entregassem aos homens, como se eles soubessem a diferença. Eu tinha um propósito, que me foi dado pelo meu sangue, meu pai e meu avô. Eu tinha um propósito que mandei eles enfiarem no rabo. Você usa essa palavra, propósito, como se houvesse algo de nobre nela, algo reservado aos melhores deuses. Propósito são os deuses dizendo a mesma coisa que reis dizem aos homens que eles querem governar. Bom, você pode enfiá-lo mil vezes no seu rabo. Você quer saber qual é o meu propósito? Matar os homens que mataram meu irmão e meu pai, deixando meu avô para foder a minha própria mãe. Matar os homens que mataram meu irmão, porque eles o mataram porque ele matou um dos seus. Que matou um dos seus, que matou um dos deles, e assim por diante, até que os deuses morram. Meu propósito é vingar o meu sangue, para que um dia eles venham buscar sua vingança em cima de mim. Então, não, eu não quero um propósito, e eu não quero ter filhos que já nascem cobertos de sangue. Sabe o que eu quero? Eu quero acabar com essa linhagem. Com essa doença. Destruir esse veneno. Minha família morre comigo.

Eu sou seu...

— Você é um Anjonu, e você está me entediando.

Algo parecido com um grito veio do meio do mato. As mesmas folhas se agitaram perto dos meus braços, os mesmos cheiros passaram por mim. Eu cheguei a uma clareira pela qual havia acabado de passar. As árvores são traiçoeiras nessa região.

Você fecha sua mente da mesma forma que uma criança furiosa fecha seus punhos.

Chegamos a uma outra clareira, onde a grama era mais baixa, e o ar era vespertino. Ou matinal. O Reino das Trevas era sempre escuro, mas nunca era noite. Nunca era noite profunda, nunca era a aurora dos mortos. Na clareira, construída às voltas do pé de uma árvore assegai, havia uma cabana coberta de esterco de vaca. Seca, mas com seu odor ainda fresco. Atrás da cabana, deitado de costas, com as pernas abertas, estava o Ogo.

— Tristogo?

Ele estava morto.

— Tristogo?

Ele estava dormindo.

— Tristogo.

Ele deu um gemido, mas continuou dormindo.

— Tristogo.

Ele gemeu mais uma vez.

— O macaco maluco, o macaco maluco — disse ele.

— Acorde, Tristogo.

— Não, não, dormir... não... eu não durmo.

Na verdade, eu achei que o sono o estava fazendo falar daquele jeito. Ou talvez fosse o pior dos pesadelos, aquele onde ele não sabe que está dormindo.

— O macaco maluco...

— O macaco maluco, o que ele fez?

— O... maluco... o... maluc... assopra pó de osso.

Pó de osso. O Anjonu havia tentado me escravizar uma vez usando isso, mas a proteção da Sangoma estava em mim, mesmo nesta floresta. Então, ele seguiu estudando mais maldades, tentando descobrir o que o encantamento da Sangoma não protegia. Ele diz que conversa com a sua cabeça, até mesmo com a sua alma, mas ele é apenas um demônio inferior que despreza sua própria forma e que joga um feitiço Ogudu em qualquer um que cruzar seu caminho. Ele assopra o pó de osso e o corpo adormece, embora a mente siga desperta e aterrorizada.

— Tristogo, você consegue sentar?

Ele tentou ficar de pé, mas caiu de costas de novo. Ele ergueu seu peito mais uma vez e caiu de novo sobre os cotovelos. Ele fez uma pausa e sua cabeça caiu para trás, como a de uma criança sonolenta, até que, num estalo, acordou de novo.

— Role para o lado e empurre-se para cima — disse eu.

Se o pó de osso tinha feito aquilo com um Ogo, o deixado entorpecido, então os outros dois deveriam estar num sono mais profundo que o dos mortos. Tristogo tentou fazer força para cima.

— Devagar... devagar... grande gigante.

— Eu não sou um gigante. Eu sou um Ogo — disse ele.

Eu sabia que aquilo o enervaria. Ele se empurrou até conseguir ficar sentado, mas sua cabeça começou a oscilar.

— Gigante é como eles te chamam! Gigante!

— Não sou um gigante — ele tentou gritar, mas as palavras foram comidas pelo seu murmúrio.

— Você não é coisa nenhuma, babando no chão desse jeito.

Ele ficou de pé e perdeu tanto o equilíbrio que precisou se segurar na árvore. Ele não conseguiria sair dessa floresta se precisasse correr. Ele sacudiu a cabeça. Ele teria de agir como um bêbado. Na pior das hipóteses, ele poderia despencar sobre um inimigo, e isso não seria brincadeira.

— O macaco maluco... pó de osso... dentro... colocou... den...

— Os outros estão do lado de dentro.

— Bãããnn.

— Dentro da cabana?

— Eu já disse.

— Não me provoque, gigante.

— Não sou um gigante!

Aquilo o fez endireitar seu corpo. Em seguida, ele amoleceu de novo. Eu me aproximei dele e segurei seu braço. Ele olhou para baixo e retorceu o rosto como se a coisa mais esquisita tivesse pousado em seu braço.

— O pó de osso é um dos truques preferidos dos Anjonu, mas você vai ficar novinho em folha em cinco viradas de uma ampulheta. Você já deve estar sob o efeito da maldição há um bom tempo a essa altura.

— Pó de osso, o macaco maluco...

— Você insiste em dizer isso, Tristogo. O Anjonu é um espírito perverso e terrível, mas ele não é um macaco.

Um pensamento me sobreveio. Os Anjonu gostam de atormentar, mas eles atormentam com sangue, com família. Por que ele enfeitiçaria o Ogo, o Leopardo, ou, até mesmo, o menino? O Reino das Trevas abrigava os mortos, os jamais nascidos, as entidades e aqueles que fugiram do mundo do além. Mas, como eu não tinha visto muitas, tinha me esquecido que ele também era infestado com todo tipo de criatura perversa que nasceu errado. Piores do que os homens-morcego que dormiam babando.

— Você cabe aí dentro?

— Sim. Eu tentei sair antes, mas caí... caí... caí...

— Já vai passar, Ogo.

O cheiro dentro da cabana não era de esterco de vaca, mas sim de carne conservada no sal. Dentro da cabana estava claro como o dia, mas a claridade vinha de lugar nenhum, iluminando um tapete vermelho no centro, e uma parede coberta de facas, serras, pontas de flecha e cutelos. O Leopardo estava de bruços em cima do tapete, suas costas cobertas de pintas, e a parte de trás de seus braços com os pelos eriçados. Tentou se transformar, mas o feitiço Ogudu pegou com muita força. Seus dentes haviam crescido e saíam por debaixo de seus lábios. Fumeli estava deitado de costas sobre o chão de terra. Eu me inclinei sobre o Leopardo e toquei a parte de trás de sua cabeça.

— Felino, eu sei que você pode me ouvir. Eu sei que você quer se mexer, mas não consegue.

Eu o vi na minha cabeça, tentando se mexer, tentando virar seu queixo, tentando simplesmente mexer seus olhos. O Ogo, ainda cambaleante, entrou pela porta e bateu a cabeça.

— Uma cabana de esterco com uma porta?

— Pois é.

— Olhe. Há out... tra.

Outra porta, exatamente na frente da primeira, do outro lado da cabana. O Ogo se inclinou demais e tropeçou. Ele se apoiou contra a parede.

— Quem trancou essa porta? Quem a infestou com... tantas trancas?

A porta parecia ter sido roubada da cabana de uma outra pessoa. Trancas e pinos partiam do topo e desciam até o chão em um dos lados.

Isto é...

— Isto é o quê?

— O... o que é o quê?

— Não estou falando com você, Tristogo.

— Então por... minha cabeça parece que está no fundo do oceano.
Você conhece essa porta.
— Pare de falar comigo.
— Eu não tô... falando com você...
— Não estou falando com você, Tristogo.
Existem apenas dez mais nove portas como essa em todas as terras, e uma está nesta floresta que você chama de Reino das Trevas.
— Tristogo, você consegue carregar o Leopardo?
— Será que...
— Tristogo!
— Sim, sim, sim, sim, sim.
— Eu carrego o menino.
As dez mais nove portas, com certeza você já ouviu falar delas.
— Outro truque.
— Com quem você está falando? — perguntou Tristogo.
— Um demônio inferior que não cala a boca.
— Eu já trabalhei prum traficante de escravos uma vez — disse Tristogo.
— Agora não, Sodogo.
— Eu... não sei por quê... minha cabeça parece que está no fundo do oceano. Mas eu trabalhei muitos dias para um traficante de escravos. Impedi sozinho uma rebelião de escravos uma vez, com estas mãos que você está vendo. Eles disseram que eu poderia matar cinco, pois aquilo não afetaria seus negócios, então matei cinco. Não sei por que fiz aquilo. Eu sei por que os matei, mas... minha cabeça parece no fundo do oceano, não sei por que eu trabalhava para um traficante de escravos... você sabia que não existem Ogos fêmea... Ou nunca encontrei nenhuma em todas as terras onde estive... Escute bem, Rastreador... por que eu quero lhe contar isso, por que quero lhe contar essa coisa? Eu nunca... jamais... nunca estive com uma mulher, com quem é que o Ogo vai conseguir acasalar sem matar... e se isso não matá-la...

Ele levantou seu saiote. Do comprimento e da grossura do meu braço inteiro.

— E se isso não a matar, parir um Ogo certamente a mataria. Eu não conheço a minha mãe, já que nenhum Ogo conhece. O Rei do Sul tentou criar uma raça de Ogo para lutar na última guerra. Ele sequestrou meninas... algumas bem jovens... algumas que ainda não estavam em idade de carregar uma criança... maldade, bruxaria, magia negra. Não produziu um mísero Ogo, mas agora está cheio de monstros andando por aí. Nós não somos uma raça... somos um acidente.

— Pegue o Leopardo, Tristogo — ordenei.

O Ogo se inclinou, ainda vacilante, pegou o Leopardo pela cintura e o colocou sobre o seu ombro direito. Fumeli, leve como imaginei que fosse, eu joguei sobre meu ombro direito e peguei seu arco. O Ogo saiu pela porta e parou.

— O macaco maluco...

— Tristogo, não tem macaco maluco. O Anjonu estava tentando te enganar.

Kafin ka ga biri, biri ya ganka.

— O macaco maluco...

— Tristogo, não...

— O macaco maluco... lá fora.

Antes que você veja o macaco, o macaco já te viu.

O grito, de novo. Um longo EEEEEEEEEE que veio rasgando por entre as folhas. Fui até a porta. A criatura estava há, talvez, duzentos passos de distância, e se movendo muito rápido. Mais rápido do que um cavalo a galope, e vindo em direção à porta. Agitando loucamente seus braços, dando longos saltos com suas pernas, seus joelhos quase encostando em seu queixo. Às vezes ele parava e enfiava seu nariz no ar, sentindo um cheiro no vento, depois olhava na nossa direção e voltava a correr, rangendo os dentes, se babando. Sua cauda grossa estalando, chicoteando no ar. Pele como a de um homem, mas também verde, como se estivesse podre. Ele corria com a cabeça na frente, dois olhos esbugalhados, o direito menor, o esquerdo maior e fumegante. Ele gritou mais uma vez, e os fantasmas de vários pássaros saíram voando. Muito rápido. Retalhos de tecido tremulavam, presos por todo seu corpo.

— A porta, Tristogo, a porta!

Tristogo jogou o Leopardo no chão, fechou a porta e pôs os pinos nas três trancas. Um estrondo atingiu a porta, como se fosse um relâmpago. Tristogo levou um susto. A criatura fez EEEEEEEEEE de novo, ameaçando ensurdecer todas as almas ao seu alcance.

— Merda — falei.

As paredes da cabana eram feitas de folhas e esterco seco. A criatura abriria um buraco nela assim que percebesse que era capaz. Ela bateu e bateu, e a madeira velha começou a rachar. Ela fez EEEEEEEEEE de novo e de novo. O Tristogo pegou o Leopardo.

— A porta — disse ele.

Eu achei que ele tinha apontado para a porta da frente, mas ele fez um sinal com a cabeça para a dos fundos. A criatura abriu um buraco na porta da frente e enfiou sua cara por ele. Seu rosto tinha o formato de um homem parido por um demônio. Seu olho esquerdo realmente fumegava. O nariz estava enterrado em seu rosto, como o de um macaco, e seus dentes eram podres e compridos. Ela rosnou e babou pelo buraco, depois se afastou. Eu conseguia ouvir suas patas, seus passos cada vez mais rápidos e mais altos, correndo direto contra a porta. As dobradiças estouraram, mas a porta não caiu. Ela enfiou sua cara no buraco outra vez. *EEEEEEEEEE*. Ela saiu correndo para mais uma investida.

Tristogo pegou as trancas da porta dos fundos e as arrancou. O macaco maluco se chocou violentamente contra a madeira, e sua cabeça inteira passou pelo buraco. Ele tentou tirá-la de lá, mas estava preso. Agora ele olhava para cima, para nós, e gritava e berrava e rosnava, e eu podia ouvir sua cauda batendo na cabana. Viramos para a porta dos fundos, e todas as trancas que Tristogo havia arrancado tinham aparecido novamente.

— Na terceira, ele vai atravessar a porta — avisei.

— Que tipo de magia é essa... que tipo? — perguntou Tristogo.

Eu estava parado ao lado do Tristogo e fiquei examinando essa porta. Havia magia ali, mas meu faro não ajudaria a revelar como havia sido feita. Sussurrei um encantamento que não me lembrava de já ter ouvido. Nada. Não era como aquela casa em Malakal. Alguma coisa veio da boca da Sangoma, não da minha. Sussurrei mais uma vez tão de perto que meus lábios beijavam a madeira. Uma chama centelhou no canto superior direito e se espalhou por toda a moldura da porta. Quando as chamas desapareceram, as trancas também sumiram.

Tristogo passou por mim e abriu a porta com um empurrão. Uma luz branca veio lá de dentro. O macaco maluco fez EEEEEEEEEE. Eu queria ficar e lutar contra ele, mas estava com duas pessoas adormecidas, e uma prestes a desmaiar a qualquer momento.

— Rastreador — disse Tristogo.

A luz deixou a cabana toda branca. Eu peguei Fumeli. O Ogo pegou o Leopardo e atravessou a porta primeiro, e eu fui me arrastando logo atrás. Um barulho me fez virar para trás só para ver a porta da frente se quebrar. O macaco maluco entrou correndo gritando, mas quando suas presas lascadas tentaram alcançar a porta dos fundos, ela se fechou sozinha, nos deixando em meio às trevas e ao silêncio.

— Que lugar é esse? — perguntou Tristogo.

— A floresta. Nós estamos na flor...

Eu voltei até a porta atrás de nós. Aquilo poderia ser um erro, mas eu a abri mesmo assim, só um pouquinho, e olhei para dentro. Um quarto empoeirado, com um chão de pedras e, cobrindo as paredes, livros, pergaminhos, papéis e papiros. Nenhuma porta quebrada. Nenhum macaco maluco. No fim dessa sala, uma outra porta, que o Tristogo abriu.

Sol. Crianças correndo e roubando, mulheres do comércio gritando e vendendo. Negociantes de olho num bom negócio, traficantes oferecendo escravos de pele vermelha, prédios largos e atarracados, prédios finos e elevados e, ao longe, uma enorme torre que eu conhecia.

— Estamos em Mitu? — perguntou Tristogo.

— Não, meu amigo. Kongor.

3

SEIS CRIANÇAS
E MAIS UMA

Ngase ana garkusa ura a dan garkusa inshamu ni.

KONGOR

LEGENDA

1. CASA DOS BONS PRAZERES E SERVIÇOS DA DONA WADADA
2. CASA DE BASU FUMANGURU
3. TRAVESSA DOS VENDEDORES DE PERFUME
4. TORRE DO AÇOR-PRETO
5. CASA DO VELHO SENHOR
6. FORTALEZA DA BRIGADA DO CLÃ DOS KONGORI
7. GRANDE SALÃO DE REGISTROS
8. CASA VELHA QUE AFUNDA
9. CANAL DE NIMBE

TAROBE

NYEMBE

ESTRADA DA FRONTEIRA

ESTRADA DA FRONTEIRA

ESTRADA DA FRONTEIRA

NIMBE

DOCAS IMPERIAIS

VELHA TAROBE (INUNDADA)

GALLUNKOBE/ MATYUBE

N

ONZE

— Deixe que os mortos lidem com os mortos. Foi isso que eu disse a ele.

— Antes ou depois de entrarmos no Reino das Trevas?

— Antes, depois, morto é morto. Os deuses me disseram para esperar. E olha só... você está vivo e intacto. Confie nos deuses.

Sogolon olhava para mim sem um sorriso nem uma carranca em seu rosto. A única maneira de ela se importar menos comigo seria se ela se esforçasse pra isso.

— Os deuses precisaram dizer para você esperar?

Eu acordei quando o sol havia navegado até a metade do céu, fazendo sombra debaixo do pé. Moscas zuniam pela sala. Eu dormi e acordei três vezes antes que o Leopardo e Fumeli acordassem uma, e o Ogo conseguisse se livrar da morosidade imposta pelo Ogudu. O quarto, escuro e simples, com paredes no marrom esverdeado do esterco fresco de galinha, com sacas empilhadas umas sobre as outras até o teto. Grandes estátuas escoradas umas nas outras, trocando segredos sobre mim. O chão cheirava a grãos, poeira, frascos de perfume perdidos no escuro e cocô de rato. Nas duas paredes laterais, uma de frente para a outra, tapeçarias se estendiam até o chão, tecido Ukuru azul com padronagem de amantes e árvores. Eu me deitei no chão, em cima e embaixo de mantas e tapetes de muitas cores. Sogolon estava parada perto da janela, vestindo aquela roupa de couro marrom que ela sempre usava, olhando para fora.

— Você deixou sua mente todinha lá na floresta.

— Minha mente está bem aqui.

— Sua mente ainda não está aqui. Esta já é a terceira vez que eu te digo que contornar o Reino das Trevas leva três dias, e nós levamos quatro.

— Apenas uma noite se passou naquela floresta.

Sogolon riu como se estivesse tossindo.

— Então nós levamos três dias para sair de lá — disse eu.

— Vocês ficaram perdidos naquela floresta por vinte mais nove dias.

— Quê?

— Uma lua inteira veio e se foi desde que vocês entraram na mata.

Naquele momento, provavelmente como nas últimas duas vezes que ela havia me dito aquilo, me joguei de costas sobre os tapetes, atordoado. Tudo que não estava morto havia tido vinte mais nove dias — uma lua inteira — para crescer, incluindo verdades e mentiras. Pessoas que viajavam haviam, há muito tempo, regressado. Criaturas nascidas envelheceram, outras morreram, e as que estavam mortas foram reduzidas a pó nesse meio-tempo. Eu tinha ouvido falar de grandes feras que adormecem durante o inverno, e sobre homens que caíam doentes e nunca mais se levantavam, mas aquilo era como se alguém tivesse roubado meus dias e a pessoa que eu deveria ter sido naqueles dias. Minha vida, minha respiração, meus passos, de repente me lembrei por que eu odeio a feitiçaria e todo tipo de magia.

— Eu já tinha estado no Reino das Trevas. O tempo nunca havia parado.

— Quem estava contando o tempo pra você?

Eu sabia o que ela estava insinuando por baixo daquela conversa de duplo sentido de bruxa. O que ela disse, não em voz alta, mas na palavra escondida dentro da palavra, foi quem iria se importar comigo a ponto de contar os dias em que estive ausente? Ela olhava para mim como se quisesse uma resposta. Ou, no mínimo, uma resposta idiota à qual ela pudesse responder com alguma zombaria altamente sagaz. Mas eu fiquei olhando em seus olhos até ela os desviar.

— Uma lua inteira veio e se foi desde que vocês entraram no mato — repetiu ela, mas baixinho, como se não fosse para mim, e olhou pela janela. — Minha confiança nos deuses é o único motivo pelo qual estou aqui em Kongor há uma lua. Se a minha vontade prevalecesse em relação à dos deuses, este lugar e todos que vivem aqui já teriam queimado. Não se pode confiar em ninguém em Kongor.

— Não se pode confiar em ninguém em lugar algum — falei, e ela tomou um susto quando notou que eu a havia escutado. — Minha gratidão por me esperar numa cidade que lhe faz mal.

— Não foi por você que eu o fiz. Nem sequer pela deusa.

— Devo perguntar por quem?

— Muitas crianças de Kongor não têm um final para as próprias histórias. Mais duzentos anos isso, mais antigo do que quando eu era criança. Então, que a história dessa criança tenha um fim, não importa o quão trágico seja, para que ela não seja mais uma que aparece sem cabeça quando a água das cheias retorna para o seu lugar.

— Você perdeu um filho? Ou você era o filho?

— Eu deveria ter mantido distância desta cidade. Fiquei quatro noites longe daqui quando você não apareceu. Da última vez que percorri essas ruas, um homem bem-nascido pagou cinco homens para me raptar, só pra me mostrar para o que servia uma mulher feia. Em plena Torobe. Não podia bater em sua mulher porque ela tinha sangue real, então descontou em mim.

— Senhores kongori sempre foram cruéis.

— Seu jumento energúmeno, o homem não era meu senhor, ele era meu sequestrador. Um homem deveria saber a diferença.

— Você poderia ter procurado um comissário.

— Um homem.

— Um magistrado.

— Um homem.

— Um ancião que lhe desse ouvidos, um inquisidor, um vidente.

— Homem. Homem. Homem.

— Justiça poderia ter sido feita em relação ao seu sequestrador.

— Justiça foi feita. Quando eu aprendi um feitiço e a gravidez de sua esposa a devorou por dentro. Uma outra coisa também andou se enfiando naquele homem.

— Um feitiço.

— Minha faca.

— Quando foi a última vez que você passou por Kongor?

— A dívida que Amadu tem comigo dobrou só de eu ter voltado para cá.

— Quando foi, Sogolon?

— Eu já te falei.

Ruídos começaram a subir até a janela, mas eles tinham organização e ritmo, uma batida e um arrasto, os estalidos de sandálias e botas, o trote de cascos no barro seco, e pessoas que diziam uhs para outras que diziam ahs. Juntei-me a ela na janela e olhei para fora.

— Estão vindo de todos os cantos do Norte e alguns da fronteira Sul. Os homens da fronteira usam um lenço vermelho no braço esquerdo. Você está vendo?

A rua se estendia por trás da casa, vários andares abaixo. Como a maior parte de Kongor, ela havia sido construída com barro e pedra, além de argamassa, para impedir que as chuvas levassem as paredes embora, apesar de a parede lateral parecer o rosto de um homem doente de varíola. Seis andares de altura, dez mais duas janelas, algumas com persianas de madeira, algumas com uma varanda externa para plantas, mas sem pessoas nelas, todavia muitas crianças, de pé e sentadas. Na verdade, a casa toda parecia uma grande colmeia. Como todos os prédios de Kongor, aquele parecia ter o acabamento feito com as mãos. Superfícies alisadas por palmas e dedos, medidas pela antiga ciência de confiar no deus da habilidade e da criação para saber o que é um bom peso e o que é uma boa altura. Algumas das janelas não estavam alinhadas, mais para cima ou para baixo que as outras, como num padrão, e algumas eram mais compridas, e não exatamente perfeitas, embora lisas, e feitas ou na base do cuidado de um artesão ou do estalar do chicote de um senhor.

— Essa casa pertence a um homem do distrito de Nyembe. Ele me deve por muitas coisas, por muitas vidas.

Eu acompanhei os olhos de Sogolon enquanto ela olhava pela janela. Por uma rua com tantas curvas que parecia uma serpente, homens se aproximavam. Grupos de três e quatro andando em tamanha sincronia que pareciam estar marchando. Vindos do Leste, homens em cavalos brancos e pretos com rédeas vermelhas, e os cavalos não estavam cobertos da cabeça à cauda como os garanhões de Juba. Dois homens passaram por nós lá embaixo, lado a lado. O mais próximo à rua usava um capacete feito da juba de leão e um manto negro com as costuras douradas, aberto nas laterais, com um traje branco por baixo. Ele carregava uma espada comprida em sua cintura. O segundo homem tinha a cabeça raspada. Ele trazia um xale negro sobre os ombros, cobrindo uma túnica negra folgada e calça branca, e uma bainha vermelha brilhosa para sua cimitarra. Três homens a cavalo voltavam pela rua serpente, os três usando panos negros para esconder seus rostos, cotas de malha, vestes negras sobre as pernas envoltas em armaduras, com uma lança curta em uma das mãos e os arreios na outra.

— Que exército é esse se agrupando?

— Não é um exército. Não são homens do Rei.

— Mercenários?

— Sim.

— Quem? Eu passei pouco tempo em Kongor.

— Estes são os guerreiros conhecidos como Sete Alados. Se vestem de preto por fora e branco por dentro, como o seu símbolo, o açor preto.

— Por que estão se agrupando? Não há guerra, nem mesmo rumores de uma guerra.

Ela desviou o olhar.

— Não no Reino das Trevas — disse ela.

Ainda olhando para os mercenários se reunindo, falei:

— Nós saímos daquela floresta.

— A floresta não leva até essa cidade. A floresta nem sequer leva até Mitu.

— Existem portas e portas, bruxa.

— Tenho a impressão de que sei que portas são essas.

— Que sabichona, você sabe tudo? Que tipo de porta se fecha sobre si mesma e desaparece?

— Uma das dez mais nove portas. Você falou dela no seu sono. Eu não sabia que havia uma porta no Reino das Trevas. Você a farejou?

— Agora você está me gozando.

— E como você sabia que havia uma porta no Reino das Trevas?

— Eu simplesmente sabia.

Ela sussurrou alguma coisa.

— Quê? — perguntei.

— Sangoma. Deve ser a magia da Sangoma em você o motivo pelo qual você consegue enxergar mesmo com seus olhos fechados. Ninguém sabe como as dez mais nove portas aconteceram. Muito embora os griôs mais antigos digam que cada uma delas foi feita pelos deuses. Mas mesmo o mais antigo dos anciãos vai olhar pra você e dizer: "Seu tolo, nada disso jamais aconteceu em todos os mundos que existem acima e abaixo dos céus." Outras pessoas...

— Você está falando das bruxas?

— Outras pessoas dizem que elas são as estradas que os deuses usam quando viajam por este mundo. Atravesse uma delas e você está em Malakal. Atravesse outra no Reino das Trevas e olha só: você está em Kongor. Atravesse outra, e quem sabe você chegue a algum reino do Sul, como Omororo, ou ao meio do oceano, ou talvez até a um reino que não pertença a este mundo. Alguns homens chegam a ficar grisalhos procurando uma porta dessas, e tudo que você precisa fazer é farejá-las.

— Bibi era dos Sete Alados — eu disse.

— Ele era apenas uma escolta. Você está farejando um jogo que ninguém estava jogando.

— Os Sete Alados trabalham para qualquer um que pagar, mas ninguém paga mais do que nosso grande Rei. E eles estão se agrupando na frente deste mirante.

— Você rastreia assunto pequeno, Rastreador. Deixe as coisas importantes para as pessoas importantes deste mundo.

— Se foi pra isso que acordei, vou voltar a dormir. Como estão o Leopardo e o Ogo?

— Os deuses foram generosos com eles, mas eles se recuperam lentamente. Quem é esse macaco maluco? Ele os estuprou?

— Estranho eu não ter pensado em perguntar isso. Talvez ele quisesse chupar suas almas e lamber seus sentimentos.

— Ah! Sua boca me deixa exausto! O Ogo, é claro, está de pé, porque ele nunca cai.

— Esse é o meu Ogo. Aquela menina ainda está com você?

— Sim. Há dois dias eu tirei a tapas da cabeça dela aquela besteira de voltar correndo para os Zogbanus.

— Ela é um peso morto. Deixe-a nesta cidade.

— Está para chegar o dia em que um homem vai me dizer o que eu devo fazer. Você não vai perguntar sobre a criança?

— Quem?

— O motivo pelo qual viemos a Kongor.

— Ah. Nesses vinte mais nove dias em que estive ausente, que notícias você me traz sobre a casa?

— Nós não fomos.

Esse "nós" eu resolvi deixar para um outro dia.

— Não acredito em você — falei.

— Está para chegar o dia em que vou me importar com o que um homem acredita.

— Está para chegar o dia em que esses dias chegarão. Mas estou cansado, e gastei no Reino das Trevas toda a minha capacidade de brigar. Você foi até a casa ou não?

— Eu trouxe paz a uma menina educada por monstros a fazer de sua carne uma refeição. Depois eu esperei até ser conveniente retornar para encontrá-lo. O menino não está mais desaparecido.

— Então temos de ir.

— Em breve.

Eu queria dizer que ninguém parecia muito interessado em completar nossa missão e encontrar esse menino, ninguém querendo dizer ela, mas ela foi na direção da saída e eu percebi que não havia uma porta, apenas uma cortina.

— Quem é o dono desta casa? É uma estalagem? Uma taverna?

— Vou dizer mais uma vez. Um homem com muito dinheiro e que me deve muitos favores. Ele nos encontrará em breve. Agora, ele está correndo por aí feito uma galinha decepada, tentando construir mais uma sala, ou andar, ou janela, ou jaula.

Ela já tinha passado pela cortina quando olhou para trás e falou:

— Esse dia já se foi. E Kongor é uma cidade diferente à noite. Vá ver como estão seu felino e seu gigante.

Só então minha cabeça lembrou que ela disse que tinha mais de trezentos anos. Ninguém parecia mais antigo do que uma velha que pensava que era mais velha ainda.

O Ogo estava sentado no chão, experimentando suas luvas de ferro, socando sua mão esquerda com tanta força que faíscas saltavam dela. Estava evidente em seu rosto o vazio. Então, quando ele socava sua mão, a fúria que lhe subia fazia com que ele bufasse pelo nariz. Depois, ele retornava ao vazio. De pé à sua frente, com ele sentado, era a primeira vez que nossos olhos estavam na mesma altura. O sol se aproximava do meio-dia, mas dentro daquela sala parecia noite. Coisas estavam guardadas naquela sala também. Eu senti o cheiro de nozes-de-cola, almíscar de civeta, chumbo e, dois ou três andares abaixo, peixe seco.

— Sadogo, você está aí sentado como um soldado eriçado por uma batalha.

— Eu estou me coçando para matar — disse ele, e socou sua mão outra vez.

— Isso pode acontecer em breve.

— Quando voltaremos ao Reino das Trevas?

— Quando? Nunca mais, meu bom Ogo. Você jamais deveria ter seguido o Leopardo.

— Nós ainda estaríamos dormindo lá, se não fosse por você.

— Ou teriam virado comida do macaco maluco.

Sadogo rugiu como um leão e socou o chão. A sala toda tremeu.

— Eu vou arrancar o rabo daquele seu cu cagado e ficar assistindo ele comê-lo.

Eu toquei seu ombro. Ele se encolheu por um segundo, depois relaxou.

— É claro. É claro. O que você diz será feito, Ogo. Você ainda quer vir conosco? Até a casa. Para encontrar o menino, onde quer que isso nos leve?

— Sim, é claro, por que não iria querer?

— O Reino das Trevas deixa muita gente mudada.

— Eu estou mudado. Você está vendo aquilo? Ali na parede.

Ele apontou para uma espada, longa e grossa, de ferro, marrom de ferrugem. A empunhadura para duas mãos, larga, uma lâmina espessa ia reta até a metade, onde se curvava como uma lua crescente mordida pela noite.

— Você a conhece? — perguntou Tristogo.

— Nunca vi nada parecido.

— Ngombe ngulu. Primeiro eu capturo o escravo. O senhor tinha escravos vermelhos. Um fugiu. Os deuses exigiram um sacrifício. Ele havia batido no senhor. Então, eu o preparei na sala de execução. Três talos de bambu saindo do chão. Eu o jogo no chão, o obrigo a sentar, apoio ele nos bambus e amarro suas duas mãos para trás. Dois galhos menores eu dobro na direção dos pés e amarro os tornozelos. Dois galhos menores eu dobro na direção dos joelhos e amarro os joelhos. Ele está todo contraído, querendo demonstrar bravura, mas não é corajoso. Eu pego um galho da árvore, tiro todas as folhas e o puxo para baixo para deixá-lo com uma curva firme feito arco. O galho está furioso, ele quer ficar reto, não curvado, mas então prendo ele, prendo com sisal, e depois amarro ao redor da cabeça do escravo. Minha ngulu está afiada, mas tão afiada que só de olhar pra ela você já corta seus olhos. Minha lâmina pega a luz do sol e a reflete como um relâmpago. Daí o escravo começou a gritar. Daí ele começou a chamar pelos seus ancestrais. Daí ele começou a implorar. Todos imploram, você sabia? Os homens estão sempre falando sobre como eles esperam ansiosamente pelo dia em que irão se encontrar com seus ancestrais, mas ninguém fica feliz quando esse dia chega, só choram e se mijam e se cagam. Balanço meu braço para trás com a espada, dou um grito e decepo sua cabeça bem na altura do pescoço, e o galho se solta com a cabeça e a arremessa. E meu senhor está satisfeito. Eu matei cem mais setenta mais um, incluindo vários chefes e senhores. E alguns eram mulheres, também.

— Por que você está me contando isso?

— Não sei. Aquele mato. Tem alguma coisa a ver com aquele mato.

Então, eu vi o Leopardo. No seu quarto, deitado em cima de um monte de panos amontoados, como se ele tivesse dormido em sua forma de felino. Fumeli ou não estava ali, ou tinha ido embora, ou sei lá. Eu nem me lembrava dele, e tinha acabado de me dar conta de que nem sequer havia perguntado por ele a Sogolon. O Leopardo tentou se virar para trás, esticando seu pescoço.

— Há buracos no chão, de barro cozido, ocos como bambus.

— Leopardo.

— Eles levam sua urina e suas fezes se você põe água do jarro no buraco depois.

— Kongor é diferente das outras cidades na forma como lida com a urina e as fezes. E corpos como...

— Quem nos trouxe a este lugar? — perguntou ele, erguendo-se sobre os cotovelos, franzindo o cenho por estar sendo observado.

— Pergunte isso a Sogolon. O dono deste lugar parece dever muitos favores a ela.

— Quero ir embora.

— Como quiser.

— Esta noite.

— Não podemos ir embora esta noite.

— Eu não falei nós.

— Ir embora? Você não consegue nem ficar em pé. Transforme-se, e um arqueiro míope poderia matá-lo. Recupere suas forças, depois vá para onde quiser. Eu direi a Sogolon...

— Não fale por mim, Rastreador.

— Então deixe que Fumeli fale por você. O que ele não faz por você?

— Fale mais uma vez e...

— E o quê, Leopardo? Que bicho te mordeu? Todo mundo está vendo você e aquela cadelinha daquele menino.

Isso o deixou mais furioso que qualquer outra coisa. Ele se levantou dos tapetes, mas tropeçou.

— Por que você ri desse jeito? Não tem nada engraçado.

— Ninguém ama ninguém. Lembra? Uma frase que aprendi com você. Ouvi falar de guerreiros, místicos, eunucos, príncipes, chefes e seus filhos, todos definhando de um amor fútil por um Leopardo. E quem é que, no fim das contas, apara os pelos de suas bolas? Esse toquinho de gente, que não valeria a pena ser salvo nem que fosse o único homem num barco. Escutem, todos que estão nesta casa. Escutem como sua cadelinha transforma o grande Leopardo num gatinho de rua.

— E, mesmo assim, este gatinho de rua pode encontrar o menino sozinho.

— Mais um grande plano. Como você se saiu com o seu último? E ainda por cima fui eu, o homem cujo amor você esqueceu, que foi correndo te salvar. E aquela cadelinha também. E perdi todos os nossos cavalos ao fazê-lo. Talvez eu tenha salvo o animal errado.

— Você quer que eu te agradeça?

— Eu já tenho a verdade. Junte-se a Nyka e sua mulher, ou faça o seu próprio caminho com a sua cadelinha.

— Chame-o disso mais uma vez... Por todos os deuses, eu vou...

— Recupere suas forças e se vá. Ou fique. Sua insatisfação não é mais um mistério para mim. Você sempre será um Leopardo. Mas talvez seja melhor ficar longe de florestas que você não conheça. Eu não estarei lá da próxima vez para salvá-lo.

Fumeli estava parado na entrada. Ele carregava o arco e a aljava e se endireitou, tentando estufar seu peito. Não conseguia me decidir se deveria rir da cara dele ou lhe dar um tapa. Então, eu passei perto o suficiente para empurrá-lo para o lado. O Ogudu ainda estava nele, um leve traço, mas ele perdeu o equilíbrio e caiu. Ele gritou por Kwesi, e o Leopardo deu um pulo e armou um bote.

— Dê um jeito nele — disse Fumeli.

— Isso, dê um jeito em mim, Leopardo.

Eu fechei a cara para o menino.

— Ou ele está marcando essa sala como sua ou ele não consegue nem sair andando para mijar em outro lugar — falei.

Pelo corredor, a menina vinha na minha direção. Ela tinha encontrado argila branca e coberto seu corpo com desenhos debaixo de uma bainha vermelha e amarela. Tinha um turbante na cabeça, cordinhas com búzios e argolas de ferro, com duas presas de marfim penduradas cada uma de um lado. Um espírito de porco baixou em mim e eu fiz algum comentário sobre homens que comem a carne de homens e mulheres. Mas ela estava escolhendo roupas e presas e fragrâncias para encontrar a si mesma. A mente é um animal selvagem.

Noite em Kongor. Essa cidade, que tinha um amor explícito pela guerra e pelo sangue, onde pessoas se reuniam para ver homens e animais dilacerando carne, ainda tinha um grande pudor com quem se apresentasse desnudo. Alguns dizem que aquilo era influência do Leste, mas Kongor ficava muito a Oeste, e as pessoas aqui não acreditavam em nada. Exceto no recato, uma coisa nova, uma coisa que eu esperava que jamais chegasse aos reinos do interior ou, pelo menos, a Ku e Gangatom. Peguei um pedaço comprido de um pano Ukuru de cima de um monte de roupas no chão do meu quarto, enrolei na minha cintura e depois passei por cima do ombro, como um pagne de uma mulher, e o prendi com um cinto. Eu havia perdido minhas machadinhas no Reino das Trevas, mas ainda tinha minhas facas, e as prendi em cada uma das coxas. Ninguém me viu partindo, então ninguém sabia para onde eu estava indo.

A cidade, quase que inteiramente cercada pelo grande rio, nunca precisou de uma muralha, apenas de sentinelas espalhados pelas margens. Em meio aos pescadores, navios mercantes e navios de carga vindos do Norte e do Sul em direção às docas imperiais. Que zarpavam pelos mais variados motivos. Durante a estação das chuvas, no meio do ano, as tempestades faziam o rio subir tanto que Kongor se transformava numa ilha por quatro luas. A cidade situa-se acima do rio, mas algumas ruas na região Sul eram tão baixas que você passava a pé por elas na estação seca e de barco durante as chuvas. Eles comiam crocodilos aqui, algo que faria os Ku gritarem de pavor e os Gangatom cuspirem de nojo.

Desci as escadas, saí do prédio e fiquei olhando para a tal casa desse senhorio. As crianças tinham ido embora, não havia ninguém em nenhuma janela. Nenhuma reunião dos Sete Alados nas ruas. Ele morava na região Sul do distrito de Nyembe. Os ventos matanti sopravam pelas ruas, levantando uma bruma de poeira por toda a cidade.

Peguei o tecido sobre o meu ombro e o enrolei em minha cabeça, como um capuz.

Kongor se dividia em quatro. Distritos, que não eram iguais em tamanho, separados por profissões, meios de vida e riqueza. Noroeste compreendia as ruas largas e vazias dos nobres que viviam no distrito de Tarobe. Ao seu lado, uma vez que um servia o outro, ficava o distrito de Nyembe — artistas e artesãos que produziam obras para as casas dos nobres — tudo que fosse belo. E funileiros, coureiros e ferreiros, que produziam tudo que era útil. Sudeste era a região do distrito de Gallunkobe/Matyube, homens livres e também escravos que trabalhavam para os seus patrões. Sudoeste era ocupado por Nimbe, com suas ruas cheias de administradores, escribas e guarda-livros, e o imponente grande salão de registros, bem no centro.

Desci uma rua larga. Um açougue na esquerda tentou me atrair com o perfume de suas carcaças, antílope, cabra e cordeiro, embora toda carne morta tenha o mesmo cheiro. Uma mulher entrou em sua casa quando viu que eu me aproximava e gritou com seu filho para que ele também entrasse imediatamente ou ela mandaria seu pai buscá-lo. Ele ficou olhando para mim enquanto eu passava, e depois correu para dentro. Eu havia esquecido que até a casa mais humilde de Kongor tinha dois andares, e eles ficavam bem perto um do outro, deixando a sensação de espaço para os pátios que elas tinham entre paredes. E também o seguinte: toda casa tinha uma porta de entrada, feita pelos melhores artesãos que o dinheiro podia comprar, com duas grandes colunas e um alpendre para protegê-la do sol. As duas colunas se estendiam além do primeiro andar e subiam até o telhado, com uma janelinha logo acima da marquise de entrada. Uma fileira de cinco ou dez pedaços de tóron se projetava para fora da parede acima dela. Torretas no telhado, como flechas enfileiradas. Ainda não era noite, nem mesmo fim de tarde, mas quase ninguém andava pelas ruas. E, mesmo assim, música e barulho saíam de toda parte.

— Onde estão as pessoas? — perguntei a um menino, que não parou de andar.

— Bingingun.

— Hã?

— No baile de máscaras — explicou ele, sacudindo sua cabeça por estar falando com alguém tão imbecil.

Maldita seja a juventude. Não perguntei a ele onde ficava aquilo, já que ele seguiu andando, começou a saltitar e depois correu para o Sul.

Também tem o seguinte sobre Kongor: tudo sempre estará do mesmo jeito que você deixou.

O templo para um dos deuses supremos ainda estava lá, apesar de agora estar vazio e escuro, as portas abertas como se ainda tivesse esperanças de que alguém pudesse entrar. Os ornamentos espalhados pelo telhado de bronze, a píton, o caracol branco, o pica-pau — ladrões tinham levado há muito tempo. A menos de dez passos do templo havia um outro prédio.

— Entre, menino bonito, o que é que te excita? Como é que vou saber do que você gosta quando você está vestindo a mortalha da vó de alguém? — disse ela, enquanto homens acendiam tochas às suas costas.

Ainda alta como a porta, e gorda por toda aquela carne de crocodilo e mingau ugali. Ainda usava enrolado à cintura um longo pano que arrochava os seios até quase pularem para fora, deixando à mostra seus ombros e costas carnudos. Ainda de cabeça raspada e descoberta, algo que os Kongori não apreciavam. Ainda recendendo a incenso caro, porque "Nós, meninas, temos que usar alguma coisa fora do alcance das outras meninas", respondia toda vez que eu lhe falava que seu perfume era o de alguém que acabara de se banhar no rio de uma deusa.

— Eu não sei te dizer quem eu desejo, Dona Wadada.

— Ah. Não, menino, menino, menino. Eu preferia quando o meu grande Rastreador ficava duro e apontava para quem ele gostava. Eu não sei por que você está vestindo essa cortina. Estou sentindo toda a vergonha que você devia estar sentindo por si.

A Casa dos Bons Prazeres e Serviços da Dona Wadada não era para pessoas que não fossem elas mesmas. Ilusão era para quem fumava ópio. Ela havia permitido que um metamórfico trepasse com uma de suas garotas na forma de um leão certa feita, porém, ele a golpeou, em meio ao êxtase, quebrando seu pescoço. Deixei minha cortina no chão e subi as escadas com um menino que ela disse ser oriundo das terras da estrela oriental, o que significava que um emissário havia estuprado uma menina e a abandonado com um filho ao retornar a sua esposa e suas concubinas. A menina deixou o menino com Dona Wadada, que cuidou de sua pele, banhando-o a cada quarto de lua com creme e manteiga de ovelha. Ela o proibiu de fazer qualquer trabalho, para que seus músculos permanecessem finos, suas maçãs do rosto saudáveis e seus quadris muito mais largos que sua cintura. Dona Wadada fez dele a mais deslumbrante de todas as criaturas, que tinha as melhores histórias sobre as piores pessoas, mas preferia que você lhe arregaçasse cada fábula com força e depois pagasse um extra sobre o que você já havia pago a Dona Wadada, já que era a melhor fonte de informações em toda Kongor.

— Olha, é o Olho de Lobo — disse ele. — Nenhum homem fez de mim mulher desde você.

Seu quarto cheirava como a sala da qual eu acabara de sair. Nunca perguntei se chamá-lo de "ele" o ofendia, já que eu sempre o chamava de Ekoiye ou de "você".

— Não consigo dizer se você vive com uma civeta ou se está besuntado em seu almíscar.

Ekoiye revirou seus olhos e riu.

— Nós precisamos ter coisas boas, homem lobo. Além do mais, que homem gostaria de entrar num quarto com o cheiro do homem que acabou de sair dele?

Ele riu mais uma vez. Ele só precisava de si mesmo para rir das próprias piadas, e eu gostava disso. Eu já tinha visto aquilo em pessoas que precisavam aturar outras pessoas. Para Ekoiye, não importava se você era um ótimo ou péssimo amante, ou se você era um homem de muita ou pouca potência. Ele colocava o próprio prazer em primeiro lugar. Se você também tinha prazer ou não, era problema seu. Seu quartinho estava abarrotado de estátuas de terracota, em maior número do que eu me lembrava da última vez. E também o seguinte, uma gaiola com um pombo negro que eu confundi com um corvo.

— Eu transformo todos os homens em estátua antes deles saírem deste quarto — disse ele, tirando um pente da cabeça.

Seus cabelos encaracolados desceram pela sua cabeça como pequenas cobras.

— Faz sentido. Seus shows merecem uma plateia. Ou, pelo menos, um griô.

— Homem lobo, você não conhece os versos a meu respeito?

Ele apontou para um banco que tinha um encosto parecido com um trono. Uma cadeira de parto, eu lembrava.

— Onde está o seu amigo? Como ele se chama, Nayko?

— Nyka.

— Saudades dele. Era um homem de grande luz e barulhos.

— Barulhos?

— Ele fazia o maior barulho, uma coisa parecida com um ronronar bem alto de um gato, ou o arrulhar de um pombo-de-olho-amarelo, quando eu o colocava na minha boca.

Sua mão me apalpava enquanto ele dizia isso.

— Seu mentiroso. Nyka nunca gostou da companhia de meninos.

— Meu bom lobo, você sabe que eu posso ser o que você quiser que eu seja, até mesmo aquela menina que você nunca teve... tudo depende de um pouco de vinho e da luz adequada.

Suas roupas despencaram do seu corpo, e ele se afastou da pilha que elas formaram no chão. Ele montou sobre mim e estremeceu quando abaixou seu corpo e eu ergui o meu, para me enfiar nele. Era assim que ele sempre fazia. Mergulhava em mim até que sua bunda estivesse sobre as minhas coxas, e então, sem se levantar, ele se virava de modo a me dar as costas. Eu disse a ele um dia que apenas homens que mentem para suas esposas precisam foder de costas; mesmo assim, ele fazia desse jeito. Ele me perguntou o que ele sempre me perguntava: "Você quer que eu te coma?" E eu disse o que eu sempre dizia: "Sim." Dona

Wadada sempre me perguntava se ele tinha me machucado quando eu ia embora.

— À merda os deuses — sussurrei, contraindo os dedos do pé com tanta força que eles estalaram como as juntas de um punho.

Eu o fiz deitar no chão e me deitei por cima dele. Depois, quando eu já estava fora dele, mas ele estava no meu colo, ele disse:

— Você agora segue a estrela oriental?

— Não.

— Andarilhos fantasmas do Oeste?

— Ekoiye, você faz cada pergunta.

— Rastreador, eu faço isso porque todo homem debaixo deste céu, todos eles adoram pensar que são diferentes, talvez para que suas guerras façam sentido, mas eles são todos iguais. Eles acreditam que qualquer coisa que os estiver incomodando aqui — ele apontou para sua cabeça — eles podem botar pra fora quando me fodem. Mas isso é um pensamento estrangeiro, algo que eu não esperava de um homem destas terras. Talvez você ande viajando demais. Daqui a pouco estará rezando para apenas um deus.

— Não tem nada na minha cabeça que eu precise botar pra fora.

— Então o que você quer, Rastreador?

— Depois disso, quem precisa de mais? — perguntei, dando um tapa em sua bunda.

Aquele gesto pareceu vazio, e nós dois sabíamos disso. Ele riu, depois inclinou-se até encostar suas costas no meu peito. O envolvi em meus braços. Eu pingava suor. Ekoiye estava mais seco do que nunca.

— Rastreador, eu menti. Homens da estrela oriental nunca botam pra fora quando fodem. Eles sempre querem levar no cu. Então, vou perguntar mais uma vez, Rastreador, o que você quer?

— Estou atrás de velhas notícias.

— Quão velhas?

— Três anos e muitas luas.

— Três anos, três luas, três piscadas de olho, pra mim isso não quer dizer nada.

— Eu quero saber sobre um dos anciãos de Kwash Dara. Basu Fumanguru é o seu nome.

Ekoiye rolou para longe de mim, levantou-se e foi até a cadeira de parto. Ele me olhava fixamente.

— Todo mundo sabe sobre Basu Fumanguru.

— O que todo mundo diz?

— Nada. Eu disse que eles sabem, não que eles falam. Eles deviam ter queimado aquela casa, para eliminar aquela praga, mas ninguém quer pôr seus pés nem perto dela. É uma...

— Você acha que a casa sucumbiu às doenças.

— Ou a uma maldição de um demônio do rio.

— Entendi. Quão poderoso é o homem que te paga para você dizer essas coisas?

Ele riu.

— Você pagou a Dona Wadada para trepar.

— E eu pagarei muito mais do que você cobra para que você fale. Você viu minha bolsa e sabe quanto tem nela. Agora fale.

Ele voltou a me encarar fixamente. Olhou ao redor, como se mais pessoas estivessem naquele quarto, e depois se enrolou num lençol.

— Venha comigo.

Ele empurrou para o lado uma pilha de baús e abriu um alçapão que ficava na altura da minha coxa.

— Você não voltará para este quarto — avisou ele.

Ele se abaixou para entrar primeiro. Escuro e quente, empoeirado e quebradiço, depois o duro da madeira, depois o toque ainda mais duro de barro e gesso, sempre escuro demais para se ver qualquer coisa. Mas dava pra escutar muito. De todos os quartos, os sons de homens gritando e trepando de todas as maneiras possíveis, embora as meninas e meninos gemessem sempre do mesmo jeito, dizendo me come com o seu grande, o seu duro, o seu aríete de Ninki Nanka, e assim por diante. Treinados por Dona Wadada. Duas vezes passou pela minha cabeça que aquilo era uma armadilha, Ekoiye saindo primeiro seria um sinal para matar o homem que viesse se arrastando atrás dele. Talvez houvesse um homem com uma espada ngulu esperando pelo meu pescoço, mas Ekoiye não hesitava. Seguimos rastejando para cada vez mais longe, o suficiente para me fazer imaginar quem teria construído aquilo, quem percorreria aquele caminho todo até a cama de Ekoiye. À sua frente, estrelas brilhavam em meio a escuridão.

— Para onde você está nos levando? — perguntei.

— Para o seu carrasco — disse ele, e depois riu.

Saímos em um lance de escadas que levava ao telhado de um lugar que eu não conhecia. Nenhum cheiro de civeta, nenhum cheiro da Dona Wadada, nenhuma fragrância ou mau cheiro do bordel.

— Não, não tem nenhum cheiro da Dona Wadada aqui — afirmou ele.

— Você está escutando as palavras que eu não digo?

— Se você pensa elas muito alto, Rastreador.

— É assim que você conhece os segredos dos homens?

— O que eu ouço não é segredo. E as meninas também conseguem escutar.

Irrompi numa gargalhada. Quem mais seria especialista em ler as mentes dos homens?

— Você está no telhado de um comerciante de ouro do distrito de Nyembe.

— Eu sinto o cheiro da Dona Wadada ao Sul de nós.

Ekoiye aquiesceu.

— Alguns dizem que foi assassinato, outros dizem que foram monstros.

— Quem? Do que você está falando agora?

— Do que aconteceu ao seu amigo, Basu Fumanguru. Você viu os homens que estão se reunindo nesse instante em nossa cidade?

— Os Sete Alados.

— Sim, é assim que eles são chamados. Homens de preto. A mulher que vive ao lado de Fumanguru disse ter visto muitos homens de preto na casa de Fumanguru. Elas os viu pela janela.

— Os Sete Alados são mercenários, não assassinos. Não é do seu feitio matar apenas um homem e sua família. Nem mesmo na guerra.

— Eu não disse que eram os Sete Alados, foi ela. Talvez fossem demônios.

— Omoluzu.

— Quem?

— Omoluzu.

— Não o conheço.

Ele foi até a borda do telhado, e eu o segui. Estávamos há três andares do chão. Um homem rolava pela rua, o cheiro do vinho de palma emanando de sua pele. Fora ele, a rua estava vazia.

— Um enxame de homens, aqueles que queriam esse homem morto. Alguns falam dos Sete Alados, outros falam de demônios, outros falam da brigada do clã.

— Por que todos compartilham do amor pela cor preta?

— É você quem está atrás de respostas, lobo. Isso é o que se sabe. Alguém entrou na casa de Basu Fumanguru e matou todo mundo. Ninguém viu nenhum corpo, e os ritos funerários não foram realizados. Imagine um ancião da cidade de Kongor morrer sem homenagens, sem funeral, sem uma procissão de lordes com um homem de sangue real liderando, sem ninguém nem sequer o declarar morto. Enquanto isso, espinheiros brotaram de forma incontrolável ao redor da casa, do dia para a noite.

— O que os seus anciãos disseram?

— Nenhum veio me ver. Você sabia que ele foi morto na Noite das Caveiras?

— Não acredito em você.

— Que foi na Noite das Caveiras?

— Que nenhum daqueles linguarudos comedores de crianças tenham vindo lhe ver desde então.

— Acho que os Sete Alados estão se reunindo por causa do Rei.

— Acho que você está fugindo da minha pergunta.

— Não do jeito que você pensa.

— As pessoas mais humildes parecem saber como os reis se comportam hoje em dia.

Ele deu um sorriso sarcástico.

— Mas disso eu sei. Algumas pessoas visitaram aquela casa, incluindo um ou dois anciãos. E talvez um ou dois dos Sete Alados. Um que não era daqui, eles o chamam de Belekun, o Grande, porque é assim que os homens daqui fazem piadas. Ele é um daqueles que não conseguem manter seus buracos fechados, e o pior de todos é sua boca. Ele veio até aqui com outro ancião.

— Como você lembra disso após três anos?

— Foi ano passado. Como ambos acabaram se revezando para comer uma menina surda, Dona Wadada também ficou sabendo. Eles diziam que precisavam encontrar uma coisa. Precisavam encontrar imediatamente, ou teriam de encarar a espada do carrasco.

— Encontrar o quê?

— Basu Fumanguru escreveu uma longa petição contra o Rei, eles disseram.

— Onde está essa petição?

— As pessoas continuam a invadir sua casa, mas não encontram nada, então, quem sabe, não esteja lá.

— Você acha que o Rei mandou matá-lo por causa de uma petição?

— Eu não acho nada. O Rei está vindo para cá. Seu chanceler está na cidade.

— Seu chanceler frequenta a Dona Wadada?

— Não, Rastreador, seu idiota. Mas eu o vi por aí. Tem um porte real, embora não como o do Rei, a pele mais escura que a sua e o cabelo vermelho como uma ferida recém-aberta.

— Talvez ele venha experimentar os seus famosos serviços.

— Ele é muito religioso. A santidade em pessoa. Assim que o vi esqueci de quando tinha sido a primeira vez que o vi, e era como se eu sempre o tivesse visto. Isso pareceu tolice para você?

Um homem escuro com o cabelo vermelho. *Um homem escuro com o cabelo vermelho.*

— Rastreador, você parece não estar aqui.

— Eu estou aqui.

— Como eu disse, ninguém consegue lembrar de quando ele não era chanceler, mas ninguém lembra quando ele se tornou chanceler ou quem ele era antes disso.

— Ele não era chanceler ontem, mas tem sido chanceler desde sempre. Eles mataram todo mundo na casa de Fumanguru?

— Talvez você deva perguntar isso a um comissário.

— Talvez eu pergunte.

Ele se virou para olhar para a rua, lá embaixo, e enrolar um pano em sua cabeça.

— Mais uma coisa. Chegue mais perto, lobo caolho.

Ele apontou para a rua lá embaixo. Eu estava ao seu lado quando as roupas despencaram de seu corpo. Ele arqueou as costas, seu corpo dizendo que eu poderia possuí-lo novamente, ali mesmo. Me virei para encará-lo, e ele sorriu um sorriso todo negro. Ele assoprou tudo no meu rosto, pó preto. Pó de kajal, uma nuvem enorme sobre meus olhos, nariz e boca. Pó de kajal misturado a veneno de víbora, dava pra sentir o cheiro. Ele olhou no fundo dos meus olhos, sem qualquer sinal de malícia, apenas um grande interesse, como se tivessem dito a ele o que aconteceria em seguida. Eu soquei seu pomo de adão, depois peguei sua garganta e a apertei.

— Eles devem ter te dado um antídoto — disse eu —, ou você já estaria morto agora.

Ele tossiu e gemeu. Eu apertei até os seus olhos se esbugalharem.

— Quem enviou você? Quem te deu o pó de kajal?

Eu o empurrei com força. Ele caiu gritando da beirada do telhado, e eu o segurei pelo tornozelo. Ele continuou se retorcendo e gritando, e quase escapou da minha mão.

— Por todos os deuses, Rastreador! Por todos os deuses! Misericórdia!

— É pra te soltar misericordiosamente?

Eu afrouxei minha mão, e ele escorregou. Ekoiye deu um berro.

— Quem sabia que eu viria encontrá-lo?

— Ninguém!

Deixei seu tornozelo escapar mais uma vez.

— Eu não sei! É um feitiço, eu juro. Só pode ser.

— Quem te pagou para me matar?

— Não era para matar você, eu juro.

— Há veneno neste kajal. Uma criatura engenhosa como você deve conhecer feitiços, então preste bem atenção. Nada que venha do metal pode me ferir.

— Isso era pra qualquer um que perguntasse. Ele nunca disse que era pra você.

— Quem?

— Eu não sei! Um homem envolto em véus, mais véus que uma freira Kongori. Ele veio na lua de Obora Dikka, na estrela Basa. Eu juro. Ele disse para assoprar kajal no rosto de qualquer um que perguntasse sobre Basu Fumanguru.

— Por que alguém perguntaria a você sobre Basu Fumanguru?

— Ninguém perguntou antes de você.

— Me fale mais sobre esse homem. De que cor eram suas roupas?

— Pretas. Não, azuis. Azul-escuro, seus dedos eram azuis. Não, suas unhas eram azuis, como se tivesse tingido muitas roupas.

— Você tem certeza de que ele não estava vestido de preto?

— Era azul. Por todos os deuses, azul.

— E o que aconteceria depois, Ekoiye?

— Eles disseram que homens viriam.

— Você disse "ele" antes.

— Ele!

— Como ele saberia?

— Eu deveria voltar ao meu quarto e soltar o pombo na janela.

— Essa história está cada vez mais cheia de pernas e asas. E o que mais?

— Mais nada. Eu lá sou espião? Escute, eu juro por...

— Todos os deuses, eu sei. Mas eu não acredito neles, Ekoiye.

— Isso não era pra matar você.

— Escute, Ekoiye. Não é que você esteja mentindo, mas você não conhece a verdade. Havia veneno suficiente em sua boca para matar nove búfalos.

— Misericórdia! — exclamou ele, aos prantos.

O suor o deixava escorregadio em minha mão.

— O eternamente seco Ekoiye começa a suar.

— Misericórdia!

— Estou confuso, Ekoiye. Deixe-me recapitular essa história de uma maneira que faça sentido para mim e, quem sabe, para você também. Apesar de Basu Fumanguru estar morto há três anos, um homem com roupas azuis, escondendo seu rosto, o abordou há pouco mais de uma lua. E ele disse: "Se alguém aparecer falando sobre Basu Fumanguru, um homem que você não teria nenhum motivo para conhecer, tome este antídoto e depois assopre este pó de kajal embebido em veneno de víbora em seu rosto e o mate, depois me avise para que eu venha pegar o corpo. Ou não o mate, só o ponha para dormir, pois podemos vir buscá-lo, como fazem os lixeiros, em troca de um pagamento." Isso é tudo?

Ele acenou com a cabeça várias vezes.

— Das duas uma, Ekoiye. Ou você não deveria me matar, apenas me deixar indefeso para que eles mesmo pudessem arrancar a verdade de mim. Ou deveria me matar, mas, antes disso, fazer perguntas profundas.

— Eu não sei. Eu não sei. Eu não...

— Você não sabe. Você não sabe de nada. Você nem sabe se o antídoto, o matador do veneno, realmente mata o veneno. Eu estava aqui pensando que você era um menino inteligente preso numa vida estúpida. Nenhum antídoto mata o veneno, Ekoiye, ele apenas o retarda. O máximo que você viverá são oito anos, bonitinho, quem sabe dez. Ninguém disse a você? Talvez não tenha tanto veneno assim em você e você viva dez mais quatro anos. Mas ainda não entendi por que eles foram até você.

Agora quem riu foi ele. Bastante e bem alto.

— Porque todo mundo vem até quem vende o prazer mais tarde ou mais cedo, Rastreador. Vocês não têm como evitar. Maridos, chefes, lordes, cobradores de impostos, até mesmo você. Como uma matilha de cães famintos. Mais tarde ou mais cedo todos voltam a ser quem são. Como você, me jogando no chão e fodendo essa sua putinha com força, porque você já era um cão mesmo antes de ganhar esse olho. Você sabe o que eu queria, homem que se deita com homens? Eu queria ter veneno suficiente para matar o mundo inteiro.

Quando eu o soltei, ele foi gritando até o chão. Ele não morreria — o tombo não era alto o suficiente. Mas ele quebraria alguma coisa, talvez uma perna, talvez um braço, quem sabe um pescoço. Voltei por onde viemos, passei pelos mesmos sons de homens gastando até a última moeda nas fodas sobre tapetes úmidos, e tranquei o alçapão quando saí por ele. O pombo que ele mantinha numa gaiola de bambu perto da janela, eu tirei de lá e segurei com todo cuidado. O bilhete que estava preso à sua pata esquerda eu removi. Na janela, eu o soltei.

O bilhete. Glifos, de um tipo que eu já tinha visto, mas dos quais não conseguia me lembrar. Empurrei a cadeira de parto até o canto mais escuro do quarto e esperei. A janela parecia grande o bastante. A porta significaria que outros sabiam sobre o seu acordo, entre eles Dona Wadada. Fiquei pensando muito naquilo. Nada aconteceria debaixo do teto de Dona Wadada sem seu conhecimento. Mas isso também pode ser dito sobre os Kongori. Se eu tivesse matado Ekoiye essa noite, ela ainda me convidaria para entrar amanhã dizendo "Tire essas roupas para que eu possa vê-lo, meu príncipe grande e duro", e depois me ofereceria seu novo menino-menina.

Mesmo com a noite avançando, o calor seguia presente, deixando minhas costas coladas ao encosto. Eu estava descascando a madeira e quase não percebi o som das pegadas pelas paredes. Escalando sem cordas, um homem, talvez sob o efeito de algum feitiço que transformava em chão tudo que seus pés tocavam. Suas mãos chegaram primeiro no parapeito, os punhos cobertos de cinzas. Suas mãos puxaram seus cotovelos para cima, que trouxeram junto sua cabeça. Panos negros evolvendo a testa e a boca. Seus olhos, num vermelho de adorador de ópio, varreram o quarto, encontraram-se com os meus, mas não me enxergaram. Sobre seus ombros, tecido azul, um cinturão de couro por cima do ombro esquerdo. Ele pôs uma perna para dentro, e, pendurado no cinturão, havia duas bainhas para duas espadas e um punhal que balançava. Esperei até que ele entrasse por inteiro e suas longas vestes azuis se espalhassem pelo chão.

— Salve.

Ele tomou um susto e pegou sua espada. Meu primeiro punhal cortou seu pescoço, o segundo mergulhou logo abaixo do queixo, matando sua cabeça antes mesmo que suas pernas soubessem que ele estava morto. Ele caiu, sua cabeça bateu no chão com força, bem aos meus pés. Ao despi-lo, mais parecia que eu o estava desembrulhando. Cicatrizes no peito, um pássaro, um raio, um inseto com muitas pernas, glifos que se pareciam com os que estavam no bilhete. Ele não tinha a última junta dos dois indicadores. Ele não era um dos Sete Alados. E ele tinha a cicatriz nodosa e violenta de um eunuco. Eu sabia que não tinha muito tempo, pois quem quer que o tivesse enviado ou esperava pelo seu retorno ou o havia seguido até aqui. Ele não tinha nenhuma outra fragrância além do suor do cavalo no qual cavalgou durante a jornada que culminou com ele deitado e morto dentro da casa de Dona Wadada. Eu o virei de bruços e copiei os glifos em suas costas para lembrar deles depois. Duas coisas me vieram à mente, uma que tinha acabado de ir embora, outra que tinha acabado de chegar. A que acabara de chegar: não havia sangue, embora, onde a faca o atingiu, geralmente o sangue costume jorrar como um vulcão. A que acabara de ir embora: o homem não tinha cheiro algum. O único aroma que saía dele vinha do seu cavalo e da argila branca da parede que ele havia escalado.

Eu o rolei de volta. Dois glifos em seu peito estavam no bilhete. Uma lua crescente com uma serpente enrolada, o esqueleto de uma folha ao seu lado, e uma estrela. Então, um estrondo percorreu seu peito, mas não era a convulsão da morte. Alguma coisa golpeava cada osso em suas costelas, inchando seu peito e seu coração, fazendo seus olhos se abrirem. Depois, sua boca, mas não como se ele a estivesse abrindo, e sim como se alguém estivesse forçando sua mandíbula, esgarçando cada vez mais, até que os cantos de seus lábios começaram a se rasgar. O tremor o sacudia até suas pernas, que martelavam o chão. Dei um pulo para trás e fiquei de pé. Ondulações subiram de suas coxas até sua barriga, prosseguiram por dentro do seu peito e terminaram escapando de sua boca na forma de uma nuvem negra que fedia a carne morta há muito mais tempo do que aquele homem. Ela rodopiava como um demônio de pó, ganhando cada vez mais tamanho, ficando tão larga que chegou a derrubar algumas das estátuas de Ekoiye. O redemoinho reduziu de tamanho, concentrando-se em si mesmo, e se voltou para a janela. Em meio ao torvelinho de nuvem e pó que se formou e depois se desmanchou novamente em pó, as ossadas de duas asas negras. Talvez fosse uma ilusão por conta da pouca luz ou a marca de uma bruxa. A nuvem rodopiante saiu pela janela. No chão, a pele do homem tinha ficado cinza e ressecada, como o tronco de uma árvore. Eu me inclinei sobre ele. Ele continuava sem cheiro. Toquei seu peito com um dedo, e ele afundou, depois sua barriga, suas pernas e sua cabeça se esfarelaram e viraram pó.

A verdade é a seguinte. Em todos os mundos, jamais vi feitiço ou ciência como aquela. Quem quer que tivesse enviado aquele assassino certamente viria atrás de mim agora. O homem, ou entidade, ou criatura, ou deus por trás daquilo, certamente não seria detido por dois punhais, ou duas machadinhas.

Seu nome, Basu Fumanguru, entrou em meus pensamentos bem naquele momento. Não apenas eles o haviam matado, mas aqueles que o fizeram queriam que ele permanecesse morto. Eu tinha perguntas, e Bunshi seria a pessoa certa para respondê-las. Ela havia deixado a criança com um inimigo do Rei, mas muitos homens desafiam o Rei em enormes salões e por meio de comunicados e escritos, e não são mortos por isso. E se a criança foi jurada de morte, por que não a mataram antes? Nada do que ouvi soava como o estopim para se livrar de Fumanguru, nada que não pudesse ter sido usado antes como justificativa, principalmente por um Rei. Como homem, ele não passava de uma coceira na parte de dentro da perna. Então, aquele pensamento que você sabia que viria, mas que você procurava evitar porque ninguém gostaria de pensar uma coisa dessas, resolveu se manifestar. Bunshi tinha falado que os Omoluzu vieram matar Fumanguru e que ela havia salvado seu filho, atendendo ao seu último desejo. Mas aquele não era seu filho. Alguém disse a Ekoiye para avisar assim que alguém aparecesse perguntando sobre Fumanguru, porque alguém sabia que, algum dia, um homem lhe perguntaria. Alguém estava esperando por isso, por mim, por alguém como eu, todo esse tempo. Eles não estavam atrás de Fumanguru.

Estavam atrás da criança.

DOZE

Tremulando do lado de fora da minha janela, a bandeira do açor preto. Meu retorno a Kongor não alertou ninguém, e como cheguei a pé, e mais cedo do que o sol, ninguém me viu, então eu saí. A bandeira tremulava a duzentos, talvez trezentos passos de distância, no topo de uma torre no centro do distrito de Nyembe, oscilando violentamente, como se o vento estivesse furioso com ela. Açor preto. Os Sete Alados. O sol se escondia por trás de nuvens gordas de chuva. Sua estação se aproximava. Então eu saí.

No pátio, arrancando os parcos arbustos do chão, havia um búfalo. Macho, marrom-escuro, o corpo maior do que o meu comprimento uma vez e meia, seus chifres virados numa coroa, inclinados para trás para depois se curvarem para cima, como um penteado grandioso. Só que eu já tinha presenciado um búfalo matando três caçadores e rasgando um leão ao meio. Então dei bastante espaço para ele enquanto caminhava em direção à arcada. Ele olhou para cima e se postou bem no meu caminho. Lembrei novamente de que precisava de novas machadinhas, não que machadinhas ou facas pudessem vencê-lo. Eu não sentia cheiro de urina; eu não estava invadindo seu território. O búfalo não bufava nem arrastava seus cascos no chão, mas olhava para mim, dos meus pés até o meu pescoço, e depois pra baixo, pra cima, pra baixo, pra cima, me irritando lentamente. Búfalos não sabem rir, mas juro pelos deuses que esse riu. Depois, sacudiu sua cabeça. Foi mais que

SEIS CRIANÇAS E MAIS UMA

um meneio, uma sacudida violenta para a esquerda e para a direita, e depois para a direita e para a esquerda novamente. Dei um passo para o lado e segui andando, mas ele voltou a parar na minha frente. Fui para o outro lado, e ele fez o mesmo. Ele olhou para cima e para baixo repetidas vezes, e eu juro por todos os deuses, demônios e espíritos do rio que ele riu. Ele se aproximou e recuou uma vez. Se ele quisesse me matar, eu já estaria caminhando entre os meus ancestrais. Ele se aproximou, enfiou seu chifre na cortina que eu vestia e a arrancou, me fazendo rodopiar e cair. Eu xinguei o búfalo, mas não peguei a cortina de volta. Além do mais, era manhã cedo — quem me veria? E se alguém me visse, eu poderia alegar ter sido roubado por bandidos enquanto me banhava no rio. Eu já estava dez passos distante da arcada quando olhei para trás e vi que o búfalo me seguia.

A verdade é a seguinte: o Búfalo era a melhor das companhias. Em Kongor, todas as velhas dormiam até tarde, de modo que as únicas almas na rua eram aquelas que jamais dormiam. Tolos embriagados de vinho de palma e cerveja de masuku, mais caindo do que se levantando. Meus olhos corriam em sua direção toda vez que passávamos por um deles e ficavam observando enquanto eles observavam um homem praticamente nu, andando ao lado de um búfalo, não da maneira como alguns andam com um cão, mas como um homem anda com outro homem. Um homem deitado de costas na rua se virou, nos viu, deu um pulo, saiu correndo e bateu de cara numa parede.

As margens do rio haviam sido inundadas quatro noites antes da nossa chegada, e Kongor era novamente uma ilha pelas próximas quatro luas. Pintei meu peito e minhas pernas com o barro do rio, enquanto o búfalo, deitado na grama, pastava, balançando a cabeça para cima e para baixo. Pintei ao redor do meu olho esquerdo, fui subindo até meu cabelo e desci pela lateral do rosto.

— De onde você vem, meu bom búfalo?

Ele torceu sua cabeça para o Oeste e apontou com seus chifres para cima e para baixo.

— Oeste? Perto do Rio Buki?

Ele sacudiu sua cabeça.

— Além disso? Na savana? Há boa água para se beber por lá, meu búfalo?

Ele sacudiu sua cabeça.

— É por isso que você perambula pelo mundo? Ou há um outro motivo?

Ele fez que sim com a cabeça.

— Você foi convocado por aquela bruxa desgraçada?

Ele sacudiu sua cabeça.

— Você foi convocado por Sogolon?

Ele fez que sim com a cabeça.

— Quando estávamos mortos...

Ele olhou para cima e bufou.

— Quando digo morto, não quero dizer morto, quero dizer quando Sogolon achou que estávamos mortos. Ela deve ter procurado por outros. Você é um desses outros?

Ele fez que sim com a cabeça.

— E você já tem opiniões fortes sobre como eu me visto. Devo dizer que você é um búfalo muito peculiar.

Ele desapareceu mato adentro, espantando moscas com o rabo. Ouvi os passos pesados de um homem vindo pela grama há cinquenta passos de distância e sentei na beira do rio, com os pés dentro d'água. Ele se aproximou; eu puxei meu punhal mas não me virei. O ferro frio de uma lâmina tocou meu ombro direito.

— Moleque sujo, que que tu pensa que tá fazeno? — perguntou ele.

— Tô fazeno nada — disse eu, debochando do seu jeito de falar.

— Tu tá perdido? Tu parece que tá.

— É pelo jeito que eu tô vestido?

— Escuta, parceiro, tu tá rondando a área, sem nenhuma roupa no corpo, como se tu fosse maluco ou um cara que se deita com menino ou que enraba homem, ou sei lá o quê.

— Só tô lavando meu pé no rio.

— Então tu tá procurando o bairro de quem se deita com menino?

— Só tô lavando o pé no rio.

— Pra ir pro bairro dos que se deitam com menino, né? Pode segurar teu arreio aí. Não tem nenhum bairro de se deitar com menino por estas bandas.

— É? Tu tem certeza do que tu tá falando? Porque da última vez que eu estive no bairro de quem se deita com menino, eu vi teu pai e teu avô por lá.

Ele bateu na lateral da minha cabeça com o seu porrete.

— Levanta — disse ele.

Pelo menos ele não estava pensando em me matar sem uma luta. Nas suas costas, ele trazia dois machados pendurados.

Quase uma cabeça mais baixo do que eu, mas vestido de branco por baixo e preto por cima, como um dos Sete Alados. Minha primeira ideia foi ignorar sua raiva e perguntar por que os Sete Alados estavam se reunindo, já que nem a sábia Sogolon sabia. Então ele me disse uma coisa numa voz mais grave do que antes.

— Isso é o que se faz com gente que nem tu — disse o alado.

— O quê?

— Pra quem tu quer que eu mande tua cabeça, comedor de menino?

— Tu tá errado.

— Como que eu tô errado?

— É que eu não sou comedor de menino. Na maioria das vezes, são os meninos que me comem. Mas escuta, teve um, o melhor que eu tive em muitas luas, que era tão apertadinho que, bote fé, eu tive que enfiar uma espiga de milho para alargar o buraco. E depois eu comi o milho.

— Eu vô arrancar tua rola primeiro, depois tua cabeça, e depois jogar o resto no rio. Que que tu acha disso? E quando tuas partes forem descendo pelo rio, as pessoas vão dizer olha lá aquele shoga comedor de menino boiando no rio, não bebe água do rio a menos que tu também queira virar um comedor de menino.

— Você vai me cortar com esses machados? Eu ando procurando armas de ferro tão bem-feitas. Eles foram forjados por um ferreiro de Wakadishu, ou você as roubou da esposa de um açougueiro?

— Larga a faca.

Fiquei olhando para aquele homem, não muito maior que um menino, confundindo ser corpulento com ser musculoso e despejando um monte de merda na minha manhã tranquila. Larguei o punhal que tinha em minha mão e o outro amarrado à minha perna.

— Eu adoraria saudar o sol e me despedir dele sem ter precisado matar um homem — falei. — Existe um povo que vive além do mar de areia que dá um banquete todo ano em que deixam um assento reservado para um fantasma, um homem que um dia esteve vivo.

Ele riu, apontando o porrete para mim com sua mão esquerda e puxando um machado com a direita. Depois ele largou o porrete e puxou o outro machado.

— Talvez eu deva te matar não pelo seu comportamento perverso, mas sim por essa sua boca imunda.

Ele ficou balançando os machados na minha frente, brandindo e girando, mas eu não me mexi. O mercenário começou a avançar bem quando uma pelota de alguma coisa o atingiu na parte de trás do pescoço.

— Filho de uma jumenta!

Ele se virou bem quando o búfalo bufava uma segunda vez, e o suco de suas narinas atingiu o rosto do guerreiro. Quando seu olhar se cruzou com o do búfalo, ele levou um susto. Antes que pudesse golpear com um dos machados, o búfalo colheu o guerreiro com seus chifres e o arremessou bem longe, na grama. Um dos machados caiu no chão. O outro veio na minha direção, mas ricocheteou e caiu. Xinguei o búfalo. Levou um bom tempo até o guerreiro se sentar, sacudir sua cabeça, ficar de pé e começar a cambalear, e então o búfalo partiu para cima dele mais uma vez.

— Você demorou. Dava pra ter feito um pão.

Ele saiu trotando e me bateu com seu rabo na passagem. Eu ri e peguei meus novos machados.

A casa já havia acordado quando regressei. O búfalo se inclinou na direção da grama e enfiou sua cabeça no chão. Eu disse que ele era preguiçoso como uma avó, e ele balançou sua cauda em minha direção. Num canto perto do corredor central, Sogolon estava sentada junto com um homem que eu deduzi ser o dono daquela casa. Óleo de camomila exalava dele, um perfume caro, vindo das terras além do mar de areia. Um pano branco em volta da cabeça e debaixo do seu queixo, fino o suficiente para que eu pudesse ver sua pele. Uma túnica branca com um pé de painço estampada e, por cima dela, um manto, escuro da cor do café.

— Onde está a menina? — perguntei.

— Pela rua, incomodando alguma mulher, pois ela segue fascinada por roupas. Na verdade, velho amigo, ela nunca tinha visto nada parecido — disse Sogolon.

O homem concordou com a cabeça antes de eu perceber que ela não estava falando comigo. Ele deu uma tragada em seu cachimbo e depois o passou a ela. Eu poderia ter confundido a fumaça que saiu da boca da bruxa com uma nuvem, de tão densa que era. Ela havia desenhado seis runas na terra com um graveto, e estava rabiscando a sétima.

— E como o Rastreador está aturando Kongor? — perguntou ele, embora ainda não estivesse olhando para mim.

Pensei que ele estivesse conversando com Sogolon naquele tom grosseiro que homens ricos e poderosos podem usar para falar sobre você bem na sua frente. Era muito cedo para que eu deixasse que alguém me provocasse, disse a mim mesmo.

— Ele não é adepto do costume Kongori de cobrir sua serpente — disse Sogolon.

— De fato. Eles chicotearam uma mulher... sete dias atrás? Não, foram oito. Eles a flagraram sem suas roupas de cima, deixando a casa de um homem que não era seu marido.

— O que eles fizeram com o homem? — perguntei.

— Quê?

— O homem, ele também foi chicoteado?

O homem olhou para mim como se eu tivesse acabado de falar numa das línguas ribeirinhas que nem eu entendo.

— Quando iremos à casa? — questionei Sogolon.

— Você não esteve lá noite passada?

— Não na casa de Fumanguru.

Ela me deu as costas, mas eu não seria esnobado por aqueles dois.

— Esta grande paz está andando nas costas de um crocodilo, Sogolon. Não é apenas Kongor e nem apenas os Sete Alados. Homens que não lutam desde que o Príncipe nasceu estão recebendo mensagens dizendo que eles devem se proteger, se armar e se agrupar. Os Sete Alados também estão em Mitu, além de outros guerreiros, sob outros nomes. A Malakal que você deixou, e o vale de Uwomowomowomowo, ambos agora reluzem de tanto ferro e ouro que há em suas armaduras, lanças e espadas — disse o homem.

— E os embaixadores estão visitando todas as cidades. Suam não de calor, mas de preocupação — retrucou ela.

— O que eu sei é o seguinte. Cinco dias atrás, quatro homens de Weme Witu vieram para uma conversa, já que todo mundo vem a Kongor para resolver suas contendas. Ninguém os vê desde então.

— Qual era o motivo de sua contenda?

— Qual era o motivo? Não é do seu feitio fazer ouvidos moucos às movimentações populares.

Ela riu.

— A verdade é a seguinte. Anos antes da mãe desse magrelo abrir sua *koo* para mijá-lo, pouco antes de registrarem a paz em papel e ferro, o Sul bateu em retirada para o Sul.

— Sim, sim, sim. Eles bateram em retirada para o Sul, mas não todo o Sul — disse Sogolon.

— O velho Kwash Netu jogou um osso para eles. Wakadishu, depois de conquistá-la.

— Eu estava em Kalindar e Wakadishu.

— Mas Wakadishu nunca gostou desse acordo, nem um pouco. Eles diziam que Kwash Netu os havia traído, que os havia vendido de volta à escravidão para o Rei do Sul. Eles reclamam há anos e anos, e esse novo Rei...

— Kwash Dara parece estar ouvindo — disse ela.

— E todos esses movimentos vindos do Norte estão fazendo o Sul tremer. Sogolon, dizem que a cabeça do Rei Louco está mais uma vez infestada por demônios.

Aquilo estava me deixando cada vez mais irritado. Ambos estavam dizendo coisas que o outro já sabia. Não estavam sequer discutindo, ponderando, debatendo ou repetindo, apenas finalizando os pensamentos um do outro, como se estivessem conversando entre si, mas não comigo.

— Os céus e a terra já ouviram o bastante — afirmou Sogolon.

— Você fala sobre reis e guerras e rumores de guerra como se alguém se importasse. Você é apenas uma bruxa que está aqui para encontrar um menino. Assim como todos os outros, exceto por ele — falei, apontando para o lorde. — Ele ao menos sabe por que estamos aqui, sob o seu teto? Viu, eu também sei falar sobre um homem como se ele não estivesse aqui.

— Você tinha me dito que ele tinha um bom faro, não essa boca grande — ironizou o lorde.

— Estamos perdendo tempo falando sobre política — ralhei, e entrei na casa, passando pelos dois.

— Ninguém está falando com você — retrucou Sogolon, mas eu não me virei.

Subindo as escadas, no andar de cima, o Leopardo veio em minha direção. Não consegui ler seu semblante, mas fazia tempo que aquilo estava para acontecer. Vamos resolver isso, seja com palavras ou punhos ou facas e garras, e quem quer que sobreviva que parta para cima do menino, ele para fodê-lo; eu para espancá-lo com um sabugo de limpar a bunda e enfiá-lo de volta no cu de onde ele saiu. Sim, vamos resolver isso. O Leopardo veio correndo, quase derrubando duas das dezenas de estátuas e esculturas do corredor, e me abraçou.

— Meu bom Rastreador, parece que não o vejo há dias.

— Faz dias mesmo. Você não estava conseguindo acordar.

— Isso lá é verdade. Eu me sinto como se tivesse dormido por anos. E acordei num quarto tão triste. Mas me diga, que tipo de diversão há nesta cidade?

— Kongor? Numa cidade pudica como esta, até mesmo as amantes estão atrás de um casamento.

— Já estou adorando. Mas fora isso, não tinha um outro motivo para estarmos aqui? Estamos caçando um menino, não estamos?

— Você não se lembra?

— Eu me lembro e não me lembro.

— Você se lembra do Reino das Trevas?

— Nós atravessamos o Reino das Trevas?

— Você disse algumas palavras bem duras.

— Duras? Para quem? Fumeli? Você sabe que ele gosta quando discutimos. Você não está faminto? Eu vi um búfalo lá fora e pensei em matá-lo ou, pelo menos, arrancar o seu rabo, mas ele parece um búfalo muito esperto.

— Isso é muito estranho, Leopardo.

— Me fale sobre isso na mesa. O que aconteceu nesses poucos dias desde que deixamos o vale?

Eu disse a ele que tínhamos desaparecido por uma lua. Ele disse que aquilo era loucura e se recusou a ouvir mais.

— Estou ouvindo o buraco no meu estômago. Ele está rosnando de forma obscena — disse ele.

A mesa ficava num amplo salão, com painéis e mais painéis cobrindo todas as suas paredes, exibindo cenas em relevo. Eu já estava no décimo painel quando percebi que todas aquelas obras dos grandes mestres do bronze retratavam cenas de sexo.

— Isso é estranho — comentei mais uma vez.

— Eu sei. Já procurei por um onde o pau vai no buraco da boca ou no buraco do *boo*, mas não encontrei. Mas ouvi dizer que essa é uma cidade sem shogas. Como isso pode ser verda...

— Não. É estranho que você não se lembre de nada. O Ogo se lembra de tudo.

O Leopardo, sendo um Leopardo, ignorou as cadeiras e se atirou sobre a mesa sem fazer som nenhum. Ele pegou a coxa de um pássaro de uma bandeja de prata, sentou de cócoras e deu-lhe uma mordida. Pude perceber que ele não tinha gostado. Leopardos comem de tudo, mas não houve um jorro de sangue, quente e encorpado, espirrando em sua boca e sujando seus lábios enquanto ele mordia, que era algo que sempre o chateava.

— É você quem é estranho, Rastreador, com todos os seus enigmas e duplos sentidos. Sente-se, coma mingau enquanto eu como. O que é isso, avestruz? Nunca comi avestruz, nunca consegui pegar nenhum. Você disse que o Ogo se lembra?

— Sim.

— Do que ele se lembra? De estar naquele mato encantado? Disso eu me lembro.

— Do que mais?

— Um torpor enorme. De estar viajando, mas sem me mover. Um longo grito. Do que o Ogo se lembra?

— De tudo, pelo jeito. Ele está relembrando toda sua vida. Você se lembra de quando partimos? Você tinha um problema comigo.

— Nós devemos ter resolvido, porque eu não me lembro dele.

— Se você escutasse o que está dizendo, você não pensaria desse jeito.

— Você me confunde, Rastreador. Sento aqui para comer com você, e existe um amor entre nós que, até agora, era de um tipo que nunca precisamos declarar. Então pare de insistir numa querela tão insignificante que eu nem sequer me lembro, mesmo com você me instigando. Quando iremos à casa do menino? Vamos agora?

— Ontem você esta...

— Kwesi! — gritou seu menino arqueiro, e largou o cesto que estava carregando.

Talvez eu tenha esquecido seu nome de propósito. Ele se aproximou da mesa, sem olhar ou sequer me cumprimentar.

— Você não está bem o suficiente para comer coisas estranhas — disse ele ao Leopardo.

— Aqui é carne, aqui é osso. Não tem nada estranho.

— Volte para o quarto.

— Eu estou bem.

— Você não está.

— Você está surdo? — falei. — Ele disse que está bem.

Fumeli tentou me fulminar com um olhar e fazer um agrado ao Leopardo com a mesma expressão, porém acabou me agradando um pouco, e fulminando um pouco o Leopardo. Mesmo quando não era engraçado, esse menino me provocava o riso. Ele saiu pisando forte, juntando seu cesto na saída. Um de seus pacotes caiu no chão. Porco curado, eu farejei. Suprimentos. O Leopardo sentou-se na mesa e cruzou as patas.

— Precisarei me livrar dele em breve.

— Você deveria ter se livrado dele há luas — resmunguei.

— Quê?

— Nada, Leopardo. Há coisas que eu preciso dizer a você. Não aqui. Eu não confio nestas paredes. Realmente há coisas estranhas aqui.

— Essa já é a quarta vez que você diz isso. Por que tudo está estranho, amigo?

— A mulher poça negra.

— São essas estátuas que me incomodam. Parece que um exército vai ficar me assistindo foder à noite.

Ele pegou uma das estátuas pelo pescoço e abriu um sorriso largo, que eu não conseguia me lembrar quando tinha visto pela última vez.

— Principalmente esta — disse ele.

— Pegue seu pássaro — falei.

Cobrimos nossos quadris com panos e rumamos para o Sul, para Gallunkobe/Matyube. O distrito dos homens livres e dos escravos, e também o mais pobre, exceto pelas casas vulgares que se propagavam para os lados, não para cima, dos homens livres que possuíam muito dinheiro, mas nenhum traço de nobreza. A maioria das casas tinha uma sala ou salão, e ficavam tão coladas umas às outras que compartilhavam do mesmo telhado. Nem mesmo um rato poderia se espremer por entre as paredes. As torres e telhados do distrito de Nyembe faziam com que ele parecesse um enorme forte ou castelo, mas não havia torres nesse distrito. Homens livres e escravos não tinham a necessidade de vigiar ninguém, mas todos tinham a necessidade de vigiá-los. E apesar de a maioria dos homens e mulheres dormirem lá à noite, durante o dia aquele era o distrito mais vazio, com os homens livres e escravos trabalhando nos outros três.

— Quando Bunshi lhe contou essa história?

— Quando? Meu bom felino, você estava lá.

— Estava? Eu não... sim, eu lembro sim... a lembrança vem, e depois ela foge de mim.

— A lembrança deve ter ouvido falar do que você faz na cama.

Ele deu uma risadinha.

— Mas, Rastreador, eu lembro como se alguém tivesse me contado, não como se eu estivesse lá. Não lembro de nenhum cheiro disso. Muito estranho.

— Sim, é estranho. Seja lá o que esse Fumeli está te fazendo fumar, pare de fumar.

Eu estava feliz de conversar com o Leopardo, como eu sempre ficava, e não queria trazer de volta o azedume de dias atrás — de uma lua atrás, um fato que sempre o embasbacava quando eu mencionava. Acho que sei o porquê. O tempo não faz sentido para os animais; eles o medem pela sua vontade de comer, de dormir e de procriar, então, tempo perdido, para ele, era como uma tábua com um enorme buraco aberto nela.

— O traficante disse que o menino era filho do seu sócio, e agora órfão. Homens sequestraram o menino de uma mucama e mataram todos os outros que estavam lá. Depois, ele disse que a casa pertencia à sua tia, não à sua mucama. Então, nós vimos ele e Nsaka Ne Vampi tentando arrancar informações da mulher relâmpago, que nós libertamos, mas então ela se atirou de um precipício e acabou dentro da gaiola de Nyka.

— Você me conta coisas que eu já sei. Tudo menos essa mulher relâmpago na gaiola. E eu lembro de pensar que, com certeza, o traficante não diz a verdade, mas não sobre o quê.

— Leopardo, isso foi quando Bunshi escorreu pela parede e disse que o menino não era aquele menino, mas outro, que era o filho de Basu Fumanguru, que era um ancião, e que, na Noite das Caveiras, os Omoluzu atacaram a casa e assassinaram todos menos o menino, que era, então, um bebê, e que Bunshi o havia escondido em seu ventre para salvá-lo, mas então ela o entregou a uma cega em Mitu em quem ela achou que poderia confiar, mas a cega o vendeu para um mercado de escravos onde um comerciante o comprou, quem sabe para uma esposa infértil, mas então eles foram atacados por homens com más intenções. Um caçador levou o menino, e agora ninguém consegue encontrá-lo.

— Devagar, meu bom amigo. Não me lembro de nada disso.

— E isso não é tudo, Leopardo, pois me encontrei com outro ancião, que chamava a si mesmo de Belekun, o Grande, que disse que a família morreu por obra de doenças do rio, o que era mentira, mas a família eram oito, o que era verdade e, desses, seis eram filhos, e nenhum era recém-nascido.

— O que você está dizendo, Rastreador?

— Você não lembra quando eu contei isso a você no lago?

O Leopardo sacudiu a cabeça.

— Belekun sempre foi um mentiroso, e eu tive de matá-lo, especialmente depois que ele tentou me matar. Mas ele não tinha motivo para mentir a respeito disso, de modo que Bunshi talvez tenha. Sim, os Omoluzu mataram a família de Basu Fumanguru, e sim, muitos sabem disso, incluindo ela, mas o menino que estamos procurando não era seu filho, pois ele não tinha filhos tão pequenos.

O Leopardo ainda parecia confuso. Mas ele arqueou a sobrancelha, como se uma verdade finalmente tivesse lhe ocorrido.

— Mas, Leopardo — prossegui —, andei vasculhando umas coisas, desencavando outras, e alguém nessa cidade também perguntou sobre Fumanguru, dizendo que queria ser avisado se mais alguém perguntasse, o que significa que o caso encerrado do ancião morto não está tão encerrado assim, porque uma coisa continua aberta, esse menino desaparecido que não é seu filho e, embora não seja seu filho, ele é o motivo pelo qual outros procuraram por ele e pelo qual procuramos por ele, e, levando em conta que Fumanguru era um incômodo, mas não um inimigo verdadeiro do Rei, quem quer que tenha enviado andarilhos de telhado para sua casa não estava lá para matar a família, mas para matar o menino, que Fumanguru deveria estar protegendo. Eles também sabem que ele está vivo.

Eu contei ao Leopardo tudo aquilo e, verdade seja dita, fiquei mais confuso por ter falado do que ele por ter ouvido. Só consegui entender quando ele repetiu tudo que eu havia dito. Nós ainda estávamos com a água na altura de nossos tornozelos quando ele disse:

— Sabe esse búfalo parado atrás de nós enquanto conversamos?

— Sei.

— Podemos confiar nele?

— Ele parece ser uma fera confiável.

— Se ele mentir, eu o derrubarei com minhas presas e farei dele o meu jantar.

O búfalo bufou e começou a arrastar sua pata direita dianteira na água.

— Ele está brincando — disse eu ao búfalo.

— Só um pouquinho — completou Leopardo. — Venha conosco para a casa desse homem. Estas vestes fazem minhas bolas coçar.

Tristogo estava sentado em seu quarto, socando sua palma esquerda com sua mão direita, gerando faíscas. Fui até o marco da porta e parei ali. Ele me viu.

— Lá estava ele. Eu o peguei pelo pescoço, e sua cabeça pulou fora de tanto eu apertar. E ela também, eu balancei esta mão, trouxe até aqui pra cima e desci um tapa tão forte que quebrou seu pescoço. Em pouco tempo, os mestres disponibilizaram alguns lugares, e homens e mulheres pagavam búzios, milho e vacas para me assistir executando mulheres e crianças e homens com minhas mãos. Depois disso, montaram um auditório em círculo e começaram a cobrar dinheiro e fazer apostas. Não sobre quem venceria, pois nenhum homem é capaz de derrotar um Ogo. Mas sobre quem durava mais. As crianças, eu quebrava seus pescoços para que não sofressem. Isso os deixava loucos — quem vai querer assistir a uma coisa dessas, eles querem ação, você não vê? Você não vê, eles querem um espetáculo. À merda todos os deuses e pau nos seus cus e seus ouvidos, eu vou dar um espetáculo para eles, só lhe digo isso.

Eu sabia o que aconteceria. Eu deixei o Ogo. Ele ficaria falando a noite inteira, não importava quanto sofrimento aquele falatório lhe causasse. Parte de mim queria dar ouvidos a ele, porque havia algo profundo ali, coisas que ele tinha feito e enterrado onde quer que os Ogos enterram seus mortos. O Leopardo já estava com a mão na virilha quando entrou em seu quarto com Fumeli. Sogolon havia sumido, assim como a menina e o dono da casa. Eu queria ir à casa de Fumanguru, mas não queria ir sozinho.

Não havia nada a fazer a não ser esperar pelo Leopardo. Ao pé da escada, a noite se infiltrava sem que eu nem sequer percebesse. Kongor age como cidade casta sob a luz do sol, mas se transforma no que todas as cidades castas se transformam sob a escuridão. Fogo iluminava pedaços do céu, do Bingingun ao longe. Tambores às vezes atravessavam telhados e ruas, estremecendo nossas janelas, enquanto alaúdes, flautas e trombetas se esgueiravam por baixo. Não vi vivalma em Bingingun o dia todo. Saí pela janela e me sentei no parapeito, olhando para aposentos com luzes trêmulas, poucos, e os aposentos já escuros, muitos. Fumeli, enrolado numa manta, passou por mim carregando uma lamparina. Ele voltou logo em seguida e passou mais uma vez por mim, carregando um odre de vinho. Eu o segui, dez mais dois passos ou algo assim atrás dele. Ele deixou a porta aberta.

— Pegue o seu arco ou, pelo menos, uma boa espada. Não, traga punhais, vamos levar punhais — disse eu.

O Leopardo rolou na cama. Em suas costas, ele pendurou o odre de vinho dado por Fumeli, que não olhava para mim.

— Você bebe vinho de palma agora?

— Eu bebo sangue se eu quiser — disse ele.

— Leopardo, tempo não é algo que temos para perder. Kwesi.

— Fumeli, me diga o seguinte. Tem um vento terrível batendo naquela janela, ou você está falando comigo num tom que me desagrada?

Fumeli riu em silêncio.

— Leopardo, o que é isso?

— De fato, o que é isso? O que é isso? O que é isso, Rastreador? O que. É. Isso?

— É a casa do menino. A casa que nós vamos visitar. A casa que talvez nos diga para onde ele foi.

— Nós sabemos para onde ele foi. Nyka e aquela vadia já o encontraram.

— Como você sabe? Algum tambor te contou? Ou alguma putinha te sussurrou alguma coisa antes do pôr do sol?

Um rosnado, mas vindo de Fumeli, não dele.

— Só tem um lugar pra onde eu vou, Rastreador. Eu vou dormir.

— Seu plano é encontrá-lo nos sonhos? Ou talvez enviar a sua empregadinha aqui atrás dele.

— Saia — disse Fumeli.

— Não, não, não. Você não fala comigo. E eu só falo com ele.

— Se o ele sou eu, então eu vou dizer, não fale nem com ele nem comigo — determinou Leopardo.

— Leopardo, você está bravo, ou isso é algum tipo de jogo? Há duas crianças neste quarto?

— Não sou uma crian...

— Cala boca, moleque, por todos os deuses, eu vou...

O Leopardo se levantou.

— Por todos os deuses você vai... o quê?

— Que recaída é essa? Primeiro você está quente, depois está frio, você é uma coisa, depois é outra. Essa putinha aí está te enfeitiçando? Não quero saber. Podemos ir agora e discutir mais tarde.

— Nós partiremos amanhã.

O Leopardo foi andando até a janela. Fumeli sentou-se na cama, olhando de relance para mim.

— Ah. Então estamos nessas águas mais uma vez — disse eu.

— Como você fala engraçado — disse Fumeli.

Na minha cabeça, minhas mãos estavam em seu pescoço.

— Sim. Nessas águas, como você disse. Nós sairemos amanhã por conta própria à procura do menino. Ou não. De qualquer maneira, iremos embora daqui — disse o Leopardo.

— Eu te falei sobre o menino. Por que nós precisamos encontra...

— Você me fala muitas coisas, Rastreador. Pouco se aproveita. Agora, por favor, volte para o lugar de onde veio.

— Não. Eu vou desvendar essa loucura.

— Loucura, Rastreador, é você pensar que algum dia eu trabalharia com você. Eu não aguento nem beber com você. Sua inveja fede, você sabia disso? Fede tanto quanto o seu ódio.

— Ódio?

— Ele já me deixou confuso uma vez.

— Você está confuso.

— Mas então eu percebi que você é repleto de desgosto, dos pés à cabeça. Você não consegue evitar. Você até luta contra isso, e às vezes até que se sai bem. O suficiente para que eu permita que você me desvie do meu caminho.

— À merda os deuses, felino, nós estamos trabalhando juntos.

— Você não trabalha com ninguém. Você tinha planos...

— De quê, de ficar com o dinheiro?

— Foi você quem disse, não eu. Você o ouviu dizendo isso, Fumeli?

— Sim.

— Fecha essa boca, seu moleque.

— Deixe-nos — ordenou o Leopardo.

— O que você fez a ele? — perguntei a Fumeli. — O que você fez?

— Além de abrir meus olhos? Acho que Fumeli não está atrás de reconhecimento. Ele não é como você, Rastreador.

— Você nem sequer está soando...

— Como eu mesmo?

— Não. Você nem sequer está soando como um homem. Você parece um menino que teve os brinquedos tomados pelo pai.

— Não há espelhos neste quarto.

— O quê?

— Vá embora, Rastreador.

— À merda os deuses e à merda esse bostinha.

Eu avancei para cima de Fumeli. Saltei sobre a cama e agarrei seu pescoço. Ele me deu um tapa, a cadelinha fraca demais pra fazer qualquer outra coisa, e eu apertei.

— Eu sabia que você se consultava com bruxas — disse eu.

Uma massa negra e peluda me derrubou, e eu bati a cabeça com força. O Leopardo, todo negro, unificado à escuridão, arranhava meu rosto com suas garras. Agarrei a pele do seu pescoço e saímos rolando pelo chão. Desferi um soco e errei. Ele desviou da minha cabeça com a sua e envolveu meu pescoço em sua mandíbula. Eu não conseguia respirar. Ele ficou apertando e começou a balançar a cabeça, para quebrar meu pescoço.

— Kwesi!

O Leopardo me soltou. Eu arfei e tossi saliva.

O Leopardo rosnou para mim, depois soltou um rugido, quase tão alto quanto o de um leão. Era um rugido que queria dizer "vá embora". Vá embora e não volte.

Eu fui em direção à porta, limpando meu pescoço molhado. Saliva e um pouco de sangue.

— Não estejam aqui amanhã — disse eu. — Nenhum dos dois.

— Não obedecemos às suas ordens — disse Fumeli.

O Leopardo caminhava em círculos perto da janela, ainda na forma de Leopardo.

— Não estejam aqui amanhã — repeti.

Fui para o quarto do Ogo.

Bingingun. Isso foi o que eu aprendi com os Kongori, o motivo pelo qual odeiam a nudez. Vestir somente a própria pele é vestir a mente das crianças, a mente dos loucos, até mesmo a mente dos homens que não têm um papel na sociedade, inferiores até mesmo aos agiotas e aos vendedores de bugigangas, pois mesmo estes têm alguma utilidade. Bingingun é como o povo do Norte abriu espaço para os mortos entre os vivos. Bingingun é um baile de máscaras, tocadores de tambor, dançarinos e cantores do grande oriki. Eles usam roupas feitas de aso oke por baixo, e seu tecido é branco com listras índigo, e elas se parecem com os trajes com os quais se vestem os mortos. Eles usam filó no rosto e nas mãos, pois naquele momento são mascarados, não homens com nomes. Quando o Bingingun começa a girar e produz um redemoinho, os ancestrais o possuem. Eles dão pulos da altura dos telhados.

Quem faz as fantasias é um amewa, um especialista em beleza, pois se você conhece os Kongori, sabe que eles veem tudo através do olhar da beleza. Nada de feio, porque isso não tem valor, especialmente a feiura de caráter. Mas também nada do que é belo em demasia, pois é um esqueleto disfarçado. Bingingun é feito dos melhores tecidos, vermelho e cor-de-rosa, e dourado, e azul, e prateado, tudo bordado com búzios e moedas, pois há poder na beleza. Em padrões, tranças, lantejoulas, borlas, e amuletos com elixires. Bingingun em dança, Bingingun em marcha, é como se transformar nos ancestrais. Tudo isso eu aprendi em minhas viagens, pois Juba também tem bailes de máscara, mas eles não são Bingingun.

Eu contei tudo isso para o Ogo porque acompanhamos uma procissão em nosso percurso até a casa, na esperança de que um homem alto como ele não destoasse da multidão sob a luz das tochas. Mas ele destoava mesmo assim. À frente, cinco tocadores de tambor ditando o ritmo da dança — três tocando dunduns, um tocando um batá de couro duplo, e o quinto tocando quatro batás pequenos amarrados juntos para produzir um som agudo como o canto de um corvo. Depois dos tocadores de tambor vinham os Bingingun, entre eles o Rei Ancestral, em seus trajes reais e um véu de búzios, e o Trambiqueiro, cuja túnica se transformava no avesso em outra túnica, e ainda em outra túnica, enquanto os Bingingun todos rodopiavam e marcavam o passo seguindo os tambores, *bum-bum-bacalac-bacalaca, bacalacalacalaca-bum-bum-bum*. Dez mais cinco desse clã arrastaram os pés no chão para a esquerda e pisaram, depois arrastaram para a direita e pularam. Eu contava tudo isso para o Ogo para que ele não começasse a falar de novo sobre quem ele havia matado com suas mãos e sobre como não existe nada neste mundo ou em qualquer outro como o som de um crânio sendo esmagado. O semblante de Tristogo me faltava na escuridão e, apesar de estar mais alto do que as tochas, ele agitava os braços no ar com os Bingingun, marchava quando eles marchavam, e parava quando eles paravam.

Eis a verdade. Eu não sabia qual era a casa de Fumanguru, apenas que ela ficava no distrito de Tarobe, ao norte da fronteira com Nimbe, e que ela estaria praticamente soterrada por enormes espinheiros. Eu disse: "Meu bom Ogo, vamos procurar. Vamos percorrer rua por rua e parar nas casas em que não arde uma vela, e que se escondem atrás de galhos capazes de nos furar e nos cortar."

Do lado de fora da quarta casa, Tristogo pegou uma tocha da parede. Na nona casa, eu senti o cheiro, o fedor do enxofre, sua fragrância ainda fresca depois de todos aqueles anos. A maioria das casas daquela rua estava apinhada uma ao lado da outra, mas essa estava isolada, e era agora uma ilha de espinheiros. Maior que as outras casas, pelo que dava pra ver no escuro, e o mato havia crescido para os lados e para cima, chegando até a porta da frente.

Nós demos a volta pelos fundos. Ogo ainda estava quieto. Ele estava usando suas luvas, não me deu atenção quando eu disse que elas não serviriam para nada contra os mortos. "Lembre que elas não conseguiram te salvar do Ogudu", eu pensei, mas não disse. Ele foi arrancando os galhos até que fosse seguro subir. Pulamos o muro dos fundos e caímos sobre um cobertor de grama espesso. Mato crescendo livre, partes chegando na minha cintura. Sem dúvida os Omoluzu estiveram ali. Apenas plantas que brotam dos mortos cresciam lá.

Estávamos no meio do quintal, bem ao lado do celeiro onde painço e sorgo haviam apodrecido pela umidade das muitas chuvas, com uma cobertura de merda de rato e uma infestação de seus filhotes. A casa, um aglomerado de vivendas, cinco pontas como uma estrela, não era algo que eu esperava ver em Kongor. Fumanguru não era Kongori. Tristogo pôs a tocha no chão e iluminou o quintal todo.

— Carne estragada, bosta recente, cão morto? Não sei dizer — expôs o Ogo.

— Todos os três, talvez — disse eu.

Apontei para a primeira vivenda à direita. Tristogo aquiesceu e me seguiu. Essa primeira habitação foi uma amostra do estado em que as demais estariam. Tudo ficou como os Omoluzu haviam deixado. Bancos quebrados, jarros estilhaçados, tapeçaria retalhada, mantas e roupas rasgadas e atiradas. Peguei um cobertor. Escondidos no cheiro da terra e da chuva, dois meninos, talvez o mais novo, mas o cheiro só chegava até a parede e morria. Todos os mortos têm o mesmo cheiro, mas às vezes seu cheiro de vivo pode te levar até o lugar onde eles morreram.

— Tristogo, como os Kongori enterram seus mortos?

— Não na terra. Em caixões, grandes demais para esta sala.

— Se eles tiveram escolha. A família de Fumanguru deve ter sido desovada em um lugar qualquer, horrorizando os deuses. Talvez cremados?

— Não os Kongori — disse ele. — Eles acreditam que queimar um corpo libera no ar aquilo que o matou.

— Como você sabe?

— Matei alguns. Foi assim que aconteceu. Eu...

— Agora não, Tristogo.

Fomos até o próximo cômodo, que, julgando pela cama de madeira Mojave, deve ter pertencido a Fumanguru. Suas paredes estavam cobertas de cenas — a maioria retratando caçadas — gravadas na madeira. Estátuas destroçadas e livros no chão, e também papéis espalhados, provavelmente arrancados dos livros. Os Omoluzu não teriam interesse naquilo, mas o teriam a terceira, quarta e quinta pessoas a visitar aquele cômodo, incluindo Sogolon, a quem farejei desde que pisamos no salão principal, algo que não contei ao Ogo. Fiquei me perguntando se, ao contrário dos outros que estiveram ali, ela havia encontrado o que estava procurando.

— Dizem por aí que Basu Fumanguru redigiu muitas petições contra o Rei. Vinte ou trinta artigos no total, algumas contendo os testemunhos de vítimas de suas transgressões, nobres e príncipes que ele havia prejudicado. Teve um homem com quem troquei algumas palavras. Ele me disse que as pessoas procuravam pelas petições, e é por isso que ele foi assassinado. Mas o pouco que eu conheço de Fumanguru me diz que ele não era um tolo. E também que ele certamente gostaria que suas palavras não morressem com ele — falei.

— Suas petições não estão aqui?

— Não. E não apenas isso, meu bom Ogo, pois eu não acredito que seja isso o que as pessoas estejam procurando. Lembra do menino? Bunshi disse que ela o havia salvado.

Uma espada reluzia no chão. Eu agora odiava espadas. Muito volumosas, muita resistência do vento quando ambos deviam trabalhar juntos, mas eu a peguei mesmo assim. Metade dela estava dentro da bainha. Eu precisaria retornar sob a luz do sol, pois não tinha nada para me orientar além do meu nariz. Um homem está por toda parte neste cômodo, talvez Fumanguru, e uma mulher também, mas seus cheiros se encerram neste quarto, o que significa que estão mortos. Do lado de fora, me virei para um espaço que ficava atrás de um outro cômodo, reservado para os serviçais e para as crianças pequenas. Pude constatar que quem quer que tivesse sepultado a família ou não tinha visto ou não tinha se importado com o fato de que uma serviçal estava debaixo da madeira quebrada e dos tapetes rasgados. Tudo que havia sobrado dela eram seus ossos, ainda juntos, mas a carne toda devorada. Eu entrei, e o Ogo me seguiu. Sua cabeça batia no teto. Dei um sorriso, tropecei numa urna de ponta-cabeça e caí com força. À merda os deuses, disse eu, muito embora uma pilha de panos tivesse amortecido minha queda. Túnicas. Mesmo no escuro, eu podia ver sua riqueza. Costuras de ouro, mas o tecido fino, assim como as da mulher. Aqui devia ser o lugar em que a serviçal colocava as roupas secas depois de lavá-las. Mas havia uma fragrância naquelas roupas finas que nenhuma lavagem poderia tirar. Olíbano. Ele me levou daquele cômodo de volta para o aposento principal, e depois para o meio do quintal, e de volta até o salão ao lado do celeiro.

— Eles estão aqui, Tristogo.

— Debaixo da terra?

— Não. Em caixões.

Sem janelas, aquela era a sala mais escura, mas agradeço aos deuses pela força do Ogo. Ele abriu a tampa da maior, que eu imaginei que seria Basu, mas o olíbano que ainda estava ali me disse que era sua esposa.

— Tristogo, sua tocha.

Ele se levantou e a apanhou. No ataúde, lá estava ela, o corpo dobrado errado, suas costas tocando as solas de seus pés. Seu crânio repousava sobre seu cabelo, seus ossos saindo por rasgos no tecido.

— Eles quebraram as costas dela? — perguntou Tristogo.

— Não, eles a cortaram em duas.

O segundo ataúde, menor, porém maior que os demais, continha Fumanguru. Todos os seus ossos haviam sido coletados, mas estavam quebrados. Túnica azul-escura, como a de um rei. Quem o sepultou não roubou nada, pois certamente teriam levado trajes tão luxuosos, mesmo de um morto. Os ossos de seu rosto tinham sido esmagados, sinal de quando os Omoluzu arrancam um rosto para vesti-lo. Outro ataúde grande continha duas crianças, uma urna pequena continha uma. Os ossos pequenos da criança no caixão pequeno haviam todos quase virado pó, exceto pelos seus braços e costelas. Assim como os outros, ele tinha o cheiro de uma morte muito antiga e de uma fragrância desmaiada. Nada para preservar ou mumificar os corpos, indicação de que a história sobre a infecção havia se espalhado. Eu acenei com a cabeça para Tristogo cobrir a última urna bem quando uma coisinha piscou pra mim.

— A tocha, de novo, Tristogo.

Eu dei uma olhada, bem quando o Ogo secava uma lágrima do seu rosto. Ele estava pensando em crianças mortas, mas não nesta.

— O que é isso que ele está segurando? — perguntei.

— Um pergaminho? Um pedaço de argila?

Eu o peguei. Um pano, simples como tecido aso oke, mas não era. Eu o puxei, mas o menino não soltou. Ele morreu com aquilo, foi seu último ato de rebeldia, pobre criança corajosa. Interrompi aquele pensamento antes que ele se aprofundasse. Mais uma puxada e ele estaria solto. Um pedaço de tecido azul arrancado de uma coisa maior. O menino estava vestido de branco. Eu trouxe o pano ao nariz, e um ano de sol, noite, trovão e chuva, centenas de dias de caminhadas, dezenas de colinas, vales, areias, mares, casas, cidades, planícies. Um cheiro tão forte que virou suspiro, e som, e toque. Eu podia estender a minha mão e tocar naquele menino, segurá-lo em minha mente e ser fisgado por ele, de muito longe. Longe demais, minha mente acelerada, saltando e mergulhando nas profundezas do mar e voando mais alto e mais alto e mais alto e respirando o ar sem fumaça. O cheiro me puxando, me puxando, me arrastando por florestas, túneis, pássaros, carne rasgada, insetos comedores de carne, bosta, mijo e sangue. Sangue entrando pelo meu corpo. Tanto sangue que meus olhos ficaram vermelhos e depois pretos.

— Tão longe você, achei que nunca mais ia voltar — disse Tristogo.

Eu rolei para o lado e me sentei.

— Quanto tempo?

— Não muito, mas profundo como sono. Seu olho estava branco de leite. Achei que demônios estavam na sua cabeça, mas nada de espuma na sua boca.

— Isso só acontece quando não estou esperando. Eu farejo alguma coisa, e a vida de alguém vem toda pra mim num segundo. É maluquice, mesmo agora que estou aprendendo a lidar melhor com isso. Mas, Ogo, tem mais coisa.

— Outro cadáver?

— Não, o menino.

Ele olhou para a urna.

— Não, o menino que procuramos. Ele está vivo. E eu sei onde ele está.

TREZE

Verdade, seria tolo dizer que eu havia encontrado o menino. Eu havia descoberto que ele estava longe. O Ogo, ao ouvir as minhas novas, pegou sua tocha e correu para a sua esquerda, depois para a sua direita, depois para dentro do quarto das crianças e puxou tantos tapetes que uma nuvem de poeira se ergueu e se fez notar, mesmo no escuro.

— O menino está há cerca de três luas de distância — anunciei.

— O que isso significa? — perguntou ele.

Ele ainda estava levantando tapetes e agitando sua tocha.

— É mais ou menos a distância que há do Leste ao Oeste.

Ele largou os tapetes no chão, e a lufada de vento gerada por eles apagou a tocha.

— Bem, pelo menos vir até aqui serviu a algum propósito — disse ele.

— Fico me perguntando que propósito teria servido a Sogolon — murmurei.

— Quê?

Esqueci que os Ogos têm ouvidos afiados. Ela esteve aqui antes, e não há muito tempo, talvez até mesmo na noite passada. De volta ao quarto de Fumanguru, entre os livros atirados pelo chão e as páginas arrancadas era onde seu cheiro estava mais forte. Dei um passo para dentro do quarto e parei. O cheiro veio até mim todo de uma vez, e de todos os lados. Manteiga de karité misturada com carvão, usada no rosto para se confundir com a escuridão.

— Vamos sair daqui, Tristogo.

Ele virou sua cabeça para a parede dos fundos.

— Não, pela porta da frente. Ela já está aberta.

Cortamos caminho pelo mato e saímos bem na frente de um grupo de homens armados. Tristogo deu um passo para trás, surpreso, mas eu não fiquei. Eles estavam com a pele tingida para se misturar ao negro da noite. Ouvi o estalo e a esfrega das manoplas de ferro do Ogo. Dez mais cinco deles dispostos em meia-lua, turbantes azul lagoa em suas cabeças, véus azul lagoa cobrindo tudo, exceto seus olhos e narizes. Uma faixa do mesmo azul em volta do peito e das costas, túnica e, por baixo, calças curtas e negras. E com lanças e arcos, e lanças e arcos, e lanças e arcos, e assim por diante, até o último, que carregava uma espada à sua esquerda, embainhada, como a minha. Eu segurei o cabo da minha espada, mas não a saquei. Tristogo deu um passo à frente e tirou um arqueiro do seu caminho, jogando ele e suas flechas para longe. Os homens se viraram para ele num piscar de olhos, puxando seus arcos e se preparando para arremessar suas lanças. O homem com a espada não estava vestido como eles. Ele usava uma capa vermelha por cima do seu ombro direito e por baixo do esquerdo, que tremulava ao vento e se debatia no chão. Uma túnica com o peito aberto que terminava na altura das coxas, e estava amarrada na cintura por um cinto de couro que segurava sua espada. Ele fez um gesto para que os homens parassem, mas ficou me encarando o tempo todo. Tristogo permaneceu em sua posição, pronto para uma luta.

— Vocês parecem ter certeza de que não os mataremos — comentou o espadachim.

— Não é com a minha morte que estou preocupado — respondi.

O espadachim nos olhou fixamente.

— Eu sou Mossi, o terceiro comissário da Brigada do Clã dos Kongori.

— Nós não roubamos nada — disse eu.

— Uma espada como essa não poderia ser sua. Não quando eu a vi, três noites atrás.

— Vocês estavam esperando por qualquer um, ou justamente por nós?

— Vamos deixar as perguntas para mim e as respostas para você.

Ele se aproximou até estar bem na minha frente. Era alto, porém mais baixo que eu, seus olhos quase na altura dos meus, e seu rosto escondido atrás de tinta negra. Um capacete de cabaça com uma emenda de ferro no meio, apesar de o sol já ter ido embora e o clima estar fresco. Uma fina gargantilha de prata, perdida no meio dos cabelos de seu peito. A cabeça pontuda, como a ponta de uma flecha, o nariz como o de um falcão, lábios grossos curvados para cima como se ele estivesse sorrindo, e olhos tão luminosos que eu podia enxergá-los no escuro. Argolas nas orelhas.

— Me avise quando vir algo que o agrade — pediu ele.

— Essa espada não é Kongori — disse eu.

— Não. Ela pertencia a um traficante de escravos das terras da estrela oriental. Eu o flagrei sequestrando mulheres livres para vendê-las como escravas. Ele se recusou a soltá-la de sua mão, de modo que...

— Você é o segundo ladrão de espadas que eu conheço.

— Roubar de um ladrão faz os deuses sorrirem. Qual é o seu nome?

— Rastreador.

— Então você não era o preferido de sua mãe.

Ele estava tão perto que eu sentia a sua respiração.

— Tem um demônio morando no seu olho — disse ele, aproximando seu dedo, e eu me contorci. — Ou ele lhe deu um soco uma noite dessas? — perguntou, apontando para Tristogo.

— Não é um demônio. É um lobo — expliquei.

— Então, quando a lua se desnuda, você uiva para ela?

Eu não disse nada, mas fiquei de olho em seus homens. Ele apontou para Tristogo, que ainda estava com os braços retesados, pronto para atacar.

— Ele é um Ogo?

— Tente matá-lo e você descobrirá.

— De qualquer modo, essa conversa continua na fortaleza. Por ali — ordenou, apontando ao Leste.

— Essa é a fortaleza da qual nenhum prisioneiro escapa? E se nós decidirmos não ir?

— Então essa conversa entre nós, suave e delicada, vai ficar bem difícil.

— Nós mataremos, no mínimo, sete dos seus homens.

— E meus homens são muito generosos com suas lanças. Sete eu posso perder. Você pode perder um? Isso não é uma prisão. Eu prefiro conversar onde as ruas não têm ouvidos. Estamos entendidos?

A fortaleza ficava em Nimbe, o distrito perto da margem oriental do rio, com uma vista para as docas imperiais. Descemos as escadas até uma sala feita de pedras e argamassa. Duas cadeiras e uma mesa. Velas sobre a mesa, o que me surpreendeu — velas não eram baratas em lugar algum. Fiquei sentado por tempo suficiente para que uma câimbra atacasse minha perna esquerda. Levantei quando o comissário entrou. Ele tinha lavado seu rosto. Cabelo negro que, quando comprido, seria solto e cacheado, mas também fino como a crina de um cavalo. Era um cabelo que eu não via desde que me perdera no mar de areia. E a pele clara como argila seca. Homens que seguiam a estrela oriental se pareciam com ele, ou homens que compravam escravos, ouro e civeta, mas principalmente escravos. Eu conseguia ver melhor seus olhos, e seus lábios, que pareciam mais grossos agora, mas ainda mais finos do que qualquer um nessas terras. Eu conseguia imaginar o quanto as mulheres de Ku e Gangatom ficariam horrorizadas com um homem com aquela aparência. Elas o teriam amarrado e assado até que sua pele estivesse no tom certo. Pernas como as do Leopardo, grossas de músculo, como se tivesse lutado em uma guerra. O sol Kongori as havia deixado mais escuras. Pude ver quando ele puxou sua túnica para cima, além de onde ela estava, alto o bastante para mostrar como o resto de suas pernas era claro, e como sua tanga estava negra. Ele soltou o pano do seu cinto e, dessa vez, ele despencou além de seus joelhos.

— Está esperando que um gênio apareça para convidá-lo a sentar? — ironizou ele, sentando-se à mesa.

— Um pombo lhe contou que eu estava vindo? — perguntei.

— Não.

— Você...

— Sou eu quem faço as perguntas.

— Então sou eu quem será acusado de roubo.

— Essa sua boca parece um intestino solto. Mas eu posso enfiar uma rolha nela.

Eu o encarei em silêncio. Ele sorriu.

— Resposta brilhante — disse ele.

— Eu não disse nada.

— Sua melhor resposta até agora. Mas não. Roubo não, porque você seria a vítima do ladrão. Mas assassinato ainda está disponível.

— Piadas Kongori. Ainda são as piores em todo o império.

— Como não sou Kongori, você deveria rir mais. Agora, quanto aos assassinatos...

— Não posso matar os mortos.

— Seu amigo, o Ogo, já confessou ter matado pelo menos vinte em, pelo menos, vinte terras, e não dá o menor sinal de que vá parar.

Suspirei ruidosamente.

— Ele era um carrasco. Ele não sabe o que está falando — disse eu.

— Com certeza ele sabe muita coisa sobre matar.

Ele parecia mais velho do que quando estava no escuro. Ou talvez maior. Eu só queria mesmo era ver sua espada.

— Por que você foi até a casa de Fumanguru essa noite? — perguntei.

— Talvez porque eu seja descuidado. Pessoas que têm sangue em suas mãos tendem a lavá-las onde o derramaram.

— Essa foi a coisa mais tola que eu já ouvi.

— Foi você quem fez um movimento tolo, andando por aí disfarçado e escalando espinheiros na esperança de que ninguém percebesse.

— Eu rastreio pessoas desaparecidas.

— Nós encontramos todas elas.

— Vocês não encontraram uma delas.

— Fumanguru tinha uma esposa e seis filhos. Todos foram contabilizados. Eu mesmo os contei. Depois, nós fomos atrás de um ancião que, depois do ocorrido, havia se mudado para Malakal. Belekun era seu nome. Ele confirmou que os oito compartilhavam do mesmo sangue.

— Quanto tempo depois do ocorrido ele se mudou? — perguntei.

— Uma lua, talvez duas.

— Ele encontrou as petições?

— O quê?

— Uma coisa que ele estava procurando.

— Como você sabe que o ancião estava procurando alguma coisa?

— Você não é o único que tem amigos grandes e gordos, comissário.

— Você está com coceira, Rastreador?

— Quê?

— Coceira. Essa já é a sétima vez que você coça o peito. Eu imagino que você é um daqueles tipos ribeirinhos que evita usar roupas. Luala Luala ou Gangatom?

— Ku.

— Pior ainda. E mesmo assim você fala em petições como se soubesse do que está falando. Você deve ter inclusive procurado por elas.

Ele se acomodou em seu assento, olhou para mim e riu. Eu não conseguia me lembrar de ninguém, homem, mulher, fera ou espírito, que me irritasse tanto. Nem mesmo o menino do Leopardo.

— Basu Fumanguru. Quantos inimigos ele tinha nesta cidade? — perguntei.

— Você se esqueceu que sou eu quem faz as perguntas.

— Nenhuma inteligente. Acho que você deveria saltar para aquele momento da noite em que me tortura para obter as respostas que procura.

— Sente-se. Agora.

— Eu poderia...

— Você poderia, se estivesse com as suas arminhas. Eu não vou pedir de novo.

Eu me sentei de novo.

Ele deu cinco voltas ao meu redor antes de parar e sentar novamente, puxando seu banco para perto de mim.

— Não vamos falar sobre assassinatos. Você ao menos sabe em que parte da cidade você está? Você teria sido detido simplesmente por lançar um olhar estranho. Então, o que o levou até a casa? Um assassinato de três anos atrás, ou algo que você sabia que ainda estaria lá, intocado, até mesmo preservado? Vou te dizer o que eu sei sobre Basu Fumanguru. Ele era amado pelo povo. Todo homem sabia de suas rusgas com o Rei. Toda mulher sabia de suas rusgas com seus colegas anciãos. Eles o mataram por algum outro motivo.

— Eles?

— O que aconteceu àqueles corpos não poderia ter sido feito por apenas um homem, isso se realmente foi feito por um ser humano, e não por alguma fera encantada.

Ele ficou me olhando por tanto tempo, e em tamanho silêncio, que eu abri minha boca, não para falar, apenas para parecer que o faria.

— Tem uma coisa que eu quero mostrar a você — disse ele.

Ele saiu da sala. Ouvi moscas. Fiquei me perguntando de que forma eles haviam interrogado o Ogo, ou se eles simplesmente haviam deixado que ele mesmo confessasse quantas pessoas ele havia matado em todos aqueles anos. E quanto a mim? Aquilo tudo era o Ogudu, ou será que a floresta havia deixado alguma coisa em mim, esperando para despertar? Alguma outra coisa além de um lembrete da minha solidão? E tinha mais isso. Que pensamento estranho para se ter bem ali, quando um comissário estava tentando me prender por algo que ele precisou de muito tempo para inventar.

Ele voltou para a sala e jogou alguma coisa em mim tão depressa que eu peguei antes mesmo de saber o que era. Negra e macia, estufada de penas, e enrolada no mesmo tecido aso oke que eu havia enfiado no meio dessa cortina que eu vestia. Dessa vez eu estava preparado quando aconteceu, tudo que vinha junto com um cheiro que eu não conhecia.

— Uma boneca — disse ele.

— Eu sei o que ela é.

— Nós a encontramos há três anos, perto do corpo do menino mais novo.

— Um menino pode brincar de boneca.

— Nenhuma criança em Kongor teria ganhado uma delas. Os Kongori acham que isso é ensinar as crianças a idolatrar imagens, um pecado terrível.

— E, mesmo assim, em toda casa há estátuas.

— Eles apenas gostam de estátuas. Mas esta boneca não pertencia a ninguém daquela casa.

— Fumanguru não era Kongori.

— Um ancião respeitaria suas tradições.

— Talvez a boneca pertencesse ao assassino.

— O assassino tem um ano de idade?

— O que você está dizendo?

— Eu estou dizendo que havia mais uma criança naquela casa. Quem matou a família talvez tenha vindo atrás da criança. Ou alguma outra coisa, muito mais selvagem — disse ele.

— Isso já me parece bem selvagem. Essa criança poderia ser um servo?

— Nós falamos com todos os familiares.

— Assim como Belekun, o Grande. Vocês fizeram suas perguntas juntos?

— Você está dizendo que os anciãos estão fazendo sua própria investigação?

— Eu digo que eu e você não somos as únicas pessoas que andaram bisbilhotando a casa do falecido Fumanguru. E, o que quer que eles estivessem procurando, acho que não encontraram. Isso não está mais parecendo um interrogatório, comissário.

— Ele deixou de ser quando entramos nesta sala, Rastreador. E eu te disse que meu nome é Mossi. Agora, você quer me dizer como é que você apareceu nesta cidade? Não há registros de sua entrada, e Kongor não é nada além de um lugar de registros.

— Eu atravessei uma porta.

Ele olhou para mim e depois riu.

— Eu vou me lembrar de perguntar da próxima vez.

— Você me verá novamente?

— O tempo é tudo, menos um menino, Rastreador. Você está livre para ir embora.

Fui em direção à porta.

— O Ogo também. Ficamos sem palavras para descrever seus assassinatos.

Ele sorriu. Ele tinha enrolado sua túnica acima de suas coxas — melhor para correr e lutar.

— Eu tenho uma pergunta — disse eu.

— Só uma?

Eu queria que ele não fizesse tanta questão de esfregar na minha cara o quanto era perspicaz. Tinha poucas coisas que eu odiava mais do que quando alguém cortava uma frase minha falando algo perspicaz. De novo: tinha alguma coisa sobre ele que não era exatamente ofensiva, porém mais irritante do que um corte na planta do pé.

— Por que os Sete Alados estão se agrupando? Aqui. Agora — perguntei.

— Porque eles não podem ser vistos em Fasisi.

— Quê?

— Porque eles levantariam suspeitas em Fasisi.

— Isso não é resposta.

— Não é a resposta que você quer, então aqui vai outra. Eles aguardam instruções do Rei.

— Por quê?

— Não sei de onde você vem, mas as notícias não chegam lá?

— Não a que você está prestes a me contar.

— Você parece estar certo de que irei lhe contar. Não há notícia alguma. Apenas rumores de guerra, já faz algumas luas. Não, não de guerra, de ocupação. Você não ouviu nada disso, Rastreador? O Rei louco do Sul ficou louco novamente. Depois de dez mais cinco anos de sensatez, sua cabeça foi novamente tomada por demônios. Na última lua ele enviou quatro mil homens às fronteiras de Kalindar e Wakadishu. O Rei do Sul mobiliza um exército; o Rei do Norte mobiliza mercenários. Como dizemos em Kongor: não encontramos o cadáver, mas sentimos seu fedor. Mas, lamentavelmente, com ou sem guerra, as pessoas ainda roubam. As pessoas ainda mentem. As pessoas ainda matam. E meu trabalho nunca se encerra. Vá ter com seu Ogo. Até o nosso próximo encontro. Aí você poderá me contar a história desse seu olho obscuro.

Deixei o homem para que ele fosse irritar alguma outra pessoa.

Eu não queria confrontar o Leopardo. Nem queria me encontrar com Sogolon antes que pudesse desvendar o segredo que ela escondia. Olhei para o Ogo e fiquei pensando num momento, quem sabe em breve, em que eu precisaria que uma pessoa me ouvisse revelando as profundezas sombrias do meu coração. Além disso, nenhum de nós sabia como voltar para a casa daquele homem, e havia muitas casas nessa cidade que cheiravam como a dele. A boca do Ogo ainda tremia de tantos assassinatos que ele tinha para confessar, palavras para dizer, uma maldição para erradicar de sua pele. O caminho tinha muitas árvores e somente duas casas, uma com uma luz trêmula e difusa. Avistei uma pedra logo adiante e, quando chegamos nela, sentei-me.

— Ogo, me conte sobre os seus assassinatos — pedi.

Ele falou, gritou, sussurrou, berrou, urrou, riu e chorou a noite inteira. Na manhã seguinte, quando havia luz para que pudéssemos enxergar nosso caminho de volta para casa, Leopardo e Fumeli tinham partido.

QUATORZE

O Ogo me contou sobre todos os seus assassinatos, cem mais setenta e mais um.

Entenda o seguinte: mãe nenhuma sobrevive ao nascimento de um Ogo. Os griôs contam histórias sobre amores insanos, sobre mulheres que se apaixonam por gigantes, mas são histórias que contamos uns aos outros bebendo cerveja de masuku. O nascimento de um Ogo acontece como uma chuva de granizo. Ninguém é capaz de dizer quando ou como, e nenhuma adivinhação ou ciência pode prevê-la. A maioria dos Ogos é morta no único momento em que eles podem ser mortos, logo após o seu nascimento, pois até mesmo um bebê Ogo é capaz de arrancar o seio da pobre mulher na qual mama e triturar o dedo que segura. Alguns os criam secretamente e os alimentam com leite de búfala, para que eles façam o serviço de dez arados. Mas alguma coisa estala em sua mente aos dez mais cinco anos, e o Ogo se transforma no monstro que os deuses o destinaram a ser.

Mas nem sempre.

Então, quando Tristogo saiu de sua mãe, matando-a, seu pai o amaldiçoou, dizendo que ele deveria ser o produto de um adultério. Ele largou o cadáver da mãe num monte fora dos limites da aldeia, deixando-a à mercê dos abutres e dos corvos, e teria matado a criança ou a deixado sozinha no vão de uma árvore ako caso não tivesse se espalhado a notícia de que um Ogo nascido na aldeia estava entre eles. Um homem veio dois dias depois, quando a cabana do homem ainda recendia a placenta, fezes e sangue, e comprou o bebê por sete pedaços de ouro e dez mais cinco cabras. Ele deu ao Ogo um nome para que, desse modo, ele fosse visto como um homem, não uma fera, mas Tristogo o esquecera. Quando tinha dez mais dois anos, Tristogo matou um leão que tinha desenvolvido um gosto por carne humana. Trucidou-o com um soco em seu crânio, e isso antes do ferreiro ter forjado luvas para ele.

Quando Tristogo matou outro leão, que era um metamórfico, o homem disse:

— Matador certamente você já é, em matador certamente se tornará. Não há como impedir o destino que os deuses lhe deram, nem como reformatar como lhe fizeram. Você golpeará com o machado e atirará com o arco, mas precisa escolher bem quem matar.

O homem precisou matar muitos naquela época, e Tristogo ia crescendo, vigoroso e assustador, como o seu cabelo — pois quem diria a ele para cortá-lo? — que ele também não lavava — pois quem diria a ele para lavá-lo? E o homem que o alimentava e lhe dava couros para se vestir e lhe ensinava a ciência do assassinato, de repente, apontava para um homem trabalhando numa de suas lavouras e dizia: "Olhe para aquele homem. Ele teve todas as chances de ser forte, mas, mesmo assim, escolheu ser fraco. Portanto, ele envergonha os deuses. O futuro de suas terras e de suas vacas é comigo, então mande-o para junto de seus ancestrais." Foi dessa maneira que ele criou o Ogo. Acima do bem e do mal, acima do justo e do injusto, desejando apenas o que desejava o seu mestre. E ele foi criado assim, ensinado a pensar somente no que ele quer e no que deseja, e a destroçar brutalmente quem ficar no seu caminho, fazendo-os urrar e gemer de dor, implorando para morrer logo.

Tristogo executou todos que seu mestre lhe mandou executar. Família, amigos que se transformaram em inimigos, rivais, homens que não queriam vender suas terras, pois o mestre via a si mesmo como o chefe de uma aldeia. Ele matou e matou e seguiu matando, e no dia em que entrou na cabana de um homem teimoso que insistia em vender seu painço em vez de dá-lo de graça num gesto de cortesia, e quebrou o pescoço de toda sua família, incluindo três crianças, ele viu a si mesmo refletido no ferro lustroso de um escudo pendurado na parede, a última menininha toda mole, como uma boneca, em suas mãos. Ele era tão alto que sua cabeça não cabia no reflexo, eram apenas seus braços monstruosos e aquela menininha. E ele não era um homem, e sim uma fera coberta de peles de feras, fazendo uma coisa que nem as feras faziam. Não era um homem que tinha ouvido os griôs declamando poesia para a esposa do mestre e desejado ele mesmo poder cantar. Não era o homem que permitia que borboletas e mariposas pousassem em seus cabelos, e as deixava lá, às vezes até morrer, e em seus cabelos elas permaneciam, como joias brilhantes e amarelas. Ele era inferior a uma borboleta, ele era um assassino de crianças.

De volta à casa do mestre, a esposa do mestre veio até ele e disse:

— Ele me bate todas as noites. Se você o matar, poderá ficar com uma parte do seu dinheiro e sete cabras.

E ele disse:

— Este homem é o meu mestre.

E ela disse:

— Não existem mestres e não existem escravos, apenas aquilo que você quer, o que você deseja, e o que fica no seu caminho. — E quando ele balançou, ela prosseguiu: — Olha como eu ainda sou bonita.

E ela não se deitou com ele porque isso seria loucura, uma vez que não apenas ele já era muito grande, como também tinha a vitalidade de um homem jovem, porém multiplicada por dez, pois já era gigante em todos os sentidos, mas ela o tomou em suas mãos até que ele desse um grito e expelisse um jorro de leite de homem acertando-a no rosto, jogando-a quatro passos para trás. Ele entrou no seu quarto aquela noite, quando o mestre estava deitado em cima de sua esposa, agarrou-o pela parte traseira de sua cabeça e a arrancou, e a esposa gritou:

— Assassino! Estuprador de mulheres! Socorro!

E ele pulou da janela, pois o mestre possuía muitos guardas.

Segunda história.

Os anos foram envelhecendo e morrendo, e o Ogo virou carrasco do Rei de Weme Witu, no mais rico dos Reinos do Sul, alguém que era, na verdade, apenas um chefe de aldeia que obedecia ao Rei de todo o Sul, que ainda não estava louco. Ele era chamado de Carrasco. Num dado momento, o Rei ficou cansado de sua esposa número dez mais quatro, e começou a espalhar um monte de mentiras sobre ela abrir suas pernas para muitos, como um rio que se bifurca em duas direções, e que ela se deitava com muitos lordes, muitos chefes, muitos servos, talvez até com mendigos, e que havia até mesmo sido vista sentada sobre a língua ligeira de um eunuco. A história termina da seguinte maneira. Quando muitas pessoas começaram a fazer acusações contra ela, incluindo duas criadas que afirmaram ter testemunhado a mulher sendo penetrada por um homem em todos os orifícios de seu corpo uma noite. Apesar de elas não lembrarem exatamente em qual noite, a corte, formada por anciãos e místicos, todos com seus cavalos, liteiras e carruagens novinhas em folha, oferecidas pelo Rei, condenou-a à morte. Uma morte rápida, pela espada do carrasco Tristogo, pois os deuses haviam lhe sorrido em misericórdia.

O Rei, que não passava de um chefe de aldeia, disse:

— Levem-na à praça central para que todos possam aprender com sua morte que uma mulher nunca deve fazer um homem de bobo.

A Rainha, antes de sentar-se na cadeira de execução, tocou no cotovelo de Tristogo, o toque mais suave do mundo, como um creme gorduroso roçando seus lábios, e disse:

— Em mim não há qualquer rancor por você. Meu pescoço é lindo, imaculado, intocado.

Ela tirou sua gargantilha de ouro e a prendeu na mão com a qual ele segurava a machete, uma machete feita para um Ogo, mais larga que o peito de um homem em sua parte mais larga.

Por misericórdia, seja rápido.

Três talos de bambu espetados na terra. Os guardas a jogaram no chão, forçaram-na a se sentar e amarraram-na aos bambus enfiados no chão. Ela levantou sua cabeça, mas lágrimas desciam pelo seu rosto. Tristogo pegou um galho sem folhas e o puxou até que ele começasse a se curvar, como um arco. O galho estava furioso, ele queria ficar reto, não curvado, mas ele o prendeu, o amarrou com uma corda de grama, e depois a amarrou no pescoço da esposa. Ela se contorceu, tentando lutar contra a força do puxão do galho. O galho apertava seu pescoço e ela chorava de dor, e tudo que ele podia fazer era olhar para ela, torcendo para que seu olhar dissesse "Eu serei rápido". Sua ngulu era afiada, mas tão afiada, que só de olhar pra ela você já cortaria seus olhos. Sua lâmina captava a luz do sol e a refletia como um relâmpago. Daí a esposa começou a gritar. Daí ela berrou. Daí ela começou a chamar pelos seus ancestrais. Daí ela começou a implorar. Todos imploram, você sabia? Estão sempre falando sobre como esperam ansiosamente pelo dia em que irão se encontrar com seus ancestrais, mas ninguém fica feliz quando esse dia chega, só choram e se mijam e se cagam.

Ele puxou seu braço com a espada para trás, depois deu um grito, e desferiu o golpe direto no pescoço, mas a cabeça não foi arrancada. A cidade e as pessoas gostam de assistir a uma execução porque é um corte rápido, que as faz rir. Mas a lâmina ficou cravada no meio do seu pescoço, e seus olhos saltaram para fora das órbitas, e sua boca cuspiu sangue, e ela deu um gemido parecido com um ohhhhhhhhhhhhhhhh--hahhhããg, e as pessoas começaram a gritar, viraram a cara e começaram a olhar torto para quem estava assistindo àquele assassinato, e o guarda gritou seja rápido. Antes que ele pudesse dar um segundo golpe, o galho impaciente arrancou o resto de sua cabeça do pescoço dela e a arremessou pelos ares.

Eis aqui algumas verdades. Qualquer estrada que um Ogo percorra o levará até Kalindar. A Kalindar que fica entre o Lago Vermelho e o mar, e que tanto o Rei do Norte quanto o Rei do Sul alegam ser suas, é apenas metade do seu território. O resto das terras se espalha por regiões esquecidas além dos muros da cidadela, e, nesses lugares, homens fazem apostas nas artes negras e nos esportes sangrentos.

Chegou um momento em que o Ogo pensou: "Se tudo que eu sei fazer é matar, então tudo que devo fazer é matar." E ele escutou, na brisa morna que lhe trouxe o som dos tambores secretos, quando haveria esportes, para aqueles que desejam participar e para os que desejam assistir, na arena do submundo, onde as paredes são manchadas de sangue e entranhas são recolhidas e jogadas aos cães. Eles chamam isso de Diversões.

Não demorou muito para que Tristogo se encontrasse nessa cidade. Dois guardas que vigiavam os portões de Kalindar o viram e disseram:

— Dê cem passos humanos, vire à esquerda, siga andando até você passar por um homem cego sentado num banquinho vermelho, e então rume para o Sul até chegar a um buraco no chão com degraus levando para baixo.

— Você parece pronto para morrer — disse o mestre das Diversões, quando viu Tristogo. O homem o deixou entrar num enorme pátio subterrâneo e apontou para uma cela: — Você lutará dentro de duas noites. E dormirá ali. Você não dormirá bem, e é melhor assim, pois acordará com raiva.

Porém, Tristogo não carregava o fardo da raiva, e sim o da melancolia. Durante o seu treinamento, o mestre das Diversões mandou que o chicoteassem com varetas, mas todas se quebraram e todos os homens sucumbiram à exaustão antes que Tristogo sequer se mexesse.

Sobre os Ogos tem o seguinte. A maioria nunca vai saber o que é a alegria ou a melancolia. Os Ogos têm pouco intelecto e um temperamento que vai do gelado ao quente num piscar de olhos. Dois Ogos que digam "Se você matá-lo, estará matando um irmão meu", mesmo assim pisoteariam a cabeça desse mesmo irmão até não sobrar nada. Ninguém treina um Ogo. Ninguém precisa disso. Você só precisa deixá-lo furioso ou faminto. E Tristogo não era amigo de nenhum outro Ogo, e nenhum era amigo dele, e um deles era mais alto que três árvores e maior do que um elefante, e o outro era menor, mas largo e robusto como uma pedra, e um deles tinha músculos nas costas e nos ombros mais altos que a cabeça, e as pessoas diziam desse que ele era um gorila. E um deles se pintava de azul, e o outro comia carne crua.

E o mestre disse:

— Olha, eu não pus correntes em você. Não sou senhor de homem nenhum. Você vem quando vier, vai embora quando for, e tudo que eu apostar em você, você fica com a metade, e tudo que eu apostar contra você, você fica com um terço, e se você vencer, aqueles que vierem assistir vão te encher de búzios e de dinheiro, dos quais ficarei com apenas um quinto. *Ko kare da ranar sa*. Você deseja usar o dinheiro para fazer o quê, meu Ogo melancólico?

— Quero dinheiro suficiente para velejar num dhow em que eu caiba — respondeu Tristogo.

— Velejar para onde?

— Não importa. Eu sempre parto, não quero chegar.

Na noite da primeira luta, sete Ogos e Tristogo marcharam até o palco do massacre. Era apenas um buraco cavado bem fundo no chão, os escombros de um poço que tinha, talvez, duzentos braços de comprimento, talvez mais. Em rochas que despontavam nas paredes de terra, e plataformas instaladas em diversas alturas, por todos os lados, homens, nobres e chefes estavam de pé, ao lado de algumas poucas mulheres. Eles haviam feito suas apostas para cada luta, quatro aquela noite. No fundo do poço, um pequeno monte de terra cercado por água.

O mestre pôs Tristogo na segunda luta, dizendo:

— Esse aqui é novo, é sangue fresco, vamos chamá-lo de Tristonho.

Tristogo chegou usando um macawii vermelho na cintura e parou na frente do mestre.

— Que os deuses do trovão e do alimento lhe deem forças, pois, vede, aqui vai mais um — disse o mestre, e se atirou correndo na água, para sair dela direto para uma plataforma.

Os homens aplaudiam, riam e urravam. Uma mulher descia dentro de um balde para coletar as apostas.

— O-ou, e agora, lá vem ele, o quebra-costas — anunciou o mestre, e os homens na plataforma mais baixa correram todos para longe da borda.

Quebra-Costas era o pior de todos, pois comia a carne crua das feras que ele matava. Presas cresciam em sua boca. Alguém havia pintado seu corpo enorme com barro vermelho. O mestre disse:

— Façam suas apostas, digníssimos cavalheiros.

Mas antes que ele pudesse terminar de falar, Quebra-Costas soltou um soco que derrubou Tristogo dentro d'água. A menina gritava "Puxem o balde!", porque o Ogo vermelho estava de olho nela desde que havia chegado. Quebra-Costas virou-se para a plateia e urrou. Tristogo saiu da água e o derrubou, pegou uma pedra para esmagar sua cabeça, mas suas mãos estavam molhadas, de modo que o Quebra-Costas escapou, rolou para o lado e lhe deu um soco direto no queixo. Tristogo cuspiu sangue. O Ogo vermelho pegou seu tacape com espinhos e tentou acertar os pés de Tristogo. Tristogo desviou e saltou para uma plataforma mais baixa. Quebra-Costas deu outro golpe com a clava, mas Tristogo se abaixou e lhe deu um chute no saco. O Ogo vermelho caiu de joelhos, e seu próprio tacape com espinhos o atingiu no olho esquerdo. Tristogo pegou o porrete e o usou para destroçar a cabeça de Quebra-Costas. Depois, ele ergueu seu corpo sem cabeça e o jogou sobre os homens que estavam na plataforma mais baixa.

Seis o enfrentaram, e ele matou os seis com aquele tacape.

E assim sua fama se espalhou por Kalindar, e mais e mais homens vinham para ver e para apostar. E como o poço era pequeno e nunca poderia abrigar a todos, eles colocaram mais vigas de madeira sobre o buraco para que mais homens pudessem assistir, e o mestre cobrava três, quatro, cinco vezes, e depois luta por luta, mesmo que eles já tivessem pago antes, por uma chance de ver e apostar no Ogo soturno.

"Olhe para ele, veja como sua expressão nunca muda", eles diziam.

Ele encarou todos, ele matou todos e, em pouco tempo, os Ogos estavam se esgotando em todas as terras. Mas a menina do balde que coletava as apostas, ela era uma escrava com olhos tão tristonhos quanto os dele. Ela levava comida a eles, mesmo que muitos Ogos tivessem tentado estuprá-la. Um a segurou pelo braço uma noite.

— Olha só como ele cresce — disse, e a jogou no chão.

Quando ele foi montar em cima dela, a mão de Tristogo pegou seu tornozelo, puxou-o para fora de sua cela e bateu com ele no chão como se fosse um porrete, de novo e de novo, até que esse Ogo não emitisse mais nenhum som. Durante aquilo tudo, a menina não disse nada, mas o mestre praguejou:

— Maldito seja, tristonho, por todos os deuses! Certamente aquele gigante valia muito mais do que aquela menina tola.

Tristogo virou-se para ele e disse:

— Não nos chame de gigantes.

A menina passou a vir se sentar ao lado de sua cela. Ela cantava em versos, mas não para ele. Esse último é de uma terra que fica ao Norte, e depois ao Leste, disse ela.

— Nós deveríamos ir para lá — disse ela.

— Homem nenhum está preso a mim e eu não estou preso a homem nenhum — afirmou o mestre quando Tristogo anunciou que, em breve, iria embora. — Matar o enriqueceu. Mas para onde você irá? Onde existe um lar para um Ogo? Se esse lugar existisse, meu bom Ogo, você não acha que alguém daqui já teria partido em sua direção?

Aquela noite ela veio até ele e disse:

— Já declamei todos os meus versos. Me ensine algum novo.

Ele se aproximou das barras que não estavam trancadas e disse:

Dar voz às palavras e
Carne a esse verso
Cinza e carvão

Fulguram numa chama
Brilhante

Ela ficou olhando fixamente para ele do outro lado das barras.

— O que eu vou dizer é verdade, Ogo, você tem uma voz horrível e esse verso é tenebroso. O dom dos griôs é realmente divino. — Então, ela riu. — Me diga o seguinte. Como eles o chamam?

— Eu não sou chamado de nada.

— Como o seu pai o chama?

— De maldição dos demônios que foderam a puta da minha esposa e a mataram.

Ela riu novamente.

— Estou rindo, mas isso me deixou muito triste — disse ela. — Eu venho até aqui porque você não é como os outros.

— Eu sou pior. Matei três vezes mais que o mais bravo dos guerreiros.

— Sim, mas você é o único que não olha para mim como se eu fosse a próxima.

Ele foi até as grades e as empurrou, abrindo um pouquinho. Ela se afastou um pouquinho, tentando não passar a impressão de que havia se assustado.

— A verdade é que eu mataria qualquer coisa. Se você rasgar minha pele e procurar pelo meu coração, ele estará branco. Branco como o nada.

Ela olhou para ele. Ele tinha quase o triplo de sua altura.

— Se você fosse realmente um monstro, você não saberia disso. Lala é o meu nome.

Quando ele disse ao mestre que desejava partir, não disse que queria ir para o Norte, e depois para o Leste porque, para aqueles que produzem versos como os que a menina declamou, não importaria que ele fosse capaz de derrotar o maior dos homens. Ele não pediu para comprar Lala, mas planejava levá-la com ele. Mas o mestre sabia sobre as novas ideias que o Ogo estava tendo a respeito de sua coletora de apostas. Amantes certamente não eram, pois nem mesmo a mais imensa das mulheres seria capaz de aguentar um Ogo, e ela é pequena como uma criança, e frágil como um graveto. Aquele Ogo estava se aproximando dela, e tinha começado a falar como ela.

Na manhã seguinte, Tristogo acordou para ver o Ogo azul, no meio do pátio, puxando-se para fora do corpo da menina, deixada esmagada, rasgada e destroçada em cima de uma meia-lua do seu próprio sangue. Tristogo não correu até ela, não chorou, não deixou sua cela, e não falou sobre aquilo para o seu mestre.

— Eu vou te botar para lutar com ele para que você possa finalmente vingá-la — disse ele.

Mais tarde àquela noite, outra escrava veio até sua cela e disse:

— Olhe para mim, eu sou a coletora de apostas agora. Eles vão me descer dentro do balde.

— Diga aos mais velhos que seria tolice apostar contra mim.

— Eles já apostaram.

— O quê?

— Eles já fizeram suas apostas, a maioria em você, algumas contra.

— O que você quer dizer?

— Dizem que você é um Ogo inteligente.

— Fale direito e fale a verdade, escrava.

— O Mestre das Diversões começou a coletar apostas por meio de escravos, mensageiros e pombos há sete dias, dizendo que você lutaria contra o azul numa batalha até a morte.

Antes da luta, um burburinho subia pelo poço, alto e grosso, ricocheteando pelas paredes de terra e pedra. Nobres vestindo seus trajes de gala e suas sandálias folheadas a ouro e, como aquela era uma noite especial, de uma diversão especial, eles haviam trazido suas mulheres, com suas cabeças enroladas como grandes flores, apontando para o céu. A plateia estava impaciente, apesar de muitas lutas terem deixado homens com seus membros fraturados, crânios esmagados, e uma cabeça arrancada do pescoço, como a de uma galinha. Alguns homens começaram a xingar, e algumas mulheres também. Tragam o Ogo tristonho, eles cantavam. Ogo tristonho, Ogo tristonho, tristogo, eles diziam, e gritavam, Tristogo.

Ogo.

Tristogo.

Tristogo.

O Ogo azul tirou um manto com capuz negro e saltou de uma plataforma alta até o monte de terra. Ele estufou o peito. As mulheres assobiavam e chamavam por Tristogo.

— Eu vou enfiar um galho de iroko no cu dele até sair pela boca e depois vou assá-lo nesse espeto — dizia o Ogo azul.

Tristogo veio pelo Oeste, por um túnel que homem nenhum havia usado até então. Ele havia envolvido seus punhos em tiras de ferro. O mestre o acompanhava, gritando.

— Que estalem os raios e estourem os trovões, até mesmo os deuses estão de olho no que está acontecendo aqui agora. Prestem atenção, cavalheiros. Prestem atenção, boas esposas e virgens. Este dia não será esquecido tão cedo por ninguém. Se você ainda não apostou, aposte agora! Se já apostou, aposte de novo!

A nova escrava veio descendo no balde enquanto homens jogavam bolsas, moedas e búzios nela. Alguns caíam dentro do balde, outros acertavam seu rosto.

Tristogo ficou olhando a nova escrava sendo descida até a plataforma mais baixa, e depois erguida, de plataforma em plataforma, e balançada para os lados, para coletar as apostas. Foi ali que ele teve um estalo, a poesia cantada pela menina numa língua que ele não entendia. Uma língua que deveria estar dizendo "Olhe para nós, estamos falando de tristeza, e tristeza é sempre a mesma palavra, não importa a língua." O punho do Ogo azul o acertou bem na lateral do rosto, e ele cuspiu aquele pensamento. Ele caiu de volta dentro d'água, que entrou por suas narinas, engasgando-o.

O Ogo azul acenou para a plateia, e alguns vibraram e outros vaiaram, animados quando as orelhas de Tristogo saíram de dentro d'água, aborrecidos quando ele caiu de novo dentro dela. O Ogo azul ficou pisoteando o monte de terra, projetando sua virilha para frente e fodendo com o ar. Ele olhou com desprezo para Tristogo e riu tão alto que chegou a se engasgar. Tristogo pensou em ficar deitado ali mesmo, torcendo para que a água subisse, quem sabe numa maré, e o engolisse. O Ogo azul tomou distância e abaixou sua cabeça, como um touro. Ele deu três passos numa corrida e depois saltou bem alto. Ele juntou suas mãos e as desceu com força na cabeça de Tristogo. Tristogo enfiou os cotovelos no barro e tomou um impulso para dar um cruzado de direita, que acertou bem no meio do peito do Ogo azul, atravessando até suas costas. Os olhos do Ogo azul se arregalaram. A plateia ficou em silêncio. O Ogo azul caiu e rolou para o lado, puxando Tristogo para cima. Os olhos do Ogo azul permaneciam arregalados. Tristogo urrou para as paredes, puxou seu braço e arrancou o coração do Ogo azul. O Ogo azul o encarou brevemente, cuspiu sangue, caiu morto. Tristogo se levantou, jogou o coração na plataforma do meio, e todos os homens se esquivaram.

O Mestre das Diversões veio correndo falar com a plateia.

— Já houve algum dia um campeão tão melancólico, meus irmãos? Quando ele será batido? Quando será parado? Quem o parará? E a morte de quem... eu pergunto, a morte de quem, meus irmãos... o fará sor...

As pessoas que estavam bem na frente do mestre viram. Punhos de ferro atravessando o seu peito. Os olhos do mestre ficando brancos. A mão do Ogo voltando rapidamente e arrancando sua coluna vertebral. O mestre desmoronando como se fosse um tecido. A escrava, de dentro do seu balde, olhava para baixo. O poço inteiro havia caído em silêncio, até que uma mulher gritou. Tristogo correu até a primeira plataforma, derrubou a socos a escora de madeira que a sustentava, e homens gritavam quando escorregavam de encontro a seus punhos. Um, dois, três. A quarta pessoa era uma mulher que tentou correr pela água, mas ele agarrou sua perna e a arremessou contra uma outra plataforma cheia de homens, derrubando-os todos. Homens e mulheres chamavam por seus deuses aos berros e tropeçavam nos degraus tentando subir as escadas. Outros homens tropeçavam por cima das pessoas. Mas Tristogo arrancou outra escora e duas plataformas desabaram, e, com um golpe, um soco, um rasgo, uma paulada, os corpos foram se empilhando. Um homem que ele socou saiu voando, caiu na lama e foi engolido por ela. Outro ele pisoteou dentro d'água até que ela ficasse vermelha. E assim ele foi derrubando escada atrás de escada e plataforma atrás de plataforma. Ele saltou sobre uma das poucas plataformas que restavam, golpeando, esmagando e derrubando homens, e foi saltando de uma para outra, e depois para uma outra tão alta que, para matar, ele simplesmente ficou jogando as pessoas lá de cima. Ele foi saltando até o topo do poço e pegou mais dois enquanto eles corriam, segurou-os pelas cabeças e esmagou uma contra a outra. Um menino escalou a lateral do poço e deparou-se com ele. Um menino sozinho, sem nenhum adulto por perto, um menino vestindo as mesmas roupas caras de seu pai, um menino que olhou para ele mais com curiosidade do que medo. Ele tocou o rosto do menino com as duas mãos, suavemente, como se tocasse seda, depois o pegou e arremessou dentro do poço. Depois ele rosnou como uma fera. A escrava ainda estava pendurada dentro do balde. Ela não disse nada.

Tristogo foi saltitando quase todo o caminho de volta até a residência do lorde. Ao chegarmos lá, ele foi para o seu quarto e começou a roncar imediatamente. O búfalo estava no pátio comendo grama, que deveria ter um gosto terrível, mas ele parecia estar gostando. Ele ergueu o olhar, viu que eu estava vestindo a cortina e bufou. Eu chiei e comecei a puxá-la, fazendo de conta que não conseguia tirá-la. Novamente ele fez um barulho que parecia ser uma gargalhada, muito embora nenhum animal de chifre fosse capaz de rir, mas vai saber se algum deus não estava querendo usá-lo como instrumento de uma travessura?

— Meu bom búfalo, alguém veio até a casa deste homem? Alguém vestindo preto ou azul?

Ele sacudiu sua cabeça.

— Alguém vestindo a cor do sangue?

Ele bufou. Eu sabia que ele não conseguia ver a cor do sangue, mas alguma coisa naquele búfalo me dava vontade de me divertir com ele.

— Infelizmente, acho que estamos sendo vigiados.

Ele se virou, depois se voltou novamente para mim e emitiu um longo grunhido.

— Se qualquer homem aparecer de preto ou azul, ou usando uma capa preta, alerte. Mas pode fazer com ele o que você quiser.

Ele balançou a cabeça para cima e para baixo e gargarejou.

— Búfalo, antes que o sol se vá, eu o levarei até a beira do rio para um pasto melhor.

Ele gargarejou e balançou sua cauda.

Dentro do quarto do Leopardo, apenas um suave vestígio. Se eu quisesse, eu poderia fungar bem os tapetes, mais profundo que as fezes e o esperma e o suor, dele e do menino, e saber para onde eles foram e para onde iriam. Mas a verdade é a seguinte: eu não me importava. Tudo que restava no quarto era o que eles haviam feito, não havia mais nada deles lá. E eis aqui uma outra verdade. No fundo eu me importava um pouco, o suficiente para saber que eles estavam rumando para o Sudoeste.

— Eles partiram antes do dia nascer — disse o dono da casa, ao meu lado.

Ele vestia um caftan branco que não escondia o fato de estar nu por baixo. Seria um velho shoga? Essa foi uma pergunta que eu não quis fazer.

Ele me seguiu enquanto eu caminhava até o quarto de Sogolon. Ele não tentou me deter.

— Qual é o seu nome, senhor? — perguntei.

— O quê? Meu nome? Sogolon disse que não usaríamos nossos nomes... Kafuta. Meu nome é Kafuta.

— Muito obrigado pelo quarto que nos ofereceu, e pela comida, Kafuta, meu senhor.

— Eu não sou senhor de ninguém — disse ele, passando por mim.

— Você é o senhor desta casa magnífica — insisti.

Ele sorriu, mas o sorriso sumiu rápido de seu rosto. Eu teria dito "Me leve até o quarto dela, esta ainda é sua casa" se eu achasse que entrar em seu quarto era o que ele desejava. Ele não tinha medo dela; em vez disso, eles pareciam irmão e irmã, ou pessoas que compartilhavam de segredos muito antigos.

— Eu vou entrar — avisei.

Ele olhou para mim, depois tirou os olhos de mim, depois voltou a olhar para mim, apertando os lábios para demonstrar indiferença. Eu me aproximei da porta.

— Você virá também? — perguntei, ao me virar para ver que ele havia partido.

Sogolon não havia trancado a porta. Não que alguma das portas tivesse trancas, mas eu imaginava que a dela teria. Talvez todo homem acredite que tudo que uma velha tem são seus segredos, e aquela era a segunda vez que eu pensava em segredos ao lembrar dela.

Os cheiros do quarto foram a primeira coisa que senti. Alguns que eu conhecia me levaram para fora dali, outros eu nunca havia sentido igual. No centro do quarto, um tapete preto e vermelho com os padrões têxteis sinuosos dos reinos orientais, e um encosto de cabeça de madeira. Mas, nas paredes, pintadas, rabiscadas, gravadas e escritas, havia runas. Algumas pequenas como a ponta de um dedo. Outras maiores do que a própria Sogolon. Era delas que exalavam os cheiros, algumas escritas com carvão, outras com tintura de madeira, outras com fezes, e outras com sangue. Eu olhei para o tapete e o encosto de cabeça e não prestei atenção no chão. Que também estava coberto de runas, as mais recentes feitas com sangue. O quarto estava coberto por tantas marcas que hesitei em olhar para o teto, pois já sabia o que veria. Runas, mas também uma série de círculos, cada um maior que o anterior. E a verdade é que se eu tivesse um terceiro olho, teria visto também as runas escritas no ar.

Um cheiro dentro do quarto, mais fresco que os demais, estava sendo trazido pelo vento e ficando mais forte.

— Você assustou o senhor desta casa — disse eu.

— Ele não é meu senhor — disse Bunshi, enquanto escorria do teto para o chão.

Eu fiquei parado e imóvel; eu não deixaria que uma massa negra escorrendo do teto me abalasse.

— Acho que não quero saber quem são seus senhores — falei. — Talvez você mesma seja uma senhora que ninguém mais venera.

— E, mesmo assim, você é tão gentil com aquele gigante — afirmou ela.

— Chame-o de Ogo, não de gigante.

— Aquilo foi um ato de nobreza, escutar um homem enquanto ele despeja a totalidade de sua consciência.

— Você andou nos espionando, sua bruxa do rio?

— Toda mulher é uma bruxa para você, Olho de Lobo?

— E se for?

— Tudo que você aprendeu sobre mulheres foi com sua mãe pulando em cima do pau do seu avô, e, mesmo assim, você culpa todas as mulheres por isso. O dia em que seu pai morreu foi o primeiro dia de liberdade que sua mãe conheceu, e então seu avô a escravizou novamente. Tudo que você fez foi assistir ao sofrimento da mulher e culpá-la por isso.

Eu fui andando até a porta. Não queria continuar ouvindo aquilo.

— Estas são runas de proteção — disse eu.

— Como você sabe? A Sangoma. É claro.

— Ela cobria os troncos de árvore com elas, entalhava algumas, gravava outras, deixava algumas flutuando pelo ar, e nas nuvens, e no chão. Mas ela era uma Sangoma. Viver como ela é saber que forças malignas vão se erguer dia e noite para vir atrás de você. Ou os espíritos de suas vítimas.

— Quem a Sangoma vitimou?

— Eu estava falando de Sogolon, não dela.

— Que história você criou para ela.

Fui até a janela e toquei todas as marcas ao redor da moldura.

— Estas não são runas.

— São glifos — explicou Bunshi.

Eu sabia que eram glifos. Como nas marcas no agressor que entrou pela janela do prostituto. Como no bilhete enrolado na pata do pombo. Mas não eram exatamente os mesmos símbolos; eu não tinha como dizer com certeza.

— Você já os tinha visto antes? — perguntou ela.

— Não. Ela escreve runas para evitar que os espíritos se aproximem. Para que ela precisa de glifos?

— Você faz muitas perguntas.

— Eu não preciso de respostas. Mas vou partir hoje, antes do sol se pôr.

— No dia de hoje? Você precisa que eu lhe diga que isso é cedo demais?

— Cedo demais? Já se passaram uma lua e vários dias. Uma lua já desperdiçada na floresta em que ninguém deveria ter entrado. Eu e o Ogo vamos embora esta noite. E quem mais quiser vir conosco. Talvez o búfalo.

— Não, Olho de Lobo. Há mais coisas para se aprender aqui. Mais coisas para...

— Para quê? Estou aqui para encontrar uma criança, pegar meu ouro e sair à procura do próximo marido desaparecido que não está desaparecido.

— Há coisas que você pensa que sabe, mas não sabe.

— Eu sei onde está a criança.

— E guarda segredo?

— Eu conto para quem eu acho que precisa saber. Talvez você tenha nos enviado nessa missão esperando que fracassássemos. Bem... quem quer que você seja, pois eu realmente não sei... onde está sua lealdade agora? Nyka e sua mulher...

— Ela tem um nome.

— À merda os deuses se vou perder meu tempo lembrando disso. Além do mais, eles saíram na frente, antes mesmo de deixarmos o vale. O Leopardo se foi, Fumeli também, não que o menino tivesse muita utilidade, e agora sua Sogolon partiu sabe-se lá para onde. A verdade é a seguinte. Não vejo motivo para montar um grupo para procurar uma criança. Nenhum de nós via. Nem Nyka, nem o felino, nem a bruxa.

— Pense como um homem, e não como uma criança, Rastreador, essa não é uma tarefa para uma pessoa ou duas.

— Mesmo assim, são duas que você tem. Se Sogolon retornar e estiver disposta, aí seremos três.

— Um, três, ou quatro podem muito bem não ser ninguém. Se tudo que eu precisasse fosse de alguém para encontrar a criança, Rastreador, eu poderia ter contratado duzentos rastreadores com seus cães. Duas perguntas, e você pode escolher qual quer responder primeiro. Você acha que o sequestrador vai entregar o menino a você só porque você disse "Eu estou aqui, me entregue o menino"?

— Eles vão...

— Seria o Rastreador tão tolo a ponto de pensar que eu sou a única que está procurando por essa criança?

— Quem mais a procura?

— Aquele que o visita em seus sonhos. Pele como o piche, cabelos vermelhos. Quando você o vê, você ouve o bater de asas negras.

— Não conheço esse homem.

— Pois ele conhece você. Eles o chamam de O Aesi. Ele obedece ao Rei do Norte.

— Por que ele visitaria meus sonhos?

— Os sonhos são seus, não meus. Você tem alguma coisa que ele quer. Ele também deve saber que você encontrou a criança.

— Fale-me mais sobre esse homem.

— Necromante. Feiticeiro. Ele é conselheiro do Rei. Vem de uma longa linhagem de monges que começaram a mexer com as ciências ocultas e invocar demônios, sendo expulsos da Ordem. O Rei o consulta em todos os assuntos, até mesmo para decidir em que direção deverá cuspir. Você sabe por que eles chamam Kwash Dara de Rei Aranha? Porque ele sempre age em quatro braços e quatro pernas, só que duas de cada pertencem a O Aesi.

— Por que ele quer o menino?

— Já falamos sobre isso. O menino é a prova de seus assassinatos.

— Os cadáveres não são prova suficiente? Ou eles acham que a esposa cortou a si mesma em duas? Quem é o menino?

— O menino é o último filho do último homem honesto em dez mais três reinos. Eu o salvarei nem que essa seja a última coisa que faço neste mundo ou em qualquer outro.

— Não vou perguntar uma terceira vez.

— Como você se atreve a me perguntar qualquer coisa? Quem é você para exigir que eu explique as coisas? Você é meu mestre agora, é isso que deseja?

Seus olhos esbugalharam e a barbatana cresceu em sua nuca.

— Não. O que eu quero agora é descansar. Estou cansado disso tudo. — Dei as costas e saí andando. — Partirei em dois dias.

— Hoje não?

— Hoje não. Parece que tem mais coisas que preciso saber.

— Onde está a criança? Há quantas luas de distância ela está? — perguntou ela.

— Não fale sobre a minha mãe novamente — disse eu.

Naquela noite estive novamente numa selva em um sonho. Um novo tipo de sonho, no qual eu me perguntava por que eu estava nele, e por que havia árvores e mato e com gotas de chuva amargas. E por que eu estava me movendo, mas não andando, e sabendo que alguma coisa se revelaria dentro de uma clareira, ou no reflexo de uma poça d'água, ou no canto solitário do fantasma de um pássaro solitário. Revelaria algo que eu já sabia. A Sangoma uma vez me disse que uma selva em um sonho era um lugar onde você podia encontrar coisas que estavam ocultas no mundo desperto. E que aquela coisa oculta podia ser um desejo. A sabedoria está nas folhas, na terra, na névoa e no calor, denso como um fantasma, e aquilo era uma selva porque a selva é o único lugar em que qualquer coisa pode estar te esperando escondida atrás de uma grande folhagem. A selva te encontra, você não pode procurar por ela, e é por isso que todos que estão na selva tentam descobrir por que estão lá. Mas procurar por esse significado o enlouquecerá, me disse Sangoma.

De modo que não tentei procurar o significado quando a Menina Fumaça foi a primeira a correr na minha direção e depois me deixar para trás, não por me ignorar, mas de tão acostumada com a minha presença. E na selva havia um homem que eu só enxergava nos pelos de suas mãos e pernas. Ele tocou meu ombro, e peito, e barriga, inclinou-se para encostar sua testa na minha, e depois pegou duas lanças e saiu andando. E o Garoto Girafa estava de pé, com suas pernas abertas, o menino sem pernas, enrolado como uma bola, rolando por entre elas, e um pouco de areia no meio da mata piscou, depois deu um sorriso, e então o albino se ergueu da areia como se fosse feito dela, e não estivesse apenas se escondendo nela. Depois ele pegou uma lança e foi se encontrar com o homem para quem eu não tinha um nome, mas, ainda assim, me fazia sentir bem sempre que eu pensava que, na verdade, eu sabia o seu nome. Eu tinha parado de andar, mas ainda estava andando, e Menina Fumaça sentou na minha cabeça e disse "Me conte uma história com uma formiga, um guepardo e um pássaro mágico", e eu ouvi cada palavra dita por ela.

QUINZE

Um fantasma sabe quem assustar. À medida que o sol ia deslizando para o meio-dia, homens e mulheres pegavam seus filhos e corriam para casa, fechavam janelas e baixavam as cortinas, pois em Kongor o meio-dia é a hora das bruxas, a hora da besta, quando o calor faz o chão se abrir, libertando sete mil demônios. Eu não tenho medo de demônios. Fui para o Sul, e depois virei para o Oeste, seguindo o caminho que contornava o distrito de Nimbe. Depois desci por uma rua toda tortuosa na direção Sul, peguei uma viela na direção Oeste, e rumei novamente para o Sul até deparar com o Grande Salão de Registros.

Kongor era a guardiã dos registros de todo o Reino do Norte e da maior parte dos estados livres, e o Salão de Registros estava aberto a qualquer um que declarasse suas intenções. Mas ninguém ia até aquelas salas enormes, onde pergaminhos se empilhavam em estantes e estantes se empilhavam umas sobre as outras por cinco andares altos, tão grandioso quanto qualquer palácio em Kongor. O salão de registros era como o palácio de nuvens no céu — as pessoas ficavam satisfeitas com a sua existência mesmo sem jamais entrar, sem jamais ler um livro ou um pergaminho e nem sequer chegar perto. Enquanto me dirigia para lá, eu esperava deparar com algum demônio, ou com um espírito disposto a saciar a fome dos meus dois novos machados. Eu queria muito uma briga.

Não havia ninguém lá além de um velho corcunda.

— Procuro os registros dos grandes anciãos. Registros fiscais também — informei ao velho, que não desviou seus olhos dos grandes mapas sobre os quais estava debruçado.

— Malditos jovens, pescoço muito quente, saco muito cheio. Então, esse grande Rei que só é grande no eco de sua voz, o que equivale a dizer que ele não chega nem perto de ser grandioso, conquista um território e diz que essa terra agora é minha, redesenha os mapas, e vocês, jovens, com seus papiros e suas tintas, redesenham os velhos mapas com atualizações e se esquecem de regiões inteiras, como se os deuses subterrâneos tivessem aberto um buraco no chão e engolido todo um território. Seu tolo! Olhe só para isso! Olhe!

O bibliotecário assoprou poeira do mapa em meu rosto.

— Na verdade, não sei para onde olhar.

Ele franziu o cenho. Eu não sabia dizer se seu cabelo era branco por causa de sua idade ou por causa da poeira.

— Olhe para o centro. Você não vê? Você é cego?

— Não se eu consigo ver você.

— Não seja grosseiro neste grande salão, não envergonhe seja lá quem o tenha parido.

Eu tentei não sorrir. Sobre a mesa havia cinco velas grossas, uma que passava da altura de sua cabeça, outra tão baixa que seu toco poderia provocar um incêndio se fosse esquecida acesa. Atrás dele, torres e mais torres de páginas, de papiros, de pergaminhos e de livros encapados em couro e empilhados um sobre o outro, chegando até o teto. Eu estava tentado a perguntar o que aconteceria se ele quisesse pegar um livro que estava no meio. Entre as torres havia um amontoado de pergaminhos e papéis soltos. Uma nuvem de poeira pairava sobre sua cabeça, e gatos gordos de tanto comer ratos perambulavam pelo lugar.

— Avisem os deuses, ele agora é surdo, além de cego — disse o bibliotecário. — Mitu! Esse mestre das artes cartográficas, pois com certeza é que ele se refere a si próprio, esqueceu de Mitu, a cidade que fica bem no centro do mundo.

Olhei para o mapa mais uma vez.

— Este mapa está numa língua que eu não sei ler.

— Alguns desses pergaminhos são mais antigos que os filhos dos deuses. Palavra é a vontade divina, eles dizem. Palavras são invisíveis para todos, menos para os deuses. Então, quando mulheres ou homens escrevem palavras, eles ousam olhar para o divino. Ah, que enorme poder!

— Os registros fiscais e domiciliares dos anciãos são o que procuro. Onde est...

Ele olhou para mim como um pai que aceita a decepção de um filho.

— Qual dos grandes anciãos você procura?

— Fumanguru.

— É? É de grande que eles o chamam agora?

— E quem disse que ele não é, velho?

— Não eu. Sou indiferente a todos os anciãos e à sua suposta sabedoria. A sabedoria está aqui.

O bibliotecário apontou para trás, sem se virar para olhar.

— Isso soa como heresia.

— E *é* heresia, seu jovem tolo. Mas quem vai escutá-la? Você é o primeiro visitante que tenho em sete luas.

Aquele velho filho da puta estava se tornando minha pessoa favorita em Kongor que não fosse um búfalo. Talvez porque ele tivesse sido um dos poucos que não apontaram para o meu olho e disse "Que isso?". Em um pedestal exclusivo, um livro, do tamanho de meio homem e capa de couro, abriu-se e, de dentro dele, saltaram luzes e tambores. Agora não, ele gritou, e o livro se fechou de volta.

— Os registros dos anciãos estão ali no fundo. Pegue a esquerda, passe pelo barril de pergaminhos e siga na direção Sul até o final. O de Fumanguru ilustra o pássaro branco dos anciãos e a marca verde de seu nome.

O corredor tinha cheiro de pó, papel em decomposição e gatos. Encontrei os registros fiscais de Fumanguru. No corredor, sentei em cima de uma pilha de livros e pus a vela no chão.

Ele pagava muitos impostos, e, após conferir os registros dos outros, incluindo Belekun, o Grande, constatei que pagava mais do que precisava. Seu último desejo, de que suas terras fossem entregues aos seus filhos, havia sido escrito num pedaço avulso de papiro. E havia muitos cadernos encapados com couro macio e pele bovina peluda. Seus diários, suas anotações, ou seus registros, ou talvez os três. Uma frase dizia que não fazia sentido criar gado na terra da mosca tsé-tsé. Outra perguntava o que deveríamos fazer com nosso glorioso Rei. E então o seguinte:

Temo que não estarei mais aqui para os meus filhos, e em breve não estarei mais aqui. Minha cabeça reside na casa de Olambula, a deusa que protege todos os homens de bom caráter. Mas eu sou bom?

Lá estava eu com vontade de estapear um homem morto. O velho estava em silêncio. Mas Fumanguru:

Dia de Adula Dura
Então, Ebekua, o ancião, me chamou de lado e me disse Fumanguru, trago notícias dos domínios dos céus e das câmaras do submundo que me deram arrepios. Os deuses, bem como os espíritos da instrução e da fartura, fizeram as pazes com os demônios, e existe uma harmonia em todos os campos do além. Eu disse que não acreditava porque isso exigiria dos deuses coisas das quais eles não são capazes. Veja bem, os deuses não podem acabar consigo mesmos. Até mesmo o poderoso Sagon, quando tentou tirar sua própria vida, acabou apenas a transformando. Para os deuses não há mais nada a descobrir, nenhuma novidade. Deuses não possuem o dom de surpreender a si próprios, algo que até mesmo nós, que chafurdamos na lama, temos em abundância. O que são nossos filhos senão criaturas que insistem em nos surpreender e nos desapontar? Ebekua me disse: "Basu, eu não sei como essa coisa foi entrar na sua cabeça, mas diga-lhe adeus e que nós dois nunca mais falemos sobre ela novamente."

Um caderno menor, encapado em couro de crocodilo, começava assim:

Dia de Basa Dura
Ah, então eu deveria estar ciente das vontades de Kwash Dara? É isso que ele pensa? Será que ele não sabe que, mesmo quando éramos meninos, eu já era dono do meu próprio nariz?

Cinco páginas depois:

Lua Bufa

E bem na borda de uma página sem nada, tão na beirada que as palavras quase despencavam dela:

Taxar os anciãos? Um imposto sobre grãos? Sobre algo tão essencial quanto o ar?
Lua Obora Gudda
Dia de Maganatti Jarra até Maganatti Britti
Ele nos libertou hoje. As chuvas não vão parar. Obra dos deuses.

Joguei aquele caderno no chão e peguei um outro, encapado com pele bovina preta e branca peluda, não de couro lustroso. As páginas estavam costuradas com um fio vermelho vivo, o que significava que aquele era o mais recente, muito embora estivesse no meio da pilha. Ele o havia colocado ali no meio, com certeza. Ele havia bagunçado a ordem para que ninguém pudesse reconstruir a história de sua vida com muita facilidade, disso eu tinha certeza. Um gato passou correndo por mim. Ouvi um bater de asas sobre minha cabeça e olhei para cima. Dois pombos saíam voando por uma janela bem alta.

No que estamos metidos, senão um ano de senhores insanos?
Lua Sadasaa

Dia de Bita Kara
Existem homens pelos quais perdi todo o amor, e existem palavras que escreverei numa mensagem que jamais enviarei, ou numa língua que eles jamais lerão.

Dia de Lumasa
O que é o amor pelos filhos, senão loucura? Eu olho para o milagre que é meu filho menor e eu choro, e olho para a musculatura e para o vigor do mais velho e sorrio com um orgulho que, nos alertam, apenas aos deuses deveria pertencer. E por eles, e pelos quatro entre eles, eu sinto um amor que me assusta. Eu olho para eles e eu sei, eu sei, eu sei. Eu mataria qualquer um que tentasse ferir meus filhos. Eu o mataria sem perdão e sem pensar. Eu procuraria pelo seu coração e o arrancaria de seu peito e o enfiaria em sua boca, mesmo que essa pessoa fosse a própria mãe deles.

Seis filhos.
Seis filhos.

Lua Gurrandala
Dia de Gardaduma
Na mesma noite, Belekun me deixou em paz. Toda noite eu escrevo. Então eu ouvi o seguinte, um choramingo, uma resposta áspera, um grito interrompido por um tapa, e mais uma resposta áspera. Do outro lado da minha porta, há quatro portas. Eu a abri e lá estava Amaki, o Escorregadio. Suas costas estavam molhadas de suor. Eu diria que o deus do ferro também tomou conta de mim, mas foi a minha própria raiva que subiu à minha própria cabeça. Sua tigela Ifá estava bem ali, no chão, aos seus pés. Eu bati com ela em sua cabeça. Várias vezes. Ele caiu por cima da menina, cobrindo-a totalmente.
Eles virão atrás de mim em breve. Afuom e Duku me disseram, não se preocupe, jovem irmão, nós fizemos alguns acordos. Nós viremos pegar

sua esposa e seus filhos e as pessoas vão achar que eles desapareceram como uma memória avulsa.

Ele estava se escondendo em Kongor.
Seis filhos.
Entre esse caderno e o que estava embaixo dele havia um pedaço de papiro. Eu pude sentir que, um dia, ele tivera um forte perfume, como numa carta que se envia a uma amante. Sua própria letra, mas não tão feia e corrida quanto em seu diário. Ele dizia:

Um homem poderá sofrer de angústia para chegar ao fundo da verdade, mas não de tédio.

Basu Fumanguru é um homem que havia alcançado o norte do mar de areia. Eu estou deduzindo isso por conta de sua paixão por enigmas, jogos de palavras e duplos sentidos. Às vezes, na entrada de uma cidade cruel, eles te matam na mesma hora se você der uma resposta errada. Para quem era aquilo? Para ele mesmo ou para qualquer um que lesse? Porém, Fumanguru sabia que alguém leria aquilo algum dia. Ele sabia que havia forças atrás dele e mandou todas aquelas coisas para lá antes disso. Ninguém levou nada do salão de registros, nem mesmo o Rei. Alguém poderia ter vindo até aqui, talvez procurando pelas petições, que ninguém conseguia encontrar e que, talvez, sequer existissem. Toda aquela conversa de petições contra o Rei, como se ninguém jamais tivesse escrito contra o Rei. E, apesar disso, em meio a todos aqueles diários, não havia petições, apenas páginas e mais páginas de cálculos de impostos, de quantas cabeças de gado ele havia acumulado ao longo do ano anterior. Cálculos sobre o rendimento das safras em Malakal. E as terras de seu pai, e um dote que ajudara a pagar para a filha de seu primo.

Então eu cheguei numa página, num velho papiro, com frases e quadrados e nomes. A luz da vela ficou mais forte, o que significava que lá fora estava mais escuro. Nenhum som emanava do bibliotecário, o que me fez indagar se ele havia ido embora.

    A vela queimava devagar. No topo da página, escrito em letras garrafais, *Kwash Moki*. O pai do bisavô do Rei. Moki teve quatro filhos e duas filhas. Seu filho mais velho era Kwash Liongo, o célebre Rei, e, debaixo de seu nome, havia quatro filhos e cinco filhas. Debaixo do nome de Liongo, seu terceiro filho, Kwash Aduware, que se tornou rei, e, debaixo de seu nome, Kwash Netu. Debaixo de Netu, dois filhos e uma filha. Seu filho mais velho é Kwash Dara, que é nosso Rei agora. Acho que eu nunca soube o nome da irmã do Rei, antes de tê-lo visto escrito aqui. Lissisolo. Ela dedicou sua vida a servir a uma deusa, não sei qual, mas a devota de uma deusa abre mão do seu nome antigo por um novo. Minha estalajadeira me contou certa vez que os rumores diziam que ela não era uma devota, e sim uma maluca. Sua cabecinha não teria sido capaz de suportar alguma coisa terrível que ela havia feito. O que seria essa coisa terrível, ela não sabia. Mas era terrível. Eles a mandaram para viver numa fortaleza nas montanhas sem entrada nem saída, de modo que as mulheres que a serviam também ficariam presas lá para sempre. Deixei a árvore genealógica de lado, ainda intrigado com o enigma de Fumanguru.

    Abaixo do seu mapa de reis aparecia sua caligrafia. Mais cálculos, mais registros, e os cálculos de outras pessoas, e os registros de outras pessoas, e um inventário dos suprimentos alimentícios de todos os anciãos, e uma lista de visitas, e mais algumas entradas de seu diário, algumas datadas de muitos anos antes das que estavam em cima. Havia até mesmo dois cadernos com seus conselhos sobre o amor, que pareciam ter sido escritos na época em que ele e o Rei estavam procurando por tudo, menos aquilo. E livros sem palavras, e páginas carregadas de cheiros, e desenhos de navios, e prédios, e torres mais altas que Malakal, e um livro registrando a história da viagem proibida até o Mweru, que eu abri apenas para examinar os glifos, mas eles não eram como os que eu havia visto antes.

E também tinha o seguinte, livro e mais livro e página e mais página sobre a sabedoria e o conhecimento dos anciãos. Provérbios que ele ouviu ou criou ele mesmo, eu não sabia. E registros dos encontros com os anciãos, alguns que nem sequer tinham sido escritos por ele. Eu praguejei aberta e longamente contra seu nome, até que recobrei a razão.

Eu estava sofrendo de tédio.

Exatamente como ele havia escrito que eu me sentiria, eu me sentia. Então, o brilhantismo de suas ideias me atingiu, como uma lufada repentina de vento trazendo uma flor até o meu rosto. Sofrer de tédio para chegar até a verdade. Não, sofrer de tédio para chegar ao fundo da verdade. Para chegar na verdade profunda.

Peguei duas pilhas de livros e papéis, as duas subindo até o meu queixo, e as afastei para o lado, deixando apenas um volume no chão. Capa de couro vermelho, amarrado com um nó, o que incendiou minha curiosidade. As páginas estavam em branco. Comecei a praguejar mais uma vez e quase o arremessei pela sala, até que a última página se soltou. *Onde os pássaros entram*, ela dizia. Olhei para cima, para a janela. Mas é claro. Lá, no parapeito, duas tábuas de madeira que haviam se soltado. Escalei até lá e as empurrei para o lado. Debaixo da madeira, uma bolsa de couro vermelho, com todas as páginas dentro, grandes e soltas. Assoprei a poeira da primeira página, que dizia:

Uma petição para ler na presença do Rei,
Da autoria de seu servo mais humilde, Basu Fumanguru.

Fiquei olhando aquela coisa pela qual algumas pessoas haviam sido assassinadas. Aquela coisa tinha feito com que pessoas armassem conspirações e conchavos; aquelas páginas soltas, sujas e fedorentas tinham, até agora, mudado o rumo das vidas de muitos homens. Algumas exigiam que as punições se restringissem a multas e reivindicavam o fim da tortura para crimes de menor gravidade. Uma solicitava que a propriedade de um morto fosse passada à sua primeira esposa. Mas uma declarava o seguinte:

Que todos os homens livres, de todas as terras, aqueles nascidos dessa forma, e aqueles que conquistaram sua liberdade, jamais sejam escravizados, ou escravizados novamente, e que suas vidas também não sejam convocadas para a guerra sem que recebam um pagamento de acordo com o seu valor. E que essa liberdade também se estenda aos seus filhos e aos filhos de seus filhos.

Eu não sabia se o rei o mataria por causa disso, mas eu sabia de muita gente que o faria. E, além disso, ainda tinha o seguinte:

Todo homem honesto que acredite que tenha um pleito contra o Rei deve ser protegido pela lei, e nada de mau deverá lhe acontecer e nem aos seus. E caso o pleito contra o Rei seja refutado, nada de mau deverá lhe acontecer. E caso o pleito seja decidido em favor do homem, nada de mau deverá lhe acontecer, e nem aos seus.

Fumanguru era, definitivamente, ou o mais esperto ou o mais tolo entre todos os sonhadores. Ou talvez ele estivesse contando com a generosidade do Rei. Algumas petições estavam no limite de ser consideradas traição. A mais corajosa e também mais tola de todas veio no final:

Que a casa dos reis retorne às condutas decretadas pelos deuses e abandone essa maldição que corrompeu as condutas dos monarcas por seis gerações. O que exigimos é o seguinte: que o Rei respeite a ordem natural criada pelos deuses do céu e do subterrâneo. Retorne à pureza da linhagem, conforme foi estabelecido pelas palavras, em línguas esquecidas, de griôs mortos há muito tempo. Pois enquanto os reis do Norte não regressarem ao caminho da decência, eles estarão contra os desígnios de tudo que é bom e correto, e nada será capaz de impedir que esta casa seja conquistada por outros.

Ele estava chamando a casa real de corrupta. E pedindo o retorno à linhagem legítima dos reis, desrespeitada há seis gerações, caso contrário, os deuses certamente fariam com que a casa de Akum ruísse. Fumanguru tinha escrito seu próprio obituário, palavras que lhe garantiriam uma execução antes mesmo que chegassem até o Rei, mas que estavam escondidas em segredo. Esperando por quem?

Li a maior parte dos seus diários e dei uma boa olhada em todo o resto, incluindo o caderno em que ele estava escrevendo pouco antes de morrer. Isso eu sei: a última anotação foi feita no dia anterior ao seu assassinato, e, mesmo assim, o volume estava ali, naquele salão. Mas apenas ele mesmo poderia tê-lo acrescentado à sua própria pilha; ninguém mais teria sido autorizado. Quem sou eu para trazer razão ao irracional? Não há nenhuma despedida aqui, nenhuma instrução final, nem sequer uma gota daquele amargor característico de alguém que sabe que a morte está se aproximando, mas que não está resignado com o seu destino.

Mas alguma coisa ali não estava certa. Ele não fazia nenhuma menção ao menino. Nenhuma. Tinha de haver alguma coisa sobre esse menino — um indício de algo maior, mais profundo, mais importante, algo como o que eu havia farejado na boneca, mas ainda maior —, se ele fosse o motivo pelo qual sua família havia sido caçada e morta pelos Omoluzu. Mas não havia nada aqui sobre o menino, nada sobre o seu parentesco, nem sobre a sua utilidade. Fumanguru o manteve em segredo até de seus próprios diários. De sua própria maneira, o mantinha em segredo de si mesmo. Em meio aos aromas, algo azedo exalava das páginas. Algo que tinha sido derramado e depois secou, mas que veio de um animal, não do chão ou da palma ou da trepadeira. Leite. Escondido da visão agora, mas ainda estava lá. Lembrei de quando uma mulher amamentando um bebê me enviou uma mensagem pedindo para salvá-la de seu marido e captor da maneira mais curiosa. Estiquei o braço na direção da vela.

— Fogos maiores já começaram de chamas menores — disse ele.

Dei um pulo e tentei pegar meus machados, mas sua espada já estava em meu pescoço. Eu tinha sentido o cheiro de mirra, mas achei que viesse de uma garrafa antiga que ficava atrás do bibliotecário.

O comissário.

— Você me seguiu ou mandou que me seguissem? — perguntei.

— Você está querendo saber se terá de matar um homem ou dois?

— Eu jamais...

— Você ainda está usando essa cortina? Depois de dois dias?

— Por todos os deuses, se mais alguém disser que eu estou usando uma cortina...

— Essa é uma estampa das cortinas dos homens ricos. Você não é um ribeirinho? Por que você não se cobre apenas de barro e manteiga?

— Porque vocês, Kongori, têm umas ideias muito estranhas sobre nudez.

— Eu não sou Kongori.

— Sua espada está no meu pescoço. Responda minha pergunta.

— Eu mesmo o segui. Mas fiquei cansado quando vi que o gigante se lamentaria para você a noite inteira. Suas histórias eram interessantes, mas sua choradeira era insuportável. Não é assim que nos lamentamos no Oriente.

— Você não está no Oriente.

— E você não está entre os Ku. Agora, por que você estava prestes a queimar esse bilhete?

— Tire sua lâmina do meu pescoço.

— Por que eu faria isso?

— Porque há uma lâmina entre os dedões do meu pé. Me mate e talvez eu tombe e morra à sua frente. Ou talvez eu dê um chute e transforme você em eunuco.

— Solte isso.

— Você achou que eu viria até aqui para queimar isso? — indaguei.

— Eu não achei coisa nenhuma.

— Não é uma novidade, vinda de um comissário.

Ele pressionou a lâmina com mais força contra o meu pescoço.

— O papel. Solte.

Eu soltei o papel e olhei para ele.

— Olhe para mim — disse eu. — Eu vou segurar esse papel sobre essa chama, pois ele me revelará alguma coisa oculta. Eu não o conheço, nem sei qual o nível de sua burrice, mas não tenho como dizer isso de uma maneira mais simples.

Ele abaixou sua espada.

— Como vou saber que isso é verdade? — questionou ele.

— Você vai ter de confiar em mim.

— Confiar em você? Eu nem sequer gosto de você.

Ficamos nos encarando por um longo tempo. Peguei uma folha, a que estava mais decomposta.

— Você e essa cortina que faz as vezes de roupa.

— Você não vai sossegar até que eu tire a minha roupa?

Fiquei esperando por uma resposta agressiva, que nunca veio. Eu poderia ter explorado aquilo, tentado descobrir por que a resposta agressiva nunca veio, ou poderia registrar o que ele tentou esconder em seu rosto antes que o escondesse, mas não fiz nada disso.

— O que você está...

— Por favor, fique em silêncio. Ou, pelo menos, fique de olho no bibliotecário.

Ele parou de falar e balançou a cabeça. Fumanguru havia escrito aqueles petições em tinta vermelha, numa cor viva, porém de um tom claro. Eu trouxe a vela mais para perto de mim e depois segurei a folha em cima da chama.

— É Mossi.

— Quê?

— Meu nome. O nome que você esqueceu. É Mossi.

Fui aproximando a folha da chama até ser capaz de vê-la tremulando atrás do papel e sentir seu calor nos meus dedos. Figuras começaram a se formar. Glifos, letras que iam da esquerda para a direita, ou da direita para a esquerda, eu não sabia. Glifos escritos com leite, para que permanecessem escondidos até agora. Meu faro me levou até outras quatro páginas cheirando a leite. Eu as aproximei do fogo até que os glifos aparecessem, linha após linha, parágrafo após parágrafo. Eu sorri e olhei para o comissário.

— O que é isso? — perguntou ele.

— Você não disse que era do Oriente?

— Não, é que a minha pele desbotou quando eu tomei banho.

Fiquei olhando para ele até que disse alguma outra coisa.

— Norte, depois Leste — disse ele.

Entreguei a primeira folha a ele.

— Estes glifos são litorâneos. Letras bárbaras é como as pessoas os chamam. Você consegue lê-los?

— Não — respondi.

— Eu consigo ler um pouco.

— O que... eles...

— Não sou especialista em símbolos antigos. Você acha que foi Fumanguru quem os escreveu?

— Sim, e...

— Com que propósito? — perguntou.

— Para que mesmo que o homem errado chegasse tão perto dessa água, ele jamais fosse capaz de bebê-la.

— Fico muito triste ao constatar que entendi o que você quis dizer.

— Os glifos são, supostamente, a linguagem dos deuses.

— Só se esses deuses forem muito velhos e burros para desconhecer as letras e os números dos homens modernos.

— Você fala como se tivesse parado de acreditar nos deuses.

— Eu acho os seus deuses, todos, muito engraçados.

Fiquei incomodado de olhar para ele e ver que ele olhava para mim.

— Não tenho crença. Ele acreditava que os deuses falavam com ele. Por que você está interessado em Fumanguru? — perguntou Mossi.

E eu pensei, por um instante: "O que eu devo inventar agora, e de quanto material eu disponho?" Só de pensar naquilo, já fiquei cansado. Eu disse a mim mesmo que eu só estava cansado de acreditar que havia um segredo a ser protegido de algum inimigo desconhecido, quando na verdade eu estava cansado de não ter ninguém para contar aquilo. A verdade é a seguinte: àquela altura, eu teria contado a qualquer um. A verdade é a verdade, e eu não sou o dono dela. Não deveria fazer diferença para mim quem a escuta, uma vez que escutar a verdade não a modifica. Queria que o Leopardo estivesse aqui.

— Eu poderia lhe perguntar a mesma coisa. A família dele morreu de doenças — comentei.

— Doença nenhuma parte uma mulher em duas. O comissário dos comissários declarou esse caso encerrado e recomendou que fizessem o mesmo os chefes das aldeias, que, por sua vez, recomendaram isso também ao Rei.

— E, mesmo assim, você está aqui, na minha frente, porque não engoliu essa história.

Ele encostou sua espada numa pilha de livros e sentou-se no chão. Sua túnica escorregou de seus joelhos, e ele não usava roupa de baixo. Eu sou um Ku, e pra mim não era novidade ver a masculinidade de um homem — repeti pra mim mesmo três vezes. Sem olhar para mim, ele enfiou um pedaço de suas vestes entre as pernas. Ele se debruçou sobre os papéis e começou a ler.

— Veja — disse ele, e eu me aproximei. — Ou ele perdeu levemente seu juízo, ou ele quis confundi-lo de propósito. Olhe para isso, o abutre, o pinto e o pé, todos apontavam para o Oeste. Mas essa escrita é do Norte. Alguns símbolos representam um som, como o som de um abutre, que é *mmmm*. Outros representam uma palavra inteira, ou transmitem uma ideia. Mas veja aqui, na quarta linha. Você vê como é diferente? Aqui é o litoral. Vá para o litoral do Reino do Sul, ou para aquele lugar, esqueci seu nome. Aquela ilha no Leste, qual é o nome...?

— Lish.

— Você também vai encontrar essa escrita em Lish. Cada símbolo é um som, todos os sons representam...

— Eu sei o que é uma palavra, comissário. O que está escrito?

— Paciência, Rastreador. "Deus... Deuses do céu. Eles não conversam mais com os espíritos da terra. A voz dos reis está se tornando a nova voz dos deuses. Quebre o silêncio dos deuses. Preste atenção no assassino dos deuses, porque ele apontará o assassino dos reis." Isso parece fazer sentido para você? Porque pra mim parece tolice. "O assassino dos deuses com suas asas negras."

— Asas negras?

— É o que ele diz. Mas nada disso se move como as ondas do mar. Acho que ele queria que fosse assim. Um rei é rei por causa de uma rainha, não por causa de um rei. Mas o menino...

— Espere. Fique aí, não se mexa — disse eu.

Ele olhou para mim e assentiu com a cabeça. Suas coxas, com a pele mais clara que o resto de seu corpo, brotavam pelos espetados. Fui direto até a mesa do bibliotecário, mas ele não estava lá. Imaginei que ele mantivesse às suas costas os diários da corte e os registros dos reis e de todos os assuntos reais. Subi dois degraus de uma escada e fiquei procurando até encontrar a marca da cabeça do rinoceronte em ouro. Abri o livro pela última página e a poeira entrou no meu nariz, me fazendo tossir. Algumas páginas adentro estava a árvore genealógica de Kwash Liongo, quase idêntica à que Fumanguru havia rascunhado no papel. Na página seguinte estavam Liongo, seus irmãos e irmãs e o Rei que veio antes dele, Kwash Moki, que havia se tornado rei aos vinte e governado até os seus quarenta mais cinco.

— O que você descobriu sobre asas negras?

Eu sabia que tinha levado um susto. Eu sabia que ele tinha percebido.

— Nada — despistei.

Reuni a papelada e coloquei sobre a mesa. A luz das velas dava a eles as mesmas cores de um dia de sol fraco.

— Esta é a casa de Akum — disse eu. — Soberanos por mais de quinhentos anos, até Kwash Dara. Seu pai é Netu, aqui. Acima dele, aqui, está Aduware, o Rei Guepardo, que era o terceiro na linha de sucessão, quando o príncipe coroado morreu, e seu irmão foi renegado. E então, acima dele, temos Liongo, o grande, que governou por quase setenta anos. Quem não conhece o grande Rei Liongo? E então aqui, nesta outra página, Liongo novamente, e, acima dele, Moki, seu pai, o Rei Menino.

— Vire a página.

— Eu virei. Não tem nada antes disso.

— Você não...

— Olha — indiquei para a página em branco. — Não tem nada aqui.

— Mas Moki não foi o primeiro Rei de Akum, isso faria com que a linhagem tivesse cerca de duzentos mais cinquenta anos de idade.

— Duzentos mais setenta.

— Continue procurando — disse Mossi.

— Árvore genealógica. Fasisi Kwash Dara. Akum. O trono de seu reino, seu nome de louvor, seu nome real e sua família.

Três páginas depois, outra árvore genealógica, que alguém havia desenhado num azul mais escuro. No topo da página estava escrito Akum. No pé estava Kwash Kagar, o pai de Moki. Mas acima dele havia algo curioso, e acima disso, algo ainda mais curioso.

— Essa é uma nova linhagem? Uma mais antiga, eu quis dizer — perguntou o comissário.

— Casa de Akum acima do pai de Moki. O que você vê?

— Uma linha acima de Kagar apontando para Tiefulu? Isso é um nome de mulher. A mãe dele.

— Ao lado dela.

— Kwash Kong.

— Agora, veja o que está acima de Kong.

— Outra mulher, outra irmã. Rastreador, rei nenhum é filho de um rei.

— Até Moki.

— Há muitos reinos que seguem a linhagem da esposa, ou da irmã.

— Não o Reino do Norte. De Moki em diante, todo rei é o filho mais velho do rei, não o filho de sua irmã. Pegue isso aí.

Eu voltei para os glifos. Ele veio atrás de mim, olhando para os mapas, não para mim.

— O que você disse sobre deuses e reis? — perguntei.

— Eu não disse nada sobre deuses e...

— Você precisa ser irritante em tudo que você faz?

Ele largou os papéis no chão, aos meus pés, e pegou as petições.

— Um rei é rei por causa de uma rainha, não por causa de um rei — disse ele.

— Dê-me isso. Veja esta petição.

Ele se inclinou por cima de mim. Não era hora de pensar em mirra. Ele leu:

— "Que a casa dos reis retorne às condutas decretadas pelos deuses e abandone essa maldição que corrompeu as condutas dos monarcas por seis gerações. O que exigimos é o seguinte: que o rei respeite a ordem natural criada pelos deuses do céu e do subterrâneo. Retorne à pureza da linhagem, conforme foi estabelecido pelas palavras, em línguas esquecidas, de griôs mortos há muito tempo." Foi isso que ele escreveu.

— Então a linhagem dos reis do Norte mudou de filho da irmã do rei para filho do rei seis gerações atrás. São fatos, para qualquer um que se disponha a procurar. Não é motivo para matar um ancião. E essas petições certamente clamam pelo retorno a uma ordem antiga, o que alguns podem classificar como loucura, outros como traição, mas a maioria das pessoas jamais investigaria tão a fundo a linhagem dos reis no passado — afirmei.

— O que você acha que aconteceria caso elas o fizessem?

— Talvez ficassem ofendidas.

Ele riu. Como era irritante.

— O passado é o passado, e as pessoas são as pessoas. Uma coisa que aconteceu há tanto tempo? As pessoas não vão nem querer saber — disse ele.

— Mas tem alguma coisa faltando aqui, ou...

— O que você não está me contando? — questionou, os olhos semicerrados em um semblante mal-intencionado.

— Você viu o que eu vi. Eu te contei o que eu sei.

— O que você acha?

— Eu não tenho a obrigação de lhe dizer o que eu acho.

— Mas diga mesmo assim.

Ele se inclinou para perto de mim e dos papéis. Aqueles olhos. Estalando, brilhosos, em meio à penumbra.

— Acho que isso está ligado àquela criança. Aquela que estava na casa de Fumanguru.

— A criança que você acha que os assassinos levaram com eles?

— Não foram eles que levaram a criança. Antes que você me pergunte como eu sei, saiba apenas que eu sei. Alguém que eu conheço alega ter salvado a criança naquela noite. Quem quer que tenha enviado assassinos para a casa de Fumanguru deve saber que alguém salvou a criança.

— Eles queriam exterminar o menino e apagar seus rastros.

— Isso é o que suponho. Mas muita coisa aconteceu. Não existe um outro motivo para matar Fumanguru, exceto se estivessem atrás da criança. Esse seria o motivo de tantas pessoas ainda estarem interessadas num crime tão antigo. Dois dias atrás, perguntei a um possível conhecedor dos fatos se ele tinha ouvido alguém falar qualquer coisa sobre Fumanguru. Ele me disse que dois anciãos que violaram uma menina surda disseram que precisavam encontrar as petições, do contrário, alguém morreria. Talvez eles próprios. Um deles era Belekun, o Grande. Você deve saber que eu o matei.

— É?

— Não antes dele tentar me matar. Em Malakal. Seus homens também tentaram me matar.

— Jamais nasceu homem mais tolo, agora está claro. Continue, Rastreador.

— Enfim, o outro era um prostituto chamado Ekoiye. Ele disse vamos conversar em outro lugar, então fomos por um túnel até um telhado. Primeiro ele me contou que muita gente ainda ia até a casa de Fumanguru. Incluindo alguns de seus homens.

— Mas é claro.

— E outros usando o seu uniforme.

— Eu só fui até lá duas vezes. Sozinho.

— Outros foram também.

— Não sem minhas ordens.

— Ele disse...

— Você prefere confiar na palavra de um prostituto do que na de um homem da justiça?

— Você é um homem da ordem, não da justiça — retruquei.

— Continue a sua história.

— Não me surpreende que você confunda as duas coisas.

— Peço que continue.

— Ele me disse que todos que ainda iam até a casa de Fumanguru procuravam por alguma coisa que ele não sabia o que era. Então, ele tentou jogar um feitiço em mim com pó de kajal misturado com veneno de víbora — revelei.

— E você sobreviveu? Uma baforada seria capaz de matar um cavalo. Ou transformá-lo num zumbi.

— Eu sei. Eu o arremessei do telhado.

— Pelos deuses, Rastreador. Ele está morto também?

— Não. Mas você tem razão. Ele tentou me transformar num zumbi, para me arrastar de volta até o seu quarto. Em seguida, ele soltaria um pombo para avisar alguém sobre minha captura. Eu mesmo soltei o pombo. Acredite, comissário, não demorou muito para que um homem viesse até o quarto, armado, mas acho que ele tinha vindo para me levar, e não para me matar.

— Levá-lo para onde? Para quem?

— Eu o matei antes que pudesse descobrir. Ele estava vestido como um comissário.

— Que trilha de corpos você está deixando para trás, Rastreador. Logo, a cidade inteira vai feder por sua culpa.

— Eu disse que ele estava vestido como um...

— Eu ouvi o que você disse.

— Ele não deixou um cadáver. Vou te contar mais sobre isso depois. Mas tem o seguinte. Quando ele morreu, eu vi algo parecido com asas negras deixando seu corpo.

— É claro. O que seria de uma história sem a presença de lindas asas negras? O que isso tudo tem qualquer ligação com o menino?

— Eu estou procurando pelo menino. É por isso que estou aqui. Um traficante de escravos me contratou, junto com algumas outras pessoas, que não conheciam sua cidade, para procurar pelo menino. No começo estávamos todos juntos, mas a maioria tomou seu próprio rumo. Mas outros também procuram pelo menino. Não, não contratados pelo traficante. Eu não sei dizer se eles estão seguindo nossos passos ou se estão um passo à nossa frente. Eles já tentaram nos matar.

— Pelo jeito você não perde tempo quando o assunto é matar, Rastreador.

— Nós fomos mandados para cá por um motivo. Para ver de onde ele foi levado, sim, mas principalmente para ver para onde eles foram.

— Ah. Ainda tem muitas coisas que você não está me dizendo. Por exemplo, quem são eles? Teve gente que veio matá-lo e gente que veio salvá-lo? E se as pessoas que vieram salvá-lo o levaram embora, o que você tem com isso? Ele não estaria mais seguro com eles do que com você?

— As pessoas que o salvaram o perderam.

— É claro. Talvez sejam as mesmas pessoas que o venderam para as bruxas.

— Não, mas elas confiaram nas pessoas erradas. Mas tem o seguinte. Acho que eu sei onde ele está, esse me...

— Isso ainda não faz sentido. Eu tenho uma outra teoria.

— Você tem.

— Sim, eu tenho.

— O mundo está ansioso para conhecê-la.

— Seu querido Fumanguru estava envolvido ou com artes ilícitas ou com o comércio ilegal. Não faz diferença; ambos resultam em inocentes sendo vendidos, estuprados ou assassinados. Ele abriu um buraco tão fundo e tão largo que acabou caindo dentro dele. Foi um assassinato perfeito, completo, exceto pelo menino. Enquanto o menino estiver vivo, ainda há contas para acertar. Essas são as pessoas que estão atrás do seu menino.

— É um bom argumento. Exceto que a maioria não sabe sobre o menino. Nem mesmo você sabia antes de eu contar.

— Então o quê?

— Ele estava protegendo o menino. Escondendo. Ele era um bebê na época. Você deveria saber que eu sei quem é esse menino. Eu não tenho provas, mas, quando eu tiver, ele será quem eu acho que ele é. Mas, até que eu tenha, o que é isso?

Eu entreguei a ele a faixa de papel que tirei do pombo. Ele a levou até o nariz e depois a segurou longe do rosto.

— Isso foi escrito no mesmo estilo dos glifos que estão na petição. Ele diz: "Notícias do menino, venha agora."

— O comissário que tentou me matar tinha essas coisas gravadas no peito.

— Essas?

— Obviamente não essas, mas letras desse tipo.

— Você...

— Não, eu não me lembro. Mas Fumanguru usava essa língua.

— Que enigma, Rastreador. Quanto mais você me conta, menos eu sei.

— Isso é tudo? Tudo que Fumanguru escreveu?

Ele vasculhou os papéis mais uma vez. Mais duas folhas cheiravam a leite azedo. Ele foi desenhando cada símbolo com os dedos conforme eu os lia.

— São instruções — disse ele. — "Leve-o até Mitu, guiado pela mão do caolho, atravesse o Mweru e deixe que o lugar apague seus rastros." É o que está escrito.

— Ninguém volta do Mweru.

— Isso é verdade? Ou é algo que as velhas dizem? O final desse texto está ilegível para mim.

— Por que ele o mandaria para lá? Ele será um homem também — disse eu.

— Quem será um homem?

— Eu estava pensando alto.

— Você não teve uma mãe para te ensinar que isso é uma grosseria? Você disse que sabia quem ele é, essa criança. Quem ele é?

Eu olhei para ele.

— Então me conte quem o está perseguindo, e por quê.

— Isso seria o mesmo que lhe contar quem ele é.

— Rastreador, eu não tenho como te ajudar desse jeito.

— Quem pediu sua ajuda?

— É claro, os deuses devem estar satisfeitos de ver até onde você conseguiu chegar por conta própria.

— Escute. Três me contrataram para encontrar essa criança. Um traficante de escravos; um espírito do rio; e uma bruxa. Somando todas, eles já me contaram cinco histórias diferentes sobre quem é essa criança.

— Cinco mentiras para encontrá-lo ou para salvá-lo?

— As duas coisas. Ou nenhuma.

— Eles querem que você o salve, mas não querem que você saiba quem você está salvando. Seria você um traidor?

— Fico imaginando o que um comissário pensa sobre mercenários.

— Não, você está imaginando o que eu penso sobre você.

Ele começou a caminhar por entre as pilhas de livros, diante de uma parede repleta deles. Eu podia ouvir um pé arrastando levemente no chão, uma perna manca que ele disfarçava bem.

— Mas este é o salão de registros, não é? — perguntou ele.

— A cidade é sua.

— Quem registra as vidas dos reis?

Eu me virei e apontei para o que havia atrás da escrivaninha do bibliotecário. Ele não voltaria àquela noite, isso com certeza. O livro era composto de várias folhas, costuradas de forma tosca e irregular, com uma capa de couro, mais empoeirado que os demais. Um relato de Kwash Dara até aquele dia. Seu nome, numa mesma linha com seus dois irmãos e uma irmã. Um irmão se casou com a filha da Rainha de Dolingo, para firmar uma aliança. Um se casou com a viúva de um chefe de aldeia que tinha poucas terras, mas muita riqueza no campo. A irmã mais velha está listada entre as mulheres, e aqui dizia que ela só havia dedicado sua vida a servir a Wapa, a deusa da terra, da fertilidade e das mulheres, depois que seu marido, um príncipe de Juba, morreu por suas próprias mãos, tomando também a vida de seus filhos. O relato não fala nada sobre o lugar para onde ela foi, nada sobre uma fortaleza nas montanhas.

— E sobre os antigos reis? Aqueles que vieram antes deste? — indagou Mossi.

— Os griôs. A despeito da palavra escrita, a verdadeira marca de um rei são os homens que empenham sua história à memória para depois recitá-la na forma de poesia, e as pessoas que se reúnem para ouvir a exaltação desses homens notáveis. Eis o meu palpite. Os relatos escritos sobre os reis só começaram na era de Kwash Netu. O resto pertence apenas às vozes dos griôs. E esse é o problema. Os homens que cantam sobre os feitos de todos os reis são empregados do rei.

— Ah.

— Mas existem outros. Griôs cujos relatos sobre os reis não são conhecidos pelos reis. Homens que escrevem versos secretos, homens que compõem músicas que os fariam ser executados e ter proibidas suas canções.

— Para quem eles cantam essas canções?

— Para eles mesmos. Alguns homens acham que a verdade só precisa estar a serviço da verdade.

— Infelizmente, esses homens são mortos.

— A maioria. Mas existem dois, talvez três, cujas músicas vêm de mais de mil anos atrás.

— Eles também alegam ser de mais de mil anos atrás?

— Por que você manca?

— Quê?

— Nada.

— Ah, seu menino rebelde. Sabe, Rastreador, você se arriscou muito com isso tudo e nem sequer fez as coisas com discrição.

— Que coisas?

— Você está falando abertamente sobre conspirações que envolvem alguém que ainda é seu Rei. E não se importou que, como comissário, eu sirvo a ele.

Muito tempo havia se passado desde a última vez que olhara para sua espada. Seja o primeiro a atacar o inimigo, é assim que vai ser. Mas ele me deu suas costas e ficou parado, olhando para uma pilha de livros.

— Fumanguru escreveu esse troço, chame como quiser, contra o Rei, e, como ele foi assassinado, você chegou à conclusão de que ele era inocente. Você precisa encarar o mundo como nós, comissários, encaramos. Você está prestes a perguntar o que eu estou querendo dizer. Estou querendo dizer "portanto". Na maioria das vezes, quando alguma coisa terrível bate à porta de um homem, é porque ele a convidou para ir até lá.

— Ou seja, a morte só chega para as vítimas que a merecem. Você é mesmo um comissário.

— E você será uma esposa e tanto para alguém algum dia.

Eu nem perdi meu tempo olhando pra ele.

— Então faça como os seus superiores e dê esse caso por encerrado. Escute. Já que este é um espaço público onde qualquer um pode entrar, e já que eu não estou ligado a nenhum crime, seja um bom membro da brigada do Clã dos Kongori e me deixe ir embora.

— Espera aí...

— O seu trabalho já não está concluído, comissário? Temos uma criança que você não acredita que esteja viva, uma petição que você acha que não significa nada, sobre um rei a quem você serve e acredita ser inocente, e não ligado a uma série de eventos que não aconteceram, ou, mesmo que tenham acontecido, que não significam nada. Tudo relacionado a um homem cuja família inteira foi dizimada por causa de uma cobra que ele levou para casa pensando em fazer dela um animal de estimação, apenas para acabar sendo picado. Acho que isso é tudo, não é, comissário? Me surpreende que você ainda esteja aqui. Fique longe de mim. Vamos lá.

— Não serei dispensado por você.

— Ah, à merda os deuses! Então fique. Eu vou embora.

— Você está se esquecendo de quem é a autoridade neste lugar — disse ele, puxando sua espada.

— Você tem autoridade sobre a sua laia. Onde eles estão, seus zumbis de azul e negro?

Ele empunhou sua espada e veio pra cima de mim. Um som de *zup* passou voando entre nós dois, e saltamos para trás bem quando a lança se alojou no assoalho. Negra, com marcas azuis.

— Um dos seus — disse eu.

— Cale essa boca!

Uma luz piscou sobre nossas cabeças, e só quando a flecha se cravou numa torre de livros entendemos que era a luz de uma chama. Um vulto na janela havia disparado uma flecha de fogo contra nós. O fogo se ergueu do chão e começou a estalar sua cauda. Ele se retorceu pra esquerda, depois pra direita, depois pra esquerda, como um lagarto diante de um excesso de coisas para devorar. A chama saltou sobre uma pilha, e o fogo se espalhou por todos os livros, um após o outro, e depois outro, sempre subindo. Outras três flechas entraram pelas janelas. O fogo me paralisou, me hipnotizou, me fez parar para admirar uma parede inteira coberta de chamas. Uma mão segurou a minha, me arrancando daquele transe.

— Rastreador! Por aqui.

Fumaça ardia em meus olhos e me fazia tossir. Eu não conseguia lembrar se Sangoma havia me protegido do fogo. Mossi foi me puxando, reclamando por eu não estar me mexendo mais depressa. Passamos correndo por uma arcada em chamas poucos instantes antes dela desmoronar, e papel incandescente atingiu meu calcanhar. Ele saltou por cima de uma pilha de livros, atravessou uma parede de fumaça e desapareceu. Eu olhei para trás, quase reduzi a velocidade para calcular a velocidade do fogo e me joguei contra a fumaça. Caí quase em cima dele.

— Fique mais perto do chão. Tem menos fumaça. E eles verão menos de nós quando sairmos.

— Eles?

— Você acha que isso é a ação de um só homem?

Aquele trecho do corredor tinha apenas fumaça, mas o fogo estava ficando sem ter o que consumir, e mais faminto do que nunca. Ele foi pulando de pilha em pilha, consumindo os papiros e o couro. Uma torre caiu, arremessando brasas que atravessaram a parede de fumaça e nos atingiram. Aos tropeços, corremos. Eu não lembrava onde ficava a porta. A mão de Mossi ainda segurava minha roupa. O calor estava tão perto que os pelos na minha pele se queimaram. Chegamos à porta. Mossi a abriu e deu um pulo para trás antes que quatro flechas acertassem o piso.

— A que distância você consegue arremessar essas coisas?

Eu peguei o machado.

— O suficiente.

— Ótimo. Julgando pelo ângulo dessas flechas, eles estão no telhado, à direita.

Mossi correu de volta na direção da fumaça e voltou com dois livros em chamas. Ele apontou com a cabeça para a janela e depois com o dedo para a porta.

— Não lhes dê a chance de pegarem mais flechas.

Ele arremessou os livros pela janela e quatro flechas cortaram o vento, duas atingindo a janela. Eu corri, me atirei no chão e saí rolando porta afora, depois saltei, brandindo o machado, e o arremessei. O machado saiu girando numa elipse que terminava nos arqueiros, cortando a garganta de um dos homens e se alojando na têmpora de outro. Saltei para o escuro, saindo do caminho de duas flechas. Mais flechas continuaram vindo, algumas com fogo, outras com veneno, como uma chuva, até que pararam.

O salão tinha fogo em todas as suas paredes, em todas as suas salas, e uma multidão começou a se aglomerar na rua. Não havia mais arqueiros no telhado. Eu me esgueirei para longe da multidão e corri para os fundos do prédio. No telhado, Mossi limpava sua espada no saiote de um homem morto e a colocou de volta na bainha. Como ele tinha passado na minha frente eu não sabia. E também o seguinte: no telhado havia quatro corpos estirados, não dois.

— Eu sei o que você vai dizer. Não di...
— Esses homens são comissários.

Ele caminhou até a beirada e ficou olhando para o incêndio.

— Dois estão mortos — disse ele.
— Eles não estão todos mortos?
— Sim, mas dois já estavam mortos antes de nós os matarmos. O gordo é Biza, o alto é Thwoko. Ambos estavam desaparecidos há dez mais três luas, mas ninguém sabia o que tinha acontecido com eles. Eles...

Ouvi os sons no escuro e entendi o que estava acontecendo. A boca dos mortos estava se rasgando. Tremedeiras e espasmos dos pés à cabeça, como se a morte tivesse chegado numa síncope. Mesmo no escuro dava pra ver as ondulações subindo das coxas para a barriga e para o peito e depois saltando pra fora pela boca numa nuvem tão escura quanto a noite, uma nuvem que mal podíamos enxergar, que rodopiou e desapareceu no ar. Estava escuro demais para ver, mas eu sabia que, ao se revolver, a poeira e a nuvem tinham formado asas, já que nós dois as ouvimos bater. Ficamos ali parados, olhando um para o outro, nenhum dos dois querendo ser o primeiro a dizer qualquer coisa, qualquer que fosse, sobre o que tínhamos acabado de presenciar.

— Eles vão se esfarelar e virar pó se tocarmos neles — disse eu.
— Então é melhor não tocar — disse um homem, e eu levei um susto.

Mossi sorriu.

— Mazambezi, foram as chamas que o trouxeram até aqui, ou você estava com saudades do meu cheiro?

— De fato, quem vive junto da merda começa a se acostumar com o perfume.

Outros dois comissários subiram ao telhado, nenhum deles disse coisa alguma a Mossi, mas ambos ficaram olhando para o fogo e cobrindo suas bocas para se proteger da fumaça, que começava a vir na nossa direção.

— O que faremos após testemunhar a queima de nossa história? — perguntou Mazambezi.

— Suas palavras dignificam essa grande perda, Mazambezi. Precisamos construir um novo arquivo — disse Mossi.

— Como o fogo começou, você sabe?

— Você não sabe? Seus homens...

— Foram homens vestidos como a brigada do clã — afirmou Mossi, me interrompendo. — Eu mesmo os vi, cinco flechas disparadas contra o salão. Talvez sejam usurpadores. Atacando onde nos dói mais.

— Isso também precisará de um registro. Mas onde iremos arquivá-los? — riu Mazambezi.

— Você precisa dar uma olhada nesses homens, Mazambezi, seus corpos inteiros estão possuídos por magia negra — falou Mossi, e olhou novamente para os cadáveres.

Algo brilhou sob a luz das chamas, e eu dei um grito.

— Mossi!

Ele se abaixou bem quando a espada de Mazambezi cortou o ar na altura de sua cabeça. A esquiva o fez perder o equilíbrio. Um dos homens puxou uma besta e a apontou para mim. Me atirei no chão ao lado do corpo que estava com o meu machado alojado em seu crânio. Eu o arranquei bem quando uma flecha veio voando para substituí-lo. Fiquei de pé num pulo e arremessei meu machado, que saiu girando rapidamente e o atingiu bem no meio do peito. Mazambezi e um outro comissário lutavam de espada contra Mossi. Mazambezi correu para cima dele empunhando a espada como se fosse uma lança. Mossi se esquivou e acertou uma joelhada contra o seu peito. Mazambezi deu uma cotovelada na lateral do seu corpo; Mossi caiu e rolou para fugir do golpe do outro comissário, que arrancou fagulhas do chão. O comissário ergueu sua espada mais uma vez, mas Mossi o golpeou no chão, decepando seu pé. O comissário tombou, urrando. Mossi ficou de pé num pulo e enfiou sua espada no peito do comissário. Ele parou por um instante, ofegante, enquanto Mazambezi o atacava pelas costas. Me pus entre os dois num salto e dei um golpe com meu machado. A lâmina dele se encontrou com a minha, e a força do impacto o derrubou no chão. Ele se levantou, em choque, confuso, e Mossi se colocou entre nós.

— Já chega dessa loucura, Mazambezi. Você mesmo dizia que era incorruptível.

— E você diz que é bonito, mas eu não consigo enxergar o que as mulheres veem em você.

Mossi empunhou sua espada, assim como Mazambezi, e os dois começaram a andar em círculos como se estivessem prestes a duelar novamente. Eu me pus entre os dois.

— Rastreador! Ele vai...

Mazambezi golpeou sua espada a um fio de cabelo de distância do meu rosto, e eu segurei a lâmina. O comissário ficou perplexo. Ele puxou a espada para cortar meus dedos, mas não derramou sangue algum. Mazambezi ficou ali parado, boquiaberto. Duas espadas entraram por suas costas e saíram pela sua barriga. Mossi puxou suas espadas de volta, e o comissário caiu.

— Eu te perguntaria como você fez isso, mas será qu...

— Uma Sangoma. Um feitiço. Ele teria me matado se usasse uma espada de madeira — disse eu.

Mossi balançou a cabeça, sem aceitar aquela resposta, mas sem querer forçar uma outra.

— Mais deles virão — afirmei.

— Mazambezi não era como os outros. Ele falava.

— Ele só comandava uns poucos. Os outros ele pagava.

Mossi se virou para encarar a multidão, iluminada pela luz do fogo. Ele praguejou e passou correndo por mim. Eu o segui descendo a escadaria dos fundos, pulando de três em três degraus, como ele fez. Ele correu ao encontro da multidão. Eu corri atrás dele, mas a multidão se movia para frente, e foi me empurrando de volta, como uma onda. Alguém gritou que Kongor estava perdida, pois como teríamos um futuro sem um passado? A multidão me confundia, me ensurdecia e cegava, mas então captei o cheiro do bibliotecário naquele instante. Mossi o estapeava no escuro e seguiu estapeando até que eu segurasse sua mão. O bibliotecário estava encolhido no chão.

— Mossi.

— Esse filho da puta não quer falar.

— Mossi.

— Eles mataram meus livros, mataram meus livros — lamentava o bibliotecário.

— Deixe-me falar por você. Um homem veio até você e disse "Avise caso apareça alguém perguntando sobre os registros de Fumanguru". Eu entrei lá, perguntei onde estavam os registros de Fumanguru, e você enviou a mensagem num pombo.

Ele fez que sim com a cabeça.

— Quem? — berrou Mossi.

— Um dos seus — disse eu a ele.

— Enfie suas mentiras no meio do seu cu, Rastreador.

— A única coisa que está mentindo pra você são seus próprios olhos.

— Por que eles mataram meus livros? Por que mataram meus livros? — lamentava-se o bibliotecário.

— Veremos o que ele sabe e o que ele não sabe.

Fui pra cima de Mossi.

— Escute. É o mesmo caso de Ekoiye. Disseram a ele apenas aquilo que podia ser confiado a ele, ou seja, nada. E quem disse foi um mensageiro, não o homem que enviou a mensagem. Talvez um membro da brigada, talvez não. Alguém que está, ao mesmo tempo, um passo à nossa frente, esperando que cheguemos lá, e um passo atrás, esperando pelo nosso próximo movimento para nos seguir. Em algum momento no curso da última hora nós fomos espionados, e essa pessoa ouviu muita coisa.

— Rastreador.

— Escute.

— Rastreador.

— Quê?

— O bibliotecário.

Praguejei. O bibliotecário havia sumido.

— Aquele velho não pode ter ido muito longe — disse Mossi, bem quando uma mulher gritou e um homem berrou "Não, velho, não".

— Ele não tinha essa intenção — justifiquei.

Naquele momento, o teto da biblioteca desabou, apagando algumas chamas, embora o quarteirão inteiro continuasse quente e iluminado.

— Distância entre nós e este lugar é do que precisamos neste momento — avisei.

Mossi concordou. Entramos numa ruela deserta que tinha poças mesmo com as chuvas tendo parado há muito, e onde cães selvagens destroçavam qualquer coisa que as pessoas jogavam fora. Um cão que se parecia quase com uma hiena me deu calafrios. Sogolon não estava em nenhum lugar ao alcance da minha visão, e nem a menina. Tudo que eu conhecia do cheiro de Sogolon eram capim-limão e peixe, que poderiam ser de centenas de mulheres. Eu nunca tinha sentido o cheiro da pele da menina, e o Ogo não tinha muito cheiro. Nunca me ocorreu registrar os odores do dono da casa ou do búfalo.

— Vamos para o Leste — disse eu.

— Aí é o Sul.

— Então você guia.

Ele virou à direita na viela mais próxima, que também estava deserta.

— Nós, Kongoris, estamos muito carentes de diversões se um foguinho qualquer consegue atrair uma multidão.

— Aquele incêndio foi qualquer coisa, menos pequeno — disse eu.

Ele virou-se para mim.

— E a primeira coisa que eles vão pensar é que foi obra de um forasteiro.

— Exceto que foram membros da sua própria força.

Ele me deu um tapa no peito.

— Você precisa morder essa sua língua solta.

— E você precisa aprender a conectar os pontos ao redor.

— Aqueles não eram meus homens.

— Aqueles homens estavam vestindo o seu uniforme.

— Mas não eram meus homens.

— Você reconheceu dois deles.

— Você não me ouviu?

— Ah, eu te ouvi muito bem.

— Não me olhe daquele jeito.

— Você não está vendo como eu estou te olhando.

— Você sabe de que jeito estou falando.

— De que jeito, terceiro comissário das Brigadas do Clã dos Kongori?

— Daquele. Aquele que diz que eu sou um tolo, ou que eu sou lento, ou que eu nego o que eu vejo.

— Olha, nós podemos ir embora daqui ou ter uma discussão, mas as duas coisas não dá.

— Já que a sua capacidade de avaliar uma situação é tão superior à minha, olhe para trás e me diga se ele é amigo ou inimigo.

Ele andava devagar, como se estivesse cuidando da própria vida. Nós paramos. Ele parou uns duzentos passos para trás, não naquela viela, mas onde ela se encontrava com a rua que levava para o Norte. Aquela não podia ser a primeira vez que eu percebia que já estava escuro, pensei. Mossi estava ao meu lado, respirando depressa.

Seu cabelo curto e vermelho. Discos brilhosos nas duas orelhas. O mesmo homem que eu tinha visto no charco no Reino das Trevas. Esse homem Bunshi chamava de O Aesi. Numa capa negra, que se abria como se fossem asas, levantando vento e poeira. Mossi empunhou sua espada; eu não saquei minhas facas. A poeira ao redor jamais repousava, subindo e descendo e girando e formando monstros parecidos com lagartos tão altos quanto as muralhas, e depois voltando a ser poeira, e depois formando quatro figuras tão enormes quanto o Ogo, e caindo de volta no chão como pó, e depois se erguendo novamente na forma de asas que batem. O comissário me pegou pelo ombro.

— Rastreador!

Mossi correu e eu fui atrás dele. Ele foi correndo até o final da viela e virou à direita. A verdade é que ele corria mais rápido que o Leopardo. Eu me virei uma vez e vi O Aesi ainda parado lá, o vento levantando a poeira ao redor. Chegamos numa rua com algumas pessoas nela. Todas caminhavam na mesma direção lentamente, como se estivessem voltando do local do incêndio. Ele nos enxergaria se nos movimentássemos muito mais rápido que os demais. Mossi, como se tivesse me ouvido, diminuiu seu passo. Mas eles — mulheres, algumas crianças, mas na maioria homens — moviam-se muito devagar, como se tivessem a certeza de que suas camas estariam da mesma forma como as deixaram. Passamos por entre eles olhando para trás, às vezes, mas O Aesi não nos seguia. Uma mulher num vestido branco puxava seu filho, o filho olhando para trás e tentando se soltar dela. A criança olhou para cima e me encarou. Pensei que sua mãe fosse puxá-lo para perto de si, mas ela também parou. Ela me encarou da mesma maneira que o menino, com o olhar vago de um homem morto. Mossi virou-se e também viu aquilo. Todo homem, mulher e criança na rua estava olhando para nós. Mas eles estavam imóveis, como se feitos de madeira. Nenhum membro se mexia, nem sequer um dedo. Apenas seus pescoços giravam, virando-se para olhar para nós. Nós seguimos andando devagar, eles seguiram imóveis, e seus olhos continuaram nos seguindo.

— Rastreador — disse Mossi, mas de uma forma tão sussurrada que eu mal ouvi.

Seus olhos continuavam nos seguindo. Um velho que estava andando para o outro lado se virou tanto com seus pés plantados no chão que eu pensei que sua coluna fosse se quebrar. Mossi ainda empunhava sua espada.

— Ele os está possuindo — disse eu.

— Por que ele não está nos possuindo?

— Eu não...

A mãe soltou a mão de seu filho e avançou contra mim, gritando. Eu me esquivei dela e estiquei a perna para que ela tropeçasse. Seu filho pulou nas minhas costas, mordendo até que Mossi o arrancasse de lá. A criança chiou, e o chiado acordou seu povo. Todos investiram contra nós. Saímos correndo. Dei uma cotovelada no rosto de um homem, derrubando-o, e Mossi golpeou outro com a lateral de sua espada.

— Não os mate — pedi.

— Eu sei.

Ouvi um zunido. Um homem me acertou com uma pedra pelas costas. Mossi o derrubou com um soco. Eu derrubei dois com chutes, saltei sobre os ombros de um outro e pulei por cima deles. Mossi espantou a tapas duas crianças e suas mães, que vieram atacá-lo. Dois meninos pequenos pularam em cima de mim, e nós três caímos na lama. Mossi pegou um por um colar, tirou-o de cima de mim e o arremessou contra uma parede. Deus me perdoe ou me castigue, disse eu, antes de nocautear o outro com um soco. E outros seguiam vindo. Alguns dos homens tinham espadas, lanças e punhais, mas nenhum deles as usou. Todos tentaram nos agarrar e nos jogar no chão. Nós havíamos percorrido apenas a metade do caminho quando, do final da rua, veio um estrondo, e o grito de mulheres e homens sendo jogados pelo ar, para a esquerda, para a direita, e depois para a esquerda e depois para a direita, e tudo de novo mais uma vez. Muitos correram. Vários, na direção do búfalo, que havia se lançado contra eles, derrubando-os com sua cabeça e seus chifres. Atrás dele, cada uma num cavalo, Sogolon e a menina. O búfalo abriu um caminho para nós em meio à multidão e bufou quando me viu.

— Ele possuirá todos que passarem por esta ruela — disse Sogolon, cavalgando em nossa direção.

— Eu sei.

— Quem são essas pessoas? — perguntou Mossi, mas deu um pulo para trás quando o búfalo rosnou para ele.

— Não há tempo para explicar, nós precisamos sair daqui. Eles não vão ficar no chão, Mossi.

Ele olhou para trás. Algumas das pessoas estavam se levantando. Duas se viraram para nós e nos encararam.

— Não preciso ser salvo deles.

— Não, mas com essa espada, em breve eles é que precisarão ser salvos de você — disse Sogolon, e apontou para o cavalo da menina.

Sogolon desceu do seu cavalo. Vários dos homens e das mulheres estavam se levantando, e as crianças já estavam de pé.

— Sogolon, vamos embora — disse eu, montando em seu cavalo e pegando as rédeas.

As pessoas estavam se juntando, cada vez mais perto, se transformando num grande vulto em meio à escuridão. Ela se curvou e começou a desenhar runas na terra. À merda os deuses, não há tempo para isso, pensei. Mas, em vez de falar, olhei para Mossi, abraçado na menina, que não disse nada, aparentando hostilidade, aparentando calma, fingindo as duas coisas. A multidão, unificada, corria em nossa direção. Sogolon desenhou mais uma runa no chão, sem nem levantar o olhar. A multidão se aproximava, talvez oitenta passos. Ela se levantou e olhou para nós, a multidão agora perto o bastante para que pudéssemos ver seus olhares vagos e seus rostos sem expressão, ainda que estivessem gritando. Ela deu um pisão; um vendaval se ergueu, derrubando todos os que não jogou para longe. Homens foram atirados ao chão, mulheres de vestido voaram pelos céus e crianças foram jogadas para longe. O vendaval varreu a viela do começo ao fim.

Sogolon subiu de volta em seu cavalo, e saímos galopando pelo distrito, cavalgando como se estivéssemos sendo perseguidos, embora ninguém o fizesse. Ela segurava as rédeas, e eu segurava sua cintura. Eu sabia onde estávamos quando chegamos à estrada da fronteira. A casa ficava a nordeste, mas não fomos em sua direção. Em vez disso, continuamos pela estrada da fronteira, entre Nyembe e Gallunkobe/Matyube até que ela nos trouxe até o rio inundado. Sogolon não parou.

— Bruxa, você pretende nos afogar?

Sogolon riu.

— Aqui é a parte mais rasa do rio — disse ela.

O búfalo corria ao seu lado, a menina com Mossi vinha atrás.

— Não deixaremos Tristogo para trás.

— Ele espera por nós.

Não perguntei onde. Atravessamos o rio até o que eu sabia que devia ser Mitu. Mitu era uma planície fértil verdejante, uma junção de fazendeiros, de donos de terra e de gado, não uma cidade. Sogolon nos levou até um caminho de terra iluminado apenas pelo luar. Cavalgamos debaixo das árvores, o búfalo nos conduzindo, o comissário em silêncio. Fiquei surpreso com aquilo.

Na primeira encruzilhada, Sogolon nos disse para desmontar. Tristogo saiu de trás de uma árvore menor do que ele e ficou de pé.

— Como a noite está tratando você, Tristogo? — perguntei.

Ele deu de ombros e sorriu. Abriu sua boca para dizer alguma coisa, mas parou. Até ele sabia que, se começasse a falar, o dia amanheceria antes que tivesse terminado. Ele olhou para a menina e franziu o cenho quando viu Mossi desmontar.

— Seu nome é Mossi. Eu te conto amanhã. Vamos fazer uma fogueira?

— Quem disse que vamos ficar aqui? Numa encruzilhada? — criticou Sogolon.

— Pensei que as bruxas tinham um carinho especial por encruzilhadas — ironizei.

— Siga-me — ordenou ela.

Paramos bem no meio das duas estradas. Eu olhei para Tristogo, que ajudava a menina a descer do cavalo, fazendo questão de se colocar entre ela e o comissário.

— Eu sei que não preciso lhe falar sobre as dez mais nove portas — disse Sogolon.

— Foi assim que chegamos em Kongor.

— Tem uma bem aqui.

— Velha, isso é o que todas as velhas pensam sobre as encruzilhadas. Se não é uma porta, então é algum outro tipo de magia noturna.

— Você é tolo a ponto de achar isso parecido com a noite?

— Você está com medo dele. Acho que eu nunca tinha visto o medo em você. Deixe-me olhar para o seu rosto. Vou lhe dizer a verdade, Sogolon. Não consigo dizer se você está de mau humor ou se a sua cara sempre foi assim. Eu sei quem ele é. O menino.

— Aje o ma pa ita yi onyin auhe.

— A galinha nem imagina que será cozida, então, talvez ela devesse prestar mais atenção no ovo — aconselhei, e pisquei para Sogolon, que fechou a cara.

— Então, quem ele é? — perguntou ela.

— Alguém que esse tal de O Aesi está tentando, com todas as suas forças, encontrar antes de você. Talvez para matá-lo, talvez para sequestrá-lo, mas ele está louco para encontrar esse menino tanto quanto você. E tudo isso aponta para o Rei.

— Você acreditaria nisso se fosse eu a pessoa que contasse a você?

— Não.

— O Rei quer apagar a Noite das Caveiras, aquela criança...

— Aquela criança é quem ela sempre foi esse tempo todo. Talvez O Aesi a procure por conta própria, talvez o demônio ruivo aja sozinho. Eu li as petições de Fumanguru.

— Essas petições não existem.

— Você está muito velha para esse tipo de joguinho.

— Ninguém conseguiu encontrá-los.

— E, mesmo assim, eu os li. Há palavras mais ofensivas nas brincadeiras de menininhas.

— Aqui não é o lugar.

— Mas esta é a hora. Toda essa bruxaria e você nunca leu as linhas que estão acima de todas as linhas.

— Fale direito, seu tolo.

— Ele fez anotações por cima das palavras usando leite. Ele fala em levar a criança até o Mweru. Ah, agora você está olhando pra mim. Bem quietinha. Ele fala em ir até o Mweru e deixar que o lugar apague seus rastros, foi isso o que ele escreveu.

— Sim. Sim. Nenhum homem jamais mapeou o Mweru, e nenhum deus tampouco. O menino estaria seguro.

— Isso é o mesmo que dizer que ele estaria seguro no inferno.

— Tem uma porta aqui, Rastreador.

— Já falamos sobre isso. Abra.

— Não posso, nem jamais poderei. Apenas quem estudou com uma Sangoma conhece as palavras que abrem portas. Você já as usou duas vezes, não minta.

— A primeira era apenas uma dessas portas que as bruxas escondem. Não tinha nada a ver com a porta para Kongor. Quem é o menino?

— Você disse que sabia. Você não sabe. Mas você tem um palpite. Abra esta porta, e eu lhe direi o que você leu naquela biblioteca. Abra a porta.

Eu me afastei dela um passo e olhei para trás, para todos eles olhando para mim. Pus as mãos em concha às voltas da boca como se estivesse pegando água para beber e sussurrei as palavras que me foram ensinadas pela Sangoma. Assoprei, metade de mim pensando que ficaria ali como um tolo, à mercê da indiferença noturna, e a outra metade pensando que, bem à minha frente, chamas formariam o contorno de uma porta. Uma faísca estalou mais ou menos na altura das árvores, uma faísca como se duas espadas houvessem colidido. Do alto, a chama se alastrou em duas direções, numa trajetória curva, como um círculo, até que as duas pontas atingiram a estrada. Então a chama se extinguiu.

— Aí está, bruxa, a chama se extinguiu e não há porta alguma. Porque nós estamos numa encruzilhada, onde não haveria uma porta de qualquer maneira. Eu sei que você é uma pessoa de uma classe mais simples, mas até poucos dias atrás você teve contato com o que nós chamamos de porta.

— Quando ele vai calar a boca? — disse Mossi à menina.

Ela riu. Aquilo me enfureceu. Mais do que eu esperava que qualquer coisa vinda dele pudesse me enfurecer. Eu estava furioso e, sem ter como expressar aquela raiva, simplesmente comecei a caminhar. Quando cheguei no passo dez mais cinco, vi que a estrada não era de terra, e sim de pedra. O escuro ficou mais claro, prateado do luar, e o ar estava frio e leve. Árvores mais altas e mais espaçadas do que em Mitu, e, ao longe, além das nuvens, montanhas negras. Os outros me seguiram. Não consegui ver a expressão no rosto de Mossi, mas imaginava o quanto ele deveria estar chocado.

— Até mesmo um sangomin, quando não está choramingando como uma cadelinha faminta, é capaz de grandes feitos. Ou de coisas como essa — disse ela, montando em seu cavalo e passando por mim.

O búfalo passou por mim, depois a menina. Mossi me olhava fixamente, mas, fora seus olhos, eu não conseguia ler seu semblante. Eu corri e alcancei Sogolon. Ela esperou que eu montasse às suas costas. Conforme avançávamos, o ar ia ficando mais frio, a ponto de eu tentar esticar a cortina para me cobrir melhor.

— Não durma esta noite — sussurrou ela.

— Mas o sono já está me convocando.

— O Aesi vai invadir seus sonhos, procurando por você.

— Há a possibilidade de eu nunca mais despertar?

— Você despertará, porém, ele verá a manhã através de você.

— Não estou reconhecendo este ar — disse eu.

— Você está em Dolingo, a quatro dias de cavalgada da cidadela — explicou ela, e nós continuamos subindo a colina.

— A última porta me levou direto até a cidade.

— A porta não está aqui para obedecê-lo.

— Eu sei quem é o seu menino — sussurrei.

— Você pensa que sabe. Quem ele é, então?

DEZESSEIS

—Deixe a menina trocar de lugar com você, ou é aqui que encerramos esta viagem — disse Sogolon.

— E eu aqui achando que você adoraria um jovem se esfregando no seu rabo.

— Então agora é desse tipo de rabo que você gosta? Que história é essa que você está tentando nos contar agora, Olho de Lobo?

Ela me deixou furioso tão rapidamente que eu saltei do cavalo.

— Você. A bruxa prefere que você vá com ela — disse eu à menina, que desmontou.

— Você quer guiar ou ser guiado? — perguntou Mossi a mim.

— Só falta o céu me cagar na cabeça esta noite.

Ele me esticou a mão e me puxou para cima. Tentei envolver os braços no lombo do cavalo e não nele, mas minhas mãos escorregavam o tempo todo. Mossi esticou seu braço para trás, pegou minha mão direita e a pôs na lateral do seu corpo. Depois ele esticou o outro braço e fez a mesma coisa com a minha esquerda.

— Usar mirra é parte de ser comissário?

— Usar mirra é parte de tudo, Rastreador.

— Que comissário chique. Kongor deve ser uma cidade muito rica.

— Que os deuses testemunhem que um homem vestindo uma cortina está reclamando que eu sou chique.

A estrada tinha cheiro de pântano. Os cavalos às vezes andavam como se suas patas estivessem ficando presas. Fui me cansando, e me doíam todos os cortes e arranhões de Kongor, um na minha testa era o mais profundo. Abri os olhos para sentir dois dos seus dedos na minha testa, me empurrando de cima do seu ombro. Tudo que eu consegui pensar foi que merda se eu tiver babado nele.

— Você não pode dormir, foi o que disse ela. Por que você não pode dormir? — perguntou Mossi.

— Essa bruxa velha e suas histórias de bruxa velha dela. Ela teme que O Aesi vá invadir meus sonhos.

— Isso é mais uma coisa que eu deveria saber?

— Só se você acreditar nela. Ela acredita que ele vai me visitar nos meus sonhos para roubar minha mente.

— Você não acredita?

— Eu acho que, se O Aesi quer tomar o controle de sua mente, alguma parte de você deve estar querendo dá-la.

— Vocês realmente respeitam muito um ao outro — disse ele.

— Ah, nós somos um pro outro o que a cobra é para o falcão. Mas olha só aonde o seu amor pelos seus comissários acabou te trazendo.

Ele não disse mais nada depois daquilo. Fiquei com a sensação de que o havia magoado, o que me incomodava. Tudo que o meu pai dizia me incomodava, mas nada a ponto de eu me sentar e ficar pensando naquilo. Meu avô, eu quis dizer.

Paramos assim que o chão pareceu mais seco. Uma clareira cercada pelas árvores magras da savana. Sogolon pegou um graveto comprido e desenhou runas num círculo ao nosso redor, depois mandou que eu e o comissário fôssemos buscar lenha na floresta. Em meio à vegetação densa, eu a vi conversando com Tristogo e apontando para o céu. Mossi arrancou dois galhos de uma árvore. Ele se virou, olhou para mim e veio andando em minha direção até ficar não muito longe do meu rosto.

— A velha, ela é sua mãe?

— À merda os deuses, comissário. Não está claro que eu a detesto?

— Foi por isso que perguntei.

Joguei os meus galhos em cima dos dele e saí andando. Ela ainda estava desenhando runas quando parei atrás dela. "São só para você?", eu pensei, mas não perguntei. Tristogo pegou o tronco de uma árvore, arrancou-a do chão e a deitou de lado para que a menina sentasse. Mossi tentou passar a mão no búfalo, que bufou para ele, e o comissário levou um susto.

— Sogolon. Precisamos ter uma conversa, bruxa. Por qual mentira você quer começar? Que o menino tinha o mesmo sangue de Fumanguru? Ou que os Omoluzu estavam atrás de Fumanguru? — perguntei.

Ela jogou o graveto fora, inclinou-se na direção do círculo e sussurrou suavemente alguma coisa.

— Precisamos ter uma conversa, Sogolon.

— Esse dia ainda está longe, Rastreador.

— Que dia?

— Esse dia em que você manda em mim.

— Sogolon, você...

Uma lufada de vento me atingiu no peito, me fez girar pelo ar e me atirou do outro lado da clareira antes que eu sequer percebesse que ela havia soprado. O Ogo veio correndo e me ajudou a levantar. Ele tentou bater a poeira do meu corpo, mas cada tapa parecia uma pancada. Eu disse a ele que já estava limpo e me sentei ao lado da fogueira que Mossi havia feito. A menina ficou me olhando por um tempo antes de abrir sua boca.

— Irrite-a mais uma vez e ela o destruirá — avisou ela.

— E como ela encontrará seu menino?

— Ela é Sogolon, mestre das dez mais nove portas. Você viu.

— E mesmo assim ela precisa de mim para atravessá-las.

— Ela não precisa de você, disso eu sei.

— Então por que ainda estou aqui? O que é que você sabe? Até poucos dias você estava satisfeita em servir de refeição para os Zogbanu.

A noite continuava fria. O tronco arrancado por Tristogo era o suficiente para que eu apoiasse minha cabeça nele. O fogo crepitava no ar e aquecia o chão, mas mesmo assim estava enfraquecendo, e então ficou escuro, muito embora ainda crepitasse e chispasse.

O tapa esquentou meu rosto e abriu meus olhos num susto. Peguei meu machado para atacar, então vi a menina em cima de mim.

— Nada de dormir até chegarmos à cidadela de Dolingo. Foi isso o que ela disse.

Fiquei dando tapinhas nas orelhas do búfalo até ele me golpear com a sua cauda. Fiz ao Ogo todas as perguntas que pude imaginar que o fariam falar até que amanhecesse, mas ele me espantou como uma mosca. Em seguida ele bocejou e caiu no sono. E depois a menina subiu em cima dele e se acomodou em seu peito. Não restaria nada dela caso ele se virasse, mas ela parecia já ter feito aquilo antes. Sogolon se encolheu como uma criancinha dentro do seu círculo de runas e começou a roncar.

— Venha comigo. Estou ouvindo um rio — disse Mossi.

— E se eu não estiver a fim de...

— Você precisa bancar o marido rabugento todas as vezes? Venha comigo ou fique onde está, estou indo de qualquer jeito.

Alcancei-o no meio de uma trilha de árvores finas, com galhos que arranhavam a pele como espinhos. Ele ainda estava à minha frente, pisando em troncos mortos e arrancando galhos e mato do caminho.

— Você consegue sentir a presença do menino? — perguntou ele, como se estivéssemos conversando antes daquilo.

— De certa maneira. Dizem que eu tenho um bom faro.

— Quem diz? — quis saber.

— Boa pergunta. Se eu sinto o cheiro de um homem, ou mulher, ou criança, meu nariz o encontrará aonde quer que ele vá, não importa o quão longe, até que morra.

— Até mesmo em outras terras?

— Às vezes.

— Não acredito em você.

— Não existem monstros fantásticos na sua terra?

— Você chama a si mesmo de monstro?

— E você responde a todas as perguntas com uma pergunta.

— Juro por tudo, parece que você me conhece por toda a minha vida.

Mossi deu um sorriso irônico. Ele tropeçou, e eu segurei seu braço antes que ele caísse. Ele acenou com a cabeça em gratidão e continuou.

— Onde ele está agora?

— No Sul. Talvez em Dolingo.

— Nós já estamos em Dolingo.

— Talvez na cidadela. Não sei. Às vezes seu cheiro é tão forte que eu acho que ele está onde você está, e dias depois ele desaparece como se eu tivesse acabado de acordar de um sonho. Ele nunca fica forte e depois fraco, ou fraco e depois forte, ele simplesmente está muito presente por alguns dias e depois some completamente.

— Você é realmente um monstro fantástico.

— Eu sou um homem.

— Isso eu estou vendo, Rastreador. — Ele parou e pôs a mão no meu peito. — Víbora — disse ele.

— As pessoas dizem que você tem uma boa audição?

— Isso não teve a menor graça.

A noite escondeu meu sorriso, e eu fiquei feliz por isso. Fique andando pelo lugar para onde ele apontou. Não ouvi rio algum, nem senti nenhum de seus cheiros.

— Quem são esses Omoluzu que estavam atrás de Fumanguru?

— Você acreditaria se eu contasse a você?

— Meio dia atrás eu estava em meus aposentos, bebendo chá com cerveja. Agora estou em Dolingo. Uma cavalgada de dez dias que levou menos de uma noite. Presenciei um homem possuindo a mente de vários outros e algo parecido com poeira erguendo-se de cadáveres.

— Vocês, Kongori, não acreditam em magia e em espíritos.

— Eu não sou Kongori, mas o que você diz é verdade, eu não acredito. Algumas pessoas acreditam que a deusa fala com as plantas para que elas cresçam, e sopra um encantamento para persuadir uma flor a desabrochar. Outros acreditam que, se você der apenas água e sol, ambos os farão crescer. Só existem duas coisas, Rastreador: aquilo que homens com conhecimento podem explicar; e aquilo que eles um dia poderão. É claro que você não concorda.

— Todo homem instruído pensa assim. Tudo no mundo se resume em dois. Ou isso ou aquilo, sim e não, noite e dia, bom e ruim. Vocês acreditam tanto no dois que eu me pergunto se são capazes de contar até três.

— Que agressivo. Mas você também não acredita.

— Talvez porque eu não goste muito de ter de escolher um lado.

— Talvez você não goste muito de se comprometer.

— Nós ainda estamos falando dos Omoluzu?

Ele riu um pouco demais, eu pensei. De quase tudo. Saímos do meio do mato. Ele esticou o braço para me impedir de dar mais um passo. Um penhasco, embora a queda não fosse tão grande. As nuvens eram muito densas naquela parte do céu. Aquilo me fez pensar nos deuses do céu andando pelos nove mundos, produzindo trovões, mas eu não conseguia me lembrar quando tinha sido a última vez que ouvi um trovão.

— Este é o seu rio — disse ele.

Ficamos olhando para a água lá embaixo, parada e profunda, muito embora desse para ouvi-la batendo nas pedras mais adiante.

— Os Omoluzu são andarilhos de telhado. Invocados por bruxas ou por qualquer um que fizer um pacto com elas. Mas invocá-los não é o suficiente; você precisa jogar o sangue de uma mulher ou de um homem contra o teto. Seco ou molhado. Isso os faz despertar, têm ânsia por aquilo, e eles matarão e beberão o sangue de qualquer um que o possuir. Muitas bruxas morreram pensando que os Omoluzu perseguiriam apenas a pessoa cujo sangue é jogado. Mas a fome dos Omoluzu é monstruosa: é o cheiro do sangue que os atrai, não seu gosto. E, uma vez invocados, eles correm pelo teto da mesma maneira que corremos pelo chão, e matam tudo que não for Omoluzu. Eu lutei contra eles.

— O quê? Onde?

— Num outro lugar que vocês, intelectuais, dizem que não existe. Uma vez que eles sentirem o gosto do seu sangue, nunca mais vão parar de persegui-lo, até que você esteja no mundo dos mortos. Ou vice-versa. E você nunca mais poderá viver debaixo de um teto, ou dentro de uma cabana, ou passar por baixo de uma ponte. Eles são negros como a noite e densos como o piche, e quando aparecem no seu teto produzem sons de trovão e de mar. Uma coisa sobre eles. Eles não precisam do sangue se a sua magia for forte o bastante, mas você precisa ser a bruxa das bruxas, o maior dos necromantes ou, no mínimo, um deles. Mais uma coisa. Eles nunca tocam o chão, mesmo quando pulam; o teto os puxa de volta da mesma maneira que esse chão nos puxa.

— E foram esses Omoluzu que mataram o ancião Fumanguru e sua esposa e todos os seus filhos? Até os seus serviçais? — perguntou.

— Quem mais poderia partir uma mulher em dois com um único golpe?

— Vamos lá, Rastreador, pelo jeito nós dois somos homens de conhecimento, e não de fé. Então durma se você não acredita nela.

— Nós dois vimos esse O Aesi, e sabemos do que ele é capaz.

— Um pé de vento misturado com poeira.

Eu bocejei.

— Acreditando ou não, Rastreador, você está perdendo essa luta contra a noite.

Mossi abriu seus dois cintos e sua bainha caiu no chão. Depois ele se curvou, abriu as correias de suas sandálias, soltou as faixas azuis de sua túnica, depois a segurou pelo colarinho, puxou-a pela cabeça e a jogou de lado como se nunca mais fosse vesti-la novamente. Ele ficou parado na minha frente, seu peito como dois barris, sua barriga ondulada de músculos e, abaixo disso, um tufo fazendo sombra antes que alguém pudesse olhar mais para baixo, e ele se afastou um pouco da beirada para pegar impulso. Antes que eu pudesse dizer que ideia maluca é essa, ele passou correndo por mim e saltou, gritando o tempo todo, até que o barulho da água o interrompeu.

— À merda todos os seus deuses, que água gelada! Rastreador! Por que você ainda está aí em cima?

— Porque a lua não me enlouqueceu.

— A lua, essa irmã preciosa, acha que o louco é você. O céu está lhe abrindo seus braços, mas você não quer voar. O rio está lhe abrindo suas pernas, mas você não quer mergulhar.

Eu o vi mergulhando nas águas prateadas. Às vezes ele parecia uma sombra, mas, quando ele boiava, era tão leve quanto a lua. Duas luas quando ele mergulhou numa cambalhota.

— Rastreador. Não me deixe só neste rio. Pense bem, posso ser atacado por demônios do rio. Posso morrer de doenças aqui mesmo. Ou uma bruxa d'água poderá me afogar, para que eu me torne seu marido. Rastreador, não vou parar de gritar seu nome até que você venha. Rastreador, você não quer ficar acordado? Rastreador! Rastreador!

Agora eu queria pular, só para aterrissar em sua cabeça. Mas o sono me perseguia como uma amante.

— Rastreador. Nem pense em saltar neste rio vestindo essa cortina idiota. Você está agindo como se roupas fizessem parte da natureza dos Ku, quando todos sabemos que não é o caso.

Já faz dois dias que você está querendo tirar minhas roupas, eu pensei, mas não disse. Fiz tanto barulho quando colidi com a água que pensei que tinha sido uma outra pessoa até afundar. O frio me atingiu com tanta força que engoli água e subi à superfície tossindo. O comissário riu até ele também começar a tossir.

— Pelo menos você sabe nadar. Nunca se sabe com homens do Norte.

— Você acha que não sabemos nadar.

— Eu acho que você é tão obcecado por espíritos da água que nunca entra num rio.

Ele virou para trás e mergulhou, seus pés jogando água em mim.

Ele ainda estava nadando e mergulhando e espirrando água e rindo e gritando para que eu voltasse para a água quando sentei na margem do rio. Minhas roupas estavam lá em cima, no alto do penhasco, e eu precisava pegá-las, mas não porque estivesse frio. Ele saiu da água, sacudiu o brilho de sua pele molhada e sentou-se ao meu lado.

— Por dez anos vivi naquele lugar. Kongor, eu quero dizer — comentou.

Eu olhava para o rio.

— Por dez anos vivi naquela cidade, dez anos em meio ao seu povo. É uma coisa curiosa, Rastreador, morar no mesmo lugar por dez anos, com pessoas que são as mais abertas e, ao mesmo tempo, as menos amistosas que já conheci. Meu vizinho não sorria quando eu lhe dizia "Bom dia, e fique longe de encrencas, meu irmão". Mas ele dizia "Minha mãe está morta, e, da mesma forma que eu a odiava quando era viva, eu a odiarei em sua morte". E ele às vezes deixava frutas na minha soleira quando tinha muitas, mas nunca batia à minha porta para que eu o cumprimentasse e agradecesse ou, pior ainda, o convidasse a entrar. Era um tipo de amor bem rude.

— Ou talvez ele não quisesse ser amigo de um comissário. — Eu sabia, mesmo sem olhar, que ele tinha franzido o cenho. — Onde você quer chegar com isso? — perguntei.

— Estou sentindo que você está prestes a perguntar como eu me sinto por ter matado homens que eu estimava. E eles eram, de certa forma, estimados. A verdade é que eu sinto remorso por não sentir remorso. Eu digo a mim mesmo: "Como vou lamentar a morte de pessoas que mantinham seu amor sempre a um braço de distância de mim?" Mas isso o está entediando. Está me entediando. Você ainda quer dormir?

— Se você continuar falando essas coisas, eu dormirei.

Ele concordou com a cabeça.

— Nós poderíamos passar a noite conversando, ou eu poderia ficar apontando poderosos caçadores e feras selvagens nas estrelas. Você também poderia dizer "Foda-se essa bruxa e suas crenças, eu sou um homem da ciência e da matemática".

— Chacota é uma coisa baixa.

— Medo é uma coisa baixa. A coragem tem um preço.

— Então agora eu sou covarde por não dormir. É isso, então?

— Que noite esquisita. A aurora dos mortos está perto?

— Já veio e já passou, eu acho.

— Ah.

Ele ficou em silêncio por algum tempo.

— Vocês, homens que seguem a estrela oriental, veneram apenas um deus — afirmei.

— O que você quer dizer com "estrela oriental"? A estrela que brilha naquele lugar brilha aqui também. E só existe um deus. Com um temperamento vingativo, mas piedoso também — disse ele.

— Como você sabe que escolheu o deus certo?

— Eu não entendi o que você quis dizer.

— Se você só pode ter um, como você faz a escolha certa?

Ele riu.

— Escolher um senhor é como escolher o vento. Foi ele quem escolheu nos criar.

— Todos os deuses fazem isso. Não há motivo para venerá-los. Minha mãe e meu pai me criaram. Eu não os venero por isso.

— Então você se criou sozinho?

— Sim.

— Mesmo?

— Sim.

— Difícil para uma criança crescer sem os pais, seja no Leste ou no Oeste.

— Eles não estão mortos.

— Ah.

— Como você sabe que seu deus é sequer bom?

— Porque ele é. Ele diz que é — disse Mossi.

— Então a única prova que você tem de que ele é bom é a sua própria palavra. Já te contei que eu sou mãe de vinte mais nove crianças? E que tenho sessenta anos de idade?

— Isso não fez sentido.

— Eu faço muito sentido. Se ele diz, eu sou bom, isso não é prova de nada, só de que ele disse.

— Talvez você deva dormir.

— Durma você se quiser — disse eu.

— Para que você possa ficar me olhando enquanto eu durmo?

Meneei minha cabeça.

— Se estamos em Dolingo, você está há dez dias de cavalgada de Kongor.

— Não tenho nenhum motivo para voltar para Kongor.

— Nem esposa, nem filhos, nem irmãs ou irmãos que tenham viajado com você? Nenhuma casa com duas árvores e seu próprio celeiro, com painço e sorgo?

— Não, não, não, não, não e não. De alguns desses aí eu fugi ao vir para cá. Para o que eu retornaria? Para um quarto cujo aluguel eu devo. Para uma cidade onde as pessoas pegavam tanto no meu cabelo que eu precisei cortá-lo. Para irmãos da brigada do clã que eu assassinei. Para irmãos que agora querem me matar.

— Não existe nenhum motivo para ir até Dolingo também.

— Lá existe aventura. Lá existe esse menino que você procura. Lá existe utilidade para a minha destreza com a espada. E também a necessidade de sua proteção, já que, claramente, não há ninguém fazendo isso por você.

Eu não ri por muito tempo.

— Quando eu era pequeno, minha mãe dizia que nós tínhamos que dormir porque a lua era tímida e não gostava que espiássemos enquanto ela se despia — comentei.

— Não feche os olhos.

— Eles não estão fechados. Os seus, sim.

— Mas eu nunca durmo.

— Nunca?

— Um pouco, às vezes nunca. A noite vem e vai como um estalo, e talvez eu durma por duas viradas de uma ampulheta. Como nunca me sinto cansado pela manhã, imagino que eu durma de acordo com as minhas necessidades.

— O que você vê à noite?

— Estrelas. Na minha terra, a noite é a hora em que as pessoas fazem maldades aos inimigos que chamam de amigos durante o dia. É quando as bruxas e os demônios estão à solta e as pessoas tramam e conspiram. Crianças crescem aprendendo a temê-la, porque acreditam que ela está repleta de monstros. Existe toda uma construção sobre isso, sobre a noite e a escuridão, e até mesmo sobre a cor preta, que nem sequer é uma cor aqui. Não aqui. Aqui a maldade não tem problema algum em se manifestar sob o sol. Deixando a noite para que seja linda de se ver e agradável de se sentir.

— Isso foi quase um poema.

— Eu sou um poeta entre os comissários.

Pensei em dizer alguma coisa sobre o vento criando ondulações no rio.

— Esse menino, qual o nome dele? — sussurrou ele.

— Não sei. Acho que ninguém se deu o trabalho de dar um nome. Ele é o Menino. Valioso para muitos.

— E mesmo assim ninguém lhe deu um nome? Nem sua mãe? Quem está com ele agora?

Eu lhe contei a história até o ponto em que aparece o comerciante de perfume e prata. Ele se apoiou sobre os cotovelos.

— Ele não está com os tais Omoluzu?

— Não. Não era o sangue do menino que eles seguiam. Esses eram diferentes. O comerciante, suas duas esposas e três filhos tiveram suas vidas ceifadas. Exatamente como Fumanguru. Você viu seus corpos. Quem quer que sejam, eles te deixam pior vivo do que morto. Eu não acreditei, até que vi uma mulher como um zumbi, com raios correndo em seu corpo como se fossem o seu sangue. Eu fui até Kongor para encontrar o cheiro do menino.

— Agora entendi por que você precisa de mim.

Eu sabia que ele tinha dado um sorrisinho irônico, mesmo sem ter visto.

— Tudo que você tem é o seu nariz — disse ele. — Eu tenho a cabeça inteira. Você quer encontrar essa criança. Eu a encontrarei dentro de um quarto de lua, antes que o homem alado a encontre.

— Sete noites? Você soa como um homem que eu conheci. Você se importa com o que acontecerá quando nós a encontrarmos?

— Eu apenas procuro, Rastreador. A captura eu deixo para os outros.

Ele se esticou na grama, e eu olhei para os dedos do meu pé. Em seguida, olhei para a lua. Depois, para as nuvens, brancas e brilhosas no topo, prateadas no meio, e negras na parte de baixo, como se estivessem grávidas da chuva. Tentei entender por que eu nunca pensava naquele menino, nem em sua aparência, seu tom de voz, mesmo ele sendo o motivo pelo qual estávamos aqui. Quer dizer, eu pensei nele quando fui reconstruindo todos os passos do que aconteceu, mas acabei me concentrando mais em Fumanguru, nas mentiras de Belekun, o Grande, e no jogo que tanto Sogolon quanto Bunshi faziam com as informações; me concentrei mais naqueles que procuravam o menino do que no próprio menino. Fiquei imaginando uma sala cheia de mulheres dispostas a brigar por um amante enfadonho. Até mesmo esse tal de O Aesi vindo atrás do menino me saltava mais aos olhos do que o próprio menino. Muito embora eu estivesse certo de que era o Rei em pessoa quem o queria morto. Esse Rei do Norte, esse Rei Aranha, com quatro braços e quatro pernas. O meu Rei. Mossi proferiu alguma coisa, algo entre um suspiro e um gemido, e eu olhei para ele. Seu rosto estava virado para mim, mas seus olhos estavam fechados, e a luz do luar percorria sua face.

Antes da primeira luz do dia, algo pairava na brisa, um cheiro distante de animais, e eu pensei no Leopardo. Raiva ardeu em mim, mas ela se esvaiu rapidamente, deixando tristeza e muitas palavras que eu poderia ter dito. Sua risada ecoaria por todo aquele penhasco. Eu não queria perdê-lo. Eu tinha passado anos sem vê-lo até nos encontrarmos naquela estalagem, mas até aquele ponto eu sempre achei que ele era aquele que, sempre que eu precisasse, apareceria sem precisar chamá-lo. O detestável Fumeli povoava meus pensamentos e me fazia querer cuspir. Mesmo assim, eu me perguntava onde ele estaria. Seu cheiro não era desconhecido por mim; eu poderia usar a minha memória para encontrá-lo, mas não o fiz.

Partimos antes do amanhecer. O búfalo ficou apontando com a cabeça para suas costas até que eu montei nele, me deitei, e adormeci rapidamente. Acordei com o meu rosto se esfregando nos pelos duros do peito do Ogo.

— O búfalo, ele ficou cansado de carregá-lo — disse Tristogo, sua mão direita segurando minhas costas, sua esquerda, a parte de trás dos meus joelhos.

À frente, Sogolon cavalgava com a menina e Mossi cavalgava sozinho. O sol, quase indo embora, deixava o céu amarelo, laranja e cinza, sem nuvens. Montanhas ao longe nos dois lados, mas a terra era plana e coberta de grama. Eu não queria ser levado no colo como uma criança, mas também não queria cavalgar com Mossi, e eu atrasaria a todos se fosse a pé. Fingi um bocejo e fechei meus olhos. Mas então ele entrou correndo no meu nariz, e eu levei um susto. O menino. Eu quase caí das mãos de Tristogo, mas ele me segurou e me pôs no chão. Ele estava no Sul, rumando para o Norte, com tanta certeza quanto eu sabia que estávamos no Norte, rumando para o Sul.

— O menino? — perguntou Mossi.

Eu não o vi desmontar, nem percebi que todos haviam parado.

— Ao Sul. Não consigo dizer a que distância. Talvez um dia, talvez dois. Ele está rumando para o Norte, Sogolon.

— E nós estamos rumando para o Sul. Nos encontraremos em Dolingo.

— Você parece ter muita certeza — disse Mossi.

— Agora tenho. Não tinha tanta certeza dez dias atrás, até que fui lá e fiz o meu trabalho, assim como o Rastreador foi lá e fez o dele.

— Tenho aqui uma ótima proposta. Você me conta como você fez o seu trabalho, e eu lhe conto como eu fiz o meu — sugeri.

— Sim, o menino ficou quente, depois frio. Quente por um dia, e depois simplesmente ficou frio. Sem nenhuma transição, certo? Não é como se o menino tivesse corrido para muito longe, seu cheiro simplesmente desapareceu, como se ele tivesse mergulhado num rio para despistar cães selvagens. Isso não é um enigma, Rastreador, e você certamente sabe o porquê.

— Não.

— Uma casa com um homem que me deve favores logo adiante. Vamos parar lá. E... casa de um homem...

O vento a derrubou de seu cavalo, a arremessou bem alto e a jogou de costas no chão. Todo seu ar saiu pela sua boca. A menina saltou do cavalo, correu até ela, mas um nada no ar a estapeou. Eu ouvi o tapa, o som de pele molhada batendo em pele, mas não havia nada para se ver, só o rosto da menina se retorcendo para a esquerda e depois para a direita. Sogolon ergueu sua mão para proteger o rosto, como se alguém estivesse vindo para cima dela com um machado. Mossi saltou de seu cavalo e correu em sua direção, mas o vento também o jogou para trás. Sogolon caiu de joelhos, pôs as mãos na barriga, e depois gritou, e berrou, e disse alguma coisa numa língua que eu não conhecia. Tudo isso eu já tinha visto antes, pouco antes de entrar no Reino das Trevas. Sogolon ficou de pé, mas o ar a jogou no chão mais uma vez. Empunhei meus machados, mas sabia que seriam inúteis. Mossi correu até ela novamente, e o vento o derrubou. Em meio à brisa, ouviam-se vozes, um grito num instante, uma risada no seguinte. O que quer que fosse aquilo, tinha interferido com o feitiço da Sangoma, e eu podia sentir alguma coisa dentro de mim tentando escapar. Sogolon gritou alguma coisa naquela língua novamente, enquanto o vento a pegava pelo pescoço e a pressionava contra o chão. A menina procurou por um graveto, achou uma pedra e começou a desenhar runas no chão. A menina fez marcas e arranhou e escavou e espalhou terra com seus dedos, traçando runas no chão até fazer um círculo ao redor de Sogolon. O ar uivou até se tornar apenas vento, e mais nada.

Sogolon se levantou, ainda tentando recuperar o fôlego. Mossi correu para ajudá-la a levantar, mas a menina se colocou entre eles e o espantou com um gesto de sua mão.

— Ela não deve ser tocada por nenhum homem — disse ela.

Essa era a primeira vez que eu ouvia aquilo. Porém, ela permitiu que o Ogo a colocasse em cima de seu cavalo.

— Esses são os mesmos espíritos que estavam na entrada do Reino das Trevas? — gritei para ela.

— É o homem com as asas negras — disse Sogolon. — Isso é...

Eu também ouvi, por todo o caminho, de ambos os lados, algo se rompendo, como se a terra estivesse se abrindo. O búfalo parou e ficou olhando para os lados. A menina, de pé ao lado de Sogolon, pegou seu cajado e tirou um pedaço dele, revelando a ponta de uma lança. A terra seguia rachando, e a menina foi ajudar Sogolon a subir de volta no cavalo. O búfalo começou a trotar, e Tristogo estava prestes a me pegar para me colocar em seus ombros. Das rachaduras da terra subiram calor e enxofre, que nos fez tossir. E a risada de velhas, cada vez mais alta, até que se transformou num zumbido.

— Temos que correr — disse Mossi.

— Sábio conselho — concordei, e ambos corremos até o cavalo.

Tristogo vestiu suas manoplas. O som das rachaduras e das gargalhadas foi ficando mais alto, até que algo irrompeu, bem no meio do caminho, com um grito. Uma coluna, uma torre que se inclinou e se partiu, espalhando seus pedaços. Três outras colunas brotaram do chão à sua direita, como obeliscos. Sogolon estava muito fraca para controlar o cavalo, de modo que a menina apertou seus joelhos contra ele. O cavalo ensaiou um começo de galope, mas a coluna mutante se desdobrou, tomou forma, e era a forma de uma mulher, maior que o cavalo, negra e cheia de escamas da cintura para baixo, e ainda se erguendo da terra como se o resto do seu corpo fosse o de uma serpente. Ela ficou da altura de duas árvores, assustando o cavalo de Sogolon, que empinou sobre as patas traseiras, derrubando as duas. Sua pele parecia da cor da lua, mas era um pó branco flutuando no ar como uma nuvem. Dos dois lados do caminho, outras quatro se ergueram, com o relevo de suas costelas finas aparentes na pele, seios roliços, olhos escuros no meio do rosto e tranças selvagens que subiam como as chamas de uma fogueira. As criaturas à direita estavam cobertas de poeira, e as da esquerda, de sangue. E também o seguinte, o som de asas batendo, embora nenhuma delas tivesse asas. Uma avançou rapidamente e derrubou Mossi no chão. Ela levantou sua mão, e garras cresceram nela. Ela estava prestes a retalhá-lo quando ele se virou. Me pus na frente dele com um salto e golpeei a mão dela com meu machado, decepando-a na altura do punho. Ela deu um grito e recuou.

— Bruxas de Mawana — disse Sogolon. — Bruxas de Mawana, ele... ele as controla.

Uma delas pegou o cavalo de Mossi. Tristogo correu em sua direção e lhe deu um soco, mas ela continuou segurando o cavalo, que era grande demais para que ela o devorasse, mas pequeno o suficiente para ser arrastado por ela buraco abaixo. Tristogo correu, deu um pulo e caiu sobre os ombros dela, envolvendo as pernas em seu pescoço. Ela ficou sacudindo o corpo para cima e para baixo e para os lados, tentando livrar-se dele, mas ele espancou sua testa até que se ouviu um estalo, e ela soltou o cavalo. A bruxa de Mawana pegou Tristogo e o jogou para longe. Ele saiu rolando pelo chão até parar, de pé. Ele estava furioso agora. Uma bruxa ensanguentada agarrou o búfalo pelos chifres e tentou empurrá-lo, mas nada tiraria aquele touro do lugar. Ele começou a andar para trás, puxando-a. Saltei sobre suas costas e a golpeei com meu machado, mas ela se esquivou e recuou, quase como se estivesse se encolhendo. Tristogo saltou sobre as costas de uma das empoeiradas, seu corpo inteiro quase do mesmo tamanho da parte da bruxa que estava para fora da terra. Ela gesticulou e se moveu tentando atingi-lo, mas ele estava em suas costas. Ela saltou para cima, jogou seu corpo para baixo, sacudiu-se vigorosamente como um cão molhado, mas Tristogo seguia pendurado nela. Ele passou seu braço em volta do pescoço dela e apertou até que ela engasgasse. Ela não conseguia se soltar, então se ergueu e tombou e se sacudiu até que as pernas dele balançassem, e então cortou sua coxa direita com suas garras. Mesmo assim ele não soltou. Ele apertou o pescoço dela até que ela caísse. Outras duas se ergueram do chão e partiram para cima de Sogolon e da menina. Enquanto eu corria em sua direção, saltando sobre Mossi e gritando para o búfalo vir junto comigo, a menina empunhou sua lança e atravessou a mão que a bruxa usaria para esmagá-la. Ela soltou um urro, e eu subi nos chifres do búfalo para que ele me jogasse em cima dela. Com os dois machados em punho, golpeei seu pescoço e arranquei sua cabeça. Ela ficou pendurada, presa num pedaço de pele. A outra bruxa recuou. Mossi olhou para mim. Uma bruxa estava chegando pelas suas costas. Joguei um machado para ele, ele o pegou e girou todo o seu corpo, usando a força do movimento para dar o golpe que rasgou a garganta dela. A garganta dele. Essa bruxa tinha uma barba comprida. As últimas duas — uma empoeirada, a outra ensanguentada — se ergueram tão alto no céu que parecia que se arrancariam do chão e sairiam voando. Mas ambas recuaram. Corri para cima delas, e ambas mergulharam de volta no chão, como pássaros mergulham no mar.

— Eu não imaginava que bruxas atacariam outras bruxas — comentei. Sogolon, ainda no chão, disse:

— Elas não atacariam você.

— O quê? Mulher, eu lutei contra todas elas.

— Não me diga que você não percebeu que elas se afastavam de você? — perguntou.

— É porque eu ainda estou protegido pela Sangoma.

— Elas são feitas de carne, não de ferro ou de magia.

— Talvez elas tenham medo de um homem nascido em Ku — sugeri.

— Você dormiu a noite passada?

— O que você acha, bruxa?

— Não interessa o que eu acho. Você dormiu?

— Como eu disse, o que você acha?

A menina pegou sua lança e a levantou acima dos ombros.

— Você ficou acordado a noite passada inteira?

Olhei direto para a menina.

— Minha criança, o que você está fazendo? Sogolon lhe ensinou duas lições, e você acha que pode arremessar uma lança contra mim? Vamos ver se a sua lança consegue furar minha pele antes de o meu machado rachar a sua cara.

— Ele ficou acordado a noite inteira, Sogolon. Eu estava com ele — esclareceu Mossi.

— Você não precisa me defender.

— E você não precisa ficar sendo antipático com aqueles que estão do seu lado — disse ele.

Ele meneou a cabeça enquanto passava por mim. A menina ajudou Sogolon a se levantar. Tristogo voltou segurando suas mãos como se tivesse perdido alguma coisa.

— Seu cavalo, ele quebrou duas patas — avisou ele. — Não há nada a fazer além de...

— Se O Aesi não invadiu seus sonhos, então ele deu alguma outra maneira de nos seguir — explicou Sogolon.

— Bem, eu sonhei acordado com um príncipe de Omororo e seu lindo primo, mas, a menos que você esteja contando isso, eu diria que não.

— E quanto ao comissário?

— O que tem eu? — indagou Mossi.

— Ele atacou você primeiro, Sogolon — apontei.

— E ele não te atacou nenhuma vez.

— Talvez as minhas runas funcionem melhor que as suas.

— Você é aquele que é capaz de rastrear o menino. Talvez ele precise de você.

Fomos andando pela mata fechada até enxergarmos estrelas dançando no céu aberto da savana, onde, não muito longe dali, ficava a casa de um homem que Sogolon dizia lhe dever favores. Mossi andava ao meu lado, se contorcendo com muita frequência. Seus dois joelhos estavam feridos, bem como meu cotovelo.

— Não sei por que você saberia — disse Mossi para mim.

— O que eu saberia?

— Por que os rastros do menino ficam quentes e depois, num piscar de olhos, esfriam, e depois esquentam novamente.

Atrás de mim vinha o búfalo e, atrás dele, Tristogo.

— Eles estão usando as dez mais nove portas — expliquei.

DEZESSETE

Divida por seis a casa do lorde de Kongor. Uma casa que não passa de uma sala, com uma porta em arco, e paredes de argila e argamassa. Agora acrescente outra sala em cima dessa, e depois mais uma, e depois mais uma, e mais uma, e depois mais uma, e mais uma em cima dessa, com um telhado que se curva como a lua quando está cortada pela metade. Essa era a casa desse homem, uma casa que se parecia com uma coluna que tivesse sido arrancada e enviada para as estradas nas montanhas de Dolingo. Esse lorde nos esperava na frente de sua casa, mascando khat, e não aparentou surpresa com a nossa aproximação. Fazia três noites que havíamos deixado Kongor. Sogolon quase caiu do seu cavalo quando tentou desmontar. O homem apontou para dentro, e a menina ajudou Sogolon a entrar. Depois disso, ele se sentou de volta em sua varanda e voltou a mastigar.

— Olha pro céu, *woi lolo*. Olhando ele já? Enxerga as coisas?

Mossi e eu olhamos para cima, ele tão confuso quanto eu.

— O crocodilo sagrado devora a lua, você não enxerga?

Mossi pegou meu braço e disse:

— Você conhece alguém que não seja louco?

Eu não o respondi, e ele não saberia se eu perguntasse, mas fiquei me perguntando se eu era o único que havia percebido que esse homem era exatamente igual ao lorde da casa em que ficamos em Kongor. O Leopardo teria percebido. Ele teria dito alguma coisa.

— Você tem um irmão que mora no Norte? — perguntei.

— Irmão? Ah, minha mãe, um filho só é muito já, isso ela fala pra você. É viva ainda, a minha mãe, está competindo comigo quem morre primeiro. Mas a lambida nela é forte, bem do jeito que ele faz. Muito forte a lambida nela. Com mais força que todos os espíritos de sangue dela.

— Espírito de sangue?

— Lambeu ela toda, indica ele bem perto, indica ele bem atrás de você. Você sabe de quem eu falo?

— Quem são os espíritos de sangue?

— Nesse mundo e em qualquer outro eu jamais falo dele pelo nome. Aquele das asas negras.

E então ele riu.

Naquela manhã, a menina desenhou runas na porta de Sogolon com argila branca.

— Ela te ensinou isso quando vocês duas desapareceram? — perguntei a ela, mas ela não disse nada.

Eu queria dizer que ela estava perdendo tempo me desprezando, mas fiquei quieto. Ela me viu indo na direção da porta e me bloqueou. Seus lábios contraídos com força, seu olhar constrito a me fitar, ela parecia uma criança mais velha que tinha de cuidar das mais novas.

— Criança. Nem força bruta nem magia serão capazes de me impedir de entrar neste quarto.

Ela puxou sua faca, mas eu a tirei de sua mão com um tapa. Ela tentou pegar uma outra, e eu olhei para ela e disse:

— Tente me esfaquear com ela.

Ela ficou me encarando por um longo tempo. Fiquei observando seus lábios tremerem e sua testa se franzir. Ela me esfaqueou, de repente, mas sua mão resvalou no meu peito. Ela deu outra estocada, e a faca em sua mão ricocheteou em sua direção. Ela ficou dando estocadas, mirando no meu peito e meu pescoço, mas sua faca não encostava em mim. Ela mirou no meu olho, e a faca saiu voando por cima da minha cabeça. Eu a peguei. Ela tentou me dar uma joelhada no saco, mas eu segurei seu joelho e a empurrei porta adentro. Ela saiu tropeçando para trás e quase caiu.

— Vocês dois têm muito tempo sobrando — disse Sogolon, da janela.

Entrei no quarto para ver um pombo voando de suas mãos. Ela esticou seu braço na direção de uma gaiola e tirou outro de lá. Algo vermelho estava amarrado em suas patas.

— Uma mensagem para a Rainha de Dolingo anunciando nossa chegada. Eles não são muito simpáticos a pessoas que aparecem sem avisar.

— Dois pombos?

— Há muitos falcões nestes céus.

— Como você vai hoje?

— Eu vou bem. Obrigada pela preocupação.

— Se você fosse uma Sangoma e não uma bruxa, você não precisaria ficar desenhando runas aonde quer que você fosse, nem sofreria um ataque caso esquecesse de algo. Você precisa ter sempre muita coisa na cabeça.

— É desse jeito que pensam as mulheres do povo. É grande, Dolingo, eu sempre me esqueço. Tudo que se pode ver daqui é o passo da montanha. Vai levar mais um dia até que estejamos entre suas árvores...

— Foda-se Dolingo, foda-se cem vezes. Nós precisamos conversar, mulher.

— Do que você está falando agora?

— Nós temos que falar sobre muitas coisas, mas que tal começar pelo menino? Se O Aesi está atrás dele e O Aesi está do lado do Rei, então o Rei também está atrás dele.

— É por isso que eles o chamam de Rei Aranha. Eu te contei isso há mais de uma lua.

— Você não me contou nada. Bunshi sim. Tudo a respeito do menino estava nas petições.

— Não tem nada a respeito do menino em petição alguma.

— Então o que foi que eu encontrei na biblioteca antes deles a queimarem, bruxa?

— Você e o comissário bonitinho? — ironizou Sogolon.

— É você quem está dizendo.

— E, mesmo assim, você conseguiu escapar. Ou você é muito difícil de matar, ou ele não está se esforçando o suficiente.

Ela olhou para mim e depois voltou para a janela.

— Isso é entre nós dois — retruquei.

— Tarde demais para isso — disse Mossi, e entrou no quarto.

Mossi. Sogolon estava de costas para nós, mas eu vi quando seus ombros se tensionaram. Ela tentou sorrir.

— Eu não sei como as pessoas o chamam, além de comissário.

— Quem é meu amigo me chama de Mossi.

— Comissário, isso não tem nada a ver com você. A melhor coisa que você pode fazer é dar meia-volta e retornar para...

— Como eu disse, tarde demais para isso.

— Se outro homem me interromper antes de eu terminar de falar... Essa missão não é para encontrar um pai bêbado ou uma criança perdida e mandá-los de volta para casa, comissário. Volte para casa.

— Essa questão está resolvida, graças a todos vocês. Que lar ainda há para o comissário? A brigada do clã pensará que todos que estavam naquele telhado foram mortos pela minha espada. Vocês não os conhecem como eu. Eles já incendiaram minha casa a essa altura.

— Ninguém te pediu para se envolver.

Ele entrou no quarto e sentou-se de pernas bem abertas no chão e puxou sua bainha, para que ela ficasse entre as duas. Crostas de feridas nos dois joelhos.

— E mesmo assim, tem muita gente atrás de mim, tenham vocês pedido ou não. Quem entre vocês é bom com uma espada? Eu estava fazendo o que eu sou pago para fazer. O fato de eu não ter mais esse emprego é culpa sua. Mas eu não guardo rancor. E um homem jamais deveria recusar uma grande diversão ou uma grande aventura, eu acho. Além do mais, vocês precisam de mim mais do que eu preciso de vocês. Eu não sou tão indiferente quanto o Ogo ou tão simplório quanto a menina. Nunca se sabe, velhota. Se essa sua missão me interessar, quem sabe eu não participo dela de graça?

Mossi tirou de sua bolsa um bolo pequeno de folhas de papiro dobradas. Eu já sabia antes de vê-las, pelo seu cheiro, de onde elas vinham.

— Você pegou as petições? — perguntei.

— Alguma coisa nelas tinha um ar de importância. Ou talvez fosse apenas leite azedo.

Ele sorriu, mas nem eu nem Sogolon rimos.

— Esse povo do deserto pra baixo nunca ri. Então, quem é esse menino que vocês procuram? Quem está com ele no presente momento? E como ele será localizado?

Ele desdobrou os papéis, e Sogolon se virou. Ela se aproximou, mas não a ponto de denunciar que estava tentando ler.

— Os papéis parecem queimados — comentou ela.

— Mas eles dobram e desdobram como se estivessem intocados — assinalou Mossi.

— Essas não são queimaduras, são glifos — expliquei. — No estilo nortista nas primeiras duas linhas, e litorâneo nas demais. Ele as escreveu com leite de ovelha. Mas você sabia disso.

— Não. Não sabia.

— Havia glifos como esses por todo o seu quarto em Kongor.

Ela me encarou rapidamente, mas sua expressão se suavizou.

— Não escrevi nenhuma delas. Você devia perguntar para Bunshi.

— Quem? — perguntou Mossi.

— Depois — disse eu, e ele balançou a cabeça.

— Eu não sei ler o alfabeto nortista ou litorâneo — revelou Sogolon.

— Ora, ora, à merda os deuses, então tem algo que você não sabe fazer — alfinetei, e apontei para Mossi com meu queixo. — Ele sabe.

O quarto tinha uma cama, muito embora eu tivesse certeza de que Sogolon jamais havia dormindo em uma. A menina ficou ao seu lado, as duas cochicharam, e então ela voltou para a porta.

— A petição que o comissário segura é apenas uma delas. Fumanguru escreveu cinco, e uma encontra-se onde estou. Ele diz que a monarquia precisa fazer um recuo para avançar, e isso me fez querer saber mais. Você leu a petição inteira?

— Não.

— Não é necessário. Fica tedioso depois que ele para de falar sobre o Rei. Aí vira uma coisa em que um homem fica dizendo às mulheres o que elas devem fazer. Mas sobre o que ele diz a respeito do Rei, eu o encontrei uma noite.

— Por que algo envolvendo o ancião e o Rei lhe dizia respeito? — questionei.

— Nunca me disse respeito. Por que você acha que homem nenhum pode me tocar, Rastreador?

— Eu...

— Nem perca tempo com essa sua língua afiada. Eu não o chamei para falar comigo, mas com um outro alguém.

— Bunshi.

Ela riu.

— Fui me encontrar com Fumanguru porque sirvo à irmã do Rei. Pelo que ele escreveu, ele parece ser o único homem que entendeu. O único capaz de olhar além da sua pança gorda para enxergar o que havia de errado com o império, com o reino, como o Reino do Norte foi assolado pela barbárie e pelo infortúnio e pela insatisfação, por tempo suficiente para uma criança conhecer o reino. Você chegou a correr os olhos na parte em que ele fala sobre a história dos reis? A linhagem dos reis, disso eu entendo. A sucessão real mudou quando Moki se tornou Rei. Não era pra ele ter se tornado Rei. Todo Rei antes dele era o filho mais velho da irmã mais velha do Rei. Assim estava escrito, por centenas de anos. Até Kwash Moki.

— Como ele se tornou Rei? — perguntou Mossi.

— Ele assassinou sua irmã e todos que estavam debaixo do seu teto — expliquei.

— E quando chegou a hora, Moki enviou sua filha mais velha para a irmandade ancestral, na qual mulher alguma poderia se tornar mãe. Dessa forma, seu filho mais velho, Liongo, se tornou o Rei. E seguiu dessa forma ano após ano, era após era, então, quando chegamos em Kwash Aduware, todos haviam se esquecido de como alguém se tornava Rei, e de quem poderia se tornar Rei, de modo que até mesmo os griôs mais distantes começaram a cantar que as coisas sempre tinham sido daquela maneira. Essa terra está amaldiçoada desde então — disse Sogolon.

— Mas todas as canções dos griôs falam sobre vitórias na guerra e a conquista de novas terras. Quando exatamente essa maldição começou?

— Olhe para além dos muros do palácio. Os registros mostram todas as crianças que viveram. Você acha que eles mostrariam todas as que morreram? Muitos filhos mortos significaria que o sangue real é fraco. Esses registros, eles lhe contam sobre as três esposas que Kwash Netu teve antes de encontrar aquela que lhe deu um príncipe? Kwash Dara perdeu seu primeiro irmão para a peste. E teve três irmãs retardadas, porque seu pai engravidava concubinas. E um tio tão louco quanto um rei do Sul, e a morte atingindo toda esposa que não lhe dava um filho. Em qual livro isso tudo está escrito? A família inteira era podre. Vou lhe fazer uma pergunta, e me responda sinceramente: qual foi a última vez que você viu chover em Fasisi?

— E mesmo assim há árvores lá.

— A derrota não é o problema. A vitória sim.

Até mesmo Mossi se aproximou quando ouviu isso. Sogolon finalmente se virou e sentou no peitoril. Eu estava quase torcendo para que Bunshi viesse escorrendo pela parede.

— Sim, os grandes reis do Norte provocam guerras e ganham muitas delas, mas eles sempre querem mais. Terras livres são terras problemáticas. Essas cidades e vilarejos que não escolhem um lado. Eles não têm como evitar, são homens criados por homens, não por mulheres. Mulheres não são como os homens, elas não sabem o que é a ganância. Todo reino se expande cada vez mais, todo rei fica cada vez pior. Os reis do Sul ficam cada vez mais loucos porque seguem praticando o incesto. Os reis do Norte ficam loucos de uma maneira diferente. O mal os amaldiçoa, porque sua linhagem inteira se origina do pior tipo de mal, e que tipo de mal mata aqueles do seu próprio sangue?

— Estou mais interessado em perguntas cuja resposta seja o menino — falei.

— Você disse que o conhece? Me conte o que você sabe — disse Sogolon.

Virei-me para Mossi, que estava olhando para nós, primeiro para um e depois para o outro, como alguém que ainda não havia se decidido em quem acreditar, a quem seguir. Ele coçou sua barba jovem, mais comprida e mais vermelha do que eu me lembrava, e ficou olhando para os papéis em sua mão.

— Mossi, leia.

— *Deus... Deuses do céu. Eles não conversam mais com os espíritos da terra. A voz dos reis está se tornando a nova voz dos deuses. Quebre o silêncio dos deuses. Preste atenção no assassino dos deuses, porque ele apontará o assassino dos reis. O assassino dos deuses com suas asas negras.* Leio o resto?

— Por favor.

— *Leve-o até Mitu, guiado pela mão do caolho, atravesse o Mweru e deixe que o lugar apague seus rastros. Não descanse até chegar em Go.*

Sogolon balançou a cabeça. Ela nunca havia lido ou ouvido aquilo antes, e sabia que eu sabia disso.

— Então Fumanguru disse para entregar o menino para o tal caolho em Mitu, atravessar o Mweru e depois rumar para Go, uma cidade que existe apenas nos sonhos. E O Aesi é o assassino dos reis? Talvez eu tenha julgado mal Basu — disse Sogolon.

— Como você se atreve a dizer isso agora? Foi o seu julgamento que levou à sua morte — interpelei.

— Cuidado com essa língua — avisou a menina.

— Eu encostei uma faca em seu pescoço e disse "Fumanguru, faça isso"? Não.

— *Preste atenção no assassino dos deuses, porque ele apontará o assassino dos reis* — disse eu.

— E?

— Deixe esse negócio de se fazer de bobo para a menina, Sogolon. O assassino dos deuses é O Aesi. O assassino dos reis é o menino.

Sogolon riu, primeiro discretamente, depois como se estivesse uivando.

— Isso são profecias, não são? Sobre uma criança...

— Que tipo de profecia deposita suas esperanças em uma criança? Que profeta seria tão tolo? As bruxas vagabundas de Ku? Numa coisinha que não vai viver nem dez anos? Seu comissário bonitinho vem de um lugar onde as pessoas estão o tempo todo falando sobre crianças mágicas. Crianças predestinadas, as pessoas colocam todas as suas esperanças nelas. Todas as suas esperanças numa coisa que enfia um dedo dentro do nariz e come o que tira de lá.

— E, mesmo assim, essa profecia faz mais sentido do que toda essa baboseira que você e o peixe estão tentando emplacar — contestei. — Eu embarquei nessa jornada com você porque achei que ela me levaria a algum lugar. Esse menino é tanto uma prova de que o Rei matou Fumanguru quanto um corte no traseiro de um burro. Você ainda esconde ela em seu peito, a verdade. Eu sei dos obstáculos que você pôs no meu caminho para me despistar, Sogolon, incluindo o fato de que você esteve na casa de Fumanguru e tentou usar um feitiço para esconder sua presença. Que você tem procurado formas de encontrar o menino sozinha, de modo que não precise mais de mim. Você teve uma lua inteira para fazer isso, e, mesmo assim, aqui estamos nós. Você tem razão, Bunshi não manda em você. Mas ela não está acostumada a mentir para os humanos. Ela quase perdeu a cabeça quando a peguei mentindo. E quem é essa menina, afinal de contas? Você entra por uma porta secreta e a faz treinar com lanças e facas e agora ela pensa que é uma guerreira? Ela vai ser mais uma dessas pessoas que morrerá enquanto você apenas assiste? Eu também vejo tudo isso, bruxa, e por isso você também pode culpar a Sangoma. Ela é mais poderosa morta do que viva.

— Eu só falo a verdade.

— Então ou você é uma mentirosa ou mentiram para você. Eu estou te farejando esse tempo todo, Sogolon. Na noite em que Bunshi me contou que Fumanguru entrou em conflito com seus colegas anciãos, fui visitar um ancião. Em seguida, eu o matei quando ele tentou me matar. Ele também queria saber sobre as petições. Ele sabia até mesmo sobre os Omoluzu. Seu peixe me disse que o menino era filho de Fumanguru, mas ele tinha seis filhos, e nenhum deles era esse menino. Um dia antes de conhecê-la, o Leopardo e eu seguimos o traficante de escravos até uma torre em Malakal, onde ele mantinha uma mulher que tinha a doença do relâmpago dentro dela. Bibi também estava lá, e Nsaka Ne Vampi. Então, ou você estava jogando uma trilha de migalhas para que um pássaro a siga, ou esse seu controle sobre tudo é apenas aparente, e, na verdade, você não controla nada.

— Olha essa boca. Você acha que eu preciso de algum homem? Que eu preciso de você, é isso que você está pensando? Eu conheço as dez mais nove portas.

— E, mesmo assim, você não consegue encontrá-lo.

Mossi veio ficar ao meu lado. Sogolon nos encarou, franziu o cenho por um instante e depois sorriu.

— Qual a sua utilidade, você me perguntou, quando viu o menino do Leopardo. Uma mulher como você fica com o trigo, mas queima o joio — disse eu.

— Então me dê a carne, e não a gordura.

— Você precisa de mim. Ou já teria se livrado de mim uma lua atrás. Não apenas você precisa de mim, como esperou uma lua inteira por mim. Porque eu sou capaz de encontrar esse menino; suas portas apenas deixam tudo mais rápido.

— Ele está com você?

— Mossi é dono de seu próprio nariz. Nós já fizemos muita coisa juntos, Sogolon. Muito mais do que eu teria feito baseado em mentiras e meias verdades, mas tem alguma coisa nessa história... não, não é isso. Tem alguma coisa em você e naquele peixe construindo essa história, controlando de forma tão rígida a maneira como cada um de nós a interpreta, que isso acabou se tornando o único motivo para que eu viesse. E agora, será o único motivo para que eu vá embora.

Dei meia-volta para ir embora. Mossi parou por um segundo, olhando para Sogolon, e depois se virou também.

— Está tudo aqui. Leia. Tudo bem aqui. Agora é você que está esperando que eu mastigue tudo para você, como se você fosse um bebê.

— Seja uma mãe, então.

— Comissário bonitinho, leia aquela frase de novo.

Mossi puxou os papéis de dentro de sua sacola mais uma vez.

— *Deuses do céu. Eles não conversam mais com...*

— Depois disso.

— Como quiser. *Preste atenção no assassino dos deuses, porque ele apontará o assassino dos reis.*

— Pare.

Sogolon olhou para mim como se tivesse esclarecido tudo. Eu quase concordei com a cabeça, pensando que se ainda não conseguisse enxergar, aquilo faria de mim um tolo. E teria encerrado as coisas desse jeito, também.

— Seu menino é um assassino cuja profecia diz que ele matará o Rei? — perguntou Mossi antes que eu pudesse fazê-lo. — Você quer que encontremos o menino condenado por algum tolo a cometer o pior crime que uma pessoa poderia cometer. Até mesmo essa conversa que estamos tendo agora é traição.

Ele ainda era um homem fiel ao seu uniforme, mesmo agora.

— Não. Isso levaria, pelo menos, mais dez anos, caso fosse verdade. Um mau escravo e uma amante terrível? Por que você acha que aí diz para levá-lo até o Mweru, de onde nenhum homem voltou com vida? E para Go, que nenhuma pessoa jamais viu? Assassino dos reis significa assassino da linhagem depravada, rejeitada pelos deuses, senão por que o Rei Aranha faria uma aliança com o assassino dos deuses? O menino não está aqui para matar Rei nenhum. Ele é o Rei.

Tanto Mossi quanto eu ficamos em silêncio, o comissário mais perplexo que eu. Eu disse a Sogolon.

— Você confiou esse príncipe a uma mulher que o vendeu na primeira oportunidade.

Sogolon se voltou para a janela.

— As pessoas são, acima de tudo, traiçoeiras. O que se pode fazer?

— Nos conte sobre esse menino. Nós a escutaremos.

Isso foi o que Sogolon nos contou naquele quarto. A menina estava parada na porta, como se estivesse fazendo a guarda. E então o velho também estava dentro do quarto, muito embora nem eu nem Mossi nos lembrássemos de quando ele havia passado pela menina. Sogolon contou a seguinte história:

— Quando o tocador de tambor ewe quer enviar notícias, sejam boas ou ruins, ele aperta as cordas do tambor com força e ou sobe ou desce sua voz. Na batida, na afinação e no ritmo, jaz a mensagem que apenas você pode ouvir se ela for endereçada a você. Então, quando Basu Fumanguru escreveu a petição, e decidiu que enviaria o primeiro para o mercado, o segundo para o palácio da sabedoria, o terceiro para o salão dos excelentíssimos anciãos, e o quarto para o Rei, ele produziu um quinto para mandar para quem? Ninguém sabe. Mas ninguém chegou a enviar as petições, e ninguém sabe o que elas dizem. Nem sequer aqueles para quem ele disse que escreveria. Tudo que sabemos é que nós, irmãs que servem à irmã do Rei, estávamos indo ao salão ocidental para derramar uma libação para os deuses da terra, já que nós vivemos na terra, e os deuses do céu estavam surdos para nós. E o som dos tambores chegou até nós.

"Mantha. As montanhas sete dias a Oeste de Fasisi e ao Norte de Juba. Aos olhos dos guerreiros, dos viajantes, dos saqueadores, de longe Mantha era uma montanha e nada além disso. Era alta como uma montanha, cheia de rochas como uma montanha, e repleta de florestas selvagens como uma montanha. Penhascos e rochedos e florestas e pedras e terra, tudo espalhado a esmo. Você precisa ir para a parte de trás da montanha, e ir para a parte de trás da montanha leva mais um dia, e depois você ainda precisa escalar por mais meio dia até avistar os oitocentos mais oito degraus, esculpidos na rocha como se os deuses tivessem feito aquilo para que eles próprios pisassem neles. Em épocas passadas, Mantha já foi uma fortaleza de onde um exército podia ver o inimigo se aproximando sem que o inimigo soubesse que estava sendo observado. Por conta disso, ninguém jamais tomaria aquela terra de surpresa e ninguém jamais a invadiria. Ao longo de novecentos anos, Mantha se transformou de um lugar para vigiar um inimigo em um lugar para se esconder um inimigo. Kwash Likud, da antiga casa de Nehu, anterior à casa deste Rei, enviava sua esposa anterior a Mantha assim que se casava com uma nova, ou se ela não lhe dava um filho menino, ou se a criança nascia feia. Pouco antes do começo da dinastia Akum, o Rei, uma vez coroado, exilou lá todos seus irmãos e primos homens, uma prisão real, onde eles ou morreriam ou se tornariam o novo Rei, caso o Rei morresse primeiro. Depois disso veio a dinastia Akum, e reis que repetiam tudo o que seus pais haviam feito. E Kwash Dara não era diferente de Kwash Netu. E Netu não era diferente do seu bisavô, que emitiu um decreto real dizendo que a primeira filha mulher deveria ingressar na irmandade sagrada, a serviço da deusa da segurança e da fartura. E foi assim que começou, todos os reis repetiram a atitude de Kwash Moki, violando a legítima linhagem real, entregando a coroa ao seu filho."

"Então chegou o dia em que a irmã do Rei, antes que ele se tornasse rei, e antes que ela completasse dez mais sete, teria de se entregar à irmandade sagrada, mas ela não quis."

"'Deixe que as mulheres feias que nenhum homem quer entrem para a irmandade sagrada', disse ela. 'Por que eu abriria mão de ótimas carnes e sopas e pães para comer painço e beber água com um bando de cadelas enrugadas e amargas, vestindo branco pelo resto dos meus dias?'"

"É claro que homem nenhum escutou seus apelos, entre eles, seu pai. Essa princesa então esqueceu que era uma princesa e começou a se portar como um príncipe. Príncipe coroado. Ela andava a cavalo, lutava com espadas, atirava de arco e flecha, tocava o alaúde, divertia seu pai, e sua mãe se assustava, pois ela tinha testemunhado, ao longo de sua vida, o que acontecia às mulheres que pensavam por conta própria. Mesmo que fossem princesas."

"'Pai, me envie para Wakadishu, para que eu me junte às mulheres guerreiras, ou me envie como cativa para uma corte no Oriente, e eu serei sua espiã', ela lhe disse."

"'O que eu deveria fazer era mandá-la para um príncipe que baterá nessa sua cabeça dura até ela ficar mole', ele lhe disse."

Ao que ela responde:

"'Mas, majestade, você está pronto para a guerra que irromperá quando eu matar esse príncipe?'"

"'Eu não tenho nenhuma intenção de lhe enviar para Wakadishu ou para os territórios orientais.'"

"'Eu sei, meu bom pai, mas por que deixar que isso o detenha?'"

"Ela possuía o raciocínio rápido, algo que homens do Norte acham que é um dom concedido apenas aos homens, e o Rei disse a ela mais de uma vez:"

"'Eu te considero muito mais meu filho do que o meu próprio filho.'"

"Pois a verdade é a seguinte. Antes de ser Kwash Dara, ele era irresponsável e vingativo, e guardava muito rancor de coisas pequenas. Mas não era um tolo. Foi Lissisolo quem disse:"

"'Considere devolver Wakadishu para o Rei do Sul, Pai.'"

"Isso depois que os anciãos disseram numa audiência pública que era inteligente da parte de um rei, depois da guerra, ficar com todos os espólios e não deixar que o inimigo ficasse com nada, pois ele o verá como um fraco.

"'Não é nada para nós'", disse ela. "'Nenhuma fruta boa, prata pura ou escravo forte vem de lá, e é quase tudo pântano. Além do mais, tantas sementes de revolta foram plantadas que ele a perderá sem que nós precisemos levantar um dedo.'"

"O Rei concordou com aquele conselho tão sábio e disse:"

"'Eu te considero muito mais meu filho que o meu próprio filho.'"

"Enquanto isso, Kwash Dara passou dias e noites rejeitando as cinquenta mulheres que lhe disseram sim, apenas para estuprar e matar a única que lhe disse não. E mandando chicotear qualquer amigo ou príncipe que o vencesse numa corrida de cavalos e exigir que matassem e cozinhassem o animal. E dizendo para o seu pai na corte:

"'Os deuses vieram sussurrar no meu ouvido, mas me diga a verdade, Pai, você morrerá logo?'"

"E ele dizia essas coisas porque havia muitos para lhe dizer que ele era o mais bonito e mais sábio entre todos os homens."

"Então o Rei mudou as leis. Que coisa foi isso! Ele não aguentaria ver o reino sem sua filha, então ele disse:"

"'Você, minha querida Lissisolo, jamais deverá se juntar à irmandade sagrada. Porém você deverá encontrar um marido. Um lorde ou um príncipe, mas não um chefe de aldeia.'"

"Então ela encontrou um príncipe, um dos muitos que havia em Kalindar, sem um principado. Mas sua semente era forte, e ela gerou quatro crianças em sete anos, e seguiu sentando em seu lugar ao lado do Rei, enquanto Kwash Dara chegava numa batalha três dias depois que ela havia reclamado para os guerreiros que seus cavalos lentos o haviam feito perder a luta mais uma vez."

"Mas vamos encurtar essa história. O Rei morreu, dizem, engasgado com um osso de galinha. Kwash Dara, ele tirou a coroa da cabeça de seu pai, bem no campo de batalha, e clamou:"

"'Eu sou o Rei. Contemplem seu Rei, e me venerem.'"

"Foi quando o general do Rei disse:"

"'Mas você será venerado somente em sua morte, quando você se tornar um deus, ó Excelentíssimo.'"

"Kwash Dara gritou com ele, mas não fez mais nada na frente dos outros generais. Aquele general estaria morto dentro de uma lua. Veneno. Nem havia se passado um ano ainda quando pessoas em todo o império começaram a se perguntar: 'É o rei do Sul que é louco ou é esse novo rei do Norte?' Eu ainda não a servia, de modo que não sei como foi que começou, primeiro o rumor, depois a acusação. Mas o rumor se espalhou aos sussurros, dias antes de o Rei, durante uma reunião da corte, levantar-se do seu trono, virar-se e apontar para sua irmã, dizendo:"

"'Você, caríssima Lissisolo, no aniversário do meu primeiro ano de reinado, seu plano foi descoberto. Você pensou que poderia enganar um Rei e um deus?'"

"Lissisolo sempre ria do seu irmão, por diversão, e ela começou a rir enquanto ele falava, pois como, por todos os deuses, aquilo poderia ser qualquer coisa que não uma piada?"

"E ele foi andando até ela, dizendo:"

"'O Rei divino tem ouvidos por toda parte, minha irmã.'"

"'De que Rei estamos falando?', ela retrucou. Lissisolo não sabia, uma vez que o Rei divino era seu pai, que estava agora junto com os ancestrais. Lissisolo riu dele e continuou: 'Você ainda é aquele garotinho em sua caminha real, dizendo o que é meu é meu e o que é seu é meu.'"

"Até mesmo os lordes e chefes de aldeia que o odiavam sabiam que aquilo era uma afronta a Kwash Dara. O Rei é o trono e o trono é o Rei. Zombe de um e estará zombando do outro. Ele lhe deu um tapa no meio do rosto e ela balançou para trás, quase caindo do altar do trono."

"'E lá vem seu consorte, o príncipe de um território com o qual ninguém se importa', disse ele ao príncipe de Kalindar, que deu um passo, pensou sobre o que um passo seguinte poderia significar, e então resolveu recuar. 'Você acha que eu não sei que você era a favorita de Papai? Você acha que eu não sei que ele cortaria meu próprio pau e colaria em você com algum tipo de feitiçaria só para fazer de você aquilo que ele queria que eu fosse? Você acha que eu não sei, caríssima irmã, de toda a bruxaria que você fez para convencer esse, que era o maior e mais forte dos reis, a não enviá-la para a irmandade sagrada, violando, dessa forma, a tradição sacrossanta dos deuses aos quais todos nós servimos, até mesmo você? Se até mesmo eu, seu Rei, seu Kwash Dara, tenho de me submeter às vontades dos deuses, por que você não?', disse ele à sua irmã."

"'Eu sirvo a quem merece ser servido', retrucou ela."

"'Vocês ouviram, excelentíssimos membros da corte, vocês ouviram? Parece que todos os reis e deuses precisam ser dignos da devoção da Princesa Lissisolo.'"

"Lissisolo, ela ficou apenas olhando para o seu irmão. Nunca tinha sido inteligente, aquele menino, mas alguém havia lhe dado alguns conselhos bem inteligentes."

"'Apenas os deuses conhecem o meu coração.'"

"'Nisso concordamos. Pois eu certamente o conheço bem, minha irmã. Mas já chega de falar, agora vamos comer. Tragam os vinhos mais doces, as carnes mais fortes, e mel e leite com um pouco de sangue de vaca, como fazem os ribeirinhos, e cerveja.'"

"O que as pessoas — pessoas exiladas no Sul — dizem que aconteceu foi o seguinte: que naquela enorme mesa bem em frente ao trono, servos e servas puseram todo tipo de carne, todo tipo de salada e fruta, e bebidas, em taças de ouro e prata e vidro e couro. E na mesa real, e em todas as mesas no salão principal, todos comiam e bebiam e se divertiam. Nenhuma taça de hidromel ou de cerveja poderia ficar vazia, ou o escravo seria açoitado. Em cima das mesas, carne de ovelha, crua e cozida, de vaca a mesma coisa, e galinha, e abutre, e pombos recheados. Pão, manteiga e mel. O ar temperado com alho, cebola, mostarda e pimenta."

"O Rei desceu de seu trono e se sentou na cabeceira da mesa real, junto de seus guerreiros mais antigos e seus conselheiros, além de homens e mulheres da nobreza. Lissisolo, ela estava prestes a se sentar à sua direita, a três lugares de distância, onde ela sempre se sentava, quando ele disse:"

"'Minha irmã. Sente-se na outra ponta da mesa, pois somos da mesma carne. E quem mais eu desejaria ver quando tirasse meus olhos da comida?'"

"Todos na mesa esperaram até que o Rei fizesse um gesto com sua mão, e então todos começaram a comer. Pegaram carnes, frutas, pão com fermento, pão sem fermento, pediram hidromel e cerveja de Daro, enquanto griôs tocavam kora e tambores e cantavam sobre como o grande Kwash Dara agora era ainda maior depois de seu primeiro ano de reinado. O Rei pegou uma coxa de galinha, mas não a comeu, ele ficou olhando para sua irmã. Em seguida ele bateu palmas e dois homens, grossos nos braços e nas pernas, aproximaram-se da mesa carregando grandes cestos cobertos por panos. Então o Rei virou-se para as pessoas mais próximas a ele e falou baixinho, como se estivesse contando uma piada para poucos ouvidos."

"'Me escutem agora. Eu trouxe iguarias muito especiais, oriundas das casas nobres do Sul.' Ele ergueu sua voz para dizer: 'Para você, minha irmã. Para que não fique rancor entre nós, e para que sejamos iguais novamente.'"

"Os dois homens removeram seus panos, viraram os cestos e duas cabeças ensanguentadas caíram sobre a mesa. As pessoas deram um pulo para trás, muitas mulheres gritaram. Lissisolo levou um susto, mas não tão grande quanto o Rei esperava, e depois ficou ali sentada, olhando para os dois lordes do Reino do Sul, um deles um ancião, o outro um chefe e conselheiro do Rei, duas cabeças cortadas, rolando pela mesa, à sua frente. As mulheres seguiam gritando, e dois lordes se levantaram da mesa."

"'Sentem-se, belos homens e mulheres. Sentem-se!'"

"O salão inteiro ficou em silêncio. Kwash Dara levantou-se e foi andando até sua irmã. Ele pegou uma das cabeças pelos cabelos e a suspendeu na altura do rosto dela. Seus olhos ainda abertos, a pele marrom quase azul, o cabelo, grosso e volumoso, a barba cheia de falhas, como se ele tivesse arrancado tufos dela."

"'Agora este aqui, este é um homem que se deita com meninos. Ele se deita com meninos? Ele deve se deitar com meninos para pensar que minha irmã, uma princesa, poderia se transformar num rei. Que tipo de feitiço devem ter jogado nele para que ele conspirasse e tramasse e depois se lembrasse, hein, minha irmã? Escute um conselho sábio do seu sábio Rei. Quando você envolver um homem numa conspiração, você também deve envolver sua esposa, senão ela pensará que a conspiração é contra ela. Da próxima vez que você sofrer dessa febre conspiratória, tente não infectar mais ninguém com ela, minha irmã. Vá jogar uma partida de Bawo.'"

"Ele largou a cabeça sobre a mesa, e Lissisolo deu um pulo."

"'Tirem-na daqui', disse ele."

"Agora, a verdade é a seguinte. O Rei ainda estava com medo de matar sua irmã, pois se o sangue divino corria em seus rios, também deveria correr nos dela, e quem seria capaz de matar uma mulher nascida de um deus?"

"Ele a trancafiou numa masmorra com ratos do tamanho de gatos. Lissisolo não gritou nem chorou. Ela ficou lá, dia após dia, e eles a alimentavam com restos da mesa real, para que, embora ela só se alimentasse de ossos e farelos, ela soubesse de onde vinham aqueles restos. Os guardas se divertiam com ela, mas sem tocá-la. Um dia eles trouxeram uma tigela d'água, dizendo que vinha com um delicioso tempero especial, e quando eles a passaram para ela, ela viu que havia um rato flutuando ali."

"'Minha tigela também tem um tempero especial', respondeu ela, e jogou sua urina neles."

"Dois guardas correram até as grades e ela disse:"

"'Podem vir, então, atrevam-se a encostar na carne divina.'"

"Lissisolo não sabia, mas dez mais quatro dias se passaram com ela no calabouço. Seu irmão veio visitá-la, vestido em trajes vermelhos e com um turbante branco, no qual acomodava sua coroa. Não havia cadeiras na cela, e o guarda hesitou quando Kwash Dara ordenou que ele ficasse de quatro, como um burro, para que pudesse sentar em suas costas.

"'Sinto sua falta, minha irmã', disse ele."

"'Eu também sinto a minha falta', respondeu ela."

Sempre foi muito esperta, porém, não o suficiente para saber quando deveria apagar seu pavio para não brilhar demais na presença de um homem, mesmo que esse homem fosse seu irmão."

Ele disse a ela:

"'Diferenças nós temos e sempre teremos, minha irmã. Numa família é sempre assim. Mas quando os problemas aparecerem, quando a má sorte se abater, quando más notícias chegarem, com certeza eu ficarei ao lado do sangue do meu sangue. Mesmo se ela tiver me traído, meu sofrimento é o seu sofrimento.'"

"'Você não tem provas de que eu o traí.'"

"'Todas as verdades estão com os deuses, e o Rei é quem os comanda.'"

"'Quando ele morrer, se os deuses quiserem sua companhia.'"

"'Agora, e os deuses obedecem às suas próprias leis.'"

"'Quem é esse seu novo covarde escondido nas sombras?'"

"Ele saiu da escuridão para a luz de uma tocha. Pele preta como tinta, olhos tão brancos que reluziam, e cabelo vermelho como uma flor de diadema real. Ela sabia seu nome mesmo antes que ele o dissesse."

"'Você é O Aesi', disse ela."

Como toda mulher, todo homem e toda criança naquelas terras, quando ela o viu, foi como se O Aesi sempre estivesse ao lado do Rei, mas ninguém conseguia lembrar quando ele havia ocupado essa posição. Assim como o ar e como os deuses, não havia início e nem fim, apenas O Aesi.

"'Lhe trazemos notícias, minha irmã. Não são boas'."

O Rei se inclinou para trás, sentado nas costas do soldado. O Aesi se aproximou das grades.

"'Seu marido e seus filhos padeceram de uma doença do ar, pois era época dessa doença e eles estiveram em uma região onde os ventos tóxicos são proeminentes. Eles serão enterrados amanhã, em cerimônias adequadas para príncipes, é claro. Mas não será perto dos aposentos reais, uma vez que eles ainda podem estar contaminados. Você irá...'"

"'Você pensa que é um rei, mas, na verdade, você é o pedacinho de merda grudado no cu do burro que ele não consegue espanar com sua cauda. Por que você veio até aqui? Para me ouvir gritar? Implorar pelos meus filhos? Para que eu me jogasse no chão enquanto você ri? Aproxime-se da grade e ponha suas orelhas aqui que eu te mostro o que é um grito.'"

"'Vou lhe deixar com seu luto, minha irmã. Voltarei mais tarde.'"

"'Para quê? O que você quer? Sua esposa já o escutou gritar meu nome quando você a come, ou é esse aí quem faz isso?'"

"O Rei, ele ficou em pé de um pulo e arremessou seu cetro contra a cela. Depois se virou para ir embora. O Aesi voltou-se para ela e disse:"

"'Amanhã você deixará esta masmorra para se juntar à irmandade sagrada, que é o seu destino traçado pelos deuses. Todo o reino ficará de luto por você, desejando que você alcance uma paz duradoura.'"

"'Venha mais cedo que eu te dou um pouco dessa paz que eu guardo aqui neste balde.'"

"'Vamos deixá-la com seu luto, minha irmã.'"

"'Luto? Eu nunca me enlutarei. Eu rejeito o luto. Eu vou trocá-lo pela minha raiva. Minha raiva por você será maior e mais profunda do que qualquer luto.'"

"'Eu te matarei também, minha irmã.'"

"'Também? Olha, você é realmente a ideia que um imbecil tem de um imbecil. O sol ainda nem se pôs desde que eles morreram, e você já confessou seus assassinatos. Alguns griôs diziam em segredo que você saiu de dentro da Mamãe e caiu de cabeça no chão. Mas eles estão errados. Ela deve tê-lo deixado cair de propósito. Isso mesmo, vá embora, saia daqui, seu covarde, algum homem deveria ter vindo até aqui para mutilá-lo da mesma forma que as meninas são mutiladas no vale do rio. Guarde essas palavras, meu irmão. Deste dia em diante, eu amaldiçoarei, todos os dias, o seu nome e o nome de todos os seus filhos.'"

Uma praga lançada por alguém da própria família era algo que apavorava até mesmo Kwash Dara, então ele saiu bem rápido de lá, mas O Aesi ficou, olhando para ela.

"'Você ainda pode ser a mulher de alguém', disse ele."

"'E você ainda por ser alguma coisa além do penico do Rei', retrucou ela."

"Assim que o guarda fechou a porta, ela se atirou no chão, e chorou com tanta força que chegou a vomitar. Pela manhã, quando a mandaram para a fortaleza de Mantha, para se juntar à irmandade sagrada, sua raiva e sua tristeza haviam desaparecido."

"Para encurtar a história. A deusa d'água tudo vê e tudo sabe. Eu era uma sacerdotisa servindo num templo em Wakadishu quando desci os degraus que levavam até o rio e, de dentro da água, saltou Bunshi. Medo algum brotou em mim, embora eu tivesse visto sua cauda de peixe, negra como o breu. Ela me enviou para Mantha com nada além das minhas vestes de couro, um par de sandálias e uma marca da casa de Wakadishu. A princesa Lissisolo ficava em seu quarto; tocava a kora quando o sol se punha e não falava com ninguém. Na irmandade sagrada ninguém tinha poder, classe ou hierarquia, de modo que seu sangue real não significava nada. Mas todas as freiras entendiam que ela precisava ficar sozinha. Havia rumores de que ela andava pelo lugar à noite, sob a luz do luar, sussurrando para a deusa da justiça e das crianças pequenas o quanto ela a odiava."

"Um ano depois, quando eu me dirigia ao salão sagrado para derramar libações, ela apontou para mim e perguntou:"

"'Qual a sua função?'"

"'Conduzi-la ao seu propósito real, princesa.'"

"'Não há nada real em meu propósito, e eu não sou princesa', respondeu ela."

"Em duas luas, ela me trouxe para o seu lado. Éramos iguais como mulheres, mas eu sabia que ela pertencia à realeza. Duas luas depois disso, eu contei a ela que a deusa das águas tinha um propósito maior para ela. Três luas depois ela acreditou em mim, depois que eu evoquei o orvalho para que ele me suspendesse do chão e me fizesse passar por cima de sua cabeça. Não, não foi em mim que ela acreditou, ela acreditou que tinha de ser alguma outra coisa em sua vida além de uma viúva sem filhos que ficava rezando para uma deusa que ela odiava. Não, ela não quis acreditar, pois disse que acreditar faria com que pessoas ao seu redor fossem assassinadas. Eu disse a ela, não, senhorita, é apenas a crença no amor que faz isso. Aceite, retribua e cultive, mas jamais acredite que o amor pode gerar qualquer outra coisa além do amor. O ano ainda não havia acabado quando Bunshi apareceu para ela na última noite de calor, quando quase todas as mulheres, cem mais vinte e mais nove, foram se banhar na cachoeira junto com as ninfas, para lhe contar a verdade sobre a sua linhagem, e porque ela seria a responsável por restaurá-la."

"'Nós lhe traremos um homem, tudo já está arranjado', prometeu Bunshi."

"'Olhe para a minha vida. Toda ela gira em torno de um buraco criado, comandado e possuído por homens. Agora eu devo aceitar isso de toda humanidade também? Você não sabe nada sobre sororidade, você é apenas uma cópia malfeita de um homem. E o Rei legítimo será um bastardo? Será que você, espírito d'água, também caiu de cabeça no chão quando nasceu?'"

"'Não, Vossa Excelência. Nós encontramos um príncipe em...'"

"'Kalindar. Mais um? Eles estão por toda parte, como piolhos, esses príncipes sem reino de Kalindar.'"

"'Um casamento com um príncipe legitimará seu filho. E quando a verdadeira linhagem dos reis retornar, ele poderá reivindicá-la perante todos os nobres.'"

"'Fodam-se os nobres! Todos esses reis também saíram do ventre de uma mulher. O que é preciso fazer para impedir que esse bebê crescido faça exatamente a mesma coisa que fizeram todos os outros homens? Matar todos os homens.'"

"'Então os governe, princesa. Os governe através dele. E deixe esse lugar.'"

"'E se eu gostar desse lugar? Em Fasisi até os ventos conspiram contra você.'"

"'Se é seu desejo ficar, então fique, senhorita. Mas enquanto seu irmão for o Rei, pragas em cima e embaixo da terra visitarão até mesmo esse lugar.'"

"'Praga alguma nos visitou até agora. Quando essa pestilência começará? Por que não agora?'"

"'Talvez os deuses tenham lhe dado um tempo para evitá-las, Vossa Excelência.'"

"'Essa sua conversa é muito mole. Eu não confio totalmente no que você diz. Deixe-me, pelo menos, conhecer esse homem.'"

"'Ele virá até você disfarçado de eunuco. Se ele a agradar, encontraremos um ancião que se importe com a nossa causa.'"

"'Um ancião? Estaremos destinados à sua traição', disse ela."

"'Não, senhorita', respondi."

"Eu trouxe o príncipe de Kalindar. Nenhum homem colocava seus pés em Mantha há cem anos, mas vários eunucos, sim. Nenhuma das mulheres pediria para que o eunuco levantasse suas vestes, pois suas cicatrizes feitas à faca eram tenebrosas. Mas na entrada principal ficava a grande guarda, oriunda da linhagem das mulheres mais altas de Fasisi, que botava a mão em suas virilhas e apalpava. Antes, eu instruíra o príncipe:"

"'Isso é o que você fará, esqueça seu enorme desconforto e não demonstre estar incomodado, ou elas o matarão no portão, sem se importar que você seja um príncipe. Pegue suas bolas, separe-as e puxe-as para cima, na direção de seus pelos. Pegue seu kongkong e puxe-o com força por entre suas pernas, até que ele quase encoste no buraco do seu cu. A guarda vai sentir a pele do seu saco pendurada aos lados do seu kongkong e pensará que você é uma mulher. Ela nem olhará para o seu rosto.'"

"O Príncipe só removeu seu véu e suas vestes quando chegou até o quarto de Lissisolo. Alto, escuro, peludo, com os olhos castanhos, os lábios grossos e negros, cicatrizes fazendo desenhos em sua testa e descendo pelos dois braços, e muitos anos mais jovem que ela. Tudo que ele sabia era que ela era uma princesa coroada, e que ele receberia em troca um título."

"'Ele serve', disse Lissisolo."

"Não precisei ir atrás do ancião. Em sete luas, o ancião veio atrás de mim. Fumanguru terminou as petições, e depois enviou uma mensagem pelos tambores ewe que apenas as devotas puderam ouvir, pois o instrumento foi tocado de uma maneira devocional, dizendo que havia palavras e notícias para a princesa que talvez fossem boas, talvez fossem ruins, mas certamente seriam sábias. Cavalguei por sete dias para encontrá-lo, e disse a ele que seu desejo, sua profecia, era real, mas que o filho dela não poderia nascer como bastardo. Cavalgamos de volta outros sete dias, eu, o ancião Basu Fumanguru, e o Príncipe de Kalindar. Algumas freiras sabiam, outras não. Algumas sabiam que, o que quer que estivesse acontecendo, era de grande importância. Outras achavam que pessoas estranhas tinham vindo até lá e violado o hímen sagrado de Mantha, apesar de a fortaleza ter sido, por anos e anos, um lugar de homens. Eu pedi a algumas que não falassem sobre o que estava acontecendo, e intimidei outras. Mas assim que aquele menino nasceu, eu soube que ele não estava seguro."

"'O único lugar seguro para ele é o Mweru', avisei à princesa, que não queria perder mais um filho. 'Se você o mantiver aqui, você certamente o perderá, uma vez que uma das freiras nos trairá.'"

"E, de fato, aquilo se mostrou verdade. Essa freira, ela saiu à noite, não para viajar pelo que seriam dez mais cinco dias a pé, apenas o bastante para soltar um pombo. Ela soltou o pombo antes que eu a alcançasse, mas consegui arrancar dela que ela o havia enviado para um nobre em Fasisi. Depois, cortei sua garganta. Voltei e informei à princesa:"

"'Não temos mais tempo. Uma mensagem está a caminho da corte.'"

"Levamos ele até Fumanguru aquela noite, sabendo que levaria sete dias, e deixamos a princesa com outro grupo de curandeiras leais à Rainha de Dolingo. O menino ficou com Fumanguru por três luas, criado como um dos seus. Você sabe o que aconteceu depois."

Ficamos ali sentados, naquele quarto matinal, absorvendo o silêncio. Às minhas costas, a respiração de Mossi foi ficando mais lenta. Fiquei me perguntando onde estaria o Ogo e quanto da manhã já havia se passado. Sogolon ficou olhando pela janela por tanto tempo que parei ao lado dela para ver o que ela estava vendo. Era por isso que o menino aparecia no meu nariz num instante e desaparecia no seguinte. E também por isso que às vezes ele estava a um quarto de lua de distância, às vezes a cinco luas.

— Eu sei que eles estão usando as dez mais nove portas — disse eu.

— Como você sabe? — perguntou ela.

— Quem são eles? — quis saber Mossi.

— Eu conheço apenas um pelo nome, e somente graças às vítimas que ele deixa para trás, a maioria mulheres do povo. Os povos da Cordilheira da Feitiçaria o chamam de Ipundulu.

— O Pássaro Trovão — sussurrou o velho.

Um sussurro áspero, uma maldição em seu suspiro. Sogolon concordou com a cabeça e voltou-se para a janela. Eu olhei para fora e não vi nada além do meio-dia chegando cada vez mais perto. Eu estava prestes a dizer "Velha, para onde você está olhando?" quando o velho disse:

— Pássaro trovão, pássaro trovão, cuidado, mulher, com o pássaro trovão.

Sogolon se virou e disse:

— Você está quase cantando uma música pra nós, meu irmão.

Ele franziu o cenho.

— Só do pássaro trovão, estou falando. Só falando.

— Essa é uma história que você devia contar para eles — sugeriu ela.

— O Ipundulu é...

— Conte como os seus ancestrais. Do jeito que você foi criado para fazer.

— Cantores não cantam mais as canções, mulher.

— Mentira isso que você disse. Os griôs do Sul ainda cantam. Poucos, e em segredo, mas ainda cantam. Eu falei a eles sobre você. Sobre como você guarda em sua memória aquilo que o mundo lhe diz para esquecer.

— O mundo tem nome do pai dele.

— Muitos homens cantam.

— Muitos não cantam nem coisa.

— Ainda temos os versos.

— Agora você me manda? É ordem isso aí?

— Não, meu amigo, estou lhe dizendo o que desejo. Os griôs do Sul...

— O Sul não tem griô.

— Os griôs do Sul falam contra o Rei.

— Griôs do Sul falam a verdade!

— Velho, você acaba de dizer que não existem griôs no Sul — retrucou Sogolon.

O velho foi andando até uma pilha de roupas e as empurrou para o lado. Debaixo delas havia uma kora.

— Ele encontra, seu Rei, seis de nós. E mata, seu Rei, todos eles, e nenhum rápido. Lembra o Babuta, Sogolon? Ele chega em seis de nós, Ikede entre eles, que você conhece, e diz que chega de esconder nas cavernas sem motivo, nós cantamos a verdadeira história dos reis! A verdade não é nossa. A verdade é a verdade, e não tem o que fazer contra isso, nem esconder ela, matar ela, ou nem se contar ela. Já era verdade antes mesmo de você abrir a boca e dizer isso aí é verdade. A verdade é a verdade mesmo depois de quem governa mandar griôs venenosos espalhando mentira para criar raiz no coração dos homens. Babuta diz que conhece um homem do rei na corte do Rei, mas leal à verdade. O homem diz que o Rei sabe de sua existência, pois tem rastejadores pelo chão e pombos pelo céu. Reúne griôs, ele fala, e envia numa caravana até Kongor, pois lá dá pra viver seguro no meio dos livros do salão de registros. Pois chega ao fim a era da voz, e a era agora é dos símbolos escritos. Palavra em pedra, palavra em pergaminho, palavra em tecido, palavra que é maior até mesmo do que o glifo, pois a palavra provoca um som dentro da boca. E uma vez em Kongor, deixa os homens das letras gravarem as palavras da boca, e assim o griô pode morrer, mas jamais suas palavras. E Babuta diz, ainda lá nas cavernas vermelhas fedidas de enxofre, quem sabe é coisa boa, meus irmãos. Dá pra confiar nas palavras do homem, pelo que parece. Mas Babuta é do tempo das palavras jorrando como cachoeira dentro de uma sala, com a verdade até no seu cheiro. E o homem diz que, dentro de dois dias, quando o pombo aterrissar na boca dessa caverna durante a noite, é para pegar o bilhete na pata direita e seguir as instruções dos glifos, pois eles dizem aonde você deve ir. Você sabe como se comportam os pombos? Eles voam apenas numa direção, apenas para sua casa. Só enfeitiçados é que vão pensar que sua casa fica em algum outro lugar. Então Babuta diz pro homem prestar atenção, pois ler não é coisa dos homens daqui, e o homem diz que os glifos dizem as coisas, só precisa ver eles, pois os glifos falam como o mundo. E Babuta vai até os outros, até a mim também, e fala que isso é uma coisa boa, a gente não precisa mais viver como cães. Então, em vez disso, vamos até o salão dos livros para viver como ratos, eu digo. Não há ninguém na corte do Rei digno de confiança, mesmo para quem é meio imbecil. E ele fala pra eu ir chupar uma teta de hiena por tomar ele por tolo, daí saio da caverna, pois já sei que ela está marcada, e me torno um andarilho. Babuta e cinco homens ficam esperando na caverna, dia e noite. E, três noites depois de o pombo pousar na boca da caverna, veio a acontecer. Sem toque de nenhum tambor. Nenhum tambor é capaz de dizer o destino de Babuta e os outros cinco. Mas ninguém vê eles nunca mais. Então, não existem griôs no Sul. Quem existe sou eu.

— Essa história foi muito longa — disse Sogolon. — Pensei que seria uma poesia. Conte a eles sobre o pássaro trovão. E sobre quem anda com ele.

— Você sabe como eles agem.

— Você também.

— Um de vocês dois precisa parar de olhar pra essa merda e nos contar essa história — ralhou Mossi.

E teria sido a primeira vez que ele não me irritava, se ele não tivesse sorrido para mim enquanto dizia aquilo.

O homem sentou na cama na qual Sogolon jamais dormia e disse:

— Dez mais quatro noites atrás, chegam palavras sombrias do Oeste. Uma aldeia próxima ao Lago Vermelho. Uma mulher diz ao seu vizinho: "Já faz um quarto de lua que não vemos ninguém naquela casa, três cabanas à nossa esquerda." "Mas eles são pessoas discretas, que ficam só entre os seus", diz outra mulher. "Mas nem o espírito da brisa é tão discreto assim", comenta uma outra, e lá vão elas até a cabana para ver de perto. Em volta da cabana vem cheirando à morte, mas é a fedentina dos animais mortos, de vacas e cabras mortas não para serem comidas, mas pelo seu sangue, e pela diversão. O pescador, sua primeira e segunda esposas e seus três filhos, mortos, mas sem cheiro nenhum. Como descrever uma visão tão estranha, até mesmo para os deuses? A família, todos posicionados como oferendas, empilhados, como cadáver prestes a ser queimado. Peles feito cascas de árvores. Seu sangue, sua carne, seus humores, seus rios vitais, sugados por alguma coisa. A primeira e a segunda esposa, as duas de peitos abertos e corações arrancados. Mas não antes, a mordida nos pescoços e o estupro, que deixa sua semente morta apodrecendo dentro do ventre. Você dá o nome dele.

— Ipundulu. Quem é sua bruxa? Ou ele anda livre por aí, como se não estivesse mais sob o comando de alguém? — perguntou Sogolon.

— Não está. A bruxa que controla ele morre antes de passar o comando para a filha, então Ipundulu se transforma no pássaro trovão e pega a filha com suas garras, voa com ela para o alto, bem alto, e depois a solta. Ela bate no chão e vira suco. É desse que sabem que sua semente está dentro das esposas: gotas de luz escapam das kehkeh mesmo depois que elas começam a apodrecer. O Ipundulu é o mais lindo dos homens, sua pele é branca como argila, mais branca do que a desse aí, mas bonito como ele também é.

Ele apontou para Mossi.

— Ayet bu ajijiyat kanon — disse Mossi, surpreendendo a todos.

— Sim, comissário, ele é um pássaro branco. Mas ele não é bom. Tão perverso quanto dizem. Pior até. Ipundulu, como ele é bonito e se veste com traje branco como sua pele, acha que as mulheres vêm até ele de graça, mas ele infesta suas mentes assim que entra em seus quartos. E ele abre suas roupas, que não são roupas, e sim asas, e ele fica sem roupas, e ele as estupra, uma e depois outra vez, e a maioria ele mata e algumas ele deixa vivas, mas elas não estão vivas, elas estão mortas-vivas com relâmpagos correndo pelos seus corpos onde antes o sangue costumava correr. Há rumores de que ele também é capaz de transformar homens. Então cuidado se você deparar com o pássaro trovão e ele perceber, pois ele é capaz de se transformar em algo enorme e furioso, e quando ele bate suas asas ele solta trovões que fazem o chão tremer e ensurdecem os ouvidos, e que podem derrubar uma casa inteira, e relâmpagos que chocam seu sangue e te torram até você virar uma casquinha preta.

"É o que acontece certa vez numa casa em Nigiki. Uma noite quente, com homem e mulher num quarto, uma nuvem de moscas sobre uma esteira de dormir. Ele é um homem bonito, pescoço comprido, cabelo preto, olhos luminosos, lábios grossos. Muito alto para aquele quarto. Ele sorri para a nuvem de moscas. Ele acena com a cabeça para a mulher, e ela, nua, com o ombro sangrando, se aproxima. Seus olhos se reviram por dentro de sua cabeça e seus lábios tremem. Ela está toda molhada. Ela vem andando até ele, de braços grudados ao lado do corpo, pisando em suas próprias roupas e no sorgo espalhado de uma tigela quebrada. Ela se aproxima dele, o sangue dela ainda em sua boca."

"Ele segura o pescoço dela com uma das mãos e procura por um sinal da criança apalpando com a outra. Dentes de cão crescem em sua boca e se espicham para além de seu queixo. Seus dedos se enfiam com força entre as pernas dela, mas ela segue imóvel. Ipundulu aponta o dedo médio para o peito da mulher, e uma garra salta de sua ponta. Ele o enfia fundo em seu peito, e o sangue começa a jorrar enquanto ele abre o peito dela para chegar ao seu coração. A nuvem de moscas zunindo e rodopiando e se esbaldando com o sangue. As moscas se afastam por um instante e um menino aparece na esteira, coberto de feridas de varíola, como se picado por um carrapato. Das feridas brotam larvas, dezenas, centenas saltando da pele do menino, abrindo asas e voando. Os olhos abertos do menino, seu sangue pingando na esteira também coberta de moscas. Abocanha, crava os dentes, chupa. Sua boca se abre e um gemido sai dela. O menino é um ninho de vespas."

— Adze? Eles estão trabalhando juntos? — pergunta Sogolon.

— Não só os dois. Há outros. Ipundulu e Adze, os dois sugam a vida do corpo, mas não tudo, até secar. Quem faz isso é o ogro do mato, Eloko. Ele caça sozinho, ou com outros de sua raça, mas sua floresta é queimada para o Rei plantar tabaco e painço, desde então eles se aliam com qualquer um. A mulher relâmpago, essa é a sua história. Isso que acontece quando Ipundulu suga todo o seu sangue, mas antes de sugar sua vida, ele planta tempestade dentro dela e a deixa maluca também. Tudo isso é coisa arrancada dela por um griô do Sul, que está sem fazer verso com elas. Isso aí são aqueles três, e mais dois, e ainda mais um. Isso é o que eu estou dizendo. Eles estão trabalhando juntos. Mas Ipundulu está no comando. E o menino.

— O que tem o menino? — perguntou Sogolon.

— Você conhece a história. Eles usam o menino para entrar na casa das mulheres.

— Eles obrigam o menino.

— Mesma coisa — disse ele. — E também tem o seguinte. Um outro, seguindo eles com uns três ou quatro dias de atraso, porque àquela altura os cadáveres em decomposição e o olor de seus humores soltam uma fragrância que lhe atrai. Ele os abre com suas garras e bebe o suco podre fedorento, e depois come a carne até ficar cheio. De costume com um irmão, mas que está morto na Cordilheira da Feitiçaria, assassinado por alguém.

Fiquei olhando para eles da forma mais impassível que pude.

— Eles estão usando o menino, Sogolon — disse o homem.

— Eu disse que ninguém perguntou sobre...

— Eles estão mudando o menino.

— Escuta aqui.

— Ele estão transformando o menino em...

Uma lufada de vento, forte como uma tempestade, subiu do chão, jogando todos contra as paredes. O vento furioso chiou, e depois saiu voando pela janela.

— Ninguém está transformando o menino em coisa nenhuma. Nós vamos encontrar o menino, e...

— E o quê? — perguntei eu. — O que esse homem disse para irritá-lo?

— Você não ouviu, Rastreador? Há quanto tempo o menino está desaparecido? — questionou Mossi.

— Três anos.

— Ele está dizendo que o menino é um deles. Se não um bebedor de sangue, está sob o efeito de bruxaria.

— Não a provoque. Ela vai mandar o telhado pelos ares na próxima — avisou o velho.

Mossi me olhou de um jeito que dizia "Esta velha baixinha fez isso?". Eu balancei a cabeça.

— O Rastreador está certo. Eles estão usando as dez mais nove portas — disse Sogolon.

— E por quantas portas você passou? — perguntou Mossi.

— Uma. Não é bom para alguém como eu passar por aquela porta. Eu respondo ao mundo verde, e esse tipo de viagem é uma violação de suas leis.

— Uma volta muito grande para dizer que portais não são bons para bruxas — disse eu. — Você precisa de mim e da minha magia de Sangoma para abri-las para você. E passar por essas portas lhe deixa mais fraca.

— Que homem, ele me conhece melhor do que eu conheço a mim mesma. Quem sabe você não escreve uma canção sobre mim, Rastreador?

— O sarcasmo sempre disfarça alguma coisa — provocou Mossi.

— Que rápido você substituiu o Leopardo.

— Cale essa boca, Sogolon.

— Ah, agora a minha língua vai se transformar num rio.

— Mulher, estamos perdendo tempo — disse o velho a ela, e ela se aquietou.

Ele se aproximou de um baú e tirou um pergaminho enorme de dentro dele.

— Velho, isso é o que eu estou pensando? Achei que esses territórios nunca haviam sido mapeados — comentou Mossi.

— Do que você está falando? — perguntei.

O velho desenrolou o pergaminho. Uma enorme ilustração, em marrom, azul e cor de osso. Eu já tinha visto outros assim; havia três desses no palácio da sabedoria, mas eu não sabia o que eles eram nem qual era o seu uso.

— Um mapa? Este é um mapa de nossas terras? Quem fez uma coisa dessas? Um trabalho tão primoroso, com tamanho detalhe, até mesmo dos mares orientais. Isso veio de um comerciante do Oriente? — perguntou Mossi.

— Homens e mulheres dessas terras também trabalham com primor, forasteiro — disse Sogolon.

— É claro.

— Você acha que porque nós corremos ao lado dos leões e cagamos ao lado das zebras não somos capazes de mapear um território ou pintar um búfalo?

— Não foi o que eu quis dizer.

Sogolon o deixou em paz dando uma bufada. Mas aquela coisa toda de mapa o fez sorrir como uma criança que acabou de roubar uma noz-de-cola. O homem o arrastou até o meio da sala e pôs dois vasos e duas pedras em seus cantos. Foi o azul que me atraiu. Claro como o céu, com ondas azul-escuras que se pareciam com o próprio oceano. Pareciam o oceano, mas não bem o oceano, era mais como um oceano dos sonhos. Emergindo dos mares, como se estivessem saltando para a terra, havia criaturas grandes e pequenas, peixes formidáveis e um monstro com oito caudas engolindo um dhow.

— Tenho esperado para mostrar isso a você, o mar de areia antes de ele ser areia — disse o velho a Sogolon.

"Que águas são essas?", pensei.

— Um mapa é apenas o desenho de um território, a partir de algo que um homem viu, para que nós também possamos ver. E planejar para onde ir — explicou Mossi.

— Graças aos deuses este homem nos disse o que nós já sabemos — alfinetou Sogolon, e Mossi ficou quieto. — Você os marcou em vermelho? Baseado em que critério?

— Os critérios da matemática e da magia negra. Ninguém viaja quatro luas numa virada de ampulheta, a menos que se mova como os deuses, ou usando as dez mais nove portas.

— E aqui estão — disse eu.

— Por inteiro.

Sogolon se ajoelhou, Mossi se inclinou, o homem empolgado, a mulher em silêncio, de cenho franzido.

— Qual foi o último lugar onde você ouviu falar deles? — perguntou ela.

— Na Cordilheira da Feitiçaria. Vinte mais quatro noites atrás.

— Você desenhou uma seta da Cordilheira da Feitiçaria até... pra onde isto aponta, para Lish? — indagou Mossi.

— Não, vai da Cordilheira até Nigiki.

— Essa aqui vai de Dolingo até Mitu, mas não muito longe de Kongor — expliquei.

— Sim.

— Mas nós viemos de Mitu até Dolingo, e, antes disso, do Reino das Trevas até Kongor.

— Sim.

— Não entendi. Você disse que eles estão usando as dez mais nove portas.

— É claro. Depois que você atravessa uma porta, só pode ir numa direção até atravessar todas elas. Você não pode mais voltar até que tenha completado o percurso.

— O que acontece se você tentar? — perguntei.

— Você, que beija uma porta e o fogo queima a máscara que ela usa, você deveria saber. A porta te consome em chamas, te queimando todo, algo que assusta Ipundulu. Eles devem estar usando as portas há dois anos, Sogolon. É por isso que eles são tão difíceis de encontrar e impossíveis de rastrear. Eles seguem o caminho das portas até completarem todo o percurso, e depois pegam o caminho inverso. É por isso que eu desenhei cada linha com uma seta em cada uma das pontas. É por isso que eles matam à noite, matam em apenas uma casa, talvez duas, talvez quatro, matam tudo que eles conseguem matar em sete ou oito dias, e depois desaparecem, antes de deixar qualquer rastro real.

Eu me aproximei do mapa, apontei para ele e disse:

— Se eu fosse do Reino das Trevas até Kongor, e depois daqui, não muito longe de Mitu, até Dolingo, eu teria de passar por Wakadishu para chegar até a próxima porta, em Nigiki. Se eles estão viajando no sentido contrário, então já passaram pela porta de Nigiki. Agora eles estão passando por Wakadishu, para chegar a...

— Dolingo — disse Mossi.

Ele pôs o dedo sobre o mapa, em cima de uma estrela em meio a montanhas um pouco abaixo do centro.

— Dolingo.

4

CIÊNCIA BRANCA E MATEMÁTICA NEGRA

Se peto ndwabwe pat urfo.

DOLINGO

LEGENDA

1. SÍTIO DA ANTIGA DOLINGO
2. SETOR DOS NOBRES DA CÔRTE
3. PALÁCIO DA RAINHA
4. MUPONGORO
5. SETOR DOS CIDADÃOS DA CORTE
6. MLUMA
7. MUNGUNGA
8. IKANDAVA
9. MWALIGANZA
10. MKORA
11. PRISÃO E CÂMARA DE TORTURA
12. MELELEK, O SALÃO DA CIÊNCIA BRANCA

Rios Flutuantes
Rodovia para o Território Dolingo
Caravana do Céu
Mkololo, a Primeira Árvore
Para o Lago Vermelho
Rodovia Sul para a Cidadela

DEZOITO

Estamos na grande cabaça do mundo, onde a Deusa Mãe segura tudo em suas mãos, para que nunca caia o que está no seu fundo côncavo. E mesmo assim o mundo também está achatado sobre um papel, com terras cujas formas se parecem com manchas de sangue se infiltrando em tecidos, com contornos irregulares que, às vezes, se parecem com as caveiras de homens nascidos com má formação.

Com meu dedo, tracei os rios do mapa até ser conduzido a Ku, o que não teve efeito algum em mim. Fiquei pensando naquilo, pois houve uma época em que o que eu mais queria era fazer parte dos Ku, mas agora eu nem conseguia me lembrar o porquê. Meu dedo me fez atravessar o rio até Gangatom, e, assim que toquei o símbolo de suas cabanas, ouvi uma risadinha emanando de uma memória. Não, não de uma memória, mas daquela coisa que não conseguimos saber direito se é uma memória ou um sonho. A risada não tinha som, mas era azul e enfumaçada.

O dia estava se esvaindo, e nós tínhamos planejado partir à noite. Fui até a outra janela. Do lado de fora, o comissário subia correndo um morro, criando uma silhueta negra contra o pôr do sol. Ele tirou uma djellaba comprida que eu nunca o havia visto usar e ficou de tanga, parado em cima de uma pedra. Ele se agachou e pegou duas espadas. Ele apertou os cabos em suas mãos, olhou para uma, depois para a outra, revolveu-as em seus dedos até sentir que as segurava com firmeza. Ele levantou sua mão esquerda, segurando a espada numa posição defensiva, ajoelhou-se sobre um dos joelhos e moveu a direita tão velozmente que era como se sua espada fosse feita de luz. Ele deixou que o golpe o jogasse para cima e, no ar, deu uma pirueta, desferiu um golpe e aterrissou sobre o joelho esquerdo. Ele deu mais um pulo, golpeou com a direita e se defendeu com a esquerda, golpeando para a direita com a espada esquerda e para a esquerda com a espada direita, cravou as duas no chão e virou uma cambalhota para trás, aterrissando agachado, como um gato. Então ele voltou a subir na pedra. Ele ficou parado, olhando na minha direção. Eu via a respiração em seu torso. Ele não conseguia me ver.

O velho veio arrastando seus pés mais uma vez. Ele pegou uma kora, maior do que eu imaginei. Sua base era a metade mais gorda de uma cabaça, cortada ao meio, que ele encaixou entre suas pernas. Seu pescoço era comprido como um meninote, e havia cordas à esquerda e à direita. Ele a pegou pelos bulukalos, os dois chifres, e sentou perto da janela. Do seu bolso, ele tirou o que parecia ser uma grande língua prateada, decorada com brincos.

— Grandes músicos das terras do meio colocam o nyenyemo na ponte para que a música salte por cima dos prédios e atravesse suas paredes, mas quem precisa saltar casas e penetrar paredes a céu aberto?

Ele atirou o nyenyemo no chão.

Onze cordas na mão esquerda, dez na direita, ele começou a tocá-las, e o som vibrou fundo pelo chão. Fazia muitos anos que eu não ficava tão perto de música como aquela. Como uma harpa, em suas muitas notas tocadas ao mesmo tempo, mas não era uma harpa. Como um alaúde, mas sem as melodias agudas de um alaúde, e mais barulhenta.

Do lado de fora, Sogolon e a menina, ela num cavalo, a menina no búfalo, cavalgavam em direção ao Oeste. Passos fazendo o andar de cima tremer indicavam que o Ogo estava se movendo. Eu senti o chão tremendo debaixo de seus pés até ouvir uma porta se abrindo. No telhado, talvez. Voltei para os mapas. O velho construía o ritmo com os dedos da mão direita e a melodia com os da esquerda. Ele limpou a garganta. Sua voz saiu mais fina do que quando ele falava. Fina como um grito de alerta, mais fina que isso, com a ponta da língua estalando no céu da boca e criando um ritmo.

Sou eu quem falo
Eu sou um griô do Sul
Agora somos poucos, um dia fomos muitos
Escondidos no escuro do qual saí
Na natureza da qual saí
Na caverna da qual saí e vi

Eu procurava
Um amor
Eu quero
Um amor
Eu perdi
Um outro
Eu quero ter

O tempo transforma todo homem em viúva
E também toda mulher
Dentro dele
Escuro como ele
Uma escuridão que puxa para dentro do abismo do mundo

E o maior abismo do mundo
É o abismo da solidão
O homem perde sua alma para ele

Pois estava atrás de
Um amor
Ele quer

Um amor
Ele perdeu
Um outro
Ele quer ter

Um homem glutão quando come
Se parece com um homem faminto
Me diga se consegue diferenciá-los
Se você é guloso de dia
Estará faminto à noite, sim
Olhe só para você, enganando a si mesmo

Você quer encontrar
Um amor
Você quer
Um amor
Você perdeu
Um outro
Você perdeu
Um amor
Você perdeu
Um amor
Você perdeu
Um outro
Você perdeu

Então ele ficou tocando as cordas e deixou a kora falar sozinha, e eu saí de lá antes que ele voltasse a cantar. Saí correndo para a rua porque eu sou um homem, e instrumentos e canções não deveriam jamais me afetar daquela maneira. Eu estava na rua, onde coisa nenhuma podia sugar todo o ar que havia num lugar. E onde eu poderia dizer que era o vento que estava deixando meus olhos molhados, sim, era o vento. Na pedra onde o comissário estava, o vento o atingia, bagunçando seu cabelo. A kora ainda tocava, cavalgando o ar, espalhando tristeza por todo o caminho que percorremos para chegar até aqui. Eu odiava aquele lugar, eu odiava aquela música, e eu odiava aquele vento, e eu odiava pensar nas crianças mingi, pois o que elas significavam para mim e que utilidade eu tinha para elas? E nem era aquilo, nem de longe, porque eu nunca pensava nas crianças, e elas nunca pensavam em mim, mas por que elas haviam me esquecido, e por que eu me importava com isso? Que bem lhes traria caso elas se lembrassem de mim, e por que eu me lembrava delas, e por que justo agora? Então, eu tentei parar. Eu senti aquilo chegando e disse para mim mesmo "Não, eu não vou pensar no meu irmão que está morto, e no meu pai que está morto, e no meu pai que era meu avô, e por que alguém deveria desejar alguém? Você não precisa ter nada, não deve precisar de nada. À merda os deuses de todas as coisas." E eu queria que o dia se fosse e que a noite chegasse, e que o dia viesse novamente e que acabasse com tudo que havia antes dele, como uma mancha de merda num pedaço de algodão que sai na lavagem. Mossi ainda estava parado lá. Ainda não olhava para mim.

— Tristogo, você vai dormir? O sol ainda nem terminou de iluminar o dia.

Ele sorriu. No telhado, ele havia feito um espaço com tapetes e cobertas e panos, e várias almofadas para usar de travesseiro.

— Eu tive apenas pesadelos nesses últimos dias — comentou ele. — É melhor eu me deitar aqui para não abrir um buraco numa parede com um soco e derrubar a casa.

Acenei em concordância.

— As noites ficam muito frias nessas terras, Ogo.

— O velho me arranjou alguns tapetes e cobertas, e, além do mais, eu não sinto muito frio. O que você acha de Venin?

— Venin?

— A menina. Que cavalga com Sogolon.

— Eu sei quem ela é. Acho que encontramos o menino.

— O quê? Onde ele está? O seu faro...

— Não foi pelo meu faro. Não ainda. Há muita distância entre nós e ele. Neste momento ele está longe demais para que eu possa encontrá-lo. Eles devem estar em Nigiki, a caminho de Wakadishu.

— Ambas estão a meia-lua de distância. E vai levar dias para ir de uma até a outra. Eu posso não ser tão inteligente quanto Sogolon, mas até eu sei disso.

— Quem questionou sua inteligência, Ogo?

— Venin me chamou de simplório.

— Aquela menina que nunca sentiu tanto orgulho quanto na época em que era a refeição dos Zogbanu?

— Ela está diferente. Diferente de como era há apenas três dias. Antes ela nunca falava, agora ela resmunga como um chacal, e tudo que ela diz é amargo. E ela não obedece mais a Sogolon. Você viu isso?

— Não. E você não é simplório.

Eu fui até o seu lado e me agachei.

— Talentoso ele é — disse o Ogo.

— Quem? — perguntei.

— O comissário. Fiquei assistindo ele treinar. Ele é o mestre de alguma arte.

— Ele é mestre em prender pessoas e importunar mendigos, isso sim.

— Você não gosta dele.

— Eu não sinto nada por ele, não gosto e nem desgosto.

— Ah.

— Tristogo, eu queria que você soubesse o que foi conversado. O menino, ele está com homens que não são daqui, nem de nenhum lugar de gente decente.

Ele olhou para mim, e suas sobrancelhas se arquearam, mas seus olhos permaneceram impassíveis.

— Homens que não são homens, mas também não são demônios, muito embora talvez sejam monstros. Um deles é o Pássaro Trovão.

— Ipundulu.

— Você o conhece?

— Ele não é uma pessoa de verdade — disse ele.

— Como você o conhece?

— Esse Ipundulu, muitos anos atrás, ele tentou arrancar meu coração. Eu trabalhava para uma mulher em Kongor. Sete noites, ele passou sete noites seduzindo-a.

— Então você viveu em Kongor. Você nunca me disse.

— Foi um trabalho de dez mais quatro dias. Mas Ipundulu. Ele aproveitou muito, aqueles dias, em fazer as coisas devagar. Ele a possuiu todas as noites, mas naquela noite eu só ouvi sons vindos dele. Quando entrei no quarto, ele já a havia matado e estava comendo seu coração. O que ele disse foi "Você será uma refeição muito maior", e depois veio voando pra cima de mim, apontou sua garra e começou a cortar minha pele. Mas como minha pele é grossa, Rastreador, sua garra ficou presa. Eu o peguei pelo pescoço. Apertei até ele começar a estalar. Com certeza eu teria arrancado sua cabeça, mas a bruxa dele estava do lado de fora da janela. Ela jogou um feitiço, e eu fiquei paralisado por dez mais seis instantes. Então ela o ajudou a fugir. Eu o vi ao longe, no céu, com suas asas brancas e seu pescoço pendurado para o lado, mas, ainda assim, ele a carregava.

— Ele não está mais ligado a essa bruxa ou a qualquer bruxa. Ela não deixou herdeiros, agora ele é seu próprio senhor.

— Rastreador, isso não é boa coisa. Ele era capaz de cortar a garganta de uma criança, e isso quando estava sob o domínio dela. O que ele fará agora?

— O menino ainda está vivo.

— Nem mesmo eu sou tão simplório.

— Se ele está usando o menino, então o menino está vivo. Você já viu aqueles que têm relâmpagos correndo nas veias. Eles não têm como esconder. E ficaram todos loucos.

— Você disse uma verdade.

— E tem mais. Ele viaja com outros quatro ou cinco. Ouvimos relatos. Todos são bebedores de sangue, e parece que vão a casas onde há muitas crianças. O menino bate à porta primeiro, dizendo que está fugindo de monstros, e então o deixam entrar. Depois, nas profundezas da noite, ele deixa que os outros entrem para se banquetear com todos.

— Mas o menino não é um deles?

— Não, mas se você conhece o Ipundulu, sabe que ele deve ter enfeitiçado o menino.

— Nessas terras, ouvimos falar dele enfeitiçar meninas, mas nunca um menino. Sua cabeça eu mesmo esmagarei, antes que ele possa abrir suas asas. Elas provocam trovões, você sabe?

— Como assim?

— Ele bate as asas e cria uma tempestade de raios e relâmpagos, mais poderosa e destruidora do que o vento que Sogolon produz com sua magia.

— Então precisamos cortar suas asas. Eu te conto sobre os outros depois.

— Falando em asas, e o homem das asas negras?

— O Aesi? Ele também procura pela criança e não vai descansar até encontrá-la. Mas ele não sabe nem onde estamos, nem quem está com o menino, nem sobre as dez mais nove portas, senão já os teria encontrado. É simples. Nós temos que salvar o menino e entregá-lo de volta à sua mãe, que vive numa fortaleza nas montanhas.

— Por quê?

— Ela é a irmã do Rei.

— Estou achando isso confuso.

— Vou deixar mais simples.

— Como eu?

— Não. Não, Tristogo, você não é simples. Me escute, isso não tem nada a ver com ser simplório. Tem coisas que eu ouvi que eu não tenho palavras para lhe contar, e é apenas isso. Mas saiba o seguinte: essa criança é parte de algo maior. Uma coisa muito maior, e quando nós a encontrarmos, se nós conseguirmos mantê-la em segurança, isso vai ecoar por todos os reinos. Mas nós precisamos encontrá-la antes que esses homens a matem. E devemos encontrá-la antes do O Aesi, pois ele também a matará.

— Você disse que era tolice acreditar em crianças mágicas. Eu me lembro.

— E eu ainda acho uma tolice.

Levantei e olhei para fora. O comissário não estava mais lá.

— Tristogo, eu gosto da simplicidade. Eu gosto de saber o que eu vou comer, o que eu vou ganhar, para onde eu devo ir, e quem eu devo foder. E é desse jeito que eu, ainda, prefiro me mover por este mundo. Mas esse menino. Nem é tanto por eu me importar com ele, é mais por já estarmos tão envolvidos nisso tudo. Agora vamos até o fim.

— É isso que o motiva?

— E precisa de algo mais?

— Não sei. Mas estou cansado de ter minhas mãos convocadas para a luta quando eu não sei por que estou lutando. O Ogo não é como o elefante ou o rinoceronte.

— Eu não sei o que dizer a você. Tem o dinheiro. E tem uma coisa que eu suspeito, que é o fato dessa criança, desse menino, ter alguma coisa a ver com aquilo que é certo neste mundo. E por mais que eu não goste nem desse menino e nem deste mundo, eu ainda preciso existir nele.

— Você não gosta de nada neste mundo?

— Não, não gosto. Sim, eu gosto. Não sei. Meu coração acelera e para e brinca comigo. Posso te dizer uma coisa, meu caro Ogo?

Ele assentiu com a cabeça.

— Não sou pai, e, mesmo assim, tenho filhos. Eles não estão aqui comigo, porém estão ao meu redor. E eu os conheço menos do que eu conheço você, mas eu os vejo nos meus sonhos e sinto a falta deles. Um deles, uma menina, eu sei que ela me odeia, e isso me incomoda, porque eu vi através dos olhos dela, e ela tem razão.

— Filhos?

— Eles vivem com os Gangatom, uma das tribos ribeirinhas, que trava uma guerra contra a minha própria tribo.

— Você tem essa menina e outros?

— Sim, outros, um deles tão alto quanto uma girafa.

— Você os deixou vivendo com os Gangatom, apesar de ser Ku, e deles estarem em guerra com os Ku. Os Ku irão matá-los.

— Sim, é como você disse.

— Você está me fazendo achar que ser simplório não é uma coisa ruim.

Eu ri.

— Talvez você tenha dito uma verdade aí, meu caro Ogo.

— Você disse que o menino talvez esteja em Nigiki ou Wakadishu.

— Eles usam as mesmas portas que usamos para fugir do Reino das Trevas, mas estão usando ao contrário. Ouvimos falar sobre um ataque numa casa no sopé da Cordilheira da Feitiçaria que atingiu até mesmo suas magias sagradas. Vinte mais quatro dias atrás, quase uma lua. Eles passam de sete a oito dias num lugar, matando e comendo, o que significa que usaram a porta para Nigiki. Em Nigiki eles matam e, de lá, vão para Wakadishu.

— Eles estão quase lá.

— Eles já estão lá. Leva cinco dias para ir até Wakadishu a pé, talvez seis, e eles viajam a pé. Meu palpite é que animal algum seria capaz de suportar sua imundice, portanto eles não estão a cavalo. Se eles estão em Wakadishu, eles ficarão lá somente por mais dois dias, talvez três. Depois irão até a próxima porta, aquela pela qual passamos a caminho de Dolingo.

— Então não deveríamos encontrá-los lá?

— Eles terão de passar pela cidadela. Eles vão querer comer, e quem resistiria a uma carne tão nobre quanto a do povo de Dolingo? Além do mais, Tristogo, estamos em menor número. Talvez precisemos de ajuda.

— Então nós vamos impedi-los de continuar?

— Sim, é isso que vamos fazer.

Ele bateu as duas mãos, e o barulho ecoou pelo céu. Em seguida ele abriu os braços, e eu fui andando em sua direção, como se quisesse abraçá-lo. Ele se contorceu um pouco, sem entender direito o que eu estava fazendo. Envolvi meus braços nele, pus minha cabeça em sua axila e inalei longa e profundamente.

— O que você está fazendo? — perguntou ele.

— Tentando me lembrar de você — respondi.

Tristogo então me perguntou se eu achava a menina bonita.

— Venin, eu disse o nome dela a você — disse ele.

— Ela é bonita para uma menina, eu acho, mas seus lábios são muito finos, assim como seus cabelos, e ela é só um pouquinho mais escura do que o comissário, cuja pele é horrorosa. Você acha ela bonita?

— Eu me sinto como se eu fosse um Ogo pela metade. Minha mãe morreu quando me teve, e isso está bem, pois se tivesse sobrevivido ela apenas amaldiçoaria a mim e ao meu nascimento. Mas eu não me sinto mais como um Ogo em muitas coisas.

— Você é decente e verdadeiro, meu caro Ogo. E sim, ela é bonita.

O resto de minhas palavras eu deixei dentro da minha cabeça, o que talvez tenha sido uma piada de mau gosto. Ele concordou com a cabeça e contraiu seus lábios, satisfeito com a minha resposta, e encostou sua cabeça em seus tapetes.

No andar de baixo, passei pelo quarto onde estava o comissário.

— Ainda é cedo, mas boa noite, Rastreador — disse ele, quando eu passei.

— Noite — foi tudo que saiu da minha boca.

Só então eu percebi que o velho tinha parado de tocar e estava no quarto, possivelmente encarando a escuridão. Desci até o primeiro andar e fiquei esperando por Sogolon.

— Aquele seu velho, ele estava cantando.

A menina entrou primeiro, arfando e bufando. Sogolon pegou sua mão, e a menina a empurrou e a prensou contra uma parede. Eu levantei num pulo, mas a menina a soltou, rosnou e começou a subir as escadas. Sogolon fechou a porta.

— Venin — disse a bruxa.

A menina xingou numa linguagem que eu não conhecia. Sogolon respondeu na mesma língua. Eu conhecia aquele seu tom: estou aqui para falar, e você está aqui para me ouvir. Fiquei imaginando a menina praguejando para que Sogolon fosse estuprada mil vezes por um homem coberto de verrugas, ou algo tão horrível quanto. Ela subiu xingando pelos dois lances de escada e bateu a porta com força.

— Ninguém nesta casa sabe para que serve a noite — disse Sogolon.

— Para foder? Ou para as bruxas prepararem seus feitiços? O sono é para os deuses antigos e aqueles que os seguem, Sogolon. Aquele seu velho estava cantando.

— Isso é mentira.

— Não faz muito sentido mentir para você, velha.

— Exceto por diversão, talvez. Você também estava no quarto, hoje mesmo, quando ele se recusou a cantar. As canções estão dentro de sua boca e nenhuma sai de lá desde que Kwash Netu era o Rei.

— Eu sei o que eu ouvi.

— Ele não canta há trinta anos, talvez até mais, mas ele cantou na sua frente?

— Na verdade ele estava de costas para mim.

— Um griô silencioso não sai simplesmente abrindo a boca.

— Talvez ele estivesse esperando que você saísse de perto.

— Suas alfinetadas já doem menos do que uma lua atrás. Talvez alguém tenha lhe dado um novo motivo para cantar.

— Ele não estava cantando sobre mim.

— Como você sabe?

— Porque eu não sou ninguém. Você não concorda?

— Conversarei com ele quando ele acordar.

— Talvez ele estivesse cantando sobre si mesmo. Pergunte isso a ele.

— Ele não vai responder uma coisa dessas.

— Você não perguntou.

— Um griô nunca explica uma canção, apenas a repete, talvez acrescentando alguma coisa nova, pois senão ele estaria dando uma explicação, e não cantando uma canção. Não era sobre o Rei?

— Não.

— Ou sobre o menino?

— Não.

— Então sobre o que ele cantaria?

— Talvez sobre o que todos os homens cantam. Amor.

Ela riu.

— Talvez algumas pessoas neste mundo ainda precisem dele.

— Você precisa? — perguntou ela.

— Ninguém ama ninguém.

— O Rei anterior a este, Kwash Netu, nunca foi muito partidário do conhecimento. Por que ele precisaria? Isso é algo que a maioria das pessoas não sabe sobre os reis e as rainhas. Mesmo há muitas eras, o conhecimento sempre serviu para alguma coisa. Eu aprendi magia negra para usá-la a favor e também contra. Você aprendeu coisas no palácio da sabedoria, de modo que está numa posição superior à do seu pai. Você aprendeu a usar uma arma para se proteger. Você aprendeu a ler um mapa para ser o senhor de suas jornadas. Em todas as coisas, o conhecimento serve para te levar de onde você está para onde você gostaria de ir. Mas um rei já está nesse lugar. É por isso que um rei e uma rainha podem ser os mais ignorantes de todo um reino. E a cabeça deste Rei estava mais vazia do que este céu até que alguém disse a ele que alguns griôs entoavam canções mais velhas do que ele. Você consegue imaginar? Ele nunca tinha pensado que qualquer um pudesse gravar na memória qualquer coisa que tivesse acontecido antes do seu nascimento, pois é dessa maneira que os reis criam seus filhos.

"Mas este Rei não sabia que existiam griôs que entoavam canções sobre os reis anteriores a ele. Quem eram. O que faziam. Tudo até a atuação sinistra de Kwash Moki. O Rei nunca havia sequer ouvido uma canção. O homem ao seu lado disse 'Excelentíssima Majestade, existe uma canção contra você'. Então eles foram atrás de quase todos os homens que tinham canções contendo versos anteriores à época de Kwash Moki e os mataram. E quando não encontravam a vítima, eles matavam a esposa e os filhos e as filhas. Matar, queimar as casas e ordenar que todos esqueçam todas as canções entoadas daquela maneira. Mataram a família toda desse homem, é o que fizeram. Ele escapou, mas até agora ele segue se perguntando por que eles não o mataram. Eles poderiam tê-lo silenciado sem precisar matar nove pessoas para isso. Mas é assim que agem esses reis do Norte. Eu vou conversar com ele quando ele acordar, disso eu sei."

Soluços me acordaram antes do sol. Primeiro eu pensei que fosse o vento ou os vestígios de um sonho, mas lá estava ele, em frente à cama na qual eu dormia, o Ogo, agachado em um canto da janela virada para o Sul, chorando.

— Tristogo, o que foi...

— Foi como se ele pensasse que era só pisar nele e sair caminhando. Foi o que pareceu. Se ele podia caminhar nele, por que não caminhou?

— Caminhar em quê, meu caro Ogo? E quem?

— O griô. Por que ele não caminhou nele?

— Caminhar em quê?

— No vento.

Corri até a janela virada para o Norte, olhei para fora por um instante, e depois corri para a voltada ao Sul, ao lado da qual Tristogo estava. Vi Sogolon e desci. Ela estava vestida de branco aquela manhã, não com o traje de couro marrom que ela sempre usava. O griô estava a seus pés, com os membros de seu corpo retorcidos como os de uma aranha queimada, quebrado em muitos lugares, morto. Ela estava de costas para mim, e suas roupas tremulavam ao vento.

— Todos ainda dormem? — perguntou ela.

— Exceto o Ogo.

— O Ogo contou que ele passou caminhando por ele e caiu do telhado, como se estivesse andando por uma estrada.

— Talvez ele estivesse andando pela estrada que leva até os deuses.

— Esta parece ser uma boa hora para se fazer uma piada, para você?

— Não.

— O que ele cantou para você? No dia que passou, o que ele cantou?

— A verdade? Sobre o amor. Foi apenas sobre isso que ele cantou. Procurar por amor. Perder o amor. Falava sobre o amor da mesma forma como os poetas de onde Mossi vem falam sobre o amor. Um amor que ele perdeu. Era sobre isso que ele cantava, apenas sobre o amor que ele perdeu.

Sogolon olhou para cima, para o céu, além da casa.

— O espírito dele ainda caminha no vento.

— É claro.

— Não me importa se você concorda ou não, você me ouviu...

— Nós concordamos, mulher.

— Não é bom que os outros saibam. Nem mesmo o búfalo; leve-o para pastar em outro lugar.

— Você quer arrastar o velho até a mata fechada? Que ele sirva de alimento para a hiena e o corvo?

— E depois os vermes e os besouros. Não importa agora. Ele está com seus ancestrais. Confie nos deuses.

O Ogo saiu da casa para se juntar a nós, seus olhos ainda vermelhos. Pobre Ogo, não que ele fosse sensível, mas alguma coisa em testemunhar outra pessoa tratando a si mesma com tamanha violência o abalou.

— Vamos levá-lo para o mato, Tristogo.

Aqui ainda era a savana. Não havia muitas árvores, apenas grama amarela, chegando à altura do meu nariz. Tristogo o pegou em seu colo como se ele fosse um bebê, muito embora sua cabeça estivesse ensanguentada. Fomos juntos até o mato mais alto.

— A morte segue reinando sobre nós, não é mesmo? Ela ainda quer escolher a hora em que nos levará. Às vezes antes mesmo que nossos ancestrais tenham construído um lar. Talvez ele fosse um desses que gostava de testar o Rei Final, Ogo. Talvez ele simplesmente tenha dito "À merda os deuses, eu escolho a hora em que estarei com meus ancestrais".

— Talvez — respondeu ele.

— Eu queria poder dizer palavras melhores, como as que ele costumava cantar. Mas ele deve ter pensado que, qualquer que fosse o seu propósito, ele o havia cumprido. Depois disso não havia mais nada a...

— Você acredita em propósito? — perguntou Tristogo.

— Eu acredito nas pessoas quando elas dizem que acreditam nele.

— O Ogo não vê utilidade nos deuses, no céu ou num lugar para os mortos. Quando o Ogo morre, ele vira comida de corvo.

— Eu gosto do jeito que o Ogo pensa. E se...

Passou voando na frente do meu rosto tão rápido que eu pensei que era algum tipo de magia. Em seguida, outro passou atrás da minha cabeça. O terceiro veio direto no meu rosto, como se estivesse mirando nos meus olhos, mas eu me defendi, e suas garras arranharam minha mão. Um se jogou contra o ombro do Ogo, e ele o rebateu com tanta rapidez e tanta força que ele explodiu numa nuvem de sangue. Pássaros. Dois atacaram o seu rosto, e ele soltou o griô. Ele acertou um deles e pegou o outro, esmagando-o por inteiro. Um passou raspando na minha nuca. Eu o segurei pelas costas e tentei quebrar seu pescoço, mas ele era forte; bateu suas asas, me arranhou com suas garras e mordeu meus dedos. Eu o soltei, e ele deu uma volta pelo ar e voltou na minha direção. Tristogo se botou na minha frente e o acertou com um tapa. No chão, eu vi o que eles eram, calaus, com a cabeça branca e um penacho negro em cima dela, uma longa cauda cinza e um enorme bico vermelho curvado para baixo, maior do que sua cabeça, e o vermelho significava que ele era um macho. Outro pousou sobre o griô e começou a bater suas asas. O Ogo se esticou para pegá-lo quando eu olhei para cima.

— Tristogo, olha.

Bem em cima de nós, rodopiando, gritando, uma nuvem negra de calaus. Três mergulharam na nossa direção, depois mais quatro, depois mais e mais.

— Corra!

O Ogo ficou e lutou, socando e estapeando e esmagando com seus punhos e arrancando suas asas, mas eles continuavam vindo. Dois, vindo na direção da minha cabeça, colidiram um com o outro e começaram a brigar em cima dela. Eu corri protegendo o rosto com a minha mão enquanto eles arranhavam meus dedos. O Ogo, cansado de lutar, também começou a correr. Perto da porta da casa eles pararam de nos perseguir. Sogolon saiu da casa e nós nos viramos para ver o enxame de pássaros — centenas, se não mais — pegando o griô com suas garras, levantando-o lentamente do chão, mas não muito alto, e levando-o embora. Não dissemos nada.

Juntamos nossas coisas enquanto Sogolon contou aos outros que o homem tinha se embrenhado na mata fechada para conversar com os espíritos, o que não era exatamente uma mentira, e disse que deveríamos levar o máximo que conseguíssemos carregar.

— Por que precisaríamos de tudo isso, se estamos a menos de um dia de distância da cidadela de Dolingo? — perguntei.

Ela franziu o cenho e disse para a menina pegar mais comida.

— Se você quer mais comida, vá pegar você — chiou a menina.

Fiquei me perguntando se Mossi estaria pensando o mesmo que eu, mas aquilo não era uma coisa que eu queria perguntar naquele momento. Ele pegou um pano e o enrolou no meu pescoço para cobrir o arranhão. Sogolon pegou um cavalo, a menina escalou as costas de Tristogo e sentou-se em seu ombro direito. Mossi montou no búfalo, e ambos se viraram e olharam para mim quando comecei a andar.

— Não seja tolo, Rastreador, você vai nos atrasar — disse Mossi.

Ele esticou sua mão e me puxou para cima.

O dia se avermelhou, depois escureceu, e não estávamos nem perto da cidadela de Dolingo. Eu cochilei, adormeci encostado no ombro de

Mossi, me afastei horrorizado e tornei a cair no sono, dessa vez sem me preocupar, só para acordar e descobrir que ainda não havíamos chegado lá. Dolingo devia ser uma dessas terras que parecem pequenas, mas que você leva duas vidas atravessando. A primeira vez que acordei eu estava duro. Na verdade, foi por isso que eu me afastei. Deve ter sido por causa de algum sonho que se desvaneceu assim que acordei. Como os sonhos sempre fazem. Sim, como eles sempre fazem. Eu me afastei dele o máximo que pude porque, pra falar a verdade, eu sentia o seu cheiro. Sim, eu conseguia sentir o cheiro de todo mundo, mas não era todo mundo que estava respirando muito mais devagar do que todos os outros. E eu fiquei me amaldiçoando por ter adormecido sobre o ombro de Mossi, torcendo para não ter babado nem cutucado suas costas, muito embora meu pau apontasse para cima quando estava duro, não para frente. É claro que ficar torcendo para não estar de pau duro ao dormir me fez ficar com o pau mais duro ainda, então comecei a pensar nos calaus e nos céus noturnos e em água suja, em qualquer coisa.

— Meu bom búfalo, se você estiver cansado, nós podemos caminhar — disse Mossi.

O búfalo grunhiu, o que Mossi interpretou como um fiquem onde estão, muito embora eu quisesse descer. Mas eu também queria estar usando roupas grossas e pesadas, só daquela vez. Não que roupas fossem capazes de esconder os desejos de um homem. Mas aquilo não era desejo, era o meu corpo se agarrando a um sonho que a minha cabeça havia abandonado há muito. Estávamos subindo lentamente, na direção de um ar noturno mais fresco, passando por pequenas colinas e grandes rochas.

— Sogolon, você disse que estávamos em Dolingo. Onde ela está? — perguntei.

— Seu tolo, seu estúpido, seu idiota. Você acha que estamos passando por montanhas? Olhe para cima.

Dolingo. Não tinha se passado muito tempo desde que deixamos a casa do griô, porém, à medida que a mata foi ficando mais fechada, eu achei que estávamos contornando as montanhas para não precisarmos escalá-las. Eu teria caído do búfalo se Mossi não tivesse segurado minha mão.

Dolingo. Aquelas não eram rochas grandes, muito embora fossem tão grandes quanto montanhas — mil, seis mil, talvez dez mil passos de diâmetro —, mas sim o tronco de árvores com galhos pequenos, brotando perto do chão. Árvores mais altas que o próprio mundo. Primeiro, olhando para cima, tudo que consegui ver foram luzes e cordas, alguma coisa se expandindo para além das nuvens. Chegamos a uma clareira vasta como um campo de batalha, extensa o suficiente para que eu visse duas delas. A primeira tinha a mesma largura da clareira; a segunda, um pouco menor. Os dois troncos atravessavam as nuvens e continuavam subindo. Mossi pôs a mão no meu joelho, certamente sem pensar. O primeiro tinha uma edificação, feita talvez de madeira, de argamassa ou das duas coisas, contornando toda a base do tronco, se elevando por cinco andares, cada piso com oitenta a cem passos de altura. Luz tremulava discretamente em algumas janelas e ardia intensamente em outras. O tronco seguia, escuro, ainda mais alto, atravessando mais nuvens, onde então se bifurcava, como um garfo. À esquerda, o que parecia ser uma tremenda fortaleza, com enormes paredes lisas, com grandes portas e janelas, um outro andar sobre o primeiro, e mais outro em cima deste, continuando dessa forma até o sexto andar, com um deque e uma plataforma no quinto, sustentada por quatro cordas que deveriam ser da mesma grossura do pescoço de um cavalo. E, no topo de tudo, um complexo com as magníficas torres e telhados de um grande salão. À direita, o galho seguia sem adornos até a altura das fortalezas, com um único palácio no topo, mas mesmo esse palácio tinha muitos andares, plataformas, deques e telhados feitos de ouro. As nuvens se dissiparam, a lua brilhou mais forte, e eu percebi que o garfo tinha três pontas, não duas. Um terceiro galho, grosso como os outros dois, repleto de edifícios prontos e em construção. E um deque que se estendia para muito além dos demais, que se estendia tanto que eu pensei que ele logo se quebraria. Nesse deque estavam penduradas várias plataformas, para cima e para baixo, sustentadas por cordas. Quantos escravos teriam sido necessários para pendurá-las todas? E que tipo de agora era aquele, que tipo de futuro, em que as pessoas construíam para cima e não para os lados? Construíam em cima, e não ao lado uns dos outros? Onde estavam as fazendas e o gado, e, na ausência destes, o que aquelas pessoas comiam? Bem mais ao longe, no grande espaço vazio, outras sete árvores enormes se destacavam, incluindo uma com gigantescas plataformas reluzentes que se pareciam com asas, e uma torre com um formato similar a uma vela de um dhow. Outra tinha o tronco apontado levemente para o Oeste, mas as estruturas inclinadas levemente para o Leste, como se todos os prédios estivessem escorregando de suas bases. De galho em galho, de prédio em prédio, cordas, polias e plataformas e vagões suspensos que se moviam para lá e para cá, em cima e embaixo.

— Que lugar é esse? — perguntou Mossi.

— Dolingo.

— Nunca vi nada tão magnífico. Os deuses vivem aqui? Esta é a morada dos deuses?

— Não. É a morada das pessoas.

— Eu não sei se quero conhecer essas pessoas — comentou Mossi.

— Talvez as mulheres gostem do seu cheiro de mirra.

Barulho de metal, engrenagens se encaixando. Ferro chocou-se com ferro, e a plataforma começou a descer. As cordas ao redor se tensionaram e as polias começaram a girar. A plataforma, que descia, acima de nós, bloqueou a lua e nos escondeu nas sombras. Ela era tão comprida quanto um navio, e fez o chão tremer ao pousar nele.

A mão de Mossi ainda estava em meu joelho. Sogolon e a menina galoparam na direção da plataforma, esperando que as seguíssemos. A plataforma já estava começando a subir quando o búfalo saltou sobre ela, deslizando um pouco. A mão de Mossi deixou o meu joelho. Ele desceu do búfalo e se desequilibrou um pouco devido ao balanço da plataforma. De uma torre, no alto, alguém usou um grande círculo de vidro ou prata, talvez um prato, para refletir a luz da lua na plataforma lá embaixo. Nós ouvíamos as engrenagens, os mecanismos e as rodas dentadas. Fomos subindo cada vez mais, e, conforme íamos chegando mais perto, eu podia ver os padrões desenhados nos muros, diamantes subindo e descendo e atravessando uns aos outros, e bolas no mesmo modelo, e glifos antigos e listras e linhas selvagens, que pareciam estar se movendo, como se um artista as tivesse pintado com o vento. Subimos mais alto, além do tronco, mais alto do que qualquer ponte ou estrada, até chegar aos galhos da árvore. Na lateral do galho direito, alguém havia pintado a cabeça negra de uma mulher, tão grande que tinha mais de quatro andares de altura, e, em sua cabeça, um turbante que se esticava ainda mais para o alto.

O elevador se nivelou com uma plataforma e seus movimentos cessaram. Sogolon foi a primeira a descer, e Venin a seguiu, andando sem olhar nem para a direita nem para a esquerda e nem para cima, onde havia diversas esferas luminosas, porém sem cordas nem fonte. O mesmo fizeram Tristogo e o búfalo. Eles já haviam estado aqui, mas eu não. Mossi ainda estava em choque. Sogolon e Venin deixaram o cavalo parado num canto. Esse era o ramo da direita, o galho do palácio, e, no muro mais próximo, havia um símbolo numa linguagem parecida com uma que eu conhecia, com letras da altura de um homem.

— Esta é Mkololo, a primeira árvore, e trono da Rainha — disse Tristogo.

A lua agora estava tão perto que podia ouvir o que estávamos falando. Andamos sobre uma ponte larga de pedras que se esticava por cima de um rio e se encontrava com uma estrada sem curvas. Eu queria perguntar que tipo de ciência faria um rio correr naquela altura, mas o palácio estava à nossa frente, como se tivesse se erguido do chão naquele instante, como se fôssemos ratos contemplando uma árvore. A lua deixava todas as paredes brancas. No nível mais baixo, um muro alto e uma ponte à esquerda, por cima de uma cachoeira. No andar seguinte, algo que eu só tinha visto nas terras do mar de areia. Um aqueduto. Acima disso, o primeiro piso, com janelas acesas e duas torres. E acima disso, mais aposentos, e quartos, e salões, e torres, e telhados imponentes, alguns como o topo de uma cabaça, outros como a ponta de uma flecha. Elevada e à direita, uma longa plataforma cheia de pessoas, jogando sombras sobre nós, conforme nos aproximávamos de uma porta dupla da altura de cerca de três homens. Fazendo a guarda, dois sentinelas de armaduras verdes, com gorjais no pescoço que lhes cobriam até o nariz, e lanças compridas em uma das mãos. Eles puxaram as alças e abriram a porta. Passamos por eles, mas mantive minhas mãos em meus machados, e Mossi segurou sua espada.

— Não insultem a hospitalidade da Rainha — ordenou Sogolon.

Vinte passos depois apareceu um fosso, com uma ponte não muito mais larga que três homens lado a lado, que nos levaria até a outra ponta. Sogolon foi primeiro, depois o Ogo, Venin, o búfalo, Mossi, e depois eu. Fiquei olhando para Mossi enquanto ele olhava os arredores, levando sustos com qualquer barulhinho d'água, qualquer pássaro que passasse voando, ou com os ruídos das engrenagens das plataformas do lado de fora. Eu fiquei olhando mais para ele do que para o lugar para onde estávamos indo, até porque Sogolon claramente sabia onde era. Calor subia da água, mas peixes e feras aquáticas nadavam nela. Atravessamos a ponte e fomos andando na direção de degraus; observávamos homens, mulheres, animais e criaturas que eu nunca havia visto, cobertas de placas de ferro e cotas de malha, e roupas e capas e turbantes com longas penas. Os homens e as mulheres tinham a pele mais escura que eu já vi. Havia dois guardas em cada degrau. No último degrau, a entrada era mais alta do que eu era capaz de medir.

A verdade é a seguinte. Eu tinha estado em domínios magníficos em todas as terras e também debaixo dos mares, mas como eu seria capaz de descrever aquela corte? Mossi ficou paralisado e embasbacado, como eu também fiquei. O teto dos salões era tão alto que eu esperava que os homens e mulheres fossem também daquela altura. No salão principal, os guardas estavam posicionados ao longo das paredes, vinte e mais dez, e havia outros guardas, seis, virados em nossa direção. Todos portavam duas espadas e uma lança e exibiam seus rostos, que eram todos de um negro azulado muito escuro. Suas mãos também. E as pessoas que andavam pelo salão, mesmo aquelas cobertas em vestes coloridas, ainda tinham a pele mais escura que eu tinha visto desde a versão felina do Leopardo. Guardas também estavam em nossa plataforma, dois deles. Eu queria ver do que suas espadas eram feitas. Aquele salão tinha ouro em todos os seus pilares e nos contornos de todas as armaduras, mas o ouro seria um metal terrível para uma espada. O piso do salão era rebaixado em relação à nossa plataforma, mas o altar do trono era a parte mais elevada, uma pirâmide composta de um trono imperial, com uma borda ou degrau fazendo todo o contorno, sobre a qual diversas mulheres estavam sentadas e, acima delas, efetivamente o trono e efetivamente a Rainha.

Sua pele, como a de seus homens, era de um negro oriundo do mais profundo azul. Sua coroa era como se um pássaro de ouro tivesse pousado em sua cabeça e a envolvido em suas asas. Ouro também delineava seus olhos e brilhava de um pequeno ponto em ambos os lábios. Uma roupa folgada, sustentada por alças douradas penduradas em seu pescoço, revelava seus mamilos quando ela se inclinava para trás.

— Ouçam-me agora — disse ela, sua voz mais grave que a entoação dos monges. — Os rumores eu já tinha ouvido. Rumores sobre homens da cor da areia, alguns até da cor do leite, mas eu sou Rainha e eu acredito no que desejo acreditar. Então, eu não acreditava que eles existiam. Mas olhem para um deles bem à nossa frente.

A língua dos Dolingon era parecida com a dos Malakal. Sons agudos pronunciados rapidamente, e sons compridos, que se estendiam de propósito. Mossi já estava de cenho franzido.

Ele me cutucou.

— O que ela disse?

— Você não fala a língua dos Dolingon?

— Com certeza. Um eunuco gordo me ensinou quando eu tinha quatro anos. Claro que não falo. O que ela disse?

— Ela falou sobre homens que nunca viu. Sobre você. Tenho quase certeza.

— Eu deveria chamá-lo de homem de areia? — indagou ela. — Eu o chamarei de homem de areia, pois acho isso muito engraçado... Eu disse que acho isso muito engraçado.

O salão inteiro explodiu em gargalhadas, palmas, assobios e gritos para os deuses. Ela ergueu uma das mãos, e eles pararam num segundo. Ela fez um gesto para que Mossi se aproximasse, mas ele não entendeu.

— Rastreador, eles estão rindo. Por que eles estão rindo?

— Ela acaba de chamar você de menino de areia ou pessoa de areia.

— E isso os diverte?

— Ele é surdo? Eu o ordenei que viesse até aqui — disse a Rainha.

— Mossi, ela está falando de você.

— Mas ela não disse nada.

— Ela é a Rainha, se ela disse que falou, ela falou.

— Mas ela não disse nada.

— À merda os deuses. Vá!

— Não.

Duas lanças o cutucaram pelas costas. Os guardas começaram a andar, e, se Mossi não tivesse se mexido, suas lâminas teriam perfurado sua carne. Eles desceram os degraus de nossa plataforma, cruzaram o vasto espaço cheio de mulheres, homens e feras da corte, e pararam aos pés do altar do trono. Ela acenou para que ele subisse, e os dois guardas que bloqueavam os degraus se afastaram.

— Chanceler, você já visitou mais territórios do que estão descritos em todos os grandes livros. Me diga, você já tinha visto um homem como este?

Um homem alto e esguio com o cabelo fino e comprido subiu no altar para falar com a Rainha. Ele se curvou primeiro.

— Excelentíssima Rainha, muitas vezes, e o que acontece é o seguinte. Ele...

— Como é que você nunca comprou um desses para mim?

— Me perdoe, minha Rainha.

— Existem homens ainda mais claros do que este?

— Sim, Majestade.

— Que assustador, e que delícia. — E então, para Mossi: — Qual é o seu nome?

Mossi olhou para ela impassível, como se realmente fosse surdo. Sogolon disse que ele não entendia sua língua.

Um guarda se aproximou e entregou ao chanceler a espada de Mossi. O chanceler olhou para a lâmina, examinou o cabo e disse, em língua Kongori:

— Como você possui uma espada dessas?

— Ela vem de uma terra estrangeira — explicou Mossi.

— Que terra?

— A minha.

— A sua terra não é Kongor?

O chanceler, virado para a Rainha, disse a Mossi:

— Certamente alguém lhe deu um nome. Qual é? O nome, o nome.

— Mossi.

— Hmm?

— Mossi.

— Hmm?

O chanceler acenou com a cabeça, e uma lança espetou a lateral de Mossi.

— Mossi, excelentíssima Rainha — apresentou-se Mossi.

O chanceler repetiu para a Rainha.

— Mossi? Apenas Mossi. Homens como você caem do céu e simplesmente escolhem um nome? Qual é a sua origem, mestre Mossi? De que casa você vem? — perguntou o chanceler.

— Mossi, da casa de Azar, das terras da estrela oriental.

O chanceler repetiu na língua de Dolingo, e a Rainha soltou uma gargalhada.

— Por que um homem que vem do Leste do oceano viveria nestas terras? E que doença é essa que lavou toda a cor de sua pele? Diga-me agora, já que ninguém nesta corte aprecia quando você irrita sua Rainha... Eu disse, ninguém nesta corte aprecia quando você irrita sua Rainha.

A corte irrompeu em nãos e ã-ãs e gritos para os deuses.

— E, mesmo assim, seu cabelo é negro como o carvão. Levante essa manga... Sim, sim, sim, mas como isso é possível? Seu ombro é mais claro do que o seu braço? Eu consigo ver daqui, alguém costurou braços no seu corpo? É melhor o meu conselho de sábios começar a me aconselhar.

Eu fiquei olhando aquilo tudo e me perguntei se apenas os reis e rainhas do Sul eram loucos. Sogolon se manteve na retaguarda quando eu acreditei que ela fosse se manifestar. Tentei ler sua expressão, mas o rosto dela não era como o meu. Se eu desgostasse de você, você saberia assim que eu lhe desse bom dia. A Rainha estava brincando, mas que tipo de brincadeira era aquela? O Ogo estava parado, mas seus punhos estalavam pela força com que ele os apertava. Eu toquei seu braço. Mossi também não era muito bom em esconder o que se passava em sua cabeça. E Mossi estava parado ali, olhando para todos os lados, sem entender nada.

Ele viu o meu rosto, e o dele ficou preocupado. "Quê?", ele fez com a boca, mas eu não soube como dizer qualquer coisa para ele.

— Quero ver mais. Remova — ordenou a Rainha.

— Remova suas roupas — disse o chanceler para Mossi.

— O quê? — perguntou Mossi.

— Não.

— Não? — indagou a Rainha, que ela tinha entendido, apesar daquilo ter sido dito na língua Kongori. — Uma Rainha precisa do consentimento de um homem agora?

Ela acenou com a cabeça, e dois de seus guardas pegaram Mossi. Ele deu um soco na cara de um deles, mas o outro encostou uma faca em seu pescoço. Ele se virou para mim, e eu fiz com a boca "Paz. Paz, comissário". O guarda usou a mesma faca, acondicionada entre suas roupas e seus ombros, para fazer o corte. O outro guarda puxou seu cinto, e tudo caiu no chão.

— Ninguém se espantou? Não ouço ninguém espantado? — disse a Rainha, e o salão irrompeu em sustos, tosses, suspiros e gritos para os deuses.

Mossi pensou "Estas são as coisas que devem acontecer comigo", endireitou suas costas, ergueu sua cabeça e ficou ali parado. As mulheres, homens e eunucos que estavam sentados aos pés da Rainha se amontoaram para ver de mais perto. Qual era o grande mistério, eu não sabia.

— Que coisa estranha, estranhíssima. Chanceler, por que esta parte é mais escura do que o resto? Erga-o, eu quero ver o saco.

O chanceler se esticou para pegar as bolas de Mossi, e ele deu um pulo. Enquanto tudo isso acontecia, Sogolon não disse nada.

— Tão escuro quanto? Sim, isso é estranho, chanceler.

— Estranho mesmo, Excelentíssima.

— Você é um homem feito a partir de outros homens? Seus braços são mais escuros que seus ombros, seu pescoço é mais escuro que seu peito, suas nádegas são mais brancas que suas pernas, e seu, seu... — Então, para o chanceler: — Como suas cortesãs chamam isso?

Pra falar a verdade, eu ri.

— Não sou o tipo de homem que costuma andar na companhia de cortesãs, Excelentíssima — disse o chanceler.

— Claro que é, elas andam sobre quatro patas e não sabem falar, mas são suas. Já chega dessa conversa. Eu quero saber porque isso é tão mais escuro que o resto dele. É assim que são todos os homens em outras terras? É isso que eu teria visto se tivesse me casado com um dos príncipes de Kalindar? Homem do Oriente, por que ele é da mesma cor daquele homem parado ao lado de Sogolon?

O chanceler disse apenas que era curioso que um homem com uma pele tão clara tivesse bolas tão escuras.

Mossi me viu segurando uma risada e franziu o cenho.

— Os deuses quiseram pregar uma peça em mim, minha Rainha — gracejou ele.

O chanceler disse à Rainha o que o Mossi havia dito, quase da mesma forma que ele havia dito.

— Em que homem eles pregaram uma peça quando tiraram isso dele e puseram neste homem? Eu exijo saber essas coisas. Imediatamente.

Mossi parecia perplexo mais uma vez, mas ficou olhando para as pessoas que estavam olhando para ele. Ainda assim, não disse nada.

Sogolon limpou sua garganta.

— Excelentíssima Rainha, lembre-se do motivo que nos trouxe até Dolingo.

— Eu não costumo esquecer das coisas, Sogolon. Especialmente quando são favores. Especialmente da maneira que você implorou por este.

Mossi olhou para eles com o choque que eu escondi.

— Veja como seus lábios ficaram mudos. Por que eu, a mais sábia das rainhas, não falaria essa língua selvagem do Norte, especialmente quando tenho que lidar constantemente com selvagens? Uma criança poderia aprendê-la em um dia... Por que minha corte não está fazendo uhs e ahs?

O chanceler traduziu para a corte, que irrompeu em uhs e ahs e gritos para os deuses.

Ela fez um gesto com a mão, e os guardas cutucaram Mossi com suas lanças. Ele pegou suas roupas e voltou andando até nós. Fiquei olhando para ele o tempo todo, mas ele só olhava para a frente.

— Você dividiu sua causa comigo porque pensou que éramos irmãs. Mas eu sou a Rainha, e você é menos que um inseto.

— Sim, Excelentíssima — disse Sogolon, e se curvou.

— Eu concordei em ajudá-la porque Lissisolo e eu deveríamos ser rainhas juntas. E porque seu Rei está dando folga até mesmo aos demônios. Como ele queria que Dolingo estivesse lá para ser conquistada. Eu sei o que ele pensa à noite. No dia em que esquecerá que Dolingo permanece neutra e tomará a cidadela para si. E um dia ele tentará. Mas não hoje, e não enquanto eu for Rainha. Além disso, também estou muito entediada. Por luas, seu homem feito de retalhos foi a coisa que chegou mais perto de merecer meu olhar. Pelo menos desde que eu cortei aquele príncipe de Mitu ao meio para ver se ele era tão vazio quanto parecia. Você, com as marcas, você viu nossos vagões no céu?

Ela falou comigo.

— Só quando subia para encontrá-la, Excelentíssima Rainha — disse eu.

— Muitos ainda se perguntam que tipo de magia ou feitiço os mantém no ar. Não é nem feitiço nem magia, é ferro e corda. Eu não possuo mágicos, eu possuo mestres ferreiros e mestres vidraceiros e mestres carpinteiros. Pois, em nosso palácio da sabedoria, há pessoas que são realmente sábias. Odeio homens que aceitam as coisas como elas são, sem jamais questioná-las, jamais consertá-las, jamais aprimorá-las ou melhorá-las. Diga-me, eu o assusto?

— Não, minha Rainha.

— Pois assustarei. Guardas, levem estes dois para Mungunga. O Ogo e a menina podem ir para os seus quartos. Deixem nós, as mulheres, para discutirmos os assuntos sérios. E alimente o búfalo com capim-elefante. Deve fazer luas que ninguém lhe oferece uma refeição digna. Vão embora agora, todos vocês. Exceto por esta mulher que acredita ser uma irmã.

— Você precisa me ensinar essas palavras, comissário — disse eu, rindo.

Mossi estava xingando e praguejando em sua língua natal, andando de um lado para o outro dentro do vagão, pisando com tanta força que ele chegava a balançar um pouco. Ele me fez esquecer do fato de que ainda estávamos suspensos a uma grande altura, sendo puxados entre árvores enormes por engrenagens. Quanto mais ele xingava, menos eu imaginava uma corda se partindo e nós dois despencando para a nossa morte. Quanto mais ele xingava, menos eu imaginava que a Rainha estaria nos mandando para bem alto no céu, e tão longe do chão, só para nos matar.

— Se subirmos mais um pouco, poderemos beijar a lua — disse eu.

— À merda a lua e todos que a veneram — praguejou ele.

Ele continuava andando para lá e para cá. De um lado pro outro, indo até a janela e voltando; pelo menos ao acompanhá-lo eu conseguia enxergar o vagão. Naquela altura, a lua brilhava tanto que o verde era verde e o azul era azul e sua pele era quase branca, agora que ele tinha amarrado suas roupas rasgadas à cintura e deixado seu torso nu. Que vagão era aquele; primeiro eu achei que eles tinham virado uma carruagem de cabeça para baixo de modo que as rodas ficassem para cima, e depois passaram as rodas por entre grossos pedaços de corda. Depois, vendo como o vagão havia se inchado como a barriga de um peixe grande, fiquei pensando que ela era um barco que navegava no céu. Ela tinha uma popa e uma proa, como um barco, era mais gorda no meio, como um barco, porém tinha as janelas de uma casa espalhadas por tudo e um teto feito de ripas de madeira coladas com piche. O piso, plano e liso, e molhado de orvalho, quase escorregadio. E também tinha o seguinte: o vento soprava frio àquela altura, e quem quer que tivesse viajado nessa coisa por último estava sangrando. Mossi continuava andando para lá e para cá e xingando, e, quando ele passou por mim, eu segurei seu braço. Ele tentou se mover, tentou livrar-se da minha mão, tentou me empurrar, mas eu fiquei segurando até que ele parou de bufar e reclamar.

— Que foi?

— Pare.

— Não foi *você* quem ela humilhou.

— Você estava sem roupas há poucas noites atrás. E não parecia bravo naquela hora.

— Eu sabia onde estava e com quem estava. Só porque eu estou vivendo com vocês todos não quer dizer que eu não seja mais um homem do Oriente.

— Vocês todos?

Ele deu um suspiro e foi até a lateral para olhar pela janela. Uma nuvem tão prateada e tão fina que poderia se desmanchar a qualquer momento e um outro vagão passando por nós muito ao longe, iluminado pela luz do fogo.

— Quem você acha que eles são? Por que alguém precisaria viajar à noite? Para onde estão indo?

— Pensando como um comissário?

Ele sorriu.

— Seus guardas não nos seguiram.

— Essa Rainha não vê os homens como uma grande ameaça. Ou teria mandado cortar esses cabos antes de chegarmos do outro lado. E despencaríamos para nossas mortes.

— Nenhuma delas traria um sorriso ao meu rosto, Rastreador. Talvez com nós dois sozinhos aqui em cima eles achem que conversaremos, e talvez tenham desenvolvido algum tipo de magia para nos ouvir.

— Os Dolingon são avançados para esta época, mas ninguém é tão avançado assim.

— Talvez nós devêssemos fingir que estamos fodendo violentamente, como tubarões, para dar alguma coisa para eles ouvirem. Me arrombe imediatamente com este seu aríete! Meu buraco agora é uma cratera!

— Como você sabe a maneira como os tubarões fodem?

— Só Deus sabe. Foi o primeiro animal que me veio à cabeça. Pelo amor de Deus, Rastreador, você nunca sorri?

— Que motivo eu tenho para sorrir?

— A minha agradável companhia, para começar. O esplendor deste lugar. Vou te contar, os deuses devem vir se deitar aqui.

— Pensei que você cultuasse apenas um deus.

— Isso não quer dizer que eu não reconheça os outros. Essas terras são famosas por quê?

— Pelo seu ouro e prata, e pelas pedras de vidro, admiradas em terras distantes. Acredito que a cidadela esteja nas alturas porque eles devastaram o solo.

— Você acha que essas árvores enormes estão vivas?

— Eu acho que tudo aqui está vivo, seja lá o que os esteja mantendo vivos.

— O que isso quer dizer?

— Onde estão os escravos? E como eles são?

— Pergunta inteligente. Eu...

Os gritos chegaram até nós antes do vagão, passando tão perto dessa vez que pudemos sentir o cheiro do álcool e da fumaça, tão perto que os tambores pareciam estar batendo dentro de nossos ouvidos e peitos, enquanto outros tocavam a kora e o alaúde como se quisessem arrancar suas cordas. O vagão foi passando até ficarmos frente a frente. O som das batidas não vinha apenas dos tambores, mas também dos pés dos homens e das mulheres que saltavam e pisavam com força como os Ku ou os Gangatom durante a sua dança de acasalamento. Um homem, seu rosto lustroso, pintado de vermelho, segurava uma tocha perto da boca e cuspia fogo como um dragão, fogo que passou por entre nós dois. Eu dei um pulo para desviar das chamas, Mossi ficou parado. O vagão, que não havia parado, seguiu em frente até que a batida se tornasse apenas uma lembrança. Estávamos indo para o ramo afastado do palácio. O terceiro.

— O sangue de alguém estava neste vagão, de alguém jovem — comentei.

— Os homens e as mulheres parecem muito permissivos aqui. Talvez tenham matado uma criança por diversão.

— O que é ser permissivo? Eu já ouvi isso sendo dito sobre homens como você.

— Homens como eu?

— Homens que só têm um deus triste. Você parece uma dessas velhas que se esqueceram que já foram jovens um dia. Seu deus único considera o prazer uma coisa secundária.

— Podemos falar de outra coisa? Estamos quase do outro lado. Rastreador, qual é o nosso plano?

— Não sou eu quem a vejo como nossa comandante.

— Se eu quisesse saber dela, teria perguntado a ela. Diga-me o seguinte: existe um plano?

— Não sei de nenhum.

— Isso é loucura. Então, o plano, como eu o vejo, é esperar até que você fareje esse menino mágico quando ele estiver por perto, e aí, quando esses bebedores de sangue, ou, seja lá o que eles forem, se manifestarem, nós fazemos o quê? Lutamos com eles? Pegamos a criança? Rodopiamos como dançarinos? Nós simplesmente esperamos? Não há nenhuma estratégia?

— Você me pergunta coisas que eu não sei.

— Como salvaremos essa criança desse mal, seja lá qual for, que o domina? E mesmo que o salvemos, o que faremos depois disso?

— Talvez devêssemos elaborar um plano agora — sugeri.

— Talvez você devesse ir embora, provando para Sogolon que você é inteligente.

— Sério?

— Seria a saída preferida, se você fosse capaz de executá-la.

— Nunca houve um plano além de lutar contra qualquer um que estivesse com a criança e levá-la de volta. Matar se for preciso. Mas nada de esquema, estratégia, subterfúgio ou plano, como você disse. Mas acho que essa não é toda a verdade. Eu acho que existe um plano.

— E qual é?

— Eu não sei. Mas Sogolon sabe.

— Então por que ela precisaria de nós? Especialmente quando ela age como se não precisasse.

Olhei ao redor. Nós estávamos sendo observados, escutados ou alguém lia nossos lábios.

— Venha comigo para o escuro — disse eu, e ele mergulhou na sombra comigo. — Acho que Sogolon tem um plano. Eu não o conheço, assim como o Ogo, ou qualquer um que tenha viajado conosco. Mas esse também é o plano.

— Como assim?

— Não existem planos para nós, porque nós não existiremos. Eles vão nos mandar lutar com os bebedores de sangue, quem sabe até ser mortos por eles, enquanto ela e a menina salvam o menino.

— Esse não foi o pacto que você fez?

— Sim, mas alguma coisa mudou em Sogolon quando ela soube que estávamos a caminho de Dolingo. Não sei o quê, mas eu sei que não vou gostar.

— Você não confia nela — afirmou Mossi.

— Ela soltou dois pombos quando deixamos a casa do velho. Pombos para a Rainha.

— Você confia em mim? — perguntou ele.

— Eu...

— Seu coração procura uma resposta. Bom.

Ele sorriu, e eu tentei não sorrir, mas exibi uma expressão calorosa em meu rosto.

— Por que não encostamos uma lâmina em seu pescoço e a obrigamos a falar? — sugeriu ele.

— É assim que vocês fazem as mulheres obedecerem no Oriente? Ela não vai se intimidar com uma coisa dessas, Sogolon. Você a viu, ela pode simplesmente assoprá-lo para longe.

— O que eu sei é que alguém a caça — disse Mossi.

— Alguém caça a todos nós.

— Mas o caçador dela está atrás somente dela. E ele ou ela é incansável.

— Pensei que você só acreditava em um deus e um diabo — provoquei.

— Você repete tanto isso que chega a irritar. Eu já vi muita coisa, Rastreador. Os inimigos dela foram se acumulando. Talvez todos tenham bons motivos. Chegamos.

O vagão bateu em alguma coisa e balançou. O comissário foi jogado em cima de mim, e eu o segurei quando sua cabeça atingiu meu peito. Ele se apoiou no meu ombro e se puxou para cima. Eu quis dizer alguma coisa sobre mirra. Ou sobre sua respiração no meu rosto. Ele ficou de pé, mas o vagão balançou de novo e ele segurou meu braço.

Cinco guardas nos receberam na plataforma e nos informaram que chegamos a Mungunga, a segunda árvore. Eles nos conduziram por uma ponte íngreme feita de pedra, com guaritas dos dois lados da estrada, primeiro até o meu quarto, onde me deixaram, e, depois, eu presumi, para o quarto de Mossi. O meu parecia estar pendurado diretamente naquela árvore enorme, e era sustentado por cordas. Eu não sabia para onde eles tinham levado o comissário. Aquele era mais um quarto com uma cama, algo com o que eu estava começando a me acostumar, apesar de não entender por que alguém gostaria de se deitar numa cama macia. Quanto mais sua cama se parecia com as nuvens, menos alerta você estaria caso algum problema se apresentasse durante seu sono. Mas que grande ideia, dormir numa cama. Havia água para se lavar e um cântaro de leite para beber. Eu me aproximei da porta e ela se abriu sem eu tocar nela. Aquilo me fez parar e olhar à minha volta, duas vezes.

A sacada, do lado de fora, era uma plataforma estreita, com talvez duas pegadas de largura, e meio solta, com cordas presas na altura do peito, para impedir que os bêbados despencassem na direção dos seus ancestrais. Atrás dessa árvore havia duas árvores e, atrás delas, muitas mais. Minha cabeça estava procurando uma palavra maior do que vasta, algo para descrever uma cidade grande como Juba ou Fasisi, mas com todas as coisas empilhadas umas em cima das outras se expandindo pelos céus em vez de umas ao lado das outras se expandindo pelo chão. Será que essas árvores ainda estão crescendo? Em muitas janelas tremulava a luz do fogo. Música emanava de algumas delas, e sons dispersos corriam no vento: alguém comendo, um homem e uma mulher brigando, trepando, chorando, vozes sobre vozes criando ruído, e ninguém dormindo.

E também o seguinte, uma torre fechada, sem janelas, mas de onde todos os cabos que levavam os vagões entravam e saíam. A Rainha tinha razão quando disse que Dolingo não funcionava na base da magia. Mas funcionava na base de alguma coisa. A noite estava indo embora, nos deixando, deixando as pessoas que não dormem, me deixando pensar no que Sogolon havia conversado com a Rainha e onde ela estaria naquele instante. Talvez tenha sido por isso que levei mais tempo do que devia para sentir o seu cheiro em mim. Mirra. Esfreguei meu peito, trouxe a mão em concha ao redor do meu nariz e inalei da mesma forma que alguém tomaria um gole.

Na selva de um sonho, macacos se balançavam em cipós, mas as árvores eram tão altas que eu não conseguia enxergar o céu. Era dia e noite, como sempre era no Reino das Trevas. Ouvi sons, risadas que às vezes soavam como lágrimas. Eu estava torcendo para encontrar o comissário, ansiava vê-lo, mas um macaco andando sobre duas patas puxou minha mão direita, a soltou e depois pulou, e eu o segui, e eu estava numa estrada, e eu saí andando, depois corri, depois andei, e estava muito frio. Temi o som de asas negras, mas não as escutei. E então começou um incêndio no Oeste, e os elefantes e os leões e muitas outras feras, e feras com nomes esquecidos passaram correndo por mim. E um javali com seu rabo em chamas guinchava: "É o menino, é o menino, é o menino."

Um cheiro me acordou.

— Bem-vindo a Dolingo, a magnífica; Dolingo, a inconquistável; Dolingo, que faz os deuses do céu descerem até a terra, pois não há nada no céu parecido com Dolingo.

Ele estava de pé, inclinado sobre mim; baixo, gordo e, sob a luz do dia, do mesmo azul que os Dolingon eram sob a luz da noite. Eu quase disse a ele que, se eu tivesse dormido do jeito que eu costumava dormir, com meu machado debaixo do meu travesseiro, ele seria agora um homem sem cabeça. Em vez disso, esfreguei meus olhos e me sentei. Ele chegou tão perto que eu quase bati com a minha cabeça na sua.

— Primeiro você vai se lavar, não? Sim? Depois você vai comer a sua comida de levantar, não? Sim? Mas primeiro você vai se lavar, não? Sim?

Ele usava um elmo de metal no qual faltava a proteção para o nariz de um guerreiro. Porém era decorado em ouro, e ele parecia ser o tipo de homem que, em breve, me diria exatamente isso.

— Elmo magnífico — elogiei.

— Você gostou? Não? Sim? O ouro extraído das minas do Sul veio parar na minha cabeça. Nada do que você vê aqui é feito de bronze, é tudo de ouro e ferro.

— Você lutou em alguma guerra?

— Guerra? Ninguém guerreia contra os Dolingon, mas sim, saiba que sou, de fato, um homem muito corajoso.

— Posso ver isso pela maneira como você se veste.

De fato, ele vestia a túnica grossa e acolchoada dos guerreiros, mas sua pança saltava para fora dela como se fosse a de uma mulher grávida. Duas coisas. "Se lavar" significava chamar dois servos até meu quarto. Duas portas na lateral se abriram sem que nenhuma mão as tocasse, e o servo puxou lá de dentro uma banheira feita de madeira e piche cheia de água e especiarias. Aquela foi a primeira vez que eu soube que havia portas ali. Eles me esfregaram com pedras, minhas costas, meu rosto, esfregaram até as minhas bolas com a mesma intensidade que haviam esfregado a sola dos meus pés. "Comer" significava uma tábua lisa de madeira saindo por conta própria de uma parede onde antes não havia uma abertura, e um homem me apontando um banco que já estava lá e depois me alimentando com essas coisas que os homens frívolos de Wakadishu adoravam, colheres e facas, fazendo com que eu me sentisse como uma criança. Perguntei se ele era um escravo, e ele riu. A tábua voltou sozinha para dentro da parede.

— Em nossa radiante Rainha estão todo o conhecimento e todas as respostas — disse ele.

Eles me deixaram e, depois de andar dez passos no frio, voltei para dentro e vesti as roupas que eles haviam trazido. Se tinha uma coisa que esses raros momentos usando roupas faziam comigo era aumentar o meu ódio por elas ainda mais. Na porta, ouvi uma confusão dentro do quarto, passos apressados e ofensas. Entrar correndo ou de mansinho, eu não conseguia me decidir, e, quando eu finalmente resolvi abrir a porta de supetão, o quarto estava vazio. Espiões, conforme o esperado.

O que eles estariam procurando, eu não sei. Na sacada, a porta abriu antes que eu chegasse a ela. Recuei alguns passos, e ela se fechou. Dei alguns passos para a frente, e ela se abriu.

Saí novamente e fui percorrendo um caminho que contornava todo aquele andar. De terra e pedra, como se tivesse sido aberto numa montanha. O que aconteceu foi o seguinte. Eu caminhei até chegar a uma interrupção no caminho, e, pendurada na borda, havia uma plataforma feita de ripas de madeira, suspensa por cordas nas suas quatro pontas. Sem eu dizer nada e sem ninguém à vista, a plataforma começou a descer até o andar de baixo. Eu desci da plataforma e fui andando por esse novo caminho, que era uma estrada, larga como se fossem duas. Do outro lado, eu podia ver o palácio e a primeira árvore. No nível mais baixo, uma pequena casa com três janelas escuras e um telhado azul, que parecia isolada de todo o resto. De fato, nem degraus nem uma estrada chegavam até ela. Ela ficava escondida pela gigantesca sombra da plataforma das guaritas, um espaço tão amplo quanto um campo de batalha, no qual guardas marchavam. Os andares pareciam ter sido costurados, o mais baixo com a ponte levadiça e o muro numa cor vermelha como a terra da savana. O andar seguinte, um muro de contenção que ia até a metade do perímetro. O terceiro, alto e com imensos arcos na parte de baixo, e árvores, selvagens e espalhadas, e ainda mais um andar, com os muros mais altos, mais que sete, talvez oito vezes a altura das portas e janelas. Esse andar exibia torres com telhados de ouro, e havia ainda outros dois andares acima dele. Do outro lado, à direita, onde havia uma outra árvore, e bem na altura dos meus olhos, vastos degraus levando a um grande salão. Sobre cada degrau, homens em duplas, aos cinco, e em grupos maiores, vestindo mantos azuis, cinza e negros que se arrastavam pelo chão; sentados, de pé, e dando a impressão de que discutiam assuntos sérios.

— Pensei que as coitadas das minhas bolas iam sangrar do jeito que aqueles eunucos de merda as esfregaram — reclamou Mossi quando eu o vi.

Eles o haviam colocado naquele andar. Foi então que me ocorreu: Por que eles queriam nos separar?

— Eu disse: "Senhores, não fui eu quem castrou vocês dois, não descontem sua raiva no meu pobre cavaleiro." Então é esse tipo de coisa que te faz rir, histórias do meu sofrimento — concluiu Mossi.

Eu não tinha percebido que havia rido. Ele abriu um sorriso largo. Depois, seu semblante ficou sério.

— Vamos caminhar, preciso falar com você — disse ele.

Eu estava curioso para descobrir como as ruas funcionavam numa cidade que se expandia para cima em vez de para os lados. Onde caía a água daquela cachoeira?

— Estou morrendo de pena de você, Rastreador. Eu me perderia de você numa multidão.

— Quê?

Ele apontou para o que eu estava vestindo, o mesmo que ele e muitos dos homens e meninos que passaram por nós: uma longa túnica e um manto preso apenas no pescoço. Mas somente nas cores que eu havia visto antes: cinza, negro e azul. Alguns homens, todos mais velhos, usavam chapéus vermelhos ou verdes para cobrir sua careca, e faixas vermelhas e verdes na cintura. As poucas mulheres passavam em carroças e carruagens abertas, algumas de vestidos brancos com mangas largas como asas, a parte de cima aberta no meio para destacar os seios, e as cabeças enroladas em muitas cores e apontando para cima, como o pico de uma torre.

— Nunca tinha visto você tão vestido — falou ele.

Uma carroça puxada por dois burros passou por nós, com um velho e um menino em cima dela. Eles foram em direção à beirada até onde eu consegui acompanhá-los e depois sumiram. A princípio, pensei que o homem tinha conduzido a carroça até sua morte.

— A estrada continua numa espiral, às vezes para dentro e às vezes para fora da árvore. Mas, em algum ponto, se eles quiserem deixar a cidadela, uma daquelas pontes que nos puxou para cima precisa levá-los para baixo — disse Mossi.

— Uma noite aqui e você já é o guia geral de Dolingo.

— Você pode aprender muita coisa em uma noite quando não dorme. Como isso. Os Dolingon constroem nas alturas por causa de uma antiga profecia na qual muitos ainda acreditam, que diz que o grande dilúvio um dia retornará. Um velho me contou isso, muito embora pode ser que ele tenha ficado louco de tanto tempo perambulando pelas ruas sem dormir. O grande dilúvio que engoliu todas as terras, até mesmo a Cordilheira da Feitiçaria e as montanhas sem nome além de Kongor. O grande dilúvio que matou as grandes feras e devastou toda terra. Eu digo o seguinte: estive em muitas terras, e uma coisa que todas parecem compartilhar é essa crença de que um grande dilúvio um dia aconteceu e que outro um dia acontecerá.

— Pra mim parece que a coisa que todas as terras compartilham são deuses tão mesquinhos e invejosos que preferem destruir todos os mundos do que admitir que algum funcione sozinho, sem eles. Você disse que precisamos conversar.

— Sim.

Ele me pegou pelo braço e começou a andar mais depressa.

— Acho que devemos supor que estamos sendo observados, senão seguidos — disse ele.

Passamos por cima da ponte e por baixo de uma torre larga, com uma arcada de pedra azul mais alta que dez homens. Seguimos andando, sua mão ainda segurando meu braço.

— Nenhuma criança — afirmei.

— Quê?

— Não vi nenhuma criança. Não tinha visto nenhuma noite passada, mas pensei que era porque era noite. Mas até este ponto do dia, ainda não vi nenhuma criança.

— E do que você está reclamando?

— Você viu uma que seja?

— Não, mas tem uma outra coisa que eu preciso contar a você.

— E escravos. Dolingo não é Dolingo por causa da magia. Onde estão os escravos?

— Rastreador.

— A princípio eu achei que os servos que me esfregaram eram os escravos, mas eles parecem ser os mestres de suas artes, mesmo que essa arte seja esfregar costas e esfolar bolas.

— Rastreador, eu...

— Mas alguma coisa não está cer...

— À merda os deuses, Rastreador!

— Quê?

— Noite passada. Eu estive nos aposentos da Rainha. Quando os guardas o levaram até o seu quarto, eles me levaram até o meu apenas para que eu me lavasse, e depois me levaram de volta.

— Por que ela o chamou de volta?

— Os Dolingon são um povo muito direto, Rastreador. Ela é uma Rainha muito direta. Não faça perguntas cuja resposta você já sabe.

— Mas eu não sei.

— Eles me levaram até os aposentos reais no mesmo vagão que nos trouxe até aqui. Dessa vez, quatro guardas foram junto comigo. Eu teria sacado uma espada, mas então lembrei que eles haviam confiscado todas as nossas armas. A Rainha queria me ver novamente. Aparentemente, eu a havia intrigado. Ela ainda achava que minha pele era mágica, e meu cabelo, e meus lábios, que ela dizia que se pareciam com uma ferida aberta. Ela me fez deitar com ela.

— Eu não perguntei.

— Você deveria saber.

— Por quê?

— Eu não sei. Não sei por que eu sinto que você deveria saber, já que isso não significa nada para você. Maldição. E ela era frígida, Rastreador. Eu não estou querendo dizer que ela ficou distante, ou que não demonstrou sentimento, nem mesmo prazer, mas que ela era realmente fria, seu corpo mais gelado que o vento do Norte.

— O que ela te fez fazer?

— É isso que você quer me perguntar?

— O que você esperava que eu perguntasse, comissário, como você se sentiu? Há muitas mulheres para quem eu poderia fazer essa pergunta.

— Eu não sou uma mulher.

— É claro que não. Uma mulher encara uma coisa dessas como o curso natural dos eventos. Um homem cai de joelhos e berra de horror, que humilhação.

— É um mistério para mim o fato de você não ter amigos — disse Mossi.

Ele saiu andando. Eu tive de apertar o passo para alcançá-lo.

— Você me pediu meus ouvidos, e eu lhe dei um punho — falei.

Ele ainda deu vários passos até parar e se virar.

— Aceito suas desculpas, esqueça isso.

— Me conte tudo — pedi.

Mungunga estava acordando. Homens vestidos como anciãos a caminho do lugar para onde iam os anciãos. Cântaros que não eram segurados por nenhuma mão nas janelas, despejando os dejetos da noite passada em calhas correndo para o miolo da árvore. Homens com vestes e chapéus andando a pé e carregando livros e pergaminhos, homens com mantos e calça andando em carroças puxadas por burros e mulas sem rédeas. Mulheres empurrando carrinhos de mão transbordando de seda, frutas e bugigangas. Pessoas penduradas nos muros de contenção, com tinturas, bastões e pincéis, prestes a pintar o mural da Rainha na lateral do galho da direita. Em todo lugar e em lugar nenhum, o odor adocicado da gordura de galinha estalando nas chamas, e de pão assando no forno. E também o seguinte, tão presente que o seu ruído se transformou no novo silêncio: engrenagens rodando, cabos rangendo, e os estalos e estrondos de grandes rodas girando, muito embora não houvesse nada a que os olhos pudessem associar àqueles sons.

— Eles nem permitiram que eu me lavasse sozinho, dizendo que a Rainha tinha um nariz muito sensível à imundice e que ela espirrava como uma tempestade ao menor traço dela. Eu disse: "Então, como muitos nessas terras, vocês devem ser insensíveis ao fedor que vem debaixo de seus braços." Depois eles me passaram um perfume dizendo que a Rainha o apreciava muito, o que fez com que eu me contorcesse, porque ele tinha o mesmo cheiro do estrume que se coloca para adubar as lavouras. No meu cabelo, no meu nariz, você não está sentindo que esse cheiro ainda está em mim?

— Não.

— Então os banhadores matinais devem ter arrancado tudo da minha pele junto com a maior parte dos meus pelos. Sogolon também estava lá, Rastreador.

— Sogolon? Ela assistiu?

— Todos assistiram. Nenhuma rainha fode sozinha, nenhum rei também. Suas camareiras, seus feiticeiros, dois homens que pareciam conselheiros, um homem da medicina, Sogolon, e todos os guardas da Rainha.

— Tem alguma coisa podre neste reino. Você... como alguém...

— Sim, sim, que merda. Acho que aquela velha desgraçada prometeu alguma coisa de mim para a Rainha sem me consultar.

— O que ela te fez fazer?

— Quê?

— Não há nenhuma criança por aqui, e a Rainha fez você se deitar com ela na primeira noite em que você está aqui. Você...

— Sim, se é isso que você quer saber. Eu pus minha semente nela. Você está agindo como se excitação significasse alguma coisa. Ela não significa nem consentimento.

— Eu não perguntei.

— Seus olhos perguntaram. E eles julgaram também.

— Meus olhos não se importam.

— Ótimo. Então eu também não me importarei. Então os feiticeiros e as enfermeiras noturnas da Rainha disseram que sim, que a minha semente estava dentro dela. Os feiticeiros foram conferir.

— Por que uma Rainha se deita com um forasteiro que ela acaba de conhecer para que ele deixe sua semente nela? E por que isso interessa a toda a corte? Estou te dizendo, Mossi, tem alguma coisa muito errada com essas terras.

— E a Rainha era mais fria que o pico de uma montanha. Ela não disse nada, e eles me aconselharam a não olhar diretamente para ela. Ela não parecia estar respirando. E todo mundo ficou assistindo, como se eu estivesse lá para tapar um buraco no chão.

— Quem te aconselhou?

— Os guardas que me banharam.

— Eles se pareciam com ela? Pele tão negra que é azul?

— Todas as pessoas que vimos aqui não são assim?

— Nós não vimos nem escravos nem crianças.

— Você já disse. Ela tinha uma gaiola, Rastreador. Uma gaiola com dois pombos. Bicho esquisito pra se ter de estimação.

— Ninguém tem um bicho nojento desses como animal de estimação. O Aesi usa os pombos. Assim como Sogolon. Ela disse que estava enviando uma mensagem para a Rainha de Dolingo quando perguntei a ela.

— Duas vezes me fizeram jorrar dentro dela.

— O que Sogolon disse a você?

— Nada.

— Precisamos encontrar os outros.

Eu peguei sua mão, o puxei rapidamente por um corredor e o segurei.

— Rastreador, que porra...

— Homens, dois em número, nos seguem.

— Ah, os dois homens a cem passos de distância, um usando uma capa azul e vestes brancas e o outro com as vestes abertas e calça branca como as de um cavaleiro? Tentando aparentar não estarem ligados um ao outro, mas claramente andando juntos? Eu acho, Rastreador, que eles estão me seguindo.

— Poderíamos levá-los até aquela plataforma e empurrá-los de lá.

— Todas as suas piadas são assim tão perspicazes?

Eu o empurrei para longe. Seguimos andando, subindo um número de degraus que não consegui contar, porém, percebi que o caminho nos fez contornar o tronco, coberto de telhadinhos, torres e grandes salões, duas vezes. E em quase todas as voltas havia uma nova árvore à distância. E a cada volta eu ficava mais irritado com Mossi e não conseguia explicar o porquê.

— Uma cidade sem crianças, e uma Rainha sedenta para ter uma, mesmo que seja de você. Há alguma dignidade nisso, não há?

— Não existe dignidade em rituais tão baixos.

— E mesmo assim você tirou suas roupas e participou dele.

— O que está te incomodando? — perguntou ele.

Eu olhei para ele.

— Estou me sentindo perdido e não sei o que fazer aqui.

— Como você pode estar perdido? Então eu também estou perdido, pois estou seguindo você.

Os homens pararam de nos esperar e começaram a vir em nossa direção.

— Talvez o que você esteja procurando não seja um motivo para lutar, ou para salvar o menino, mas simplesmente um motivo — disse Mossi.

— À merda os deuses, eu nem sei o que isso quer dizer.

— Passei minha vida inteira perseguindo homens. As pessoas estão sempre correndo de um lugar ou para um lugar, mas você parece livre disso. Você não está arriscando nada aqui, e por que estaria? Mas você está se arriscando por alguma coisa? Ou por alguém?

Depois de ouvir aquilo, meu único desejo era o de socar de volta o próximo comentário para dentro de sua boca.

Ele olhou para mim, seus olhos atentos, esperando por uma resposta. Eu disse:

— Como lidaremos com esses homens? Não temos armas, mas temos nossos punhos. E pés.

— Eles estão...

— Não se vire, eles estão se aproximando.

Os dois homens se pareciam com monges, altos e magros, um com o cabelo comprido e a expressão sofisticada de um eunuco no rosto. O outro, não tão alto, porém igualmente magro, olhou para nós por uma fração de segundo antes de nos deixar para trás. Mossi quis pegar o cabo de sua espada, mas não havia uma espada. Eles passaram por nós. Ambos exalavam um forte odor de especiarias.

No caminho de volta até o meu quarto, nem mesmo imaginar a paz dos deuses me impediu de praguejar.

— Não acredito que você comeu ela.

Ele se virou para mim.

— Quê?

Eu parei e me virei para trás. Era apenas uma carroça passando por nós. A rua permanecia vazia, mas dava pra ouvir o som das compras, das vendas e dos gritos que emanavam dos bazares das redondezas.

— Você ouviu o que eu disse. Graças aos deuses eu sou apenas um menino insignificante do mato. Ela deve achar que você é um príncipe oriental — cogitei.

— Você acha que é assim que são as coisas, que você é muito insignificante para ser usado e assassinado — disse Mossi.

— Se ela engravidar, agradeça aos deuses por ser o pai de uma multidão. Que nem um rato.

— Escute aqui, seu selvagem de merda. Não me julgue por algo que você também teria feito. Que escolha eu tinha? Você acha que eu quis fazer isso? O que eu poderia fazer, insultar a Rainha na mesma noite em que ela me ofereceu sua hospitalidade? O que teria acontecido conosco?

— Essas são águas novas para mim. Nunca na minha vida um homem fodeu outra pessoa em meu benefício. Se ela engravidar, eles virão atrás de você.

— Se ela engravidar, eles virão atrás de todos — corrigiu Mossi.

— Não, de você.

— Pois que venham. Eles aprenderão que existe um homem que não é um covarde em Dolingo.

— Eu queria te bater com muita força agora.

— Você, um cão que anda sobre duas patas, acha que pode bater num guerreiro? Eu gostaria que você pudesse.

Fui pra cima dele com os punhos firmemente cerrados no mesmo momento em que vários homens vestidos como acadêmicos saíram por uma ruela e passaram por entre nós dois. Três se viraram para trás, andando em meio ao grupo, para olhar para nós. Eu dei meia-volta e fui andando para o meu quarto. Eu não queria nem esperava que Mossi me seguisse, mas ele o fez, e, assim que ele atravessou a porta, eu o prensei com força contra a parede. Ele tentou me empurrar de volta, mas não conseguiu, então me deu uma joelhada nas costelas, e elas se mexeram como se ele tivesse quebrado uma delas. A dor atingiu meu peito e subiu até o meu ombro. Ele me empurrou com força. Eu cambaleei, tropecei e caí.

— À merda os deuses — disse ele, dando um suspiro.

Ele ofereceu a mão para me puxar para cima, mas eu o puxei para baixo e acertei um soco em seu estômago. Ele caiu, gritando, e eu saltei sobre ele e tentei socá-lo, mas ele segurou minhas mãos. Eu puxei os braços e saímos rolando até batermos numa parede, e depois rolamos até a porta do terraço, que se abriu, e nós quase caímos. Eu rolei para ficar por cima e agarrei seu pescoço. Ele jogou suas pernas para cima das minhas costas, cruzou-as na altura dos meus ombros e me puxou, e depois saltou em cima de mim quando eu caí no chão. Ele deu um soco, mas eu me esquivei, e ele acertou a madeira e deu um grito. Eu saltei sobre ele mais uma vez, envolvi o meu braço em seu pescoço, e ele deu uma cambalhota para trás, caindo com força sobre o chão, comigo por baixo dele, e meu ar saiu todo pelo meu nariz e minha boca. Eu não conseguia me mexer nem enxergar. Ele montou nas minhas costas, me estrangulando com um braço e travando minhas pernas com as suas. Tentei golpear com meu braço livre, mas ele o pegou.

— Pare — ordenou ele.

— Vá foder uma palmeira.

— Pare.

— Eu vou matar...

— Pare, ou vou começar a quebrar seus dedos. Você vai parar? Rastreador. Rastreador.

— Sim, seu filho de uma puta de merda.

— Peça desculpas por chamar minha mãe de puta.

— Eu chamo tua mãe e teu pa...

Eu gritei o resto da palavra. Ele puxou meu dedo médio tão para trás que eu senti a pele quase se rasgando.

— Peço desculpas. Saia de cima de mim.

— Eu estou debaixo de você.

— Me solte.

— Por todos os deuses, Rastreador. Liberte-se dessa fúria. Temos problemas maiores que esse. Você vai parar? Por favor.

— Sim. Sim. Sim.

— Me dê a sua palavra.

— Você tem a porra da minha palavra.

Ele soltou. Eu queria me virar e dar um soco nele, ou um tapa se não conseguisse socá-lo, ou um chute se não conseguisse estapeá-lo, ou uma cabeçada se não conseguisse chutá-lo, ou uma mordida se ele segurasse minha cabeça. Mas eu fiquei de pé e apertei meu dedo.

— Está quebrado. Você o quebrou.

Ele ficou sentado no chão, recusando-se a levantar.

— Seu dedo está tão quebrado quanto a sua costela. Mas dedos são rancorosos. Se ele estiver torcido, vai ficar torcido por um ano inteiro.

— Eu nunca me esquecerei disso.

— Sim, você irá. Você puxou essa briga porque uma outra pessoa o decepcionou muito antes de eu sequer o conhecer. Ou porque eu comi uma mulher.

— Eu sou o maior dos tolos. Vocês ficam todos apontando para mim, veja só aquele tolo com um bom faro. Eu não passo de um cão, como você disse.

— Eu me excedi. Estávamos no meio de uma briga, Rastreador.

— Eu sou um cão das margens do rio, onde construímos cabanas com merda, de modo que não sou nada além de um animal para todos vocês. E vocês todos têm dois planos, ou três, ou quatro, planos nos quais vocês ganham e todos os outros perdem. Qual é o seu segundo plano, comissário?

— Meu segundo plano? Meu primeiro plano era encontrar quem havia matado um ancião e sua família, até eu me deparar com um bando de pessoas que não davam sossego aos seus cadáveres. Meu segundo plano não era seguir um suspeito até a biblioteca que acabou incendiada. Meu segundo plano não era matar os meus próprios comissários. Meu segundo plano não era estar foragido com um bando de filhos da puta que nem conseguem seguir juntos por uma estrada, tudo porque meus irmãos me matariam assim que me vissem. Meu segundo plano, acredite ou não, não era estar preso a um bando de infelizes por eu não ter nenhum outro lugar para ir.

Ele ficou de pé.

— Foda-se, você e a sua autopiedade — praguejei.

— Meu segundo plano é salvar esse menino.

— Você não tem interesse algum nesse menino.

— Você está enganado. Uma noite. Você só precisa de uma noite para perder tudo. Mas talvez esse tudo fosse nada se ele pode ser perdido assim tão depressa. Esse menino é agora a única coisa que faz com que os últimos dias que vivi façam qualquer sentido. Se é para eu perder tudo, então à merda os deuses e os demônios, que a minha vida signifique alguma coisa, pelo menos. Esse menino é a última coisa que me restou.

— Sogolon quer salvar o menino sozinha. Talvez com a menina e o búfalo também, para protegê-los no caminho de volta até Mantha.

— Que se foda mil vezes o que Sogolon quer. Ela ainda precisa de você para encontrar o menino. Vou te dizer uma coisa simples de fazer, Rastreador. Não dê nenhuma informação a ela.

— Eu não...

Ele olhou para mim e pôs um dedo sobre os lábios. Depois ele acenou com a cabeça por cima do seu ombro. Ele se aproximou de mim em silêncio, até que seus lábios se encostaram na minha orelha e sussurraram:

— Que cheiro você sente?

— Tudo, nada. Madeira, pele, fedor de axila, cheiro de corpo. Por quê?

— Nós dois fomos muito bem esfregados e lavados.

— Que cheiro você está sentindo que você não conhece?

Troquei de lugar com ele e comecei a andar de costas, lentamente, até o outro lado do quarto. Minha panturrilha acertou um banquinho, e eu o tirei do meu caminho. Me seguindo devagar, Mossi pegou o banquinho pela sua perna. Pouco antes de chegar à parede lateral, a mesma parede da qual uma mesa havia saído, eu parei e me virei. Mingau, óleo de madeira, corda de sisal e suor e, novamente, o fedor de um corpo sujo. Do outro lado da parede? Dentro da parede? Apontei para as tábuas de madeira, e o olhar no rosto de Mossi me fez as mesmas perguntas. Dei um tapa na madeira e algo saiu correndo, como um rato.

— Acho que é um rato — sussurrou Mossi.

Fui tateando a superfície da madeira e parei numa fenda com o tamanho de aproximadamente três dedos. Meus dedos agarraram a madeira e a puxaram. Puxei de novo e a madeira se soltou da parede. Enfiei minha mão no espaço e arranquei a tábua.

— Mossi, por todos os deuses.

Ele olhou pelo buraco e aspirou o ar num susto. Ficamos ali parados, olhando. Fomos pegando as ripas de madeira e arrancando, ripas do nosso tamanho. O que não conseguimos arrancar, nós chutamos para dentro e tiramos do caminho. Mossi arrancava as tábuas quase em pânico, como se estivéssemos ficando sem tempo. Nós puxamos e arrancamos e chutamos até fazer um buraco na parede tão largo quanto o búfalo.

O menino não estava nem em pé nem deitado, mas sim encostado numa cama de grama seca. Seus olhos estavam esbugalhados, enxergando o terror. Ele estava assustado, mas não conseguia falar, tentou sair correndo, mas não podia. O menino não conseguia gritar por causa de alguma coisa parecida com as entranhas de um animal enfiadas em sua boca, e garganta abaixo. Ele não conseguia se mexer por causa das cordas. Cada membro — pernas, pés, dedos dos pés, braços, mãos, pescoço e cada dedo da mão — estava amarrado e puxado por uma corda. Seus olhos, bem abertos e úmidos, pareciam contaminados pela cegueira dos rios, os círculos negros tão cinzentos quanto um céu nublado. Ele parecia estar cego, mas podia nos ver, com tanto medo por estarmos nos aproximando que se retorcia e gania e apertava suas mãos e tentava proteger seu rosto de um golpe. Aquilo deixou a sala em polvorosa, com a mesa entrando e saindo da parede, a porta se abrindo e se fechando, as cordas da sacada se afrouxando e retesando, o penico se esvaziando. Uma corda se enrolou em sua cintura para mantê-lo em seu lugar, mas uma das tábuas tinha um buraco grande o suficiente para o seu olho, de modo que, sim, ele podia ver.

— Menino, nós não o machucaremos — disse Mossi.

Ele esticou sua mão na direção do rosto do menino, e o menino começou a bater sua cabeça na grama repetidamente, a se virar, esperando um golpe, com lágrimas escorrendo de seus olhos. Mossi tocou seu rosto, e ele urrou dentro da entranha.

— Ele não conhece sua língua — deduzi.

— Olhe para nós, nós não somos azuis. Nós não somos azuis — disse Mossi, e ficou acariciando o rosto do menino longa e lentamente.

Ele ainda estava puxando as cordas e chutando, e as mesas, janelas e portas ainda estavam se abrindo e se fechando e saindo de dentro das paredes e voltando para dentro delas. Mossi seguiu acariciando seu rosto, até que ele foi se acalmando e, por fim, parou.

— Eles devem ter amarrado essas cordas com magia — sugeri.

Não consegui desatar os nós. Mossi enfiou seu dedo numa fresta em sua sandália direita e tirou de lá uma pequena faca.

— É menos provável que os sentinelas o revistem se você pisar na merda — disse ele.

Ele cortou todas as cordas que prendiam o menino, mas ele ficou ali, encostado na grama seca, nu e encharcado de suor, com seus olhos arregalados como se a única coisa que ele soubesse fazer fosse ficar em choque. Mossi pegou o tubo que descia pela sua boca, olhou para ele com uma tristeza enorme e disse:

— Eu lamento muito.

E ele o puxou, não muito rápido, mas com grande vigor, e não parou até que tivesse tirado tudo. O menino vomitou. Com todas as cordas cortadas, a porta e todas as janelas se fecharam. O menino olhava para nós, seu corpo todo esfolado pelas cordas, sua boca tremendo, como se ele estivesse prestes a falar. Eu não contei a Mossi que eles talvez tivessem arrancado sua língua. Mossi, o comissário de uma das cidades mais violentas do Norte, já tinha visto de tudo, mas nunca uma crueldade como aquela.

— Mossi, todas as casas, todos os quartos, aqueles vagões, todas as coisas são assim.

— Eu sei. Eu sei.

— A todo lugar que eu vou para encontrar esse menino, para salvar esse menino, acabo deparando com algo pior do que aquilo do qual nós o estamos salvando.

— Rastreador.

— Não. Aqueles monstros não irão matá-lo. Eles não o feriram. De forma alguma. Eu sinto o seu cheiro; ele está vivo, não há decomposição nem morte nele. Olhe para esse menino que você está segurando, ele nem consegue ficar em pé. Quantas luas ele passou atrás dessa parede? Desde que nasceu? Veja só o sonho ruim que é este lugar. Os bebedores de sangue são piores do que isso?

— Rastreador.

— Como? Você e eu somos iguais, Mossi. Quando as pessoas nos chamam, nós sabemos que teremos um encontro com o mal. Mentiras, trapaças, espancamentos, ferimentos, assassinatos. Meu estômago é forte. Mas nós ainda achamos que os monstros são aqueles que possuem garras e a pele coberta de escamas.

O menino olhava para Mossi enquanto ele afagava seus ombros. Ele parou de tremer e ficou olhando para além das portas da sacada, como se do lado de fora houvesse uma coisa que ele nunca tinha visto. Mossi o colocou no banquinho e se virou para mim.

— Você está pensando no que você pode fazer — deduziu ele.

— Se você não disser nada.

— Eu nunca direi a você o que pensar. Apenas... Rastreador, escute. Nós viemos até aqui por causa do menino. Somos dois contra uma nação inteira, e até mesmo aqueles que vieram conosco podem estar contra nós.

— Toda pessoa que eu conheço me diz, Rastreador, que você não tem nenhum motivo para viver nem para morrer. Você é um homem que, se desaparecesse aqui, esta noite, não tornaria pior a vida de ninguém. Talvez esse seja o tipo de coisa pelo qual valha a pena morrer... Diga.

— Dizer o quê?

— Diga que isso é maior que eu e que nós, que essa luta não é nossa, que essa seria a atitude de um tolo e não de um sábio, que isso não faria diferença... Bem, o que você vai dizer?

— Qual desses filhos da puta sarnentos nós vamos matar primeiro?

Meus olhos se arregalaram.

— Pense nisso, Rastreador: o plano é não nos deixar sair daqui. Pois vamos ficar, então. Esses covardes viveram sem inimigos por tanto tempo que provavelmente acham que espadas são como joias.

— Eles possuem centenas e centenas de homens. E mais centenas.

— Não precisamos nos preocupar com centenas. Só com os poucos que estão na corte. Começando por aquela Rainha horrorosa. Vamos entrar no jogo deles, nos fazer de bobos. Eles nos chamarão para a corte em breve, esta noite. Mas agora o que nós realmente deveríamos fazer é alimentar este...

— Mossi!

O banquinho estava vazio. A porta do terraço balançava para dentro e para fora. O menino não estava no quarto. Mossi correu tão rápido até a sacada que eu tive que segurar seu manto para que ele não caísse. Nenhum som saía pela boca de Mossi, porém, ele gritava. Eu o puxei de volta para dentro do quarto, mas ele seguia andando para frente. Envolvi meus braços nele, com cada vez mais força. Ele parou de lutar e se entregou.

Esperamos que escurecesse para procurar pelo Ogo. O idiota que havia me alimentado veio até a minha porta para me avisar sobre um jantar na corte, porém, não com a Rainha. Eu deveria ir até as docas e esperar pelo vagão quando os tambores começassem a tocar. Não? Sim? Mossi estava escondido atrás da porta com sua faca. Alguém devia ter visto o menino saltar para sua morte, mesmo que a pobre criança não tenha feito sequer um som enquanto caía. Ou talvez um escravo se jogando para sua morte não fosse nenhuma novidade em Dolingo. Isso era o que eu estava pensando enquanto o homem seguia tentando enfiar sua cabeça pela minha porta, até que eu disse:

— Senhor, se você entrar aqui, eu o foderei também.

E sua pele azul ficou verde. Ele disse que retornaria com um café glorioso pela manhã, não? Sim.

Detectei Tristogo em MLuma, a terceira árvore, aquela que mais se parecia com um mastro com asas gigantescas para capturar a luz do sol. Mossi estava preocupado que os guardas talvez estivessem nos vigiando, mas a empáfia em Dolingo era tamanha que ninguém via dois fornecedores de semente como uma grande ameaça. Eu disse a ele:

— Que bizarras nossas armas devem parecer para eles, não apenas as nossas, como todas.

Eles eram como plantas sem espinhos que nunca depararam com um animal que pudesse comê-las. Quando os homens e as mulheres olhando para nós fizeram com que Mossi procurasse pela faca escondida em seu manto, eu toquei seu ombro e sussurrei:

— Quantos homens com uma pele como a sua eles viram antes?

Ele acenou com a cabeça e permaneceu sereno.

Em MLuma, o vagão parou no quinto andar. Tristogo estava no oitavo.

— Não sei por que ela está tão azeda. Já estava assim antes mesmo de chegarmos a esta cidade — disse Tristogo.

— Quem, Venin? — perguntei.

— Pare de me chamar desse nome abominável. Foi isso o que ela me disse. Mas é o nome dela, do que mais eu deveria chamá-la? Você estava lá quando ela disse "Meu nome é Venin", não estava?

— Bom, ela sempre foi azeda comigo, então eu...

— Azeda ela nunca foi. E eu nunca fui azedo com ela quando eu a deixava sentar-se em meus ombros.

— Tristogo, há assuntos mais importantes, e precisamos conversar.

— "Por que eles nos separaram dos outros, Venin?" Isso foi tudo que eu disse, e ela disse que aquele não era o seu nome e esbravejou comigo para que eu levasse os meus braços e a minha cara de monstro pra bem longe dela, você nunca mais deve se aproximar de mim, pois eu sou uma guerreira terrível que quer incendiar o mundo inteiro. E depois disso ela me chamou de shoga. Ela é diferente.

— Talvez ela não veja as coisas do mesmo jeito que você, Tristogo — disse Mossi. — Quem é que sabe o que pensa uma mulher?

— Não, ela é diferente e...

— Não diga Sogolon. Ela está com aquela mãozinha magricela dela enfiada em tantas cumbucas que eu já até perdi as contas. Existe um plano, Tristogo. E a menina talvez esteja envolvida nele com Sogolon.

— Mas ela cuspiu quando eu disse o nome dela.

— Quem sabe o motivo da briga delas? Temos assuntos mais sérios a tratar, Ogo.

— Todas essas cordas, vindo do nada, e puxando tudo. Que magia sinistra.

— São escravos, Ogo — disse Mossi.

— Eu não entendo.

— Vamos deixar isso para uma outra hora, Tristogo. A bruxa tem outros planos.

— Ela não quer o menino?

— Esse ainda é o seu plano. Só que nós não fazemos parte dele. Ela pretende pegar o menino depois que eu achá-lo, e com a ajuda dessa Rainha. Acho que a Rainha e ela fizeram uma barganha. Talvez, quando Sogolon resgatar o menino, a Rainha garanta a ela uma travessia segura pelo Mweru.

— Mas isso é o que nós faremos. Por que ela nos trairia?

— Não sei. Talvez para que essa Rainha fique conosco em troca e nos utilize em suas ciências macabras.

— É por isso que são todos azuis? Ciência macabra?

— Não sei.

— Venin, ela me empurrou porta afora com uma das mãos. Ela deve me achar muito repugnante.

— Ela te empurrou para fora? Com as mãos? — perguntei.

— Foi o que eu disse.

— Eu já vi uma mulher enfurecida virar um vagão carregado de metais e especiarias. Talvez tenha sido o meu vagão, e talvez tenha sido eu quem a enfureceu — comentou Mossi.

— Tristogo — chamei, mais alto, para que Mossi parasse de falar. — Precisamos montar guarda, precisamos de armas, e precisamos deixar esta cidadela. O que você pensa sobre o menino? Devemos resgatá-lo também?

Ele olhou para nós dois, e depois ficou olhando pela porta, franzindo o cenho.

— Nós devemos salvar o menino. Ele não tem culpa de nada.

— Então é isso que faremos — determinou Mossi. — Vamos esperar que eles cheguem a Dolingo. Nós mesmos cuidaremos deles, sem falar nada para a bruxa.

— Nós precisamos de armas — apontei.

— Eu sei onde eles as guardam — afirmou Tristogo. — Nenhum homem conseguiu carregar minhas luvas, então eu as levei até o guardião das espadas.

— Onde?

— Nessa árvore, no andar mais baixo.

— E Sogolon? — perguntou Mossi.

— Ali — disse ele, e apontou para trás de nós: o palácio.

— Ótimo. Agiremos quando os bebedores de sangue chegarem. Até lá...

— Rastreador, o que é isso? — perguntou Mossi.

— O que é o quê?

— Você tem um bom faro ou não? Esse cheiro doce no ar.

Assim que ele falou, percebi. O cheiro foi ficando cada vez mais doce e mais forte. No quarto vermelho, ninguém percebeu a névoa laranja que emanava do chão. Mossi foi o primeiro a sentir. Eu cambaleei, caí de joelhos e vi Tristogo correr até a porta, com raiva, derrubar uma parede aos socos, cair sentado e, depois sobre as suas costas, fazendo o quarto tremer, antes que tudo lá dentro ficasse branco.

DEZENOVE

Eu sabia que fazia sete dias que havíamos deixado Kongor. E quarenta mais três dias desde que começamos essa jornada. E uma lua inteira. Eu sabia por que contabilizar era a única coisa que mantinha meus pés no chão. Eu sabia que estávamos no tronco de uma das árvores. Um enorme grilhão em volta do meu pescoço, preso a uma corrente comprida e pesada. Meus braços algemados às minhas costas. Sem roupas. Eu tive de me virar para ver a bola onde a corrente estava presa. Ambas eram feitas de pedra. Alguém havia contado a eles sobre a minha relação com os metais. Sogolon.

— Eu falei, diga onde está o menino — disse ele.

O chanceler. A Rainha devia estar no andar de cima, aguardando as notícias. Não, não a Rainha.

— Se Sogolon quer notícias do menino, diga àquela bruxa para vir ela mesma me perguntar — falei.

— Menino, menino, menino, é melhor você me contar o que o seu nariz viu. Se eu for embora, outros homens virão até aqui trazendo instrumentos, sim?

Da última vez que eu havia estado em um quarto escuro, mulheres metamórficas saíam das sombras para me atacar. Essa lembrança fez com que eu me encolhesse, o que esse imbecil achou que tinha sido por conta de sua ameaça de tortura.

— Você já farejou o menino?

— Eu quero falar com a bruxa.

— Não, não, não, isso é um não. Você já...

— Eu farejei alguma coisa. Cabra, o fígado de uma cabra.

— Como você é bom, homem de Ku. O café da manhã, de fato, foi composto de fígado e sorgo dos meus próprios campos, e café dos comerciantes do Norte, muito saboroso, sim.

— Mas o fígado de cabra que eu farejo está cru, e por que o seu cheiro emana de sua virilha, chanceler? Sua Rainha sabe que você é um praticante de ciência branca?

— Nossa gloriosa Rainha permite todo tipo de prática.

— Desde que não ocorra em sua gloriosa corte. Escute, chanceler, agora você vai ter que me torturar ou, pelo menos, me matar. Você sabe que isso é verdade, pois nada vai me impedir de contar para todos que deveriam saber disso.

— Não se eu arrancar sua língua.

— Como vocês fazem com seus escravos? Sua Rainha não vai querer que nós, os forasteiros, fiquemos saudáveis e inteiros?

— Nossa Rainha necessita que apenas um pedaço de vocês fique saudável e inteiro.

Fechei minhas pernas com força, sem pensar, e ele gargalhou.

— Onde está o menino?

— O menino não está em lugar algum. Ele ainda está em viagem a partir de Wakadishu, e isso leva dias. Você pode encontrá-lo em Wakadishu.

— Vocês estão aqui para encontrá-lo em Dolingo.

— E ele não está em Dolingo. Onde está a bruxa? Ela está escutando? Ela está usando os seus ouvidos, ou você é apenas um mensageiro gordo de vozes mais importantes?

Ele chiou.

— Sim, dizem por aí que eu tenho um bom nariz, mas ninguém te disse que eu também tinha essa boca — ironizei.

— Se eu for embora, eu voltarei com...

— Com os seus instrumentos. Suas palavras me assustaram mais da primeira vez.

Me levantei. Mesmo com a corrente em meu pescoço, e sem ter para onde ir, o chanceler se assustou um pouco.

— Não vou dizer nada nem para você nem para a sua Rainha. Só para a bruxa.

— Eu tenho a autoridade...

— Só para a bruxa, ou pode começar sua tortura.

Ele levantou a *agbada* para não pisar em sua barra e me deixou só.

Embora eu tivesse sentido o seu cheiro, mesmo assim ela me pegou de surpresa. A porta de frente para a minha cela se abriu, e ela entrou. Dois guardas a seguiam vários passos atrás. Aquele que estava com as chaves abriu o portão e deu muito espaço a ela. Os guardas tentavam não demonstrar medo para a Bruxa da Lua. Ela sentou-se no escuro.

— Eu sei no que você está pensando — disse ela. — Você está se perguntando por que você não viu nenhuma criança em Dolingo.

— Estou me perguntando por que eu não te matei quando tive a chance.

— Algumas cidades criam gado, outras plantam trigo. Dolingo produz homens, e não de uma forma natural. Você não precisa de uma explicação, e levaria anos para lhe contar. O que você precisa saber é o seguinte: lua após lua, ano após ano, década após década, as sementes e os ventres dos Dolingon se tornaram imprestáveis. O que não ficou estéril deu origem a monstros com visuais indescritíveis. Sementes ruins plantadas em ventres ruins, das mesmas famílias, de novo e de novo, e os Dolingon, das crianças mais inteligentes, se transformaram nas mais tolas. Levou cinquenta anos para que eles dissessem uns aos outros "Olhe para nós, precisamos de sementes e ventres novos".

— Me diga que há monstros nessa sua história aborrecida.

— É mais que feitiçaria. Se ela engravidar, eles o pegarão e o levarão para dentro do tronco. Ele é a fonte, e eles secam a fonte. Vão drená-lo até a sua morte. Mas isso apenas para aqueles que estarão na linhagem real. Eles pegam outros homens e os drenam até a morte para o resto do povo também. Até mesmo seu Ogo, cujas sementes são inúteis, seus cientistas e feiticeiros podem fazê-las germinar.

— Se é por isso, esta cidadela deveria estar infestada de crianças. Eles as estão escondendo?

— Eles pegam as crianças antes de elas nascerem e as colocam no grande ventre, e as nutrem e as fazem crescer, até elas ficarem do seu tamanho. Só então elas nascem. Mas são saudáveis e vivem por muito tempo.

— Um homem da minha idade dizendo bababababa e se cagando nas calças duas vezes por dia? Essa é a grande Dolingo.

— Já faz dois dias. Cadê o menino?

— Sem crianças, sem escravos, sem forasteiros. Você sabia disso. Você sabia disso desde que aquele mapa indicou que a próxima porta levava a Dolingo.

— Ninguém passa incólume por Dolingo — comentou ela. — Você viu como a cabeça deles está cheia de pensamentos. Talvez você precise dizer suas preces, apresentar seus documentos e ainda firmar um tratado só para atravessar a rua principal. Veja o esplendor desta cidadela. Você acha que ela seria assim se deixassem qualquer um entrar aqui e roubar seus segredos? Não, seu tolo. Eles usam qualquer um que passe por suas ruas para a reprodução, e matam aqueles para os quais não conseguem dar uma utilidade.

— Você enviou aqueles pombos para avisá-la que estávamos chegando. Com presentes.

— Por que eles estão demorando tanto em Wakadishu?

— Eu, o comissário e o Ogo.

— Por que eles não chegaram? — perguntou ela.

— Talvez as mulheres de Wakadishu sejam mais carnudas e tenham mais sangue. Você não é uma mulher do Sul?

— O Aesi já está numa carruagem em direção a Dolingo.

— Alguém a traiu? O que você diz sobre isso, Sogolon?

— Você só sabe brincar.

— E você só sabe trair.

— Houve duas Dolingos. Exatamente da mesma forma que houve uma Malakal antes de Malakal. A Velha Dolingo, eles nunca tiveram rainhas ou reis, eles tinham um grande conselho, formado só por homens. Por que deixar o reino todo na mão de apenas um homem, eles diziam que era isso que o povo havia dito a eles, o que era mentira, pois eles jamais perguntaram coisa alguma ao povo. Esses homens, eles diziam: "Por que deixar nosso futuro nas mãos de um homem? Mais cedo ou mais tarde, se você der poder na mão de um homem, ele fechará o punho. Esqueçam os reis e as rainhas, vamos criar um conselho com nossos homens mais inteligentes." Logo, os homens mais inteligentes ouviam apenas os homens mais inteligentes e, logo, eles se tornaram tolos. Logo, todas as coisas, desde onde deveríamos despejar as fezes até contra quem deveríamos lutar numa guerra, demoravam tanto tempo para ser decididas por esses homens que havia merda por todas as ruas, e eles quase perderam no campo de batalha para as quatro irmãs do Sul. Dez mais dois homens que, quando todos concordavam, ninguém conseguia ver nada além de sua arrogância. Quando não concordavam, eles brigavam e brigavam, e as pessoas passavam fome e morriam, e eles permaneciam lá, em sua arrogância, achando que aquilo queria dizer que eles eram sábios. Então, o povo de Dolingo se deu conta de uma verdade. Uma fera com dez mais duas cabeças não era dez mais duas vezes mais sábia. Era um monstro que tolhia a si próprio. Então, Dolingo matou dez mais um e fez do último seu Rei.

— Mesmo assim temem um grande dilúvio que jamais aconteceu — alfinetei.

— Agora os nove mundos os invejam. Todo rei quer se aliar a eles, todo rei quer conquistá-los. Mas qual foi a primeira petição do Rei? Dolingo não lutará em nenhuma guerra e não terá nenhum inimigo, não importa quem seja. Eles negociam com os bons e também com os maus.

— Essa história não foi nem boa e nem curta.

— Vou dizer a Amadu que ele não precisa de nenhum de vocês. Cinco ou seis guerreiros quaisquer e um cão de caça. Você é o único de quem preciso, mas até você é um tolo. Todos vocês são tolos. Passam tanto tempo rosnando e arreganhando os dentes como hienas famintas que não têm tempo nem de encontrar sua própria merda, quanto mais um menino. Você quer saber o que eu penso de Kongor? Kongor foi onde os homens me ensinaram qual a sua verdadeira utilidade. E, mesmo a única coisa para a qual eles servem, uma vela pode fazer melhor.

— Ainda assim, você está ajudando a encontrar um menino que um dia será um homem — comentei.

— Mas você sabe o que eu faço? Você sabe o que eu faço? Eu tenho a maior das vinganças. Eu enterro cada um de vocês. Cada um. Eu estive em todos os leitos de morte. Em todos os acidentes. Em toda praga de maus espíritos. Em todo acontecimento fatal. E eu sorrio. E se apenas metade da faca tiver entrado, eu a empurro mais fundo. Ou eu viajo pelo ar e infecto a sua mente. E eu ainda estou viva. Enterro você, e o seu filho, e o filho do seu filho. E eu sigo viva. Eu... eu...

Ela parou e ficou olhando ao redor da cela como se fosse a primeira vez que a estivesse vendo.

— Pra onde quer que você tenha ido, talvez seja melhor voltar — falei.

— Está para chegar o dia....

— Em que um homem vai lhe dizer o que fazer. Você já não tem espíritos o suficiente em sua cabeça fazendo isso?

— Nós estamos falando de você.

— Você está falando sobre todos, *menos* sobre mim.

— Veja só o que vocês fizeram. Sua lealdade desmoronou antes mesmo de ser construída lá no vale. Três dos seus se embrenharam no Reino das Trevas, e um precisou ir atrás porque é homem, e homem nunca escuta. Isso nos atrasou uma lua inteira.

— Então você nos vendeu.

— Para que você saísse do meu caminho.

— E, mesmo assim, olhe para mim, e olhe para você. Um de nós tem um bom faro, e o outro ainda precisa dele — apontei.

— Um de nós está acorrentado, e o outro, não.

— Você nunca aprendeu a pedir um favor.

— A Rainha vai tratar você, o comissário e o Ogo melhor do que concubinas.

— Ela vai dar para cada um de nós um palácio que ela nunca visita?

— Durante toda minha vida, os homens sempre me disseram que essa seria a vida que eles pediram aos deuses. Bem, aqui está a Rainha de Dolingo dizendo "Isso é tudo que você precisa fazer enquanto você viver". Pelo que os homens falam, esse deveria ser o melhor dos presentes.

— Seria muito melhor se o homem pudesse escolhê-lo.

— Então, agora, você é como uma mulher em todos os sentidos. Como você se sente?

— Mande os griôs cantarem uma música sobre a sua vitória em cima dos homens.

— Homens? Você é apenas um nariz.

— Um nariz para o qual você ainda tem utilidade.

— Sim, um nariz que talvez ainda tenha utilidade. Mas o resto do seu corpo só está ocupando espaço. E quando eu pegar o menino, tenha em mente que a sua ajuda restaurará a ordem natural ao Norte. Que isso lhe dê forças enquanto você se acostuma com a ideia de passar o resto de seus dias vivendo aqui.

— Aqui, onde tudo é antinatural. Que o diabo estupre o Norte.

— Olhe bem para mim, menino. Porque você nunca me viu antes. Você nunca esteve em Kongor? Nunca viu os Sete Alados se reunindo? O que você acha que há no coração desse Rei? O Rei do Sul está muito ocupado confundindo seu trono com seu penico para começar uma guerra, então por que eles estariam se reunindo? E não são apenas alguns mercenários em Kongor. A infantaria das fronteiras de Malakal e Wakadishu foi convocada há uma lua. Cavaleiros Fasisi foram todos chamados para os acampamentos. O Rei do Sul é louco de um jeito. O

Rei do Norte, de outro, muito pior. Primeiro ele violará o tratado e partirá contra Wakadishu, escute o que eu digo. E isso não será o suficiente, pois nada nunca é suficiente para alguém de sua linhagem podre. Depois ele vai tentar conquistar tudo que puder apontar no mapa. Dolingo.

— Por mim, ele pode pôr fogo em Dolingo inteira.

Ela se aproximou de mim, porém ficou longe do meu alcance por conta das correntes, e eu me levantei.

— Ha. Você acha que ele vai parar em Dolingo e em todos os territórios livres? O que você acha que ele vai fazer com Ku, Gangatom e Luala Luala? Um reino maior precisa de mais escravos. Onde você acha que ele irá buscá-los? Ele não vai se importar se ele tem pernas de girafa, ou se tem pernas.

— Bruxa de merda.

— Uma bruxa de merda que sabe que o único futuro para suas crianças é que Fasisi volte a ser o verdadeiro Norte. Ele já está capturando os homens e todos os meninos saudáveis de Luala Luala. O mundo está fora de prumo há muito tempo, e tudo está desequilibrado. E essa cadela enrugada para quem você está olhando? Ela enfrentará a tudo e a todos, principalmente um moleque mais insignificante que uma mancha de merda na parede de uma cela, se isso levar de volta ao trono a verdadeira linhagem das irmãs. O verdadeiro Norte. O futuro do Norte está no olho do menino. E então, talvez, os deuses regressem. O futuro é maior que eu, maior que você, é maior até mesmo que Fasisi. Eu não espero que você entenda, você ainda está dormindo, e, desse sono, homens como você jamais despertam.

— Então vá pedir a minha ajuda em seus sonhos, sua cadela.

— A Rainha vai querer que seu novo semeador fique intacto, isso é verdade. Mas ela já escolheu seu semeador, e ele não é você. O comissário a fodeu muito bem, eu estava lá e eu vi. Tão bem que ela nem percebeu que é de homens que ele gosta. Ele vai viver bem até suas sementes acabarem, ou se estragarem, ou até ele ficar velho, ou até ela ficar entediada e decidir mandá-lo para a câmara de fogo para lhe dar uma outra utilidade. Mas você? Eles não se importam que parte do seu corpo eles quebram, destroem ou arrancam, desde que não seja aquela. Preste atenção, seu tolo. Você nunca arriscou coisa nenhuma nessa aventura, disso você já sabe. Você não está perdendo nada, e tudo que você ganharia seria um pouco de dinheiro. Menos dinheiro do que eu dou pros mendigos da rua. Mas agora você tem muito a perder. Sabe, essas pessoas, elas passam suas vidas inteiras mantendo seus escravos sob controle. Você acha que elas não sabem o que fazer com você?

— Só uma pergunta: Bruxa da Lua? É assim que eles te chamam?

— As pessoas estão sempre dando nomes para uma mulher que já tem nome.

— Você está usando palavras como uma mulher, como se você falasse por elas. Como se você pertencesse a alguma irmandade. E, mesmo assim, quantas irmãs você traiu?

— O futuro de Fasisi é maior do que qualquer coisa que você disser.

— E ainda tem mais uma coisa.

— E que coisa é essa?

— Quando eu finalmente morrer, nas mãos dos Dolingon, quantas runas mais você terá de escrever todas as noites para impedir que eu venha pegar você?

Ela deu um passo para trás, mergulhando nas sombras antes que eu pudesse ver seu rosto. Mas suas duas mãos ficaram ao lado do seu corpo.

— Você está no Melelek. Faça o que lhe disserem, e você viverá muito.

— Você me conhece o bastante para saber que eu nunca farei o que eles me disserem. Quando eu tiver matado o décimo guarda, eles terão de me matar. E daí, eu e você, nós dois vamos dançar nessa sua cabeça, para sempre.

Ela foi até o portão, cansada de olhar para mim.

— O futuro de Fasisi é maior do que qualquer coisa que você disser.

— Você já disse isso duas vezes. Sério, Sogolon, você devia pegar essa sua cara enrug...

Sogolon saiu da sombra, mas não chegou perto o suficiente para que eu pudesse agarrá-la. Ela olhou ao redor, depois de volta para mim, e sorriu.

— O menino. Ele está aqui.

— Enunciar um desejo não faz com que ele se realize.

— Mas ele está em seu nariz. Sua cabeça virou para direita com tanta força que logo você terá um torcicolo. Então ele está ao Leste. Me diga onde ele está, me diga agora, e você não sofrerá dor alguma.

— A dor é como uma irmã para mim.

— Me diga onde ele está e você terá o seu próprio quarto, com toda a comida que quiser. Dolingo não é um lugar para você e para homens como você, mas talvez eles consigam encontrar um menino para você. Ou um eunuco.

— Eu vou matar você. Você acha que eu preciso jurar pelos deuses? À merda os deuses. À merda as bruxas e à merda os feiticeiros. Eu juro por mim mesmo. Eu vou te encontrar e eu vou te matar, seja nesta vida ou na próxima.

— Então que eu morra. Eu vivi trezentos, dez mais cinco anos, e nem a morte conseguiu me matar até agora. Antes de morrer, eu espero que você entenda. O verdadeiro Norte está acima de qualquer coisa. Está acima de tudo — sentenciou ela.

Ela ergueu sua mão, e o vento sacudiu a porta à nossa frente. Os dois guardas entraram correndo e pararam perto da grade. A menina Venin veio com eles. Ela olhou direto para mim.

— Seu Rei, mesmo depois de ter enviado sua irmã para Mantha e dito que ela passaria lá o resto de seus dias, continuou mandando um assassino a cada duas luas para matá-la. O último, nós deixamos que Bunshi entrasse pela sua boca e o fervesse por dentro. Quatro deles eu mesma matei. Um quase cortou minha garganta, e um cometeu o erro de achar que poderia me estuprar primeiro. Eu o estuprei com uma faca e abri uma koo lá de baixo até o seu pescoço. E quando o Rei não mandava assassinos, ele mandava veneno. Frutas que mataram as vacas que as comeram. Arroz que fez cair a língua de uma cabra. Vinho que matou uma serviçal que só estava se certificando de que ele não tinha ficado quente. — Ela apontou para os guardas: — Você está no Melelek. A localização do menino antes do nascer do sol, ou seu corpo terá um uso muito diferente.

Ela foi embora, mas a menina ficou. Eu queria perguntar se era a isso que ela tinha vindo assistir. Mas ela ficou me olhando não com desprezo — pois já vi muito desprezo no rosto das pessoas —, e sim curiosidade. Eu olhei em seus olhos, e ela olhou nos meus olhos, e eu não queria desviar o olhar, mesmo com os guardas abrindo o portão.

— Eles precisam de você limpo — disse um deles.

— Mas o quê...

O balde, eu não o vi até que a água já estava no meu rosto. Os dois guardas riram, mas a menina ficou parada.

— Agora tá limpo — disse um deles.

Venin virou-se para ir embora.

— Vai embora? Uma tremenda diversão está prestes a começar, não é mesmo, caras? Ela está indo embora, caras, está indo embora. Ela vai nos deixar. O que nós vamos fazer?

Um dos guardas se aproximou e depois foi até as minhas costas. Não me dei o trabalho de me virar.

— Nobres cavalheiros, nós estamos no Melelek? O que é o Melelek? — perguntei.

O guarda chutou com força a parte de trás do meu joelho, e eu caí no chão uivando. Ele me deu uma joelhada nas costas e me prensou contra o chão para me virar. O outro guarda veio correndo para pegar minhas pernas, mas veio rápido demais. Movi minha perna e o chutei bem no saco. Ele desmoronou sobre si mesmo, e o guarda que estava no meu pescoço deu um pulo para trás, pois provavelmente nunca tinha visto ninguém resistir daquele jeito. Ele hesitou e, com os olhos arregalados, ameaçou um movimento, então, por fim, me golpeou com seu bastão.

Não sei quanto tempo se passou até que eu abrisse meus olhos. A porta se abriu, e dois homens entraram por ela, ambos usando roupas negras com capuzes que escondiam seus rostos. Um carregava uma sacola, que ele segurava com mãos mais brancas que o talco. À medida que eles se aproximavam do portão, os guardas iam andando para trás, até grudarem na parede. Os dois homens entraram, e os guardas saíram de lá, tentando não correr. Os homens vieram até mim e se inclinaram na minha direção.

Cientistas brancos.

Há quem diga que eles ganharam esse nome por terem lidado com magias, feitiços, poções e vapores incandescentes por tanto tempo que perderam todo o marrom de sua pele. Eu sempre achei que o nome vinha do fato deles fazerem coisas deploráveis surgirem do nada, pois o nada é branco. As pessoas olham para eles e os confundem com albinos, e também confundem os albinos com eles. Mas a pele do albino é um desejo dos deuses. Nos cientistas brancos, tudo é ímpio. Ambos descobriram suas cabeças, e tranças que pareciam um bando de caudas de animais se esparramaram delas. As tranças, tão brancas quanto sua pele; seus olhos, negros; suas barbas, cheias de falhas e também com tranças. Rostos finos, com maças do rosto protuberantes, lábios rosados e grossos. O da direita tinha um olho. Ele me segurou pelas bochechas e me obrigou a abrir a boca. Cada palavra que eu tentava dizer saía da minha cabeça como uma onda que se quebrava assim que chegava na minha boca. O caolho enfiou seus dedos numa narina, depois na outra, depois olhou para o seu dedo e o mostrou para o outro, que balançou a cabeça. O outro esfregou sua mão em minhas orelhas, seus dedos ásperos como a pele de um animal. Eles olharam um para o outro e balançaram a cabeça.

— Eu tenho mais um buraco que falta conferir. Vocês não vão conferir também? — perguntei.

O caolho foi buscar a sua sacola.

— A dor que você sentirá, ela não será pequena — avisou ele.

Antes que eu pudesse dizer qualquer coisa, o outro me amordaçou com uma bola de pedra. Eu queria lhes dizer o quanto eles eram tolos, mas eles não eram os únicos tolos em Dolingo. Como eu poderia confessar qualquer coisa com a boca amordaçada? E o cheiro do menino veio ao meu nariz mais uma vez, tão forte que era como se ele estivesse do lado de fora dessa cela, e em seguida começasse a se afastar. O cientista caolho soltou um nó de seu pescoço e retirou seu capuz.

Ibeji Ruim. Eu tinha ouvido falar de um encontrado aos pés da Cordilheira da Feitiçaria, que a Sangoma havia cremado apesar de ele já estar morto. Mesmo em sua morte, ele havia abalado aquela mulher inabalável, pois era o único tipo de mingi que ela mataria assim que avistasse. Ibeji Ruim não deveria nascer jamais, porém não é como o Douada, o não nascido, que vaga pelo mundo dos espíritos, serpenteando pelos ares como um girino e, às vezes, emergindo neste mundo através de um recém-nascido. Ibeji Ruim é o gêmeo que o ventre aperta e esmaga, tenta expelir, mas que não consegue. Ibeji Ruim se alimenta do desgosto, como aquele demônio da própria carne do corpo, que sai pelos seios da mulher e a mata envenenando seu sangue e seus ossos. Ibeji Ruim sabe que nunca será o favorito, então ele ataca o outro gêmeo dentro do útero. Ibeji Ruim às vezes morre no parto quando sua mente não se desenvolve. Quando a mente se desenvolve, tudo que ele sabe fazer é sobreviver. Ele vai escavando a pele do gêmeo, sugando alimento e água de sua carne. Ele sai do ventre junto com o gêmeo, tão grudado à sua pele que a mãe pensa que ele também é parte da carne do bebê, malformado, feio como uma queimadura, nada bonito, e, às vezes, ela abandona os dois no meio do mato para que eles morram. Sua carne é enrugada e intumescida, assim como seu cabelo e sua pele, e ele tem um olho grande e uma boca que baba sem parar, uma das mãos com garras, e a outra, presa na barriga como se tivesse sido costurada lá, e um par de pernas imprestáveis, que se debatem como barbatanas, um pênis fino, duro como um dedo, e um buraco de onde sai merda que nem lava. Ele odeia o gêmeo pois jamais será o gêmeo, mas ele precisa do gêmeo porque não pode comer comida ou beber água, pois não tem garganta, e dentes lhe crescem por toda parte, até em cima dos olhos. Um parasita. Gordo e rugoso, como as entranhas de uma vaca amarradas, e deixando um rastro de gosma por onde engatinha.

O braço do Ibeji Ruim estava esparramado no pescoço e peito do cientista caolho. Ele foi soltando cada garra, e um pouquinho de sangue escorreu de cada furo. O segundo braço soltou-se sozinho da cintura do cientista, deixando um vergão. Eu me debati, urrei na mordaça e chutei as algemas nos meus pés, mas minha única parte livre era o meu nariz, que podia bufar. O Ibeji Ruim desencostou sua cabeça do peito do seu gêmeo e abriu um olho. A cabeça era caroço em cima de caroço em cima de caroço, coberto de verrugas, veias e abscessos enormes na bochecha direita, com uma coisinha parecida com um dedo pendurado. Sua boca, apertada nos cantos, abriu-se, e o seu corpo mole tremeu e se esparramou como uma massa de pão sendo amassada. De sua boca, saiu um balbucio como o de um bebê. O Ibeji Ruim desceu dos ombros do cientista e começou a subir pela minha barriga e pelo meu peito, fedendo a axila e às fezes de um doente. O outro cientista pegou minha cabeça pelos dois lados e a segurou. Eu me debati e lutei, me sacudi, tentei abaixar a cabeça, tentei chutar, tentei gritar, mas tudo que eu conseguia fazer era piscar e respirar. O Ibeji Ruim escalou até o meu peito, seu corpo se inflando como uma bola e depois assoprando o ar como se fosse um baiacu. Ele esticou dois dedos longos e ossudos, que passaram por cima dos meus lábios e se detiveram nas minhas narinas. O olho do Ibeji Ruim piscou angústia, e depois ele enfiou os dois dedos no meu nariz, e eu gritei, e gritei de novo, e lágrimas escorreram dos meus olhos. Os dedos, suas garras escavaram a carne, arrombaram orifícios, atravessaram ossos, cortaram mais carne, foram além do meu nariz e, por entre os meus olhos, começaram a arder. Seus dedos foram além dos meus olhos, atravessaram a minha testa, minhas têmporas começaram a pulsar, e em minha cabeça ficou tudo preto, depois voltei, depois ficou tudo preto de novo. Minha testa queimava. Eu podia ouvir suas garras cortando, me corroendo por dentro, como ratos. O fogo se espalhou da cabeça e desceu pelas minhas costas, percorrendo as pernas até a ponta dos dedos do pé, e eu tremia como um homem cuja cabeça tivesse sido invadida por demônios. Então a escuridão chegou aos meus olhos e à minha cabeça, e uma luz piscou.

E Sogolon passou pela porta e veio andando até a cela, e os guardas abriram o portão, e ela se aproximou e se inclinou para olhar e se endireitou e andou de costas, se afastando de mim, e acenou com a cabeça, e andou de costas até sair da cela e subiu os degraus de costas, e o guarda andou de costas até o portão da cela e o trancou, e Sogolon foi andando de costas até passar pela porta, que depois se fechou. E ela saía e tornava a entrar, e Venin estava parada na cela olhando para mim, e ela saía andando de costas, e eu gritava, e o menino escravo voltava voando de sua queda para a sacada e sentava no banquinho e ficava olhando para fora, e nós o amarrávamos novamente e o colocávamos de volta no mato seco, e a parede se consertava sozinha, sugando de volta todos os pedaços arrancados, e Mossi e eu rolávamos de novo no chão, e eu dava um soco com a minha mão livre, e ele segurava minha mão e soltava as suas pernas das minhas e parava de me enforcar com seu braço, depois me jogava pra baixo dele, me enforcando com seu braço, e prendendo minhas pernas com suas pernas, e ele dava um grito e tirava o seu soco do chão de madeira enquanto eu desviava do seu golpe e ficava de pé, então eu dava um soco ao contrário e caía de volta no chão, e ele retirava a sua mão estendida, mas eu o puxava para baixo, dando-lhe um soco no estômago, e dentro de casa meu avô fode minha mãe em cima do tecido azul que ela havia comprado para costurar trajes de luto, e o gozo cai na sua boca, e ele está fodendo pra cima, não pra baixo, ele puxa para fora e estapeia seu pau duro até que ele fique mole e despenque sobre o mato branco de seus pelos, e minha mãe para de desviar o olhar e olha direto pra ele e há espíritos na árvore que não é nossa, mas o espírito é o meu pai, e ele está bravo comigo, e meu avô, e todas as coisas vivas soam como se estivessem consumindo todo o ar, respirando ao contrário, e o relâmpago estala lá fora de volta pra dentro e passa correndo pelas minhas costas, e o Leopardo e aquele menino cujo nome eu nunca me lembro, e o Leopardo está na floresta atacando um menino que se pinta com pó branco que eu conheço, mas não consigo lembrar o nome, e depois o Leopardo está me atacando, e depois nós atravessamos uma porta de fogo para Kongor e outra para Dolingo e o velho junta toda sua carne e seu suco e salta de volta do chão, mas eu não vejo onde ele vai parar, e no quintal de Basu Fumanguru é noite e há corpos nas urnas, e sua esposa não passa de roupa e ossos, e ela foi cortada em dois, e numa outra urna há um menino agarrado a um retalho de pano de uma boneca e a boneca aparece no meu nariz, e o menino salta na minha cara, e seus pés cheiram a musgo do pântano e fezes e seu cheiro vai se afastando e desaparece, e depois aparece a Leste da Cordilheira da Feitiçaria, e o cheiro sobe as colinas e desce pelos vales rumo a Oeste, e então ele some e aparece nas docas de Lish e o cheiro do menino atravessa o mar e eu tento interromper o percurso, pois sei que esse Ibeji Ruim está procurando por ele, então eu busco a minha mãe, e eu busco as deusas do rio que matam com doenças, e dois nômades que me desafiaram a tomá-los os dois ao mesmo tempo uma vez, dentro de sua tenda, e um sentou sobre mim e o outro se arreganhou no chão e eu o fodi com o meu dedão do pé, mas o Ibeji Ruim incinera isso tudo e minha testa está em chamas e eu grito na mordaça e aperto os olhos e meu nariz está no menino e o menino atravessa a enseada que separa Lish de Omoro e eles andam por dias e por quartos de lua e por luas por terras que eu não conheço e escalam a Cordilheira da Feitiçaria até Luala Luala e seu cheiro some e aparece tão ao Sul que nem está no mapa, e o cheiro do menino, se anda ou cavalga eu não sei, e o cheiro some e aparece em Nigiki, andando, correndo ou cavalgando e para na cidade, eu consigo farejá-lo indo reto, depois dobrando, depois dando uma volta, depois ficando parado num canto por muito tempo, talvez até o cair da noite, e, pela manhã, o cheiro vai embora e volta para o Sul, para cavernas, ou para algum outro lugar, e então é noite, e seu cheiro mergulha fundo na cidade e para no Oeste, e fica ali até anoitecer e vai embora novamente pela manhã, e vários dias se passam, e aí o cheiro do menino aparece bem longe a Oeste, e ainda se move para o Oeste, ele saiu de Wakadishu, está saindo de Wakadishu para ir até Dolingo, e eu vou pensar no meu pai, não, avô, e no Leopardo, e nas cores preto e dourado, e nos rios e nos mares e nos lagos e em mais rios e na menina azul, e o Garoto Girafa está comigo, na minha cabeça, crescido, agora você deve estar crescido, você deve ter crescido, é você correndo ao lado do rio, diga alguma coisa, diga como você odeia que eu nunca fui visitá-lo, mas você não se lembra mais de mim, então você não odeia nada, você odeia o ar, você odeia a lembrança que você não consegue encaixar em lugar algum, como um cheiro do qual você não lembra de onde vem, mas que você conhece, porque ele te leva para um lugar em que você era uma outra pessoa, não vão embora, crianças, mas o Ibeji Ruim queima tudo isso dentro da minha cabeça, minha cabeça queima e a lembrança se vai, e ela se foi para sempre, eu posso sentir, eu sei que ele quer ir atrás do menino, mas eu não irei atrás do menino, mas suas garras mergulham mais fundo, e eu não consigo sentir o corte, mas eu o escuto, e os meus dedos dos pés queimam, eles apodrecem, eles vão cair, ele quer encontrar o menino, ele está na rua comigo, eu só consigo sentir o seu cheiro, mas ele consegue ver e agora eu consigo ver também, uma rua cheia de pessoas vestindo túnicas, e elas estão conversando, tudo que os homens fazem em Dolingo é conversar, e nós atravessamos uma ponte porque o seu cheiro está ficando cada vez mais forte, e o aroma vira à direita e agora o Ibeji Ruim está vendo e eu estou vendo também e é um beco como o beco onde fica o bazar e o beco onde fica o bar, mas esse beco são apenas os fundos de uma casa, e o cheiro vai até o vagão e eu estou dentro do vagão e ela me leva até a sétima árvore, que eles chamam de Melelek, e me fazem descer cinco andares até o tronco, mas não é um tronco, e tudo aqui são becos e túneis e ninguém vê muito o sol, e o cheiro do menino segue andando por essa rua larga e ele vira pra cá e vira pra lá e atravessa uma ponte e vira pra direita e depois direita e depois pra esquerda e então segue reto e depois desce, e ele fica parado em algum lugar, e o Ibeji

Ruim traz a visão e eu consigo ver o menino e a minha cabeça está queimando e uma mão branca toca o ombro do menino e aponta um dedo com uma unha comprida e o menino vai até a porta daquela casa e ele bate com força e ele está chorando e está dizendo alguma coisa que eu não consigo escutar, e eu sinto o seu cheiro como se ele estivesse aqui do meu lado, ele está gritando que está comigo e uma velha abre a porta e ele não entra correndo, ele dá um passo para trás como se também estivesse com medo dela, e ela tenta se inclinar em sua direção, mas ele toca nela, e olha para trás repentinamente, como se alguém o estivesse perseguindo, e ele passa correndo por ela, e ela enrola o seu pagne com mais força em seus ombros, olha ao redor e fecha sua porta e então minha mente se desliga. E quando eu abro meus olhos, eles ainda parecem fechados. Eles se fecham e se abrem mais uma vez, sem o meu comando. O Ibeji Ruim sai correndo de cima de mim como um caranguejo e escala até os ombros do caolho. Os dois cientistas brancos estão inclinados sobre mim, olhando, o caolho franzindo o cenho, o outro arqueando as sobrancelhas. Depois, eles estão perto das grades da cela. Depois, estão em cima da minha cabeça de novo. Depois, estão saindo pela porta. Eles vão contar para Sogolon. Ela vai procurar e vai encontrar o menino. Eu ainda consigo enxergá-lo, ver a casa onde ele entrou correndo, a infecção do Ibeji Ruim ainda correndo em minhas veias. Meus lábios estavam molhados do sangue que pingava do meu nariz. Essa Rainha irá traí-la. Minha cabeça estava pesada demais para desenvolver aquele pensamento, e os seus interiores ainda queimavam, e eu fiquei achando que não era sangue o que escorria do meu nariz, e sim os interiores de minha cabeça, derretidos e transformados em suco. Meus cotovelos cederam, e eu caí para trás, mas, quando minha cabeça atingiu o chão, parecia que eu havia colidido com a água, e eu afundei.

E eu afundei, e afundei, e o fogo começou a se apagar na minha cabeça, e as pessoas continuavam entrando e saindo, e sussurrando e gritando comigo, como se todos meus ancestrais tivessem vindo para recolher os galhos da grande árvore no quintal da frente. Mas minha cabeça não sossegava. Algo retumbou, retumbou novamente, e então uma lembrança ou um devaneio primeiro urrou, depois berrou, e depois se chocou contra o meu crânio. A pancada me acordou, e eu vi que não estava dormindo. Alguma coisa havia batido contra a porta e caído no chão. E então o estrondo se transformou numa pancada e os contornos de um punho marcaram a porta, como se alguém tivesse acertado um soco numa massa de pão. Outro soco, e a porta saiu voando e acertou as grades da cela. Eu me levantei num pulo e caí para trás. Tristogo entrou pela abertura, usando suas luvas e segurando um dos guardas pelo pescoço. Ele o jogou para o lado. Atrás dele vieram Venin e Mossi, segurando coisas brilhantes que faziam minha cabeça doer. Tudo que eles diziam ficava quicando contra as paredes da minha cabeça até cair para fora dela, sem eu entender nada. O Ogo arrancou a tranca da minha cela. Venin entrou trazendo uma clava que tinha quase a metade do seu tamanho e que, na minha loucura, ela segurava como se fosse um gravetinho, e a usou contra a cela ao lado da minha, arrancando a tranca. A cela era tão escura que eu nem sabia que eles mantinham outros prisioneiros aqui — mas por que não o fariam? Os pensamentos, se acumulando, faziam minha cabeça pulsar, e eu a mergulhei nos braços que estavam me abraçando. Mossi. Acho que ele perguntou:

— Você consegue andar?

Eu meneei a cabeça e só parei de mexê-la quando ele a segurou pela testa e me forçou a fazê-lo.

— Os escravos se rebelaram — contou ele. — Em MLuma, onde estamos, em Mupongoro e em outros lugares.

— Por quanto tempo estive aqui? Eu não...

— Três noites — disse ele.

Dois guardas entraram correndo com espadas. Um fez um movimento amplo para acertar Venin, que desviou e depois desferiu um golpe com sua clava, arrancando o seu rosto. Meu choque com aquilo durou até

Tristogo me colher num movimento ágil, me jogando sobre o seu ombro esquerdo. Tudo se movia muito devagar. Outros três guardas entraram correndo, ou talvez quatro ou cinco, mas dessa vez eles depararam com os prisioneiros, homens e mulheres que não eram de Dolingo, sua pele não era azul, seus corpos não eram magros e esquálidos. Eles estavam munidos com as armas, os fragmentos de armas e as barras que Tristogo havia arrancado e espalhado pelo chão. Minha cabeça batia nas costas de Tristogo, piorando ainda mais minha tontura. Então ele se virou, e eu vi os prisioneiros engolindo os guardas como uma onda que cai sobre a areia. Eles gritavam e corriam e nos deixaram para trás na cela, todos se espremendo por entre aquela portinha, areia caindo dentro da ampulheta.

— O menino, eu sei onde ele está. Eu sei onde... — disse eu.

Eu não sabia para onde estávamos indo até passarmos por lá. Então, o sol tocou minhas costas e nós paramos. Eu estava voando pelos ares, eu estava deitado na grama, e o focinho do búfalo estava em minha testa. Mossi agachado ao meu lado.

— O menino, eu sei onde ele está.

— Nós temos que esquecer o menino, Rastreador. Dolingo está sangrando. Os escravos cortaram suas cordas e atacaram os guardas na terceira e na quarta árvore. Isso só vai se espalhar.

— O menino está na quinta árvore — avisei.

— Mwaliganza — disse Tristogo.

— O menino não é nada para nós — disse Mossi.

— O menino é tudo.

Ruídos entravam e saíam de mim. Estrondos e pancadas e estalos e gritos e berros.

— E você diz isso depois de tudo que Sogolon fez com você. Com todos nós.

— O menino tem culpa disso ou não, Mossi?

Ele desviou o olhar.

— Mossi, eu a mataria pelas coisas que ela fez, mas isso não tem nada a ver com o motivo pelo qual ela fez.

— É essa merda de crença em crianças divinas. Que deve ascender, que deve governar. Eu venho de uma terra repleta de profecias de crianças salvadoras, e nada de bom nunca vem disso, só guerra. Nós não somos cavaleiros. Não somos duques. Nós somos caçadores, assassinos e mercenários. Por que deveríamos nos importar com o destino dos reis? Deixe que eles cuidem dos seus problemas.

— Quando os reis caem, eles caem em cima de nós.

Mossi segurou meu queixo. Eu tirei sua mão com um tapa.

— Quem é esse que agora vive em sua cabeça? Você é como ela? — perguntou ele, apontando para Venin.

— Ele.

— Como você quiser. O Rastreador ajudando a bruxa...

— Nós não estamos ajudando ela. Vou te falar a verdade, se eu vir um deles tentando matá-la, eu ficarei assistindo. E depois, o matarei. E eu... eu... mesmo que eu não me importasse com quem é o rei ou a rainha por direito, ou no que é considerado maldade no Norte, e o que é justo, eu ainda levaria um filho de volta para sua mãe — expliquei.

O sol zombava de mim. Fumaça saía de uma torre na segunda árvore, e os tambores soavam como um alerta. Nenhum dos vagões se movia, pois os escravos tinham parado de movê-los. Alguns estavam parados no meio do caminho, com pessoas dentro deles, gritando e chorando. Qualquer barulho alarmava Tristogo; ele corria para a esquerda, direita, e para a esquerda de novo, apertando suas mãos com tanta força que suas juntas chegavam a saltar. Um estrondo atiçou o búfalo, que bufou, nos dizendo que precisávamos ir. Quando consegui me sentar e empurrei Mossi para dispensar sua ajuda, Venin se aproximou de mim, ainda carregando aquela clava como se fosse um brinquedo.

— Eu vou. Tenho contas a acertar com Sogolon.

— Venin? — indagou Mossi.

— Quem é essa? — replicou Venin.

— O quê? Você é essa. Venin é o seu nome desde que eu a conheço. Quem mais você seria se não ela?

— Não é ela — disse eu.

O ele dentro dela olhou para mim.

— Você vem achando isso já faz um bom tempo — disseram eles.

— Sim, mas eu não tinha certeza. Você é um dos espíritos que Sogolon mantém afastado desenhando runas, mas você conseguiu burlar sua proteção.

— Meu nome é Jakwu, o guarda branco do Rei Batuta, que senta no trono em Omororo.

— Batuta? Ele morreu há mais de cem anos. Você é... não importa. Deixe a velhota para os bebedores de sangue. Ela é uma companhia tão agradável quanto a deles — disse Mossi.

— Todos os espíritos querem o mesmo que você? — perguntei.

— Vingança contra a Bruxa da Lua? Sim. Alguns querem mais que isso. Nem todos morremos pelas suas mãos, mas ela tem responsabilidade sobre todas as nossas mortes. Ela me arrancou do meu corpo para apaziguar um espírito furioso e agora acha que me apaziguou também.

Sua voz ainda era a de Venin, mas eu já tinha visto coisas assim em possessões. A voz permanece a mesma, mas o tom, a afinação e as palavras que o espírito escolhe são tão diferentes que parece quase uma outra voz. A voz de Venin tinha ficado rouca. Ela saía como um trovão, como a voz de um homem morto há muitos anos.

— Onde está Venin?

— Venin. A menina. Ela se foi. Ela nunca voltará a este corpo. Pode-se dizer que está morta. Não é o que ela está, mas já explica o suficiente. Agora ela está fazendo o que eu fiz, vagando pelo além até se lembrar por que foi parar naquele lugar. E então ela virá atrás de Sogolon, assim como todos nós.

— Ela mal podia montar um cavalo e agora maneja uma clava. E você? Você mal consegue ficar de pé — disse Mossi.

Do final da rua vieram gritos, fazendo a curva. Homens e mulheres da nobreza de Dolingo andavam apressados, achando que aquilo seria o suficiente. Eles olharam para trás e apertaram o passo, os homens e mulheres que iam à frente ainda não tinham visto as pessoas que vinham atrás deles, e então eles começaram a correr, e a turba que já corria, talvez vinte, talvez mais, foi empurrando alguns para tirá-los do caminho, derrubando outros, pisoteando muitos, enquanto corriam naquela direção. Atrás deles veio o estrondo. Mossi, Tristogo e Venin se posicionaram ao meu redor, e todos sacamos nossas armas. Os nobres passaram correndo e gritando ao nosso redor como um rio que se divide em dois. Atrás deles, com porretes, tacapes, clavas, espadas e lanças, escravos que, mesmo correndo e mancando como zumbis, estavam vencendo. Oitenta ou mais, perseguindo os nobres. A ponta de uma lança entrou pelas costas de uma mulher da nobreza e saiu pela sua barriga, e ela caiu no chão. Os rebeldes não tocaram em nós quando passaram correndo ao nosso redor, exceto por um que passou perto demais e foi partido em dois por um chute de Tristogo, um que caiu por cima da espada de Mossi, e dois cujas cabeças se encontraram com a clava que Venin girava. O resto passou correndo por nós e, em seguida, atacou os nobres. Carne voava. Com Tristogo à frente, voltamos correndo na direção de onde eles vinham, e um grito de guerra que ele entoava mantinha os rebeldes fora de nosso caminho.

Os vagões estavam todos parados, com muitas pessoas presas dentro deles, mas as plataformas nos levaram para baixo — esses escravos ainda não haviam sido contaminados pela liberdade. No chão, enquanto saíamos correndo de cima da plataforma comigo ainda cambaleando e tropeçando e Mossi ainda me segurando com sua mão, Mungunga irrompeu em fogo e explosões. O fogo atingiu alguns dos cabos e correu até um dos vagões, envolvendo-o em labaredas. As pessoas que estavam lá dentro, algumas já cobertas em chamas, começaram a se jogar. No pé de Mungunga, uma porta da altura de três homens e dez passos de largura foi arrancada de suas dobradiças e caiu no chão, levantando uma nuvem de poeira. Escravos nus saíram correndo por ela e foram diminuindo sua velocidade até se arrastar, alguns com paus, outros com barras e pedaços de metal, todos mancando, apertando seus olhos e erguendo seus braços para se proteger da luz. Cordas partidas em seus pescoços e braços, e carregando qualquer coisa que podiam levantar. Eu não conseguia diferenciar os homens das mulheres. Os guardas e senhores, tão acostumados a não sofrer resistência, haviam se esquecido como se lutava. Eles passaram por nós e nos deixaram para trás, muitos deles, alguns arrastando os corpos inteiros de seus senhores, outros carregando braços, pernas e cabeças.

Os escravos ainda corriam quando corpos elegantes começaram a chover do céu. Das sacadas lá em cima despencavam cordas, e escravos empurravam seus senhores. Os corpos dos nobres caíam em cima dos corpos dos escravos. Ambos morriam. E mais corpos caíam por cima.

Em Mwaliganza, a plataforma nos levou até o oitavo andar. Aparentemente tudo estava tranquilo, como se a revolução ainda não tivesse se espalhado até ali. Eu montava o búfalo, muito embora estivesse deitado em cima dele, segurado em seus chifres para não cair.

— Este é o andar — avisei.
— Como você tem certeza? — perguntou Mossi.
— Foi aqui que o meu nariz nos trouxe.

Mas eu não disse que tinham sido meus olhos, e que, quando o Ibeji Ruim enfiou suas garras pelo meu nariz, eu pude ver a vivenda onde a velha morava, as paredes cinzentas se desgastando e revelando o laranja que havia por baixo e as janelinhas perto do topo do seu telhado. Eles seguiram a mim e ao búfalo, enquanto nobres e escravos saltavam para sair do nosso caminho. Viramos à esquerda e atravessamos uma ponte até uma rua seca. O menino estava no meu nariz. Mas também um cheiro morto-vivo bem conhecido, o suficiente para que nojo e horror me contorcessem a ponto de me fazer acreditar que eu estava ficando doente. Mas não conseguia me lembrar do que era. Um cheiro, às vezes, não abre uma memória, apenas o fato de que eu deveria me lembrar dele.

Um pequeno grupo de escravos e prisioneiros passou por nós, arrastando corpos de nobres desnudos, azuis e mortos. Eles pararam numa porta que eu nunca tinha visto e que, mesmo assim, eu já conhecia. A porta da velha estava escancarada. Na soleira havia dois guardas Dolingon, com seus pescoços virados em ângulos nos quais normalmente não viram. Bem na entrada, degraus que levavam para o andar de cima e, vindos lá de cima, gritos, ruídos, metal contra metal, metal contra argamassa, metal contra carne. Eu cheguei até a porta e caí de volta nos braços de Mossi. Ele não me perguntou nada, e eu não reclamei quando ele me carregou para o lado, perto de uma janela, e me pôs sentado no chão.

Então ele, Tristogo e Venin-Jakwu subiram correndo as escadas enquanto outros dois homens desabavam sobre o chão, mortos antes de quebrarem seus ossos. Homens berravam ordens, e eu olhei para cima e vi como aquele andar era amplo. O fogo tremulava na tocha sobre a minha cabeça. Ouviu-se um trovão, e o andar inteiro tremeu. Ouviu-se mais um trovão, como se uma tempestade estivesse prestes a começar. O teto se rachou, derrubando pó. Eu estava no chão da cozinha. Comida já preparada também estava no chão, com gordura engrossando numa panela e azeite de dendê em jarros perto da parede. Usei meus braços para me levantar e peguei a tocha. Guardas mortos estavam espalhados pelo chão, muitos deles ressecados, com seus sucos drenados de seus corpos, murchos como casca de árvore. Havia um mezanino, e homens mortos pendurados nele. Sangue pingava no chão. Um menino com as mãos ao lado do corpo, imóvel, se jogou do mezanino e cavalgou o ar. Ele ficou lá, flutuando, os olhos abertos, mas sem ver nada, uma nuvem de moscas voando às suas voltas. Eu ergui a tocha para iluminar seu rosto, suas mãos, sua barriga, suas pernas, e sua pele, em todos esses lugares, tinha buracos do tamanho de sementes. A pele do menino se parecia com um ninho de vespas, e insetos vermelhos cobertos de sangue entravam e saíam por ela. Moscas saíam de sua boca e suas orelhas, e larvas gordas saltavam de toda sua pele e caíam no chão, abriam suas asas e retornavam voando para o menino. Logo, ele era um enxame de moscas no formato de um menino. O enxame se transformou numa bola, e o menino caiu, atingindo o chão como uma massa de pão. O enxame foi chegando cada vez mais perto, cada vez mais baixo, até estar repousando sobre o chão, a seis passos de distância de mim. Os insetos, as larvas e os casulos foram se juntando e se grudando uns nos outros e formaram uma criatura com dois membros, depois três, depois quatro, depois uma cabeça.

O Adze, seus olhos cintilantes como o fogo, sua pele negra que desaparecia naquele quarto escuro, um corcunda de mãos compridas e dedos com garras que arrastavam no chão. Ele raspou seus cascos e veio para cima de mim, e eu me esquivei para trás e apontei a tocha em sua direção, o que fez com que ele tossisse uma risada. Ele continuou vindo, e eu dei um passo para trás e derrubei um jarro de azeite com meu pé. O azeite começou a se espalhar pelo chão, e ele deu um grito, escorregou e deu um pulo para trás, se transformou em insetos e voou de volta para o andar de cima. Ouvi o Ogo gritar, e alguma coisa se chocou, quebrando madeira. Mossi saltou sobre o mezanino brandindo uma espada, deu uma pirueta e arrancou a cabeça de um guarda infectado com o trovão. Ele saltou de volta para o chão e correu de volta para a luta.

Ainda segurando a tocha, peguei outro jarro cheio de azeite de dendê e comecei a subir as escadas. No quinto degrau, bati minha cabeça, o chão começou a se mexer, e me encostei na parede. Passei por um homem com um buraco no peito que saía pelas costas. No topo da escada, pus o jarro no chão, sacudi minha cabeça para limpar os pensamentos e olhei bem dentro dos seus olhos amarelos, seu rosto magro e comprido, sua pele vermelha com listras brancas que subiam pela testa. Orelhas apontando para cima, cabelo verde como grama em seus braços e ombros, listras brancas descendo até a base do tronco. Ele era meio homem mais alto que eu, e sorria, com seus dentes afiados e pontiagudos, como os de um grande peixe. Em sua mão direita, um fêmur que ele havia lapidado até adquirir a forma de um punhal. Ele repetiu alguma coisa várias vezes entre risos e depois avançou pra cima de mim, mas dois estalos de luz fizeram sangue negro jorrar de sua barriga. Mossi, dando um salto para baixo, suas espadas nas pontas dos seus braços bem abertos. Ele movimentou as mãos na frente do corpo, sua espada esquerda saiu pelas costas do demônio e sua espada direita abriu um talho até a metade do seu pescoço. O demônio tombou e rolou pelos degraus da escada.

— Eloko, Eloko, ele não parava de dizer. Acho que o nome dele é Eloko. Era — disse Mossi.

— Rastreador, fique abaixado.

— Eles vêm por baixo.

Ele voltou correndo para a batalha. Aquele lugar era uma escola. Foi por isso que eles o haviam escolhido, e por isso teria sido tão fácil para o menino enganar seja lá quem tivesse vindo atender a porta. Mesmo assim, não havia nenhum sinal de crianças. Do outro lado da sala, perto da janela, Venin-Jakwu sorria enquanto dois Eloko a atacavam, um vindo pelo chão e outro pelo teto. O Eloko se pendurou numa trepadeira para se lançar contra ela, mas ela contra-atacou com a cabeça de sua clava, chocando-se com o seu peito. Ele tentou rasgar Venin-Jakwu com uma faca de osso, mas ela se esquivou e o atingiu no meio do nariz com o cabo da clava. Outro, às suas costas, deu uma estocada e cortou a parte de trás de sua coxa. Venin-Jakwu deu um grito e caiu, porém caiu se esquivando, pegou impulso e deu uma pancada com a clava de baixo para cima, bem no meio do seu rosto. O terceiro Eloko esgueirou-se às suas costas. Eu gritei, mas disse Jakwu! E ela se virou para a esquerda, enquanto ele vinha pela direita. Numa fração de segundo, Venin-Jakwu corrigiu um longo movimento da clava e a desviou para baixo, para a direita, atingindo em cheio as pernas do Eloko. Ele deu um grito e caiu de joelhos. Venin-Jakwu bateu e bateu em sua cabeça até que não houvesse mais uma cabeça. Um trovão estalou novamente, e argamassa despencou do teto.

— Sua perna — falei, apontando para o sangue que escorria.

— Quem você pretende matar com isso?

Eu olhei para a minha tocha e o meu azeite. Venin-Jakwu saiu correndo. Eu a segui, mais forte, minha mente menos nebulosa, mas eu ainda oscilava. O Adze se balançou numa viga do teto na forma de um corcunda, mas se jogou sobre Tristogo na forma de um enxame de moscas. Ele atacou seu ombro e braço esquerdos. O Ogo espantou e esmagou muitas, mas o Adze eram muitas mais. Algumas moscas começaram a se enfiar em seu ombro e perto do seu cotovelo, e Tristogo gritou. Eu arremessei o jarro, e ele se espatifou em seu peito, espalhando azeite de dendê por tudo. Ele olhou para mim, enfurecido.

— Esfregue em seus braços... o azeite... esfregue.

As moscas se enfiavam em sua pele. Tristogo juntou com as mãos o azeite que escorria pela sua barriga e esfregou no seu peito, braços e pescoço. Os insetos rapidamente começaram a saltar de seu corpo, deixando buracos maiores na saída, como feridas abertas, e a se jogar no chão. O resto do enxame ficou totalmente maluco, moscas colidindo umas nas outras, juntando-se até criar uma forma, algo que se aproximava cada vez mais do chão até se transformar novamente no Adze, com apenas uma perna e meia cabeça, e, em sua cabeça, insetos e larvas se retorcendo como vermes. Mais rápido que num piscar de olhos, Venin-Jakwu reduziu o resto de sua cabeça a uma poça vermelha e polpuda no chão.

— Onde está Sogolon? E o menino?

Tristogo apontou com o braço para uma outra sala. Venin-Jakwu correu para aquela direção, abatendo guardas que tinham raios correndo pelo seu corpo. Ela chegou até a porta, onde recebeu uma descarga elétrica que a arremessou pelo corredor e me fez perder o equilíbrio. Lá dentro, Mossi saiu debaixo de uma pilha de prateleiras e panelas de barro que haviam tombado.

Ele estava de costas para mim, e seus pés não tocavam o chão: Ipundulu. Listras brancas em seu cabelo, penas compridas e afiadas como facas brotando em sua nuca e descendo pelas costas. Asas brancas com penas negras em suas pontas, tão largas quanto aquela sala. O corpo branco e sem penas, esguio, porém musculoso. Os pés pretos de pássaro flutuando sobre o chão de terra. Ipundulu. Seu braço direito levantado, suas garras em volta do pescoço de Sogolon. Eu não sabia dizer se ela estava viva, mas havia sangue respingado no chão, aos seus pés. Relâmpagos estalavam e saltavam por toda sua pele. Ipundulu puxou uma faca do seu ombro e a arremessou em Mossi, que desviou num salto, ergueu suas espadas e o encarou. Sogolon, com os lábios brancos, abriu um olho pela metade e olhou para mim. Às minhas costas, Venin-Jakwu rolava no chão, tentando ficar de pé. Raios saltaram da pele de Ipundulu para o rosto de Sogolon, e ela gemeu com os dentes cerrados. Mossi não sabia bem como atacar. Talvez alguém tenha me dito, talvez eu tenha adivinhado, mas eu arremessei a tocha no pássaro trovão. Ela o atingiu em cheio, bem no meio das costas, e seu corpo inteiro explodiu em chamas. Ele largou Sogolon e gritou como um corvo, rolando e se contorcendo pelo chão, e tentou voar, pois as chamas estavam consumindo suas penas e sua pele com muita rapidez, com muita fome. Ipundulu colidiu com a parede e continuou correndo, se esfolando e gritando, uma bola de chamas famintas alimentando-se de penas, de pele e de gordura. A sala recendia a fumaça e carne queimada.

Ipundulu caiu no chão. Mossi correu até Sogolon.

O pássaro trovão não tinha morrido. Eu podia ouvi-lo ofegando, seu corpo de volta à forma de um homem, sua pele enegrecida onde havia sido chamuscada e vermelha onde havia sido rasgada.

— Ela está viva — disse Mossi.

Ele foi correndo até o Ipudulu, no chão, se contorcendo e respirando pesadamente.

— Ele também está vivo — disse ele, e encaixou sua lâmina bem debaixo do queixo do Ipundulu.

Alguma coisa me fez vasculhar as prateleiras caídas — os pratos, panelas e tigelas com peixe seco — e olhar debaixo de uma cadeira. Debaixo da cadeira me olhou de volta. Olhos grandes que brilhavam no escuro, olhando para mim olhando para ele. Uma voz dentro de mim me disse "Aí está ele. Aí está o menino". Seu cabelo, selvagem e engruvinhado, pois de que outro jeito estaria o cabelo de um menino sem uma mãe para penteá-lo e cortá-lo? Ele deu um pulo, assustado, e primeiro eu pensei que era por causa dos que estavam com ele, pois qual criança não tem medo de monstros? Mas ele já devia ter estado em dezenas de casas e ter presenciado dezenas de mortes, a ponto de o assassinato de uma mulher para devorá-la e o assassinato de uma criança para devorá-la terem se tornado uma brincadeira pueril. Se você passasse toda sua vida entre monstros, o que seria monstruoso para você? Ele ficou olhando para mim, e eu, olhando para ele.

— Mossi.

— Talvez você devesse ter pulado Dolingo — disse ele ao Ipundulu.

— Mossi.

— Rastreador.

— O menino.

Ele se virou para olhar. O Ipundulu tentou se levantar sobre seus cotovelos, mas Mossi encostou sua espada em seu pescoço.

— Qual é o nome dele? — perguntou Mossi.

— Ele não tem.

— Então como vamos chamá-lo? De menino?

Venin-Jakwu e Tristogo vieram pelas minhas costas. Sogolon permanecia no chão.

— Se ela não acordar logo, seus espíritos saberão que ela está fraca — falei.

— E o que fazemos com este aqui? — perguntou Mossi.

— Mate-o — disse Venin, às minhas costas.

— Mate-o, pegue a bruxa e pegue o me...

Ele passou pela janela, arrancando um pedaço da parede, que se esfarelou em pedaços de pedra, atingindo Tristogo na cabeça e no pescoço. Atrás de mim, suas longas asas negras acertaram Venin-Jakwu, arremessando-a contra a parede.

O cheiro, eu conhecia aquele cheiro. Eu me virei, e suas asas me tiraram do chão, com um golpe bem no meio do rosto. Ele encostou os pés no chão, e Mossi o atacou com suas duas espadas. Uma delas atravessou uma asa e ficou presa nela. Ele tirou a outra espada da mão de Mossi com um tapa e partiu para cima dele.

Batendo suas asas negras de morcego para levantar seu corpo do chão, ele juntou as duas pernas e acertou um chute em seu peito. Mossi caiu pesadamente no chão, e ele caiu pesadamente por cima dele. Em seguida, ele enfiou uma garra no topo da cabeça de Mossi e começou a cortar, descendo pela testa, passando pelas sobrancelhas e indo adiante.

— Sasabonsam! — exclamei.

Ele tinha o mesmo cheiro de seu irmão.

Ele jogou Mossi para longe e se voltou para mim.

Minha cabeça ainda estava mais lenta que os meus pés. Ele investiu contra mim bem quando Sogolon produziu um vento violento que o arremessou para o alto e me jogou no chão. Ele começou a lutar contra o vento, e Sogolon estava perdendo forças. Mesmo cambaleando, ele conseguiu se aproximar o bastante e usar suas garras para rasgar as mãos que a bruxa erguia. Eu tentei ficar de pé, mas caí sobre um joelho. Mossi ainda estava no chão. Eu não sabia onde estava Venin-Jakwu. E quando Tristogo finalmente conseguiu se levantar e lembrar de sua fúria o suficiente para querer botar aquele lugar abaixo, Sasabonsam pegou uma pata do Ipundulu com suas garras de ferro, enrolando seus dedos na perna como se fosse uma cobra, colheu o menino com a outra mão depois que ele saiu engatinhando debaixo da cadeira, correu para a janela e arrebentou a moldura, o vidro e alguns pedaços da parede. Um dos guardas, com raios percorrendo seu corpo, correu atrás do seu novo senhor e caiu quando Sasabonsam começou a voar. Eu fui mancando atrás de Tristogo e vi Sasabonsam no céu com suas asas de morcego, despencando duas vezes por conta do peso do Ipundulu, depois batendo as asas com mais força e subindo mais alto.

Então, Tristogo, Venin-Jakwu, Mossi e eu estávamos de pé, no quarto, em volta de Sogolon. Ela tentou se levantar, nos fuzilando com seus olhos. Do lado de fora, vagões capotados, corpos massacrados, e porretes e tacapes quebrados poluíam as ruas. Fumaça saindo das duas árvores amotinadas raiava o céu. Ao longe, porém não muito, os ruídos de uma briga. Mas que briga? Os guardas de Dolingo não tinham sido feitos para brigar, muito menos guerrear. Na árvore da Rainha, o palácio seguia tranquilo. Todas as cordas que iam até lá aparentemente haviam sido cortadas. Eu enxerguei a Rainha com os olhos da minha mente, empoleirada em seu trono, como uma criança, ordenando sua corte a acreditar quando ela dizia que a rebelião seria debelada e os responsáveis seriam punidos num piscar de olhos, e, depois disso, urros, assobios e gritos para os deuses.

Nos aproximamos dela, e Sogolon, sem saber direito o que fazer, se inclinou para frente e para trás e se esquivou de todos nós. Ela ergueu a mão esquerda, mas parou quando o gesto fez seu peito sangrar. Ela continuava nos fuzilando com seu olhar, seus olhos bem abertos num segundo e entorpecidos no seguinte, quase adormecidos, e então ela se acordava num susto. Ela se virou para Mossi.

— Um consorte, era assim que ela o trataria. Enquanto você mantivesse seu ventre abastecido, ela não reclamaria.

— Até ela se cansar dele e enviá-lo para o tronco — falei.

— Ela trata os bonitinhos melhor do que um rei trata suas concubinas. Essa é a verdade.

— Não foi a verdade que você me contou. Nem em palavras, nem em significado, nem sequer em tom.

Chegamos mais perto dela. Tristogo apertava sua manopla esquerda, sua mão direita ensanguentada e mole. Venin-Jakwu amarrou um pano no ferimento em sua perna e sacou um punhal. Mossi, com metade do rosto coberto de sangue, apontou suas duas espadas. Sogolon virou-se para mim, o único que não estava armado.

— De mim pode sair uma tempestade capaz de arremessar todos por aquela janela.

— Mas aí você ficaria fraca demais para evitar a perda de todo o seu sangue, e ainda há outros espíritos vindo atrás de você. Como esse que está dentro de Venin — disse eu.

Ela se encostou numa parede.

— Vocês são muito tolos, todos vocês. Nenhum está preparado. Vocês acham que eu ia deixar o verdadeiro destino do Norte em suas mãos? Sem habilidades, sem cérebro, sem planos, vocês só estão aqui pelo dinheiro, ninguém aqui dá a mínima para o destino da terra em que vocês cagam. Que alegria, que dádiva ser tão ignorante ou tolo.

— Habilidade, todos temos de sobra, Sogolon. E cérebro também. E só quem tinha outros planos era você — replicou Mossi.

— Eu disse a vocês, eu disse a todos vocês, não atravessem o Reino das Trevas. Parem de tomar as decisões pensando com a virilha, pensem com a cabeça de cima primeiro. Ou deem um passo para trás e sejam comandados. Vocês acham que eu confiaria o menino a pessoas como vocês?

— E onde está o seu menino, Sogolon? Ele está aí no seu colo, num abraço tão apertado que não conseguimos ver? — ironizou Mossi.

— Sem habilidades, sem cérebro, sem planos, mas, ainda assim, se não fosse por nós, você estaria morta — disse eu.

— Deusa dos córregos e das cheias, ouça sua filha. Deusa dos córregos e das cheias.

— Sogolon — chamei.

— Deusa dos córregos e das cheias.

— Você ainda invoca aquela cadela rastejante? — perguntou Venin-Jakwu.

— Bunshi. Você está invocando sua deusa?

— Não fale de Bunshi — ordenou Sogolon.

— Ainda acha que pode dar ordens — disse Venin-Jakwu.

— Ela nunca vai mudar, nem em cem anos, esta Bruxa da Lua. É verdade. As mulheres de Mantha ainda te chamam de profeta, ou finalmente se deram conta de que você não passa de uma ladra?

— Precisamos salvar o menino, você sabe para onde eles estão indo — falou ela.

Venin-Jakwu, com o pano amarrado em sua perna quase totalmente vermelho, começou a andar lentamente à sua volta, como um leão, e começou a falar.

— Então, o que esta Bruxa da Lua te contou sobre si mesma? Pois a única que conta histórias sobre Sogolon é Sogolon. Ela te contou que descende das guerreiras Watangi ao Sul de Mitu? Ou que foi sacerdotisa do rio em Wakadishu? Que foi guarda-costas e conselheira da irmã do Rei, quando era apenas uma serviçal, que teve de pisar em muitas cabeças para ter acesso aos aposentos reais? Olhe para ela agora, investindo em uma nova missão. Salvar o filho da irmã do Rei. Ela te contou que ninguém pediu que ela o fizesse? Ela saiu nessa missão para encontrar esse menino para deixar de ser a piada de Mantha. E que piada. A Bruxa da Lua, que tem centenas de runas, mas apenas um feitiço, finalmente terá a oportunidade de mostrar o seu valor. Talvez ela vá te contar tudo isso depois. Mas escute, vou te dizer o seguinte. Essa bruxa da lua realmente tem trezentos, dez mais cinco anos, isso é verdade. Eu a conheci quando ela tinha apenas duzentos. Ela já te contou como ela viveu todo esse tempo? Não? Ah, isso ela mantém guardado bem no fundo daquele seu peito murcho. Duzentos anos atrás eu ainda era um guerreiro e tinha apenas um buraco, não dois. Você sabe quem eu sou? Eu sou aquele que a derrubou de seu cavalo quando ela esqueceu de escrever uma runa forte o bastante para me impedir.

Sogolon continuava olhando pra mim.

— Aquela sua divindadezinha, você a conheceu? Ela ainda segue escorrendo pelas paredes como ela fazia? Se ela é uma deusa, então eu sou a sagrada cobra elefante. Aquela jengu de rio diz que ela lutou contra os Omoluzu quando você pode matá-la usando apenas água do mar. Sua grande divindade não passa de uma criança malcriada.

— Nenhum de vocês merece viver, absolutamente nenhum — retomou Sogolon, ainda olhando para mim.

— Isso é entre nós e os deuses, não você, ladra de corpos — disse Venin-Jakwu.

— Você sempre foi um ingrato de merda, Jakwu. Assassino e estuprador de mulheres. Por que você acha que eu lhe dei este corpo? Um dia, tudo que você fez acontecerá a você.

— Esse corpo tinha um dono — falei.

— Todo dia, antes de o sol sair, ela corria de volta para o mato para que os Zogbanu a devorassem. Não importava para onde eu a levasse ou quanto eu a treinasse. Qualquer uso que você fizer deste corpo será muito melhor do que qualquer outro que ela viesse a fazer — justificou Sogolon.

— Você só queria que eu parasse de derrubá-la do seu cavalo — contrapôs Venin-Jakwu.

— Do mesmo jeito que você vem derrubando as pessoas de seus corpos há muito, muito tempo.

— Como? — perguntou Mossi.

— Não pergunte para mim, pergunte para ela.

— O tempo está correndo e passando, e eles ainda estão com o menino. Você sabe para onde eles estão indo, Rastreador.

Sogolon olhava ao redor, para todos nós, conversava com todos, mas não convencia ninguém.

— Ela não tentou nos matar — argumentou Tristogo.

— Fale por si — contrapôs Venin-Jakwu.

— Nós concordamos em salvar o menino — disse Mossi, e veio andando até mim.

— Vocês não a conhecem. Eu a conheço há duzentos anos, e o que ela fez mais do que qualquer outra coisa nesse período foi elaborar novas maneiras de usar uma pessoa. Ela nunca perguntou a você qual era a sua utilidade? Eu não concordei com nada, nem fechei acordo com nenhum de vocês — disse Venin-Jakwu.

— Talvez não. Mas nós vamos salvar o menino, e talvez precisemos da traiçoeira Bruxa da Lua.

— Uma Bruxa da Lua morta não terá utilidade nenhuma para vocês.

— Nem uma menina morta que tentou passar por três de nós para matá-la.

Agora era Venin-Jakwu quem nos fuzilava com seu olhar. Ela enfiou um pé debaixo da espada de um guarda morto e a jogou para sua mão com um chute. Ela a segurou, gostou da sensação e abriu um sorriso.

— Eu sou um homem! — disse ele. — Meu nome é...

— Jakwu. Eu sei o seu nome. Eu sei que você deve ser um guerreiro temível, com muitas mortes nas costas. Ajude-nos a salvar essa criança, e haverá muito dinheiro para você — ofereci.

— Dinheiro faria crescer um pau em mim?

— Que coisa mais superestimada é um pau — disse Mossi.

Não sei se ele tentou fazer com que as pessoas naquele quarto sorrissem. O peito de Sogolon, logo acima do seu coração, estava vermelho. Ipundulu tinha tentado abrir seu peito e arrancar seu coração, mas ela preferia desmaiar no chão na nossa frente antes de admitir aquilo a qualquer um.

— Olhe para o seu coração — disse eu a ela.

— Meu coração está limpo — redarguiu ela.

— Ele está quase caindo pra fora do seu peito.

— O corte não foi fundo.

— Nada parece ser — argumentou Mossi.

Ao pé da árvore, o búfalo nos aguardava, junto com dois cavalos. Tudo que eu queria perguntar com a minha boca eu devo ter perguntando com meu olho, pois ele balançou a cabeça, bufou e apontou para os cavalos. Jakwu montou no primeiro.

— Sogolon vai com você — instruí.

— Eu vou sozinho — determinou ele, e saiu galopando.

Mossi surgiu às minhas costas.

— Até onde ele vai? — perguntou.

— Até perceber que não sabe o caminho? Não muito longe.

— Sogolon.

— Ela pode ir no lombo do búfalo.

— Como quiser — aquiesceu Mossi.

Peguei um pedaço da túnica de Mossi e limpei seu rosto. O sangue tinha parado de escorrer.

— É só um arranhão — disse ele.

— Feito por um monstro com garras de ferro.

— Você o chamou de alguma coisa.

— Me dê isso — mandei, e peguei uma de suas espadas.

Fiz um rasgo na barra de sua túnica e arranquei um retalho comprido de tecido. Enrolei esse tecido em sua cabeça e o amarrei na parte de trás.

— Sasabonsam.

— Esse não é um dos nomes dos quais me lembro de ouvir da casa do velho.

— Não. O Sasabonsam vivia com seu irmão. Eles matavam homens no alto das árvores. Seu irmão é o comedor de carne, ele é o bebedor de sangue.

— Não está faltando árvore no mundo. Por que ele viaja com esse bando?

— Eu matei seu irmão — expliquei.

Duas coisas. O Sasabonsam havia levado uma espadada numa asa. Ele estava carregando tanto o menino quanto o Ipundulu, que devia ser tão pesado quanto ele.

No chão, as duas árvores que ardiam pareciam estar há centenas e centenas de passos de distância, que era onde elas estavam. Estávamos prestes a partir cavalgando quando vários dos guardas da Rainha, dez mais nove, talvez mais, todos a pé, porém à nossa frente, ordenaram que parássemos.

— Sua Radiante Excelência alerta que não permitiu que ninguém fosse embora.

— Sua Radiância tem coisas piores para se preocupar do que com aqueles que deixam seu radiante reino — falou Mossi, e passou cavalgando por entre eles.

Eles saíram do caminho aos pulos quando o búfalo arrastou seu casco no chão.

— Que pena ter de partir. Essa é uma rebelião que me daria gosto de assistir — comentou Mossi.

— Até os escravos perceberem que preferem uma servidão que eles conhecem a uma liberdade que não — disse eu.

— Lembre-me de retomar essa briga com você uma outra hora.

Cavalgamos a noite inteira. Passamos pelo lugar onde o velho morava, mas tudo que restava de sua casa era o seu cheiro. Nada havia sobrado, nem mesmo os escombros — fragmentos de barro e tijolos esmagados. É claro que aquilo me deixou preocupado, achando que não existia nem uma casa e nem um velho, apenas o sonho de ambos. Já que eu tinha sido o único a perceber aquilo, não disse nada, e nós deixamos aquele nada para trás rapidamente. Jakwu tentou nos seguir, apesar de estar à nossa frente, mas desistiu três vezes. Mesmo eu não tinha lembrança alguma do caminho, ao contrário de Mossi, que cavalgava decididamente noite adentro. Eu apenas permanecia ao seu lado. Sogolon tentou sentar-se no búfalo enquanto ele corria quase tão rápido quanto os cavalos, mas quase caiu duas vezes. Passamos pelo território das Bruxas de Mawana, mas apenas uma se ergueu do chão para olhar para nós e, em seguida, mergulhar de volta na terra, como se ela fosse água.

Antes de o sol botar a noite pra correr, o menino desapareceu do meu nariz. Eu levei um susto. Sasabonsam tinha voado até o portal e o atravessado. Eu sabia. Mossi disse alguma coisa sobre a minha testa batendo em sua nuca, o que me fez me afastar. Ele reduziu o passo do cavalo para um trote quando chegamos à estrada de terra. A porta estalava, agitava o ar à sua volta e emitia um zumbido, porém, também encolhia. Eu podia ver a estrada para Kongor na luz amarelada da manhã.

— Quando eles chegarem...

— Portas não se abrem sozinhas, Sogolon. Eles já passaram por ela. Chegamos tarde demais — disse eu.

Sogolon rolou para sair de cima do búfalo e caiu. Ela tentou dar um grito, mas acabou saindo uma tosse.

— A culpa é sua — acusou ela, apontando para mim. — Você nunca esteve pronto, nunca esteve preparado, nunca esteve à altura deles. Nenhum de vocês se importa. Nenhum de vocês vê que o mundo está ficando fora de controle. É a primeira vez que chegamos tão perto em dois anos, e vocês deixam eles escaparem.

— Como fizemos isso, velhota? — perguntou Mossi. — Quando fomos vendidos como escravos? Isso foi coisa sua. Nós poderíamos ter derrotado toda Dolingo e salvado o menino. Em vez disso, perdemos nosso tempo salvando você. Salvo conduto teu rabo. Você depositou todas as suas esperanças dessa missão em uma rainha que estava mais preocupada em se reproduzir comigo do que escutar você. E isso é tudo obra sua.

O portal estava encolhendo, ainda era grande o bastante para um homem, mas não para o Ogo ou para o búfalo.

— Vai levar dias até chegarmos em Kongor — afirmou ela.

— Então é melhor você arrumar um graveto e começar a andar — disse Mossi.

— Esse é o nosso limite.

— O traficante dobrará sua recompensa. Eu prometo.

— O traficante ou a irmã do Rei? Ou quem sabe o jengu do rio que você finge que é uma deusa? — perguntei.

— Tudo foi pelo menino. Você é tão tolo que não vê? Tudo que fiz foi apenas pelo menino.

— Eu tenho a impressão, bruxa, de que tudo que você fez foi apenas por você. Você fica o tempo todo dizendo que nós somos inúteis, mas nos usar foi exatamente o que você fez. E a menina, a pobre Venin, você se livrou dela porque tinha um uso melhor para Jakwu ou seja lá qual for seu nome. A culpa por todo esse fracasso é sua — acusou Mossi.

Jakwu saltou do seu cavalo e parou diante do portal. Acho que ele nunca tinha visto um portal antes.

— O que estou vendo através deste buraco?

— O caminho para Mitu — explicou Tristogo.

— Vou pegá-lo.

— Talvez não fique tudo bem com você — disse eu.

— Jakwu nunca passou pelas dez mais nove portas, mas Venin sim.

— Como assim?

— Ele quer dizer que, muito embora sua alma seja nova, esse corpo pode se incinerar — explicou Mossi.

— Vou tomar esse caminho — decidiu Jakwu.

Sogolon ficou olhando para o portal o tempo todo. Ela foi mancando até ele. Eu sabia que ela havia pensado nele. Ela havia chegado aos trezentos mais dez e mais cinco possivelmente sobrevivendo a coisas piores, e, além do mais, quem tinha tempo para as histórias de uma velhota que ninguém jamais poderia confirmar?

— Bom, pelo jeito os deuses sorriram para todos vocês, mas não há nada aqui para mim — disse Jakwu. — Talvez eu rume para o Norte e peça para aqueles pervertidos dos Kampara me fazerem um daqueles paus de madeira.

— Que você tenha êxito — disse Mossi, e Jakwu acenou com a cabeça.

Ele foi em direção à porta. Sogolon saiu do caminho.

Mossi pôs a mão em meu ombro e perguntou:

— Pra onde agora?

Eu não sabia o que dizer para ele, ou como dizer para ele que, para onde quer que fosse, eu torcia que fosse em sua companhia.

— Não tenho interesse algum nesse menino, mas eu vou para onde você for — afirmou ele.

— Mesmo se for para Kongor?

— Bom, eu aprecio muito as diversões.

— Pessoas tentando matar você seria uma diversão?

— Já ri na cara de coisas piores.

Me virei para Tristogo.

— Grande Ogo, para onde você irá agora?

— Quem se importa com esse gigante amaldiçoado? — perguntou Sogolon. — Vocês ficam aí choramingando como se fossem todos umas cadelinhas só porque a velhota foi mais esperta que vocês. Não é nisso que vocês acreditam? Se vocês não conseguem sentir o cheiro, tocar, beber ou foder alguma coisa, ela não significa nada pra vocês. Não existe nada maior do que vocês mesmos.

— Sogolon, você insiste em lamentar o desaparecimento de valores morais que você jamais teve — redargui.

— Estou dizendo para vocês. Quanto dinheiro vocês quiserem. Seu próprio peso em prata. Quando o menino sentar no trono em Fasisi, vocês terão ouro até em pó pra distribuir para os seus escravos. Vocês disseram que fariam isso pelo menino, se não por mim. Para que o menino visse sua mãe. Vocês querem ver uma mulher ficar de joelhos? Vocês querem que eu encoste os meus seios no chão?

— Não precisa se humilhar, mulher.

— Estou além da honra e da humilhação. Palavras são apenas palavras. O menino é tudo. O futuro do reino é... o menino, ele vai...

A porta havia se reduzido até cerca de metade do meu tamanho, suspensa no ar. A mão de Jakwu saiu por ela, pegando fogo, agarrou a gola do vestido de Sogolon e a puxou para dentro, mais rápido que um deus piscando seu olho. Mossi e eu corremos na direção da porta, mas a abertura agora era menor do que nossas cabeças. Sogolon gritou daqui até lá, gritou perante aquilo que nós podíamos apenas imaginar que estava lhe acontecendo, até que a porta se fechou em si mesma.

VINTE

Ventos fortes inflavam as velas, impulsionando o dhow. Isso é o mais rápido que eu já vi um desses navegar, exceto durante um temporal, disse o capitão, e disse que aquilo só podia ser obra da deusa do rio ou do vento. Ele não sabia qual, muito embora a resposta se mostrasse evidente para qualquer um que olhasse por dentro do casco. Embarcamos no dhow para Kongor há um dia, e vou lhes dizer por que isso faz sentido. Nós não podíamos atravessar Dolingo, já que ninguém sabia se a rebelião havia se espalhado ou se os homens da Rainha haviam conseguido debelá-la. As montanhas de Dolingo eram mais altas que as de Malakal, e levaríamos cinco noites para cruzá-las, seguidas de mais quatro até Mitu, até chegar em Kongor. Mas um barco no rio levava três noites e a metade de um dia. A última vez que eu havia navegado num dhow, o barco tinha menos de dez mais seis passos de comprimento, não chegava a sete passos de largura, e transportava cinco de nós. Este barco era do tamanho de meia plantação de sorgo e tinha mais de vinte passos de largura, e possuía duas velas, uma da mesma largura do navio, e tão longa quanto, a outra a metade desse tamanho, ambas cortadas como as barbatanas de um tubarão. Três andares em seu interior, completamente vazios, faziam com que a embarcação navegasse mais depressa, mas também a deixava mais suscetível a tombar. Era um navio de escravos.

— Aquele navio, você já viu uma coisa assim antes? — perguntou Mossi, quando apontei para ele, atracado às margens do rio.

Meio dia de caminhada nos levou até uma clareira, e o rio, que nascia muito além do Sul de Dolingo, passava pela sua esquerda, contornava Mitu e se dividia para envolver Kongor. Do outro lado do rio, árvores gigantescas e névoas densas escondiam o Mweru.

— Eu já vi coisas assim — disse eu a ele sobre o navio.

Todos estávamos cansados, até mesmo o búfalo e o Ogo. Todos estávamos doloridos, e, na primeira noite, os dedos do Ogo estavam tão rígidos que ele derrubou três canecas de cerveja tentando pegá-las. Eu não conseguia lembrar o que tinha me atingido nas costas para doer tanto, e, quando mergulhei no rio, cada ferimento, arranhão e machucado gritou. Mossi estava tão ferido quanto eu, e ele tentou esconder que mancava, mas se contorceu quando teve de pisar com seu pé esquerdo. Na noite anterior, o corte em seu supercílio havia se aberto mais uma vez, e sangue escorria pelo meio do seu rosto. Arranquei outro pedaço de sua túnica, macerei algumas plantas até virarem uma pasta e esfreguei em seu ferimento. Ele pegou minha mão e gemeu com a ardência, depois a soltou e pôs suas mãos em minha cintura. Enfaixei sua testa.

— Então você sabe por que ele estaria atracado aqui, nas cercanias de Dolingo.

— Mossi, Dolingo compra escravos, não os vende.

— Isso quer dizer o quê? Que o navio está vazio? Não depois do que aconteceu na cidadela.

Eu me virei para ele, olhando para o búfalo, que bufou assim que viu o rio.

— Olha como ele flutua sobre a água. Está vazio.

— Não confio em traficantes de escravos. Podemos ser transformados de passageiros em carga no decorrer de uma noite.

— E como um traficante faria isso com pessoas como nós? Precisamos de algum meio de transporte até Kongor, e esse navio está indo ou para Kongor ou para Mitu, que ainda seria mais perto do que o lugar onde estamos agora.

Acenei para o capitão, um traficante gordo com uma careca que ele havia pintado de azul, e perguntei se ele se importaria de dar uma carona para alguns colegas viajantes. Eles estavam de pé nas docas, nos olhando de cima, vestidos em trapos e cobertos de ferimentos e poeira, porém, com todas as armas que tiramos dos Dolingon. Mossi tinha razão, o capitão nos olhou dos pés à cabeça, assim como sua tripulação de trinta homens. Mas Tristogo não havia tirado suas luvas, e bastou ele dar uma encarada para o capitão decidir não cobrar nossa passagem. "Mas leve esta vaca para o porão, junto com os outros animais idiotas", ele disse, e o Ogo precisou segurar o búfalo pelos chifres para evitar que ele o atacasse. O búfalo ficou num estábulo vazio entre dois porcos que poderiam ser mais gordos.

O segundo andar tinha janelas, e o Ogo se sentou perto de uma delas e franziu a testa quando viu que nos juntaríamos a ele. Ele tinha pesadelos e não queria que alguém soubesse, eu falei para Mossi quando ele reclamou. O capitão me disse que havia vendido seu carregamento aquela noite para um nobre magro e azul que apontava para as coisas com o seu queixo o tempo todo, apenas duas noites antes da anarquia tomar conta de Dolingo.

O navio atracaria em Kongor. Ninguém da tripulação dormia lá embaixo. Um deles, cujo rosto eu não vi, disse alguma coisa sobre fantasmas de escravos furiosos por terem morrido no navio, pois ainda estavam acorrentados a ele e, assim, não podiam entrar no mundo dos mortos. Os fantasmas, mestres da antipatia e da saudade, passam seus dias e noites inteiros pensando nos homens que os desgraçaram, afiando esses pensamentos como a uma navalha. Portanto, eles não teriam problemas conosco. E se eles quisessem um par de ouvidos para escutar suas injustiças, eu já tinha ouvido coisas piores dos mortos.

Desci os degraus até o convés, a escada tão inclinada que, quando cheguei ao final, os degraus às minhas costas desapareceram no breu. Eu não conseguia ver muita coisa no escuro, mas meu nariz me levou até onde Mossi estava deitado, a mirra em sua pele extinta para todos, menos para mim. Ele havia enrolado retalhos de uma vela antiga para fazer um travesseiro e o encostado numa antepara, para que pudesse ouvir o rio. Eu fui dormir ao seu lado, mas não consegui. Deitei de lado, virado para ele, e fiquei observando por tanto tempo que levei um susto quando vi que ele estava olhando para mim, seus olhos nos meus. Ele esticou o braço e tocou o meu rosto antes que eu pudesse me mover. Parecia que ele nem sequer piscava e que seus olhos brilhavam demais naquele escuro, quase como prata. Sua mão ainda estava em meu rosto. Ele acariciou minha bochecha e foi subindo até a minha testa, percorreu com um dedo os contornos de uma sobrancelha, depois a outra, e depois desceu de novo pelo meu rosto como uma cega tentando entender minha fisionomia. Então ele passou seu dedão no meu lábio, depois no meu queixo, enquanto seus dedos acariciavam meu pescoço. E, deitado ali, eu já tinha me esquecido de quando havia fechado meus olhos. Então, eu o senti em meus lábios. Não existe esse tipo de beijo entre os Ku nem entre os Gangatom. E ninguém em Kongor ou em Malakal brincaria com a língua de forma tão delicada. Seu beijo me fez querer mais um. Então ele enfiou sua língua na minha boca, e os meus olhos se arregalaram. Mas ele fez aquilo de novo, e minha língua fez o mesmo com ele. Quando sua mão veio me pegar, eu já estava duro. Aquilo fez com que eu estremecesse, e a palma da minha mão resvalou em sua testa. Ele se contorceu, e depois sorriu. Minha visão noturna o recriou no escuro, cinza e prata. Ele ficou sentado e puxou sua túnica por cima da cabeça. Fiquei só olhando pra ele, seu peito machucado coberto de manchas roxas. Eu queria tocá-lo, mas tinha medo que ele se contorcesse novamente. Ele se sentou no meu colo e segurou meus braços, me fazendo chiar. Dor. Ele disse alguma coisa sobre sermos dois pobres velhos machucados que não tinham nada que estar fazendo... Eu não ouvi o resto, pois depois disso ele se curvou e chupou meu mamilo direito. Gemi tão alto que fiquei esperando que algum dos marinheiros no andar de cima fosse gritar um palavrão ou sussurrar que alguma coisa estava rolando entre aqueles dois. Seus joelhos contra as minhas costelas machucadas me fizeram respirar pesado. Eu acariciei seu peito, e ele sugou o ar e depois o soltou com um gemido. Fiquei com medo de tê-lo machucado, mas ele pegou minha mão e a colocou sobre o chão. Ele bafejou no meu umbigo e foi descendo mais, até o meio das minhas pernas, onde demonstrou habilidades preciosas. Com o mais fraco dos sussurros, eu implorei para que ele parasse. Ele montou em cima de mim mais uma vez. As tábuas do assoalho, mais soltas do que deveriam estar, rangiam a cada movimento. Me entreguei cerrando meus dentes e apertando sua bunda. Fui para cima. Ele agarrou minha nádega esquerda bem onde havia um ferimento em carne viva, e eu gritei. Ele riu, me enfiando mais fundo dentro dele, meus lábios mergulhados nos seus. Ambos estávamos fracassando em não fazer barulho, e então ambos pensamos, ao mesmo tempo, à merda os deuses, barulho é o que vamos fazer.

Pela manhã, quando acordei, um menino de pé olhava para mim. Não fiquei nada surpreso, eu já esperava por ele, e por muitos mais como ele. Ele arqueava as sobrancelhas, curioso, e coçava o grilhão que envolvia seu pescoço. Mossi deu uma rosnada para espantá-lo, e o menino desapareceu em meio à madeira.

— Você já salvou crianças o suficiente — disse Mossi.

— Não vi que você tinha acordado.

— Você age diferente quando acha que ninguém o está observando. Eu sempre achei que o que torna alguém um homem é o quanto de espaço ele ocupa. Eu me sento aqui, minha espada está ali, meu cantil está ali, minha túnica ali, aquela cadeira ali e as pernas bem abertas porque, bem, eu adoro ficar assim. Mas você, você está sempre tentando parecer menor. Eu sempre me perguntei se seria por causa do seu olho.

— Qual deles?

— Seu tolo — falou ele.

Ele sentou à minha frente, encostado nas tábuas de madeira. Eu acariciei suas pernas peludas.

— Estou falando daquele ali — disse ele. — Meu pai tinha dois olhos diferentes. Ambos eram cinza, até que o seu inimigo de infância deixou um deles marrom com um soco.

— O que seu pai fez com o seu inimigo?

— Ele agora o chama de Vossa Eminência, o Sultão.

Eu ri.

— Há crianças mais importantes para você. Eu andei pensando nessas coisas, sobre crianças, mas... bem. Por que pensar em voar quando você jamais será um pássaro? Nós temos algumas paixões bem estranhas no Oriente. Meu pai... bom, o meu pai é o meu pai, e ele é igual àquele que veio antes dele. Não que eu... pois eu não fui o primeiro... nem mesmo o primeiro que carregava seu nome... e além do mais, minha esposa havia sido escolhida de uma casa nobre antes mesmo de eu ter nascido, e assim seria, pois é assim que as coisas são. O problema não foi nem o que eu fiz, o problema foi o profeta ter permitido que outros homens nos flagrassem, e ele era tão pobre que... eu... eles me expulsaram e me disseram para jamais retornar à sua costa novamente, senão eles me matariam.

— Uma esposa? E filhos?

— Quatro. Meu pai os pegou e os deu para minha irmã, para que ela os criasse. Melhor manter a minha imundice bem longe de suas memórias.

À merda os deuses, pensei. À merda os deuses.

— Então eu me desviei do meu curso no oceano. Talvez tenha sido obra dos deuses. Você tem crianças nas quais pensa.

— E você não?

— Nem passa uma noite sequer...

— Deve ser por isso que as esposas solitárias nos dispensam assim que gozamos. Que conversa triste, essa, sobre crianças.

Ele sorriu.

— Você sabe o que são mingi? — perguntei.

— Não.

— Algumas das tribos ribeirinhas, e até mesmo em algumas cidades grandes como Kongor, eles matam os recém-nascidos inadequados. Crianças que nascem fracas, ou sem algum de seus membros, ou com os dentes de cima nascendo antes dos de baixo, ou com dons ou formas estranhas. Cinco dessas crianças estranhas nós salvamos, e elas voltam para mim nos meus sonhos...

— Nós?

— Isso não importa agora. Essas cinco crianças ficam voltando para mim nos meus sonhos, e eu já tentei visitá-las, mas elas vivem numa tribo que é inimiga da minha.

— Como?

— Eu as deixei com os inimigos da minha tribo.

— Nada que você começa a falar termina da maneira que eu imaginava que terminaria, Rastreador.

— Depois que minha tribo tentou me matar por ter salvado crianças mingi.

— Ah. Você e essa gente. Os rios de vocês, nenhum corre em linha reta. Nos levam à procura do menino. Não existe uma linha reta entre nós e esse menino, só desvios que levam a desvios que levam a mais desvios e, às vezes... e me diga se estou mentindo... você fica tão perdido nos desvios que o menino desaparece e, junto com ele, o motivo pelo qual você o procura. Desaparece do mesmo jeito que esse menino acaba de desaparecer dentro deste navio.

— Você o viu?

— A verdade não depende de eu acreditar nela, depende?

— A verdade é que tem horas em que eu me esqueço do que estamos procurando. Eu nunca penso no dinheiro.

— O que te move, então? Não é reunir uma mãe e seu filho? Você disse isso poucos dias atrás.

Ele veio engatinhando até mim enquanto raios de luz desenhavam listras em sua pele. Ele deitou sua cabeça no meu colo.

— É isso que você quer?

— Sim, é isso que eu quero.

— Por quê?

— Eu não sei por quê.

Olhei para ele.

— Quanto mais eu mergulho nisso...

— Sim?

— Mais eu me sinto como se não tivesse nenhum motivo para voltar — disse eu.

— Essa sensação veio te visitar depois de quantas luas?

— Comissário, notícias como essa só chegam de uma forma: tarde demais.

— Me conte sobre o seu olho.

— É de um lobo.

— Daqueles chacais que vocês chamam de lobo? Será que você perdeu uma aposta para um chacal? Isso não é uma piada, é? Que pergunta você quer responder primeiro: como ou por quê?

— Uma desgraçada de uma hiena metamórfica, quando estava em sua forma de mulher, chupou o meu olho para fora do crânio e depois o arrancou com os dentes.

— Eu deveria ter perguntado o porquê primeiro. E depois da noite passada — disse ele.

— O que tem a noite passada?

— Você... nada.

— Noite passada eu não estava descontando por alguma outra coisa — afirmei.

— Não, não estava.

— Podemos falar sobre alguma outra coisa?

— Neste momento, não estamos falando sobre nada. Exceto sobre seu olho.

— Um bando arrancou meu olho fora.

— Um bando de hienas, você disse.

— A verdade não depende de você acreditar nela, comissário. Eu vaguei por aquele matagal entre o mar de areia e Juba durante muitas luas, não lembro quantas, mas lembro de desejar morrer. Mas não sem antes matar o responsável por aquilo.

"Mas eis uma história rápida sobre o olho de lobo. Depois que aquele homem me entregou para um bando de hienas, eu não consegui mais encontrá-lo. Depois daquilo, fiquei vagando e vagando, repleto e pleno de ódio, sem ter onde descarregar todo o meu descontentamento. Voltei até o mar de areia, até as terras com besouros tão grandes quanto pássaros, e escorpiões que te matam com uma ferroada, e fiquei preso num buraco na areia enquanto abutres me circundavam e iam pousando às minhas voltas. Então, a Sangoma veio até mim, com seu vestido vermelho esvoaçante, embora não houvesse vento algum, e abelhas voando ao redor de sua cabeça. Ouvi o zumbido antes de vê-la."

"'Isso deve ser um delírio de febre, uma loucura de sol', falei, pois ela estava morta há muito tempo."

"'Eu esperava que o menino do bom faro pudesse estar sem o nariz, mas não imaginei que o menino bocudo estaria sem boca', ironizou ela."

"Ele veio trotando atrás dela."

"'Você trouxe um chacal?', perguntei."

"'Não insulte o lobo.'"

"Ela segurou meu rosto com firmeza, mas não com força, e disse palavras que eu não compreendi. Ela juntou um pouco de areia em sua mão, cuspiu nela e a amassou até que ficasse consistente. Depois ela arrancou meu tapa-olho, e eu me contorci."

"'Feche seu olho bom', ordenou ela."

"Ela pôs a areia no buraco do meu olho, e o lobo se aproximou. O lobo rosnou, e ela ganiu e depois ganiu mais um pouco. Ouvi algo parecido com uma facada e mais rosnados do lobo. E, de repente, mais nada."

"'Conte até dez e um antes de abrir os olhos', instruiu ela."

"Eu comecei a contar, e ela me interrompeu."

"'Ela voltará atrás dele, quando você tiver quase partido. Cuide dele para ela', disse ela."

"Então, ela me emprestou o olho de um lobo. Achei que eu fosse conseguir ver de bem longe e enxergar as pessoas no escuro. E eu consigo. Mas as cores somem quando eu fecho meu outro olho. Esse lobo um dia vai voltar e pedi-lo de volta. Não acho a menor graça nisso."

— Eu acho — disse Mossi.

— Vá se foder mil vezes.

— Uma meia dúzia de vezes antes de atracarmos já vai ser mais que suficiente. Você até pode acabar se transformando numa espécie de amante.

Mesmo que estivesse brincando, ele tinha me irritado com aquilo. Especialmente se estivesse brincando, ele tinha me irritado com aquilo.

— Me fale mais sobre bruxas. Por que você as odeia tanto? — perguntou ele.

— Quem disse que eu odeio bruxas?

— Sua própria boca.

— Eu caí doente na Cidade Púrpura muitos anos atrás. Doente à beira da morte: um feitiço que algum marido pagou um bruxo pra jogar em mim. Uma bruxa me encontrou e prometeu que me faria um feitiço de cura se eu fizesse uma coisa para ela.

— Mas você odeia bruxas.

— Silêncio. Segundo ela, ela não era uma bruxa, apenas uma mulher que teve um filho sem um homem, e aquela cidade podia ser bem cruel no seu julgamento daquele tipo de coisa.

"'Eles pegaram meu filho', ela disse, 'e o deram a uma mulher rica, porém infértil.'"

"'Você me fará ficar bom', perguntei."

"'Eu farei com que você pare de querer isso', ela disse, o que não me pareceu ser a mesma coisa."

"Mas eu segui meu faro, encontrei o seu filho e tomei-o daquela mulher, no meio da noite, sem ninguém perceber. Depois eu não sei bem o que aconteceu, exceto que acordei na manhã seguinte ao lado de, bem, uma poça de vômito negro no chão."

— Então por que...

— Silêncio. Era mesmo o seu filho. Mas havia um odor característico nela. Eu a farejei dois dias depois, em Fasisi. Ela estava esperando por uma outra pessoa. Alguém para comprar as duas mãos e o fígado de bebê que ela havia colocado sobre a mesa. Bruxas não conseguem jogar feitiços em mim, muito embora ela tenha tentado. Eu a golpeei na altura da testa antes que ela pudesse começar a recitar o encantamento, e depois decepei sua cabeça.

— E você odeia bruxas desde então.

— Ah, eu as odeio desde muito antes disso. Na verdade, eu odeio a mim mesmo por ter confiado em alguma bruxa um dia. As pessoas sempre retornam à sua própria natureza no fim das contas. É como aquela goma da árvore, que não importa o quanto você puxe, ela sempre volta para o tronco.

— Talvez você nutra um ódio pelas mulheres.

— Por que você diz isso?

— Eu nunca o vi falando bem de uma que fosse. Todas parecem ser bruxas no seu mundo.

— Você não conhece o meu mundo.

— Eu conheço o suficiente. Talvez você não odeie ninguém, nem mesmo sua mãe. Mas diga que estou mentindo quando afirmo que você sempre esperou o pior de Sogolon. E de todas as outras mulheres que você conheceu.

— Quando foi que você me viu dizendo essas coisas? Por que você está me falando isso agora?

— Não sei. Mas você não pode entrar em mim e esperar que eu não vá entrar em você também. Você já parou pra pensar nisso?

— Eu não tenho nada pra pensar...

— À merda os deuses, Rastreador.

— Tá bem, eu vou pensar nos motivos pelos quais Mossi acha que eu odeio as mulheres. Mais alguma coisa antes de eu subir para o convés?

— Tem mais uma coisa, sim.

Nós atracamos um dia e meio depois, ao meio-dia. Seu ferimento na testa parecia sarado, e nenhum de nós estava ferido, embora estivéssemos todos cobertos de cicatrizes, até mesmo o búfalo. Passei a maior parte daquele dia no alojamento dos escravos, eu fodendo Mossi, Mossi me fodendo, eu amando Mossi, Mossi me amando, e eu subindo até o convés para dar uma conferida nas expressões e ver se alguém começava uma conversa comigo. Ou eles não sabiam, ou não se importavam — marinheiros são marinheiros em qualquer lugar —, nem mesmo quando Mossi parou de usar a minha mão para abafar seus gritos. No resto do tempo, Mossi me dava muita coisa pra pensar, e quando eu via estava pensando na minha mãe, em quem eu nunca, jamais, queria pensar. Ou no Leopardo, em quem eu não pensava há luas, ou naquilo que Mossi havia dito, que dentro de mim havia ódio por todas as mulheres. Era uma afirmação pesada, e uma mentira, pois não era minha culpa eu ter deparado com bruxas no meu caminho.

— Talvez você atraia o pior para você.

— Você é o pior? — perguntei, irritado.

— Espero que não. Mas estou pensando na sua mãe, ou melhor, na mãe que você descreveu para mim, que talvez nem sequer exista, ou, caso exista, não seja exatamente como você diz. Você parece com os pais do lugar de onde venho, que culpam suas filhas quando elas são estupradas, dizendo: "Você não tinha pernas para fugir correndo? Não tinha uma boca para gritar?" Você pensa como eles, que sofrer uma crueldade ou escapar dela é uma questão de escolha ou de meios, quando é tudo uma questão de poder.

— Você está dizendo que eu deveria compreender o poder?

— Estou dizendo que você deveria compreender sua mãe.

Uma noite antes de atracarmos ele disse:

— Rastreador, você foi, todas as vezes, um amante vigoroso.

Mas eu não acho que foi um elogio, e depois daquilo ele ficou me perguntando sobre coisas mortas e sobre coisas desaparecidas há muito tempo. Ele fez aquilo por tanto tempo que sim, eu estou ficando meio cansado do comissário e das suas perguntas. Pela manhã, a tripulação consertava, sem fazer perguntas, um buraco que o Ogo tinha feito dando um soco numa antepara. Ele disse que tinha sido por causa de um pesadelo.

Ao meio-dia, as ruas de Kongor estavam vazias, de modo que aquela era a hora perfeita para se esgueirar pela cidade e desaparecer numa viela. Exceto pelas ruas onde os Tarobe, ou os Nyembe, ou os Gallunkobe/Matyube viviam, as pessoas construíam suas casas em qualquer pedaço de terra que elas conseguissem comprar, roubar, herdar ou reivindicar, o que significava que, quando a maioria das pessoas estava dentro de casa, a cidade inteira parecia se esconder atrás de muros. Nem mesmo os sentinelas, que costumam montar guarda nos limites da cidade, estavam na praia. Mossi e eu trocamos as roupas de dois membros da tripulação por búzios, e um deles, perplexo, disse "Eu já matei homens por menos". Saímos vestindo trajes de marinheiros, desgastados pelo mar, blusas com capuz e calças como as dos homens do Oriente.

Mais de sete noites haviam se passado desde a última vez que eu tinha visto a cidade. Talvez mais, mas eu não me lembrava. Não se ouvia música alta, e os únicos vestígios da celebração mascarada do Bingingun eram restos de palha, tecidos, bastões e cajados em vermelho e verde, espalhados por toda a rua, sem ninguém reclamando sua posse.

Prestei atenção para ver se agora o Ogo olhava para mim e para o comissário com outros olhos, mas não consegui perceber nada. Se alguma coisa havia mudado é que ele agora falava mais do que durante quase uma lua, sobre tudo, desde o agradável céu até o agradável búfalo, tanto que eu quase lhe disse que aquele Ogo tagarela atrairia uma atenção desnecessária para nós. Fiquei imaginando se Mossi achava o mesmo, e era por isso que se mantinha andando atrás de nós, até que flagrei seus olhos indo para cima e para baixo, e para trás e para frente, além de todos os cruzamentos, e sua mão o tempo todo segurando o cabo de sua espada. Comecei a recuar, até estar andando ao seu lado.

— Brigada do Clã?

— Numa rua de comerciantes? Eles nos pagam muito bem para nunca passarmos por essas partes.

— Então quem?

— Qualquer um.

— Que inimigo nos aguarda, Mossi?

— Não são os inimigos no chão. São os pombos no céu que me preocupam.

— Eu sei. E eu não tenho amigos aqui. Eu...

Eu tive de parar bem ali, bem no meio da rua que percorríamos. Fechei o nariz e me encostei numa parede. Era tanta coisa ao mesmo tempo que uma versão mais velha de mim teria ficado meio maluca, mas naquele momento eles ricocheteavam dentro da minha cabeça, me empurrando para frente e para trás, tudo à minha volta, ao mesmo tempo; meu nariz estava me deixando tonto.

— Rastreador?

Eu posso percorrer uma terra com uma centena de cheiros que eu não conheço. Eu posso percorrer uma terra com muitos cheiros conhecidos se eu souber que esse é o lugar onde eles estarão, e escolher qual deles minha mente seguirá. Mas seis ou até mesmo quatro chegando de surpresa, sem eu saber, são capazes de me enlouquecer. Já fazia tanto tempo que isso não me acontecia. Eu lembrei do menino que me ensinou a me concentrar num só, o menino que depois eu tive de matar. Bem ali, todos tinham vindo até mim, e eu me lembrava de todos eles, mas nem todos eu lembrava de ter sentido em Kongor.

— Você farejou o menino — disse Mossi, segurando meu braço.

— Eu não vou cair.

— Mas você farejou o menino.

— Eu farejei mais que isso.

— E isso é bom ou nem tanto?

— Isso só os deuses sabem. Esse nariz é uma maldição, não uma bênção. Tem muita coisa acontecendo nessa cidade, mais do que quando estive aqui.

— Seja mais claro, Rastreador.

— À merda os deuses, eu pareço louco?

— Paz. Paz.

— Isso era o que aquele felino de merda costumava dizer.

Ele me agarrou e me puxou para perto do seu rosto.

— Seu temperamento está deixando tudo pior — disse ele.

O Ogo e o búfalo seguiram andando, sem perceber que havíamos parado. Ele tocou meu rosto, e eu me encolhi.

— Ninguém está nos vendo. Além do mais, isso vai te dar outra coisa pra ficar pensando — disse ele, e sorriu.

— Acho que alguém está nos seguindo. A que distância estamos das ruas de Nyembe? — perguntei.

— Não muito longe, a Noroeste daqui. Porém, não há como mascarar aqueles dois — comentou ele, apontando para o búfalo e o Ogo.

— Nós deveríamos seguir contornando pela costa. Estamos indo buscar o menino? — quis saber Mossi.

— São só três deles agora, e o Ipundulu está ferido. E não tem uma bruxa-mãe para acelerar sua recuperação.

— Você está dizendo para esperarmos?

— Não.

— Então o que você está dizendo?

— Mossi.

— Rastreador.

— Silêncio. Estou dizendo que, ao mesmo tempo que caçamos pessoas, pessoas também nos caçam. O Aesi talvez ainda esteja em Kongor. E eu tenho a impressão de que ele está nos vigiando, só esperando pelo momento em que cairemos em seu colo. E outros, outros também nos seguem.

— Minha espada estará pronta quando eles nos encontrarem.

— Não. Nós é que iremos encontrá-los.

A noite caiu antes de começarmos a nos esgueirar pelas ruelas desertas rumo ao Oeste. Passamos por um beco da largura de apenas uma pessoa, no qual Mossi entrou correndo e voltou com sangue em sua espada. Ele não disse nada, eu não perguntei. Continuamos em direção ao Norte e depois ao Leste, de rua em rua, até chegar ao distrito de Nyembe e àquela rua em forma de serpente que conduzia até a casa do velho lorde.

— Da última vez que estive nessa rua, ela estava infestada de Sete Alados — relembrei.

Ele apontou para a bandeira do açor-preto, ainda tremulando no alto daquela torre, a trezentos passos de distância.

— Ela ainda está estendida, e o símbolo do Rei de Fasisi está por toda a parte.

Fomos até a porta da frente, estranhamente aberta.

— Tem um símbolo que eu conheço aqui nessa parede — informei.

— Achei que você ia mencionar o mijo primeiro.

Mossi deu um pulo, mas eu não me mexi, apesar de querer estar com um machado. Ele veio de algum lugar nas profundezas dessa casa, correndo pelo corredor estreito que levava para a rua, e saltou sobre mim, me derrubando de costas no chão. O búfalo bufou, o Ogo correu para o meu lado e Mossi sacou suas duas espadas.

— Não — alertei.

— Ele é um...

O Leopardo lambeu minha testa. Ele esfregou sua cabeça no lado direito do meu rosto, passou-a por baixo do meu queixo e esfregou também no lado esquerdo. Ele esfregou seu nariz no meu e encostou sua testa na minha. Ele ficou ressonando e ronronando enquanto eu me sentava. E então, mudou de forma.

— Essa você aprendeu com os leões, seu leopardo de araque — esbravejei.

— Vamos falar sobre as coisas horríveis que você aprendeu por aí, lobo? Porque horríveis é o que elas são. Daqui a pouco você vai me dizer que está até beijando de língua.

A bufada agora tinha sido minha, não do búfalo.

— Você, com seu olho de cão, e eu, com meus olhos de gato. Nós formamos um par e tanto, não é, Rastreador?

O Leopardo ficou de pé num salto e me ergueu. Mossi ainda estava com as duas espadas empunhadas, mas o Ogo veio até o Leopardo e o pegou no colo.

— Eu gosto mais de você do que da maioria dos felinos — disse ele.

— Quantos felinos você conhece, Tristogo?

— Apenas um.

O Leopardo tocou seu rosto.

— Ei, búfalo, então você ainda não virou a refeição de nenhum homem?

O búfalo pisou com força no chão, e o Leopardo riu. Tristogo o pôs no chão.

— Quem é esse empunhando as espadas? Um inimigo?

— Pra falar a verdade, Leopardo, eu também estava prestes a puxar a minha faca.

— Por quê?

— Por quê? Leopa... Aquele menino está com você?

— É claro que está... Ah, espera. Sim, sim, sim. Eu também puxaria uma faca para mim mesmo, isso é verdade. Tem uma história que eu preciso te contar. Um rabo é comido nela, então você vai adorar. E você, tem quantas histórias que precisa me contar? Pra começar, quem é esse bom homem que ainda não abaixou suas espadas?

— Mossi. Ele fazia parte da brigada do clã.

— Eu sou Mossi.

— Como ele acabou de dizer. Conheci alguns brigadistas, mas eles não eram, assim, muito brigadianos. Como você acabou se juntando a esses... como eu os chamo, como nos chamo?

— É uma longa história. Mas agora eu também procuro pelo menino. Junto com ele — explicou Mossi.

— Então você contou a ele sobre o menino — disse o Leopardo, olhando para mim.

— Ele sabe de tudo.

— De tudo não — interpôs Mossi.

— À merda os deuses, comissário.

O Leopardo olhou para mim, depois olhou para ele, depois abriu um sorriso sacana. Que ele se foda mil vezes por ter feito aquilo.

— Onde está Sogolon?

— Essa é uma história mais longa ainda. Maior que a sua. Eu vou trocar umas palavras com o dono desta casa. Existe um homem igual a ele em Dolingo.

— O que os levou até Dolingo? Puxa vida, a única coisa que encontramos quando fomos até lá foram aranhas, de tão vazia que ela estava. Todos os quartos, todas as janelas, não tinha sobrado nem uma planta. Vão em frente, meu bom Ogo e comissário, seja lá qual for o seu nome.

— Mossi.

— Sim, isso mesmo. Búfalo, nossos vegetais lá dentro são melhores que qualquer coisa que você vá encontrar nesse chão imundo. Dê a volta pelos fundos e peça para que lhe deixem entrar pela janela.

Aquela foi a primeira vez em muito tempo que eu ouvia o búfalo fazendo aquele som que eu, juro, ainda achava que era uma risada.

— Mossi, você parece ser um espadachim — apontou o Leopardo.

— Sim, e daí?

— Nada, é só que eu tenho duas espadas que não possuem nenhuma utilidade para uma fera de quatro patas. As melhores lâminas produzidas no Sul. Pertenciam a um homem cuja cabeça eu arranquei.

— Você e esse daqui já deixaram um homem inteiro alguma vez?

O Leopardo olhou para mim, e depois para Mossi, e então riu. Depois ele deu um tapão nas costas de Mossi e o empurrou para o lado dizendo:

— Elas estão aqui.

Não imagino que Mossi tenha gostado daquilo, pelo menos não tanto quanto eu tinha gostado de testemunhar.

— Rastreador, ela também está aqui.

— Quem?

Ele fez um gesto com a cabeça para que eu o seguisse.

— Buscaremos o menino amanhã à noite — disse ele.

Quando entramos, Fumeli, que eu não via há muito tempo, veio correndo para cima de nós, mas reduziu rapidamente a velocidade quando o Leopardo rosnou.

— Vou perguntar sobre isso mais tarde — falei.

— Vamos fazer como nós sempre fazemos, Rastreador. Um duelo de histórias. Acredito que vencerei novamente.

— Você ainda não ouviu a minha história.

Ele se virou para mim. Seus bigodes despontavam debaixo do seu nariz, e seu cabelo parecia mais longo e mais selvagem. Eu sentia tanto a falta daquele homem que meu coração ainda pulava ao menor gesto que ele fazia. Quando ele se virava com um sorriso sacana no rosto. Quando ele coçava sua virilha por cima das roupas, odiando tanto quanto eu estar vestido.

— Não será páreo para a minha, isso eu te garanto — disse ele.

O Leopardo me conduziu por seis lances de escada. Nos aproximamos de uma sala que eu não tinha visto, então o cheiro do rio veio até mim. Não do exterior, e era um dos cinco ou seis cheiros que eu conhecia, mas não gostava. Um estava dentro do quarto, os outros estavam por perto, mas não ali.

— Eu farejei o menino, não muito longe daqui — avisei. — Nós deveríamos ir buscá-lo agora, antes que eles comecem a se mexer novamente.

— Um homem que pensa exatamente como eu. Essa é a terceira vez que eu digo a mesma coisa. Mas dizem que há muitos à sua caça, e há um exército inteiro à minha caça, de modo que só podemos nos movimentar à noite.

Eu não conhecia aquela voz.

— O Rastreador está aqui. Ele pode te contar o que acontece quando planos são substituídos por impulsos.

Aquela voz eu conhecia. Entrei no quarto e olhei primeiro para a voz nova. Ela estava sentada sobre almofadas e tapetes e tinha uma caneca em suas mãos, uma bebida forte feita dos grãos de café de Fasisi. Um chapéu em sua cabeça, largo no topo, como uma coroa, mas feito de tecido vermelho, não de ouro. Um véu, talvez de seda, enrolado para cima, revelando seu rosto. Dois discos enormes em suas orelhas, pintados num padrão que começava com um círculo vermelho, depois branco, depois vermelho, depois branco de novo. Seu vestido também era vermelho, suas mangas deixando seus ombros descobertos, porém cobrindo seus braços. Uma grande estampa branca na sua frente, duas pontas de flecha voltadas uma para a outra. Eu quase disse, não conheço nenhuma freira que se vista desse jeito, mas minha boca já havia me colocado em confusões demais. Duas serviçais estavam paradas atrás dela usando o mesmo vestido de couro que Sogolon adorava vestir.

— Você é aquele a quem chamam de Rastreador — afirmou a irmã do Rei.

— É assim que sou chamado, Sua Excelência.

— Não sou nada excelente, e há muitos anos estou muito longe de ser perfeita. Meu irmão garantiu que isso acontecesse. E Sogolon não está mais com vocês. Ela faleceu?

— Ela teve o que mereceu — respondi.

— Ela gostava de fazer planos, Sogolon. Diga-nos o que aconteceu.

— Ela atravessou uma porta por onde não devia, que provavelmente a queimou até a morte.

— Entre as mortes que conheço, essa é bem horrível. Seja forte durante o luto, é o que desejo a você.

— Não estou de luto. Ela nos vendeu como escravos em troca de ter um salvo-conduto para atravessar Dolingo. Ela também pegou o corpo de uma menina e deu para a alma de um homem cujo corpo ela havia roubado há muitos anos.

— Você não sabe de nada disso! — exclamou Bunshi.

Eu estava me perguntando quando ela se manifestaria. Ela havia se erguido de uma poça que estava no chão, ao lado da irmã do Rei.

— Quem é que sabe, bruxa d'água? Talvez ele tenha se vingado ao puxá-la junto com ele para dentro de uma das dez mais nove portas. Ouvi falar que você não pode regressar por uma porta até que tenha passado por todas as dez mais nove. Isso ela provou ser verdadeiro, caso tenha a curiosidade de saber.

— E você deixou que ele fizesse isso.

— Aconteceu muito rápido, Bunshi. Mais rápido do que qualquer um poderia se importar.

— Eu deveria afogá-lo.

— Quando você ficou sabendo que ela havia mudado o plano? Ela não contou a você? Você é uma mentirosa ou uma tola? — questionei.

— Com sua permissão — pediu Bunshi à irmã do Rei, mas ela balançou sua cabeça.

— Em determinada altura, ela decidiu que nenhum de nós estava preparado para salvar seu precioso menino. Mesmo que nós, os despreparados, tenhamos nos libertado e a salvado daquele a quem chamam de Ipundulu — contei.

— Ela...

— Cometeu um erro que lhe custou a criança? Sim, foi isso o que ela fez — afirmei.

— Sogolon estava apenas querendo servir à sua senhora — disse Bunshi para a irmã do Rei, mas ela já estava virada para mim.

— Rastreador? Qual é o seu nome verdadeiro? — perguntou a irmã do Rei.

— Rastreador.

— Rastreador. Eu entendo você. Essa criança não representa nada para você.

— Ouvi dizer que ela é o futuro de todo o reino.

Ela se levantou.

— O que mais você ouviu?

— Muita coisa e quase nada.

Ela riu e disse:

— Força, astúcia, coragem, onde estão os homens com essas qualidades quando precisamos deles? Onde está a mulher que você feriu e abandonou?

— Ela feriu a si própria.

— Então ela deve ser uma mulher com mais poder e meios do que eu. Toda cicatriz que eu tenho foi uma outra pessoa quem me deu. Que mulher é essa?

— A mãe dele — disse o Leopardo.

Eu poderia matá-lo naquele instante.

— Sua mãe. Eu e ela temos muito em comum.

— Vocês duas abandonaram seus próprios filhos?

— Talvez nós duas tenhamos tido nossas vidas arruinadas por homens apenas para que nossos filhos crescessem botando a culpa em nós. Por favor, perdoe esse comentário; eu morei num convento que ficava na frente de um bordel. Pense nisso, que eu, a irmã do Rei, precisei me esconder no meio de um monte de velhas porque ele enviava assassinos para a mesma fortaleza onde havia me aprisionado. Os Sete Alados, eles partiram para se juntar aos exércitos do Rei em Fasisi. A partir de lá, eles invadirão primeiro Luala Luala, e depois Gangatom e Ku, e escravizarão todo homem, mulher e criança. Irão não, eles já fizeram isso. Luala Luala já está sob o seu controle. Armas de guerra não se constroem sozinhas.

— Eu a respeito como respeitaria um rei. Mas você fica aí tentando fazer com que homens e mulheres comuns se importem com o destino de príncipes e reis, como se o que acontece com eles mudasse qualquer coisa que acontece conosco — disse eu.

— O Leopardo me contou que há crianças suas entre os Gangatom.

— Acho que não fiquei dentro de nenhuma *koo* por tempo suficiente para plantar uma semente — retruquei.

— Esta é a boca sobre a qual você me alertou? — perguntou ela, olhando tanto para Bunshi quanto para o Leopardo.

O Leopardo balançou a cabeça. Ela voltou a se sentar e se acomodou no assento.

— Que família maravilhosa você deve ter, já que a morte de um filho não significa nada para você.

— Não são meus...

— Rastreador — interveio o Leopardo, meneando a cabeça.

— Seu ponto de vista é diferente quando você é a criança abandonada, Sua Excelência. Nesse caso, tudo que você pensa é na decepção que são seus pais — emendei.

Ela riu.

— Eu pareço calma para você, Rastreador? Você acha que aqui à sua frente está alguém tomada pelo Itutu? Como a irmã do Rei está tão calma quando homens e monstros levaram seu filho embora? Talvez essa seja apenas a violência mais recente. Talvez eu já esteja cansada. Talvez eu tome banho todas as noites para poder gritar embaixo d'água e esconder minhas lágrimas. Ou, talvez, vá se foder mil vezes por achar que qualquer dessas coisas é da sua conta. Já chegou a vários dos anciãos a notícia de que não apenas tenho um filho, como também de que ele é fruto de uma união legítima com um príncipe. Eles sabem que eu irei até Fasisi e levarei a reivindicação de minha sucessão para os anciãos, para a corte, para os ancestrais e para os deuses. Meu irmão acredita ter matado todos os griôs do Sul, mas eu possuo quatro. Quatro que farão o relato da história verdadeira, quatro cujos relatos não serão questionados por homem algum.

— Por que passar por tudo isso para colocar um outro homem no trono? Um menino.

— Um menino educado por sua mãe. Não por um homem que só tem a capacidade de educar um menino para que seja igual a si próprio. O exército do meu irmão marchou rumo ao Norte, para as terras ribeirinhas, há dois dias. Você não tem parentes lá?

— Não.

— Gangatom fica do outro lado do rio. O que ele fará com as crianças que são jovens demais para serem feitas de escravas? Você já ouviu falar dos cientistas brancos?

Precisei dar tudo de mim para responder aquilo rapidamente, e, mesmo assim, ainda demorei pra falar.

— Não.

— Agradeça aos seus deuses por jamais ter deparado com eles — disse ela, porém, me encarando com uma de suas sobrancelhas arqueadas e diminuindo a velocidade de suas palavras. — Brancos porque até mesmo sua própria pele se revoltou contra as suas maldades, pois existe um limite para o tanto de vilania que a pele de alguém é capaz de suportar. Branco como a mais pura maldade. As crianças, eles pegam e costuram a feras e demônios. Duas delas me atacaram, uma com asas de morcego tão grandes quanto aquela bandeira. Quando meus homens o mataram com suas flechas, era apenas um menino, e as asas faziam parte de sua carne e de seus ossos agora, até mesmo sangue corria por elas. E eles fazem outras coisas, transformam três meninas em uma só, costuram línguas num menino para que ele cace como um crocodilo, e colocam olhos de pássaro nele. Você sabe por que eles os pegam quando são jovens? Pense, Rastreador. Se você transformar um homem em assassino, ele pode ou voltar atrás ou matar você. Mas se você educar alguém para ser um assassino desde pequeno, matar será tudo que ele fará. Ele viverá pelo sangue, sem remorso. Eles pegam as crianças e as cultivam como se elas fossem plantas, usando todas as técnicas perversas da ciência branca, pior ainda se elas já vierem com algum dom. Nesse momento, eles trabalham para o meu irmão e para aquela cadela de Dolingo.

— Sogolon disse que vocês eram aliadas da rainha de Dolingo. Que pertenciam à mesma irmandade.

— Nunca pertenci à mesma irmandade daquela mulher. Sogolon é quem a conhece. Conhecia.

— Então irei a Gangatom.

— Você conhece algumas dessas, não é mesmo? Crianças com dons.

— Irei a Gangatom — repeti.

— Como assim? Ninguém aqui me disse que você tinha trazido o seu próprio exército. Seus próprios mercenários, talvez? Um par de espiões, quem sabe? Um feiticeiro para acobertar sua aproximação? Como você irá salvá-las? E por que você se importa com o que acontece com qualquer criança? O Leopardo me contou que elas inclusive são mingi. Me diga a verdade. Tem uma azul sem pele, uma com pernas como as de uma avestruz, e uma outra que sequer possui pernas? Muitos dos que marcham acreditam nas tradições do passado. Elas vão acabar numa casa de ciência branca se não forem mortas antes. São imprestáveis e não têm valor.

— Elas têm muito mais valor que um rei imprestável de merda, sentado num trono imprestável de merda. E eu matarei qualquer um que pretenda levá-las.

— Mas você não está com elas, e elas não são suas. Como funciona esse tipo de paternidade? E você ainda acha que pode me julgar.

Eu não tinha nada a dizer para ela. Ela veio na minha direção, mas seguiu andando até a janela.

— Você disse que Sogolon queimou até sua morte?

— Sim. Ela era assombrada por muitos espíritos.

— Ela era. Alguns eram seus próprios filhos. Crianças mortas. Fiquei cansada de crianças mortas, Rastreador, crianças que não precisavam ter morrido. Você falou sobre significados. Não sei como fazer isso significar alguma coisa pra você. Todavia, neste momento, dois estão com o meu filho, por causa de um erro cometido por esta aí, que Sogolon tentou desesperadamente reparar. Eu não preciso de um homem que só queira sair numa missão e nem de um homem que acredita em reis ou deuses mais do que eu preciso de um homem que pensa ser capaz de cagar uma pepita de ouro. Eu só quero alguém que, quando me disser "Eu vou trazer o seu filho de volta", traga o meu filho para mim.

— Ainda estou fazendo isso pelo dinheiro.

— Eu não esperava nada menos que isso.

— Por que você não nos falou a verdade desde o começo? A verdade.

— O que é a verdade?

— Essa é a sua resposta? Eu teria me envolvido muito mais se esse seu demônio do rio aí tivesse nos contado tudo.

— Você precisa de algo além do que você escuta para se envolver?

— O que eu escutei e o que eu vi foram duas coisas diferentes.

— Achei que era no seu faro que você confiava. Você e o seu companheiro parecem ainda ter feridas que precisam cicatrizar.

— Eu e meu companheiro estamos bem.

— Como quiser. Vá buscar meu menino amanhã à noite.

— Tenho uma coisa para você — disse o Leopardo. Peguei um dos quartos no último andar, virado para a rua serpente. Tapetes pelo chão, almíscar de civeta derramado e um encosto de cabeça para dormir, que eu não via desde a casa do meu pai. Avô. Ele arremessou um dos machados para mim, e eu o peguei no meio do giro. Ele balançou a cabeça, impressionado. O segundo estava dentro de um estojo, que eu pendurei no meu ombro.

— Eu trouxe outra coisa — anunciou, e me deu um pote que cheirava a goma vegetal.

— Argila negra com manteiga de karité, perfeito pra você. Você poderá se mesclar ao escuro e às sombras sem precisar usar todos esses trapos que fazem coçar seus mamilos e seu cu. Venha comigo.

Ele saiu da casa, foi até o rio, e depois começou a andar pela sua margem.

— As coisas mudaram entre você e o tal Fumeli — afirmei.

— Sim?

— Ou talvez seja eu. Você briga mais com ele, mas eu me importo menos.

Ele se virou para olhar para mim, andando de costas mais uma vez.

— Rastreador, você precisa me dizer. Eu era muito perverso?

— Como um cão sarnento cuja última refeição tivesse sido roubada. Você estava esquisito, Leopardo, um dia era um homem divertido, que me fazia rir como nenhum outro. No outro, você não apenas queria o meu mal, você mordia o meu pescoço.

— Isso é impossível, Rastreador. Mesmo no meu pior momento eu jamais...

— Olhe para essa cicatriz — mostrei, apontando. — Esses são seus dentes. Sua aversão era imensa.

— Tá bom, tá bom. Meu caro Rastreador, agora eu sinto muito por isso. Eu não era eu mesmo.

— Então quem você era?

— Eu te prometi uma história estranha. Fumeli, como eu rio quando penso nisso. Mas olha, esse menino, à merda os deuses. Escute só.

Seguimos andando pela costa, ambos vestindo os capuzes e as roupas daqueles que dedicam sua vida aos deuses. As roupas do velho lorde.

— Fumeli, ele decidiu que eu deveria ser dele, e ninguém mais poderia me ter. Especialmente você, Rastreador. Por algum motivo, você, como amigo, o apavorava muito mais do que qualquer outro homem como amante. Mas ele também ficava apavorado com isso. Então ele jogou um feitiço muito estranho em mim. Uma coisa que me fazia pensar o tempo todo que eu era dele. Babacoop.

— O sussurro do diabo? Mas esse elixir é tão pestilento que nenhum vinho é capaz de escondê-lo. Nenhuma cerveja também. Como ele conseguiu passar pela sua boca, Leopardo?

— Ele não precisou passar pela minha boca.

— Mesmo como vapor, ele queima o nariz.

— Também não precisou passar pelo nariz. Rastreador, como é que eu vou te dizer isso? Fumeli, ele enfiava o dedo no sussurro do diabo e depois ele... depois disso, antes da virada de uma ampulheta, ele podia me dizer para fazer qualquer coisa que eu a faria, me dizer para acreditar em qualquer coisa que eu acreditaria, me dizer para odiar qualquer coisa, e eu odiaria. Vários dias se passavam, eu não lembrava de coisa nenhuma, e sempre que fodíamos de novo, ele enfiava mais sussurro do diabo no meu furo.

— Quando foi que você descobriu o que ele estava fazendo?

— Ele resolveu enfiar dois dedos.

Eu explodi em gargalhadas.

— Eu o agarrei. Olhei para suas mãos e perguntei "O que é isso?". Vou te falar a verdade, Rastreador, eu o espanquei até quase matá-lo, então ele me contou, e depois eu o espanquei até quase matá-lo de novo quando ele me contou.

Eu ria tanto que caí na areia, me contorcendo. Eu simplesmente não conseguia parar. Eu olhava para o seu rosto e ria, olhava para suas pernas e ria, olhava para ele coçando sua bunda e ria. Eu ri até ouvir a minha risada voltando até mim lá do rio. Ele também riu, mas não tão alto. Ele chegou a dizer:

— Vamos lá, Rastreador, com certeza isso não é tão engraçado assim.

— É sim, Leopardo, é sim — falei, e comecei a rir de novo; ri até soluçar.

— É como eles dizem, *Hunum hagu ba bakon tsuliya bane*.

— Não conheço essa língua.

— A mão esquerda não é novidade para o ânus.

Desmoronei rindo mais uma vez.

— Espera. Por que ele ainda está com você? — perguntei.

— Um Leopardo não tem como carregar seu próprio arco, Rastreador. E a verdade é a seguinte: ele é muito melhor com ele do que eu jamais fui, e eu era muito bom. Assim que eu recobrei a consciência, eu chicoteei seu traseiro até ele me dizer para onde vocês estavam indo. Então nós retornamos a Kongor, onde fiquei esperando nessa casa. Bunshi nos encontrou quando passávamos por Nimbe e nos trouxe para cá. Mas eu teria ido embora se você não tivesse aparecido.

— Eu poderia rir do seu cu envenenado por uma lua inteira.

— Ria. Não se contenha. Nesse momento, a única coisa que me impede de matá-lo é: quem carregaria meu arco? Rastreador, tem mais coisas que eu preciso mostrar a você, muito embora você não vá querer vê-las.

Saímos da praia e entramos por uma viela que eu não conhecia. Ainda não havia muita gente nas ruas, apesar de o meio-dia já ter passado há muito tempo.

— Eu ainda tenho uma pergunta sobre a sua Rainha — disse eu.

— Minha Rainha? Bunshi a trouxe escondida em uma jarra de azeite para dentro da cidade. E não pense que só porque ela está aqui em segredo ela não está dando ordens. Eu achei que aquela bruxa d'água não obedecia a ninguém.

Eu parei.

— Senti sua falta, Leopardo.

Ele me segurou pelo pulso.

— Muita coisa aconteceu com você — comentou.

— Muita. Você procurou pelo menino?

— Não. Com Fumeli me obrigando a seguir seus comandos, eu não o procurei. Ele não dava a mínima para o menino. Nós estávamos morando no último andar de uma casa abandonada perto de Kongor quando descobri seu veneno. Ele estava sempre pronto para me enfiar seus dedos assim que eu começava a ficar confuso. Era sempre assim, eu dizia: "Pelos deuses, onde estamos?" E ele dizia: "Você não lembra? Vamos foder mais um pouco."

— Que isso sirva de lição para todos aqueles que são guiados pelos seus paus.

— Ou pelos dedos de um outro homem.

Ele riu alto o bastante para que as pessoas olhassem para nós.

— E a irmã do Rei?

— O que tem ela?

— Ela me disse que você estava retornando a Kongor, e que não trazia boas notícias. Mas que o menino estava aqui. Isso foi há apenas alguns dias, Rastreador.

— Esse lugar para onde estou te levando, você não vai gostar. Mas nós precisamos ir lá antes de pegar o menino.

Eu acenei com a minha cabeça querendo dizer "Eu confio em você". E também o seguinte: quando as fragrâncias se misturam, mesmo aquelas que eu conheço, eu me confundo a respeito de quem está exalando o quê, pior ainda quando os cheiros estão tão distantes uns dos outros. Mas, descendo aquela rua estreita, passando por casas que não estavam grudadas umas nas outras, até chegarmos numa virada para o final da rua, um cheiro se destacava sobre todos os outros.

Khat.

Tentei pegar meu machado, mas o Leopardo tocou meu braço e meneou a cabeça. Ele bateu na porta três vezes. Cinco trancas sendo destravadas por alguém. A porta se abriu lentamente, como se a madeira estivesse desconfiada. Nós já estávamos lá dentro quando eu a vi. Nsaka Ne Vampi. Ela acenou com a cabeça quando me viu. Eu fiquei ali parado, esperando que ela soltasse alguma tirada, mas não havia nada em seu rosto além de cansaço. Seu cabelo emaranhado e sujo, seu longo vestido negro rajado de barro e cinzas, seus lábios secos e rachados. Nsaka Ne Vampi não parecia estar se alimentando, e não se importava com isso. Ela começou a andar por um corredor, e nós a seguimos.

— Iremos esta noite? — perguntou ela.

— Na noite seguinte — informou o Leopardo.

Ela abriu a porta, e uma luz azul se derramou pela parede e pelo meu rosto. Primeiro na forma de um raio, estalando por entre seus dedos e subindo até o seu cérebro, e depois descendo por suas pernas, dedos e pela ponta do seu pênis. Espalhados às suas voltas, os ossos de cães e ratos, cabaças cheias de comida intocada, apodrecendo, sangue e fezes. E sua pele ainda descascava o que restava de suas marcas.

Nyka.

Trapos empilhados numa pilha em um canto. Ele viu Nsaka Ne Vampi e cuspiu. Nyka ficou de pé num salto e investiu contra ela, a corrente presa aos seus pés tilintando enquanto ele corria até o seu limite. Ela o deteve, a um dedo de distância dela.

— Consigo sentir o cheiro da sua koo de cadela daqui — ralhou ele.

— Coma sua comida. Os ratos sabem que você irá comê-los, eles não vão mais voltar.

— Você quer saber o que eu vou comer? Eu vou morder meu tornozelo, arrancar a pele, arrancar a carne, arrancar o osso, até essa corrente se soltar, e então eu vou avançar em você, e vou abrir um corte fundo no seu peito, para que ele sinta o seu cheiro e venha até mim, e então eu direi: "Mestre, veja o que eu preparei para você." E ele fará o seguinte: ele beberá de você, e eu assistirei. Depois, eu beberei dele.

— Você tem garras como as dele? E dentes? Tudo que você tem são essas unhas sujas que envergonhariam sua mãe — disse ela.

— Unhas que vão mergulhar nessa sua cara deformada e arrancar seus olhos de bruxa. E depois eu... eu... por favor, por favor, me solte. Isso machuca e coça, por favor, por tudo que há de mais sagrado, por favor. Por favor, docinho. Eu não sou ninguém, eu não tenho nada.... Eu sim, sim, sim sim sim sim simsimsim!

Ele se voltou para a parede às suas costas e foi correndo até o canto. Ouvi sua cabeça batendo na parede. Ele caiu no chão. Nsaka Ne Vampi desviou o olhar. Estaria chorando? Eu queria saber. Um relâmpago percorreu seu corpo novamente, e ele tremeu como se estivesse tendo uma convulsão. Ficamos olhando até passar e ele parar de bater sua cabeça no chão. Ele parou de ofegar e começou a respirar devagar. Só aí, ainda deitado no chão, foi que ele olhou para o Leopardo e para mim.

— Eu te conheço. Eu já beijei seu rosto — disse ele.

Eu não disse nada. Fiquei me perguntando por que o Leopardo havia me trazido aqui. Se isso tinha sido ideia dele ou dela. Ao vê-lo assim, meu ódio se esvaiu. Não foi bem isso. Ainda havia ódio, mas o ódio que havia antes era só dele, e para ele, como o amor. O ódio que havia agora era de uma coisa patética e miserável que eu ainda queria matar, o mesmo que você sente quando passa por um animal quase morto comendo merda ou um estuprador de mulheres espancado até quase a morte. Ele ainda estava olhando para mim, procurando alguma coisa no meu rosto. Eu me aproximei dele, e Nsaka Ne Vampi puxou uma faca. Parei.

— Você não escuta? Você não escuta o seu chamado? Sua linda voz, ele está sofrendo tanto. É tanto que ele sofre. Que agonia. Ai, como ele sofre — clamou Nyka.

Nsaka Ne Vampi olhou para o Leopardo e disse:

— Ele está dizendo isso há várias noites.

— O vampiro está ferido — expliquei.

— Rastreador? — quis saber o Leopardo.

— Eu joguei uma tocha nele, e ele se queimou. Foi envolto pelas chamas, Nyka.

— Você tentou matá-lo, sim, tentou, mas meu senhor, ele não morrerá. Ninguém o matará, vocês verão, e ele os matará, ele matará a todos vocês, até mesmo você, mulher, todos vocês verão. Ele irá...

Outro relâmpago estalou pelo seu corpo.

— O khat é a única coisa que o acalma — revelou ela.

— Você deveria matá-lo — aconselhei, e saí de lá.

— Eu lembro dos seus lábios! — gritou ele enquanto eu saía.

Eu tinha quase chegado à porta, quando uma mão segurou meu pulso e me puxou de volta. Nsaka Ne Vampi, com o Leopardo vindo logo atrás.

— Ninguém vai matá-lo — disse ela.

— Ele já está morto.

— Não. Não. O que você diz é mentira. Você mente porque há muito ódio entre vocês.

— Não há ódio algum entre nós. Havia o ódio que eu sentia por ele. Mas agora eu não sinto mais ódio, eu sinto tristeza.

— Você não é capaz de sentir pena.

— Não por ele. Eu tenho nojo dele. Pena eu tenho de mim. Agora que ele está morto, eu não posso mais matá-lo.

— Ele não está morto!

— Ele está morto de todas as maneiras que um morto está morto. O relâmpago dentro dele é a única coisa que o impede de apodrecer.

— Você acha que pode me dizer como ele está?

— Mas é claro. Tinha aquela mulher. Aquela que vocês seguiram em sua gloriosa carruagem. Conte-nos o que houve, mulher. Ela os fez cair numa armadilha? Mas tem uma coisa estranha aí. Pelo que eu tinha ouvido, o Ipundulu possui principalmente mulheres e crianças, então, por que ele fez isso a Nyka em vez de matá-lo?

— Ele também possui soldados e sentinelas — disse ela.

— E Nyka não é nenhuma das duas coisas.

Nsaka Ne Vampi sentou-se perto da porta. Me irritou saber que ela achou que eu ficaria para ouvir sua história.

— Sim, parecia tão fácil. Nós saímos cavalgando, orgulhosos, quando deixamos você para trás, junto com esse bando de tolos. Que bando de tolos, especialmente aquela velha. Ir a Kongor pra quê? Por que, quando o seu escravo do trovão corria para o Norte? Fiquei feliz quando fomos embora, feliz por levá-lo para longe de você.

— É isso o que ele é? Um escravo do trovão? Por que você me trouxe aqui, Leopardo?

O Leopardo olhou para mim com uma expressão vazia, sem dizer nada.

— A verdade é a seguinte — comecei. — Pensei nisso por anos. Anos. Em sua ruína. Eu o odiava tanto que eu teria matado o homem que o arruinasse antes de mim. Agora não me restou nada.

— Ele disse que você o entregou para um bando de hienas, mas que ele conseguiu fugir.

— Dizia muita coisa, esse Nyka. O que ele disse sobre o meu olho? Que eu o arranquei de um cão morto e o enfiei no meu rosto? Pobre Nkya, ele poderia ter sido um griô, porém, só contaria histórias mentirosas.

— Você o odeia tanto.

— Ódio? Isso era o que eu sentia por não conseguir encontrá-lo. Eu fui atrás de sua irmã e de sua mãe. Eu teria matado aquelas duas. Eu as encontrei. Você está me ouvindo, Nyka? Eu as encontrei. Cheguei a conversar com sua mãe. Eu deveria ter matado as duas, mas não o fiz, você quer saber por quê? Porque a mãe me contou tudo de ruim que havia feito a ele.

— Eu o terei de volta — determinou Nsaka Ne Vampi.

— A bruxa do Ipundulu está morta. Não existe volta.

— E se nós o matarmos, o Ipundulu? Você disse que ele estava ferido e fraco. Se nós o matarmos, Nyka voltará para mim.

— Ninguém jamais matou um Ipundulu, então, como diabos você ou qualquer um saberia?

— E se nós o matássemos?

— E se eu não me importasse? E se eu não perdesse o meu sono pela morte do seu homem? E se eu sentir uma tristeza muito, mas muito profunda, por não ter sido eu quem o matou? E se eu quiser que esse seu "nós" vá à merda mil vezes?

— Rastreador.

— Não, Leopardo.

— Isso era para agradar você. Para lhe dar prazer.

— O que me daria prazer?

— Vê-lo tão por baixo.

— Você pensou que era isso que eu sentiria, não foi? Eu o detesto, e até mesmo um deus surdo já ouviu que eu não amo você. Mas não, isso não me agrada. Como eu disse, isso me enoja. Ele não vale nem o meu machado.

— Eu o terei de volta.

— Então traga-o de volta, para que eu possa matar um homem de verdade, e não isso que você tem aí.

— Rastreador, ela virá conosco. Ela atacará o pássaro trovão enquanto nós pegamos o menino — disse o Leopardo.

— Você sabe quem ele é, Leopardo. O outro que viaja com o menino. Nós matamos seu irmão. Você e eu. Lembra do comedor de carne no meio do mato, na floresta encantada, quando estávamos com Sangoma, você ainda se lembra? Aquele que me pendurou nas árvores com todos aqueles cadáveres? Nós não passávamos de meninos.

— Bosam.

— Asanbosam.

— Eu lembro. O fedor daquela coisa. Daquele lugar. Nunca encontramos seu irmão.

— Nunca procuramos.

— Aposto que ele morre com uma flecha, como seu irmão.

— Estávamos em quatro e não conseguimos matá-lo.

— Talvez vocês quatro...

— Não suponha o que você não sabe, felino.

— Olhe só para vocês. Falando como se eu nem estivesse mais aqui — disse Nsaka Ne Vampi.

— Eu me juntarei a vocês para pegar o menino e matarei esse Ipundulu. E terei o meu Nyka de volta. Seja lá o que ele representa para você, não é o mesmo que representa para mim, e isso é tudo que eu tenho a dizer.

— Quantas vezes ele já partiu seu coração? Quatro? Seis?

— Lamento por tudo que ele é para você. Mas ele não é nenhuma dessas coisas para mim.

— Você já disse. Mas essas coisas que ele é para você, ele já foi para mim também.

Ela me encarou e eu a encarei. Os dois entendendo um ao outro.

— Se você ainda o quiser depois de tudo isso, se você nos quiser, estaremos esperando — avisou ela.

Então ouvimos o barulho de Nyka se chocando com a parede mais uma vez, e Nsaka Ne Vampi deu um suspiro.

— Espere por mim lá fora — instruí o Leopardo.

Ela fechou seus olhos e suspirou quando ele bateu mais uma vez na parede. Fiquei me perguntando como ela seria capaz de lutar, com Nyka deixando-a exausta daquele jeito.

— Ele também me fez amá-lo um dia, isso é o que ele faz — retomei. — Ninguém se esforça mais para fazer com que você se apaixone, e ninguém se esforça mais para decepcioná-lo depois que consegue.

— Eu sou dona do meu próprio nariz e sinto o que eu quiser — disse ela.

— Ninguém precisa do Nyka. Não assim como ele está.

— Ele está assim por minha causa.

— Então sua dívida foi paga.

— Você disse que ele o traiu. Ele foi o primeiro homem que não me traiu.

— Como você sabe?

— Ele ainda está vivo, ao contrário de todos os outros homens que me traíram. Um me usava como escrava, me oferecendo todas as noites para homens fazerem o que quisessem comigo. Eu tinha dez mais quatro. Isso quando ele e seus filhos não estavam me estuprando. Eles me venderam para Nyka uma noite. Ele pôs uma faca na minha mão e depois levou aquela mão até sua garganta e disse: "Faça o que você quiser esta noite." Achei que ele tivesse falado alguma língua estrangeira. Então, fui até o quarto do meu senhor e cortei sua garganta, depois fui até o quarto de seus filhos e os matei, todos. Que coisa horrível perder um pai e todos os seus meios-irmãos, disseram as pessoas do vilarejo. Ele deixou que acreditassem que ele havia matado a todos e fugido no meio da noite.

— Sogolon tinha uma história como a sua.

— O que você acha que torna irmãs as irmãs de Mantha?

— Você foi...

— Sim.

— Você não está demonstrando seu amor por ele. Você está pagando uma dívida.

— Eu encontro meninas que estão prestes a virar o que eu sou e as salvo dos homens responsáveis pela transformação. Em seguida, eu as levo para Mantha. Eu devo a elas. Para Nyka, eu sempre disse que não lhe devia coisa alguma.

— Por que você não a matou? — perguntou o Leopardo do lado de fora.

— Quem?

— A mãe de Nyka. Por quê?

— Em vez de matá-la, contarei a ela sobre a morte dele. Lentamente. Nos mínimos detalhes, incluindo até mesmo os barulhos produzidos quando eu decepar sua cabeça com três golpes.

— Vão embora, vocês dois — disse ela.

No caminho de volta até a casa do lorde, o Leopardo disse:
— Seus olhos ainda não sabem quando seus lábios estão mentindo.

— Quê?

— Agora mesmo. Toda essa sua cena sobre a mãe de Nyka. Não foi por isso que você não a matou.

— Mesmo, Leopardo? Então me diga por quê.

— Ela é uma mãe.

— E?

— Você queria muito ter uma mãe.

— Eu tive uma mãe.

— Não, você não teve.

— Agora você fala por mim?

— Foi você quem disse "tive".

— Por que você me levou até lá?

— Nsaka Ne Vampi pediu à irmã do Rei. Rastreador, eu acho que ela estava querendo a sua piedade.

— Ela não pediu por ela.

— Você acha que ela pediria?

— Ela quer que a fruta esteja no galho e na sua boca ao mesmo tempo.

— Ela quer perdão, Rastreador.

— Não me importo. Eu não me importo com Nsaka Ne Vampi, ou com essa rainha, e não interessa quantas luas se passarem, eu jamais me importarei com esse menino.

— À merda os deuses, Rastreador, com *o quê* você se importa?

— Quando iremos para Gangatom?

— Nós iremos.

— Nossas crianças são tão ligadas a você quanto a mim. Como você pôde abandoná-las lá?

— Nossas crianças? Ah, então agora você acha que pode me julgar. Antes da irmã do Rei falar a você sobre os cientistas brancos, quando tinha sido a última vez que você os viu? Falou sobre eles? Chegou a pensar neles?

— Eu penso neles mais do que você imagina.

— Você não disse nada assim da última vez que nos falamos. Mas, enfim, do que adianta ficar pensando? Pensar nelas não as trará para mais perto.

— E agora?

Viramos na mesma rua de antes e saímos andando. Dois homens que pareciam ser guardas passaram montados a cavalo. Nos jogamos por uma porta. A velha parada na soleira olhou para mim e franziu o cenho, como se eu fosse exatamente quem ela estivesse esperando. O Leopardo tentou parecer o menos Leopardo possível, até seus bigodes haviam desaparecido. Ele gesticulou com sua cabeça para que prosseguíssemos.

— Amanhã à noite pegaremos esse menino de uma vez por todas. No dia seguinte, iremos até os territórios ribeirinhos e salvaremos nossas crianças. E no dia seguinte a esse, puta merda, quem, entre todos os deuses, saberia? — disse o Leopardo.

— Eu já vi esses cientistas brancos, Leopardo. Eu já vi como eles trabalham. Eles não se importam com a dor dos outros. Não chega sequer a ser maldade; eles simplesmente são insensíveis ao mal. Eles simplesmente se empanturram de orgulho de suas próprias habilidades sinistras. Não se importam com o que algo significa, apenas o quanto aquilo vai parecer uma novidade. Eu os conheci em Dolingo.

— A irmã da Rainha ainda tem homens, ela ainda tem pessoas que acreditam em sua causa. Aceite sua ajuda.

Eu parei.

— Esquecemos de alguém. O Aesi. Aquele homem deve ter nos seguido até Kongor. As portas, ele sabe sobre elas, mesmo se não souber usá-las.

— É claro, a porta. Eu não me lembrava.

— Portas. Dez mais nove portas que os bebedores de sangue vêm usando há anos. É por isso que o cheiro do menino pode estar na minha frente num instante e a meio ano de distância no instante seguinte.

— Ele os seguiu por essa porta, O Aesi?

— Acabei de dizer que não.

— Por quê?

— Eu não sei.

— Então aquele filho de uma cadela ou está te caçando em Mitu ou em Dolingo, ou talvez o idiota e suas tropas tenham recebido o que mereciam pelas mãos de seja lá o que os deuses tenham cagado lá no Mweru. Nenhum representante do Rei está em Kongor, Rastreador, nenhuma carruagem real, nenhum batalhão. O arauto da cidade anunciou a partida do Rei no dia em que chegamos.

— Você perdoou o menino? — perguntei.

— O tempo virou muito rápido nessa conversa.

— Você quer que eu volte a falar sobre cientistas brancos cortando e costurando nossas crianças?

— Não.

— Então Fumeli não está conosco?

— Ele se atreveria a estar em qualquer outro lugar? — questionou ele, e riu.

— Nós deveríamos ter pegado um outro caminho.

— Você é tão desconfiado quanto Bunshi.

— Eu não sou coisa nenhuma como Bunshi.

— Não vamos falar dela. Eu quero saber o que aconteceu em Dolingo. E sobre esse comissário que encantou seus olhos.

— Você quer saber se eu tive relações com esse comissário.

— "*Relações*"? Olhe só pra você e essas suas palavras. O cara acabou com toda a sua rudeza. Deve ser uma foda magnífica, ou ele é mais que isso?

— Quem gosta desse tipo de conversa é você, Leopardo, não eu.

— À merda os deuses, Rastreador. "*Quem gosta desse tipo de conversa é você.*" Você gostou muito quando eu estava lhe contando as aventuras de homens às voltas do meu cu. Eu te contei tudo, e você não me contou nada. Esse comissário, é melhor eu ficar de olho nele. Ele conquistou boa parte de você. Você nem sequer havia percebido até eu dizer.

— Pare de falar sobre isso ou irei embora.

— Agora tudo de que precisamos é de uma mulher para o Ogo que não tenha um ataque só de olhar para o seu...

— Leopardo, fique olhando enquanto eu vou embora.

— Isso não te faz pensar menos sobre as crianças? Fale a verdade.

— Estou indo embora.

— Não se culpe, Rastreador.

— Agora você está me acusando.

— Não, eu confesso. Eu também sinto. Lembre-se, elas eram minhas crianças muito antes de sequer sentirem o seu cheiro. Eu as salvava da floresta muito antes de você saber que pertencia aos Ku. Eu quero te mostrar mais uma coisa.

— À merda todos os deuses, vivos ou mortos. O que é?

— O menino.

O Leopardo me levou até os limites do distrito de Gallunkobe/Matyube, onde as casas e estalagens se reduziam a umas poucas. Depois dos casebres dos escravos e dos quarteirões dos homens livres, onde as pessoas atuavam como artesãs de uma natureza diferente. Ninguém vinha até aquela parte da rua a menos que quisesse depositar algo numa sepultura de segredos ou comprar alguma coisa que só se pudesse encontrar no Malangika.

— Sinto o cheiro de necromancia nessa rua — avisei a ele.

Entramos numa rua que estava metade submersa na água. Aqueles eram os casarões dos nobres antes de as cheias os empurrarem para o Norte, para o distrito de Tarobe. A maior parte de as casas ou havia sido saqueada há muito tempo, ou havia afundado no mar de lama. Mas uma casa permanecia em pé, um terço dela debaixo d'água, as torretas no telhado destruídas, as janelas arrancadas e escurecidas, a parede lateral cedendo, e todas as árvores às suas voltas mortas. Não havia uma porta na frente, como se ela estivesse implorando para ser saqueada, até que o Leopardo disse que era exatamente daquele jeito que eles queriam que ela ficasse. Nunca mais se ouviria falar de qualquer mendigo tolo o suficiente para buscar abrigo por causa de uma porta aberta. Ficamos parados atrás de algumas árvores mortas, a cem passos de distância. Numa das janelas escuras, uma luz azul piscou por um segundo.

— Nós vamos fazer o seguinte — disse o Leopardo.

— Mas antes, me conte sobre Dolingo.

A noite seguinte caiu rapidamente, mas o vento ondulava o rio devagar. Fiquei me perguntando o que era esse creme negro para a pele que o Leopardo tinha me dado que não saía na água. Sem lua, e sem fogo, havia luz nas casas a centenas de passos de distância. Atrás de mim, o rio largo. À minha frente, a casa. Mergulhei na água me sentindo no escuro. Minha mão tocou a parede dos fundos, tão encharcada que eu podia arrancar pedaços de lama dela. Fui tateando até que minhas mãos atravessaram o que a água havia dissolvido, um buraco do tamanho da minha envergadura. Só os deuses sabiam como aquela construção ainda estava de pé. A água ficou mais fria, mais fedorenta e mais densa com a matéria decomposta, mas eu fiquei feliz por não conseguir enxergar e estiquei meus braços, pois era muito melhor ter as mãos, e não o rosto, tocando algo. Do lado de dentro, eu parei de nadar e fui subindo lentamente até a superfície, deixando emergir primeiro minha testa, e depois apenas a parte de cima do meu nariz. Tábuas de madeira passavam flutuando por mim, além de outras coisas que eu reconhecia pelo cheiro e que me fizeram manter minha boca fechada. Ele veio direto em mim, quase atingindo a lateral do meu rosto antes que eu pudesse ver que era o corpo de um menino, sem nada da cintura para baixo. Eu desviei dele, e alguma coisa dentro d'água passou de raspão pela minha coxa direita. Cerrei os dentes com tanta força que quase mordi minha língua. O silêncio dentro da casa era maciço. Sobre minha cabeça, o telhado que eu sabia que estava lá, mas não conseguia ver que era feito de palha. A escadaria à minha direita conduzia ao andar de cima, mas, como seus degraus eram feitos de barro e argila, muitos haviam se dissolvido na água. Sobre minha cabeça, piscou uma luz azul. O Ipundulu. O azul iluminou as três janelas que ficavam no meio do caminho até o teto, duas pequenas, uma grande o bastante para alguém passar por ela. Agora eu estava pisando em algo sólido, mas me agachei, sem deixar que nada além do meu pescoço saísse para fora da água. Flutuando perto da parede, não muito longe de mim, as pernas e as nádegas de um homem, e mais nada. Os corpos na árvore começaram a voltar para mim, o fedor de podre deles. Sasabonsam não havia terminado de comê-los, e eles boiavam na água, na minha frente. Ele deveria ser o bebedor de sangue, não o comedor de carne. Tive ânsia de vômito e tapei minha boca. O Leopardo estava lá fora, descendo do telhado pela lateral da casa, na qual ele entraria pela janela do meio. Eu fiquei tentando ouvir seus movimentos, mas ele era realmente um felino.

 Alguém choramingava perto da entrada. Mergulhei de volta na água. Ela choramingou de novo e avançou na direção da água, carregando uma tocha que jogou luz sobre as paredes, mas também produziu muita sombra. O nível da água não era tão alto na entrada quanto no resto da sala, inclinada, como se estivesse prestes a escorregar para dentro do rio. Meu palpite era que aquela era a casa de um comerciante, e aquela peça era, talvez, sua sala de jantar, maior do que qualquer casa em que eu já tivesse morado. O cheiro de Sasabonsam passou correndo pelo meu nariz, assim com o do Ipundulu, mas o do menino desapareceu. Asas bateram uma vez sobre a minha cabeça, lá no alto, no teto. Ipundulu iluminou a peça mais uma vez, e eu vi Sasabonsam, suas asas enormes desacelerando sua queda, suas pernas esticadas para agarrar a mulher, o que provavelmente a mataria se suas garras entrassem muito fundo em sua pele. Ele bateu suas asas novamente, e a mulher virou-se para a porta, dando a impressão de que tinha ouvido o barulho, mas pensado que ele talvez viesse do lado de fora. Ela ergueu a tocha, mas não olhou para cima. Eu o vi quando ele bateu suas asas mais uma vez, descendo de forma atabalhoada, achando que estava se movendo sorrateiramente.

Ele descia de costas para a janela, quando o Leopardo prendeu seus tornozelos ao redor de uma das torretas que saía da parede e se pendurou de cabeça para baixo até que ele e seu arco e flecha estivessem alinhados com a janela. Ele disparou a primeira flecha e preparou a segunda, e disparou a segunda e preparou a terceira, e disparou a terceira, e todas *zup zup zup* nas costas de Sasabonsam. Ele grasniu como um corvo, foi batendo as asas até colidir contra a parede e depois caiu dentro d'água. Sasabonsam saltou bem quando eu saltei e arremessei um machado em suas costas. Ele se virou, sem ferimento nem dor, apenas irritado. A mulher, Nsaka Ne Vampi, trouxe a tocha para perto de sua boca e assoprou uma nuvem de fogo que saltou sobre os seus cabelos. Sasabonsam grasnou e urrou e abriu suas duas asas, a direita derrubando parte dos degraus, a esquerda fazendo a parede se rachar. O Leopardo saltou pela janela disparando com seu arco na direção da água, e eu quase gritei que estava aqui. Ele aterrissou com a ponta dos dedos do pé no topo da escada e já deu outro salto, sendo atingindo pela asa de Sasabonsam e arremessado contra uma pilha de algo que parecia ser um monte de galhos secos se quebrando. Eu fui nadando até a escadaria e saltei sobre um degrau que se desmanchou sob os meus pés. Saltei novamente, enquanto Nsaka nadava em minha direção. Sasabonsam, tentando arrancar as flechas de suas costas, a pegou pelos cabelos e a arrastou pela água. Nsaka Ne Vampi, com um punhal em cada mão, o esfaqueou na coxa direita, mas ele segurou sua mão esquerda e a puxou para trás, determinado a quebrá-la. Ela gritou. Eu puxei meu segundo machado para subir as escadas e saltar em cima dele quando Tristogo entrou correndo e deu um soco bem na têmpora de Sasabonsam. Ele caiu para trás, soltando Nsaka Ne Vampi. Sasabonsam uivou, mas desviou do segundo soco de Tristogo. Seu irmão era o astuto; ele era o guerreiro. Ele tentou usar sua asa enorme para acertar Tristogo, mas Tristogo abriu um buraco nela com um soco e puxou sua mão de volta. Sasabonsam urrou. Ele deu a impressão de que cairia para trás, mas, em vez disso, saltou e chutou o peito de Tristogo com os dois pés. Tristogo saiu rolando, tropeçando e caiu dentro d'água. Sasabonsam pulou atrás dele. Mossi entrou na briga, de onde eu não sei, enfiando uma lança dentro da água e inclinando-a para que Sasabonsam caísse em cima dela, para que o atravessasse pelo lado. Tristogo levantou-se num pulo e começou a socar a água.

— O menino! — exclamou Mossi.

Ele foi andando pela água até os degraus, e eu o puxei para cima. Nsaka Ne Vampi passou andando por mim, mas eu sei que ela não estava interessada em salvar o menino. Mossi sacou suas duas espadas e me seguiu. No final da escadaria, havia dois quartos. Nsaka Ne Vampi parou na entrada de um deles, acariciando as facas em suas mãos, até que uma luz azul piscou da direita. Eu cheguei primeiro na porta. Ipundulu estava no chão, torrado, negro, parcialmente transformado em homem, mas com longos talos emergindo de seus braços, tudo que havia restado de suas asas. Ele levou um susto quando me viu, abriu seus braços, e lá estava o menino, deitado sobre seu peito. Ele empurrou o menino com força e foi tropeçando se encolher num canto. Tanto Nsaka Ne Vampi quanto Mossi passaram andando por mim. Eles olharam para ele. Nsaka já estava gritando que o mataria por ter infectado Nyka com sua doença demoníaca. Mossi segurava suas duas espadas, mas também olhava para trás de nós, ouvindo Tristogo ainda lutar contra Sasabonsam junto com os homens da irmã do Rei, que a essa altura deveriam estar lá. Eu olhei para o menino. Eu juraria por qualquer deus que, antes de o Ipundulu tê-lo empurrado, ele estava chupando o mamilo do pássaro trovão, bebendo dele como se fosse uma criança mamando no peito de sua mãe. Talvez um menino separado muito cedo de sua mãe ainda desejasse um peito, ou talvez esse Ipundulu estivesse praticando atos indecentes com o menino, ou talvez meus olhos estivessem criando mentiras no escuro.

O Ipundulu, ele ficou ali deitado no chão, babando e balbuciando e gemendo e tremendo como se estivesse com febre. Olhando para ele, e vendo Mossi e Nsaka Ne Vampi se aproximando dele, eu senti alguma coisa. Não pena, mas alguma coisa. Do lado de fora, Sasabonsam guinchou, e todos nós nos viramos. O Ipundulu ficou de pé num pulo e saiu correndo em direção à janela. Ele mancava, mas ainda estava mais forte do que eu imaginara, mesmo com toda aquela tremedeira e cuspidas. Antes que Mossi se virasse para persegui-lo, o primeiro punhal de Nsaka Ne Vampi atravessou a sua nuca. Ipundulu não desabou no chão, apenas caiu de joelhos. Mossi correu brandindo sua espada e decepou a cabeça do monstro.

No canto, o menino chorava. Eu fui até lá, pensando no que dizer para ele, algo reconfortante como "Jovenzinho, seu tormento acabou", ou "Escute, vamos levá-lo até sua mãe", ou "Tudo bem, você ainda é muito novo, mas eu vou lhe dar um pouco de dolo para que você durma, e você acordará na sua própria cama pela primeira vez em sua curta vida". Mas eu não disse nada. Ele ficou chorando, soluçando baixinho e olhando para os tapetes onde Ipundulu dormia. O que eu vi foi o seguinte. De sua boca saiu um lamento infantil, um berro que se converteu numa tosse, e depois voltou a ser um berro. De seus olhos, nada. De seu rosto e sua testa, nada. Até mesmo sua boca mal se movia além de um murmúrio. Ele olhou para mim com a mesma expressão vazia. Nsaka Ne Vampi o pegou por debaixo dos braços e o levantou do chão. Ela o colocou sobre o seu ombro e saiu andando.

Mossi se aproximou de mim e perguntou se eu estava bem, mas eu não o respondi. Não fiz nada até que ele tocasse meu ombro.

— Vamos — disse ele.

Tristogo e Sasabonsam ainda lutavam. Eu desci correndo as escadas, gritei para o Leopardo e joguei meu machado para ele. Sasabonsam levantou a cabeça e olhou direto pra mim.

— Conheço esse cheiro — disse ele.

O Leopardo se pendurou no cinto de Tristogo, puxou-se para subir em suas costas, escalou até o seu ombro e saltou na direção da cabeça da fera. Sasabonsam se voltou para mim quando o Leopardo passou voando perto de sua cabeça, o golpeou com o machado e abriu um corte em seu rosto, rasgando sua bochecha e fazendo o sangue espirrar pelo ar. Sasabonsam soltou um berro e pôs a mão em seu rosto. Tristogo o chutou para dentro d'água, agarrou seu pé esquerdo antes que ele pudesse resistir, puxou-o e bateu contra a parede. Sasabonsam a atravessou e caiu do lado de fora. Antes que ele afundasse na água, duas flechas, disparadas por Fumeli, o atingiram em sua perna. Sua asa boa se debateu na água, levantando uma torrente enorme e derrubando Fumeli. Sasabonsam se virou para levantar e se deparou com o búfalo, que o acertou com seus chifres e o jogou a alguns passos de distância, rio adentro. Ele ficou embaixo d'água, como se tivesse se afogado, ou uma corrente forte o tivesse arrastado. Mas então Sasabonsam saltou de dentro d'água, bateu suas asas, urrou por causa da asa ferida e se ergueu para fora do rio. Ele seguiu batendo as asas, gritando a cada nova colisão, e finalmente começou a voar para longe, perdendo altura uma vez, caindo no rio outra, voando baixo, mas, ainda assim, voando. Deixamos a casa devagar, cuidadosamente, e ela não desmoronou. O cheiro do menino desapareceu mais uma vez, mas eu olhei para o ombro de Nsaka Ne Vampi e lá estava ele.

De volta à casa, após subir as escadas até o sexto andar com Nsaka Ne Vampi, a criança e Mossi à minha frente, o Leopardo me fez uma pergunta sobre Sogolon.

— Não tenho nada de bom para dizer sobre ela — respondi.

Mas antes de entrar na peça, alguém disse:

"Guarde as coisas boas para mim."

Bem no meio do sexto andar estava a irmã do Rei, lutando para ficar de pé, como se alguém a estivesse puxando constantemente para baixo. Bunshi, com seus olhos fechados com força, um punhal, verde, quase brilhante, roçando seu pescoço e outro braço em volta do seu peito, puxando-a na direção dele.

O Aesi.

VINTE E UM

— Um pouco da verdade agora, espero que acreditem. Quando vocês depararam com as Bruxas de Mawana, minha aposta foi na morte de vocês. Mas veja. Vocês estão vivos. De um jeito ou de outro — disse O Aesi.

Do lado de fora, um turbilhão negro se converteu em pássaros. Cem, duzentos, trezentos mais um. Pássaros parecidos com pombos, parecidos com abutres, parecidos com corvos pousando nos parapeitos e espiando pelas janelas. Asas negras passaram voando perto da janela também, e eu podia ouvi-los aterrissando no telhado, nas torretas, nos peitoris, no chão. Do lado de fora, pés em marcha se aproximaram, mas supostamente não havia nem soldados nem mercenários na cidade. Estirada no chão, a irmã do Rei conseguiu se sentar, mas não olhou para mim.

— Você sabia que eles nasceram antes do mundo? Mesmo os deuses chegaram e os encontraram, nem mesmo os deuses se atreveram. Todas as crianças vêm do desejo de uma mãe, e não da união dela com um pai. Quando o mundo era apenas uma cabaça, uma eram as seis bruxas, e ela deu a volta ao mundo, até que sua boca alcançasse sua cauda.

— Um espião que eu conheço já chamou você de deus, uma vez — comentei.

— Abençoado seja ele, muito embora eu não seja exatamente um deus.

— Ele não era exatamente um espião.

Bunshi não havia se transformado em água para escapar de suas mãos. Ela também não era capaz de se transformar nas mãos de Tristogo, mas não havia cheiro de nenhum feitiço nele. Ele estava atrás de mim, Tristogo, suas manoplas de metal apertadas com força, ferro raspando em ferro, louco por mais uma luta. Mossi tentou sacar suas espadas, mas O Aesi pressionou a faca com mais força contra o pescoço de Bunshi.

— Você está superestimando o valor que ela tem para nós — falei.

— Talvez. Mas minha estima não é a que ela teme. Então, se vocês não vão me implorar pela vida dela, deixarei que ela implore a vocês.

O menino, com a cabeça no ombro de Nsaka Ne Vampi, parecia estar dormindo, mas quando ela se virou, os olhos dele estavam abertos, miravam.

— Popele — chamou O Aesi, sussurrando para Bunshi de um jeito que as pessoas fazem quando querem que outras as escutem. — Sua vida pela da criança. Acho que é você quem deveria implorar por ela. Pois esses homens e mulheres corajosos, além do tolo, são combativos e não me darão ouvidos. Popele, aquela de mais de mil anos ou mais, vamos mostrar a eles que você também pode morrer? Seus ouvidos estão surdos para a minha voz, deusa, e este punhal está sedento. — O Aesi olhou para mim. — Houve um tempo em que eu faria bom uso de um rastreador. Muitas foram as oportunidades, muitos os lugares. Especialmente um tão bom em matar.

— Não sou um assassino.

— Ainda assim, sua trajetória de Malakal a Dolingo até Kongor está repleta de cadáveres. Quem sou eu, você sabe?

— Você já tentou me matar num sonho uma vez — esclareci.

— Tem certeza de que fui eu quem você encontrou nos sonhos? Você ainda vive.

— Os outros quatro braços do Rei Aranha, é você.

Ele riu.

— Sim, ouvi dizer que esse é o jeito que vocês chamam seu Rei pelas costas. O Rei é só ele, uma pessoa inteira. Não tenho envolvimento.

— Nunca conheci um Rei que pensasse por si próprio — contrapôs Mossi.

— Você não é dessas terras.

— Não, eu não sou.

— É claro, estrela do oriente. Pessoas que creem em um só deus, e para elas os outros são escravos aos olhos de deus ou espíritos malignos. Toda crença vem dupla, o que dá origem a um deus dúbio. Vingativo e louco em suas ações, desconta sua fúria nas mulheres do povo. O seu é o mais idiota de todos os deuses. Nenhum engenho em seus pensamentos, nenhuma sofisticação em seus atos. Ouvi dizer que vocês consideram loucos os homens visitados com frequência por seus ancestrais.

— Ou possuídos.

— Que terra. Possessão vocês chamam de maligna, espíritos vocês chamam de malignos, e o amor? O amor, o que o seu coração chama de amor faz homens o obrigarem a ir embora. Eu o farejei e senti o cheiro do Rastreador. Mais que um cheiro, um fedor de fato. O que o seu pai pensaria disso?

— Eu sigo minhas próprias convicções — retrucou Mossi.

— Você deve ser um rei. Quanto a ele, este inseto insignificante, o seu reizinho, este que está babando no pescoço desta mulher, apesar de já ter seis anos de idade. Rastreador, dizem que você tem um bom faro. A merda que estamos cheirando não vem dele?

— Tem um enorme pedaço de merda preta nesta sala, isso sem dúvida — concordei.

— Se você vai dizer a eles quem você é, diga a eles quem você é — impôs a irmã do Rei.

Ela ainda estava sentada no chão, ainda parecia fraca, como se estivesse esgotada. Finalmente, ela olhou para nós.

— Este aqui, este O Aesi, estes quatro membros do Rei Aranha. Conte a eles sobre a sua profecia. Conte a eles sobre como você simplesmente apareceu em nossos corações e mentes como alguém que sempre esteve ali, mas nenhum homem ou mulher é capaz de lembrar quando foi que você surgiu — incitou a irmã do Rei.

— Eu quero o que é melhor para o Rei — afirmou O Aesi.

— Você quer o melhor para você. Neste momento, é o mesmo que o Rei quer. Enquanto isso, ninguém percebe que você permanece igual há vinte anos, e até mesmo desde antes disso. Diga o seu verdadeiro nome, necromante. Homem da bruxaria e das artes ocultas. Você é o que você é. Você não constrói nada, você subverte tudo, destrói tudo. Vocês sabem o que ele faz? Ele espera até que todos estejam dormindo, então ele sai voando pelos ares ou corre por debaixo da terra. Ele vai até as bruxas que se reúnem em cavernas e estupra bebês oferecidos por suas mães. Engravida irmãs e cria como irmãs e irmãos, mas todos morrem. Come carne humana. Eu sei quem você é, O Aesi. Eu já o vi como javali, e como crocodilo, e como pombo, e como abutre, e como corvo. A sua perversidade logo devorará a si próprio.

Longe do seu alcance, havia uma sacola feita de retalhos, amarrada no topo, com uma estatueta saindo para fora. Um phuungu. Um amuleto, como um nkisi, para proteger contra feitiços. Ela tentou pegá-lo, mas sua cabeça bateu com força no chão, e o amuleto saiu rolando para longe.

— Eu quero o que for melhor para o Rei — reagiu O Aesi.

— Você devia querer o que fosse melhor para o reino. Não é a mesma coisa — rebati.

— Olhem para vocês, homens e mulheres nobres, e um tolo. Nenhum de vocês tem interesse em absolutamente nada dentro deste cômodo. Alguns de vocês foram feridos, alguns morreram, mas este menino não significa nada além de dinheiro para vocês. Na verdade, eu fiquei me perguntando por que mulheres e homens arriscariam seus pescoços por uma criança que nem sequer era sua, mas é assim que o dinheiro funciona hoje em dia. Porém, agora eu me despeço de todos, pois isso é um assunto de família.

A irmã do Rei riu.

— Família? Como você se atreve a se considerar família? Você se casou com alguma das minhas primas retardadas numa caverna? Você não vai contar a eles qual o seu grande plano, seu bajulador de reis? Assassino de deus. Ah, isso mexeu com você, não é? Assassino dos deuses. Matador de deuses. Sogolon sabia. Ela contou à minha serviçal. Ela disse: "Eu fui até o Templo de Wakadishu. Eu subi as escadarias de Mantha. Eu fui para o Norte, e para o Leste, e para o Oeste, e eu não senti a presença dos deuses. Nem sequer de um." Mas esse é mais um de seus truques, não é mesmo, assassino dos deuses? Ninguém sabe o que perdeu porque ninguém se lembra do que tinha. É nesta noite que você vai eliminar o Rei da mesma forma que você eliminou os deuses? É hoje? É hoje?

Uma batida de asas imensas, todos ouvimos.

— Deixem a criança e saiam daqui. Não hesitem, coloquem-na no chão calmamente. Apenas deixem-na e saiam daqui — ordenou O Aesi.

Ele fixou seu olhar em Nsaka Ne Vampi.

— Ele é o seu Rei — disse a irmã do Rei.

Eles não viram nada. Mas o nada pegou a irmã do Rei e a estapeou pela esquerda e pela direita. O Leopardo correu até ela, mas o nada o afastou com um chute. Ele saiu rolando e foi parar bem ao meu lado. Ele se agachou novamente para dar um bote, mas eu me inclinei para baixo e toquei sua nuca. O nada puxou a irmã do Rei para cima e a jogou sobre um banco.

— Rei? Este é o Rei. Você viu seu rosto? Você conhece o gosto em sua boca? É pior do que as fezes do espadachim. Este é o seu Rei? Devemos chamá-lo de Khosi, nosso leão? Arrumem uma *kaphoonda* para pôr em sua cabeça real. Três argolas de bronze para o seu tornozelo. Vamos convocar os tocadores de *moondu* e *matuumba*, e todos os tambores. Vamos chamar os tocadores de xilofone? Vamos chamar todos os chefes de todas as tribos para virem até aqui e se curvarem na terra vermelha? Eu deveria arrancar um cabelo da minha cabeça e colocar na dele? O que você ganha com isso, ninfa do rio? A falsa rainha procurou por você? Você procurou pela falsa rainha? Ela te disse como seria glorioso quando o Rei voltasse a descender da gloriosa linhagem de sua mãe? Ai, mamãezinha, eu bati no meu tambor de tronco para que ele contasse um segredo para a minha vagina *nkooku maama, kangwaana phenya mbuta*. Você acreditou num oráculo ruim, irmã do Rei. Sua *ngaana ngoombu* mentiu para você. Encheu de ouro de tolo sua cabeça. Você deveria ter chamado um profeta. Mas, em vez disso, você se cercou de mulheres que até as mulheres esqueceram. Olhe para ele, que você quer que seja o seu Rei. É menos que um bicho.

O Aesi apontou sua faca verde para mim.

— Meu filho será o rei — disse a irmã do Rei.

— O Norte já possui um Rei. Você já olhou para o seu filho? Como poderia, você nem sequer o conhecia. Olhe para ele agora. Se um demônio lhe oferecesse um mamilo, ele o agarraria e começaria a chupar. Você, Rastreador, e o desbotado aí, vocês prometeram trazer o menino e vocês o trouxeram. O que vocês desejam? Dinheiro? O peso de seus corpos em búzios? Esta mulher junto dessa ninfa do rio os enganaram quantas vezes? Até mesmo agora, diga a verdade nesta sala. Você acredita em alguma de suas histórias? Não. Senão você teria tentado, pelo menos, arremessar aquele machado. A faca em seu pescoço... se eu a matasse agora, você nem sequer olharia em meus olhos. Sogolon sabia que não devia confiar em homens que não têm nada a perder. Uma lástima a maneira como ela morreu. Eu queria ter visto.

Ouvi o som de uma marcha do lado de fora, uma marcha que derrubou as portas e adentrou a casa. Mossi também estava ouvindo. Ele olhou para mim e acenou com a cabeça, na esperança de que aquele gesto dissesse algo que eu não sabia o que era.

— Deixem a criança aqui e vão embora, e eu prometo que da próxima vez que nos encontrarmos dividiremos um pouco de dolo, uma boa sopa, e nos divertiremos — disse O Aesi.

— Duvido muito que você possa ser divertido — contrapôs Mossi.

— Eu adoraria conversar um pouco mais com você sobre essa sua crença em apenas um deus. Eu conheci muitos deuses.

— Conheceu e os matou, assassino dos deuses — rebateu a irmã do Rei.

O Aesi riu.

— Seu amigo, o Rastreador, ele disse que não acredita em crenças; eu também vi isso. Você acha que ele acreditaria num assassino dos deuses? Ele precisaria acreditar em deuses antes disso. Você percebeu, Rastreador, que ninguém venera mais nada hoje em dia? Eu sei que você não acredita em deuses, mas você conhece muitas pessoas que acreditam. Você não percebeu que, cada vez mais, os homens estão se tornando como você, e as mulheres também? Você conviveu com feiticeiros e bruxos, mas qual foi a última vez que você viu alguém fazendo uma oferenda? Um sacrifício? Construindo um altar? Mulheres se reunindo para fazer uma oração? À merda os deuses, você diz. Eu já te ouvi. E, sim, à merda com eles, estamos na era dos reis. Você não acredita em crenças. Eu assassino crenças. Nós somos iguais.

— Vou dizer à minha mãe que ela tem um outro filho. Ela vai rir — ironizei.

— Com o pau do seu avô em sua boca, ela não rirá.

O sangue me subiu à cabeça. Tomei meu machado das mãos do Leopardo, que rosnou.

— Então você deve estar triste agora que Sogolon morreu e não há ninguém para reconhecer sua verdadeira natureza — falei.

— Sogolon? Do que me serve o olhar de uma velha bruxa da lua quando os olhos de centenas de espíritos furiosos estão voltados para ela? Você não dormiu naquela noite em que saiu cavalgando de Kongor, então alguém deve ter lhe dito que eu visito os sonhos.

— Eu não dormi.

— Eu sei. Mas você, atrás dele, você dormiu mais profundamente que uma criança surda.

Ele apontou seu dedo para o Ogo. Tristogo olhou para nós, para suas mãos, pela janela, de novo para si próprio, como se tivesse ouvido alguma coisa, mas não palavras.

— A selva dos sonhos de um Ogo é tão grande, tão rica, e com tantas possibilidades! Às vezes ele ficava cego ao fato de que eu estava viajando em sua cabeça, abrindo um de seus olhos enquanto ele dormia. Às vezes ele lutava comigo em seus sonhos. Ele não abriu um buraco com um soco naquele navio? Às vezes saía de sua boca o que eu havia dito em seu sono, e às vezes as pessoas ouviam. Não é verdade, meu caro Ogo? Uma pena que seus amigos aqui não compartilhem com você tanto quanto eu gostaria, senão teria me inteirado de seus planos em Dolingo. Será que eles não confiam no gigante?

Tristogo rosnou e olhou ao redor, procurando por alguém de quem O Aesi pudesse estar falando.

— Ah, e o que eu vi através de seus olhos! O que eu ouvi através de seus ouvidos! Seus amigos, talvez isso os faça rir. Já se passou uma lua desde que eu falei pela sua boca? Você não vai se lembrar. Eu falei, e você falou, e aquele homem, aquele velho que estava no telhado, ele ouviu você. Ele me ouviu. Foi a mim que ele ouviu, mas você, meu caro Ogo, foi você quem pegou o homem, esmagou sua garganta para que ele não pudesse gritar e, com as suas lindas mãozinhas, o arremessou do telhado.

Eu sabia que Tristogo queria ver quem estava olhando para ele. Eu não estava. Tristogo apertou suas mãos com tanta força que ouvi o ferro começar a se retorcer. O Leopardo não se virou. Mossi sim.

— Ele é o mestre das mentiras, Tristogo — alertou Mossi.

— Mentiras? O que é mais uma morte para o Ogo? Pelo menos ele não matou aquela menina escrava dos Zogbanu obrigando-a a sentar em seu oguinho. Mas ela sentou nele muitas vezes em seus devaneios durante o dia. Quanto barulho ela fazia na selva de seus sonhos. Fez com que eu mesmo expelisse minhas sementes duas vezes. Mas este Ogo aqui, seu gozo quase arrebentou o telhado. Mas qual era o seu sonho mais louco, você dentro dela ou você a chamando de sua esposa? Você achou que talvez pudesse ser apenas metade Ogo? Eu estava lá. Eu estava lá quando...

— Não lhe dê ouvidos, Ogo — advertiu Mossi.

— Não interrompa. Você ficava se perguntando se ela seria capaz de amar um Ogo, será que você seria o primeiro a ser algo além de um monstro?

— Ele está tentando provocá-lo, Tristogo. Ele não o irritaria se não tivesse um plano — alertou Mossi.

Tristogo rosnava. Eu me virei para olhar para ele, mas meu olhar recaiu sobre o menino deitado no ombro de Nsaka Ne Vampi, com sua boca aberta como se estivesse prestes a mordê-la, mas ele a fechou assim que viu que eu estava olhando. Seus olhos, arregalados e vazios, tão negros que eram quase azuis.

— Provocar? Se eu quisesse provocá-lo, teria o chamado de metade gigante, não é? — disse O Aesi.

Tristogo deu um berro. Eu torci meu corpo para vê-lo socando a parede. Ele apertou suas mãos e saiu pisando firme na direção de O Aesi, mas, de repente, a escuridão se voltou contra ele, saltando das sombras, segurando seus braços enquanto ele gritava ao ser retirado da sala. O Leopardo saltou sobre a irmã do Rei e mordeu o nada que ainda repousava em seus ombros. Sua boca ficou manchada de vermelho. O nada gritou.

— À merda os deuses, de fato — disse O Aesi, e cortou a garganta de Bunshi.

Ela caiu.

Mossi puxou suas duas espadas e correu para cima dele. Eu arremessei meu machado. Um vento surgiu, arremessando Mossi com força contra a parede e mandando o machado de volta em direção ao meu rosto, mas o ferro não podia me tocar, então o machado passou voando por mim. Nsaka Ne Vampi saiu correndo com a criança, e a irmã do Rei deu um grito. O Aesi deu meia-volta para correr atrás de Nsaka Ne Vampi, mas parou de repente e segurou uma flecha com sua mão esquerda, impedindo que ela atingisse seu rosto. Sua mão direita pegou outra. Com as duas mãos ocupadas, a terceira e quarta flechas o atingiram bem no meio da testa. Eu vi Fumeli, seu arco ainda engatilhado e outras duas flechas entre seus dedos. O Aesi caiu para trás e despencou no chão, as flechas cravadas em sua testa. O feitiço sobre o nada perdeu força e morreu na forma de um Tokoloshe. Os pássaros, batendo suas asas e grasnando, saíram voando das janelas.

— Precisamos sair daqui — disse o Leopardo para a irmã do Rei.

Ele a pegou pela mão e a puxou. Eu conseguia ouvir Tristogo lutando contra os monstros invisíveis e jogando um a um contra as paredes. Olhei para O Aesi deitado lá e pensei não nele, mas nos Omoluzu, que sempre atacavam por cima, não pelas costas. Corri até Tristogo. Matar O Aesi havia quebrado seu feitiço de invisibilidade. Totalmente pretos, como piche, mas não como os Omoluzu. Olhos vermelhos, mas não como os de Sasabonsam. Criaturas de sombra que podiam ser quebradas, como o pescoço que Tristogo havia acabado de partir. Avancei contra a escuridão, golpeando as sombras com meu machado, mas parecia que eu estava cortando carne e rompendo ossos. Duas das sombras me atacaram, uma me chutando o peito e a outra tentando me pisotear. Puxei minha faca e a enfiei bem onde ficariam suas bolas. Ele urrou. Ou ela. No chão, eu girei meu machado e decepei todos os seus dedos do pé, e depois me ergui de um pulo. As sombras subiam e desciam pelo Ogo, irritando-o tanto que ele agarrou a escuridão com suas mãos, esmagou uma cabeça com a direita, quebrou um pescoço com a esquerda e pisoteou outras duas com tanta força que abriu um buraco no chão com seus pés. Eu saí rolando do meio das sombras e uma mão segurou meu tornozelo. Eu a decepei.

— Tristogo!

Elas subiam por cima dele. Quando ele tirava uma de cima, outra aparecia. Elas o escalavam e se amontoavam nele de tal forma que só sua cabeça permanecia visível. Ele olhou para mim, suas sobrancelhas arqueadas, seus olhar perdido. Eu olhei para ele, tentando segurá-lo com meu olhar. Levantei e peguei meu machado, mas ele fechou seus olhos devagar, os abriu e olhou novamente para mim. Eu não conseguia ler seus olhos. Então uma criatura de sombra conseguiu escalar até o seu rosto.

— Tristogo — clamei.

Ele pisou e pisou e pisou até abrir um buraco ainda maior no chão e, com todas aquelas criaturas penduradas nele, caiu. Ouvi um estrondo, depois outro, e mais outro, e mais outro, e mais outro. E depois mais nada. Fui até o buraco e olhei para baixo, mas vi um buraco atrás do outro e depois só escuridão. Ao pé da escadaria, com a porta à minha frente, olhei para a pilha de terra, tijolos, poeira e sombras negras, e alguma coisa que brilhava suavemente. Sua manopla de ferro. Tristogo. Ele jamais seria capaz de encarar a vida sabendo que tinha matado o velho com tamanha crueldade, mesmo se não tivesse sido ele quem o fez. Não de verdade. Eu fiquei parado ali, olhando, esperando, sem esperanças, mas esperando mesmo assim, porém, nada se mexia. Eu sabia que, se alguma coisa se mexesse, seriam os seres de escuridão. E logo.

Mossi entrou correndo gritando alguma coisa sobre pássaros e pessoas. Eu não o escutei. Eu estava olhando para o escuro, aguardando.

Mossi tocou meu rosto e o virou para o seu.

— Nós temos que ir — disse ele.

Do lado de fora, pessoas da cidade nos observavam, paradas a cerca de duzentos passos de distância. Nsaka Ne Vampi e a irmã do Rei montavam cada uma um cavalo, e o Leopardo e Fumeli dividiam o mesmo. A irmã do Rei colocou o menino à sua frente, o segurou com uma das mãos e as rédeas com a outra. As pessoas recuaram. Pássaros se agruparam no céu, depois se separaram, depois se juntaram novamente.

— Leopardo, olhe para cima. Eles estão possuídos? — perguntei.

— Não sei. O Aesi está morto.

— Não estou vendo nenhuma arma — disse Mossi.

— Nós também roubamos esses cavalos — comentou o Leopardo.

Mossi montou em seu cavalo e me puxou para cima. A multidão fez um barulho e partiu para cima de nós. A irmã do Rei saiu a galope, sem esperar. Nsaka Ne Vampi virou-se para nós e, cavalgando, gritou:

— Corram, idiotas!

Partimos em disparada quando a multidão começou a arremessar pedras. Perdi o rastro do menino, muito embora eu ainda pudesse ver a irmã do Rei.

— Onde estamos indo? — perguntou Mossi.

— Para o Mweru — respondi.

A multidão continuou nos perseguindo enquanto fugíamos, até a estrada da fronteira, e depois para o Oeste, e depois para o Sul, contornando Gallunkube/Matyube, o que nos levou para o Oeste novamente, até avistarmos as docas e a costa. Continuamos indo para o Sul e não paramos até que os cavalos atravessassem o canal e nos levassem para fora da cidade. Lá em cima, uma revoada de pássaros nos seguia. Eles continuaram nos seguindo mesmo enquanto cruzávamos as florestas e os campos, e quando o céu começou a adquirir as cores do dia. Até que não pudéssemos mais ver Kongor. Lá de cima, alguns começaram a se jogar contra nossas cabeças. Pombos.

Nsaka Ne Vampi deu um berro.

— Vamos! — gritou a irmã do Rei.

Nsaka Ne Vampi a levou pelo meio de um aglomerado de árvores, o que bloqueou os pássaros, mas eles começaram a atacar novamente assim que saímos de lá.

À nossa frente havia algo branco em movimento, ou nuvens, ou poeira. A irmã do Rei cavalgou em sua direção, e nós a seguimos. Os pássaros se atiraram sobre nós mais uma vez. Um veio voando e se prendeu na cabeça de Mossi. Ele gritou para que eu o tirasse de lá, então eu o puxei e joguei longe. Fumeli rebatia os pássaros com seu arco, enquanto o Leopardo cavalgava atrás das duas mulheres. O búfalo passou correndo por nós. Corríamos tão compenetrados que foi só quando entramos na bruma — pois aquilo era uma bruma — que eu percebi que os pássaros haviam parado de nos seguir. Eu não tinha um nome para aquele cheiro. Não era um fedor, mas também não era um perfume. Talvez fosse o cheiro que as nuvens tinham quando estavam gordas de chuva e os relâmpagos as chamuscavam. Diminuímos o passo até pararmos ao lado da irmã do Rei — o que tinha sido uma boa ideia, já que ela havia parado a um passo de distância de um precipício. Mossi me deu um empurrãozinho, para que eu descesse do cavalo. Abaixo de nós, mas ainda ao longe, estavam aquelas terras, esperando que algum tolo as adentrasse.

— Sogolon disse para levá-lo até o Mweru — propôs a irmã do Rei. — Ele estará a salvo de toda feitiçaria e de toda ciência branca em Mweru. Ela foi confiável nisso pelo menos.

Aquilo foi dito de uma maneira que não consegui entender se era uma afirmação ou uma pergunta. Eu me virei para ela e a vi olhando para mim.

— Confie nos deuses — disse eu.

Ela apontou para uma trilha que levava para baixo, então riu e saiu cavalgando sem dizer nada que expressasse gratidão. Eu não conseguia sentir o cheiro do menino nem quando eu olhava para ele. Quando eles começaram a se afastar, seu cheiro finalmente veio até mim, e depois desapareceu novamente. Não foi sumindo gradualmente, simplesmente desapareceu. Nsaka Ne Vampi se virou para mim, fez um aceno de cabeça e depois saiu cavalgando de volta para Kongor.

— Leopardo — chamei.

— Eu sei.

— Para o que ela está cavalgando de volta, se o Ipundulu está morto?

— Não sei, Rastreador. O que quer que seja, não será o que ela quer... Então, Rastreador.

— Sim?

— As dez mais nove portas. Existe um mapa? Você já viu um mapa?

— Nós dois vimos — disse Mossi.

— Daqui até Gangatom, nós teremos de atravessar um rio até Mitu, contornar o Reino das Trevas, atravessar a longa floresta úmida e seguir o rio Duas Irmãs na direção Oeste. Isso são, pelo menos, dez mais oito dias, e isso sem contar piratas e guerreiros de Ku, além do exército desse rei e os mercenários que já estão saqueando os povos ribeirinhos — comentei.

— E quanto às portas? — perguntou o Leopardo.

— Nós teríamos de navegar contra a correnteza, até Nigiki.

— Você quer que passemos de novo por Dolingo? — quis saber Mossi, em voz alta, porém clara o suficiente apenas para que eu ouvisse.

— Seis dias até Nigiki se formos pelo rio. Atravessando a porta em Nigiki, sairemos na Cordilheira da Feitiçaria, a três dias de Gangatom.

— Isso são nove dias — contabilizou o Leopardo.

— Mas Nigiki fica no Reino do Sul, Rastreador. Vamos ser capturados, vão nos matar, acusando-nos de espionagem, antes de chegarmos àquela porta.

— Não se nos deslocarmos discretamente.

— Discretamente? Nós quatro?

— Do Reino das Trevas até Kongor, de Kongor até Dolingo. Só podemos ir em uma direção — afirmei.

Ele aquiesceu.

— Tomem cuidado — recomendei a todos. — Entrem como ladrões, sejam os primeiros a partir, até mesmo de noite, perceba.

— Para o rio — declarou o Leopardo.

Fumeli chutou seu cavalo, e eles saíram galopando. Eu me virei para olhar para o Mweru. No escuro, com o céu azul intenso, tudo que eu conseguia ver eram sombras. Colinas se estendendo para o alto, tão suaves, tão exatas. Ou torres, ou coisas deixadas para trás por gigantes que praticavam artes ocultas antes dos humanos.

— Tristogo — lamentei a Mossi. — Eu amava aquele gigante, mesmo ele ficando bravo quando alguém o chamava disso. Se eu tivesse adormecido, se você tivesse deixado que eu adormecesse, teria sido eu a atirar aquele velho do telhado. Você sabe o quanto matar fazia mal a ele? Ele me contou todos os seus assassinatos uma noite. Cada um deles, pois sua memória era sua maldição. Aquilo nos levou até o raiar da manhã. A maioria das mortes não era sua culpa, pois o trabalho de um carrasco ainda é apenas um trabalho, não é pior do que o trabalho de um homem que aumenta os impostos ano após ano.

Então elas vieram, as lágrimas. Eu podia me ouvir chorando e fiquei chocado com aquilo. Que tipo de alvorada era aquela? Mossi ficou parado ao meu lado, em silêncio, esperando. Ele pôs suas mãos no meu ombro até eu parar.

— Pobre Ogo. Ele era o único...

— O único?

Tentei sorrir. Mossi segurou meu pescoço com uma das mãos, macia, e eu me amparei nela. Ele limpou meu rosto e trouxe a minha testa para perto da sua. Ele beijou meus lábios, e eu procurei por sua língua com a minha.

— Todas as suas feridas estão abertas novamente — disse eu.

— Depois disso você vai dizer que estou feio.

— Aquelas crianças não vão querer me ver.

— Talvez sim, talvez não.

— À merda os deuses, Mossi.

— Mas elas sempre precisarão de você — afirmou ele, montando no cavalo e me puxando para cima, junto com ele.

O cavalo começou a trotar e, depois, a galopar. Eu queria olhar para trás, mas não olhei. Eu não queria olhar para frente também, então encostei minha cabeça nas costas de Mossi. Atrás de nós brilhava uma luz que parecia vir do Mweru, mas era apenas um novo dia que começava.

5

EIS UM ORIKI

O nifs osupa. Idi ti o n bikita nipa awsn iraws.

AS DEZ MAIS
NOVE PORTAS

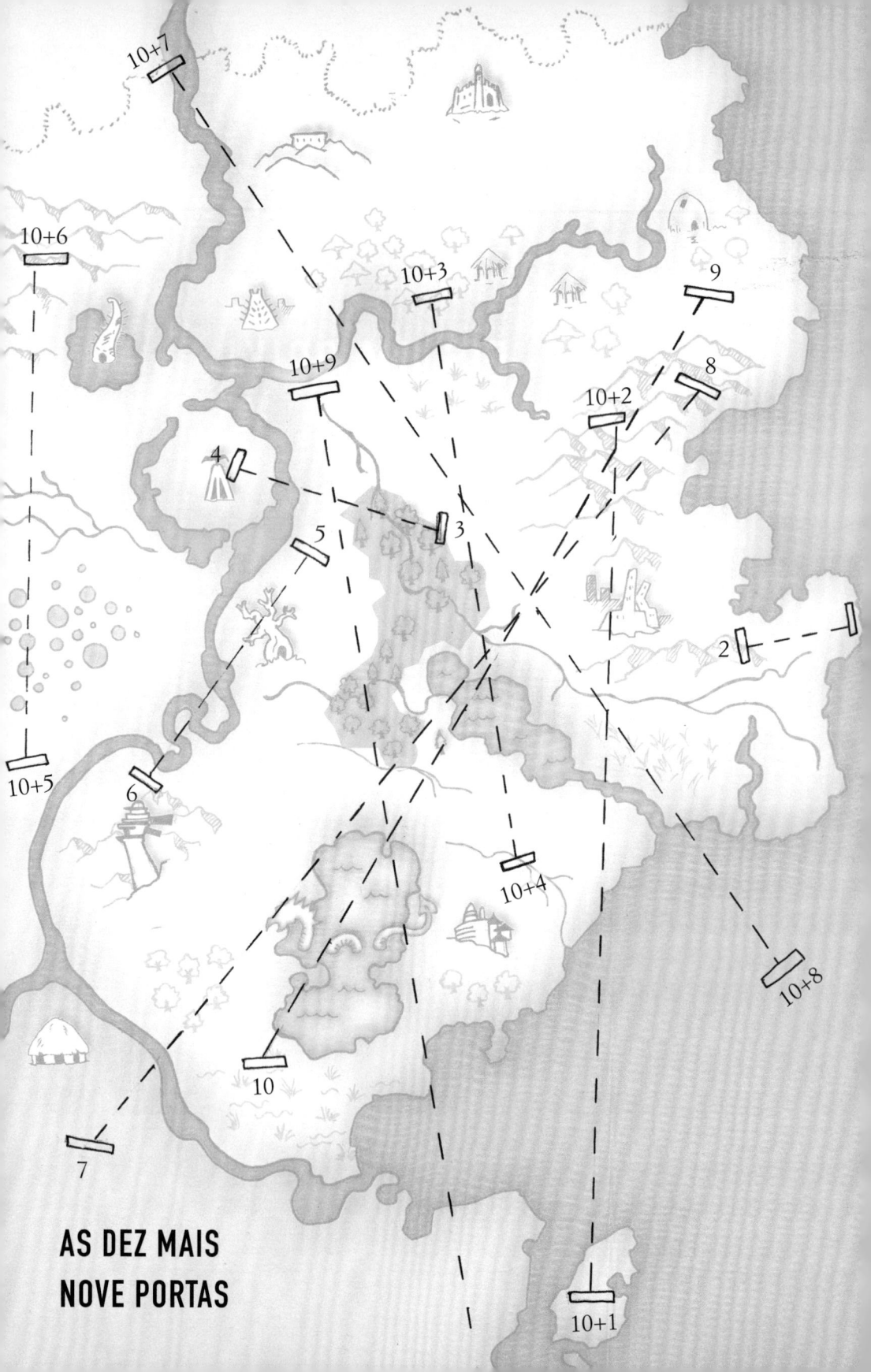

VINTE E DOIS

E isso é tudo e tudo isso é verdade, inquisidor-geral. Você queria uma história, não queria? Da aurora ao crepúsculo, e tal foi o relato que eu lhe dei. O que você queria era um depoimento, mas, no fundo, o que você queria mesmo era uma história, não é verdade? Agora você está soando como os homens dos quais ouvi falar, homens que vêm do Oeste pois ouviram falar nos escravos de carne e osso, homens que perguntam "Isso é verdade? Quando encontrarmos, vamos parar de procurar? Isso é verdade, o que você diz, totalmente verdade?". O que é a verdade quando ela está sempre se expandindo e se encolhendo? A verdade é apenas mais uma história. E agora você me pergunta novamente sobre Mitu. Eu não sei quem você espera encontrar lá. Quem é você, como ousa dizer que o que eu tinha não era uma família? Justo você, que tenta formar uma com alguém de dez anos de idade.

Ah, você não tem nada a dizer. Você não vai mais me pressionar.

Sim, é como você diz, eu fiquei em Mitu por quatro anos e cinco luas. Quatro anos a contar do momento em que deixamos o menino no Mweru. Eu estava lá quando aqueles rumores de guerra se transformaram numa guerra de verdade. O que aconteceu lá é algo que você pode perguntar aos deuses. Pergunte a eles por que o seu Sul não está ganhando essa guerra, e o Norte tampouco.

A criança está morta. Não há mais o que dizer. Ou talvez você possa perguntar à criança.

Ah, você não tem mais nada a perguntar? É neste momento que nos despedimos?

O que é isso? Quem está entrando na sala?

Não, eu não conheço este homem. Eu nunca vi suas costas ou seu rosto.

Não me pergunte se eu o reconheço. Eu não conheço você.

E você, inquisidor, ofereça uma cadeira a ele. Sim, eu estou vendo que é um griô. Você acha que ele trouxe essa kora para vendê-la? Por que agora seria um bom momento para entoar uma canção de louvor?

É um griô com uma canção sobre mim.

Não há canções sobre mim.

Sim, eu sei o que eu disse antes, pois fui eu quem disse. Eu estava me gabando. Quem sou eu para figurar numa canção? Que griô faria uma canção sem ser pago para criá-la? Muito bem, deixe-o cantar; não significará nada para mim. Eu não reconhecerei nada do que ele cantar. Vamos, cante.

Irmão místico do deus do trovão
com a língua abençoada, e o dom da kora.
Sou eu, Ikede, filho de Akede,
Eu era o griô que vivia no baobá.

Eu andei por muitos dias e muitas noites, e quando me deparei com ela,
a árvore perto do rio.
Eu a escalei e ouvi o papagaio, e o corvo, e o babuíno.
Eu ouvi as crianças
rindo, gritando, brigando, fazendo os deuses se calarem
e lá no topo havia um homem deitado em cima de um tapete.
Que tipo de homem é esse?
não é como nenhum outro em Weme Witu, Omororo, ou até Mitu.

E ele disse,
você procura por beleza?
Eu disse eu acho que a encontrei.
Escute, o homem riu, e ele disse,
as mulheres de Mitu me acham tão feio,
quando eu levo as crianças ao mercado elas dizem
Vejam só que família feia, olhem para esses desgraçados,
mas aquele um, khita, ngoombu, haamba, seus cabelos são como a crina de um cavalo.
E eu digo, mulheres lindas, sábias, fornidas
com seios fartos e sorrisos largos
Eu não sou um zumbi, eu sou belo como o caulim
e elas riem bem alto, e me dão cerveja e começam a mexer no meu cabelo
e, vou te dizer, nenhuma dessas coisas me ofende nem um pouco.

E eu disse a ele,
Essa árvore, você mora nela?
Ele disse, Não existe você, apenas nós, e nós somos uma casa muito estranha.
Fique conosco o quanto quiser.

Quando eu subi por um buraco e sentei no meu lugar
Eu o vi chegando, trazendo carne.
Eu disse, Quem é aquele homem tão azedo, com o olho de um lobo?
Quem o amaldiçoou daquele jeito?
Mas crianças pequenas, crianças grandes, crianças que não são nada além de vento
desceram correndo pela árvore, correndo para ele
sem se importar com sua maldição, que assustaria até a coruja.
E elas pularam em seu colo e sentaram em sua cabeça e repousaram em seus braços.

E eu pensei: essas crianças têm fortes sentimentos por esse homem,
e o seu rosto não está mais azedo.
Então o Olho de Lobo subiu até o topo e parou quando me viu,
depois continuou subindo.
E quando chegou no topo, ele viu outro homem,
e eles juntaram seus lábios, e abriram suas bocas,
eu sei.

Esse com o olho de lobo, ele é aquele
que diz, A noite está envelhecendo, por que vocês não estão dormindo?
O sol já está no céu, por que vocês não estão acordando?
A comida está pronta
quando vocês irão comê-la?
Teriam os deuses me amaldiçoado e me transformado em mãe?
Não, ele me abençoou e fez de você minha esposa,
aquele chamado Mossi disse,
e as crianças riram, e Olho de Lobo fez uma cara feia
E mais feia, e mais feia e mais feia, até que virou uma risada
Eu estava lá, eu vi.

E eu vi quando eles mandaram todas as crianças
para fora e disseram vão,
vão até o rio, agora,
e fiquem lá até o sol começar a mudar.
E quando todas se foram, eles também acharam que eu tinha ido
Pois Mossi falou na língua de Olho de Lobo
Se ge yi ye do bo, ele disse
Se ge yi ye do bo
Vamos nos amar um ao outro
Então os dois, eles se agarraram e beijaram lábios
depois beijaram línguas
depois beijaram nuca e mamilo

e mais embaixo.
E um era mulher e o outro era homem,
e os dois eram mulher, e os dois eram homem,
e nenhum era nenhum.
E Olho de Lobo, ele encostou sua cabeça no colo de Mossi.
Mossi acariciava o peito de Olho de Lobo.
Eles ficaram lá, olhando um pro outro,
olho estudando olho.
Rosto descansando
talvez compartilhassem um sonho.

Um dia Olho de Lobo chamou a todos.
Crianças, ele disse, voltem do rio
e se apresentem
vocês não foram criados nem por chacais nem por hienas.
E cada criança se apresentou para mim pelo nome,
mas seus nomes, eu os esqueci, todos.

Isso foi o que disse o Olho de Lobo.
Ele disse, Mossi, eu sou de Ku,
e um homem de Ku só pode ser um tipo de homem
e Mossi disse a ele, Como você não é um homem
o que eu seguro entre as suas pernas.
Mossi estava brincando
Olho de Lobo não estava brincando.
Ele disse
Eu venho fugindo, me escondendo, eu venho procurando por
algo que eu não sei, mas eu sei que procuro
E eu não sei, mas todo Ku encontra
mas há sangue entre mim e os Ku
e eu nunca mais poderei retornar.

Então ele chamou os Gangatom
E o chefe dos Gangatom disse, Ninguém jamais esperou tanto.
Eu esperei minha vida inteira, disse Olho de Lobo
E Olho de Lobo puxou sua túnica e disse,
Olhe para mim, veja onde está a mulher,
E quando eu a decepar, eu serei um homem
e Mossi se apavorou, pois ele achava que aquilo era o que o fazia amá-lo,
Mas Olho de Lobo disse, Tudo que há entre mim e você,
oriental, não está aqui embaixo, e sim aqui em cima,
ele disse, e apontou para o seu coração.
E o chefe disse,
O que você está pedindo não é velho,
o que você está pedindo é novo.
Você é Ku
e você não tem pai.
Dessa maneira, você enfurece os deuses.
Disse Olho de Lobo:
A cerimônia para se tornar um homem
é um louvor aos deuses e, portanto,
como um deus poderia se enfurecer com isso.

Então Olho de Lobo,
O Gangatom furou a vaca e derramou seu sangue
numa tigela.
Olho de Lobo bebeu uma depois duas
ele bebeu e limpou sua boca.

O dia seguinte chegou,
para que ele saltasse os touros.
Eles os alinharam, vinte deles
mais outros dez, pois ele havia demorado demais para ser homem

Você precisa correr sobre o lombo dos touros e não pode cair,
Pois se você cair os deuses rirão
Então, Olho de Lobo,
Nu, coberto de óleo e manteiga de karité
Para louvar aos deuses, ele correu
De lombo em lombo de touro, um dois três quatro
cinco seis sete mais
E as pessoas celebraram e regozijaram
O ancião disse por todas essas luas você ficou nesse não lugar
e não há vergonha nisso,
mas o meio é lugar nenhum.

Mas alguns anciãos, eles disseram
ele não está vindo do enki paata.
Ele não esteve vagando por quatro luas
como deveria fazer um menino antes de se tornar um homem
onde nele está o sinal de que matou o grande leão?
E o chefe, ele disse, Olhem para ele
e vocês verão o sinal de que matou o leão e tudo o mais.
Então os anciãos ficaram sentados em silêncio, embora alguns ainda resmungassem,
e o chefe, ele disse a Olho de Lobo
Você não vagou por quatro luas
Então fique por quatro noites
no meio do mato, com as vacas, durma na grama, pise na terra.
E na quinta manhã
eles foram até ele
e o banharam com a água do balde, com uma cabeça de machado dentro
para esfriar a água.

E agora, como era a tradição, disseram os homens,
homem grande na pele de um menino

quer virar homem, mas, vejam, ele é um tolo.
E como era a tradição, disseram os homens,
olhem o seu kehkeh de menininho, ele ainda não está pronto para ser homem.
Ele não consegue desbravar a koo de uma mulher, é melhor ele enfiar num formigueiro.
Como era a tradição, disseram os homens.
É por isso que você tem marido e não esposa?
Você é a esposa?
Força, agora, Olho de Lobo. Raiva é fraqueza.

Então veio o cortador, pronto para o evento
afiado com sua faca
Olho de Lobo, ele não tem mãe,
então a mulher do chefe, ela será sua mãe.
Ela trouxe couro de vaca para ele sentar
e, desta forma, não envergonhar os deuses.
Eles o conduziram, sim, o conduziram
passando pelo kraal do gado
passando pelas casas dos grandes anciãos
subindo um pequeno morro com uma cabana no topo
e ele disse
Chute a faca e nós o mataremos
Fuja da faca
E nós o renegaremos
O grande cortador, ele pegou giz e traçou uma linha
da testa ao nariz.
O grande cortador, ele pegou leite e derramou sobre o corpo de Olho de Lobo.
O grande cortador, ele pegou a pele morta e puxou e puxou
ele disse, Um corte!
Chute a faca e nós o mataremos

Fuja da faca e nós o renegaremos
Ele disse, Um corte!
E Olho de Lobo, ele segurou o braço do cortador.

e ele disse, Não
Me escute, ele disse Não.
O homem da montanha e as mulheres do rio
escutaram um sussurro que caiu como um trovão
e todos fizeram silêncio.
Olho de Lobo disse, A soma de meus dias
é decepar a mulher
Arrancá-la de mim
arrancá-la de minha mãe
arrancá-la de quem anda carregando o mundo
E ele olhou para a sua masculinidade
coroada pela sua feminilidade
e disse
O que há de errado nisso,
por que essa não é a vontade dos deuses
e se essa não é a vontade dos deuses
então é a minha vontade
ele olhou para Mossi e disse
Você disse que eu arrancaria todas as mulheres de mim
da minha mãe até todas que passaram pela minha casa
quando fui eu quem deixei minha mãe
e sou eu que agora arrancarei a mim mesmo de mim.

e com isso ele ficou de pé
e com isso ele largou a faca
e foi embora
e as pessoas ficaram em silêncio, pois ele ainda era um homem temível

Mas Mossi voltou a perturbá-lo
Assim que eles voltaram para a árvore
o que ele disse foi o seguinte,
Pare de achar que você está em paz
você sabe o que eu quero dizer
e Olho de Lobo disse que não sabia. Então pare
e Mossi disse, Por que você está me pedindo para parar se não sabe
E, dessa forma, Mossi importunou o Rastreador
Importunou e importunou e, rapaz, como importunou
então Rastreador levantou sua mão para acertar Mossi
e Mossi disse, Ninguém jamais te amou melhor
mas encoste essa mão em mim e você a verá ser decepada
e enfiada em sua boca.
Está bem, disse o Rastreador, eu me vou
só para que você deixe de ser uma cacatua.

E chegou o dia em que ele se virou para partir
E ele vacilou, e caiu, e ele disse
Venha comigo, ou desmaiarei no mato.
E Mossi foi, e as crianças foram
e até eu fui, pois o Rastreador disse, Não haja como se você
não pertencesse a essa casa.
E dessa maneira
Rastreador e sua família foram atrás de sua mãe.
Que atração nós éramos em Juba!
Mas esta não é a história
Pois Rastreador vacilou dez vezes antes de chegarmos até os portões.
E Mossi o segurou dez vezes
Então eles chegaram à porta
e uma menina parecida com ele a abriu
isso foi o que eu e Mossi achamos
E ela não disse nada, mas ela os deixou entrar

e saiu da frente quando Garoto Bola
passou rolando, e Garoto Girafa precisou se abaixar
e num quarto azul
ela estava sentada
com uma aparência velha e cansada, mas seus olhos tão jovens.
Quando ele morreu? Rastreador perguntou.
Quando um avô deveria morrer, ela disse.
E ele olhou para ela como se tivesse algo a dizer
E sua boca tremia como se tivesse algo a dizer
E Mossi começou a nos levar para fora do quarto
como se tivesse algo a dizer
Mas Rastreador vacilou mais uma vez e, dessa vez, ele caiu
E ela se curvou e tocou seu rosto
Um de seus olhos não veio de mim, ela disse
e o que saiu da boca dele foi um lamento
E ele se lamentou por sua mãe
E se lamentou por sua mãe
E a noite trocou de lugar com o dia
E o dia trocou de lugar com a noite
E ele ainda se lamentava.

Me ouça agora,
Eu fiquei no baobá dez mais nove luas.
No dia de minha partida, as crianças choravam,
e Mossi estava cabisbaixo
e até mesmo Olho de Lobo disse, Mas por que você quer deixar sua casa?
Mas um homem como eu, nós somos como os animais,
nós precisamos nos mover,
ou morremos.
Me escute agora.
Um dia após eu partir,
Um leopardo negro foi até a árvore.

Faça-o parar.

Faça-o parar agora. Faça-o parar ou encontrarei um jeito de acabar com tudo ainda esta noite. E então você nunca saberá como isso tudo terminou.

Eu te conto o que aconteceu depois.

Eu te conto tudo.

# 6

O LOBO DA MORTE

Mun be kini wuyi a lo bwa.

VINTE E TRÊS

Eu quero que fique registrado que você me obrigou a fazer isso. Eu quero ver isso escrito numa língua que eu reconheça. Me mostre. Eu não vou falar até que você me mostre. Como você vai escrever? Você vai escrever o que eu disser ou vai escrever "O prisioneiro disse isso"? Pare com essa conversa sobre verdade — eu te falei a verdade o tempo todo, mas, como eu disse antes, o que você realmente quer é uma história. Eu já te contei muitas, mas vou te contar uma última. Depois você pode falar com ela e nos mandar para a fogueira.

Nessa história, eu a vejo. Ela andava como se alguém a estivesse seguindo.

Por que você me interrompeu?

Você não ouviu o griô?

O Leopardo veio me visitar e me seduziu com uma conversa sobre aventura. É claro que ele tinha segundas intenções — ele é um leopardo. E eu fui com ele procurar por um homem gordo e estúpido que vendia ouro e sal e recendia a esterco de galinha e que havia desaparecido. Só que ele não havia desaparecido. À merda os deuses, inquisidor, qual história você quer ouvir? Não, eu não vou lhe contar as duas. Olhe para mim.

Eu não vou lhe contar as duas.

Então.

Ela andava como alguém que acha que está sendo seguido. Olhando para frente quando chegava ao começo de cada rua, olhando para trás quando chegava ao seu fim. Foi se esgueirando de sombra em sombra enquanto se deslocava por uma rua tranquila. Pairando sobre a sua cabeça, a crueza do ópio queimado e, emanando do chão, o aroma de uma latrina transbordando. Ela tropeçou e segurou sua carga com força, disposta a levar um tombo para não a soltar. O céu possuía um teto naquele lugar, a cem passos de altura em algumas partes, com buracos abertos nele para deixar que entrassem a luz branca do sol e a luz prateada da lua. Ela se agachou perante uma tocha pendurada ao lado de uma porta, passou por debaixo dela, levantou-se novamente e encostou suas costas na parede, como um caranguejo, para seguir até a esquina.

O Malangika. A cidade dos túneis, em algum lugar a Oeste do Pântano de Sangue e a Leste de Wakadishu, cerca de trezentos passos abaixo da terra, com cerca de um terço do tamanho de Fasisi. Há centenas de anos, quando as pessoas ainda não escreviam relatos, as primeiras pessoas da superfície tiveram uma briga com os deuses do céu por causa da chuva, e os deuses da terra deram a elas esse lugar para se proteger da ira divina. Eles cavaram largo e fundo, abriram cavernas altas o bastante para abrigar prédios de três, quatro e até cinco andares. Colunas feitas de árvores derrubadas e pedras reforçavam os túneis para que eles jamais caíssem, muito embora dois trechos tenham desabado duas vezes. Ao longo dos túneis, os construtores fizeram buracos no teto para permitir que o sol e a lua iluminassem os caminhos, como as lamparinas de Juba. O povo de Malangika foi o primeiro a desvendar os segredos dos metais, alguns dizem. Mas eles eram egoístas e gananciosos, e se tornaram os primeiros mestres da fundição. Eles morreram abraçados ao seu ferro e prata. Outros, que praticavam outros tipos de artes e técnicas, cavaram ainda mais fundo. Mas as pessoas daquela cidade logo morreram todas, e a cidade em si acabou esquecida. E somente num lugar esquecido uma nova cidade poderia emergir, uma cidade sem aviso, uma cidade que era um mercado. Um lugar que vendia o que não podia ser vendido na superfície, nem mesmo à noite. O mercado secreto das bruxas.

O mercado havia sido evacuado às pressas. Alguém havia jogado um feitiço poderoso para fazer com que todos esquecessem a rua. A maioria das vielas ostentava os fundos de estalagens onde ninguém ficava, tavernas de onde ninguém ia embora e lojas vendendo coisas para todos os tipos de usos. Mas, naquela viela, a escuridão pesava no ar. Ela havia dado muitos passos antes de parar e olhar em volta, quando dois espíritos se ergueram de uma parede e vieram em sua direção. Um outro se ergueu do chão e veio cambaleando, como se estivesse embriagado. Rapidamente, ela sacou o amuleto que trazia entre os seios. Os espíritos soltaram berros e recuaram; o espírito do chão retornou para baixo da terra. Por toda a extensão da ruela, ela foi segurando o amuleto, e vozes grasnavam, murmuravam e chiavam. A fome deles era enorme, mas não maior do que o medo do nkisi pendurado em seu pescoço. Em meio à névoa, no final da rua, ela se encostou numa parede de barro fresca à sua direita e depois virou a esquina para deparar com a minha lâmina.

Ela levou um susto. Eu segurei sua mão, puxando-a às suas costas, e encostei minha faca em seu pescoço. Ela tentou gritar, mas eu apertei a faca com mais força. Então ela começou a sussurrar uma coisa que eu conhecia. Eu sussurrei algo de volta, e ela parou.

— Eu sou protegido por uma Sangoma — avisei.

— Você escolheu justo aqui para roubar uma pobre mulher? Justo este lugar?

— O que você está levando, menina?

Pois era uma menina, e magra, com as maçãs do rosto encaveiradas. Sua mão, que eu ainda segurava, estava quase reduzida a osso, uma coisa que eu poderia quebrar com uma simples torção.

— Eu vou lhe rogar uma praga se você me fizer derrubar — ameaçou ela.

— O que você derrubaria?

— Tire os olhos dos meus peitos, ou pegue minha bolsa e se vá.

— Dinheiro não é o que procuro. Diga-me o que você leva, ou irei esfaqueá-la.

Ela tentou se desvencilhar, mas eu sabia o que era antes mesmo que o cheiro de leite seco vomitado viesse até mim, e antes mesmo de ouvi-lo balbuciando.

— Quantos búzios compram um bebê no Malangika?

— Você acha que vou vender o meu bebê? Que tipo de bruxa vende seu próprio filho?

— Não sei. O tipo de bruxa compra, isso eu sei.

— Me solte, senão vou gritar.

— Um grito de uma mulher nesses túneis? Isso acontece em todas as ruas. Me diga como você conseguiu esse bebê.

— Você é surdo? Eu disse...

Torci seu braço às suas costas, fiz chegar quase até o pescoço, e ela gritou, e gritou de novo, tentando não soltar a criança. Eu aliviei um pouco sua mão.

— Rasteje de volta para dentro da boceta da sua mãe — praguejou ela.

— De quem é esse bebê?

— Quê?

— Quem é a mãe deste bebê?

Ela olhou para mim, cenho franzido, pensando em alguma coisa para dizer que contrariasse o som daquele bebê acordando com ódio dos panos ásperos em que estava enrolado.

— Meu. É meu. Este bebê é meu.

— Nem mesmo uma prostituta traria seu filho para o Malangika, a menos que estivesse pensando em vendê-lo. Para...

— Eu não sou prostituta.

Soltei-a. Ela me deu as costas como se fosse começar a correr, e eu puxei um dos machados das minhas costas.

— Tente correr e isso aqui vai abrir a sua cabeça ao meio antes de você dar cinquenta passos. Pode fazer o teste se quiser.

Ela olhou para mim e esfregou seu braço.

— Estou atrás de um homem. Um homem especial, especial até mesmo para o Malangika — expliquei.

— Eu não me meto com homem nenhum.

— E mesmo assim você acabou de dizer que este bebê é seu, então, com certeza, você se meteu com um homem, sim. Ele está com fome.

— Ele não é da sua conta.

— Mas ele realmente está com fome. Alimente-o.

Ela tirou o pano que cobria a cabeça do bebê. Senti o cheiro do seu vômito e de urina seca. Nada de manteiga de karité, nenhum óleo, nenhuma seda, nada para proteger as preciosas nádegas do bebê. Eu acenei com a cabeça e apontei o machado para os seios dela. Ela puxou seu vestido, e o seio direito escapou dele, magro e mole, pendurado sobre o rosto do bebê. Ela enfiou o peito na boca do bebê, e ele começou a chupar, sugando com tanta força que ele chegava a tremer. O bebê cuspiu o peito dela e começou a berrar.

— Você não tem leite — constatei.

— Ele não está com fome. O que você sabe sobre criar uma criança?

— Eu criei seis.

— Como você iria alimentá-lo?

— Se você não tivesse interferido, nós já estaríamos em casa há muito tempo.

— Casa? A aldeia mais próxima fica a três dias a pé. Você consegue voar? A criança morreria de fome até lá.

Ela enfiou sua mão dentro do vestido procurando por uma bolsa e tentou abri-la com suas duas mãos enquanto ainda segurava a criança.

— Olha aqui, seu estuprador de cachorro, ou seja lá o que você é. Pegue esse dinheiro e vá comprar uma menina pra você matar e comer seu fígado. Me deixe em paz, eu e o meu filho.

— Escute bem essas palavras. Eu te diria para criar seu filho num lugar melhor, mas este não é o seu filho.

— Me deixe em paz! — gritou ela, e abriu a bolsa.

— Aqui, olhe aqui. Pegue tudo.

Ela a ergueu e depois a arremessou. Usei meu machado para rebatê-la para longe, e ela bateu numa parede e caiu no chão. Pequenas víboras começaram a sair lá de dentro, ficando cada vez maiores. Ela correu, mas fui atrás dela. Eu a alcancei e a peguei pelos cabelos, e ela gritou. Ela soltou o bebê. Eu a empurrei com força e peguei a criança enquanto ela ia tropeçando até cair. Ela sacudia sua cabeça e balançava o corpo para os lados enquanto eu tirava o menino do meio daqueles trapos horrorosos. Em seu corpo, preto como o chá, ela havia feito marcações com argila branca. Uma linha ao redor do pescoço. Uma linha em cada junta dos braços e das pernas. Uma cruz no seu umbigo, e círculos ao redor dos seus mamilos e joelhos.

— Que noite você tinha planejado para si mesma. Você não é uma bruxa, não ainda, mas isso a teria transformado em uma, talvez até mesmo numa bem poderosa, em vez da assistente de alguém.

— Que um escorpião ferroe o seu pau — condenou ela, sentando-se.

— Você não tinha experiência na arte de esquartejar uma criança, então ele marcou onde você deveria cortar. O homem que lhe vendeu o bebê.

— Tudo que sai da sua boca é vento.

O menino se contorcia em meus braços.

— Os homens de Malangika, eles vendem coisas tenebrosas, inconfessáveis. As mulheres fazem isso também. Mas um bebê, vivo, intocado, não é algo fácil de se conseguir. Isto não é um bastardo ou um enjeitado. Só a mais pura das crianças lhe daria a mais poderosa das magias, então você comprou a mais pura das crianças. Roubada de uma mulher da nobreza. E não é uma coisa fácil de comprar, a três dias da cidade mais próxima. Então você deve ter dado a ele algo de grande valor. Não ouro, nem búzios. Você lhe deu uma outra vida. E, uma vez que um comerciante apenas aprecia coisas de valor, essa vida deveria ser muito valiosa para você. Um filho? Não, uma filha. Noivas crianças valem ainda mais do que um recém-nascido por aqui.

— Foda-se mil vezes...

— Eu já passei das mil fodas há muito tempo. Onde está o senhor que lhe vendeu este bebê?

Ainda no chão, ela olhava feio para mim, enquanto esfregava a testa com sua mão direita. Eu pisei em sua mão esquerda, e ela urrou.

— Se eu tiver que perguntar de novo, vai ser depois de decepar essa mão.

— Seu filho da puta, filho de uma loba vagabunda do Norte. Cortando a mão de uma mulher indefesa.

— Você acaba de se defender lançando um feitiço de víboras. Qual dos seus pés seria usado no amuleto, o esquerdo ou o direito?

— Você sabe bastante sobre bruxas e feiticeiros. Talvez você seja a bruxa, na verdade.

— Ou talvez eu mate bruxas. Por dinheiro, sim. Dinheiro sempre se pode aproveitar. Mas eu mato mais é por diversão. O vendedor, onde ele está?

— Seu tolo, ele muda seu paradeiro todas as noites. Nenhum elefante lembra do caminho que ele percorreu e nenhum corvo é capaz de encontrá-lo.

— Mas você comprou o bebê esta noite.

Eu pisei com mais força em sua mão, e ela gritou de novo.

— A rua da meia-noite! Vá até o final, vire à direita na árvore morta, e depois desça três lances de escada, em direção à escuridão profunda. Tão profunda que você não consegue enxergar, apenas sentir. Ele está na casa de um feiticeiro com o coração de um antílope apodrecendo na porta.

Tirei o pé de cima de sua mão, e ela a segurou, me xingando baixinho.

— Isso não lhe trará nada de bom. Antes de encontrá-lo, você se encontrará com dois — preveniu ela.

— Quanta caridade, me dando um aviso.

— Um aviso não irá salvá-lo. Te contar qualquer coisa não vai adiantar de nada.

Afaguei a barriga do bebê. Ele estava com fome. Algum daqueles comerciantes — vendedores, feiticeiros, ou bruxas — deveria ter um pouco de leite de cabra. Eu botaria a próxima porta abaixo com um chute, pediria leite de vaca ou cabra e começaria a decepar mãos até que alguma me trouxesse algum deles.

— Me diga, caçador — disse ela. Ainda no chão, a bruxa começou a escalar seu vestido. — De que um bebê servirá para você? De que servirá à sua mãe? Você nunca irá encontrá-los, e eles nunca irão encontrá-lo. Dê algum uso a este bebê. Pense, meu bom caçador, no que eu poderei dar a você quando tiver o meu poder. Você quer dinheiro? Quer que os comerciantes mais sofisticados simplesmente olhem para você e lhe deem as melhores sedas e sua filha mais carnuda? Eu posso fazer isso. Me entregue o bebê. Ele é tão bonitinho. Eu consigo sentir o cheiro do bem que ele fará. Eu consigo sentir.

Ela ficou de pé e estendeu seus braços para pegar a criança.

— Escute bem o que vou lhe dizer. Eu vou contar até dez antes de jogar este machado na sua cabeça e abri-la ao meio, como uma noz.

A jovem bruxa começou a praguejar e seu rosto se retorceu, como um homem de quem retiram o ópio. Ela se virou para ir embora e tornou a se virar, gritando pelo seu bebê.

— Um — comecei a contagem. — Dois — continuei, e ela saiu correndo. — Três.

Arremessei meu machado, que saiu girando em sua direção. Ela passou correndo por quatro portas até ouvir o barulho do rodopio se aproximando. A bruxa se virou e o machado a atingiu bem no rosto. Ela caiu de costas no chão. Fui até ela e arranquei o machado de sua cabeça.

Passei por duas ruas e desci por uma terceira, que carregava uma fragrância. A fragrância não era real, e nem a rua. Uma rua para aqueles que eram perversos, porém tolos, uma rua que enganava as pessoas para que elas entrassem em portas das quais jamais sairiam. Então eu bati na terceira porta pela qual passei, aquela de onde emergia a fragrância. Uma velha abriu a porta.

— Estou sentindo cheiro de leite aqui e o levarei — anunciei.

Ela puxou um seio para fora, apertou com força e disse:

— Todo o leite que quiser, menino das cinzas.

A dez passos dali, um homem gordo vestindo um *agbada* branco abriu sua porta para o meu machado.

— Leite — pedi.

Do lado de dentro não era o lado de dentro, e sua casa não tinha telhado. Cabras e ovelhas corriam por ali, balindo, comendo e cagando, e eu não perguntei para o que ele as usava. Acomodei a criança em cima de uma mesa.

— Voltarei para buscar a criança — avisei.

— Que voz nesta casa disse que você pode deixá-lo?

— Alimente-o com o leite da cabra.

— Você vai deixar um menino comigo? Muitas bruxas vêm até aqui procurando por pele de bebê. O que me impedirá de engordar meus bolsos?

O gordo esticou um braço na direção da criança. Eu cortei sua mão fora. Ele gritou e xingou e chorou e se lamentou numa língua que eu não conhecia. Eu peguei a mão.

— Trarei sua mão de volta em três viradas da ampulheta. Se a criança não estiver aqui, usarei sua própria mão para te encontrar e te cortar em pedacinhos, um pedaço por dia.

A rua da meia-noite era chamada assim porque na sua entrada havia uma placa que dizia MEIA-NOITE. Eis o motivo pelo qual qualquer um que passasse por ali me veria: eu não usava nada além de argila branca, do pescoço aos tornozelos, nas mãos e nos pés. Coldres para os machados e bainhas para as facas. Ao redor dos meus olhos, negro para que o fraco visse um homem feito de ossos vindo para cima dele. Eu não era nada.

Aos dez mais cinco passos, o ar ficou mais frio e mais denso. Atravessei aquele ar estranho e segui andando em frente, até que um sereno azedo caiu sobre meu rosto. O feitiço saiu da minha boca como um sussurro e, depois disso, eu esperei. E esperei. Alguma coisa passou correndo às minhas costas; puxei rapidamente minhas facas e me virei, encontrando apenas ratos em fuga. Então esperei ainda mais. Eu estava prestes a começar a andar quando, acima de mim, o ar começou a estalar e faiscar, e depois se converteu numa labareda que percorreu um círculo da largura dos meus braços, e depois se apagou. O ar ficou menos pesado e azedo, mas a rua parecia igual. Não era uma das dez mais nove portas, apenas uma porta. Dei sete passos em sua direção, e a porta desapareceu. Tentei dar um pulo para trás, mas caí, girando meu corpo para cravar as facas na terra ao meu redor. Debaixo de meus pés, apenas o ar. Aquela queda poderia terminar no centro da terra ou num fosso cheio de estacas ou serpentes. Me puxei para cima, corri até a beirada, dei um salto, errei a distância e caí na beira do buraco, cravando as facas para não cair mais uma vez.

A trilha terminava num matagal. Eu virei à direita depois da árvore morta da qual a bruxa havia falado e cheguei até um precipício, um com degraus esculpidos na terra por três lances. Lá embaixo, outro caminho levava até a porta de uma cabana entalhada na pedra, com duas janelas na parte de cima, amareladas por uma luz tremulante. Meu nariz procurava pelo ar azedo, e, em cada uma das mãos, eu ainda segurava uma faca. Eu as embainhei e puxei um dos machados. Ninguém havia trancado a porta. Ninguém devia chegar tão longe. Entrei numa casa pelo menos cinco vezes maior do que parecia do lado de fora, como os grandes salões que eu havia visto homens construírem no interior de um baobá. Pela sala, livros exibiam suas costas nas prateleiras, e pergaminhos e papiros estavam dispostos sobre as mesas. Em jarras de vidro, tudo que poderia sair de dentro de um corpo era mantido em líquido. Numa jarra maior, com a água toda amarela, um bebê com o cordão de sua mãe flutuando como uma cobra. À direita, gaiolas sobrepostas, com pássaros de todas as cores. Nem todos eram pássaros; alguns pareciam lagartos com asas, e um tinha a cabeça de um suricato.

No meio da peça estava de pé um homem do tamanho de um menino, porém velho, com uma grossa placa de vidro presa aos seus olhos, que fazia com que eles parecessem ter o tamanho de punhos. Fui entrando lentamente, usando os pés para chutar papéis cobertos de fezes, algumas delas frescas. Alguma coisa acima de mim, e eu olhei para o alto, avistando dois macacos malucos pendurados pelas caudas, balançando-se numa corda presa ao teto. Rostos como os de um homem, mas verdes, como se podres. Dois olhos brancos e arregalados, o direito pequeno, o esquerdo maior. Não usavam roupas, mas retalhos de tecido tremulavam por todo seu corpo. Seus narizes enterrados no rosto, como os de um macaco, e dentes pontudos e compridos quando eles sorriam. Um era menor que o outro.

O macaco pequeno se jogou para baixo antes que eu pudesse puxar meu segundo machado. Ele caiu sobre o meu peito. Eu o afastei do meu rosto bem quando ele tentava arrancar meu nariz com uma mordida. Ambos faziam EEEEEEEEEEEEEE. O homem correu para a outra peça. O macaco pequeno chicoteou sua cauda, tentando me acertar, mas eu peguei seu pescoço com uma das mãos e segurei o machado para que ela se chocasse com sua lâmina. Ele deu um grito agudo e caiu para trás, choramingando. Puxei meu segundo machado e fui cravar os dois em seu corpo, mas o macaco maior o puxou para longe com sua cauda. O macaco maior arremessou uma jarra em mim, mas eu me abaixei e ela se quebrou na parede. Ele deu um tapa no macaco menor, para que ele se calasse. Eu corri na direção de uma estante enquanto jarras de vidro se estilhaçavam à minha volta. E então, silêncio.

Perto do meu pé, jazia uma mão molhada. Eu a peguei e a joguei para a minha direita. Um jarro após outro se espatifaram na parede. Peguei meus dois machados, dei um pulo para cima e arremessei o primeiro. O macaco grande se esquivou do primeiro, mas acabou dando de cara com o segundo, que acertou sua testa. Ele colidiu com uma estante, que caiu por cima dele. O menor pegou sua cauda e fugiu por uma fenda escura por entre duas estantes. Eu fui removendo os livros e pergaminhos até encontrar o cabo do meu machado. Fiquei golpeando a cabeça do macaco maluco com os dois machados até que sua carne respingasse em meu rosto.

Dentro da sala, porém às minhas costas, lá estava ela, a porta onde o coração de um antílope apodrecia pendurado em cima de uma tigela Ifá quebrada.

Dentro da sala, o homem estava sentado com uma mulher, e uma criança estava sentada à mesa. Tanto a mulher quanto o menino tinham seus cabelos arrumados de uma forma estranha, que eu não tinha visto em nenhuma das terras onde estive: galhos saindo de suas cabeças como se fossem os chifres de um veado, e esterco seco mantendo o cabelo e os galhos firmes. A mulher olhou para mim com olhos luminosos, e a criança, um menino, talvez, sorriu quando uma flor abriu num dos galhos. O homem ergueu o olhar.

— Você está todo de branco. Por quem você está de luto? — perguntou ele. Ele me viu olhando para sua esposa. — Ela é boa para o trepa-trepa, mas por todos os deuses, não sabe cozinhar. Não sabe cozinhar merda nenhuma. Eu não sei se posso te oferecer um pedaço disso. Cozinhou demais, vou te contar. Está me escutando, mulher? Não pode cozinhar isso por tanto tempo. Três piscadas e a placenta apimentada está pronta. Quer um pedaço, meu amigo? Acabou de sair de uma mulher do Buju-Buju. Ela não se importou de irritar seus ancestrais ao não enterrá-la.

— Essa placenta veio junto com um bebê? — perguntei.

Ele franziu o cenho, depois sorriu.

— Esses forasteiros, eles trazem piadas e mais piadas para o doutor. Não é verdade, mulher?

A mulher olhou para ele, depois para mim, mas não disse nada. O menino cortou um pedaço da placenta com sua faca e enfiou em sua boca.

— Então, você está aqui — disse ele. — Você é quem?

— Você mandou dois dos seus para me recepcionar.

— Eles recepcionam a todos. E já que você está aí, eles...

— Se foram.

Guardei meus machados e puxei minhas facas. Eles continuaram a comer, tentando fingir que eu tinha ido embora, mas seguiam olhando em minha direção, especialmente a mulher.

— Foi você quem vendeu o bebê?

— Eu comercializo muitas coisas, sempre com o coração de um homem honesto.

— O coração de um homem honesto pode ser o motivo pelo qual você está no Malangika.

— O que você quer?

— Quando sua pele retornou a você?

— Você não está falando nada além de tolices.

— Eu procuro alguém que faz negócios no Malangika.

— Todo mundo faz negócios no Malangika.

— Mas o que ele compra, você é um dos poucos que vendem.

— Então vá falar com esses poucos.

— Já fui. Quatro antes de você, um depois. Quatro, até agora, estão mortos.

O homem fez uma pausa, mas só durante um instante. A mulher e a criança continuaram comendo. Seu rosto estava voltado para a esposa, mas seus olhos me acompanhavam.

— Não na frente da minha esposa e do meu filho — solicitou.

— Esposa e filho? Esta esposa e este filho?

— Sim, não faça...

Arremessei as duas facas: uma atingiu a mulher no pescoço; a outra acertou o menino na têmpora. Ambos tremeram e se contorceram, e tremeram e se contorceram, e então suas cabeças bateram com força na mesa. O velho gritou. Ele se ergueu de um pulo, correu até o menino e segurou sua cabeça. A flor em sua cabeça havia murchado, e alguma coisa negra e grossa escorria lentamente de sua boca. O velho chorou e berrou e se lamentou.

— Eu procuro alguém que faz negócios no Malangika.

— Por todos os deuses, olhe!

"Você mata crianças agora", disse uma voz que eu conhecia.

— O que ele compra, você é conhecido por vender — disse eu ao velho. E ao pensamento, eu disse: *"Sakut vuwong fa'at ba."*

— Por todos os deuses, que dor! Que dor — gritava ele.

— Comerciante, se algum deus o estivesse observando, o que ele diria sobre você e sua família indecente?

"*Havia vozes, você as ouviu dizendo que eles eram uma família indecente*", disse a voz que eu conhecia.

— Eles eram minha família. Eram minha família.

— Eles eram ciência branca. Os dois. Crie outra família. Ou duas. Você pode até mesmo criar um par de crianças que fale da próxima vez. Como papagaios.

— Vou invocar os homens de coração negro. Eles vão te caçar e te matar!

— *Mun be kini wuyi a lo bwa*, velho. Eu trouxe lágrimas à casa da morte. Você sabe o que eu desejo?

Eu me aproximei. O rosto da mulher era mais abrutalhado visto de perto, assim como o do menino. Sua pele não era lisa, e sim coberta de riscos e rugosidades, como uma rede de cipós.

— Nenhum dos dois é feito de carne — disse eu.

— Eles eram a minha família.

Puxei meu machado.

— Está parecendo que você quer se juntar a eles. Quer que eu faça isso acontecer? Muito bem...

— Pare — suplicou.

Ele clamou aos seus deuses. Ele devia amar mesmo aquela mulher. Aquele menino. Mas não o bastante para se juntar a eles.

— Nem todo homem tem um rosto tão bonito quanto o seu. Nem todo homem é capaz de encontrar amor e devoção. Nem todo homem pode dizer que os deuses o abençoaram. Alguns homens até mesmo os deuses acham feios, até mesmo os deuses dizem que não há esperança para sua linhagem. Ela sorria para mim! O menino sorria para mim! Como você se atreve a julgar um homem por se recusar a morrer de solidão? Deuses do céu, julguem este homem. Julguem o que ele fez.

— Não existe céu. Talvez seja melhor chamar pelos deuses que estão debaixo da terra — sugeri.

Ele segurou seu filho em seus braços e ficou acalmando-o, como se o menino estivesse chorando.

— Pobre comerciante, você diz que jamais recebeu um beijo de uma linda mulher.

Ele olhou para mim, seus olhos molhados, seus lábios tremendo, tudo nele um grito de lamento.

— É por isso que você as mata? — perguntei.

A tristeza deixou seu rosto, e ele retornou para sua cadeira.

— E os homens também. Você os caça. Não, não há sangue em suas mãos. Você é covarde demais para matar a sua própria caça, então você envia homens em seu lugar. Eles enfeitiçam as pessoas com poções, pois você as quer inteiras, sem veneno nelas, pois isso macula seus corações. Então você mata alguns e os vende para todo tipo de magia secreta e ciência branca. Alguns você mantém vivos porque o pé de um homem vivo ou o fígado de uma mulher viva vale cinco vezes mais no mercado. Talvez até dez. E quanto ao bebê que você acaba de negociar com uma jovem bruxa?

— O que você quer?

— Eu procuro um homem que veio até você atrás de corações. Corações de mulher. Às vezes você dá a ele corações de homens, achando que ele nunca saberá. Mas ele sabe.

— O que você tem com ele?

— Não é da sua conta.

— Eu vendo pó de ouro, artesanato das terras ribeirinhas e frutas do Norte. Eu não vendo esse tipo de coisa.

— Eu acredito em você. Você mora no Malangika porque o preço do aluguel é bom. É um coração a cada nove noites ou são dois?

— Que dez demônios lhe fodam.

— Toda santa alma no Malangika deseja o meu rabo.

Ele sentou-se de volta na cabeceira da mesa.

— Me deixe, para que eu possa enterrar minha esposa e meu filho.

— Na terra? Você não está querendo dizer que irá plantá-los? — Eu estava de pé ao seu lado. — Você sabe quem é esse homem de quem falo. Você sabe que ele não é um homem. Pele branca como o caulim, assim como sua capa, com a borda negra. Na primeira vez que você a viu, você pensou, olha só, aquela capa parece feita de penas. Você achou ele lindo. Eles todos são lindos. Me diga onde ele mora.

— Eu mandei sair daqui e ir se...

Pressionei sua mão com a minha e decepei seu dedo. Ele gritou. Lágrimas escorriam como rios pelo seu rosto. Segurei seu pescoço.

— Entenda uma coisa, homenzinho. Dentro de você há medo, eu sei. E você deve temer o pássaro trovão. Ele é uma fera muito cruel e o atacará pelo seu coração, ou o transformará numa coisa que jamais conhecerá a paz. — Eu fiquei de pé e o puxei para cima até que seus olhos estivessem quase no mesmo nível que os meus. — Mas saiba o seguinte. Eu arrancarei seus dedos, braços, pernas e pés, pedaço por pedaço, até que você não tenha mais dedos, braços, pernas ou pés. Depois eu farei um corte dando a volta em sua cabeça e tirarei seu escalpo. Depois cortarei seu pau em tiras, para que ele pareça uma saia de folhas. Então eu vou até ali, pegarei aquela tocha e cicatrizarei cada ferida, para que você sobreviva. Então eu incendiarei seu filho-árvore e sua mulher-cipó, para que você jamais possa cultivá-los novamente. E isso será apenas o começo. Você me entendeu, homenzinho? Vamos jogar um outro jogo?

— Eu... eu nunca toco os vivos, nunca os toco, nunca, nunca, apenas os que acabam de morrer — revelou ele.

Peguei sua mão, que sangrava pelos cotocos dos dedos.

— A rua dos chacais cegos! — gritou ele. — A rua dos chacais cegos. Lá onde os túneis todos desembocam e todo tipo de criatura vive em meio aos dejetos. A Oeste daqui.

— Tem algum tipo de feitiço nessa rua, como o fosso onde você esperava que eu caísse?

— Não.

— Um feiticeiro me disse que homem nenhum precisa do seu dedo médio direito.

— Não! — gritou ele, choramingando suas palavras. — Não há feitiço algum nessa rua, nenhum que eu tenha lançado. Por que isso seria necessário? Homem nenhum pega essa rua, a menos que decida perder sua vida. Nem mesmo as bruxas, nem mesmo os cães fantasma. Nem mesmo as memórias sobrevivem lá.

— Então é lá que eu o encontrarei e...

Eu estava naquela sala e na câmara externa há tanto tempo que todos os seus cheiros se tornaram familiares para mim. Mas eu me virei para ir embora e um novo cheiro veio resvalar nas minhas narinas. Como sempre acontece, eu não sabia o que era, apenas que não era nenhum dos outros. Um odor, um aroma dos vivos. Soltei a mão do comerciante e fui andando até uma parede à esquerda, chutando garrafas com velas derretendo em seus gargalos. O comerciante disse que não havia nada ali além da parede, e eu me virei para vê-lo juntando seus dedos com suas mãos. O cheiro estava mais forte na parede. Urina, porém fresca, com o frescor do agora. Havia coisas nela que eu conhecia pelo cheiro, minerais perversos, venenos leves. Sussurrei para a parede.

— Não há nada aqui além da terra com que essa cabana foi esculpida. Não há nada aqui, estou dizendo.

Uma chama se acendeu no topo da parede e correu até os seus cantos, descendo pelas laterais, juntando-se no chão e queimando um retângulo que desapareceu para revelar uma sala. Uma sala tão grande quanto aquela em que estávamos, com cinco lamparinas penduradas nas paredes. No chão, quatro esteiras. Nas esteiras, quatro corpos: um sem braços ou pernas; um aberto do pescoço até o pênis, suas costelas apontando para fora; um com o corpo inteiro, porém sem se mexer; e outro, com os olhos abertos, suas mãos e pernas presos por cordas, e a marca de uma cruz em seu peito com caulim. O menino havia mijado em sua barriga e em seu peito.

— Eles estão doentes. Tente encontrar uma curandeira no Malangika, tente.

— Você está vendendo seus pedaços.

— Não é verdade! Eu...

— Comerciante, você suplicou aos deuses, gritou e gemeu como uma sacerdotisa secretamente dando prazer a si mesma com seu dedo e, mesmo assim, há uma tigela Ifá quebrada na sua porta. Não apenas os deuses foram embora como você deseja que eles jamais retornem.

— Isso é loucura! Lou...

Meu machado acertou seu pescoço, sangue espirrou na parede, e sua cabeça ficou pendurada por uma tira de pele. Ele caiu de costas.

"*Você matou crianças*", disse a voz que me conhecia.

— Súplicas não impedem um assassinato se alguém decidiu cometê-lo — disse eu.

Nada andava por aquela rua de chacais cegos além do medo de andar por ela. Dois espíritos vieram gritando em minha direção, procurando por seus corpos, mas já deixara de sentir medo. Já deixara de sentir qualquer coisa, nem sequer tristeza. Nem sequer indiferença. Os dois espíritos me atravessaram e estremeceram. Eles olharam para mim, gritaram e desapareceram. Eles tinham razão de gritar. Eu mataria até mesmo os mortos.

A entrada era tão pequena que eu precisei rastejar para dentro até sair novamente num espaço amplo, tão alto quanto o anterior, mas tudo ao meu redor se resumia a poeira, tijolos, paredes rachadas, madeira quebrada, carne apodrecendo, sangue velho e fezes ressecadas. Esculpido naquilo tudo havia um assento, como um trono. E lá estava ele, espalhado em cima do assento, olhando para os dois raios de luz que atingiam suas pernas e seu rosto. As asas brancas, negras nas pontas, preguiçosamente abertas, seus olhos quase fechados. Um pequeno relâmpago estalou em seu peito e desapareceu. O Ipundulu, o pássaro trovão, parecendo não ter a menor vontade de permanecer sendo o Ipundulu. Pisei em alguma coisa quebradiça, que se espatifou sob os meus pés. Alguém havia trocado de pele.

— Saudações, Nyka — disse eu.

VINTE E QUATRO

— Você é o último da estirpe, Nyka. Alguém que o Ipundulu escolheu para transformar em vez de matar. Tamanha honra ele só reserva a quem ele escraviza ou para aqueles com quem ele fode; então, qual dos dois você é?

— O Ipundulu só pode ser um homem, mulher nenhuma pode ser Ipundulu.

— E somente um corpo possuído pelo seu sangue elétrico pode ser Ipundulu.

— Eu já disse. Ipundulu só pode ser um homem. Mulher nenhuma pode ser Ipundulu.

— Não foi sobre essa parte que eu perguntei.

— O último homem que ele morde, mas não mata, este homem se torna o próximo Ipundulu, a menos que seja confrontado por uma bruxa mãe, e ele não tem mãe.

— Essa parte eu sei. Suas esquivas não são nem habilidosas e nem inteligentes, Nyka.

— Ele ia estuprar e matar a minha mulher. Segurava-a pelo pescoço, sua garra já estava em seu peito. Eu disse a ele para me possuir em vez disso. Disse a ele para me possuir.

Ele desviou seu olhar.

— O Nyka que eu conheço teria dado com suas próprias mãos pedaços de sua mulher para que ele comesse — afirmei.

— Você conhecia aquele Nyka. Eu não conheço este Nyka. E não conheço você.

— Eu sou...

— Rastreador. Sim, o seu nome eu sei. Até os feiticeiros e os demônios o conhecem. Eles comentam aos sussurros: "Cuidado com o Rastreador. Ele mudou do vermelho para o negro." Você sabe o que eles querem dizer com isso? Que há sempre confusão ao seu redor. Eu olho para você e vejo um homem mais negro do que eu.

— Todos os homens são mais negros que você.

— Eu também vejo a morte.

— Que grande pensador você se tornou, Nyka, agora que você come corações de mulher.

Ele riu, olhando para mim como se estivesse apenas me enxergando. Então ele riu de novo, a gargalhada da loucura, ou a gargalhada de alguém que já tinha testemunhado toda a loucura do mundo.

— E, mesmo assim, nesta sala, aquele que tem um coração sou eu — disse ele.

Suas palavras não me incomodaram, mas, naquele momento, eu lembrei da pessoa que eu já tinha sido um dia, e que se incomodaria. Perguntei como ele havia ficado daquele jeito, e o que ele me contou foi o seguinte.

Que ele e Nsaka Ne Vampi partiram, não por minha causa, porque ele poderia ter lidado comigo, uma vez que um ódio tão violento só existe onde ainda persiste um amor igualmente violento por trás de tudo. Eles partiram, pois ele não confiava na mulher peixe e detestava a Bruxa da Lua, que tinha sido a pessoa responsável por fazer com que suas irmãs afastassem Nsaka Ne Vampi da guarda da irmã do Rei.

— Você já viu uma bússola, Rastreador? — perguntou Nyka. — Homens que seguem a estrela oriental as carregam, algumas do tamanho de um tambor, outras tão pequenas que se perdem dentro do bolso. Ela corria, a mulher relâmpago, até o final da corda, e era puxada de volta com tanta força que seu pescoço logo se quebraria. Então,

Nsaka atirou uma flecha envenenada nela, que não a matou, apenas a deixou mais lenta. Essas foram as coisas que aconteceram conosco. A mulher relâmpago corria sempre para o Noroeste, então rumamos para lá. Deparamos com uma cabana. Não é assim que todas as histórias de terror começam, com alguém deparando com uma casa onde não vive ninguém? Sendo quem eu sou, eu corri até a porta e a pus abaixo com um pontapé. A primeira coisa que vi foi a criança. A segunda coisa que vi, um raio de luz me atingindo no peito e queimando por todos os poros do meu corpo, me jogando para fora da cabana. Nsaka saltou sobre mim e disparou duas flechas contra a cabana, uma atingindo o vermelho, que tinha o cabelo feito de grama. Outro investiu contra ela pela lateral e segurou seu arco, mas ela chutou suas bolas, e ele desmoronou no chão, gemendo. Mas o homem inseto, aquele que é todo feito de moscas, esse homem inseto, ele se transformou numa nuvem de moscas, a envolveu e a picou por todas as suas costas, atravessando sua túnica, e eu consegui ver, as moscas se enfiando em suas costas como se estivessem voltando para casa, e como minha Nsaka berrou e se jogou de costas no chão, para tentar tirá-las, pois elas mordiam e picavam e sugavam o sangue dela, e eu me levantei, e o Ipundulu soltou mais um raio, que atingiu ela em vez de mim, e quando ele a atingiu, espalhou fogo por todo seu corpo, mas também pelo homem inseto, que deu um grito e começou a se queimar e convocou todas as moscas de volta para lhe dar forma. O homem inseto correu para dentro da cabana e foi pra cima do pássaro, e eles começaram a lutar, derrubando um ao outro enquanto o garotinho assistia. Então o Ipundulu se transformou num pássaro por inteiro. E ele espantou o homem inseto e jogou mais um raio nele, e o homem inseto fugiu voando. Ouvi outros chegando e entrei correndo na cabana quando o Ipundulu ainda olhava para esse homem inseto, e cravei minha espada em suas costas e me abaixei quando ele tentou me acertar com sua asa. Ele riu, você acredita numa coisa dessas? Ele tirou a espada de lá e começou a lutar comigo usando ela. Eu saquei rapidamente a espada de Nsaka, a tempo de bloquear seu golpe, e tentei acertá-lo, mas ele bloqueou o meu golpe também. Me agachei e tentei golpear suas pernas, mas ele deu um pulo e bateu suas asas e atravessou o telhado da cabana com sua cabeça. Ele voltou para dentro dela jogando nacos de lama na minha cabeça, e me acertou na testa, e eu caí sobre um joelho. Ele estava em cima de mim, mas eu puxei um banquinho para interceptar seu golpe e dei uma estocada de baixo para cima, atingindo-o na lateral. Isso o fez cambalear. Puxei a espada e mirei seu coração, mas ele defendeu o golpe e me deu um chute no peito, e eu saí rolando até parar de bruços, imóvel, e ele disse:

"'Você, eu esperava que fosse oferecer mais resistência.'"

"Ele virou suas costas para mim e eu peguei uma faca. Você se lembra de como eu sou bom com facas, Rastreador? Não fui eu quem o ensinou a manejá-las? E a mulher relâmpago, ela veio correndo até ele, e ele afagou sua cabeça, e ela chegou a ronronar e arquear as costas ao seu toque, como um gato, e então ele a segurou com as duas mãos e quebrou seu pescoço. Eu estava de joelhos e puxei duas facas, e isso, isso eu nunca vou esquecer, Rastreador. O menino gritou para ele. Não palavras, mas ele o alertou. Pra falar a verdade, eu não lembro de nada além do raio."

"Acordei para ver dois dos demônios com cabelos de grama. Eles haviam rasgado as roupas de Nsaka e aberto suas pernas, e o Ipundulu estava duro. Eu não sei por que ele me deu ouvidos quando eu implorei para que ele me devassasse, e não ela. Talvez ele tenha me achado mais bonito. Eu estava fraco demais, e eles estavam em cima de mim. O jeito que ele me montou, Rastreador, sem nenhuma umidade, sem cuspe, ele simplesmente se enfiou em mim até que eu me rasgasse e sangrasse e urrasse, e ele usou meu próprio sangue como lubrificante para me foder. Depois ele me mordeu até arrancar sangue, e ele bebeu e bebeu e os outros também beberam, e depois ele beijou o corte no meu pescoço e um relâmpago saiu dele e desembocou nos meus rios de sangue. Tudo isso eles a obrigaram a olhar. Eles não precisaram obrigar o menino."

"Você já sentiu fogo queimando de dentro para fora? E depois tudo ficou branco e vazio, como o mais intenso meio-dia. Pra falar a verdade, daí até o momento em que acordei como Ipundulu em Kongor, eu não tenho nenhuma memória. Algumas lembranças chegam, eu comendo ratos e o som de correntes folgadas. Olhei para as minhas mãos e vi branco, para os meus pés e vi um pássaro, e as minhas costas coçavam e coçavam até que eu vi que estava sentado em cima de asas. E a minha Nsaka. Meus deuses, minha Nsaka. Ela estava no quarto comigo, talvez ela tenha testemunhado toda a minha transformação, pois são perversos assim os desígnios dos deuses. E como ela devia me amar para simplesmente... simplesmente... sem lutar... Ah, meus deuses. Quando eu lembrei que tinha sido eu, eu a vi no chão, com o pescoço quebrado, e um enorme buraco ensanguentado onde ficava seu coração. Ah, meus deuses, meus deuses tão perversos. Eu penso nela todos os dias, Rastreador. Eu provoquei a morte de muitas almas. Muitas almas. Mas é por causa dessa que meu coração mais sofre."

— De fato.

— Eu matei minha...

— Família.

— Como você...

— Essa expressão está em alta esta noite.

— Eu não tenho estômago para matar — disse ele.

Ele aninhou as pernas para junto de seu peito e as envolveu em seus braços. Eu comecei a bater palmas. Eu tinha me sentado no chão enquanto ele falava, mas me levantei e aplaudi.

— Em vez disso, você tem outros para matar por você. Você esqueceu do que me trouxe até você. Guarde essa conversa de tocar o coração para a próxima garota triste cujo coração você arrancará, Ipundulu. Você ainda é um assassino e um covarde. E um mentiroso.

Uma expressão azeda retornou ao seu lindo rosto.

— Hmm. Se você tivesse vindo até aqui para me matar, já teria arremessado aquela tocha em mim. O que você deseja?

— Tinha um outro junto com ele, com asas de morcego?

— Asas de morcego?

— Parecidas com as de um morcego. Seus pés iguais às suas mãos, com garras de ferro. Enormes.

— Não, não havia ninguém assim. Estou falando a verdade.

— Eu sei. Se ele estivesse entre eles, ele jamais teria deixado você vivo.

— O que você quer, meu velho amigo? Nós somos velhos amigos, não somos?

— A criatura com asas de morcego, as pessoas o chamam de Sasabonsam. Esse menino de quem você fala, nós o reunimos com sua mãe cinco anos atrás. Sasabonsam e a criança estão juntos novamente.

— Ele raptou o menino.

— Isso é o que sua mãe diz.

— Você não.

— Não, e você acaba de me explicar por quê.

— De fato. Aquele menino era estranho. Pensei que ele iria pelo menos tentar correr na direção daqueles que tinham vindo salvá-lo.

— Em vez disso, ele alertou aqueles que o raptaram. Ele não é como os outros meninos de sua idade.

— Isso foi muito pedante, Rastreador. Não se parece com você.

— Como você saberia como eu sou se você se esqueceu de mim, como você diz?

Fui até o seu trono de destroços e me sentei perto dele, encarando-o.

— Onde você não pôde salvá-lo, nós o salvamos. E mesmo todos nós fomos capazes apenas de ferir Sasabonsam, não de detê-lo. Tinha alguma coisa estranha com aquele menino. Seu cheiro ficava muito forte, e depois desaparecia, como se ele estivesse há centenas de dias de distância, e depois estava de novo bem na minha frente.

"Eis uma história. Nós os rastreamos até Dolingo. Quando eu os encontrei, flagrei o Ipundulu puxando o menino para o seu peito. Aquele menininho, ele estava chupando seu mamilo. Você imagina o que eu pensei? Eu pensei num bebê e em sua mãe, num bebê que nunca parou de desejar o leite de sua mãe. Só que essa mãe não tinha koo. Então eu pensei em que tipo de perversidade seria aquela, que horror era aquele, ele havia estuprado o menino por tanto tempo que ele agora pensava que aquilo era a ordem natural das coisas. E então eu vi o que aquilo realmente era. Não tinha nada de estupro ali. Era sangue de vampiro. O seu ópio."

— Algumas mulheres e meninos vêm até mim como se eu fosse o seu ópio. Alguns vêm correndo de tão longe e por tanto tempo que não têm mais pés. Mas nenhum deles me encontrou no Malangika. Ele vai querer mais do que apenas o acolhimento de sua própria mãe.

— Sasabonsam foi atrás dele no Mweru.

— Homem nenhum consegue sair do Mweru. Como é que alguém conseguiria entrar?

— Ele não é um homem. Não importa. Acho que o menino foi com ele por vontade própria.

— Talvez ele tenha oferecido algo além de brinquedos ou seios — sugeriu Nyka e riu. — Rastreador, eu me lembro de você. Você ainda mente contando apenas meias verdades. Então, um menino idiota que você encontrou foi roubado mais uma vez por um demônio que tem as asas de um morcego. Ninguém pediu para que você o encontrasse. Ninguém o está pagando. E o sol vai continuar sendo o sol, e a lua continuará sendo a lua, caso você o encontre ou não.

— Você acabou de dizer que não me conhecia.

— Ele não significa nada para você, e nem esse homem-morcego.

— Ele pegou uma coisa minha.

— Quem? E você vai pegar uma coisa dele?

— Não. Eu vou matá-lo. E todos que são como ele. E todos os que o ajudam. E todos os que o ajudaram. E todos que ficarem no caminho entre mim e ele. Até mesmo esse menino.

— Ainda parece um jogo pra mim. Você quer que eu o ajude a encontrá-lo.

— Não, eu quero ajudá-lo a encontrar você.

Então eu voltei para pegar o bebê, e nós três deixamos o Malangika. Rumamos para cima, seguindo um túnel que havia no final da rua dos chacais cegos. Na superfície, a guerra era a mesma de quando eu havia descido. O Ipundulu não tinha trazido nada consigo, apenas enrolou suas asas firmemente ao seu corpo para se parecer com um lorde estranho, uma divindade menor, vestindo um *agbada* bem grosso. Naquela hora o sol já havia se deitado, queimando o céu de laranja, mas todo o resto estava escuro.

— Você gostaria que eu levasse essa criança que você carrega? — perguntou ele.

— Encoste nele e eu enfiarei essa tocha no seu rosto.

— Eu só estou tentando ajudar.

— Seus olhos vão acabar saltando para fora da cabeça com tanto esforço.

O túnel levava a um pequeno vilarejo, onde deixei a criança com um odre cheio de leite na porta de uma conhecida parteira. Nas proximidades do vilarejo, ao Norte do Pântano de Sangue, havia trechos de mata selvagem. Eu comecei a andar, mas Nyka ficou imóvel.

— Assim que você sair do Malangika, o menino vai sentir sua presença e virá correndo em sua direção — expliquei.

— Assim como todas as mulheres relâmpago e todo os escravos de sangue — avisou ele.

Ele queria ser capaz de amar tamanha devoção, mas aquela idolatria toda não era voltada para ele.

— Eles são devotos do sabor do meu sangue — disse ele. — Pra falar a verdade, pensei que mais de vocês estariam esperando aqui em cima. Eu esperava ver o gigante. Talvez a Bruxa da Lua. Certamente o Leopardo. Onde ele está?

— Não sou babá do Leopardo — respondi.

— Mas onde ele está? Você amava muito aquele gato. Você não sabe onde ele está?

— Não.

— Vocês dois não se falam?

— Minha mãe, ou minha vó, qual das duas você é?

— Não existe pergunta mais simples que essa.

— Se você quer saber do Leopardo, vá perguntar para o Leopardo.

— Seu coração não se encantará da próxima vez que você o vir?

— Da próxima vez que eu o vir, eu o matarei.

— À merda os deuses, Rastreador. Você tem planos de matar a todos?

— Eu mataria o mundo inteiro.

— Essa é uma tarefa e tanto. Maior do que matar um elefante ou um búfalo.

— Você sente saudades de quando era um homem?

— Se eu sinto saudades do sangue morno correndo em minhas veias, e de uma pele que não tenha a cor de tudo que é ruim? Não, meu bom Rastreador. Eu adoraria acordar todos os dias agradecendo aos deuses por ser um demônio agora. Isso se eu conseguisse dormir.

— Agora que eu o vi, acredito que, para um homem como você, esse era o único destino possível para sua forma. Do que você acha que o menino vem se alimentando esses anos todos, senão do seu próprio sangue?

— O sangue é o seu ópio, ou seu remédio, mas não seu alimento.

— Agora que você está na superfície, ele virá atrás de você.

— E se ele estiver a um ano de distância?

— Ele possui asas.

— Por que você não o fareja?

Seguimos andando na direção dos raios de sol que iam morrendo, o que equivalia ao Norte. A noite cairia antes que chegássemos ao Pântano de Sangue.

— Por que você não o fareja?

— Estamos indo para o Norte. Ao contrário do Ipundulu... de você... de quem você costumava ser, Sasabonsam odeia cidades e aldeias, e nunca pararia num desses lugares. Ele nunca seria capaz de ocultar sua forma como o Ipun... como você. Ele prefere se esconder nas trilhas por onde passam os viajantes, para pegá-los um por um. Ele e seu irmão. Antes de eu matá-lo. Do Leopardo matá-lo. O Leopardo matou seu irmão, mas ele sentiu meu cheiro nele, então ele pensa que fui eu.

— Como o Leopardo o matou?

— Me salvando.

— Então por que você culpa o Leopardo?

— Não é por isso que eu o culpo.

— Então por...

— Quieto, Nyka.

— Suas palavras...

— À merda o que você pensa das minhas palavras. É isso que você faz, é isso o que você sempre fez. Perguntas e mais perguntas, para que você sempre saiba mais e mais. E quando você finalmente sabe tudo que há para se saber de alguém, você usa essas informações para trair essa pessoa. Você não consegue evitar, pois essa é a sua natureza, assim como devorar a própria cria é a natureza do crocodilo.

— Onde está o gigante?

— Morto. E ele não era um gigante, era um Ogo.

Chegamos às margens do Pântano de Sangue. Eu tinha ouvido falar de coisas monstruosas naquelas terras alagadas, insetos do tamanho de corvos, cobras mais largas que os troncos das árvores, e plantas que se alimentam de carne, sangue e ossos. Até mesmo o calor tinha assumido uma forma, como uma ninfa louca destilando veneno. Mas fera alguma se aproximou de nós, nos percebendo como duas criaturas ainda piores que elas. Nem mesmo quando a água do pântano chegou às nossas cinturas. Seguimos andando até a água baixar até nossos joelhos, depois até os tornozelos, e então começamos a pisar na lama e, em seguida, em grama dura. À nossa volta, trepadeiras robustas e caules finos se dobravam e se torciam e se enroscavam uns nos outros, criando uma parede tão densa quanto as de uma cabana em Gangatom.

O cheiro veio até mim antes de chegarmos até ele. Uma savana aberta, com poucas árvores, pouca grama, mas com um forte cheiro de morte. Um cheiro velho de morte; o que quer que estivesse apodrecendo tinha começado a apodrecer há sete dias. Eu pisei nele antes de vê-lo, e ele cedeu sob os meus pés. Um braço. A dois passos de distância, um capacete com uma cabeça ainda dentro. A mais ou menos dez passos de distância, alguns abutres batiam suas asas e arrancavam entranhas, enquanto um bando da mesma ave voava para longe, estufado de comida. Um campo de batalha. Tudo que havia restado da guerra. Olhei para cima, e os pássaros se estendiam até onde minha visão alcançava, circundando cadáveres, descendo para comer mais, arrancando carne de homens, homens que cozinhavam dentro de armaduras de metal, homens tão inchados que borbulhavam, cabeças de homens que pareciam enterrados até o pescoço, seus olhos arrancados pelos pássaros. Havia gente demais para sentir o cheiro de qualquer um. Eu segui andando, procurando pelas cores do Norte ou do Sul. À nossa frente, os cabos de lanças e espadas eram as únicas coisas que permaneciam em pé. Nyka me seguia, procurando por alguma coisa também.

— Você acha que um soldado se manteria vivo por oito dias só para que você pudesse arrancar seu coração? — perguntei.

Nyka não disse nada. Seguimos caminhando, até que se acabaram os corpos e os pedaços de corpos daquela savana, e os pássaros haviam ficado para trás. Logo se acabaram também as árvores e chegamos às margens do Ikosha, as planícies de sal, uma caminhada de dois dias e meio sem nada além de um solo rachado como barro seco e prateado como a superfície da lua. Fomos em sua direção como se aquilo tivesse aparecido do nada e começamos a caminhar. As asas de Nyka se abriram, mas ele viu que eu não fiz nada e as fechou.

— Rastreador. Eu gostaria de lembrá-lo de que foi sua ideia me trazer com você.

— Não foi minha ideia.

— De fato, eu sou o dono dessa ideia — disse ele, enquanto se aproximava.

Isso foi o que ele disse, exatamente da maneira que eu sabia que ele diria. Nós estávamos caçando há duas luas e nove dias. Ele nos olhava com as duas mãos em seus quadris, como uma mãe prestes a passar uma reprimenda.

O Aesi.

Nyka atingiu alguns galhos secos com um raio. O fogo avivou rapidamente, e ele teve de dar um pulo para trás. Regressei das profundezas do pântano trazendo um javali jovem. O corpo eu abri ao meio para enfiar num espeto, o coração eu arranquei e joguei para Nyka. Ele não teria pudores num momento daqueles. Ele não queria comê-lo enquanto eu e O Aesi olhávamos para ele, mas nenhum dos dois desviaria seu olhar. Ele deu uma chiada, sentou no chão e começou a mordê-lo. Sangue espirrou em sua boca e no nariz.

Fiquei olhando para aqueles dois. Ambos eu tinha tentado matar uma vez, ambos possuíam asas — um, brancas; o outro, negras. Fiquei me perguntando por onde ele andava, aquele eu que um dia teria puxado seus machados para matá-los assim que os visse.

— É uma coisa muito perigosa, estar no Sul. Um território inimigo no meio de uma guerra. Todos os seus planos são assim tão malucos? — perguntou O Aesi.

— Você não precisava ter vindo — retruquei.

— Qual é o seu plano? — indagou Nyka, com tudo vermelho ao redor da boca.

Cortei pedaços do javali e ofereci para os dois. Os dois menearam a cabeça. Nyka disse alguma coisa sobre agora detestar o gosto da carne queimada, o que me fez pensar no Leopardo, e eu não queria pensar no Leopardo.

— Estamos atrás do menino e do seu monstro — explicou O Aesi.

— Ele já me disse isso — afirmou Nyka.

— Eu estou atrás do menino. Ele está atrás do monstro. O monstro atacou uma caravana ao Norte daqui; um homem disse que ele partiu uma vaca ao meio com seus pés e depois voou, levando as duas metades. O menino estava em seus ombros, como uma criança com seu pai. Eles voaram na direção da floresta úmida que fica entre onde estamos e o Lago Vermelho — contou O Aesi.

— Você não está mais com o Rei do Norte? Minha memória, às vezes ela vem e, mais frequentemente, ela se vai, mas eu lembro que uma vez nós tivemos de encontrar esse menino para salvá-lo de você. Agora, vocês dois estão atrás do menino para matá-lo?

— As coisas mudam — tergiversei, antes de O Aesi abrir sua boca e morder um pedaço do javali.

Eu olhei para ele.

— E eles, de fato, o salvaram. Não salvaram, Rastreador? — perguntou O Aesi. — Salvaram o menino daquele bando de mortos-vivos e levaram ele e sua mãe até o Mweru. Três anos depois você... posso contar essa história?

— Eu não controlo a boca de homem nenhum — respondi.

O Aesi riu. Ele fechou seu traje negro e se sentou num montinho feito com galhos secos e musgo.

— Você se lembra de quando se escondeu de mim, Rastreador? Você se escondeu de mim na selva de seus sonhos. Eu acabei encontrando o Ogo em seu lugar. Coitado. Poderoso, porém simplório.

— Nunca mais fale sobre ele.

O Aesi abaixou sua cabeça.

— Me perdoe. — Depois, para Nyka: — O Rastreador sabia que deveria ficar acordado, pois eu rondava a selva de seus sonhos, procurando por ele. Porém muitos anos depois... devo contar os anos?... ele me encontrou uma noite. "O menino, eu o entregarei a você se você me ajudar a encontrar quem eu procuro", ele me disse antes mesmo de saudar com uma oferta de paz. "E se você me ajudar a matá-lo", ele disse. O que era estranho, e eu pensei isso naquele momento, era o fato de o sonho do Rastreador ter vindo do Mweru.

— Nenhum homem consegue sair do Mweru — comentou Nyka.

— Mas um menino sim. Está nas profecias que um menino que vem daquelas terras será uma nuvem negra sobre o Rei. Mas quem tem tempo para profecias? — perguntou O Aesi.

— Quem tem tempo para qualquer coisa? — acrescentei, cortando dois pedaços de javali e enrolando em folhas. — Sasabonsam atacou uma caravana que rumava para o Norte. Nós também deveríamos rumar para o Norte, pela trilha de Bakanga, em vez de ficar em volta de uma merda de fogueira enquanto contamos histórias, como se fôssemos um bando de meninos.

— Sasabonsam não é um andarilho, Rastreador. Ele ruma para a floresta úmida. Ele fará sua casa...

— Se nós viajamos juntos, como é que as suas informações estão sempre diferentes das minhas? Ele vai escolher uma trilha na qual possa matar qualquer idiota que passe por ela. O alado não é como seu irmão. Ele não espera que a comida venha até ele, ele vai atrás dela. Ele irá para onde ele perceber que os homens vão, e ele os esperará onde eles não estiverem protegidos.

— Ainda assim, ele está indo para a floresta.

— Vocês são dois tolos — disse Nyka.

— Vocês estão falando duas partes da mesma coisa. Ele rumará para a floresta úmida com o menino. Mas ele se alimentará e acumulará cadáveres ao longo do caminho.

— O Aesi está se esquecendo de te contar que nós não somos os únicos procurando pelo menino — revelei. — Ninguém aqui está precisando descansar, então é melhor partirmos.

— Pra onde fica o Norte, Rastreador?

— Fica do outro lado do meu cu cheio de merda — impreguei.

— A noite já está cansada de você — disse O Aesi.

— Eu só queria que a noite tentasse...

— Já chega.

— As monções são as verdadeiras inimigas no que diz respeito à guerra — afirmou O Aesi.

O sol saltitava por entre os galhos emaranhados, machucando meus olhos. Eu os fechei e os esfreguei até eles começarem a coçar.

— Nosso Rei quer que essa guerra acabe antes das chuvas. A temporada de chuvas traz enchentes e doenças. Ele precisa da vitória, e precisa dela logo.

— Ele não é meu Rei — retorquiu Nyka.

Eu me sentei e ouvi o barulho do rio. Eles devem ter me arrastado até os limites das planícies de sal, pois rolei para o lado e vi um vasto campo aberto. Grama alta e amarela, sedenta pela chuva da qual ele falava. As cabeças oscilantes das girafas flutuavam ao longe, devorando as folhas das árvores mais altas. Ruídos no mato, galinha-d'angola, felinos, raposas. No céu, um bando de cortiçóis chamava sua família para a água. Farejei fezes de leão, de gado e de gazela. Minha panturrilha roçou algo duro, capaz de cortá-la.

— Obsidiana. Não tem obsidiana nessas terras — apontei.

— Um homem que esteve aqui antes de você deve tê-la trazido para cá. Ou você acha que é o primeiro?

— O que você fez comigo?

O Aesi virou-se para mim.

— Seu cérebro era fogo puro. Você estava prestes a entrar em combustão.

— Faça isso novamente e eu o matarei.

— Você pode tentar. Você se lembra, há muitas luas, em Kongor, quando eu o persegui pela rua do mercado? Eu controlava todas as mentes daquela rua, exceto a sua e do... dele... do seu...

— Eu me lembro.

— Sua mente estava fechada para mim por causa da Sangoma. Mas você percebeu, não percebeu? Seu feitiço está se dissipando. Você o perdeu quando deixou o Mweru.

— Eu ainda sou capaz de abrir portas.

— Existem portas e portas.

— Eu encarei espadas desde então.

— Porque você é a cabra que vai atrás do açougueiro.

— Por que você não possuiu a mente de Mossi?

— Por diversão. Mas noite passada você precisava relaxar, senão perderia sua utilidade.

Verdade seja dita, eu sentia dor em todos os meus músculos, em todas as minhas juntas. Eu não havia sentido dor alguma noite passada, quando a raiva corria em minhas veias. Mas, agora, até mesmo ajoelhar fazia minhas pernas doerem.

— Mas você está certo, Rastreador. Perdemos tempo. E eu só tenho mais sete dias com você, antes de precisar salvar esse Rei de si mesmo.

A trilha de Bakanga. Não era uma estrada nem um caminho, apenas um trecho tão percorrido por carroças, cavalos e pés que as plantas pararam de crescer ali. Nos dois lados, uma floresta de espinheiros de acácia assobiava uma melodia fantasmagórica, balançando seus caules com galhos mais finos que o meu braço. A trilha era feita de terra, barro rachado e pedras, mas se estendia até o horizonte e para além dele. Nos dois lados, grama amarela com trechos verdes, e árvores pequenas e redondas como a lua, e árvores mais altas, onde as folhas se espalhavam para os lados e as copas eram achatadas. Ouvi Nyka dizendo que os deuses maiores e mais gordos sentaram sobre elas por tempo demais, e era por isso que suas copas eram achatadas. Virei-me e olhei para trás, o vi conversando com O Aesi e me dei conta de que ele não havia dito coisa alguma. Aquilo era uma lembrança de outro momento. Em alguma época, aquela trilha havia sido intensamente frequentada por animais, mas agora nenhum se deslocava por ela. Nenhuma das girafas das cercanias do pântano, nenhuma zebra, nenhum antílope, nenhum leão caçando a zebra ou o antílope. Nenhum ruído de elefantes. Nem sequer o chiado de alerta de uma víbora.

— Não tem nenhum animal neste lugar — anunciei.

— Alguma coisa deve tê-los afugentado — cogitou O Aesi.

— Pelo menos concordamos que ele é uma coisa.

Seguimos andando.

— Eu já o havia visto assim antes — disse Nyka a O Aesi, falando apenas com ele, mas querendo que eu o ouvisse. — Uma das coisas mais estranhas de que tenho lembrança.

O Aesi não disse nada, e Nyka sempre interpretava o silêncio como um sinal para continuar falando. Ele disse a ele que o Rastreador não se importava com nada e não amava ninguém, mas, quando era profundamente ofendido, seu ego inteiro, e o ego por trás do ego, buscam apenas destruição.

— Eu já o vi desse jeito uma vez. Na verdade, não o vi, apenas o ouvi. Seu desejo de vingança ardia como o fogo.

— Quem foi o homem que o fez buscar vingança? — perguntou O Aesi.

Eu conheço Nyka. Eu sei que ele parou e se virou para encará-lo, olho no olho, quando disse:

— Eu.

Ele parecia quase orgulhoso daquilo. Porém, mesmo as coisas mais horripilantes que Nyka já disse ou fez sempre eram seguidas por uma voz que sugeria que ele a beijaria muitas vezes, e de forma carinhosa.

— Ele matará esse Sasabonsam, é assim que vocês o chamam? Ele o matará apenas por não gostar dele. O que esse monstro lhe fez?

Esperei pela resposta de O Aesi, mas ele não disse nada. A luz do sol havia nos deixado, mas ainda era dia, embora mais pro fim.

Nuvens se reuniam no céu, cinzentas e carregadas, muito embora ainda faltasse uma lua para a temporada de chuva. Antes do fim do crepúsculo, chegamos a uma aldeia, uma tribo que nenhum de nós conhecia. Uma cerca feita de galhos de árvores emaranhados corria por trezentos passos nos dois lados da trilha. Dez mais oito cabanas, e depois mais duas que eu não tinha visto de primeira. A maioria à esquerda da trilha, apenas cinco à direita, mas sem diferenças entre elas. Cabanas feitas de barro e galhos, com uma janela para olhar pra fora, algumas com duas. Telhados grossos de palha trançada com cipó. Três tinham o dobro do tamanho das outras, mas a maioria era igual. A tribo juntava suas cabanas em conjuntos de cinco ou seis. Do lado de fora de algumas cabanas havia cabaças espalhadas pelo chão e pegadas recentes, e a fumaça rala de uma fogueira apagada às pressas.

— Onde estão as pessoas? — perguntou Nyka.

— Talvez elas tenham visto suas asas — sugeriu O Aesi.

— Ou o seu cabelo — completou Nyka.

— Vocês gostariam de fazer uma parada no meio do mato para um comer o rabo do outro? — perguntei.

O Aesi fez algum comentário sobre eu ter me esquecido do meu lugar naquele grupo, e que, como conselheiro de reis e de nobres, ele poderia simplesmente me abandonar e retornar às suas funções na corte real, sem contar, seu lobo ingrato, que fui eu quem o salvou do Mweru, já que nenhum homem que entra no Mweru consegue sair de lá.

— Eles estão aqui — alertei.

— Quem? — perguntou Nyka.

— As pessoas. Ninguém foge de uma aldeia sem suas vacas.

No centro de um conjunto de cabanas havia vacas preguiçosamente deitadas e cabras saltitando por entre tocos de árvore e pedaços de lenha. Fui até a primeira cabana à minha esquerda e empurrei sua porta. Lá dentro estava escuro e nada se movia. Fui até a próxima, que também estava vazia. Dentro da terceira não havia nada além de tapetes e grama seca no chão, cântaros de argila com água e esterco fresco de vaca na parede Leste, que ainda não havia secado. Do lado de fora, Nyka estava prestes a dizer alguma coisa, quando levantei minha mão e voltei para dentro. Peguei o maior dos tapetes e o puxei. O grito das menininhas se acabou num tapa em suas bocas dado pela sua mãe. No chão, suas filhas estavam enroscadas em seu corpo como se ainda não tivessem nascido. Uma menina chorava, os olhos da mãe estavam molhados, mas não lacrimejavam, e a outra filha me encarava direto nos olhos, com uma expressão raivosa. Tão pequena e, mesmo assim, já era a mais corajosa, pronta para lutar. Eu disse "não há o que temer" em oito línguas, até que a mãe ouviu as palavras necessárias para sentar-se no chão. Sua filha se soltou dela, correu na minha direção e me chutou na canela. Um outro eu a teria segurado entre risos e brincado com seu cabelo, mas este eu deixou que ela chutasse minha canela e panturrilha, e depois eu a peguei pelos cabelos e a empurrei para trás. Ela voltou cambaleando até sua mãe.

— Eu vou lá pra fora — avisei, mas a mãe veio atrás de mim.

O Aesi deu seu manto a Nyka. Aquela aldeia devia ter ouvido falar do Ipundulu, ou talvez ele achasse que eles ficariam aterrorizados ao ver qualquer homem com asas. Mais homens e mulheres começaram a sair de suas cabanas. Um velho disse algo que eu mal entendi, alguma coisa sobre aquele que vem à noite. Mas eles ouviram que homens estranhos estavam vindo pela estrada, incluindo um homem branco como o caulim, então eles se esconderam. Eles já estavam escondidos há um bom tempo. O terror, disseram os mais velhos, costumava vir ao meio-dia, mas agora ele vinha à noite, corrigiu o velho. Ele se parecia com um ancião, quase como O Aesi, porém era mais alto e bem mais magro, e usava brincos feitos de contas e uma placa de argila no formato de um crânio na parte de trás de sua cabeça. Um homem corajoso, com muitas mortes, que agora vivia com medo. Seus olhos eram dois rasgos num rosto coberto de rugas.

Ele abordou a nós três e sentou-se num banquinho ao lado de uma cabana. O resto da aldeia veio se aproximando de nós de forma lenta e desconfiada, como se pudessem gritar ao nosso menor movimento. Todos tinham saído de suas cabanas àquela altura. Alguns homens, algumas mulheres, mais crianças, os homens com o tronco desnudo e usando saiotes curtos em volta da cintura, as mulheres vestindo couro coberto de contas do pescoço aos joelhos, com seus mamilos saltando pra fora dos dois lados, e as crianças usando ou contas ao redor da cintura, ou nada. Dava pra perceber melhor nas mulheres e nas crianças o olhar vazio e exausto do medo, exceto por aquela garotinha furiosa da cabana que ainda olhava para mim como se quisesse me matar caso tivesse uma chance.

Mais e mais foram saindo das cabanas, ainda olhando ao redor, ainda devagar, ainda nos examinando dos pés à cabeça, mas sem olhar para Nyka de uma maneira diferente da que olhavam para qualquer um de nós. O Aesi falou com o velho e depois conosco.

— Ele disse que deixam o gado solto e que ele pega uma vaca, às vezes uma cabra. Às vezes ele as come ali mesmo e deixa os restos para os abutres. Uma vez pegou um menino, ele nunca ouvia sua mãe. Esse menino achava que era um homem só porque foi bem novo pro meio do mato, foi correndo para lá, só os deuses sabem por quê. Sasabonsam levou o menino, mas deixou seu pé esquerdo. Mas duas noites atrás...

— Duas noites atrás o quê? — perguntei.

O Aesi falou com ele novamente. Eu consegui entender uma parte do que o velho disse, o suficiente, antes de O Aesi olhar para mim e relatar:

— Foi nessa noite em que ele derrubou a parede daquela casa ali do outro lado, entrou nela e pegou os dois filhos de uma mulher que gritava: "Eu aborto todos os meus filhos. Estes foram os únicos que os deuses me deram." Ele estava tentando levá-los embora, e os homens, que eram fracos até então, encontraram força em seus braços e pernas e vieram correndo e jogaram pedras e rochas nele, e o atingiram na cabeça, e ele tentou usar as asas para rebater com as pedras, e a terra, e as fezes, e começou a levantar voo carregando os dois meninos, mas não conseguiu, então deixou um deles.

— Pergunte se algum desses homens lutou com a fera.

O Aesi ficou me encarando por alguns instantes, não gostando nada da sensação estranha de ter um outro homem lhe dizendo o que fazer.

Dois homens se aproximaram, um com contas ao redor da cabeça, o outro com um crânio de argila pintado de amarelo.

— Ele fedia como um cadáver — disse o das contas.

— Tinha o fedor pesado da carne podre.

— Pelos negros, como os de um macaco, mas ele não era um macaco. Asas negras, como as de um morcego, mas ele não era um morcego. E orelhas como as de um cavalo.

— E os seus pés eram iguais às suas mãos, e eles seguravam as coisas como se fossem mãos, mas eram grandes como a sua cabeça, e ele veio dos céus e depois tentou voltar para lá.

— Há muitas feras aladas nesta trilha — falei.

— Talvez elas estejam vindo do Reino das Trevas, passando por cima do Lago Branco — sussurrou Nyka para mim.

Eu queria dizer a ele que só numa rua escura onde os homens fodem buracos numa parede e os chamam de irmãs seria possível ouvir um comentário tão estúpido.

— A Rainha do Sol acaba de voltar para sua casa — disse aquele com o crânio. — A Rainha do Sol tinha acabado de partir quando ele apareceu pela primeira vez, há dez noites. Ele veio voando em direção ao chão, nós escutamos suas asas primeiro, e depois veio uma sombra que encobriu a última luz do dia. Uma mulher olhou para cima e gritou, e ele tentou pegá-la, mas a derrubou no chão, e todos começaram a correr e a gritar e a chorar, e nós corremos de volta para as nossas cabanas, mas um velho, ele era lento demais, e as suas costas doíam, e a fera o pegou com as mãos de suas pernas e arrancou seu rosto a dentadas, e depois o cuspiu, como se o seu sangue fosse venenoso, e então ele perseguiu uma mulher, a última a chegar à sua cabana, eu mesmo vi, escondido no mato onde eu tinha me escondido, ele a pegou pelos pés antes que ela chegasse à sua cabana e saiu voando com ela, e nós nunca mais a vimos. E, desde então, ele retorna a cada duas noites.

— Alguns dos nossos tentaram ir embora daqui, mas as vacas eram lentas, e eles eram lentos, e ele os encontrou no meio da trilha e matou todos, bebeu todo o seu sangue. Todos os homens, mulheres e animais foram rasgados no meio. De alguns ele comeu a cabeça.

— Pergunte a ele quando foi a última vez que ele apareceu — pedi.

— Há duas noites — respondeu o velho.

— Precisamos localizar o menino — disse O Aesi.

— Nós já encontramos o menino. Eu estava esperando que ele encontrasse Nyka. Mas nós o encontramos.

— Ninguém aqui mencionou nada sobre um menino — apontou O Aesi.

— Meus bons homens, vocês falam de mim como se eu não estivesse aqui. Você quer que eu fique no meio do mato para que o seu menino me encontre? — perguntou Nyka.

— Não será necessário. Quando Sasabonsam vier, esta noite, ele trará o menino. O menino exigirá e não se calará até ser atendido — expliquei.

— Não estou gostando desse plano — objetou O Aesi.

— Não há plano algum — disse eu.

— É disso que eu não estou gostando.

— Foram necessários seis de nós para lutar contra ele da última vez, e mesmo assim não fomos capazes de matá-lo. Pergunte que tipo de armas eles possuem.

— Eu digo para deixarmos que o que tem de acontecer aconteça, e depois nós o seguimos até o seu esconderijo — sugeriu O Aesi.

— Seu esconderijo pode ficar a dois dias de caminhada.

— Ele é esperto demais para colocar o menino em risco.

— À merda os deuses, eu matarei essa coisa esta noite.

— Devo dizer alguma coisa? — perguntou Nyka.

— Não — nós dois dissemos.

— Pergunte a eles que tipo de armas eles possuem.

Quatro machados, dez tochas, duas facas, um chicote, cinco lanças e uma pilha de pedras. Vou dizer uma coisa, essas pessoas que haviam trocado a caça pelo campo tinham sido tolas ao se esquecerem de que essa ainda era uma terra infestada de monstros sinistros. Os homens trouxeram as armas, jogaram-nas aos nossos pés, e depois voltaram correndo e tropeçando para dentro de suas cabanas, como um bando de formigas loucas. Isso não me surpreendeu — todo homem é covarde, e homens, quando se juntam, apenas acrescentam medo e mais medo ao medo. A escuridão sequestrou o céu, e o crocodilo comeu metade da lua. Nos escondemos perto da cerca, ao Norte da aldeia. O Aesi estava agachado bem perto do chão, segurando um cajado que eu não havia visto com ele até então, com seus olhos fechados.

— Você acha que ele está invocando espíritos? — perguntou Nyka.

— Fale mais alto, vampiro. Acho que ele não te ouviu.

— Vampiro? Que palavras mais duras. Eu não sou como esse que estamos caçando.

— Você tem feiticeiros caçando por você. Não vamos ter novamente essa discussão.

— A noite agradeceria se vocês dois se calassem — disse O Aesi.

Mas Nyka queria falar. Ele sempre foi assim, precisava falar o tempo todo. Ele usava sua conversa para disfarçar o que estava tramando.

— Eu não matei homem nenhum hoje — afirmei.

— Você disse muitas vezes, ao longo dos vários anos em que o conheço, "Eu sou um caçador, não um assassino".

— Se eu não conseguir matar Sasabonsam, eu matarei todos os homens daqui por serem tão fracos e patéticos.

— Cuidado, Rastreador. Você está na presença de um vampiro e... seja lá o que for este O Aesi, e, ainda assim, você é o mais perverso entre nós. Mesmo se você estiver brincando, você costumava ser mais engraçado no passado — disse Nyka.

— No passado quando? Antes ou depois de você me trair?

— Não tenho lembrança disso.

— Você não tem lembrança de coisa nenhuma. Você nunca me perguntou sobre o meu olho.

— Eu também sou responsável por isso?

Eu o encarei, mas desviei o olhar quando percebi que estava apenas vendo a mim mesmo. Eu contei a ele como consegui o olho de lobo.

— Pensei que um homem tivesse dado um soco no seu olho e ele havia ficado assim — falou ele. — Mas agora vejo que também sou responsável por isso.

Ele desviou o olhar. Eu não conseguia pensar em outra coisa para fazer com o remorso de Nyka do que usá-lo para bater em seu rosto. Como eu queria que as manoplas de Tristogo acertassem sua cabeça, arrancando-a do pescoço. Tristogo. Eu não pensava nele há muitas luas. Nyka abriu sua boca mais uma vez, e O Aesi a tapou.

— Escutem — sussurrou ele.

O som veio cortando a escuridão, tropeçando, pulando, correndo, saltando por cima da cerca e quebrando galhos. E vindo em nossa direção. Nenhum bater de asas. Nenhum riso, balbucio ou chiado de uma criança fracassando em disfarçar sua presença. Um me acertou direto no peito, me derrubando. Depois mais um. Com o joelho no meu peito, ele olhou para cima, farejou algo rapidamente e se virou para ver os outros se amontoando por cima de Nyka e de O Aesi, urrando, rosnando, guinchando e agarrando. Homens e mulheres relâmpago. Mais do que eu conseguia contar, alguns com uma só mão, outros com uma só perna, alguns sem pés, alguns com nada da cintura pra baixo. Todos corriam para cima de Nyka. Dois maiores, ambos homens, afastaram O Aesi a pontapés. Nyka berrava. Os homens e mulheres relâmpago procuravam o Ipundulu; ele é o seu único desejo e propósito, e sua fissura por ele nunca se esgota. Eu já os tinha visto correndo atrás de seu mestre, desesperados e sedentos, mas nunca havia testemunhado o que acontece quando eles finalmente o encontram.

— Eles estão me devorando! — berrou Nyka.

Ele bateu suas asas e soltou um raio, atingindo diversos deles, mas eles continuavam chupando e mordendo e começaram a ficar irritados. Eu puxei meus dois machados. O Aesi continuava tocando suas têmporas e esfregando suas mãos nelas, mas nada acontecia. Os seres relâmpago tinham formado um formigueiro em cima de Nyka. Eu tomei distância, corri, saltei, caí sobre as costas de um deles e fiz chover golpes nelas. Esquerda, direita, esquerda, direita, esquerda. Chutei um deles e decepei a lateral de sua cabeça. Um passou o braço em volta do pescoço de Nyka, e eu o cortei na altura do seu ombro, e o seu braço caiu. Eles não iam desistir, e eu não ia parar.

Um pé vindo do nada atingiu meu peito. Eu saí voando e caí sobre a minha barriga. Dois deles vieram na minha direção. Eu estava com um dos meus machados e saquei uma faca. Um se jogou em cima de mim, mas eu saí rolando do seu caminho, e ele se estatelou no chão. Com a faca em punho, fui rolando até ele e a cravei em seu peito. O segundo avançou em mim, mas eu girei no chão e decepei sua perna. Ela caiu, e eu talhei a lateral de sua cabeça fora. Eles ainda estavam atacando Nyka. O Aesi tirou dois de cima dele e os jogou para o lado como se fossem seixos. Nyka os empurrava para longe, mas não os atacava. Voltei correndo até a pilha de gente, puxei um pelo pé e o esfaqueei no pescoço. Outro eu puxei, e ele me deu um soco no estômago, e eu caí no chão, gemendo de dor. Agora eu tinha ficado furioso. O Aesi pegou mais um. Levantei empunhando um machado e achei mais um. Um que havia se agachado à frente de Nyka para chupar seu pescoço, eu o atingi bem na nuca. Raios estalavam em todos eles, mas eles nem faziam menção de largá-lo. Fiz chover golpes em sua cabeça e chutei uma mulher ao seu lado. Ela saiu rolando e voltou correndo. Eu me agachei, golpeei com meu machado e a acertei bem em cima do seu coração quando ela veio pra cima de mim, e o outro eu cravei em sua testa. Fui acertando todos eles até que sobrasse apenas Nyka, coberto de mordidas, derramando sangue negro. O último, uma criança, saltou sobre a cabeça de Nyka e arreganhou seus dentes para mim. Raios estalaram em seus olhos. Enfiei minha faca em sua garganta, e ele caiu sobre o colo de Nyka.

— Ele era um menino.

— Ele não era nada — retruquei.

— Alguma coisa aqui não está certa — observou O Aesi.

Dei um pulo uma fração de segundo antes de uma mulher da aldeia gritar.

— Lá atrás!

O Aesi foi o primeiro a sair correndo, e eu fui logo atrás dele, saltando por todos aqueles corpos, alguns com raios ainda estalando. Passamos correndo pelas cabanas escondidas no escuro. Nyka tentou voar, mas só conseguiu saltitar. Quando chegamos na outra ponta da aldeia, vimos Sasabonsam, com as garras de um de seus pés cravados numa mulher, voando para longe. A mulher ainda gritava. Arremessei um machado, e ele atingiu sua asa, mas fez apenas um corte superficial. Ele nem se virou.

— Nyka! — exclamei.

Nyka bateu suas asas, um trovão fez tudo tremer e um raio partiu dele, mas não atingiu a fera, passando a Oeste e ao Sul dela. Sasabonsam bateu suas asas e voou para longe, com a mulher ainda se debatendo. Ela resistiu, até que ele a chutou na cabeça com seu outro pé. Mas ele não tinha um matagal para se esconder naquela savana. Meu machado reluzia no chão.

— Ele está voando para o Norte — avisou O Aesi.

Um bando de pássaros ao longe que eu não tinha visto mudou o curso de seu voo e investiu contra Sasabonsam. Eles o atingiam aos pares e aos trios, e ele tentava espantá-los com suas mãos e suas asas. Eu não conseguia ver tudo, mas um veio na direção de seu rosto, e, aparentemente, ele o mordeu. Mais pássaros se jogavam em cima dele. Os olhos de O Aesi estavam fechados. Os pássaros atacavam o rosto, e os braços de Sasabonsam, e ele começou a balançar seus braços loucamente. Ele largou a mulher, mas de uma altura que, ao atingir o chão, ela não se moveu mais. Sasabonsam rebateu tantos pássaros que eles começaram a chover dos céus. O Aesi abriu seus olhos, e os pássaros restantes voaram para longe.

— Nós nunca o pegaremos — lamentou Nyka.

— Mas nós sabemos para onde ele está indo — disse O Aesi.

Eu seguia correndo, saltando os arbustos e me embrenhando no mato, seguindo-o pelos céus e, quando não consegui mais enxergá-lo, seguindo o seu cheiro. Foi nesse momento que me perguntei por que aquele Aesi todo-poderoso não tinha nos dado uns cavalos. Ele não estava nem correndo. Eu poderia voltar minha fúria contra ele, mas aquilo seria uma perda de tempo. Eu segui correndo. O rio apareceu à minha frente. Sasabonsam voou por cima dele até a outra margem. Ele tinha uns cinquenta ou sessenta passos de largura, eu não conseguia dizer, e a luz do luar dançava loucamente sobre suas águas, que eram agitadas e talvez fossem profundas. Aquela parte do rio era desconhecida para mim. Sasabonsam estava indo embora. Ele não tinha sequer me visto, ou escutado.

— Sasabonsam!

Ele nem sequer se virou. Segurei os dois machados como se fossem eles que eu odiasse. Ele me fez ter pensamentos sombrios, imaginar que ele não tinha prazer algum no que fazia, nem orgulho, nada. Nenhum sentimento. Que meu inimigo nem sequer sabia que eu o perseguia, e, mesmo diante do meu cheiro e do meu rosto, eu não seria diferente de qualquer outro idiota arremessando um machado. Nada, nem um pouco. Eu gritei com ele. Embainhei meus machados e corri direto para o rio. Meu dedo do pé acertou uma rocha, mas não me importei. Tropecei nas pedras, mas não me importei. Então o chão cedeu sob os meus pés e eu afundei, engoli água e tossi. Coloquei minha cabeça para fora d'água, mas meus pés não encontravam o chão. E então, algo que parecia um espírito me puxou, mas era a água, gelada, me sugando com força para o meio do rio, e depois me puxando para baixo, zombando da força das minhas braçadas, me fazendo girar de ponta-cabeça, me arrastando para onde a lua não brilhava, e quanto mais lutava mais ele me puxava, e eu nem pensei em parar de lutar, e eu nem pensei que estava ficando cansado, e eu nem pensei que a água estava cada vez mais gelada e escura. E eu estiquei meu braço achando que ele se encontraria com o ar, mas eu estava muito fundo e afundava e afundava e afundava cada vez mais.

E então a mão segurou a minha e me puxou para cima. Nyka, tentando voar de forma errática, quicando na superfície do rio e caindo dentro d'água. Então, para me tirar dali, ele tentou levantar voo mais uma vez, mas só conseguiu me suspender até a altura dos meus ombros e foi me arrastando contra a corrente. Dessa maneira ele me levou até a margem do rio, onde O Aesi esperava.

— O rio quase te matou — disse O Aesi.

— O monstro está fugindo — reclamei, ofegante.

— Talvez ele tenha ficado ofendido com o seu azedume.

— O monstro está fugindo — repeti.

Recuperei meu fôlego, puxei meus machados e comecei a andar.

— Você não vai agradecer o Ip...

— Ele está indo embora.

Saí correndo.

O rio tinha lavado todas as cinzas, e minha pele estava tão negra quanto o céu. O território ainda era a savana, ainda era uma terra seca com arbustos e espinheiros de acácia grudados uns aos outros, mas eu não conhecia aquele lugar. Sasabonsam bateu suas asas duas vezes, e o som pareceu vir de muito longe, como se aquilo nem fosse o bater das asas, mas sim seu eco. Árvores altas avultavam a trezentos passos à nossa frente. Nyka gritou uma coisa que eu não escutei. Novo bater de asas; parecia vir das árvores, então foi para lá que eu corri. Bati numa pedra, tropecei e caí, mas a raiva venceu a dor, e eu me levantei e voltei a correr. O chão ficou úmido. Passei correndo por um lago que estava quase seco, por grama que esfolou meus joelhos, por arbustos espinhosos espalhados como verrugas na pele sobre os quais saltei e pisei. Não veio mais nenhum som de asas batendo, mas meus ouvidos ainda estavam nele; logo eu o escutaria mais perto. Eu nem sequer precisava do meu faro. As árvores faziam o que elas fazem, ficavam no caminho. Não havia nenhuma trilha aberta no vale, apenas espinhos gigantescos e uma mata selvagem, e, quando desviei de tudo aquilo, saí bem na frente deles.

Homens montados a cavalo, uma centena, eu diria. Fiquei examinando as características dos cavalos. Uma peça de armadura cobria sua cabeça, descendo pela sua cara comprida. Seu corpo envolvido em tecidos quentes, porém não compridos, como os cavalos de Juba. Suas caudas mantidas longas. Uma sela colocada sobre várias camadas de pano grosso e, nas beiradas desses panos, símbolos do Norte que eu não via há anos. Algo como metade dos cavalos eram negros, o resto, marrom e branco. Eu devia ter examinado os guerreiros. Vestimentas grossas, capazes de parar uma lança, e lanças com ponta dupla. Homens, todos eles, exceto por um.

— Anuncie-se — ordenou ela quando me viu.

Eu não disse nada.

Sete deles me cercaram, apontando suas lanças. Normalmente eu não sentia nada quando via espadas ou lanças, mas alguma coisa estava diferente. O ar ao redor deles, e de mim.

— Anuncie-se — repetiu.

Eu não fiz nada.

Sob o luar, eles eram feitos de plumas e brilho. Suas armaduras prateadas na luz escura, as penas nos adornos de suas cabeças tremulando como uma reunião de pássaros. Seus braços negros apontavam lanças para mim. Eles não conseguiam ver quem eu era no meio da noite. Mas eu sabia quem eles eram.

— Rastreador — anunciei.

— Ele não fala nossa língua — comentou outro guerreiro.

— A língua de Fasisi não tem nada de especial — retruquei.

— Então qual é o seu nome?

— Eu sou o Rastreador — repeti.

— Não perguntarei de novo.

— Então não pergunte. Eu disse que meu nome é Rastreador. O seu nome é Surdo?

Ela se posicionou à frente de todos e me cutucou com sua lança. Eu recuei. Eu não conseguia enxergar seu rosto, apenas seu elmo de guerra reluzente. Ela riu. Ela me cutucou novamente. Eu peguei meu machado.

O pânico parecia estar a um dia de distância e, de repente, ele parecia estar bem atrás de mim e, depois, dentro da minha cabeça, então fechei meus olhos com força.

— Talvez seu nome seja Imortal, já que aparentemente você não teme que eu o mate.

— Faça o que tiver de fazer. Se eu levar apenas um de vocês comigo, já terá sido uma boa morte.

— Ninguém aqui detestaria morrer, caçador.

— Algum de vocês detesta falar?

— Para um homem que se parece com um ribeirinho, você tem uma boca e tanto.

— Pena que eu não sei nenhum verso para alguém que se rebelou de Fasisi.

— Rebelou?

— Nenhum exército de Fasisi chegou até a fronteira Sul de Wakadishu, ou haveria cadáveres num campo de batalha. Não há nenhuma mulher nas fileiras de Fasisi. E nenhum guarda de Fasisi teria vindo tão para o Sul, não com uma guerra acontecendo aqui. Você nasceu em Fasisi, mas não é leal a Kwash Dara. A guarda da irmã do Rei.

— Você sabe muita coisa sobre nós.

— Eu sei que isso é tudo que há para saber.

As lanças chegaram mais perto.

— Não sou eu quem está sendo rude perante setenta mais uma lanças — disse ela.

Ela apontou para mim.

— Homens e sua maldita arrogância. Vocês xingam, vocês cagam, vocês gemem, vocês batem nas mulheres. Mas tudo que vocês fazem mesmo é ocupar espaço. É o que os homens sempre fazem, eles não conseguem evitar. É por isso que eles sempre precisam abrir suas pernas quando sentam — afirmou ela.

Os homens riram, todos os que tinham ouvido aquela piada, se é que aquilo era uma piada.

— Só imagino como deve ser excelente esse seu grupo de homens, se tudo em que eles pensam é abrir suas pernas.

Ela fechou seu rosto, eu podia dizer, mesmo no escuro. Os homens murmuraram.

— Nossa Rainha...

— Ela não é uma rainha. Ela é a irmã do Rei.

A comandante dos guerreiros riu mais uma vez. Ela disse alguma coisa sobre eu estar procurando a morte ou achando que não posso morrer.

— Ele te ensinou isso também, aquele que cavalga ao seu lado? Seria uma boa ideia deixá-lo ir sempre na frente, junto com você, pois aqueles como ele preferem matar pelas costas — provoquei.

Ele veio cavalgando para frente, até estar lado a lado com a comandante dos guerreiros. Vestido como eles, com o elmo com as plumagens acomodado sobre o seu cabelo selvagem, ele não apenas estava estranho em cima daquele cavalo, mas também dava a impressão de que estava ciente disso. Parecia um cachorro montado em cima de uma vaca.

— Para onde vai, Rastreador?

— Para lugar nenhum, pelo jeito, Leopardo.

— Dizem que você tem um bom faro.

— Debaixo dessa armadura, você fede mais do que eles.

Ele puxou as rédeas com mais força do que deveria, e o cavalo sacudiu sua cabeça. Seus bigodes, que raramente apareciam quando ele era um homem, brilhavam em meio à noite. Ele tirou seu elmo. Ninguém mexeu suas lanças. Tinha coisas que eu queria perguntar para ele. Por que um homem que nunca havia se interessado por um trabalho de longa duração havia aceitado um trabalho de longa duração? Como eles haviam feito ele vestir uma armadura daquelas, e roupas que pesavam, e se rasgavam, e se destruíam, e coçavam. E se parte do acordo era que ele nunca mais se transformasse de novo à sua verdadeira natureza. Mas eu não fiz nenhuma dessas perguntas.

— Como você está diferente — comentou ele, mas eu não disse nada. — Seu cabelo está mais selvagem que o meu, como o de um profeta que ninguém escuta. Magro como um cajado de uma bruxa. Nenhuma marca de Ku?

— Elas saíram no rio. Muita coisa aconteceu comigo, Leopardo.

— Eu sei, Rastreador.

— Você parece o mesmo. Talvez porque nada jamais acontece com você. Nem mesmo o que você provoca.

— Para onde você está indo, Rastreador?

— Nós vamos para o lugar de onde você veio. Nós viemos do lugar para onde você vai.

O Leopardo ficou me encarando. Ele seria um tolo se não soubesse por quem eu procurava. Ou talvez ele achasse que o tolo era eu.

— Diga a eles que você está indo para casa, Rastreador, pelo seu próprio bem.

— E eu lá tenho uma casa? Me diga onde ela fica, Leopardo. Me aponte para onde devo ir.

O Leopardo ficou me encarando. A comandante dos guerreiros pigarreou.

— Quero deixar bem claro que eu tentei ajudá-lo — disse ele.

— "Quero deixar bem claro"? De onde você tirou isso? Sua ajuda é pior do que uma maldição — vociferei.

— Já chega. Vocês dois brigam como pessoas que já treparam. Você cruzou nosso caminho, viajante. Siga em frente com o seu... Quem são aqueles dois?

Atrás de mim, Nyka e O Aesi estavam a, pelo menos, cem passos de distância. O Aesi tinha sua cabeça coberta por um capuz. Nyka tinha recolhido suas asas bem rente ao corpo.

Ela prosseguiu:

— Você e os seus podem ir. Você já nos atrasou.

Ela puxou as rédeas do seu cavalo.

— Não — impediu o Leopardo. — Eu o conheço. Você não pode deixá-lo ir.

— Ele não é quem procuramos.

— Mas se o Rastreador está aqui, é porque ele já o encontrou.

— Este homem, ele é apenas um homem que você conhece. E você parece conhecer muitos — resistiu ela.

Torci para que ela estivesse sorrindo no escuro. Torci mesmo.

— Sua tola, você não sabe quem ele é? Mesmo depois de revelar seu nome? Ele é aquele que insultou nossa Rainha. Aquele que veio para matar seu filho, mas ele já havia ido embora. Aquele que...

— Eu sei quem ele é. — E então, para mim: — Você, Rastreador, venha conosco.

— Eu não vou a lugar algum com nenhum de vocês.

— Você é o segundo homem que pensa que eu estou lhe dando uma escolha. Peguem-no.

Três guerreiros desceram dos cavalos e vieram na minha direção. Eu empunhei os dois machados e os segurei bem firme. Eu tinha acabado de cortar a garganta de uma criança e partir a cabeça de uma mulher em dois, então eu mataria qualquer um ali. Mas eu olhei bem para o Leopardo quando pensei nisso. Os três vieram na minha direção e eu parei. Eles apontaram sua lanças e se aproximaram. Eu não conseguia mais sentir o cheiro do medo que os metais tinham de mim. Antes eu podia ficar de cabeça erguida, como alguém que nunca seria atingido pelo granizo em meio a uma tempestade. Mas agora eu olhei para a direita e para a esquerda, pensando de quem eu deveria me esquivar primeiro. Levantei os olhos e vi que o Leopardo me observava.

— Rastreador? — chamou ele.

— Será que todos os meus homens estão surdos esta noite? Peguem-no!

Os guerreiros não se moviam. Eles tremiam e faziam força para que seus lábios falassem, seus quadris se virassem, para dizer que queriam fazer o que ela desejava, mas não conseguiam.

Nyka e O Aesi chegaram às minhas costas.

— E quem são esses dois?

— Estou certo de que eles têm boca. Pergunte a eles — respondi.

Todos aqueles que seguravam lanças as ergueram. A comandante olhou ao redor perplexa, e seu cavalo se assustou. Ela afagou sua cara com força, tentando acalmá-lo.

— Quem é... disse o Leopardo, mas suas palavras desapareceram.

O Aesi parou ao meu lado. Com as duas mãos, ele puxou seu capuz para trás.

— Matem-no! Matem-no! — gritou o Leopardo.

— Quem é ele? — gritou a comandante dos guerreiros.

Os olhos de O Aesi ficaram brancos. Todos os cavalos começaram a saltar, corcovear e distribuir coices, arremessando os cavaleiros para longe e acertando todos que conseguiam. Um guerreiro levou um coice na cabeça. Aqueles que se agarraram aos seus cavalos gritavam de horror, enquanto os animais corriam uns para cima dos outros e atacavam quem estava no chão. Três cavalos saíram em disparada e pisotearam dois homens no caminho.

— É ele quem está fazendo isso! É ele quem está fazendo isso! — gritava o Leopardo para a comandante.

Ela segurou o Leopardo pelo braço, e ambos caíram de seus cavalos. A maioria dos cavalos fugiu correndo. Alguns dos homens começaram a correr atrás deles, mas, então, pararam, se viraram, puxaram suas espadas e começaram a atacar uns aos outros. Em pouco tempo, todos estavam lutando entre si. Um homem matou outro enfiando uma espada em seu peito. Um guerreiro tombou após ter uma espada cravada em suas costas. O Leopardo deu um soco na comandante, nocauteando-a. Ele se levantou e rosnou para O Aesi. O Aesi o encarava enquanto ele se aproximava. Ele tocou sua têmpora. Ele tentou manipular a mente do felino, mas o Leopardo se transformou em fera e atacou. Ele saltou sobre O Aesi, mas cavalos correram em sua direção, interceptando-o e o derrubando no chão. Nyka abriu suas asas, saiu caminhando por entre os homens que lutavam e parou perto de um que estava caído no chão, sangrando por um ferimento fatal. Eu tenho certeza de que ele disse ao homem que lamentava muito. E que seria rápido. Ele enfiou seu braço no peito do homem e arrancou seu coração. Ele fez o mesmo com outros dois soldados feridos antes que todos os homens, vivos e quase mortos, caíssem no sono. Todos exceto a comandante, que tinha um corte aberto em seu ombro. O Aesi parou ao seu lado e inclinou-se em sua direção. Ela se contorceu e tentou acertá-lo, mas sua mão ficou parada no ar.

— Quando seus irmãos despertarem pela manhã, eles verão o que foi feito aqui. Eles saberão que um irmão ergueu sua espada para outro irmão e que, em meio à loucura, muitos foram mortos — proferiu O Aesi.

— Você é a personificação do mal. Eu já tinha ouvido falar de você. Você ataca tanto mulheres quanto homens. Você é a metade perversa do Rei Aranha.

— Ah, então você não sabia, brava guerreira? Suas duas metades são perversas. Agora durma.

— Eu vou matar...

— Durma.

Ela caiu de costas no chão.

— Tenha uma boa viagem até a selva de seus sonhos. Será o último sonho agradável que você terá.

Ele ficou de pé.

— Observe, eu chamarei três cavalos — ele me disse.

Havia uma porta no Pântano de Sangue, mas ela nos levaria até Luala Luala, muito ao Norte. A princípio eu imaginei que O Aesi não sabia nada sobre as dez mais nove portas, mas ele apenas havia decidido não usá-las. Eu suspeitava do seguinte: que atravessar uma porta o enfraquecia, da mesma forma que enfraquecia a Bruxa da Lua. Um número enorme de espíritos injuriados e demônios devia esperá-lo na entrada de cada porta, louco para atacá-lo no único momento em que ele era igual a eles, apenas um espírito, sem corpo, que podia ser tocado, ou levado, ou ferido, ou até mesmo morto. O que eu achava era o seguinte: havia coisas que não conseguíamos ver, muitas mãos, talvez, tentando agarrá-lo por todos os lados, com o desejo de vingança correndo por onde antes corria o sangue em seus corpos.

— Rastreador! Você está perdido? Eu já o chamei três vezes — disse Nyka.

Ele já estava montado em seu cavalo. O animal estava agitado, incomodado por aquela coisa antinatural em suas costas. Ele empinou, tentando derrubá-lo, mas Nyka agarrou seu pescoço. O Aesi voltou-se para o cavalo, e ele se acalmou.

Saímos cavalgando no escuro, no que seria uma jornada noturna rumo ao Norte, depois ao Oeste, por entre grandes pastos, até chegarmos à floresta úmida. Não possuía um nome, essa floresta, e eu não me lembrava de tê-la visto no mapa. O Aesi cavalgava à frente, num galope rápido, vários passos à nossa frente, e eu não sei por que pensei nisso, mas parecia que ele estava tentando fugir. Ou chegar neles primeiro. Quando ele veio atrás de mim no Mweru, eu disse que ele poderia ficar com o menino, fazer o que quisesse com ele, pegar uma faca de circuncisão e cortar seu corpo inteiro ao meio que eu não me importaria, eu só queria que ele me ajudasse a matar aquele demônio alado. Mas eu mataria aquele menino. Ou mataria o mundo inteiro. Pessoas que cruzam meu caminho ficam dizendo que estamos em guerra. Nós estamos na guerra. Então que haja assassinatos e mortes. Que nos deixem descer até o mundo do além e permitam que os deuses da morte versem sobre a verdadeira justiça. A grama dourada parecia prateada à noite.

Com seus cascos batendo no chão, os cavalos produziam o estrondo de um trovão. Uma escuridão mais profunda se delineava à nossa frente, um escuro denso, como uma montanha. Nós podíamos vê-la naquela planície, mas a alvorada despontaria antes de chegarmos até ela. Cavalgando pelo escuro, absorto em pensamentos perversos e sentindo o seu cheiro sem pensar nele, eu não vi o Leopardo até que ele estivesse a uma pequena distância, levando seu cavalo ao limite, tentando me alcançar. Eu me inclinei ainda mais sobre meu cavalo, fazendo-o galopar mais rápido. Agora que meu nariz lembrava de seu cheiro, eu conseguia percebê-lo chegando cada vez mais perto. Ele rosnou para o seu cavalo e o apavorou, até que estivéssemos cavalgando lado a lado, ombro a ombro, cabeça a cabeça. Ele saltou do seu cavalo em cima de mim, me derrubando. Girei no ar, em meio à queda, para cair por cima dele. Mesmo assim atingimos o chão com força e saímos rolando e rolando, rolamos por vários passos, ele o tempo todo agarrado em mim. Um formigueiro abandonado finalmente nos parou, e ele saiu voando de cima de mim. O Leopardo caiu de costas e ficou de pé num pulo, bem quando eu encostava minha faca em sua garganta. Ele empurrou o corpo para trás, e eu apertei a faca com mais força. Ele levantou sua mão e eu enfiei a faca, tirando sangue. Seu rosto reluzia à luz da lua, seus olhos estavam arregalados; chocado, sim, talvez arrependido, piscando muito pouco, como se estivesse implorando para que eu fizesse alguma coisa. Ou nenhuma dessas coisas, o que me deixou louco. Eu não o via há luas, e minha mente queimava pensando no que eu faria com ele caso nossos caminhos se cruzassem outra vez. Eu queria estar em cima dele, queria subjugá-lo, queria estar com um machado ou uma faca. Como essa faca que estava em seu pescoço. Deus nenhum seria capaz de contar quantas vezes eu havia imaginado aquilo. Eu poderia arrancar meu ódio de dentro dele, num corte tão largo e profundo quanto aquela faca seria capaz de fazer.

Diga alguma coisa, Leopardo, eu pensei. Diga, Rastreador, é assim que vamos nos divertir agora, eu e você — para que eu possa te cortar e calar sua boca. Mas ele apenas ficou olhando para mim.

— Acabe com isso — disse Nyka, o Ipundulu. — Acabe com isso, lobo sinistro. Mate-o. A paz que você procura você jamais encontrará. E ela também jamais virá ao seu encontro, então acabe com isso. Esqueça a paz. Conclua sua vingança. Abra um buraco de cem anos de largura. Vamos, Rastreador. Acabe com isso. Não é ele a razão do seu sofrimento?

O Leopardo olhou para mim com seus olhos úmidos. Ele tentou dizer alguma coisa, mas saíram apenas ruídos, como um choramingo, muito embora ele fosse valente demais para choramingar. Eu queria muito abrir um buraco em alguma coisa. Então, um estrondo subiu rapidamente do chão, por debaixo dele. A terra se transformou em pó e o puxou para baixo. Eu dei um pulo para trás e gritei seu nome. Ele esticou sua mão para cima e chutou e esperneou, mas a terra o engoliu. Olhei para frente e vi O Aesi colocando seu capuz sobre a cabeça.

VINTE E CINCO

— Você o matou! — vociferei, e puxei meu machado. — Filho de uma cadela sarnenta, você o matou.

— Rastreador, como você é cansativo. Você passou luas pensando em matar essa fera. Você cortou sua garganta na selva de seus sonhos. Você o amarrou numa árvore e ateou fogo nele. Você enfiou todo tipo de coisa em todas as partes do seu corpo. Você estava com uma faca em sua garganta. Você disse que ele era o motivo de todo o seu tormento. E mesmo assim você está aí esperneando quando finalmente seu desejo foi realizado.

— Eu nunca pedi por isso.

— Você não precisou.

— Entre na minha cabeça mais uma vez e você...

— Eu o quê?

— Solte-o.

— Não.

— Você sabe que eu vou te matar.

— Você sabe que não é capaz.

— Você sabe que eu vou tentar.

Ficamos parados ali. Voltei correndo até onde o Leopardo estava. No chão havia um montinho de terra, como o de uma cova recente. Eu estava prestes a desenterrá-lo com as minhas mãos quando ouvi um assobio às minhas costas, um vento gelado que parecia uma fumaça. Ela mergulhou no monte e fez um buraco da largura do meu punho.

— Agora ele está respirando — disse O Aesi. — Ele não morrerá.

— Tire-o daí.

— Você devia ter pensado melhor no que você queria nesses últimos dias, Rastreador. Amor ou vingança. Os dois você não pode ter. Deixe que ele saia sozinho daí. Vai levar dias, mas ele terá força o suficiente para fazê-lo. E raiva também. Vamos, Rastreador, o Sasabonsam dorme durante o dia.

Ele e Nyka montaram em seus cavalos. O montinho de terra ainda estava muito parado. Fui me afastando, mas seguia olhando para ele. Achei que eu o havia escutado, mas eram apenas as criaturas da alvorada. Fomos embora cavalgando.

Os deuses da manhã trouxeram a luz do dia. Dava pra ver a floresta, mas ela ainda não estava perto. Os cavalos estavam cansando, eu podia sentir. Eu não gritei para O Aesi parar, mas ele reduziu o ritmo para um trote. Sasabonsam devia estar dormindo. Fui cavalgando até ele.

— Os cavalos precisam descansar — apontei.

— Não precisaremos deles quando chegarmos à floresta.

— Isso não foi uma pergunta.

Parei meu cavalo e desci. Nyka e O Aesi olharam um para o outro. Nyka fez um aceno de cabeça.

Dormi, mas não sei por quanto tempo, e o calor do sol me acordou. A tarde já avançava. Nenhum de nós disse nada enquanto montávamos em nossos cavalos e partíamos. Alcançaríamos a floresta antes do anoitecer se os cavalos mantivessem aquele ritmo. O ar da tarde estava quente e úmido, e deparamos com outro campo de batalha, de uma batalha longa, cheia de crânios, ossos e partes de armaduras abandonadas por toda parte. Os crânios e ossos levavam até um monte da altura de uma casa de dois andares, talvez duzentos passos à nossa direita. Um monte feito de cabos de lanças, outras armas quebradas, escudos fraturados e rachados, e ossos totalmente limpos de carne e tendões. O Aesi parou e puxou as rédeas de seu cavalo.

Ficamos olhando para aquele monte. Não fiz nenhuma pergunta, assim como Nyka. De trás do monte de lanças, surgiu primeiro um adorno de cabeça, e depois uma cabeça. Alguém estava subindo até o topo. Seu rosto escondido atrás de uma máscara de argila branca que cobria tudo, exceto os olhos, nariz e lábios, o adorno de sua cabeça composto de frutos secos, ou sementes, junto com ossos, presas e longas penas penduradas que roçavam seus ombros. Argila branca em seus seios desnudos, descendo em listras como as de uma zebra por sua barriga, e uma saia esfarrapada de couro em sua cintura.

— Eu os encontrarei na entrada da floresta — disse O Aesi, e foi cavalgando em direção a ela.

Nyka sussurrou o xingamento que não saiu de meus lábios. A mulher se virou e voltou para o lugar de onde havia saído. Eu saí cavalgando e, logo em seguida, ouvi que Nyka me seguia.

Já estávamos há algum tempo na floresta quando percebemos. A grama e as árvores caídas eram uma vegetação muito densa para os cavalos, de modo que prosseguimos a pé.

— Devemos esperar por O Aesi? — perguntou Nyka, mas eu o ignorei e segui andando.

Alguma coisa naquela floresta me lembrava do Reino das Trevas. Não eram as árvores se esticando em direção aos céus, ou as plantas, tufos de grama e samambaias que brotavam nos seus troncos como flores. Nem a névoa tão densa que parecia uma garoa. Foi o silêncio que me remeteu àquela floresta. Foi sua quietude que me incomodou. Alguns cipós jaziam pendurados até a nossa altura como cordas. Algumas trepadeiras se enrolavam nos galhos como cobras. Algumas eram cobras. A escuridão ainda não havia chegado, mas nada da luz do sol atravessava aquela folhagem. Porém, aquele não era o Reino das Trevas, uma vez que os fantasmas de muitas feras habitavam o Reino das Trevas. Coisas piavam e trilavam e guinchavam e berravam. Nada rosnava, nada rugia.

— Que merda — praguejou Nyka.

Me virei e o vi arrancando vermes de seus pés.

— Um verme reconhece a podridão assim que a podridão encosta nele — disse ele.

Escalei uma árvore tombada, seu tronco tinha de largura o que eu tinha de altura, e continuei andando. A árvore já tinha ficado bem para trás quando percebi que Nyka não havia me acompanhado.

— Nyka.

Ele também não estava do outro lado da árvore.

— Nyka!

Seu cheiro estava por toda parte, mas nenhum rastro se revelou para mim. Ele tinha se transformado no ar — estava em todos os lugares, mas não era nada. Me virei apenas para ver duas pernas cinza bem abertas, e, antes que eu pudesse ver o que havia no meio delas, algo branco e molhado atingiu meu rosto.

Ele espalhou aquilo pela minha cabeça, meu rosto, meus olhos, uma coisa que também entrou na minha boca, e que se parecia com seda, mas não tinha gosto de nada. Através da seda em meus olhos eu podia ver que ela envolvia todo meu corpo, bem justa e brilhante. Uma borboleta envolta em um casulo. Minhas mãos, meus pés, nenhum deles podia se mexer, não importava o quanto eu tentasse chutar, pisar, rasgar ou rolar. Eu estava preso num galho fino, entortado pelo meu peso. Aquilo me fez lembrar de Asanbosam, o irmão sem asas de Sasabonsam, saltando pra cima e pra baixo em seus galhos de árvore repletos de homens e mulheres apodrecendo. Exceto que nada estava apodrecendo aqui. Achei que aquilo era um bom sinal até ouvi-lo se mexendo sobre a minha cabeça e constatar que ele preferia sua carne fresca. Ele arrancou com uma dentada a cabeça de um macaco pequeno, e sua cauda amoleceu. Ele só viu que eu estava olhando para ele quando já havia comido tudo exceto a cauda, que ele chupou para dentro de sua boca, fazendo um ruído molhado e escorregadio.

— Fón fón fón, isso é só o que eles fazem. Eu, eu nem estava com fome. Conhecendo esse belo macaco, quando a mamãe kipunji vier atrás do seu bebê kipunji, eu vou devorá-la também. Fazem uma bagunça, mas uma bagunça esses kipunji, eles fazem uma bagunça, se balançando por aí, procurando frutas, e fazem uma bagunça tremenda na minha casa, sim, eles não param de fazer bagunça, e cagam por todas as folhas, cagam por tudo, sim, eles cagam tudo, e minha mamãe, ela vai dizer, ela diria, não vai dizer nada, porque a mamãe, ela tá morta... ah, mas ela dizia ou você deixa sua casa limpa ou são as mulheres erradas que vão querer você, era isso que ela diria, kippi-lo-lo, era isso que ela diria.

Ele começou a descer pelo tronco, agachado, como uma aranha, tão agachado que sua barriga ia roçando no caule. A primeira coisa que eu pensei foi que nunca tinha visto um ghommid daquele tamanho. Ombros como os de um homem magro, puro músculo, mas a parte de cima do seu braço era tão comprida quanto um galho de uma árvore, e o seu antebraço maior ainda, de modo que seu braço inteiro era maior do que eu. E suas pernas eram tão compridas quanto seus braços. Foi dessa maneira que ele veio descendo até mim, esticando seu braço direito e cravando suas garras na árvore, erguendo sua perna direita e dobrando por cima de suas costas, por cima de seu ombro e cabeça, segurando o tronco. Depois, seu braço e sua perna esquerda, a barriga roçando no tronco. Ele veio descendo até ficar bem em cima da minha cabeça, voltou um pouco para trás, ergueu-se até a cintura e girou seu corpo para trás, até dar quase uma volta completa, e esticou seus braços até o último dos galhos, primeiro a mão esquerda, depois a direita, e depois o pé esquerdo e depois o direito, ainda com a cintura tão retorcida que logo abaixo dela ficavam suas nádegas, não sua virilha. Ele puxou um dos braços como se fosse quebrá-lo e coçou suas costas. Ele se agachou no galho bem à minha frente, e seus joelhos ficaram mais altos que sua cabeça, e seus braços quase tocavam o chão. E no meio de suas pernas, uma fenda peluda como a de um cão, e dela havia saído o suco que atingiu meu rosto. O suco atingiu o tronco da árvore ao meu lado e se transformou em seda. Ele deslizou até aquele tronco e atirou uma linha de seda de volta até o galho. Depois, deslizando pelas duas linhas, ele costurou uma trama com suas mãos e pés até ter produzido algo forte o suficiente para aguentá-lo, então ele se sentou. Pele cinza, coberta de cicatrizes e marcas como um ribeirinho, tão claro que você podia ver os rios de sangue correndo em seus membros. Cabeça careca, com um tufo de cabelo no topo, olhos brancos, sem negro, dentes amarelos e afiados, escapando para fora da boca.

— Escolha uma história e me conte, tá bem? Escolha uma história e me conte.

Ele arrotou e deu uma risada que parecia um chiado. Ele olhou para mim e parou de rir.

— Escolha uma história e...

Ele jogou as duas pernas para trás dos seus ombros, e sua fenda cuspiu seda molhada para cima, na direção das árvores. Ele pegou a teia com suas mãos e puxou para baixo, a mãe do macaco. Ela berrou e berrou, e ele a segurou bem na altura do seu rosto. Cara a cara, a mãe do macaco choramingava de medo. Ela era menor que o meu braço. Ele abriu sua boca e arrancou sua cabeça com uma mordida. Depois ele mastigou todo o resto e chupou a cauda. Ele voltou a olhar para mim enquanto lambia seus lábios.

— Escolha uma história e me conte, tá bem? Escolha uma história e me conte.

— Ouvi dizer que são aqueles como você que contam histórias aos outros. E mentiras. E lorotas.

— Aqueles como eu? Como eu? Não tem ninguém como eu. Não não não não. Você vai me contar uma história. Eu não tenho mais nenhuma. Escolha uma história e me alimente com ela, tá bem? Ou então vou me alimentar de uma outra coisa.

— Você é o trapaceiro contador de histórias. Você não é um dos Nan Si? Esse não é um de seus truques?

Ele veio saltando pra cima de mim, seus dedos do pé se cravando na árvore, seus braços pendurando-se nos galhos, sua virilha bem na minha cara. Ele abaixou tanto sua cabeça que eu pensei que ele estava prestes a se lamber, mas ele ficou me encarando.

— É isso que você quer, eu posso ver. Matar ou morrer, é morte do mesmo jeito. Você acolhe qualquer uma, deseja ambas. Eu posso dar isso a você. Mas quem é Nan Si?

— O que você é?

— Me diga que notou meu tom desbotado, caçador. Eu sou como aquele que veio com você.

— Você o matou?

— Ele o abandonou.

— Não seria a primeira vez.

— Ele não sabe que você se foi. Esta floresta está cheia de feitiços.

— Assim como toda floresta.

— Saiba que eu não sou desta floresta e não sou dos Nan Si. Nem de um nem de outro. Eu fui um homem de grande conhecimento científico e matemático.

— Ciência branca e matemática negra. Você era um cientista branco. Agora você é algo que se foi.

Ele concordou com a cabeça, com muita força, por muito tempo.

— O que você fez?

— O que já estava na minha cabeça. Eu fui além do necromante e além do profeta. Além do adivinho. Além até mesmo dos deuses! O verdadeiro conhecimento nunca vem de fora, ele sempre vem de dentro, sempre esteve lá dentro. Sempre de dentro.

— E agora você é um monstro que come macacos e suas mães, e tece teias com o seu sêmen.

— Havia medo em você. Mas ele se foi, há muito. Estou sedento por uma história. Nenhuma dessas feras fala. Nenhuma é encantada.

— Estou atrás de uma fera alada e seu menino.

— Uma fera alada? Você a matará? Lentamente? O que você fará com eles?

— Ele passou por você.

— Fera nenhuma passou por aqui.

— Esta é uma floresta, e o Sasabonsam descansa nas florestas.

— Esta é uma floresta da vida, e ele está entre as coisas mortas deste mundo.

— Então você o conhece.

— Nunca disse o contrário.

Ele pegou alguma coisa que estava acima de mim e colocou em sua boca.

— Eu os encontrarei. Ou nos campos ou no pântano. Ou no mar de areia. Ou aqui.

Tentei soltar minhas mãos, mas a seda apertou com mais força. Gritei com o cientista branco. Me joguei para frente, tentando arrancar meu casulo da árvore, mas ele nem se mexeu. Ele sorria, me assistindo lutando para me soltar. Ele até deu uma risadinha quando me joguei para frente. Eu o xinguei mais uma vez.

— Me deixe matá-lo, ele e o menino, e eu retornarei para que você me mate. Quebre minha cabeça e chupe meus miolos. Me abra e me mostre o que você vai comer primeiro. Faça o que você quiser, eu prometo.

Ele voltou para o seu galho.

— Kamikwayo é como alguns me chamam.

— Onde você praticou a ciência branca?

— Praticar? Quem pratica é aprendiz.

— Os cientistas brancos de Dolingo entram na cabeça dos homens para que eles desejem coisas antinaturais.

— Os Dolingon são açougueiros. É um verdadeiro açougue aquilo lá. Um açougue! Eu não era nem cientista nem feiticeiro. Eu era um artista. O melhor estudante que já passou pela Universidade de Wakadishu... nem mesmo os mais experientes bruxos, professores e mestres foram capazes de me ensinar, pois eu era mais sábio que todos. Eles disseram "Você, Kamikwayo, deve dedicar o resto de seus dias para a vida da mente". Isso foi o que eles disseram, eu estava lá quando eles disseram. Vá até o palácio da sabedoria de Wakadishu. Eu estudei a aranha para aprender o segredo de sua deliciosa teia. Você tem uma mente pequena, talvez seja Gangatom, então você não é capaz de pensar como um cientista, mas pense na teia, pense no quanto ela se estica até se romper. Pense, pense, pense nisso agora. Eu disse a eles: "Pense numa corda que possa se grudar ao homem da mesma forma que a teia se gruda a uma mosca. Pense numa armadura tão leve quanto o algodão, mas que possa conter a ponta da lança e também a da flecha. Pense numa ponte sobre um rio, um lago, um pântano. Pense nessas coisas e em todas as outras que poderíamos fazer se fôssemos capazes de produzir teias, como as aranhas." Escuta essa, ribeirinho. Esse cientista não foi capaz de produzir uma teia. Eu combinei diversas aranhas, espremi suas barrigas, provei a coisa na minha boca para descobrir todos os ingredientes, mas aquilo ainda fugia de mim, como algo viscoso por entre os dedos. Fugia! Mas eu trabalhei noite e dia, eu virava as noites trabalhando, até produzir uma poção. Eu fiz uma cola com a seiva de uma árvore, peguei um graveto e a estiquei, como um longo fio de saliva, e aquilo secou e ficou sólido. E eu chamei meus irmãos e disse: "Vejam, eu produzi uma teia!" E eles ficaram maravilhados. E disseram: "Meu irmão, nós nunca vimos nada parecido em toda a ciência e matemática." Mas então ela se rachou, e depois se rompeu, e eles riram, nossa, como eles riram, e um disse que aquilo havia se quebrado no chão da mesma forma que a minha mente estava quebrada, e eles riram mais ainda, e eles me humilharam e foram embora, de volta para os seus aposentos, onde dormiram e conversaram sobre poções para fazer com que uma mulher se esquecesse de que havia sido estuprada.

"Deixa eu te dizer uma coisa. Eu estava mais que triste, mais que magoado. Aquela ciência estava me envenenando, então eu procurei em meus frascos e bebi o veneno. Eu queria dormir para nunca mais acordar. Então fiz isso. Acordei com uma febre que não queria baixar. Acordei e vi que havia adormecido no teto, e não na cama que havia no chão. Esfreguei meus olhos e vi mãos compridas de monstro se aproximarem do meu rosto. Gritei, mas meu grito saiu como um guincho, e eu despenquei no chão. Meus braços tão compridos, minhas pernas tão compridas, meu rosto, ah, meu rosto, pra te falar a verdade, eu era o mais belo de todos os cientistas, eu era mesmo, homens chegavam até mim com propostas mais polpudas do que faziam para suas concubinas, dizendo 'Lindinho, forneça esse seu buraco, que a sua mente não serve para nada'. Eu gritei e berrei e chorei até não sentir mais nada. E o nada era o melhor sentimento. Comi sentado numa parede, sem cair. Achei que fosse mijar ou gozar, mas foi uma coisa adocicada e pegajosa que saiu de mim, permitindo que eu me pendurasse nas paredes!"

"Meus irmãos, eles não entenderam. Aos meus irmãos, todos, lhes falta coragem, eles não conquistam nada porque não arriscam nada. Um gritou 'Demônio!', jogando frascos em mim, e nem mesmo eu sabia que era capaz de me agachar tão baixo que apenas meus joelhos e cotovelos ficassem para cima. Lancei teia em seu rosto para que ele não pudesse mais respirar. Agora, escute bem o que eu vou dizer, porque não repetirei. Matei o primeiro antes que ele pudesse avisar os demais, que estavam numa outra sala, fazendo experimentos científicos nas mulheres da aldeia. Então, fui até onde eles estavam, carregando óleo precioso numa das mãos, e uma tocha na outra. E vim andando pelo teto e derrubei a porta com um chute, e um dos que estavam lá dentro disse: 'Kamikwayo, que loucura é essa? Desça do teto.' E eu pensei em alguma coisa engraçada e definitiva para dizer, alguma coisa para ser concluída com uma gargalhada perversa. Mas não encontrei as palavras, então espatifei o cântaro de óleo no chão, arremessei a tocha e fechei a porta. Sim, eu fiz isso. E eles urraram, nossa, como urraram. Achei aquele som muito agradável. Eu fugi para o mato, para a grande floresta, onde sou livre para refletir sobre todas as coisas, grandes e pequenas, mas quem aqui seria capaz de me contar uma boa história?"

Ele apontou para mim e abriu um sorriso.

— Meu bom caçador, você arrancou uma história de mim. Agora, você precisa me contar uma história. Eu fico enjoado com a companhia das pessoas, mas, ao mesmo tempo, me sinto muito sozinho. Até isso é um indício do quanto eu me sinto só, uma vez que nenhuma pessoa solitária diria que se sente sozinha. Eu sei que isso é verdade, eu sei disso. Escolha uma história e me conte, tá bem? Escolha uma história e me conte.

Olhei para ele, esfregando suas pernas, os olhos arregalados, suas bochechas sugadas para dentro do rosto por causa do sorriso. Ele seria um albino, uma criança mingi crescida, se sua pele branca não tivesse adquirido o tom cinza claro dos cientistas brancos.

— Você me concederá a liberdade se eu lhe contar uma história?

— Apenas se ela me trouxer enorme alegria. Ou enorme tristeza.

— Ah, mas você se comoverá. Senão, você pode arrancar minha cabeça a dentadas e me comer em cinco mordidas — disse eu.

Ele me encarou, perplexo. Acho que ele disse alguma coisa sobre não saber que eu era parente do macaco, mas seu orifício de teia pingava seda.

— Não. Eu sou um homem e um irmão. Eu sou um homem!

Ele saltou para perto de mim e agarrou meu pescoço. Ele rosnou e rugiu, arrancou a seda à minha volta, rasgou minhas roupas e esfolou meu pescoço com uma de suas garras.

— Eu não sou um homem? Estou perguntando a você. Eu não sou um homem?

Seus olhos ficaram vermelhos e seu hálito era medonho.

— Que tipo de homem come outro homem? Eu não sou um homem? Eu não sou um irmão? Eu não sou homem?

Sua voz ia ficando cada vez mais aguda, quase um guincho.

— Você é um irmão. Você é meu irmão.

— Então qual é o meu nome?

— Kami... Kami... Kami... Kola.

Naquele momento, ele foi mais homem do que nunca. Eu não consegui ler seu semblante. Monstros não conseguem esconder a expressão de seu rosto, mas os homens sim.

— Escolha uma história e me conte.

— Você quer ouvir uma história? Eu vou te contar uma história. Era uma vez uma rainha, e havia homens e mulheres que se curvavam a ela, como se faz com uma rainha. Porém, ela não era uma rainha, apenas a irmã de Kwash Dara, o Rei do Norte. Ele a exilou em Mantha, a fortaleza escondida na montanha a Oeste de Fasisi, contrariando um desejo de seu pai de que ela permanecesse na corte. Mas aquele pai já havia contrariado o desejo do seu pai antes disso, uma vez que ambos haviam enviado a irmã mais velha para Mantha antes que ela pudesse reivindicar o direito do seu herdeiro ao trono. Mas essa não é a história.

Essa irmã do Rei que pensa que é rainha, Lissisolo é o seu nome. Ela conspirou com vários homens contra o Rei, e Kwash Dara a puniu. Ele matou o consorte e o filho dela. Ele não podia matá-la, pois não existe maior maldição do que aquela reservada a alguém que mata alguém do seu próprio sangue, mesmo que possua sangue ruim. Então, ele a exilou na fortaleza escondida, onde ela deveria ser freira pelo resto de sua vida, mas essa irmã do Rei tramou. Essa irmã do Rei conspirou. Essa irmã do Rei tramou mais ainda. Ela encontrou um entre as centenas de príncipes sem reino que há em Kalindar e o tomou como marido em segredo para que, quando ela desse à luz um filho, ele não fosse um bastardo. Ela escondeu a criança para protegê-la da fúria do Rei, pois ele ficou, de fato, furioso quando seu espião lhe contou sobre o casamento e o nascimento. Foi assim que ele decidiu matar a criança. Mas essa não é a história.

Essa irmã do Rei, ela perdeu seu filho, ou alguns homens o levaram, e ela contratou a mim e alguns outros homens para encontrá-lo. E nós o encontramos, refém de bebedores de sangue e de um homem com as mãos iguais aos pés e as asas iguais às de um morcego, e um hálito com o odor de homens mortos há muito tempo, que seu irmão gostava muito de comer, enquanto ele preferia o seu sangue. E mesmo quando nós, pois éramos vários, trouxemos o menino de volta, já havia alguma coisa estranha com aquela criança, um cheiro que estava e não estava lá. Mas homens do Rei vieram atrás da criança e da irmã do Rei, então cavalgamos com eles até o Mweru, onde a profecia dizia que eles estariam a salvo, apesar de uma outra profecia dizer que nenhum homem conseguiria sair do Mweru. Mas essa não é a história.

Vou te falar a verdade. Tinha alguma coisa naquele menino que incomodaria os deuses ou qualquer um que quisesse manter seu coração sempre em paz. Eu fui o único a enxergar aquilo, mas não disse nada. Então, ele ficou no Mweru com sua mãe e com a guarda pessoal de mulheres e dos homens da infantaria rebelde que faziam a segurança nas fronteiras daquele território, pois nenhum homem que entra no Mweru consegue sair de lá. E aconteceu que o único demônio que não matamos, aquele com as asas de morcego, aquele a quem chamam de Sasabonsam, ele foi atrás do menino e o levou, ou foi isso que eles disseram, e é isso que eles estão dizendo até agora. E ele saiu voando com o menino, que jamais gritou, embora pudesse gritar, jamais berrou, embora costumasse berrar para muitas coisas, nunca, jamais alertou ninguém, embora sua mãe estivesse permanentemente à espera de um invasor. Não é possível empurrar alguém que se joga. E o homem-morcego e o menino, os dois se divertiram de formas muito macabras. Tão macabras que chegam a ser hediondas e repugnantes, coisas que ultrajariam o mais baixo dos deuses, a mais sinistra das bruxas. E um dia eles depararam com uma árvore onde... eles depararam com um lugar onde vivia o amor. O menino estava com ele, alguém escreveu com sangue na areia. Uma mão linda escreveu com sangue na areia. Mas essa não é a história.

Então o homem que vivia na casa do amor, ele encontrou a mensagem escrita com sangue por alguém que estava morto. E ele ficou sem palavras, porém, repleto de sofrimento e raiva, pois eles estavam mortos. Todos estavam mortos. De alguns deles restava apenas a metade. Alguns haviam sido parcialmente devorados, alguns haviam tido todo o seu sangue sugado, e estavam murchos. E esse homem, ele chorou, ele se lamentou, e ele amaldiçoou o silêncio dos deuses e depois os próprios deuses também. E esse homem, ele os enterrou, mas ele não pôde enterrar aquela que era feita de espíritos, pois muito embora eles não tenham conseguido matá-la, ela ficou louca de testemunhar toda aquela matança e foi andando até o mar de areia, entoando uma canção dos espíritos. E esse homem caiu de joelhos, nove vezes, em profunda tristeza, enorme desalento e espantoso sofrimento. E esse homem, que sofreu de estação a estação, deixou seu sofrimento assentar e endurecer, até se transformar em raiva, que assentou e endureceu até se transformar em determinação. Pois ele sabia com quem o menino tinha vindo ou quem tinha vindo com o menino. Ele sabia que era o monstro cujo irmão o Leopardo havia matado, apesar de ele ter sido o alvo escolhido para a vingança. Ele disse ao seu amigo:

— Todas essas mortes estão em suas mãos.

E ele afiou seus machados e embebeu suas facas em veneno de víbora, e partiu em direção ao Mweru, pois era de lá que o menino tinha saído e era para lá que ele retornaria. A verdade é a seguinte: o homem não pensou naquilo por muito tempo, pois ele ainda não tinha condições de pensar direito. E uma verdade ainda mais profunda é a seguinte: ele mataria aquele menino e quem quer que o protegesse, e também o morcego e qualquer um que ficasse em seu caminho. Ele não sabia nada sobre o comportamento de um morcego, mas sabia sobre o comportamento de um menino, e todo menino sempre volta para casa, para sua mãe.

Esse homem atravessou a terra com um cavalo, atravessou a areia com outro, atravessou a mata com outro e levou um deles direto para o Mweru. A noite estava aberta em todas as terras, e, na fronteira, estava a infantaria. Como saber quantos estariam fracos pela falta de comida ou de sono? Ele avançou em sua direção e passou cavalgando por entre eles com uma tocha em suas mãos, derrubando panelas e pisoteando um soldado, e eles arremessaram lanças e erraram, e procuraram por suas flechas, mas estavam ou muito cansados ou muito bêbados e acabaram acertando uns aos outros, e, quando uns poucos despertaram o suficiente para segurar suas lanças e arcos e tacapes, eles viram para onde ele estava indo e pararam. "Se a morte lhe parece tão agradável assim, quem somos nós para impedi-lo", um deles deve ter dito.

E o que esse homem trajava além de sua própria raiva e tristeza? Ele conduziu o cavalo pelo solo hostil do Mweru, mais leve que a areia e mais grosso que a lama, passando por fontes que cozinhariam a carne de um homem, recendendo a enxofre. Passando por campos onde nada crescia e, sob os pés, velhos ossos humanos se rachavam e quebravam. Era uma dessas terras onde o sol nunca nascia. Ele chegou a um lago negro, marrom e cinza que avançava sobre a margem e o contornou, pois como saber que tipo de criatura vivia lá? Ele quis gritar para o lago que mataria qualquer monstro que saísse lá de dentro para atrasá-lo, mas, em vez disso, simplesmente o contornou.

Os dez túneis sem nome do Mweru. Pareciam dez caixões de deuses tombados de lado. Seu cavalo parou na entrada de um deles, da altura de quatrocentos passos sobre outros quatrocentos, talvez mais, mais alto que um campo de batalha, mais alto que a largura de um lago, tão alto que seu teto desaparecia em meio às sombras e à neblina. Largo como um campo, também. Na boca de um dos túneis, seu cavalo era uma formiga, e ele era ainda menor. O túnel mais distante era o que tinha a maior das bocas, ao lado de um túnel que era o mais alto, embora sua entrada fosse menor do que um homem sobre os ombros de outro homem. Ao lado deste, um túnel tão alto quanto, sua entrada enterrada no chão de modo que o cavalo podia entrar por ela. Ao lado deste, um túnel não muito mais alto que o cavalo. E assim por diante. Mas cada túnel ficava muito maior do que as suas entradas, e, mais do que urnas tombadas, eles se pareciam com vermes gigantescos adormecidos ou abatidos. Nas paredes na base dos túneis, cobre ou ferrugem, aplicados por ferreiros divinos ou por um outro alguém. Ou ferro, ou bronze, fundido de uma maneira que só os deuses sabiam. Nas paredes externas dos túneis, chapas de metal, tanto enferrujadas como lustrosas, do chão aos céus.

Um guincho. Pássaros com longas caudas, patas robustas e asas cobertas de penas grossas. Musgo e grama marrom se espalhavam pelo teto de todos os túneis, unindo-os. Vegetação irregular camuflava a sua real natureza. Tudo estava ficando marrom. Ele e o cavalo percorreram o túnel do meio em direção à luz que havia no fim, que não era uma luz, pois não havia luzes no Mweru, apenas coisas que brilhavam.

No fim do túnel, vastos campos salpicados de crateras perfeitamente dispostas, com bolsões de água com cheiro de enxofre, e, pouco antes de chegar na mata fechada, um palácio que se parecia com um grande peixe. De perto, ele se parecia com um navio encalhado composto apenas de velas, cinquenta, cem, talvez mais. Vela em cima de vela, brancas e sujas de marrom e vermelho, parecendo sangue espirrado. Duas escadarias, duas línguas esticadas para fora de duas portas. Sem sentinelas, sem guardas, sem qualquer sinal de magia ou ciência.

Na entrada do palácio, ele jogou a tocha fora e puxou seus dois machados. No corredor, com a altura de cinco homens uns sobre os ombros dos outros, porém com a largura de um homem com seus braços abertos, esferas flutuavam livremente, azuis, amarelas e verdes, emanando luzes, como vaga-lumes. Dois homens, azulados como Dolingon, o abordaram pelos dois lados, dizendo:

— Como podemos ajudá-lo, meu amigo?

Ao mesmo tempo, ambos sacavam lentamente suas espadas. Ele deu um salto e moveu suas duas mãos na direção do guarda à sua esquerda, retalhando seu rosto. Depois, ele desferiu um golpe em seu pescoço. O guarda à sua direita avançou, e ele saltou para desviar de seu primeiro golpe, deu uma cambalhota no chão e o atingiu no joelho. O guarda caiu sobre esse mesmo joelho e deu um grito, e o homem então o golpeou na têmpora, no pescoço, no olho esquerdo, e depois lhe derrubou com um chute. Ele continuou andando, depois começou a correr. Mais homens apareceram, e ele saltou, atacou, derrubou, retalhou e cortou todos eles. Ele se esquivou de um golpe de uma espada e deu uma cotovelada no rosto do espadachim, pegou-o pelo pescoço e bateu sua cabeça na parede duas vezes. Ele seguiu correndo. Um guarda sem armadura, mas com uma espada, deu um grito e partiu correndo em sua direção. Ele defendeu o golpe da espada com um machado, ficou de joelhos e o acertou na canela. O guarda soltou a espada, que ele pegou e usou para esfaqueá-lo.

Uma flecha passou voando perto de sua cabeça. Ele pegou o guarda quase sem cabeça mais próximo e o fez de escudo, para que a segunda flecha o atingisse. Conforme ele corria, ele sentia cada flecha penetrando o guarda até que estivesse perto o suficiente para arremessar o primeiro machado, que atingiu entre o nariz e a testa do arqueiro. Ele pegou a espada e o cinto do arqueiro. Ele correu até que o corredor o conduzisse para um grande salão, que não tinha nada além de esferas de luz. Um gigante investiu contra ele, e ele se lembrou do Ogo, que era seu grande amigo, que era um homem, não um gigante, um homem cuja tristeza estava constantemente presente, e ele urrou de raiva, e saiu correndo, e saltou sobre as costas do gigante, e golpeou e golpeou sua cabeça e pescoço até que não houvesse mais cabeça nem pescoço, e o gigante desmoronou.

— Irmã do Rei!

Nenhum ruído no salão, exceto pelo eco daquela frase, ricocheteando loucamente nas paredes e no teto, até desaparecer.

— Você vai matar a todos? — duvidou ela.

— Eu mataria o mundo inteiro — disse ele. — Aquele gigante era um dançarino que cuidava de crianças. Ele nunca havia feito uma coisa ruim sequer neste mundo.

— Ele estava neste mundo. Já é o suficiente. Onde ele está?

— Onde quem está?

Ele pegou uma lança e a arremessou na direção de onde achou que vinha aquela voz. Ela se alojou na madeira. As esferas brilharam com mais força. Ela estava sentada num trono negro decorado com búzios, e, vários palmos acima, a lança jazia cravada. Duas guardas, mulheres, estavam de pé nas laterais, com espadas, outras duas ao lado destas, agachadas, com lanças. Duas presas de elefante aos seus pés e colunas entalhadas, altas como árvores, atrás dela. Em sua cabeça, um pano grosso enrolado várias vezes de modo a se parecer com uma flor incandescente. Vestes esvoaçantes do tronco aos pés, um peitoral de ouro em seu peito, como se ela fosse uma rainha guerreira.

— Deve ser muito difícil estar exilada neste lugar sem vida — disse ele.

Ela olhou para ele e depois riu, o que o deixou furioso. Ele não estava querendo ser engraçado.

— Eu lembrava do quanto você era vermelho, até mesmo no escuro. Vermelho como barro, como uma mulher do rio — provocou ela.

— Onde está seu filho?

— E também de como você era habilidoso com um machado. E daquele Leopardo que viajava com você.

— Onde está seu menino?

— Bunshi, foi ela quem disse que eles encontrariam meu filho, especialmente aquele a quem chamam de Rastreador, pois diziam que ele tinha um bom faro.

— Dizem que você tem uma boa boceta. Onde está aquele merda do seu filho?

— O que você quer com o meu filho?

— Eu tenho assuntos a tratar com ele.

— Meu filho não tem assunto nenhum a tratar com homens que eu não conheço.

Ele o farejou se aproximando no escuro, tentando avançar nas sombras, mover-se sorrateiramente. Vinha pela direita. O homem nem se virou, apenas arremessou seu machado e atingiu o guarda no escuro. Ele deu um grito e caiu.

— Convoque-os. Pode chamar todos os seus guardas. Eu farei uma montanha de cadáveres bem aqui.

— O que você quer com o meu filho?

— Chame-os. Chame os seus guardas, seus assassinos, seus melhores homens, suas melhores mulheres, suas feras. Fique olhando enquanto eu produzo um lago de sangue bem diante do seu trono.

— O que você deseja com o meu filho?

— Eu estou atrás de justiça.

— Você está atrás de vingança.

— Eu chamo do jeito que eu quiser.

Ele avançou na direção do trono, e duas guardas vieram contra ele, penduradas em cordas. A primeira, carregando uma espada, errou o golpe, mas a segunda, com uma clava, o derrubou. Ele caiu e saiu deslizando pelo chão liso. Ele correu na direção da espada da guarda morta e a pegou momentos antes de a segunda guarda golpeá-lo mais uma vez com sua clava. Ela pôs muita força no golpe e não foi capaz de se recuperar do movimento com agilidade. Ele a chutou nas costas, e ela caiu. Ele avançou contra ela, mas ela girou a clava e o acertou no peito. Ele caiu de costas no chão, e ela se levantou de um pulo. Ele tentou atingi-la com a espada, mas ela pisou em sua mão. Ele a chutou em sua koo, e ela caiu pesadamente com os joelhos sobre o seu peito, o que tirou o seu fôlego. A guarda, com seus punhos cobertos por couro duro, deu um soco em seu rosto, e depois mais um, e mais um outro, e o nocauteou.

Escuta só. Ele acordou numa cela que parecia uma gaiola, pendurada no teto. Era uma gaiola. A sala, escura e vermelha, não era a sala do trono.

— Ele quer que eu dê de mamar a ele. Imagine só a canção de escárnio que um griô faria se houvesse algum nessas terras. Imagine só o que não deve existir numa terra onde não existem griôs. Fique sabendo que, muito embora ele já tenha passado dos seis anos e, em breve, vá se tornar um homem, ele veio direto aos meus seios antes mesmo de olhar para o meu rosto.

O homem se virou para o lugar de onde vinha aquela voz. Cinco tochas enfileiradas numa parede à sua direita, mas elas não iluminavam nada. Debaixo delas, em meio à penumbra, talvez houvesse um trono, mas ele não conseguia ver nada que havia acima de dois pilares finos, esculpidos na forma de pássaros.

— Dê uma mão livre a um homem, e ele a passará em todo o seu corpo. Dê a um menino... Bem, eu jamais o rejeitaria. O que diriam os deuses sobre uma mulher que negasse alimento ao seu filho? Seu próprio filho? Sim, eles andam cegos e surdos, mas que deus se absteria de julgar uma mãe pela maneira como ela criou o futuro rei? Olhe para mim, que leite pode haver nestes seios? — Ela fez uma pausa, como se esperasse por uma resposta. — E, ainda assim, até mesmo os homens crescidos, todos querem chupar meus seios. Eles e o meu precioso filho. Ele vem pra cima deles como se estivesse indo para a guerra. Será que eu deveria lhe contar isso, que ele quase arrancou meus mamilos? Primeiro o esquerdo, depois o direito? Rasgou a pele, cortou a carne, e ele continuava chupando. Bem, eu sou uma mulher. Eu gritei com ele, e ele não parou, seus olhos estavam fechados como vocês, homens, os fecham quando gozam. Meu filho, eu precisei pegar seu pescoço e estrangulá-lo para que ele parasse. Meu filho, ele olhou para mim e sorriu. Sorriu. Com os dentes vermelhos do meu sangue. Daquele dia em diante, eu lhe dei uma serviçal. Ela não era nada burra. Ela se cortava todas as noites para que ele a chupasse. Onde está a estranheza nisso? Nós somos estranhos? Você é um Ku. Vocês cortam a garganta das vacas para beber o sangue delas, há alguma estranheza nisso?

O homem não disse nada. Ele ficou segurando as barras da cela.

— O que você pensa está estampado no seu rosto. Você olha para mim com o seu desprezo e o seu julgamento. Mas você sabe como é ter um filho? O que você faria por ele?

— Não sei. Talvez o abandonasse para ser morto. Não, vendido. Não, sequestrado e criado por vampiros. E talvez sempre tivesse alguém para pedir a alguém para pedir a alguém para encontrar o pequenino, com mentira atrás de mentira, para que ninguém sequer imaginasse que o filho era seu. É assim que é ter um filho?

— Cale-se.

— Você deve ser a melhor das mães.

— Eu não vou deixar você chegar perto dele.

— Você deixou que ele se fosse, ou você o perdeu mais uma vez, grande mãe?

— Você parece pensar que meu filho cometeu alguma atrocidade.

— Seu filho *é* a própria atrocidade. Um demônio...

— Você não sabe de nada. Nasce-se demônio. Todos os griôs cantam sobre isso.

— Você não tem nenhum griô aqui. E demônios são criados. Você os cria. Você os cria ao deixá-los com alguém que goste de...

— Como ousa dizer o que se passa em minha cabeça? Você está julgando a mim, uma rainha? Quem é você para me dizer o que fazer com o meu filho? Você não tem nenhum. Não tem um só.

— Não tenho um só.

— Quê?

— Não tenho um só.

Então, o homem contou a ela uma história.

— Eles não tinham nomes, pois os Gangatom nunca lhes deram nomes, pois as crianças também eram muito estranhas para eles. Com isso, não estou querendo dizer que os Gangatom têm o costume de se espantar com o que é estranho. Mas se alguém o chamasse de Garoto Girafa, todos na aldeia saberiam de quem se estava falando. Eu não era como você, nenhum deles tinha o meu sangue. Porém, eu era como você, deixei que outros os criassem, e disse que era para seu próprio bem, quando, na verdade, era pelo meu. Alguém disse que o Rei do Norte estava escravizando os habitantes das tribos ribeirinhas para usá--los em sua guerra, então fomos buscá-los, pois a guerra é como a febre, contamina todos. Nós fomos pegá-los com os Gangatom, mas alguns não quiseram vir. Eu disse às crianças:

"Venham conosco."

"Duas delas disseram não, depois três, depois quatro, afinal, por que iriam com um homem que elas não conheciam e outro de quem não gostavam? Então ele, que era o meu parceiro, disse:"

"Vejam isso."

"Ele lhes mostrou uma moeda, e depois fechou suas mãos, e, quando abriu novamente, a moeda havia desaparecido, e ele fechou suas mãos novamente e perguntou em qual das duas estava a moeda, e o Garoto Girafa apontou para sua esquerda, então ele abriu a mão esquerda e uma borboleta saiu voando de lá. Pra dizer a verdade, elas foram com ele, não comigo. Então todos nós fomos com ele até o território de Mitu, onde moramos em um baobá. E nós dissemos às crianças:"

"Vocês precisam de nomes."

"Pois Garoto Girafa e Menina Fumaça não são nomes, são apenas o jeito que as pessoas os chamam. Uma a uma, elas foram perdendo a raiva que sentiam de mim, Menina Fumaça sendo a última. Claro que o albino, que não era mais um menino, estava alto como um homem, nós chamamos de Kamangu. Garoto Girafa, que foi alto desde sempre, nós chamamos de Niguli, pois ele não era sequer parecido com uma girafa. Ele não tinha pintas, e eram suas pernas, e não seu pescoço, que eram compridas. Kosu foi como chamamos o menino sem pernas. Ele rolava por todos os lados, como uma bola, mas estava sempre passando por cima da terra, ou de fezes, ou da grama, ou, quando ele gritava, de um espinho. Primeiro nós demos aos gêmeos siameses nomes compostos, e eles nos xingaram como duas viúvas velhas. Você e ele dividem tudo e, mesmo assim, têm nomes separados, eles disseram a mim e a Mossi. Então, o mais barulhento, nós chamamos de Loembe, e o mais quietinho, mas que ainda era barulhento, nós chamamos de Nkanga. E Menina Fumaça. Aquele que era meu disse:"

"Um deles deve ter um nome do lugar de onde eu vim. Um deles precisa me lembrar de mim mesmo."

"Então ele chamou a Menina Fumaça de Khamseen, em homenagem ao vento que sopra por cinquenta dias. Você me falou de filhos... qual é o nome do seu menino, além de menino? Você chegou a dar um nome a ele?"

— Cale essa boca.

— Você é uma rainha entre as mães.

— Silêncio!

Ela se ajeitou em seu trono, mas permaneceu no escuro.

— Eu não vou ficar aqui sentada sendo julgada por um homem. Ouvindo todo tipo de acusações contra o meu menino. Foi a raiva que o trouxe até aqui? Pois sabedoria é que não foi. Como é que vamos resolver isso? Devo trazer meu filho até aqui, agora, e dar uma faca a você? O amor é cego, não é mesmo? Sinto pela sua perda. Mas você poderia muito bem ter me falado sobre a morte das estrelas. Meu filho não está aqui. Você se recusa muito rápido a reconhecer que ele também é uma vítima. Que eu acordei para ouvir que meu filho havia desaparecido. Raptado. Que meu filho havia passado tantos anos e tantas luas sem viver de acordo com as suas vontades ou das minhas. Que outras coisas ele poderia ter conhecido?

— Um demônio do tamanho de três homens, com asas da largura de uma canoa, capaz de se infiltrar no seu palácio sem ninguém perceber.

— Levem-no daqui — ordenou ela aos guardas.

Um pano foi colocado sobre a jaula, deixando-o no escuro. A jaula caiu no chão, e o homem ficou se debatendo contra as barras. Eles o mantiveram no escuro por muito tempo... sabe-se lá quantas noites. Quando removeram o pano de sua jaula, ele estava numa outra sala, com uma abertura no teto, e fumaça vermelha se espalhando pelo céu. A irmã do Rei estava de pé, ao lado de uma outra cadeira, não como seu trono, mas com um encosto comprido.

— Minha cadeira de parto me mostra o meu passado. Sabe o que eu vejo? Seus pés saíram primeiro. Eu tomaria isso como um presságio, caso eu acreditasse em presságios. O que Sogolon me disse sobre você? Que diziam que você tinha um bom faro. Talvez não tenha sido ela quem me disse isso. Você quer encontrar meu filho. Eu também gostaria disso, mas não pelos mesmos motivos. Meu filho também é uma vítima, mesmo que tivesse entrado a pé e sozinho no Mweru, por que é que você não vê isso?

Ele não disse a ela: "Porque eu já vi o seu filho. Eu já vi como ele é quando ele acha que ninguém está olhando para ele."

— Minha yeruwolo disse que eu deveria confiar em você para encontrar meu filho. Talvez até mesmo para salvá-lo daquele morcego. Eu achava que ela estava sendo tola, mas então... eu não sei como terminar o que eu estava prestes a dizer.

Ela acenou com a cabeça para o Rastreador, e uma de suas serviçais foi em sua direção com um pedaço de pano, verde e branco. Retalhado sabe-se lá em que situação.

— Dizem que você tem um bom faro — disse ela.

Ela apontou para ele, e a serviçal foi correndo até a jaula, jogou o pano e depois se afastou correndo. Ele pegou o pano.

— Isso lhe dirá para onde ele foi? — perguntou ela.

Ele apertou o pano, mas não o cheirou, mantendo-o longe do seu nariz, e flagrou a irmã do Rei, com seus olhos bem abertos, esperando. Ele jogou o retalho para longe. Eles cobriram a jaula novamente. Quando ele acordou na sala do trono, ele sabia que havia dormido por dias. Que eles provavelmente o doparam com vapores nefastos ou algum feitiço para dormir. A sala estava mais iluminada do que antes, mas ainda era escura. Ela estava sentada em seu trono, as mesmas mulheres atrás dela, guardas nas duas paredes, enquanto uma velha com o rosto branco caminhava na direção dele. Eles haviam deixado suas mãos livres, mas puseram uma coleira de cobre que parecia uma casca de árvore apertando seu pescoço. Dois guardas que estavam atrás dele chegaram mais perto quando ele fez menção de andar.

— Vou lhe fazer essa proposta mais uma vez, Rastreador. Encontre meu menino. Você não vê que ele precisa ser salvo? Você não vê que não há como culpá-lo?

— Há poucos dias você disse: "Eu não vou deixar você chegar perto dele" — redargui.

— Sim, perto. Parece que o Rastreador é o único homem que sabe como se aproximar do meu filho.

— Isso não é resposta.

— Talvez seja justamente um apelo a um coração que busca a vingança. Um apelo que parte também de um coração.

— Não. Você ficou sem homens. E agora precisa recorrer a um homem que jurou matá-lo.

— Quando foi que você fez esse juramento? Para quem? Isso deve ser uma dessas coisas que os homens dizem, como quando eles querem dizer o que é o melhor, mas essa é a minha favorita. Nunca acreditei em promessas nem em homens que dizem ter jurado seja lá o que for. Eu quero a sua palavra de que, se eu o libertar, você encontrará meu filho e o trará de volta para mim. Mate o monstro se quiser.

— Você possui uma infantaria. Por que não os envia?

— De fato, possuo. É por isso que estou pedindo a você. Eu poderia simplesmente ordenar que você o fizesse agora mesmo. Eu sou sua Rainha, afinal.

— Você não é Rainha.

— Aqui eu sou Rainha. E quando os ventos mudarem nestas terras, eu serei a mãe de um Rei.

— Um Rei que você já perdeu duas vezes.

— Então o encontre para mim. Como eu poderia aplacar seu sofrimento? Eu não posso. Mas eu sei o que é a perda.

— Você sabe?

— Mas é claro.

— Isso alegra meu coração. Agora, me diga que eu não sou o único que voltou para casa para encontrar seu filho com a metade de sua cabeça faltando. Ou apenas a mão de um outro filho. Ou aquele que eu mais amava com um buraco onde antes ficavam seu peito e sua barriga. Ou talvez pendurado pelas...

— Então você quer comparar amores assassinados e crianças esquartejadas? É assim que você vai me julgar para saber se é melhor que eu?

— Seu filho foi apenas ferido.

— Meu outro filho foi assassinado pelo meu irmão.

— Então você quer mesmo comparar, para sentir-se vitoriosa?

— Eu nunca disse que isso era uma competição.

— Então pare de tentar vencer.

Ele não disse nada.

— Você encontrará seu Rei?

Ele fez uma pausa. Esperou. Sabia que ela esperava que ele fosse aguardar, fazer pausas, refletir, até mesmo se debater em seus pensamentos, para, enfim, tomar uma decisão.

— Sim — disse ele.

A velha olhou para ele e inclinou sua cabeça para o lado, como se aquela fosse a maneira de descobrir se uma pessoa estava dizendo a verdade.

— Ele mente. Não há nenhuma dúvida de que o matará — declarou ela.

Ele deu uma cotovelada no nariz do guarda que estava atrás dele, o empurrou para longe, pegou e puxou a espada do outro guarda e a enfiou bem fundo na barriga do seu dono. Ele se abaixou sem olhar, sabendo que o outro guarda atacaria o seu pescoço. A espada do guarda rasgou o ar sobre a sua cabeça. Ele golpeou por baixo e o acertou na altura da panturrilha. O guarda caiu, e ele cravou a espada em seu peito, depois pegou a espada dele também. Mais guardas foram chegando, como se estivessem saltando das paredes. Dois vieram pra cima dele primeiro, e ele se transformou em Mossi, aquele que usava duas espadas, que tinha vindo do Oriente, que nunca o havia visitado em sua mente ou seu espírito desde que havia escrito com seu próprio sangue no chão. Mossi também não o visitava naquele instante; Rastreador apenas pensou nele em cima das pedras, treinando com suas espadas. Ele chutou o primeiro guarda nas bolas, pulando em cima dele quando ele caiu, saltou sobre outros dois guardas, derrubou suas lanças com sua espada da esquerda e cortou um na barriga com a espada da direita e atingiu o outro no ombro. Mas escuta essa, suas costas ficaram sujas de sangue, e o guarda que o feriu veio pra cima. Ele rodopiou para evitar um segundo golpe do guarda. O guarda golpeou mais uma vez, mas hesitou — suas ordens eram para não matar, aquilo estava claro. O guarda fez uma pausa longa demais; a espada de Rastreador o atravessou.

Homens o cercaram. Ele investia contra eles, eles recuavam. A coleira presa em seu pescoço ficou mais justa, como se a mão estivesse apertando o nó de uma corda. As duas espadas caíram de suas mãos. Ele tossia e não conseguia tossir, gemia e não conseguia gemer. Cada vez mais apertada, seu rosto se inchando, sua cabeça estava prestes a explodir. E seus olhos também. Pânico. Pânico não. Choque. *Você até parece que não sabia. Seu bandido, você devia saber. O feitiço da Sangoma está abandonando você. Você não tem mais domínio sobre os metais.* Ar nenhum passava pelo nariz, ar nenhum lhe restava. Ele caiu sobre um joelho. Os guardas recuaram. Ele olhou para cima, cego pelas lágrimas, e a velha havia esticado sua mão direita e fechado seu punho. Ela não sorria, mas parecia uma mulher tendo um pensamento feliz. Ele tentou tossir mais uma vez; ele mal podia vê-la. Ele foi tateando o chão e encontrou a espada. Ele a colheu pelo cabo, a segurou como uma lança e a arremessou com força e velocidade. A lança atingiu a velha bem no seu coração. Seus olhos se arregalaram. Ela abriu sua boca, e sangue negro saiu por ela. Ela caiu, e a coleira se soltou do seu pescoço. Um guarda o acertou na parte de trás da cabeça.

— Cheire — a irmã do Rei disse ao Rastreador quando ele acordou.

Ele não fazia ideia de que sala era aquela, mas ele estava num canto da jaula, e o mesmo retalho de pano estava aos seus pés.

— Isso é dele. Era seu lençol favorito. Ele fazia os serviçais lavarem-no a cada quarto de lua, e, na verdade, um dia já teve muitas cores. Eu posso lhe propor um outro acordo. Encontre-o e traga-o de volta, e faça o que quiser com o outro. Isso se você conseguir sair do Mweru. Muitos homens entram lá, mas nenhum jamais saiu.

— Bruxaria?

— Que bruxa iria querer que um homem ficasse lá? Mas você pode tentar sair. Cheire o trapo.

Ele pegou o pedaço de pano, levou até o seu nariz e respirou fundo. O cheiro preencheu sua cabeça, e ele sabia o que era antes que seu faro alçasse voo e fosse atrás da fonte; ele levou um susto, pois o cheiro o atiçou bem no meio de suas pernas.

— Olhe só para você. Você queria saber para onde ele estava indo, e eu te mostrei de onde ele veio.

Ela riu alto, por muito tempo, e a risada ficou ricocheteando no salão vazio.

— Você? É você quem vai matar o mundo inteiro? — provocou ela, e o deixou.

Naquela noite, Rastreador despertou na selva de seus sonhos. Por entre árvores do tamanho de arbustos e arbustos do tamanho de elefantes, o Rastreador saiu à sua procura. Ele chegou a um lago parado, onde nada parecia viver. Primeiro, ele viu a si mesmo. Depois, ele viu as nuvens, depois as montanhas, depois um caminho e elefantes fugindo, depois antílopes, depois guepardos e, depois deles, outra estrada que levava até a muralha de uma cidade, e, em cima da muralha havia uma torre e, olhando para fora, do alto da torre e, depois, direto para ele, olho no olho, aquele por quem ele procurava. Esse homem ficou muito surpreso ao ouvir o chamado do Rastreador, mas ele sabia o seu motivo antes mesmo de perguntar.

— Você sabe que eu posso matá-lo em seus sonhos — disse ele.

— Mas você está se perguntando por que eu o invoquei, meu pior inimigo — retrucou o Rastreador. — Não minta. Homem nenhum consegue sair do Mweru, mas você não é um homem.

Ele sorriu e disse:

— É verdade, você não pode deixar o Mweru sem morrer ou ficar louco. Uma deusa que desejava se vingar de mim fez as coisas desse jeito, a menos que haja alguém que esteja acima da magia para guiá-lo até a saída. Mas o que eu ganharia com isso?

— Você quer a cabeça desse menino. Eu sou o único capaz de encontrá-lo — disse Rastreador.

Era uma mentira, pois ele havia perdido completamente o rastro do cheiro do menino e, mais tarde, descobriria que o menino não possuía mais um cheiro, que ele não tinha cheiro algum, mas eles fizeram um acordo, ele e O Aesi.

— Me diga em que lugar do palácio você está quando encontrá-lo — disse O Aesi.

Aquele homem que não era um homem foi atrás dele; na verdade, ele levou uma lua e meia para encontrá-lo, e já fazia muito tempo que o Norte havia arremessado suas primeiras lanças contra o Sul. Wakadishu e Kalindar.

O que aconteceu foi o seguinte. O Rastreador acordou ao som de corpos tombando. Um guarda entrou em sua cela e acenou para que ele o seguisse, sem dizer nada. Ambos passaram por cima dos guardas mortos e seguiram andando. Passaram por um corredor, um saguão, desceram degraus, subiram degraus e desceram um pouco mais. Desceram mais um corredor, passaram por muitos guardas mortos, adormecidos e abatidos. Um guarda que não disse nada apontou para um cavalo esperando aos pés de uma imensa escadaria que conduzia para fora, e Rastreador se virou para dizer algo que ele não sabia o que era, apenas para ver que os olhos do guarda estavam muito abertos, mas que ele não via nada. Depois ele caiu. Rastreador desceu correndo os degraus, parou no meio do caminho para pegar a espada de um guarda morto, depois montou no cavalo e saiu cavalgando, passou pelos lagos enfumaçados, atravessou o túnel e partiu na direção da fronteira do Mweru. O cavalo pregou seus cascos no chão e o arremessou, e ele permaneceu segurando as rédeas, mesmo enquanto voava pelos ares. O cavalo deu meia-volta e foi embora galopando.

O Rastreador seguiu andando e, após algum tempo, viu um vulto no escuro trajando um capuz. Ele sentou de pernas cruzadas, escreveu no ar, do mesmo jeito que Sogolon fazia, e então levitou do chão, ficando suspenso. O Rastreador tentou se aproximar, e o homem esticou sua mão para dizer pare. Ele apontou para a direita, e o Rastreador foi andando para a direita, e quando ele dera dez mais cinco passos, fogo saltou da terra à sua frente. Ele deu um pulo para trás. O homem fez um gesto para que Rastreador avançasse dez passos e depois outro para que ele parasse. A terra debaixo de seus pés se rachou e se partiu e se apartou produzindo um enorme estrondo, fazendo o chão tremer como um terremoto. O homem pôs os dois pés no chão, apalpando alguma coisa pegajosa em sua mão direita. Ele arremessou — um coração — dentro da fissura, e a fissura chiou e tossiu, e depois se fechou. Então ele fez um gesto com a mão para que o Rastreador se aproximasse. Ele jogou uma outra coisa que faiscou no ar, como um relâmpago. Uma faísca se transformou em outra faísca, que se transformou em outra faísca e, então, ouviu-se um estrondo, que derrubou o Rastreador.

— Levante-se e corra — ordenou o homem. — Eu não tenho mais controle sobre nenhum deles.

O Rastreador se virou e viu uma nuvem de poeira se aproximando. Cavaleiros.

— Corra! — gritou o homem.

O Rastreador correu na direção do homem, com os cavaleiros vindo atrás dele, e os dois ficaram parados, e Rastreador ficou tremendo enquanto os cavaleiros corriam em sua direção. Ele percebeu a calma no homem e tentou se revestir dela, ainda que todas as partes de seu corpo quisessem gritar "Nós vamos ser pisoteados, à merda os deuses, por que não estamos correndo?". Um cavaleiro chegou a um centímetro do seu rosto antes de colidir contra uma parede que não estava lá. Homens e cavalos iam batendo contra ela, um após o outro, e muitos ao mesmo tempo, alguns cavalos quebrando seus pescoços e pernas, alguns cavaleiros voando pelos céus e acertando a parede, alguns cavalos parando abruptamente e arremessando seus cavaleiros.

O Rastreador pegou O Aesi quando ele desmaiou e o arrastou para longe.

— Essa é a história que eu escolhi e contei para você — disse eu. — Mas, mas... mas... mas... isso não é uma história. Isso não é nem meia história. Sua história é apenas meio deliciosa. Será que eu deveria matá-lo apenas pela metade? E quem é esse homem que não é um homem? Quem é ele? Eu quero um nome, eu exijo!

— Você não o conhece? Eles o chamam de O Aesi.

O homem branco ficou todo azul. Boquiaberto, ele abraçou seus ombros, como se estivesse com frio.

— O assassino dos deuses?

Não despertei do meu sono. E, mesmo assim, eu estava numa outra floresta que parecia diferente daquela em que estivera antes. Pisquei diversas vezes, mas aquela era uma floresta diferente. Nada vivia e nada se mexia. Não havia nenhum dos odores da vida, nenhuma flor jovem, nenhuma chuva recente, nenhum esterco fresco, e a aranha havia sumido como um pensamento fugaz. Aos meus pés, uma pilha de algo branco e cinza claro, fino o bastante para se enxergar do outro lado, como uma pele trocada. Ao lado disso, escondidos em meio à grama, meus dois machados e a cinta negra onde eu os prendia. Enfiei meu dedo num dos cortes que havia feito no couro e tirei de lá a pena de Nyka. Seu percurso inteiro se abriu à minha frente assim que eu esfreguei aquela pena no meu nariz.

Passava pelas minhas costas, talvez a trinta passos, depois pegava a direita, depois fazia uma curva, depois descia, possivelmente um morro, e depois seguia em frente, depois subia novamente, talvez um pequeno monte, mas ainda coberto pela floresta, depois ia até um lugar de onde ele não havia saído. Talvez aquele ainda fosse algum tipo de selva dos sonhos. Certa vez eu tinha escutado um bêbado num bar em Malakal dizer que, se algum dia você se perder em um sonho e não conseguir dizer se está acordado ou dormindo, olhe para suas mãos, pois em um sonho você sempre tem quatro dedos. Minhas mãos exibiam cinco.

Juntei minhas coisas e corri. Dei quarenta passos em meio à grama molhada, lama e samambaias que pinicavam minhas panturrilhas, depois virei à direita, quase bati numa árvore; saí desviando delas, à direita e à esquerda, passei por cima do cadáver de uma fera, depois reduzi a velocidade, pois a mata era fechada demais para correr e cada passo terminava num arbusto ou numa árvore, depois fiz uma curva, como um rio, depois desci um morro até sentir primeiro o cheiro do rio para depois ouvir seu som, uma cachoeira despencando em cima de pedras. Fui saltando sobre as pedras, me movendo com cuidado, mas, mesmo assim, escorreguei e bati minha panturrilha na ponta afiada de uma pedra, arrancando sangue. Mas quem pararia por causa daquilo? Fui descendo pelas pedras até o rio e andei pelo meio da água para lavar o sangue e, depois de muito tempo, cheguei a um banco de areia que foi ficando cada vez mais alto, e então puxei meu machado e fui abrindo o caminho em meio à mata ainda mais fechada, e, durante tudo aquilo, o cheiro de Nyka ia ficando cada vez mais forte. E eu fui cortando e me embrenhando por entre folhas grossas e úmidas, e galhos que chicoteavam minhas costas, até que cheguei no que não era uma clareira, apenas um agrupamento de árvores maiores que torres, com muito espaço entre elas. Ele estava perto, tão perto que eu olhei para cima, imaginando que Sasabonsam o tivesse pendurado nas alturas. Ou que ele e Sasabonsam haviam tido uma conversa privada, de vampiro para vampiro e que, àquela altura, estivessem planejando me puxar para dentro de uma daquelas árvores para me rasgar no meio. Do fundo do que quer que estivesse no lugar de seu coração, eu esperava aquilo de Nyka.

Eu estava andando. Ouvindo meus próprios passos no meio do mato. Um homem andava à minha frente, a vários passos de distância, e fiquei me perguntando como é que eu não o havia visto antes. Ele andava devagar, sem propósito em sua caminhada, apenas vagando. Seu cabelo era longo e cacheado, e, quando ele ajustou seu manto, vi os braços claros como a própria areia. Meu coração bateu mais forte. Eu corri para perto dele e parei, sem saber o porquê. De perto, seu cabelo molhado, a transição abrupta do maxilar para o queixo, a barba vermelha, os malares avantajados, tudo aquilo era o suficiente para que eu achasse que era ele, e não o suficiente para que eu dissesse "Não, não pode ser". A capa escondia suas pernas, mas eu as conhecia muito bem, a ponta das plantas dos pés tocando o chão antes do calcanhar, mesmo de botas. Fiquei esperando pelo seu cheiro, mas nada surgiu. Sua capa se soltou e caiu no mato. Seus pés foram a primeira coisa que eu vi, verdes da grama e marrons da terra. Depois suas panturrilhas, sempre tão grossas e possantes, tão incomuns para os homens daquelas terras. E a parte de trás de seu joelho, e sua bunda, tão branca e lisinha, como se ele jamais tivesse se deitado nu, ao sol, no topo de um baobá, como se fosse um macaco. De sua bunda para cima, árvores e o céu. Dos seus ombros para baixo, árvores e o céu. Em cima de sua bunda, um buraco, um nada, tudo aberto de sua barriga às suas costas, deixando uma fenda do tamanho do mundo. Pingava sangue e carne dela, e, mesmo assim, ele andava.

Mas eu não conseguia. Nunca tinha sentido minhas pernas tão fracas, e eu caí de joelhos e comecei a respirar pesada e vagarosamente, esperando que o Itutu se instaurasse em meu coração. Ele nunca apareceu. Em minha mente, eu só lembrava de ter que me arrastar até ele e segurar sua cabeça, pois havia moscas por todo o resto de seu corpo, e chorar, e gritar, e urrar, e urrar, e urrar para as árvores e para o céu. E ler o que ele escreveu com seu próprio sangue na areia:

"O menino, o menino estava com ele."

Eu chorei, "Meu lindo, eu não devia ter chegado tão tarde. Eu devia ter chegado antes de você deixar este mundo e persuadir sua alma a se converter em um nkisi", que eu pendurei ao redor do meu pescoço, para que eu pudesse sempre tocá-lo e sentir sua presença. Um mago com um nkisi no formato de um cão disse: "Existe uma alma atormentada que gostaria de conversar com você, Olho de Lobo." Mas eu não queria conversar. Eu disse o seu nome, e ele saiu como uma lamúria.

Aquele Mossi continuou se embrenhando na mata fechada. De uma coisa eu sei. Sempre chega uma hora em que o sofrimento se transforma em uma doença, e eu estava ficando cansado daquela doença. Fiquei furioso e berrei, e os cheiros daquele monstro e daquele pássaro vampiro chegaram ao mesmo tempo para mim, e eu me levantei e puxei meus dois machados e corri gritando, atacando o nada, decepando o nada. Eu corria de uma coisa nova, talvez de uma bruxa-mor usando uma agulha para costurar uma enorme sequência de mortes. Meu pai, a quem não conheci, e meu irmão que nunca foi vingado. E Mossi, e muitos outros mais. Talvez não uma bruxa-mor, mas sim um deus do subterrâneo me falando sobre a morte injusta que eu tinha o dever de vingar, como se eu fosse a razão de eles estarem mortos. Como pode o Rastreador, que não vive para ninguém, ter tantas mortes em suas mãos? Deveria ele ser culpado por todas elas? Minha cabeça discutia com a minha cabeça, me fazendo cambalear. O Leopardo deveria estar aqui e agora para que eu pudesse esfaquear seu coração. Meu pé acertou uma árvore tombada, e eu caí.

Quando olhei para cima, vi pés. Suspensos muito acima de mim, mesmo quando levantei. Pernas brancas como o pó do caulim, e pés negros soltos, balançando no ar. Costelas saltadas em seu torso magro e filetes secos de sangue negro descendo pela sua barriga. Duas marcas negras onde ficavam seus mamilos e sangue seco que havia escorrido deles. Marcas de mordida por todo seu peito e pescoço, e na lateral esquerda do rosto. Alguém estava procurando um lugar macio para morder. Seu queixo repousando em seu peito, seus braços abertos enrolados em trepadeiras. Suas asas ainda mais abertas, emaranhadas em galhos e folhas.

— Nyka — sussurrei.

Nyka não se moveu. Eu disse seu nome mais alto. Uma risadinha saiu da vegetação no chão. Olhei para o mato, e o mato olhou de volta para mim. Ele me encarava, como já havia feito outras vezes, os olhos bem abertos, sem motivo, sem prazer, sem malícia, sem interesse, nem sequer curiosidade. Apenas abertos. Mais velho. Mais alto. Dava pra dizer só pelos olhos e pelo seu rosto magro e ossudo. Eu preferiria que ele estivesse rindo. Eu preferiria que ele dissesse "Olhe para mim, eu sou o seu vilão". Ou que choramingasse e lamentasse "Olhe para mim, eu sou a verdadeira vítima". Mas, em vez disso, ele ficou simplesmente me olhando. Olhei dentro de seus olhos e vi os olhos mortos de Mossi, abertos para sempre, sem enxergar nada. Ele saiu correndo daquela porção do mato bem quando meu machado voou na direção de seu rosto. Entrei correndo mata adentro, imaginando que o rugido que ouvi tinha saído de qualquer outra boca, menos da minha. Fui me embrenhando por entre os galhos e arrancando as folhas em direção a uma mata mais fechada. Nada. Aquele demônio mordedor de teta bebedor de sangue ainda dava risadinhas como se fosse um bebê. Desapareceu.

Acima de mim, Nyka soltou um gemido. Saí de dentro daquele mato fechado e dei de cara com a mão-pé de Sasabonsam me chutando no rosto.

Minha cabeça e costas atingiram o chão. Rolei para ficar de joelhos e levantei de um pulo. Ele bateu suas asas, mas, como ficou esbarrando nas árvores, acabou pousando sobre os seus pés e olhou para mim. Sasabonsam. Eu nunca tinha parado para olhar para o seu rosto. Seus grandes olhos brancos, suas orelhas de chacal, os dentes de baixo afiados, despontando de seus lábios, como os de um javali. Seu corpo inteiro tomado por pelos negros, exceto pelo seu peito branco e seus mamilos rosados, um colar de marfim e uma tanga que me fez rir. Ele rosnou.

— Seu cheiro, eu me lembro. Eu fui atrás dele — disse ele.

— Quieto.

— Eu fui até lá seguindo o seu cheiro.

— Silêncio.

— Você não estava lá. Então eu comi. Os pequeninos, eles tinham um gosto estranho.

O LOBO DA MORTE

Eu avancei contra ele e me abaixei antes de o monstro tentar me golpear com sua asa. Rolei até o seu pé esquerdo e o acertei com os dois machados. Ele deu um pulo e grasnou como um corvo. *Você sempre mira nos dedos dos pés*, uma voz que parecia a minha. O machado mal o feriu. Ele tentou me afastar com seu braço, mas eu me abaixei, saltei sobre o seu joelho e desferi um golpe em seu rosto com o machado enquanto saltava de volta. A face cega do machado o atingiu no malar, e ele rugiu e tentou me atingir com um tapa. Sua mão errou o alvo, mas suas garras abriram quatro rasgos no meu peito. Caí sobre um joelho, e ele me chutou para longe. Minhas costas bateram no tronco de uma árvore, e eu fiquei sem ar.

Meus olhos se reviraram. E não havia nada na minha cabeça. Meu queixo roçava meu peito, e eu enxergava meus mamilos e minha barriga. Minha cabeça foi ficando mais pesada, e meus olhos não estavam funcionando direito. Nyka gemia, pendurado pelos braços. Meu queixo desabou sobre o meu peito mais uma vez. Olhei para cima, bem para os punhos de Sasabonsam.

— Seis deles por um de você. Veja a sua qualidade — falou ele.

Ele disse mais coisas, mas sangue pingava do meu ouvido direito, e eu não consegui escutar. Ele desferiu um soco no meu rosto, mas eu inclinei a cabeça, e sua mão acertou a árvore. Ele deu um urro e depois me deu um tapa. Cuspi sangue em minhas pernas, e minhas pernas não estavam funcionando.

— Onde estão meus machados — dizia o menorzinho.

Ele me segurou pela garganta.

— Aquela bolinha, aquele pequenino, ele tentou fugir rolando. Você quer saber até onde ele conseguiu chegar? Foi ele quem disse "Meu pai vai voltar e matar você. Ele vai te cortar em pedacinhos com seus dois machados".

— Kosu.

— Pai, ele chamava você. Pai? Você não rola como uma bola. Você está sem os seus machados agora. Veja a sua qualidade.

— Kosu. Ko...

Ele me deu mais um soco. Cuspi dois dentes. Ele envolveu minha cabeça com seus dedos compridos e me puxou para cima.

— Machados, ele estava dizendo que o Papai ia cortá-lo em pedacinhos com os seus machados. Ele não gritou nenhuma vez. E eu o consumi em várias mordidas.

— Kosu.

Eu só conseguia ver a luz em retalhos, pelas frestas entre seus dedos grossos e fedorentos. Suas garras roçavam meu pescoço.

— Mesmo quando cheguei ao osso em suas costas, ele não gritou. Então ele morreu. Aí eu mordi a parte de trás de sua cabeça e chupei...

— À merda os deuses.

Ele me jogou longe, e uma paz tomou conta de mim durante o meu voo, mas ela se rompeu quando eu caí por cima das folhas e galhos. Ele tentou pegar meu tornozelo, e eu o repeli aos chutes. Ele deu uma risadinha, pegou minha perna mais uma vez, e continuou rindo enquanto me puxava do meio dos galhos. Minhas costas e cabeça bateram no chão, e, em seguida, eu comecei a me mover; ele estava me arrastando.

— Você é um tolo e ela é uma tola. Toda coberta de ouro e de vermelho, e tudo que ela faz é ficar sentada. Eu a vi pela janela. Só eu conheço aquele menino. Eu fui atrás dele naquele lugar estranho, e ele veio comigo. Ele até mesmo chamou por mim, pois o branco o ensinou a fazê-lo. Eu nunca quis aquele menino, pois ele também nunca me quis, ele queria a criatura relâmpago, mas ele chamou por mim, então eu fui buscá-lo, e a noite me ajudou a ser rápido, e eu saí voando com ele, e ele disse "ouvi minha mãe falando sobre o lobo e seus filhotes e sobre como ela havia tentado fazer dele um de seus soldados, e sobre como eles viviam num baobá", e eu disse, "esse é aquele que matou meu irmão, pelo que ouvi", e o menino disse, "voe comigo em suas costas e eu te levarei até ele", e ele me levou.

Eu disse "Quieto", mas aquilo morreu antes de sair da minha boca. Eu não sabia para onde ele estava me arrastando, e minhas costas iam raspando na grama e na terra e nas pedras dentro d'água, e então minha cabeça afundou quando ele se embrenhou em um rio, e a parte de trás da minha cabeça bateu numa pedra, e tudo ficou escuro. Quando acordei eu ainda estava embaixo d'água, e eu tossi e me engasguei até ele me arrastar de volta pela grama, por entre as árvores.

— O branco, o bonitinho, um que eu apertei para ver o sangue correndo por debaixo da pele, delicioso, esse era um guerreiro, ele lutou melhor do que você. Alguém o treinou para usar duas espadas. Os dois, eu arrombei a porta, e os dois vieram descendo pela árvore dizendo que iam lutar comigo. E eles pularam em cima de mim e me atacaram, e aquele com as duas espadas jogou uma espada para o pele-branca, e ele avançou, aquele menino, ele saltou, e o menino me acertou na cabeça, e aquilo doeu, e o homem me acertou na lateral aqui, bem aqui, e a espada entrou, mas parou nas minhas costelas, bem aqui, e eu o acertei com meu punho, e ele caiu para trás, e o pele-branca correu na minha direção e se abaixou antes que eu pudesse lhe acertar com a minha asa, e ele segurou a minha asa e a esfaqueou, olha aqui, ainda ficou o buraco que o pele-branca me fez, e eu o peguei com este pé e o peguei com meu outro pé e o joguei para cima, contra um galho de uma árvore, que o nocauteou. Sim, sim. E aquele que era uma bola, ele veio rolando por trás e me atingiu tão forte que eu cheguei a levantar do chão. E eu caí, e ele riu, mas eu o peguei antes que ele conseguisse fugir e o mordi e arranquei sua carne, sua carne muito, muito doce, e eu dei outra mordida, e mais uma mordida, e o homem com cabelo gritou. Ele pôs alguns deles num cavalo e deu um tapa nele. E eles saíram galopando, e ele investiu contra mim, e ele estava furioso, e eu gosto de fúria, e ele lutou e lutou e lutou, e esfaqueou e cortou e tentou furar meus olhos, e eu peguei sua espada, e o pele-branca me enfiou a espada bem no meio do cu, e aí eu fiquei furioso, sim, fiquei mesmo.

Ele foi me arrastando pela grama mais clara até um trecho mais escuro, e, lá em cima, tudo estava escuro também. Eu chutei sua mão mais uma vez, e ele me jogou para cima e me bateu com força contra o chão. Sangue começou a escorrer novamente do meu ouvido.

— Eu peguei o pele-branca e bati e bati e bati com ele no chão até que todos os seus sucos saíssem do seu corpo. E o de cabelo comprido urrava e urrava e parecia latir como um cão, mas ele lutava como um guerreiro humano, ele com suas duas espadas era melhor do que você com um machado. Fique parado para que eu o esmague também, eu disse a ele, mas ele saltou pra cá e pra lá como uma mosca e abriu um talho nas minhas costas... ele cortou minha pele! Ninguém corta a minha pele, e fazia muitas luas que eu não via meu próprio sangue, e depois ele virou uma cambalhota, melhor do que a sua, e me esfaqueou na barriga e olhou pra mim, e eu parei e o obriguei a olhar para mim, porque muitos homens acham que têm alguma coisa aqui embaixo, mas não tem nada aqui embaixo além de carne. Eu bati nele com essa mão. — Ele me soltou para me mostrar sua mão. — E tirei a espada de mim com essa mão. Eu não sou muito bom com uma espada, mas ele tentou pegar uma faca, e eu a enfiei no seu peito do mesmo jeito que eu enfio o meu dedo na lama. Puxei a espada e cortei sua garganta. Depois pulei em cima dele e comi as melhores partes primeiro. Ah, sua barriga, depois a parte vermelha, nossa, aquela gordura, parecia um porco. As pessoas acham que meu irmão gosta da carne e eu do sangue, mas eu como qualquer coisa.

Eu queria muito ter uma voz para implorar que ele parasse, e queria muito que ele tivesse ouvidos para me escutar.

— Então eu fui atrás dos outros, aqueles que estavam fugindo, sim, eu fui. Como eles esperavam ir longe se eu sou mais rápido que um cavalo? Aquele que tinha duas cabeças.

— Eram duas pessoas, seu filho da puta. Duas.

— A outra cabeça começou a chorar por causa do seu irmão. Sabe o que eu disse para aquele que parecia uma avestruz?

— Niguli. O nome dele é Niguli.

— Que gosto esquisito. Vocês o alimentavam com coisas esquisitas? Ele chorou. Eu dizia: "Chore, menino, pode chorar. Não foi atrás de você que eu vim, ele é quem deveria estar sendo devorado, não você."

— Não.

— Mentira. Mentira. Mentira. Estou mentindo. Eu teria comido você primeiro, e depois eles. Eles o chamavam de Papai?

— Eu era...

— Você não gerou nenhum deles. E você também não cuidou de nenhum deles. Você abriu a porta da jaula e deixou o lobo entrar.

— O Leopardo. O Leopardo matou seu irmão.

Ele agarrou minha garganta mais uma vez.

— Aquela que era um fantasma, essa eu não consegui pegar. Ela era como poeira no vento — disse Sasabonsam.

Ele me atirou no chão. A escuridão me encobriu em pleno dia. Desejo de matar, desejo de morrer, em sua cabeça era tudo a mesma coisa, e a porta que leva a uma delas também leva para a outra. Eu queria dizer que ele não teria prazer nenhum em me matar, que eu tinha andado do Norte até o Sul dessas terras, passado bem no meio da guerra entre os dois reinos, caminhado por entre as flechas e o fogo e os planos de matar pessoas sem me importar, então você pode me matar agora, pode me matar de uma vez, pode me matar bem rápido, ou dos pés à cabeça, aos pouquinhos, e eu ainda não me importaria. Mas, em vez disso, eu disse:

— Você não conhece nenhum griô.

As orelhas de Sasabonsam se abaixaram, e ele franziu o cenho. Ele veio andando pesadamente na minha direção. Ficou parado em cima de mim, e eu deitado entre as suas pernas. Ele abriu suas asas. Inclinou-se até que o seu rosto estivesse bem na frente do meu, seus olhos dentro dos meus. Havia pedaços de carne podre presos em seus dentes.

— Eu conheço o sabor de uma criança — disse ele.

Puxei minhas duas facas e as cravei em seus dois olhos.

O sangue que saiu de seus olhos quase cegou os meus. Ele deu um rugido que parecia o de dez leões, caiu por cima de sua asa direita e quebrou um de seus ossos. Ele rugiu mais alto e ficou se debatendo até pegar as duas facas e arrancá-las, berrando a cada puxão. Ele correu até se chocar contra uma árvore, caiu de costas, se ergueu de um pulo e correu de novo até bater em outra. Eu peguei um graveto e joguei às suas costas. Ele deu um pulo, virou-se e correu até bater em outra árvore. Sasabonsam tentava mover suas asas, mas apenas a esquerda se mexia. A direita oscilava, mas estava quebrada e murcha. Procurei pelas facas enquanto ele continuava colidindo contra as árvores. Ele deu mais um rugido e pisou com força o chão, e começou a procurar por mim, cavoucando a grama e o chão com suas mãos, arrancando nacos de terra e folhas, e ofegando, e rugindo, e urrando. Então ele tocou seus olhos e soltou um uivo.

Encontrei uma das facas. Fiquei olhando para o seu pescoço. E para o seu peito branco e seus mamilos rosados. E para o terror que ele estava sentindo de tudo. E para ele, enquanto ele caía mais uma vez sobre a sua asa direita, quebrando-a mais uma vez.

Ele caiu de costas no chão.

Eu fiquei de pé e quase caí sobre um joelho. Me levantei novamente e comecei a mancar.

Voltei pelo meio do mato, desci o morro e cruzei o rio, e Sasabonsam ainda uivava, guinchava e chorava. Então ele ficou quieto.

Aquele eu de muitas luas atrás tentaria entender por que nenhum dentre os possíveis desfechos daquilo tudo faria qualquer diferença para mim. Eu não me importava. Nyka ainda estava lá em cima, na árvore, tentando se libertar. Encontrei um machado no meio das plantas ao pé de sua árvore, e o outro a vários passos dali. Eu o ouvi antes de vê-lo, rastejando pela árvore, usando suas mãos e suas pernas como a aranha branca de antes, descendo na direção de Nyka, para encontrar um bom lugar de onde sugar seu sangue. O menino. Arremessei meu machado, mas a dor em minha perna me fez errar o rosto do menino por apenas um palmo de distância. Ele voltou, subindo depressa pela árvore. Arremessei o segundo machado à direita de Nyka e cortei as trepadeiras que prendiam sua mão. Ele a puxou para soltá-la. Achei que ele fosse dizer alguma coisa. Fiquei pensando que não havia nada que ele pudesse dizer que eu me interessaria em ouvir. Caí sobre um joelho. Então ele gritou meu nome, e eu ouvi uma asa batendo.

Eu me virei e vi Sasabonsam agitando seus braços pelo ar e cavoucando o chão, enquanto farejava. Farejando a mim do mesmo jeito que eu farejava a todos. Recuei num movimento brusco e tropecei num galho caído no chão.

E então rugiram trovões e estalaram relâmpagos, um raio, depois mais três, todos atingindo Sasabonsam, sem parar, todos estourando e atingindo e se espalhando por todo seu corpo e entrando pela sua boca e seus ouvidos e saindo pelos seus olhos e sua boca, enquanto fogo e fluidos e fumaça e alguma outra coisa começaram a sair de sua boca, não um grito, um berro ou urro. Um lamento. Pelos e pele pegaram fogo, e ele cambaleou e desabou sobre um joelho enquanto os raios continuavam lhe atingindo, caindo pesadamente sobre ele, e então Sasabonsam tombou, e seu corpo foi consumido por uma enorme labareda, que se apagou tão rapidamente quanto se acendeu.

Nyka despencou da árvore.

Ele disse alguma coisa para mim, mas eu não escutei. Peguei meu machado e fui até a carcaça carbonizada de Sasabonsam e o golpeei no pescoço. Puxei o machado de volta e golpeei mais uma vez, e segui fazendo isso até que o machado atravessou pele, atravessou osso, atravessou tudo e saiu no chão do outro lado. Caí de joelhos e não percebi que estava gritando até que Nyka tocou meu ombro. Eu o empurrei para longe e quase lhe dei uma machadada.

— Tire suas mãos nojentas de cima de mim — disse eu.

Ele recuou, mostrando as mãos erguidas.

— Eu salvei sua vida — interpôs Nyka.

— Você também a tirou de mim. Não que houvesse muito dela, mas você a tirou.

Não muito longe do Sasabonsam, abri um buraco na terra com as mãos, coloquei o colar feito com os dentes dos meus filhos nele, e depois o tapei. Afofei a terra lentamente até que ela ficasse bem lisa, e, mesmo assim, eu não queria ir embora, não queria parar de alisar e afofar a terra até que eu tivesse a sensação de que tinha feito uma coisa bonita.

— Eu nunca enterrei Nsaka. Quando acordei e a encontrei morta, eu sabia que precisava fugir. Porque eu tinha mudado, você sabe. Porque eu tinha mudado.

— Não. Porque você é um covarde — corrigi.

— Porque eu dormi por muito tempo, e, quando acordei, minha pele estava branca, e eu tinha asas.

— Porque você é um covarde sem tutano, que só é capaz de enganar. Ela deve ter sido a única que lutou, imagino. Como você se livrou disso?

— Da minha lembrança?

— Da sua culpa — disse eu.

Ele riu.

— Você quer saber se eu senti remorso por tê-lo traído.

— Eu não quero saber nada.

— Você acaba de fazer essa pergunta.

— Você acaba de responder. Você não tem remorso algum para se livrar. Você não é um homem, eu já sabia antes de ter deparado com a sua pele morta. Você age como se ela te desse uma coceira, mas trocar de pele não é novidade nenhuma pra você.

— É verdade, mesmo quando eu ainda era um homem, eu me sentia mais próximo das serpentes, ou dos lagartos, ou até mesmo dos pássaros.

— Por que você me traiu?

— Então você está mesmo procurando por algum sinal de remorso.

— À merda os deuses e o seu remorso. Eu quero é ouvir a história.

— A história? A história é que quando aquilo aconteceu com você, meu amigo, eu estava embriagado pelo próprio orgulho que estava sentindo daquilo. Você quer algo mais? Um motivo? A maneira pela qual eu me convenci de que aquilo tinha sido justo? Quem sabe dinheiro, ou búzios? A verdade é que eu me dei por satisfeito só por poder me vangloriar daquilo. Você está pensando naquela vez em que eu o traí? Pense nas muitas vezes em que eu não o traí. As Bultungi me caçaram por dez mais três luas. E aquelas foram dez mais três luas em que eu estava pensando não em mim, mas em você.

— Você quer um elogio agora?

— Eu não quero nada.

Ele começou a sair do mato, que agora estava todo azulado pela luz da noite. Em meio à escuridão, sua pele e suas penas começaram a brilhar. Eu não sabia para onde ele estava indo, e procurei pelo barulho do rio, mas não ouvi nada.

— Quando O Aesi me resgatou, ele me falou sobre a nova era — disse eu. — Sobre como era certo que uma guerra maior do que essa que acontece agora viria para destruir com tudo. E no cerne dessa guerra estava esse menino. Essa coisa abominável e pervertida.

— E você o deixou viver — disse Nyka.

— Era apenas uma impressão. Uma coisa que eu senti no meu coração, não na minha cabeça. Tinha alguma coisa errada ali; eu percebi assim que o vi. Ele já estava louco por causa disso. Louco por isso. Por sangue de Ipundulu. Eu tinha percebido já naquela época.

— E você o deixou viver.

— Eu não sabia.

— O menino que conduziu Sasabonsam até a sua casa para matar...

— Eu disse que não sabia.

Seguimos andando por muitos passos.

— Eu não posso ajudá-lo a se livrar disso — afirmou ele.

— De quê?

— De sua culpa.

— Chame o menino para que eu possa matá-lo — pedi.

— Qual é o seu nome? Eu não sei.

— Chame-o apenas de menino, ou estale um relâmpago dos seus mamilos ou do seu cu ou sei lá de que parte do seu corpo.

Nyka riu alto. Ele disse que não precisava chamá-lo, uma vez que sabia onde ele estava. Andamos pelo meio do mato e por baixo das árvores até chegarmos a uma clareira que dava num lago. Achei que aquele fosse o Lago Branco, mas não tinha certeza. Parecia o Lago Branco, que tinha uma piscina no seu fim, não muito extensa, porém muito profunda. Eles olharam para nós como se estivessem esperando pela nossa chegada. O Leopardo, o menino e, segurando uma tocha, com seu rosto e seus seios escondidos debaixo do caulim, e com seu adorno de cabeça repleto de penas e pedras, a mulher que estava subindo aquele monte antes. Sogolon.

Vê-la do outro lado do lago não me chocou. Nem o fato de eu não tê-la reconhecido antes, talvez porque, quando as mulheres envelhecem nessas terras, elas todas se transformam na mesma mulher. Talvez porque ela estivesse usando o caulim para esconder o que possivelmente eram terríveis cicatrizes de queimadura, mas, de onde estávamos, eu via seu nariz, seus lábios, até mesmo suas orelhas. Fiquei me perguntando como ela havia sobrevivido, embora não estivesse surpreso. Enquanto isso, o Leopardo, branco de pó, estava de pé alguns passos atrás dela, com o menino entre os dois. O menino olhou para eles e depois para mim. Ele viu Nyka e se virou para correr, mas Sogolon o segurou pelos seus cabelos grossos e o puxou de volta.

— Lobo vermelho — disse ela. — Não, não é mais vermelho. Lobo.

Eu não disse nada. Olhei para o Leopardo. Estava novamente vestindo sua armadura, como um homem devotado a uma causa que não era sua. Não era sequer um mercenário, apenas um soldado. Eu disse a mim mesmo que eu não queria saber o que havia penetrado em seu coração e o conquistado, o que havia feito aquele homem que não vivia por ninguém decidir lutar por conta dos caprichos de um rei. E de suas mães. Olhe só para você, que um dia já foi chamado por nós de inconsequente, com paixão e inveja. Veja como você se tornou baixo, mais baixo que a vergonha, seu pescoço pendurado em seus ombros como se a armadura lhe deixasse corcunda. O menino ainda estava se debatendo, tentando se livrar de Sogolon, quando ela lhe deu um tapa. Ele fez o que eu já o havia visto fazer: deu um grito e depois começou a chorar, mas sem nenhuma emoção em seu rosto. Ele estava crescido agora, era quase da altura de Sogolon, mas não dava pra ver muita coisa naquela penumbra. Ele parecia magro, como os meninos que cresceram, porém ainda não se tornaram homens. Sem pelos, vestindo apenas uma tanga, as pernas e os braços magros e compridos. Não se parecia em nada com um rei ou com um futuro rei. Ele ficou olhando para Nyka, com sua língua para fora. Segurei meu machado com força.

— *Edijrim ebib ekuum eching otamangang na ane-iban* — disse ela. — Quando a escuridão se impõe, você abraça seu inimigo.

— Você traduziu isso pra mim ou para ele?

— Você traiu os princípios pelos quais lutou por tanto tempo? — perguntou Sogolon.

— Olhe só pra você, Bruxa da Lua. Você nem parece ter trezentos anos. Mas, ao mesmo tempo, *gunnugun ki ku lewe*. Como você sobreviveu depois de voltar por aquela porta?

— Você está traindo os princípios pelos quais lutou por tanto tempo — disse ela novamente.

— Você está falando comigo ou com o Leopardo? — perguntei.

Ele olhou direto para mim. Sogolon e o menino estavam na beira d'água e, mesmo na penumbra, eu via os seus reflexos. O menino se parecia com o menino, uma tocha deixando sua cabeça grande ainda mais arredondada. Sogolon parecia uma sombra. Sem caulim e mais negra do que toda a escuridão que existe, incluindo sua cabeça, que não tinha nem penas nem cabelos.

— E aí, Leopardo, não falta mais ninguém? Pra você decepcionar? — perguntei.

Ele não disse nada, mas puxou sua espada. Eu continuei olhando para o vulto negro na água, a tocha em sua mão. A água estava parada e calma, e era azul-escura como a noite que se aproximava. No reflexo, eu vi o Leopardo correndo em direção à criança. Eu levantei o olhar bem quando ele golpeou com a espada na direção da cabeça do menino. Sogolon nem sequer se virou para lançar, num piscar de olhos, um vento fortíssimo que derrubou o Leopardo, arremessando-o pelo ar e fazendo com que se chocasse contra uma árvore. E, logo atrás dele, impulsionada pelo vento, correndo pelo ar como um relâmpago, veio voando sua espada, atingindo-o no seu peito, cravando-o no tronco. Sua cabeça tombou para o lado.

Eu gritei para o Leopardo e arremessei meu machado na Bruxa da Lua. Ele foi cortando o vento, e ela se abaixou, desviando da lâmina, mas o cabo a acertou no rosto, e seu corpo inteiro piscou. O caulim desapareceu e reapareceu, e desapareceu e reapareceu novamente, e desapareceu. Nyka e eu corremos para contornar o enorme lago. Sogolon era uma casca de árvore chamuscada, sua pele toda negra, seus dedos fundidos uns aos outros, buracos para os olhos e para a boca antes do caulim aparecer, junto com a sua pele e o seu adorno de cabeça com penas; sua magia estava forte novamente. Ela ainda estava abraçada ao menino. O Leopardo estava imóvel.

O menino começou a rir, primeiro só uma risadinha, e depois uma gargalhada tão alta que ela saiu ricocheteando pela água. Sogolon lhe deu um tapa, mas ele continuou rindo. Ela lhe deu mais um tapa, mas ele pegou sua mão com seus dentes e a mordeu com força. Ela o empurrou, mas ele não quis soltá-la. Ela o estapeou mais uma vez, e ele ainda não quis soltar. Ele mordia com tanta força que Sogolon não conseguia mais controlar o vento, e o seu pequeno vendaval se transformou numa brisa e, depois, em nada.

O chão tremeu e fez um barulho como se estivesse prestes a se rachar. Uma onda se ergueu do lago e quebrou nas margens, derrubando Sogolon e o menino. Sogolon começou a agitar suas mãos para conjurar o vento mais uma vez, mas o chão se abriu e a sugou até a altura do seu pescoço, e depois se fechou ao seu redor. Ela gritou e começou a xingar, e tentou se mexer, mas não conseguiu.

E lá estava O Aesi, bem na margem do rio, como se sempre tivesse estado ali. O Aesi estava parado na frente do menino, olhando para ele como alguém olharia para uma girafa branca ou um leão vermelho. Mais curioso do que qualquer outra coisa. O menino olhava para ele da mesma forma.

— Como é que alguém pensou que você poderia se tornar um rei? — indagou ele.

O menino chiou. Ele tentou se defender de O Aesi armando um bote como uma serpente acuada, se contorcendo e retorcendo, como se fosse sair rolando pelo chão.

— Eu destruí você — disse Sogolon a O Aesi.

— Você apenas me atrasou — corrigiu O Aesi, passando por ela e pegando o menino pela orelha.

— Pare! Você sabe que ele é o verdadeiro Rei — disse ela.

— Verdadeiro? Você quer trazer o matriarcado de volta, é isso? A linhagem de reis que descendem da irmã do Rei, e não do Rei? Você, a Bruxa da Lua, que alega ter trezentos anos de idade, e você não sabe nada sobre essa linhagem que você jurou proteger, esse grande equívoco de todas as terras e de todos os mundos que você pretende corrigir?

— Tudo que você tem é uma boa lábia e um monte de mentiras.

— Mentira é imaginar que essa abominação poderia ser um rei. Ele mal consegue falar.

— Ele disse a Sasabonsam onde eu vivia — acusei, pegando meu machado.

— Late e choraminga que nem um cão do mato. Suga o sangue dos seios de sua mãe, ele não chega nem a ser um vampiro, não passa de uma imitação. E, mesmo assim, eu sinto pena dessa criança. Nada disso foi sua escolha — disse O Aesi.

— Então sua morte também não será — declarei.

— Não! — gritou Sogolon.

O Aesi disse:

— Você tinha uma tarefa. E você a cumpriu bem, Sogolon. Era a desgraça. Olhe para o seu sacrifício. Olhe para o seu rosto chamuscado, sua pele queimada, seus dedos todos grudados, transformados numa nadadeira. Tudo por esse menino. Tudo pelo mito da linhagem das irmãs. A irmã do Rei lhe contou a história dessa nossa tradição? Que essas irmãs pariam reis após se deitarem com seus pais? Que a mãe de cada rei era também sua irmã? Que é por isso que os reis loucos do Sul são sempre loucos? O mesmo sangue ruim correndo em suas veias ano após ano, era após era. Nem mesmo a mais selvagem das feras faz uma coisa dessas. Essa é a ordem que a mulher chamada Sogolon deseja restaurar. Você, com seus trezentos anos.

— Não há nada em você além de maldade.

— E você é apenas simplória. Esse último rei louco, Sogolon, nós dizemos que ele é o mais louco de todos por ter começado uma guerra que não podia vencer só porque queria governar todos os reinos. Ele pode até ser louco, mas não é burro. Uma ameaça se aproxima, bruxa, e ela não vem do Sul ou do Norte, nem mesmo do Leste, mas sim do Oeste. Uma ameaça de fogo e doença e morte e podridão, vinda do outro lado do oceano... todos os anciãos, necromantes e yerewolos já viram. Eu já os vi com o meu terceiro olho, homens vermelhos como o sangue e brancos como a areia. E somente um reino, um reino unido, seria capaz de resistir aos seus ataques por luas, anos e eras. E somente um rei forte, e não um rei louco, não um rei malformado viciado em sangue, com uma mãe sedenta por poder, pois nenhum dos dois seria capaz de conquistar, governar ou manter um reino inteiro unido. Essa rainha do Mweru, ela não sabe por que a casa de Akum acabou com aquela linha de sucessão? Ele falou daquilo a noite inteira. Uma ameaça se aproximava, um vento perverso. E aquele menino, aquela abominaçãozinha, ele precisa ser destruído. Você não passa de alguém que teve sua vida baseada na mentira.

— Mentira, mentira, mentira — disse o menino, e deu uma risadinha.

Todos olhamos para ele. Até agora, eu nunca havia ouvido sua voz. Ele ainda estava se contorcendo e se curvando, tocando os dedos de seus pés, se enroscando no chão, pois O Aesi havia soltado sua orelha.

— Ele morrerá esta noite — determinou O Aesi.

— Ele morrerá pelo meu machado — declarei.

— Não — disse Sogolon.

— Mentira, mentira, mentira, rá rá rá — repetiu o menino.

— Mentira, mentira, mentira, rá rá rá — disse Nyka.

Eu tinha me esquecido dele. Ele se aproximou da criança, e ambos ficaram repetindo aquilo várias vezes, até que formassem uma só voz. Nyka parou bem na frente da criança.

A criança correu em sua direção e deu um pulo para abraçá-lo. Nyka o agarrou, envolvendo-o em seus braços. O menino se recostou em seu peito, se aconchegando, se aninhando como um carneirinho. Em seguida, Nyka se contraiu, e eu soube que o menino o havia mordido. O menino sugava o sangue como se fosse leite materno. Nyka o segurou firme em seus braços. Ele bateu suas asas até que seus pés levantassem do chão. Ele foi subindo, cada vez mais alto, dessa vez sem vacilar ou despencar, sem perder altura por causa de seu peso ou pela fraqueza. Nyka bateu suas asas mais uma vez, e um raio, branco e mais luminoso que o sol, rasgou os céus, atingindo os dois. O chão estremeceu com o estrondo, que foi tão alto que nenhum de nós ouviu o menino gritar. O relâmpago os atingiu e permaneceu eletrocutando-os enquanto Nyka segurava com força o menino, que esperneava e berrava, até que aquele raio comprido estalou uma faísca, e uma labareda se espalhou por eles e se apagou rapidamente, deixando nada além de uma explosão de brasas que desapareceu no escuro.

— Maldição! Oh, maldição! — lamentava Sogolon.

Ela ficou lamentando por tanto tempo que, quando seu lamento finalmente perdeu força, ele se transformou num choramingo. Eu sentia o cheiro da carne queimada e esperava que algum sentimento tomasse conta de mim — não uma paz, uma satisfação, a sensação de equilíbrio que advém de uma vingança, mas algo que eu não conhecia. Mas eu sabia que esperaria por aquilo, e sabia que aquilo nunca aconteceria. O Leopardo tossiu.

— Leopardo!

Corri até ele, e ele moveu sua cabeça como um bêbado. Eu sabia que seu sangue havia se esvaído. Arranquei a espada de seu peito. Ele suspirou e desabou da árvore. Eu o segurei, e nós dois caímos no chão.

Fiquei pressionando seu peito com minha mão. Ele sempre quis morrer como um leopardo, mas eu não conseguia imaginá-lo se transformando naquele momento. Ele pegou a minha mão e a trouxe até o seu rosto.

— Seu problema é que você sempre foi um mau arqueiro. Esse é motivo pelo qual tivemos destinos tão ruins, você e eu — disse ele.

Segurei sua cabeça e fiquei fazendo carinho em sua nuca como eu faria em um gato, na esperança de que aquilo lhe trouxesse algum alívio. Ele ainda estava tentando se transformar, eu conseguia sentir, por debaixo de sua pele. Sua testa se abrutalhou, e seus bigodes e dentes cresceram. Seus olhos brilharam no escuro, mas ele não conseguiu continuar a transformação.

— Vamos deixar para trocar de corpo em nossas próximas vidas — falei.

— Você odeia carne crua e nunca aguentou nem um dedo enfiado em seu rabo — disse ele, e riu, mas a risada se transformou numa tosse.

A tosse fez com que ele se balançasse, e o sangue do seu ferimento escorreu por entre meus dedos.

— Eu nunca deveria ter vindo atrás de você. Nunca deveria ter tirado você de sua árvore — comentou ele, tossindo.

— Você veio atrás de mim porque sabia que eu o seguiria. A verdade é essa. Eu estava apaixonado, e estava entediado, as duas coisas ao mesmo tempo, dois reis num mesmo trono. Eu estava ficando louco.

— Eu fiz você ir embora. Você se lembra do que eu disse? *Nkita ghara igbo uja a guo ya aha ozo.*

— Quando um lobo se recusa a uivar, as pessoas lhe dão um outro nome.

— Eu menti. Era quando um cachorro se recusa a latir.

Eu ri, enquanto ele apenas tentou.

— Eu fui embora porque eu quis.

— Mas eu sabia que você iria. Em Fasisi, quando eles perguntaram "como você encontrará esse homem?". Ele... está morto há vinte luas. Eu disse... eu disse... — Ele tossiu. — Eu disse "Eu conheço um rastreador, ele nunca recusaria uma boa diversão. Ele diz que trabalha por recompensas, mas o trabalho já é a sua recompensa, embora ele jamais vá admitir."

— Eu não deveria ter ido embora — lamentei.

— Não, não deveria. Que vidas nós dois tivemos. Remorso pelo que não deveríamos ter feito, arrependimento pelo que fizemos. Eu sinto falta de ser um leopardo, Rastreador. Sinto falta de uma vida sem dúvidas.

— E agora você está morrendo.

— Leopardos não sabem nada sobre a morte. Eles nunca pensam nela, porque não há nada para se pensar. Por que nós fazemos isso, Rastreador? Por que pensamos no nada?

— Não sei. Porque precisamos acreditar em alguma coisa.

— Um homem que eu conhecia disse que não acreditava em crenças. Ele riu e tossiu.

— Um homem que eu conhecia disse que ninguém ama ninguém.

— Ambos não passavam de tolos. De to...

Sua cabeça desabou em meus braços.

Não lhes dê sossego, felino. Vá atrás de diversão no mundo do além e envergonhe seus senhores, eu pensei, mas não disse. Ele foi o primeiro homem que eu podia dizer que amei, muito embora ele não tenha sido o primeiro homem para quem eu disse.

Fiquei me perguntando se, algum dia, eu pararia para pensar naqueles anos, e eu sabia que não o faria, pois eu tentaria encontrar algum sentido, alguma trama, ou até mesmo algum motivo por trás de cada coisa, da mesma maneira que eu via acontecer nas grandes histórias. Relatos sobre ambições e missões, quando não fizemos nada além de tentar encontrar um menino, por um motivo que se revelou falso, para pessoas que se revelaram falsas.

Talvez seja desse jeito que todas as histórias acabem, pelo menos aquelas com homens e mulheres de verdade, seus corpos de verdade sucumbindo às chagas e à morte, seu sangue de verdade derramado. E talvez seja por isso que as grandes histórias que contamos sejam tão diferentes. Porque contamos histórias para viver, e esse tipo de história precisa de um propósito, então esse tipo de história deve ser uma mentira. Porque ao final de uma história verdadeira não sobra nada, apenas destruição.

Sogolon cuspiu no chão.

— Eu queria que meus olhos jamais tivessem visto seu rosto — lamentei.

— Eu queria que meus olhos nunca mais me vissem também.

Peguei a espada do Leopardo. Eu poderia descê-la sobre a sua cabeça ali mesmo, partir seu crânio ao meio como se estivesse abrindo um melão.

— Você quer me matar. É melhor se apressar e acabar logo com isso. Pois eu vivi uma boa...

— À merda os deuses e a sua boca, Sogolon. Sua rainha não foi sequer capaz de lembrar seu nome quando eu disse a ela que você estava morta. Além do mais, se eu a matar, quem vai levar para a irmã do Rei a notícia de que a sua cobrinha está morta? Onde é que está a sua lealdade agora, bruxa? O Leopardo merece ver no além sua assassina chegar logo depois dele. Os deuses achariam graça, você não acha?

— Os deuses não existem. Aquele tal de O Aesi não contou a você? Mesmo agora sua cabeça é tão dura que você não está entendendo o que realmente está acontecendo.

— Você e a verdade nunca habitaram a mesma casa. Estamos chegando ao final desta história, você e eu.

— Ele é o assassino dos deuses!

— E isso é pra ser uma novidade? Mas nós estamos no final desta história, Bruxa da Lua. Deixe essa notícia para a fera faminta que vier devorar seu rosto.

Sogolon engoliu em seco.

— A sobrevivência sempre foi sua única habilidade — disse eu.

— Menino lobo, dê-me algo de beber. Dê-me algo de beber!

Olhei para sua cabeça, como uma pedra negra no chão balançando para os lados, tentando sair dali. Procurei pelo meu machado, mas não consegui encontrá-lo. E minhas facas haviam sumido há muito tempo. Perdê-las me fez pensar em todas as outras coisas que eu havia perdido. Me ajudou a cortar todas as amarras. Tirei o coldre das minhas costas, puxei meu cinto e saí de dentro da minha túnica e da minha tanga. Comecei a andar para o Norte, seguindo a estrela que fica à direita da lua. Ele veio e se foi rapidamente, como um pensamento que vem e vai. O Aesi. Ele aparecia desse jeito, como se ele sempre estivesse ali, e desaparecia desse jeito, como se nunca houvesse estado. As hienas dariam um bom uso ao Leopardo. Aquela era a lei da selva, e ele gostaria que fosse daquele jeito.

Talvez esta seja a parte em que homens com mentes mais ágeis e corações maiores que o meu atentem para o fato de que o crocodilo devora a lua e o mundo gira em volta dos deuses do céu, especialmente o falecido deus do sol, independentemente do que os homens e as mulheres fazem em suas terras. E talvez haja alguma sabedoria aí ou algo que o valha. Mas tudo que eu queria fazer era seguir andando, não para algum lugar, não a partir de algum lugar, apenas para longe.

— Dê-me algo de beber! Dê-me algo de beber!

Ouvi às minhas costas.

Sogolon continuou gritando.

Eu continuei andando.

Andei por aquelas terras durante dias, pisando pântanos e desertos até chegar em Omororo, onde fica o trono do seu Rei louco. Onde os homens me detiveram como mendigo, me tomaram por ladrão, me torturaram como traidor e, quando a irmã do Rei ficou sabendo sobre o seu filho morto, me prenderam como assassino.

E, agora, olhe bem para mim e para você, na cidade-estado de Nigiki, onde nenhum de nós queria estar, mas nenhum de nós tem qualquer outro lugar para ir.

Eu sei que você já ouviu o depoimento dela. E então, o que disse a poderosa Sogolon?

Ela disse "Não acredite em nenhuma palavra que sair da boca do Rastreador"? Nem sobre o menino, nem sobre sua busca, nem sobre

Kongor, nem sobre Dolingo, nem sobre quem morreu e quem foi salvo, nem sobre as dez mais nove portas, nem sobre o seu suposto amigo, o Leopardo, ou seu suposto amante do Oriente, chamado Mossi, e se era mesmo esse o seu nome, e se eles eram mesmo amantes? Nem sobre suas preciosas crianças mingi, que ele nem sequer gerou? Ela disse "Não acredite em uma só palavra saída dos lábios daquele Olho de Lobo"?

    Me diga.

© Mark Seliger

SOBRE O AUTOR

Marlon James nasceu na Jamaica em 1970. É autor do best-seller do *The New York Times Breve história de sete assassinatos* — livro vencedor do Man Booker Prize em 2015 — e de outros títulos como *The Book of Night Women* e *John Crow's Devil*. Atualmente se divide entre as residências em Minnesota e Nova York.

1ª edição	JANEIRO DE 2021
impressão	IPSIS
papel de miolo	IVORY SLIM 58g/m²
tipografia	SIMONCINI GARAMOND